L'IMPÉRATRICE
Hannah 2

Paul-Loup Sulitzer est né le 22 juillet 1946. Cela fait plus de quinze ans qu'il occupe, dans la finance et les affaires internationales une place de premier plan. Sa notoriété a dépassé le cadre de la France pour gagner la Grande-Bretagne et surtout les Etats-Unis. Il est consultant, et dans les affaires internationales on fait appel à sa qualité d'expert financier.
Tous ses romans : Money, Cash! *(prix du Livre de l'été, 1981),* Fortune, Le Roi vert, Popov, Hannah *et* L'Impératrice *(suite de* Hannah*) sont des best-sellers internationaux.* La Femme pressée, *paru en 1987, a déjà fait une carrière très brillante.*
Une coproduction internationale prépare la sortie du film tiré de Hannah.

L'Impératrice, c'est l'histoire d'une fortune, celle de la femme la plus extraordinaire de son temps, et celle d'un amour désespéré. Le destin d'Hannah, l'Impératrice, c'est une irrésistible ascension qui traverse tout le XXe siècle. C'est un voyage époustouflant, qui nous emmène du bourbier de la Guerre de 14 au Wall Street des années 20, du Hollywood naissant à l'Union Soviétique de Staline.
Hannah va réussir à construire un empire qui couvre la terre entière. Passionnée, elle entraîne avec elle des personnages inoubliables : le Cocher Mendel Visoker, ce géant sorti de la steppe qui la protège et l'aime en silence; la fidèle confidente Lizzie, dont l'amitié ne lui fera jamais défaut; le mystérieux Maryan Kaden, l'un des premiers à lancer la grande épopée du cinéma américain.
Mais l'histoire d'Hannah, c'est surtout celle de son amour déchiré, bouleversant, avec celui qu'elle aime depuis l'enfance — le beau Taddeuz, poète génial, qu'elle tente désespérément d'arracher à la volonté d'autodestruction qui le ronge.

Paru dans Le Livre de Poche :

Le Roi vert.
Cash !
Fortune.
Money.
Hannah.

PAUL-LOUP SULITZER

L'Impératrice

Hannah 2

EDITION°1/STOCK

© Edition°1/Stock, 1986.

Nous sommes de l'étoffe
dont les rêves sont faits.

SHAKESPEARE

A Alejandra

*A mes deux filles,
Olivia et Joy*

LIVRE PREMIER

1

Un mouton rose et demi

ELLE, Hannah, gardera des premiers mois d'Amérique vécus ensemble un souvenir étincelant et tendre. En a-t-elle pourtant rêvé de ce voyage, de cette émigration, de ce changement total de toute son existence! Et de même, sinon avec plus de fièvre, a-t-elle mille fois vécu par avance sa vie avec Taddeuz, s'acharnant à prévoir chacune des péripéties possibles, se bardant de lois, édictées par elle et à son propre usage. Certes, il lui est parfois venu le soupçon de ce qu'on ne peut pas gouverner, ni programmer, le bonheur conjugal comme on le fait du négoce. Quoique. Le soupçon a vite été pulvérisé par une contre-attaque : « Je suis intelligente et fichtrement, c'est un fait qui ne se discute pas; je suis diablement calculatrice, qu'est-ce que j'y peux? Et il faudrait que je ne sois plus moi, Hannah? Je devrais jouer un rôle? Ce serait de l'hypocrisie pure, je ne tiendrais pas trois mois (et encore, en comptant large!) et puis d'ailleurs je ne réussirais pas à tromper Taddeuz, il me connaît trop...

« ... C'est une découverte extraordinaire que tu as faite là, Hannah, quand tu t'es aperçue qu'il lisait dans ta tête presque aussi bien que tu lis dans la sienne, et que, ayant mesuré quelle foutue garce tu es, il t'aime néanmoins...

« ... Et te fait l'amour merveilleusement – rien que d'y penser, tu en trembles... »

Elle va dans New York douze heures par jour, écarquillant jusqu'à l'impossible ses immenses prunelles grises, dans son extrême avidité de tout voir, de tout apprendre. Il y a cette étourdissante allégresse que chaque minute auprès de Taddeuz lui donne; et, en plus, le fait qu'ils soient en Amérique et que ce soit justement l'Amérique qu'elle attendait, un Nouveau Monde plus neuf que toutes les prairies printanières de Pologne. Après tout, ils se sont mariés à Vienne, et c'est en Europe, où elle était chez elle, qu'ils ont vécu les premières semaines de leur union; ce mariage, en somme, n'avait pas trop modifié sa vie; il venait au terme d'une si longue attente, de tant d'espoirs et de machinations de sa part à elle, elle en avait si bien calculé le déroulement, à ses yeux inéluctable, elle avait tant de fois imaginé ce qu'il allait être que, pour un peu, il en eût perdu de son pouvoir émotionnel. Sans doute il en est ainsi des triomphes trop longtemps guettés. Mais elle a bel et bien éprouvé le sentiment que sa vie s'achevait, et qu'elle était presque vieille...

Or voici que tout bascule : « Vieille? Oh! Hannah, foutue idiote, tu n'as même pas vingt-cinq ans! Taddeuz et toi vous allez vivre soixante-quinze années ensemble... Bien sûr, tout ne sera pas trop simple, mais à un problème il y a toujours des tas de solutions et, s'il n'a pas de solution, c'est qu'il n'y a pas de problème... »

Le simple franchissement de l'Atlantique l'a métamorphosée; ça n'a rien d'une exaltation passagère, elle sait que ce pays est pour elle, que l'Amérique et elle s'accordent et vont s'accorder mieux encore, elle voit bien qu'elle est exactement en phase avec ce bouillonnement et cette jeune puissance.

Elle-même est neuve, se sent neuve, à tous égards. Jamais dans sa si longue vie elle ne reviendra sur son amour pour l'Amérique, ne reniera ce foudroiement subi en février de 1900.

Elle va dans New York douze heures par jour.

Ordinairement, Taddeuz l'accompagne (ils sont encore au Waldorf Astoria; malgré ses premières recherches au demeurant assez paresseuses, elle n'a trouvé aucun appartement qui lui convienne). Disant qu'il veut écrire, il confie parfois à Zeke Singer le soin d'escorter Hannah dans ses explorations. Un jour qu'elle est flanquée, justement, du beau-fils de cette Becky qu'elle a connue à Varsovie, il lui arrive une aventure étrange.

L'idée lui est venue d'aller à Ellis Island. Zeke s'est arrangé pour obtenir les autorisations nécessaires. Bientôt, elle se retrouve dans les bâtiments des services américains d'immigration, sur la petite île dans la baie de New York où l'on parque les arrivants. Parquer est bien le mot approprié : il y a du corral à bestiaux dans toutes ces barrières, ces grilles, ces chicanes successives où s'effectuent les tris. Elle a même le sentiment de visiter un zoo, avec ses atours de grande dame, ses gants de chevreau glacé qui lui prennent le coude, son grand chapeau et sa voilette de chez Paquin, sa robe et sa cape de chez Worth, sa suite de six pièces au Waldorf Astoria...

Le premier jour, elle suit huit heures d'affilée le travail d'un médecin d'Ellis Island, à qui on l'a recommandée. Au début, le médecin n'a pas été trop enchanté d'apprendre qu'il allait devoir accrocher à ses basques une lady de Park Avenue – c'est un Ecossais d'origine, un blond-roux aux yeux bleus qui n'est pas mal du tout (*en d'autres temps, je n'en aurais peut-être pas fait mes dimanches, mais un jour de semaine...*). Hannah a alors relevé sa voilette et lui a flanqué en pleine figure le canon double de ses yeux gris, tout en lui adressant son plus ensorcelant sourire : il se trouve, lui apprend-elle, que sans un coup de tête qui à peu près sept ans plus tôt l'a expédiée en Australie elle eût pu se trouver elle-même parmi ces gens...

« Ni plus ni moins appétissante qu'eux. Et soit dit en passant, outre l'anglais, je parle le français, l'allemand, le russe, le polonais, le yiddish, l'hébreu, l'italien et pas mal d'espagnol. En sorte que je suis assez bien placée pour vous servir d'interprète, ce dont vous me semblez avoir grand besoin... »

Ce premier jour dans l'île, elle voit ainsi défiler l'Europe, de l'Oural aux landes irlandaises, de la Scandinavie à la Sicile. Elle en est fascinée. Jamais elle n'avait imaginé déversement aussi gigantesque, c'est vraiment par millions qu'on arrive. Elle prend conscience de sa propre trajectoire, de son mouvement planétaire. Tout défile de son propre passé. C'est bien la première fois de sa vie où elle se retourne et considère le chemin parcouru. Car cet énorme flot humain qu'elle voit couler avive ses souvenirs. Bien plus (et c'est à cet endroit que l'histoire devient étrange), entre ces milliers de visages, elle se met à en distinguer un, puis deux, puis d'autres... C'est une sensation très troublante. Parce que cette petite fille qui soudain surgit, un matin, dans le cabinet-bureau du médecin chargé de vérifier l'état sanitaire des émigrants, cette minuscule gamine de sept ou huit ans rappelle à s'y méprendre une Hannah du même âge. Mêmes prunelles dilatées et grises, dévorant le visage, même attifement noir et triste qui enveloppe un corps maigre et comme asexué, et surtout mêmes silences durs et, croit-elle, même solitude déjà reconnue et acceptée. Hannah est bouleversée. Tandis qu'elle traduit au médecin les réponses des parents de la fillette, elle se revoit elle-même, au même âge ; à nouveau elle marche sous le grand soleil de l'été 1882, sa main dans celle de Taddeuz – qui a trois années de plus qu'elle, dix ans ; elle retrouve l'émerveillement incrédule ressenti alors, de ce qu'il ait pu accepter d'être son ami et de partager avec elle ses jeux ; et voici que surgissent les Cavaliers du pogrom, à l'horizon sans fin de la plaine russo-polonaise, voici la mort de Yash, son frère, brûlé vif, puis celle de son père, voici les années noires, absolument insoutenables, où elle attend de grandir, de s'échapper, de vivre, de fuir le shtetl, le village où elle est née et eût étouffé plus sûrement encore sans les visites de Mendel Visoker, le Cocher de Mazurie, au poitrail de bison et à l'âme de vagabond éternel qui, quand enfin elle a quinze ans, l'arrache à cette mort lente, l'amène à Varsovie, la protège, tue même pour elle le jour où...

Il est là.

... Oh! bien sûr, ce n'est pas le vrai Mendel. Celui-ci est plus jeune, plus mince et d'ailleurs il est quelque chose comme hongrois, croate ou lituanien, peu importe. Mais il a de Visoker la formidable largeur des épaules, la façon si insolente de porter la tête très droite, le rire étincelant sous la moustache noire, la souplesse féline en supplément de la puissance, et par-dessus tout il dégage l'irrésistible impression qu'il est de ces hommes que rien ne peut retenir longtemps, ni l'amour d'aucune femme, ni la moindre frontière, et pour qui le monde entier est tout juste assez grand.

Elle-même d'abord, et maintenant Mendel... Jusque-là, Hannah a pu croire qu'elle était la victime du seul hasard, ou de son imagination suscitant des fantômes. Seulement, dans les jours qui suivent, d'autres sosies apparaissent dans cette mer humaine – les bateaux chargés d'émigrants ne cessent d'arriver d'Europe et Ellis Island ne désemplit pas. Le premier d'entre eux figure au cœur d'un contingent d'Allemands de Prusse et de Suédois de Dalécarlie, lentes et lourdes gens entre lesquelles il fait tache avec ses yeux de voleur et ses manières de voyou trop sûr de lui; il est accompagné de deux femmes, deux jeunes filles au regard bovin, c'est de toute évidence un proxénète, Hannah en jurerait, et une vieille haine qu'elle croyait oubliée revient en elle et la submerge : elle revoit Pelte le Loup la traquant dans les rues de Varsovie, tandis qu'elle court comme une folle, à s'en ruiner la santé, entre les boutiques qu'elle a ouvertes et la chambre de Praga où elle retrouve Taddeuz. Elle a dix-sept ans alors, elle est enceinte (Taddeuz l'ignore et n'en sait toujours rien), et une nuit Pelte le Loup l'attaque, veut la violer et, enragé par la défense qu'elle lui oppose, il lui brise les os à coups de pied...

... Sur quoi elle perd cet enfant qu'elle attendait...

... Sur quoi aussi Mendel tue le Loup et est expédié en Sibérie.

« Zeke, je ne veux pas que cet homme entre en Amérique. Je paierai ce qu'il faudra, si je dois payer. Mais qu'on le rejette... Je vous en prie, Zeke, je vous en prie... »

Ce n'est pas tout, d'autres sosies surviennent. « J'ai des hallucinations », pense-t-elle, accrochée au bras de Taddeuz qui, intrigué de la voir aussi passionnée par Ellis Island, a fini par la rejoindre. D'un bateau en provenance de Galway débarque tout un clan d'Irlandais qui pourraient fort bien être ces MacKenna qui l'ont si merveilleusement accueillie lorsque, à même pas dix-huit ans et avec *une* livre sterling pour toute fortune, elle est arrivée en Australie...

Sauf que Lizzie MacKenna, qui est la plus petite de sa famille, mesure près de six pieds, et qu'elle va épouser Maryan Kaden; lequel n'est pas encore au courant de ce mariage, lui fait remarquer Taddeuz.

« A propos de Maryan, j'en ai vu un, avant-hier. Sauf qu'il avait des dents horribles, c'était tout à fait Maryan. »

... Et de même a-t-elle identifié un Pinchos Klotz, une Rebecca Anielowicz, un Leib Deitch, et quinze ou vingt autres qu'elle a connus à Varsovie, au temps où elle travaillait dans l'épicerie des Klotz – première étape, après l'évasion de son shtetl. Avec un tout petit peu d'imagination, cette très forte femme engoncée dans quinze jupes qui, monumentale face au médecin d'Ellis Island, refuse avec une sombre fureur de se déshabiller pour subir l'examen (et qui en outre dégage un fumet corporel assez écœurant), cette femme-là pourrait être une sœur jumelle de Dobbe Klotz, la Meule de Foin.

« ... Tu as encore un tout petit peu peur d'elle, Hannah, reconnais-le... »

D'ailleurs, ce n'est pas seulement la Pologne qui est représentée. D'autres sosies des témoins d'autres épisodes de sa vie se sont manifestés. Les épisodes, elle réalise qu'en somme il y en a eu cinq, bien distincts, à croire qu'elle a déjà vécu cinq existences : le shtetl tout d'abord, puis Varsovie, puis l'Australie et la Nouvelle-Zélande – où elle a commencé à faire fortune en fabriquant ses crèmes de beauté –, l'Europe où cette même fortune, « toujours avec les foutues crèmes », a sacrément pris du tour de taille...

... Et puis l'Amérique enfin, où elle ne doute pas qu'elle va vivre une nouvelle vie.

« Oh! Taddeuz, c'est presque angoissant, c'est comme si mon passé venait de me rejoindre!

– Et où est le mal?

– Il n'y a pas de mal. J'avais juste oublié que j'avais déjà fait tant de choses, et rencontré tant de gens, et parcouru tant de kilomètres. J'ai déjà eu une vie foutument remplie, quand on y pense! »

Il sourit de toute sa hauteur et elle hoche la tête : d'accord, elle n'aurait pas dû dire « foutument », elle parle comme une charretière de la Nouvelle-Galles du Sud, elle fera attention, c'est promis. Ce soir-là, ils dînent à la table de Junior, John Davison Rockefeller en personne, futur homme le plus riche du monde. L'invitation à une rencontre aussi prestigieuse est due au sénateur Markham, dont Taddeuz a été durant trois années le secrétaire et grâce à qui il a obtenu la nationalité américaine. Junior n'impressionne pas trop Hannah : il est rongé par la timidité et la peur de mal faire; au 26 de Broadway, quartier général des affaires de la famille, il a débuté comme préposé au remplissage des encriers et la première fois qu'il a voulu voler de ses propres ailes dans la finance, il s'est fait flouer lamentablement, perdant, dit-on, des millions de dollars. C'est un garçon d'environ vingt-six ans, d'assez petite taille, mélancolique et renfermé; depuis peu il dirige les études bibliques à l'église Dietiste de la 5e Avenue.

A ce dîner auquel assistent deux douzaines d'invités les possibilités d'un entretien privé avec Junior relèvent du miracle et pourtant ce tête-à-tête se produit. Sans qu'Hannah ait fait quoi que ce soit à cette fin, la voilà qui se retrouve assise près de lui et soudain, de façon encore plus inexplicable, elle se découvre en train de lui raconter comment elle calcule elle-même sa fortune : elle dessine des moutons – qui ne sont pas très extraordinaires comme moutons, « je dessine comme un casseur de pierres » –, des moutons de couleurs différentes selon qu'ils représentent ses instituts, son usine, son laboratoire, ses écoles d'esthéticiennes et de vendeuses... moutons à pois rouges pour figurer le réseau de distribution reliant l'usine à la chaîne des instituts et des boutiques, moutons à carreaux rouges et noirs pour les comptes bancaires...

« Et je leur dessine une queue quand l'entreprise qu'ils représentent commence à dégager des bénéfices, autrement dit quand je n'ai plus besoin d'y investir de l'argent. Ils ont droit à une patte lorsque ces bénéfices annuels dépassent le millier de dollars...

– Autant de pattes que de milliers de dollars de bénéfices, tous frais déduits, c'est cela?

– Exactement. Deux ou trois de mes moutons sont des bizarreries de la nature. Il y en a un qui a déjà dix-sept pattes, la pauvre bête... »

Hannah hésite mais en fin de compte garde pour elle le fait que, depuis son arrivée en Amérique, elle a créé un nouveau type de mouton. Ses derniers-nés sont roses et chacun, normalement équipé de quatre pattes et d'une queue comme tout mouton bien élevé, représente *un million* de dollars. Ce n'est pas un gros troupeau : il ne compte, pour l'heure, qu'un mouton et demi.

C'est ce demi-mouton qui la tracasse et, comparé à la monstrueuse fortune d'un Rockefeller, lui donne des complexes.

« Des moutons! » dit Junior.

Il paraît plus qu'intéressé : passionné. Mieux que cela, à son tour il révèle qu'il a toujours aimé, lui aussi, tenir des comptes secrets. Ainsi, huit années plus tôt, quand il a passé près d'un an à Forest Hill, dans une des propriétés paternelles, à faire le bûcheron, à recueillir du sirop d'érable pour en faire du sucre, il a reporté chaque jour sur un petit calepin qui ne le quittait jamais les quantités obtenues, et les sommes ainsi gagnées en argent de poche; de même, plus jeune, a-t-il tenu un compte extrêmement précis des minutes quotidiennement consacrées à la prière par chacun des membres de la famille...

« Mais vous allez peut-être me trouver ridicule, madame Newman...

— Je suis fascinée », dit Hannah élargissant ses yeux.

... Et elle pense : « Nom de dieu, Hannah, tu parles à un Rockefeller, tu te rends compte! »

L'héritier raconte encore que, parcourant l'Europe à bicyclette voici trois ans, il ne s'est pas passé un jour sans qu'il ait, non seulement consigné ses dépenses, mais enregistré le nombre de kilomètres parcourus et l'état subséquent de son vélocipède. Junior trouve l'idée des moutons très ingénieuse. Il sourit, ce qu'il n'avait qu'assez peu fait jusque-là, et surtout il sourit avec gentillesse, avec ce brusque et très agréable éclairement du visage qu'ont les timides en pareil cas.

« J'espère, madame, que j'aurai le plaisir de vous revoir, M. Newman et vous...

— Je l'espère aussi, monsieur Rockefeller. »

Elle va dans New York douze heures par jour, levée chaque jour aux aurores. Entre Maryan Kaden et elle, il était convenu que de tout un mois ils ne parleraient pas travail ensemble; elle jugeait un tel délai nécessaire à son acclimatation. C'était déjà rompre avec la fulgurante rapidité de ses expansions en Europe, où, à partir de ses bases de Londres et Paris, elle avait successivement poussé ses antennes, implanté ses instituts et ses boutiques dans toutes les grandes villes européennes. Prenant sa décision avant même de s'embarquer pour New York, elle avait seulement voulu s'accorder un répit. Après tout, elle est une épousée de fraîche date, et vivre avec Taddeuz est aussi une aventure dont elle veut goûter chaque seconde.

... Mais maintenant qu'elle foule le sol américain, respire l'air américain...

« Maryan, ce n'est pas possible. Nous ne pouvons pas tout simplement ouvrir New York comme nous avons ouvert Rome et Vienne, qui n'étaient que des succursales... »

... Ce n'est pas seulement une question de distance, ce n'est pas non plus qu'il y ait un océan entre eux et l'usine française. Comment ne comprend-il pas qu'ils sont désormais dans un autre monde, qu'ils doivent l'un et l'autre changer de mentalité et de méthodes, s'adapter et...

Maryan ne bronche pas. Il se contente de la considérer d'un air très tranquille, avec ses cheveux tirant nettement sur le blond, son visage lisse que les plus grands froids de l'hiver font un peu rougir, ses yeux clairs et presque pâles qui n'expriment strictement rien. Il doit avoir dans les vingt-trois ans, en avait treize quand ils se sont connus à Varsovie, et déjà il travaillait comme une bête, seize à dix-huit heures par jour, pour subvenir aux besoins de sa famille sans père mais constituée d'un nombre invraisemblable de frères et sœurs, tous plus jeunes que lui. C'est elle, Hannah, qui lui a fait quitter la Pologne. Elle rentrait alors d'Australie où elle avait passé trois ans; il est accouru au premier appel, répondant à un rendez-vous qu'elle lui avait donné à vingt mille kilomètres de distance. Depuis il ne s'est jamais étonné de quoi que ce soit : qu'elle réapparût après si longtemps, qu'elle fût devenue riche, qu'elle projetât de devenir plus riche encore, qu'elle comptât évidemment sur lui pour être son lieutenant et son bras droit. Successivement elle lui a demandé d'être entièrement à son service (dans ses affaires mais un peu aussi dans sa vie privée puisqu'elle a été jusqu'à le prier de lui rechercher son Taddeuz), d'apprendre le français, l'anglais et l'espagnol (il savait déjà le polonais, l'allemand et le russe), la finance et tout ce qui concerne les banques et le négoce, comment on détermine le futur emplacement d'un institut ou d'une boutique, comment on les installe et les décore, comment on embauche des gens pour les faire fonctionner, comment on doit s'habiller et tenir un couvert à poisson.

Il a tout appris, imperturbable.

« Nom d'un chien, je l'ai même quasiment forcé – j'ai été tout à fait machiavélique – à mettre une première femme dans son lit. Sans moi, il aurait peut-être encore plein de boutons sur la figure! »

Elle le regarde. De bas en haut : il fait plus d'un mètre quatre-vingts.

... Et sauf qu'il a les yeux ouverts, on pourrait croire qu'il dort profondément.

« Maryan? »

Il hausse les sourcils, signe qu'il lui prête toute l'attention du monde. Mais pour lire quelque chose dans son regard, bernique! c'est aussi expressif et calme qu'un lac de haute montagne. – *Lizzie, nous sommes entre femmes et n'avons pas de secrets l'une pour l'autre, nous pouvons parler librement. Alors, dis-moi, au lit, il est comment, Maryan? Il lui arrive de, comment dire, s'exalter, au moment du grand frisson? Comment ça, ça ne me regarde pas? Merde, ça m'intéresse! il s'exalte, oui ou non?... Quelquefois? Qu'est-ce que ça veut dire, quelquefois? Tu veux dire qu'il y a des fois où... Non?... Donc, c'est bien à chaque fois, hein? Et il s'exalte vraiment? Stupéfiant! Tu ne peux pas me donner un peu plus de détails? Non? D'accord, d'accord, je n'insiste pas...*

« Maryan, reprend-elle, tu n'es pas obligé de me répondre, mais est-ce que tu as gagné un peu d'argent, en plus de celui que je te donne? »

Le voilà qui se dandine d'un pied sur l'autre, avec une timidité très inattendue :

« Un peu, dit-il.

– A la Bourse de Londres?

– Pas seulement.

– Tu es à New York depuis six mois. Tu es allé à Wall Street et tu as spéculé?

– Un peu.

– Ça fait combien, un peu? Toujours si je ne suis pas indiscrète...

– J'ai gagné dans les cent mille dollars », finit-il par dire, sur le ton avec lequel il aurait avoué la strangulation de trois vieilles dames.

... Cent mille dollars qui, si Hannah sait compter (elle sait), doivent s'ajouter à ce qu'il avait déjà. Autant dire que sa fortune personnelle doit, pour le moins, atteindre les deux cent mille dollars. « Sans doute même qu'elle les dépasse... »

« Je me trompe, Maryan?

– Pas beaucoup.

– Tu as fait venir ta famille, il paraît?

– Pas tous, dit-il. Il y en a six ou sept qui sont restés en Europe.

– Je peux les aider de quelque façon?

– Merci, Hannah. Non. »

Elle lui sourit. « Je l'aime comme un frère », pense-t-elle.

« Bon, dit-elle, tu as donc trouvé un emplacement pour mon institut de New York...

– Sur Park Avenue... Tout est dans le dossier.

– Et la boutique?

– Sur la 5ᵉ Avenue. A côté de ce joaillier dont tu m'avais parlé, Tiffany.

– Tu as une chance de trouver mieux ?
– Je ne crois pas. »
Il hoche la tête :
« Ça peut se faire, Hannah...
– Qu'est-ce qui peut se faire ?
– Attendre un an et même davantage. Les deux locaux sont actuellement occupés, on pourra s'entendre pour les avoir libres seulement le jour où tu décideras de t'y installer. »

... Parce qu'il a bien réfléchi et qu'il est arrivé aux mêmes conclusions qu'elle : ce serait dommage, ce pourrait même être risqué d'ouvrir instituts et boutiques sur le sol américain comme si celui-ci n'était qu'un simple prolongement de l'Europe. Il ne sait pas trop comment expliquer ce qu'il ressent :

« Il vaudrait mieux attendre, en effet, étudier et ensuite, seulement, lorsqu'on aura en main toutes les données de ce pays si nouveau, bâtir à neuf et créer...

– Tu t'en tires très bien », dit Hannah en riant.

Maryan ne se dandine plus, à présent. Sa voix est placide, peut-être un peu sourde, mais c'est bien la seule manifestation visible de l'émotion qui sûrement le tient. « Il a changé, et foutument. Il a pris du volume. Peut-être à cause de moi et de tout cet entraînement que je lui ai fait suivre... Ou bien plutôt parce qu'il a toujours été ainsi, avec sa formidable rage de réussir et d'entreprendre, que j'aurai eu la chance de discerner voici dix ans, sans en mesurer exactement l'ampleur... Reste que sous son air si tranquille, il a bien compris ce que je voulais... et ce qu'il veut aussi. Tenter en Amérique autre chose et plus que ce que nous avons déjà réussi... »

... Et de deux choses l'une, comme dit Mendel. De sorte qu'elle demande :

« Tu vas me quitter, Maryan?
— Te quitter?
— Ne plus travailler avec moi. Tu es très capable de devenir riche tout seul. Et pas seulement de devenir riche : de réussir, autant qu'un Rockefeller. Je suis même convaincue que tu y arriveras. »

Il aurait répondu tout de suite, et aussitôt protesté de sa fidélité, qu'elle aurait eu, ou conservé des doutes. Mais il prend son temps, réfléchit encore, un léger voile de brume rêveuse sur ses yeux bleus et avec cette expression de gravité qui n'appartient qu'à lui.

Il dit enfin :

« Tu pourras toujours compter sur moi, Hannah. Aussi longtemps que je vivrai. »

Il tiendra parole. Même après avoir accompli sa formidable ascension. Durant les cinquante années qui vont suivre.

Jusqu'à sa propre mort, en fait.

Elle veut en finir avec son passé. Inexplicablement, elle est encore sous le coup de l'émotion ressentie à Ellis Island, quand elle a cru — et avec quelle conviction! — reconnaître, entre des milliers d'émigrants, sinon chacun du moins beaucoup des témoins de sa propre vie, durant les vingt-cinq dernières années du XIXe siècle.

(Car il y a cela, en plus : outre son mariage avec Taddeuz et son installation en terre américaine, elle a également changé de siècle; tout cela quasiment ensemble, et en quelques semaines...

« Pour ce qui est de prendre un tournant, j'en ai pris un de foutument coudé! »)

Elle ne parvient pas à se défaire du souvenir de tous ces visages. Et ce n'est pas d'elle, d'être à ce point obsédée : elle n'a pas le goût des réminiscences. Si bien qu'avec sa détermination ordinaire elle convoque des détectives privés au Waldorf Astoria. Les hommes de l'agence Pinkerton sont sûrement plus habitués à combattre les grévistes et les voleurs de train; les demandes d'Hannah les étonnent un peu, mais leur efficacité est certaine : ils ne mettent que trois jours à retrouver dans New York la petite fille aux grands yeux gris en qui elle a cru se reconnaître. Elle se rend à l'adresse indiquée, qui est une rue très sordide, dans le quartier du Bronx. Taddeuz l'accompagne. Il y a tenu, intrigué à nouveau – lui ne trouve pas qu'il y ait tant de ressemblances entre les personnages réels rencontrés par Hannah, lorsqu'il les a connus, et ceux qui ont transité par Ellis Island.

« A moins que ma présence ne te gêne ?

– Je doute que mes soixante amants aient tous eu la même idée que moi, venir en Amérique... »

« Pourquoi diable ai-je parlé de mes amants, de ceux que j'ai eus avant de le retrouver ? Il le sait, que j'ai eu des amants – pas soixante, heureusement... il le sait mais ne m'a jamais posé la moindre question à leur sujet. Et il a fallu que tu en parles, triste imbécile ! »

Ils trouvent la petite fille, et sa famille, dans ce qui n'est même pas une chambre, mais une sorte de hangar. On a étalé des paillasses à même le sol de terre battue, il fait un froid du diable et les huit ou dix personnes présentes sont regroupées autour d'un caquelon en terre cuite, lui-même suspendu à un trépied de fer, au-dessus d'un feu. On dirait un campement au cœur des plaines de Pologne, alors qu'à l'entour grouille un million et demi de New-Yorkais. Ces gens sont russes, ils viennent d'un obscur village au sud de Minsk. Tandis que Taddeuz raconte au père de famille une histoire à dormir debout, selon laquelle sa femme et lui auraient eu une petite fille ayant les mêmes yeux que la sienne, et qui serait morte, Hannah approche l'enfant et lui parle. Quelques minutes suffisent : l'immense regard gris qui l'avait tant frappée lors du franchissement des services d'immigration, ce regard est décevant. Ce qu'elle avait pris pour un mépris froid à l'encontre de l'humanité en général n'est que de la timidité, et presque un défaut d'intelligence.

Elle laisse cent dollars à la famille pour répondre aux premiers besoins, et dans l'instant pense s'être débarrassée de son obsession.

Mais elle revient le lendemain, et le surlendemain encore. Bien évidemment, aucun de ses protégés ne sait un traître mot d'américain, et ils cherchent tous du travail. Elle leur en trouve, grâce à Zeke Singer toujours, et pour les plus jeunes, les fait inscrire dans des écoles, leur accordant une bourse de cinquante dollars par semaine, près de deux fois le salaire moyen d'un ouvrier.

... Quant à la petite fille aux yeux gris, elle restera rarement plus d'un mois, toutes les années à suivre, sans s'intéresser à elle, et lorsqu'elle se mariera en 1911, elle offrira au jeune couple la maison et surtout le petit hôtel dont il rêve.

... Encore et toujours déçue de ce manque d'ambition, mais s'y étant depuis longtemps résignée.

Bien plus bizarrement, trente ans plus tard à Hollywood, se trouvant un jour à une réception de Beverly Hills, Hannah verra s'approcher d'elle une actrice fort célèbre, à l'admirable regard, à la notoriété mondiale : « Vous l'ignorez sans doute, madame Newman, mais toute ma famille vous voue une admiration sans limites. Ma mère m'a parlé de vous des soirées entières. C'est à elle que vous avez autrefois offert un hôtel, et surtout de l'amitié... »

Au cours des semaines suivantes, à mesure que les Pinkerton en retrouvent les traces, ils s'occupent, Taddeuz et elle, des autres sosies. La plupart sont encore à New York, quelques-uns seulement ont osé aller plus loin ou ont eu des raisons de le faire. Par une coïncidence qui enchante Hannah sans l'étonner vraiment, celui d'entre eux qui lui a rappelé Visoker est justement le plus aventureux de tous. Les policiers mettent plus de deux mois à le repérer. Non qu'il se cache, mais il se déplace sans cesse. Le jour où il est enfin localisé, il vient tout juste d'arriver à Kansas City avec l'intention de faire route encore plus à l'ouest, vers la Californie. Il est hongrois et plus grand que Taddeuz, qui frôle pourtant le mètre quatre-vingt-dix. Son rire tonitrue quand Hannah, arguant d'une ressemblance avec un frère très aimé, propose de l'argent ou n'importe quelle aide à sa convenance. Il a des yeux glissants et joyeux de voleur de pommes et sous sa moustache noire mongole, ses dents sont superbement blanches. Il accepte un dollar, un seul, mais en argent – pour lui porter chance – et rien de plus. Hannah lui remet la pièce et lui parle de Mendel, que peut-être il rencontrera, sur les grands chemins de l'errance. Ils sont faits pour s'entendre, le Cocher et lui. Le Hongrois demande s'il y a un message.

« Non ! » dit Hannah, persuadée que la rencontre aura lieu, forcément. Elle croit à ces choses. Un peu plus qu'elle ne croit en Dieu.

Parmi les autres sosies, celui qui rappelle Pinchos Klotz a déjà trouvé du travail par lui-même, dans une briqueterie de Springfield, Connecticut. De feu Pinchos le Taciturne, mort à Varsovie d'avoir voulu la venger du Loup, l'immigrant a la petite taille fluette, le mutisme presque total, le regard doux. C'est un Letton des environs de Riga, de trente ans plus jeune que le vrai Pinchos. Il faut à Taddeuz une demi-journée pour lui tirer quelques mots – il a interminablement considéré l'argent qu'on lui offrait comme si les billets pouvaient être enduits d'un poison mortel. Il finit par révéler qu'il était employé dans une bibliothèque, qu'il aime les livres et qu'il sait fort bien le français. Peut-être a-t-il eu des démêlés avec la police politique du tsar. Taddeuz en est convaincu et c'est lui qui propose en tout cas qu'on fasse de Kaunas (c'est le nom du bonhomme) un libraire. Hannah hésite. Après tout il s'agit de racheter tout un fonds de commerce et son stock de livres. Et où trouver la boutique ?

« J'en ai une en vue, explique Taddeuz, qui est l'ami intime de tous les libraires de Manhattan. Un sous-sol dans la 91e Rue est.

– Où tu pourras aller te réfugier les jours où je serai encore plus insupportable que d'habitude, c'est ça ?

– Le seul endroit où je pourrais jamais être à l'abri de tes persécutions, c'est la prison de Sing Sing. Et encore. Tu réussirais probablement à t'y introduire, déguisée en lettre recommandée. »

... Mais c'est vrai qu'il aimerait avoir Kaunas pour libraire, l'homme a des idées très intéressantes en matière de littérature.

Hannah accepte. Elle croit l'affaire terminée. Pas du tout. Autre chose est de convaincre maintenant le Letton : il ne comprend pas ce qu'on lui veut, ni les raisons d'une telle prodigalité à son bénéfice, il se méfie. Et puis un soir, deux semaines plus tard, il surgit dans le hall du Waldorf Astoria, alors qu'Hannah et Taddeuz s'apprêtent à sortir. Il paraît qu'il attend depuis des heures. Il tient à deux mains un paquet religieusement enveloppé de cuir de Russie. Il l'ouvre et le tend à Taddeuz. A l'intérieur se trouve une vieille montre de gousset en or, toute cabossée.

« Donnant, donnant », dit Kaunas en deux mots, pas un de plus, et l'on doit comprendre qu'il veut bien devenir libraire seulement si Taddeuz accepte en échange la montre de son cher vieux papa de Riga, souvenir de famille s'il en est.

Taddeuz la prend et deux jours durant s'émerveille d'une telle rectitude morale.

Pas Hannah.

D'abord parce que (ça leur donne à chaque fois le fou rire, à Taddeuz et à elle, rien que d'y penser), d'abord parce que c'est elle qui a payé les six cent cinquante dollars du fonds de commerce, et c'est à son mari que le Letton fait un cadeau!

... Ensuite et surtout parce que, avec sa méfiance ordinaire, elle examine un peu mieux la montre, la fait expertiser chez Tiffany et découvre qu'elle est en cuivre et ne vaut guère plus d'un dollar cinquante, et qu'en outre, ayant été fabriquée en Amérique même, ce serait pur miracle si jamais elle avait appartenu à un vieux Letton de Riga, sur les lointains rivages de la mer Baltique :

« Je m'en doutais. Et ce type n'est même pas juif! Ce Kaunas sous ses airs d'innocence – les mêmes que Pinchos – a, comme celui-ci, un tout petit penchant pour la crapulerie. Sauf que, dans le cas de Pinchos, c'était pour les fromages qu'on ne pouvait pas lui faire confiance; pour tout le reste, si... »

Le Letton s'installe dans la 91e. Jusqu'au bout, il consentira à Taddeuz et à Hannah une ristourne de trois pour cent sur les livres qu'ils lui achèteront. Il mourra en 1943, n'ayant pas prononcé plus de cent mots par an.

... Ainsi fait-elle de tous les sosies, les retrouvant à peu près tous grâce aux Pinkerton et pour tous, avec des fortunes diverses, soit venant à leur aide, soit au contraire réglant avec eux, bizarrement, des comptes qu'elle avait autrefois laissés en suspens.

Elle va dans New York douze heures par jour, sans compter les soirées et les nuits. Le printemps est venu sur la ville et la baigne d'une douceur très surprenante. Surprenante pour elle, Hannah, qui avait toujours rêvé d'une New York froide et haute, brutale (cette brutalité ne l'effraie pas, au contraire; elle était convaincue de pouvoir s'y faire une place).

Elle se souviendra de cette saison printanière comme la période la plus heureuse de sa vie.

Le soir, quand ils vont à quelque dîner, ils circulent dans une victoria à capote de cuir, moins fermée qu'un coupé de ville ou un dorsay, tirée par deux chevaux. Durant les journées en revanche, essentiellement quand il ne pleut pas, ils apprennent l'un et l'autre à conduire une voiture sans cheval. Elle a fait venir de France une Panhard et Levassor à moteur Daimler, de quinze cents kilos, capable d'atteindre le 45 kilomètres à l'heure. Et son ami Louis Renault lui a juré de lui faire parvenir le monstre qu'il destine à la course Paris-Bordeaux, un bolide qui, paraît-il, pourra rouler jusqu'à 100 kilomètres à l'heure.

Taddeuz s'en tire mieux qu'elle. Pourtant elle a passé des dizaines d'heures à comprendre le mécanisme du moteur, le pourquoi de chaque pièce, les avantages comparés des différentes énergies motrices – essence, alcool, vapeur et électricité. Rien à faire. Entre Taddeuz et ces foutues mécaniques, il y a une connivence très sournoise, absolument exaspérante : à peine s'installe-t-il au volant que cette saloperie de voiture se met à ronronner comme une chatte. A vomir. Alors qu'elle en est, elle, à sa quatorzième panne !

« Il n'y a pas de quoi rire, sale Polak ! Tu ne reconnaîtrais pas un moteur de voiture d'une machine à coudre !

– Pour quoi faire ? ça marche très bien. »

... Ce jour-là, ils sont partis pour la campagne, avec sur le siège arrière deux grands paniers d'un pique-nique préparé par le chef français du Waldorf. Il y a un peu plus de mille cinq cents voitures sans cheval dans New York en cette année 1900, et trois ou quatre autres véhicules pétaradants font un moment cortège à la Panhard et Levassor, qui les ridiculise par sa vélocité. On est en avril, la journée est très belle, le but de l'excursion est Tarrytown où, d'après Junior, les Rockefeller ont une propriété tout à fait splendide, sur les bords de l'Hudson et sur les berges de la petite rivière Pocantico. Taddeuz a tenu le volant (elle effectuera, c'est convenu, le trajet du retour). Pour conduire, il se refuse à endosser houppelandes et peaux de bête, et rejette même les grosses lunettes. Il prétend n'avoir pas besoin de toutes ces précautions d'usage. Même à très haute vitesse. Même à 45 kilomètres à l'heure.

Ils pique-niquent.

Taddeuz regarde autour de lui et remarque :

« C'est donc ici que nous allons vivre...

– En Amérique ?

– Pour l'Amérique, c'est déjà réglé. Tu l'as décidé le lendemain même de notre arrivée, sinon avant. Non, je parlais de Tarrytown. Tu veux acheter une maison par ici, à côté des Rockefeller ?

– Ou en faire construire une. »

Elle le fixe, déconcertée. Elle n'a pas vu venir l'attaque. Il est sans aucun doute le seul être au monde qui puisse la surprendre.

« Il se trouve que c'est mon mari, le seul homme que j'aie jamais aimé et aimerai jamais... mais c'est peut-être justement à cause de ça que... »

« D'accord, Hannah.
– D'accord sur quoi ? »

« Tu le sais très bien », pense-t-elle.

« Tu as envie d'une maison, n'est-ce pas ?
– Je te jure que je n'y pensais pas. »

Il sourit sous sa moustache blonde :

« Mais maintenant, si ?
– Maintenant, si. C'est normal que j'aie envie d'avoir une maison à nous... D'ailleurs, peut-être que j'y pensais un tout petit peu, avant, réflexion faite...
– D'accord », dit-il.

Il baisse la tête puis la relève, regardant la rivière :

« J'ai une autre question.
– Toutes les questions du monde. »

« Et cette fois, tu sais ce qu'il va te demander... »

« Est-ce que nous allons avoir des enfants, Hannah ?
– Ne te moque pas de moi. Bien sûr que oui.
– Quand et combien ? »

... Et toujours cette nonchalance courtoise, à croire qu'il s'enquiert du prix d'un journal ! Et le pire, Hannah, le pire est que tu as toutes les réponses à ses questions. Et qu'il le sait. Il sait que tu programmes tout...

« Trois enfants, dit-elle.
– Garçons ou filles ?
– Un peu des deux. »

« Nom d'un chien ! pense-t-elle, quelle conversation de fous ! »

« Deux garçons et une fille, ou le contraire ?
– Je préférerais deux garçons et une fille. »

Il acquiesce et elle, Hannah, est partagée entre le fou rire nerveux et – bien plus bizarre chez elle – une envie de pleurer.

Elle reprend :

« Mais si tu préfères deux filles, ou d'autres enfants en plus...
– Je me contenterais d'une seule fille, et de deux fils. Et ils naîtront quand, nos enfants ? En supposant que nous les fassions ensemble, évidemment...
– Tu es méchant.
– C'est vrai, excuse-moi. Je retire la remarque. »

Elle s'assoit sur le marchepied de la Panhard et Levassor :

« Taddeuz, je sais bien que je suis folle : on ne peut pas dire à l'avance si on aura ou non des enfants, si ce seront des garçons ou des filles, ni quand ils naîtront... »

Il arrête enfin de regarder la rivière et vient vers elle :

« Mais tu es Hannah, tu n'es pas une femme ordinaire.
– Pour ces choses-là, je suis foutument ordinaire. Prends-moi dans tes bras, je t'en prie, j'ai honte. »

Il l'enserre de ses deux mains à la taille (à chaque fois qu'il fait ce geste, et il le fait souvent, elle constate avec fierté que les longs doigts de Taddeuz se touchent, par leurs extrémités, et donc l'encerclent tout entière) et la met debout.

Ce qui n'arrange pas les choses : elle mesure un mètre quarante-huit et il fait très exactement trente-neuf centimètres de plus qu'elle.

« Prends-moi dans tes bras. »

Il la soulève mais, au lieu de l'amener contre lui, il l'assoit sur le capot encore tiède de la voiture sans cheval.

« Tu n'as pas répondu à ma question, Hannah : quand serai-je père ?

– Je ne peux pas...

– *Hannah*.

– J'avais pensé, dit-elle enfin d'une assez petite voix, que ce serait mieux d'attendre un peu. Le temps que toi et surtout moi soyons devenus de vrais Américains.

– Le temps d'installer et de lancer tes affaires.

– Mais oui, pourquoi pas ? Et aussi le temps que tu écrives ton premier livre, qu'il ait un succès extraordinaire et que tu deviennes le plus grand écrivain de ce côté-ci de l'Atlantique... »

Un temps :

« Des deux côtés, d'ailleurs. Pourquoi un seul côté ?

– Cinq ans ? Dix ans ?

– Deux. »

... Et ce silence qui s'établit. Elle fait de son mieux pour avoir les yeux humides, mais en vain – « Je ne suis décidément pas du genre à pleurnicher, et encore moins à avoir des vapeurs. J'aurais dû naître dans cent ans d'ici... Qu'est-ce que je me sens idiote ! » Un bateau défile sur l'Hudson, avec ses rameurs moustachus ; passent également deux couples endimanchés. Et tous regardent avec curiosité ce petit bout de femme aux yeux si clairs, délicatement modelée dans sa robe de Jacques Doucet, assise sur un véhicule à moteur, en plein milieu d'une clairière, sous une ombrelle à brandebourgs du même gris fumé que ses yeux.

« Hannah ?

– Oui, mon amour.

– Je vais essayer d'écrire en anglais, désormais, ainsi que tu me l'as suggéré. »

« Tais-toi, Hannah ! » se dit-elle.

Elle se tait.

Il poursuit :

« J'écrirai en anglais. Il me faudra six à huit mois de travail sur la langue, je ne la possède pas aussi bien que le polonais, ni même que le français.

– Disons Noël, ne peut-elle s'empêcher de remarquer.

– Disons Noël. Tu veux vraiment acheter une maison ici, ou la faire construire ?

– Ici ou à Long Island. Nous ne sommes pas encore allés à Long Island. D'après Becky, c'est très joli.

– Il nous faudra quelque chose à Manhattan.

– J'y aurais mes bureaux. Je pourrais... Nous pourrions y installer un appartement. Ça t'irait ?

– Très bien », dit-il avec ce calme tendre et affable, si trompeur, qui peut chez lui dissimuler les plus froides colères.

Et elle le regarde à n'en plus finir, avidement. Jamais il n'a été si beau. Il a vingt-huit ans et...

... Et il ne figurait pas parmi les sosies d'Ellis Island. Tous y étaient, y compris Hannah elle-même, mais pas lui ; il ne s'est trouvé aucun immigrant pour lui ressembler, aucun. Ça n'avait pas de sens de donner de l'importance à ces choses, ça n'en a toujours pas, mais le fait est qu'elle y pense sans cesse. Si vraiment, comme elle le croit confusément, tout son passé a débarqué derrière elle à New York, pourquoi Taddeuz n'y était-il pas ?

Cette absence l'angoisse.

« Prends-moi dans tes bras, par pitié. »

Cette fois, il s'exécute. Elle se blottit contre lui, s'accroche à lui. – *Je me disais que c'était folle-*

ment dangereux et idiot, Lizzie, je me le répétais sans cesse, je savais bien que le moyen le plus sûr de faire arriver les catastrophes, c'est encore de les guetter jour après jour, mais c'était plus fort que moi : j'avais horriblement peur de ce qui allait se passer, entre Taddeuz et moi, je le prévoyais... Et ça n'a pourtant pas empêché cette période d'être la plus heureuse de ma vie...

Oh! mon Dieu, ee que j'étais heureuse...

2

Aussi plate qu'une ligne de crédit dans une banque écossaise...

Sitôt que le printemps est tout à fait venu, ils partent pour leur grand tour d'Amérique. Taddeuz connaissait déjà New York et Washington plus la Virginie (du temps où il était le secrétaire du sénateur Markham) ainsi que Boston et la Nouvelle-Angleterre. Mais rien au-delà, alors que le pays est tellement gigantesque. Ils prennent la route du nord, ou plus justement la voie ferrée. Hannah a fait embarquer sur le train la Panhard et Levassor et son mécanicien – un certain Gaffouil, recommandé par Louis Renault.

Elle-même est accompagnée d'une femme de chambre. Pour cette dernière, elle ne s'est laissé convaincre de l'engager qu'à contrecœur. A Paris et Londres, tout autant qu'à New York, on s'est étonné de ce qu'elle n'ait pas de domestique : il paraît qu'une femme dans sa position – « C'est quoi, ma position, au juste ? Je ne suis qu'une marchande de crèmes ! » – se doit d'en avoir au moins une. L'idée d'avoir en permanence quelqu'un dans ses jupes, et de surcroît habilité à fouiller celles-ci, a longtemps hérissé Hannah; et puis elle ne comprend pas qu'on puisse passer sa vie à servir les autres. Mais Yvonne l'a conquise. C'est une Belge d'une vingtaine d'années, dotée d'une agressivité qui a enchanté Hannah, ravie de voir quelqu'un lui tenir tête :

« Et je vous préviens, Yvonne, le jour où vous devenez servile, je vous fous à la porte!

– Alors là, rien à craindre, a répondu la Bruxelloise. On est parties pour vivre cent ans ensemble. Et moi aussi, je vous préviens : si vous me tutoyez, je vous tutoie aussi. »

Ils partent le 28 avril de New York, à destination de Boston. L'idée de pousser une pointe jusqu'à Montréal et Québec est de Taddeuz. Dans ce monde américain où Hannah est si à l'aise, il est encore un peu perdu, et peut-être recherche-t-il, auprès des francophones du Saint-Laurent, un peu de l'atmosphère européenne et française dont il a sans doute quelque nostalgie. Vers la mi-mai, retour aux Etats-Unis avec le passage obligatoire devant les chutes du Niagara puis, en enfilade, Buffalo, Pittsburgh, Cleveland, Detroit et Chicago. Il serait alors normal d'aller à l'ouest mais Hannah choisit le sud.

... De Saint-Louis, les Rocheuses, par Wichita et Dodge City, puis Denver et Salt Lake City.

Nouveau changement de cap, on remonte au nord, vers Seattle et l'Etat de Washington...

Ils arrivent par la mer à San Francisco le 16 août.

On y est depuis deux jours quand, un matin, alors qu'elle et Taddeuz dorment dans les bras l'un de l'autre, elle a le sentiment d'une présence, dans leur chambre de Nob Hill.

Elle ouvre les yeux et reconnaît Mendel.

« Comment ai-je pu croire qu'il pouvait avoir un sosie? Ce Hongrois n'était qu'une pâle imitation, il n'y a qu'un seul Mendel! » C'est la première pensée consciente d'Hannah. Elle s'assoit dans le lit et le regarde mieux : il est encore plus large que dans ses souvenirs, son poitrail paraît plus massif encore, au plus y a-t-il quelques touches de gris dans sa moustache noire, et peut-être les paupières sont-elles un peu plus lourdes, sur le regard fendu. Mais ce sont là les seuls signes de ce qu'il a passé la quarantaine. Pour le reste, c'est bien lui.

Ainsi de ce dandinement de plantigrade face à elle :

« Couvre-toi, morveuse, tu es nue.

– Vous n'étiez pas obligé d'entrer dans notre chambre.

– C'est vrai », dit-il.

Il sourit en direction de Taddeuz :

« Ça va, l'Etudiant ?

– Superbe, répond Taddeuz la tête sous l'oreiller. Et toi ? »

Les voilà qui se mettent tous les deux à discuter en polonais, tout comme si elle était, elle, en Australie. Elle est enchantée : rien au monde ne pourrait lui faire plus de plaisir, lui donner plus de joie, que cette amitié profonde entre les deux hommes de sa vie. Toujours assise dans le lit mais, à présent, pudiquement recouverte d'un drap remonté jusqu'à ses épaules, elle les écoute. C'est à n'y pas croire, on pourrait jurer qu'ils se connaissent depuis toujours, avec cette familiarité et ce naturel dans l'échange dont seuls les enfants sont capables.

« J'ai faim », dit-elle néanmoins après cinq bonnes minutes.

« Je pourrais aussi bien interpeller le couvre-lit ! »

Elle hurle, de toute la force de ses poumons :

« *J'AI FAIM !* »

Ils se retournent et la considèrent comme s'ils étaient très surpris de la voir là. Mendel s'est assis sur le lit, lui aussi, pour être plus à son aise. Ils lui expliquent en peu de mots qu'ils ne voient pas du tout où est le problème : pourquoi ne va-t-elle pas faire toilette et se pomponner, au lieu de hurler comme une folle ?

Elle sort du lit aussi dignement que possible, nue comme un ver, mais aucun de ces deux abrutis ne tourne seulement la tête.

« Il n'y a pas à dire : je les fascine littéralement ! »

Ils passent huit jours ensemble, tous les trois, à San Francisco. Ils vont manger des nids d'hirondelles dans Chinatown, qui est un village céleste tout en bois, ils fréquentent le Bohemian Club surplombant le marché de California Street.

... Ils partent en excursion à Sausalito et Monterey, où Taddeuz a voulu retrouver le souvenir de Robert Louis Stevenson qui y a vécu sept ans plus tôt.

Elle, Hannah, apprend à nager.

... Au vrai, elle n'a pas trop le choix. La vaillante Panhard et Levassor amenée par bateau les dépose un jour à Stimson Bay, au pied du mont Tamalpaïs. A peine Hannah a-t-elle fait quelques pas sur le sable de la plage déserte que les deux hommes se jettent lâchement sur elle. Ils lui ôtent son tricorne à plumes d'autruche, sa voilette, ses jupes et ses jupons, ses chemises, son froufroutant fond de robe en taffetas, ses jarretelles et ses bas rouges, ses bottines américaines longues et pointues et, l'ayant mise nue ou de très peu s'en faut, ils la trempent joyeusement dans la mer pleine de vagues. Ils l'y laissent barboter et, quant à eux, pleurent stupidement de rire. Folle de rage, elle fait exprès de se laisser noyer mais à chaque fois ils la repêchent et l'obligent à rester à la surface, jusqu'à ce qu'elle se résolve à nager.

Un soir à Monterey ils dînent dans une auberge tenue par la soi-disant ex-maîtresse du général Sherman, l'homme des colonnes infernales durant la guerre de Sécession.

« Je crois, dit soudain Mendel, que je partirai demain. »

Elle suit le regard de Taddeuz et constate que pour lui l'annonce n'est pas neuve. « Les hommes s'entendent toujours entre eux... »

« Partir où ? »

En Alaska. Il va chercher de l'or. En réalité, il se fiche pas mal d'en trouver ou non, ce n'est pas ce qui compte, elle devrait le savoir mieux que quiconque, faire fortune a toujours été le cadet de ses soucis. Il veut marcher un peu, voilà la vérité. Il a déjà pas mal marché, depuis trente ans ou presque, depuis qu'il a quitté son village de Mazurie : la Russie tout entière et partie de l'Europe, à l'Ouest (à peu près tout en fait, sauf l'Irlande, il n'a pourtant rien contre les Irlandaises), et la Chine, et des pays de fous comme l'Indonésie, le Japon ou les Philippines, et l'Inde et les déserts de l'Arabie... et encore l'Australie, maintenant l'Amérique.

« Hannah, ne me demande pas de m'asseoir dans une ville, à regarder passer ces saletés de voitures sans cheval qui puent, tu sais très bien que ça me tuerait. Je suis fait pour le grand air, de préférence là où il y a de l'espace... »

Il marchera jusqu'au Klondike. Et ensuite, il fera une promenade jusqu'au Mexique, voire un peu plus loin, pourvu qu'il ait de la terre à mettre sous ses pieds ; ce sont les bateaux qu'il n'aime guère... Un marin de Frisco lui a juré que les dames du Brésil avaient le cœur très chaud, sans parler du reste...

« Je saurai toujours où vous trouver, ton Etudiant et toi. La preuve : je n'ai pas été long à paraître, ici même... Ne me regarde pas avec tes yeux de chouette, s'il te plaît, j'ai de la tendresse pour toi... »

Il s'interrompt, fixe Taddeuz qui comprend, quitte la table et les laisse seuls.

« Hannah, je ne te demande pas si tu es heureuse, avec ton Etudiant. Ça crève les yeux.

— Et ça va durer, dit-elle.

— Je saurais prier, je prierais. Mais je me suis toujours trouvé tout con, à parler seul.

— Ça va durer, Mendel.

— Tu es toujours décidée à ne pas te mêler de ses affaires d'écrivain ?

— Toujours. Pourquoi ? Il vous en a parlé ?

— Ne sois pas insolente, morveuse. Ton Taddeuz crèverait plutôt que de parler de toi avec quelqu'un. Et tu le sais. Et tes affaires à toi ?

— L'année prochaine.

— Pourquoi attendre ? »

« Donne-lui la vraie raison, Hannah. Tu ne pourrais pas mentir à Mendel, même si tu le voulais... »

« Je ne veux rien perdre de Taddeuz, dit-elle. Rien. Pas une seconde. »

Il la fixe et elle voit bien qu'une émotion vient de le remuer.

« Tu l'aimes vraiment, hein ?

— Plus que ça. Un milliard de fois plus.

— J'en suis foutument heureux, petite. »

« Pour un peu, pense-t-elle, j'y irais de ma petite larme... »

Il demande :

« Tu vas encore foutre tes crèmes sur la figure de ces pauvres Américaines ?

« *Da* », dit-elle.

Il fait semblant de frissonner mais c'est juste pour digérer l'émotion qui vient de le prendre. Il avance sa grosse patte d'ours et la pose sur la main d'Hannah :

« Il y a combien de temps que je t'ai trouvée dans un champ en flammes et que je t'ai embarquée sur mon *brouski*?

– Dix-huit ans, j'en avais sept.

– Je serais peut-être toujours en Pologne sans toi, tu le sais?

– L'idée de l'Australie était de vous.

– Mon œil! Je ne savais même pas où c'était, l'Australie, en ce temps-là. Hannah, je vous aime foutument tous les deux, lui et toi; si l'un de vous deux fait du mal à l'autre, Mendel mettra le survivant en capilotade. Qu'est-ce que tu attends pour lui faire des enfants?

– Pas l'année prochaine, mais l'autre. Si je peux.

– Les affaires d'abord, c'est ça? »

A ce moment-là, il lit de toute évidence quelque chose dans les yeux d'Hannah, car il ajoute aussitôt :

« Excuse-moi. Tu as une autre explication?

– Toujours la même : je ne veux le partager avec personne. Pas même avec les enfants qu'il pourra me faire. »

Rentrés à San Francisco dans la Panhard et Levassor le soir du même jour, elle fait ce qu'elle estime être – et qui est – un énorme sacrifice : elle prétend souffrir d'une forte migraine (elle qui de sa vie si longue n'aura jamais le moindre rhume!) et affirme vouloir se coucher tôt. En sorte qu'ils s'en vont ensemble, en gloussant comme des gamins faisant l'école buissonnière. En réalité, elle passe la nuit à les attendre, contrôlant ligne après ligne les bilans que Jeanne Fougaril, sa directrice pour l'Europe, lui fait suivre à chacune de ses étapes.

... Taddeuz rentre au bercail alors que le soleil vient juste de se lever sur la baie de San Francisco.

Il est, au propre et au figuré, soûl comme un Polonais. Elle doit presque l'assommer pour pouvoir le déshabiller...

... et se laisse violer. Au début, ça ne lui plaisait pas trop d'être forcée même par lui, mais décidément ça valait la peine.

Quant à Mendel, évidemment, il est déjà parti sans lui dire au revoir (exprès), en route pour l'Alaska.

Le couple regagne New York vers la fin octobre. Au terme d'une autre randonnée qui l'a conduit en Basse-Californie puis à travers Arizona, Nouveau-Mexique et Texas, et à La Nouvelle-Orléans; avant d'entreprendre la remontée au nord par les Carolines, la Virginie, Washington et Philadelphie. La Panhard et Levassor a fini par rendre l'âme, en vue de Richmond. Mais elle a tout de même parcouru plus de six mille kilomètres et presque toujours sur des pistes caillouteuses.

L'idée même de revendre la voiture répugne également à Hannah et à Taddeuz. Si bien qu'on décide tout bonnement de l'enterrer, en lui accordant des obsèques solennelles. Ce que l'on fait le matin suivant, sous l'œil très ahuri d'une centaine d'indigènes virginiens, au son d'un clairon tenu par un survivant de la bataille de Bull Run (en tout cas, c'est lui qui le dit) – pendant la guerre de Sécession –, qui fait entendre la sonnerie aux morts.

On est à New York le 26 octobre. Cinq jours plus tard, ils prennent leur décision : leur maison sera à Long Island.

Ils se sont rendus à deux reprises sur les lieux et y ont trouvé un terrain admirable, d'environ trois hectares, vallonné (Hannah ne veut pas entendre parler de plaine), boisé, peuplé d'écureuils noirs comme ceux de Washington Square, centré sur un grand étang. L'acquisition est chose faite en trois jours. – Hannah aura à cette occasion une démonstration de l'extraordinaire minutie des juristes nord-américains. L'entrepreneur s'est engagé (il aura une amende d'un pour cent par jour de retard) à présenter une maison habitable pour Noël. La demeure sera en bois, à deux étages, plus un sous-sol; elle comportera vingt et une pièces dont neuf chambres, et un bureau-bibliothèque à l'usage exclusif de Taddeuz, un autre bureau pour elle, plus une véranda de deux cents mètres carrés, dont les marches affleureront la pelouse descendant en pente douce vers l'étang. On pourra canoter sur celui-ci, et se baigner à la belle saison. On fera également construire un embarcadère, un hangar à bateaux, et une grande salle de jeux pour les enfants...

... Si enfants il y a. « Il ne manquerait plus que je sois stérile! »

... Parce que, enfin, cela fait tout de même dix mois qu'ils font l'amour, ô combien! et il n'arrive rien. « Je suis aussi plate qu'une ligne de crédit dans une banque écossaise! »

... « Mais ne va pas t'angoisser, Hannah, tu n'as déjà que trop tendance à le faire, sous des dehors de requin féroce. Bien sûr que tu n'es pas stérile. Bien sûr que non. »

Lizzie MacKenna débarque trois semaines avant Noël. Elle s'abat sur New York comme un ouragan sur la Floride. Pour un peu, elle aurait sauté par-dessus le bastingage du paquebot afin d'être plus vite à terre :

« Allez, on me raconte tout, on me dit tout dans les moindres détails, crépite-t-elle. Où êtes-vous allés? Vous avez vu la Californie? Vous avez rencontré des cow-boys? Et Buffalo Bill? Et les

Indiens, vous avez été attaqués par les Indiens? Est-ce qu'on peut voir l'Australie, depuis la côte californienne?... Et cette maison de Long Island, elle est finie? Comment ça, pas encore? Je croyais que les Américains construisaient trente étages par jour? Quand y allons-nous? C'est ça, New York? C'est plein d'étrangers! Vous n'avez plus la Panhard et Levassor? Tiens, ils connaissent les voitures sans cheval, ici aussi?... Où est Maryan? Où est ce crétin qui ne sait même pas qu'il doit me demander en mariage pour que je lui réponde oui? Pourquoi est-ce que personne ne me répond jamais? »

La jeune Australienne – elle a dix-huit ans et demi – semble avoir encore grandi. Elle est blonde, pas extrêmement jolie, mais avec un élan agréable et gai de tout le corps et du sourire. Hannah et elle se sont connues à Sydney, plus de six ans auparavant; l'amitié entre elles est semblable à celles dont, paraît-il, les hommes seuls sont capables. D'Europe, Lizzie a apporté pas moins de vingt-quatre malles de robes et autres vêtements, à se demander s'il reste quelque chose à vendre chez Worth, Doucet, et autres Paquin.

« J'avais tes mesures, Hannah. Evidemment, presque la moitié de ce que j'ai acheté est pour toi. Je voulais qu'on nous fasse les mêmes modèles, à toi et à moi, mais ils ont refusé. Ils connaissent tes goûts et ont prétendu que ce qui t'allait ne m'irait pas. Qu'est-ce que ça veut dire? Est-ce parce que tu es haute comme un tabouret de piano, alors que je suis admirablement proportionnée? A moins que ce ne soit parce que je suis encore vierge? A dix-huit ans et demi, je vous demande un peu! Surtout avec tous les types qui ont essayé de me coincer sur un canapé! Qu'est-ce que j'ai été bête! C'est vraiment le type même de l'héroïsme inutile, comme la charge de la Brigade légère à Balaklava.

Et maintenant je risque de mourir pucelle ! C'est ça, rigole... Et où est cet abruti de Maryan ? Où est-il ? »

Maryan Kaden paraît, dans la soirée du même jour. Il vient au Waldorf présenter à Hannah l'un de ses amis, un jeune financier du nom de Bernard Benda, qui a sensiblement le même âge que lui. Tout se passe comme s'il n'avait pas eu d'autre raison de venir, comme s'il avait, en fait, oublié ou ignoré que Lizzie débarquait d'Europe le jour même.

... Et il arrive en outre que, face à Maryan, l'Australienne est quasiment frappée de mutisme ; elle n'ouvre la bouche que pour laisser échapper des borborygmes assez peu clairs. Son attitude est vraiment stupéfiante : Lizzie muette, c'est l'Hudson s'arrêtant soudain de couler.

« Je ne sais que faire, dit Hannah à Taddeuz (ils viennent de se mettre au lit, il est deux heures du matin). On aurait pu croire que ce n'était qu'une passade, qu'elle croyait être amoureuse de Maryan parce qu'il était le seul porteur de pantalons dans mon entourage. Mais non : à Londres, des hordes de mignons petits officiers se sont lancés vainement à l'attaque, à Paris leurs cousins se sont pareillement cassé les dents, elle te les a tordus comme des serpillières – en quelques mots, je me demande où elle a appris à parler comme ça...

– Moi, je ne me le demande pas, je le sais », répond assez indistinctement Taddeuz, qui lui tourne le dos et a déjà pris l'une des positions qu'il affectionne pour dormir : couché sur le ventre et la tête sous l'oreiller.

« Ne fais pas semblant de dormir, mon chéri.

– Je ne fais pas semblant : je dors ! »

Elle rallume et s'assoit dans le lit. « Suis-je emmerdante quand je m'y mets ! » Elle contemple la ligne nue des épaules de Taddeuz, le mouvement de son dos, les muscles longs, la peau si douce. Elle se coule contre lui et se plaque, posant ses lèvres à cet endroit de son corps qu'elle affectionne – entre autres, il y en a pas mal : sur la nuque où bouclent les cheveux d'où tout le hâle de leur randonnée transaméricaine ne s'est pas encore effacé. « J'ai vraiment l'air, pense-t-elle, d'une belette accrochée sur le dos d'un cheval... »

« Taddeuz, il faut absolument savoir ce que ce foutu Maryan a dans la tête. Il n'a probablement rien, d'ailleurs. Sorti de la finance, il a deux ans d'âge mental. Si tu lui parlais ?

— Non, dit Taddeuz avec la dernière énergie.

— Tu es un homme et lui aussi, ça tombe bien. Entre hommes... »

Silence.

« Il va m'assommer et jeter mon corps par la fenêtre. »

Taddeuz bouge. Le voilà qui, mine de rien, se détache d'elle, et glisse vers le fond du lit, sous les draps. Là, il se pelotonne.

Elle le rejoint et tendrement le caresse. Avec ses lèvres effleure sa peau qui l'électrise et remonte doucement jusqu'à sa bouche pour un baiser interminable.

« J'adore, dit-elle. De quoi parlions-nous ? »

Elle respire l'odeur de son corps.

« Hannah ?

— Oui, mon amour ?

— A Vienne, tu n'aurais pas par hasard payé une jolie demoiselle pour qu'elle dépucelle Maryan ?

— Moi ?

— Toi.

— C'est une calomnie. Hannah ?

— Oui, mon amour ?

— *Je* ne vais pas parler à Maryan. *Nous* allons lui

parler. C'est-à-dire que comme d'habitude tu parleras et moi, je ferai oui de la tête. »

Elle attend qu'il ait fini (il est en train de lui souffler tout au long du dos, dans ce sillon profond qui remonte presque jusqu'entre les omoplates, et il souffle avec ses lèvres très proches de la peau, cela fait si chaud, c'est bon). Puis elle se retourne et, pure coïncidence, sa bouche est juste en face de celle de Taddeuz. Dans la pénombre de la toute petite tente constituée par le drap du lit, ses yeux gris écarquillés apparaissent plus clairs encore et comme irradiés.

Elle le sait.

« Sale garce », dit Taddeuz en souriant.

Ensuite, ils se taisent.

Ils parlent à Maryan Kaden. Aves des précautions d'apothicaire dosant du cyanure de potassium. Ils tâtent le terrain afin de savoir si, éventuellement, et sous réserve, Lizzie et lui, Maryan...

Maryan le Taciturne, premier du nom, son visage lisse aussi expressif qu'un marbre de Carrare à l'état brut, les laisse longtemps patauger sans paraître comprendre les allusions les plus épaisses.

... Mais il finit par sourire (un vrai miracle) et, très tranquillement, au vrai avec ce qui ressemble fort à un ricanement sardonique – « je vais lui crever les yeux », pense Hannah –, il sort de son gilet une bague de fiançailles à diamant blanc-bleu, expliquant qu'elle est prête depuis environ un an et que, oui, il est lui-même prêt à se marier, venant justement de réussir une petite affaire avec Bernard Benda, en sorte qu'il pense avoir désormais les moyens de subvenir aux besoins de Lizzie et de leurs futurs dix enfants. Ceci d'autant plus aisément qu'il croit savoir que l'Australienne a quand même une dot de 125 000 dollars – 100 000 versés par Hannah et le reste par les MacKenna de Sydney – et puis d'ailleurs cela lui semble une bonne époque pour se marier, d'autant qu'il a réfléchi à l'endroit où Lizzie et lui pourraient vivre, après leur mariage...

« A Long Island. Je viens d'acheter deux hectares là-bas. On m'a dit que mes voisins s'appelaient Newman. Des parents à vous, peut-être ? »

... Pour les plans de la future maison, ils sont tout tracés, il n'y manque plus que l'accord de Lizzie; mais comme il la connaît un peu, il croit qu'elle ne voudra sûrement pas de ce premier projet, en sorte qu'il en a d'ores et déjà un autre, qu'elle acceptera sans doute, après avoir flanqué le premier en l'air. Pour les enfants, ce chiffre de dix qu'il a lancé ne saurait être qu'une approximation. Son sentiment est que Lizzie en voudra douze ou quatorze. Mais en tout état de cause, il a déjà fait inscrire le premier de ses fils à Harvard, en laissant le prénom en blanc. Quoiqu'il pense que leur aîné s'appellera James.

« D'autres questions ? demande Maryan, toute l'innocence du monde dans ses yeux bleus.

– Va te faire foutre ! » répond Hannah, furieuse.

Taddeuz, lui, est terrassé de rire.

La maison de Long Island, celle d'Hannah et Taddeuz, sera sans doute terminée à temps. Les six avocats d'Hannah le lui ont promis. Elle a fait venir de Londres son décorateur préféré, qui se prénomme Henry mais qui préfère qu'on l'appelle Béatrice, en raison de ses goûts amoureux. Elle n'attend pas tellement de Béatrice qu'il conçoive la décoration de sa demeure :

« Je voudrais surtout que vous commenciez à

penser à ce qu'il est possible de faire, pour mes futurs instituts et boutiques dans ce pays, il ne s'agit pas de recopier ce que j'ai déjà en Europe. Je voudrais du neuf et de l'original.

– De l'américain, en somme. Et c'est à un Anglais que vous demandez ça! »

L'institut est sur Park Avenue, et la boutique sur la Cinquième, à côté de Tiffany. Elle s'est ralliée aux choix effectués par Maryan, de retour aux affaires sitôt qu'ils sont rentrés de ce périple à travers les Etats-Unis, qui lui a tenu lieu de voyage de noces tout en lui permettant une première exploration du pays. D'être restée presque dix mois sans s'occuper de son entreprise autrement que par l'étude des comptes rendus de ses directrices lui a donné, comme elle dit, des fourmis dans la tête. C'étaient ses premières vacances depuis dix ans. Sans la présence de Taddeuz, elle n'eût jamais tenu si longtemps; les dernières semaines, elle piaffait, dévorée par l'envie de reprendre sa course.

... Elle ne se dissimule pourtant pas la difficulté des opérations outre-Atlantique. Sa tournée voyage de noces, lui faisant visiter plus de cent villes, d'une côte à l'autre, a achevé de la convaincre : on est ici très loin de l'Europe; la société américaine est constituée d'émigrants, le plus souvent de la première génération, qui n'étaient pas, dans leurs pays d'origine, très familiers de la rue de la Paix à Paris ni du West End londonien de Redfein ou Lucile, les plus grands couturiers du *made in England*; les gens riches sont ce que l'on nommerait un faubourg Saint-Germain de parvenus, le pire étant qu'ils sont fiers de l'être. Ce qui se passe en matière de mode féminine (domaine qui est le plus proche du sien, évidemment) est significatif : il n'existe pas à New York de maisons de haute couture, et pas davantage à Boston ou Philadelphie; à la rigueur quelques couturières (en général camouflées sous des prénoms francais souvent trompeurs; la mode parisienne reste le critère absolu), des commissionnaires...

« Hannah, vous venez de le dire vous-même, c'est Paris qui décide de ce qui est à la mode ou non. Je ne suis pas de votre avis, pour la décoration : votre atout est de venir d'Europe, pourquoi le perdre en essayant de faire de l'américain? A supposer que ce soit possible.

– Je ne sais pas, Béatrice. Je verrai.

– Moi, je vois une décoration très européenne, au contraire. Et même carrément parisienne.

– Je verrai. Laissez-moi vos dessins. »

... Des commissionnaires effectuent régulièrement la traversée de l'Atlantique, ils achètent à Paris, en plusieurs tailles, les modèles qui leur paraissent devoir convenir à leurs clientes américaines, les ramènent sur les bords de l'Hudson afin qu'on y puisse les copier, les répéter à des dizaines, voire à des centaines d'exemplaires; c'est le royaume du *ready-made*, du prêt-à-porter, où les points de passage obligatoire sont pour l'essentiel les grands magasins (*Wanamaker*, par exemple, a signalé Maryan dans son rapport) et les quelques boutiques spécialisées, celles-ci souvent animées par des coreligionnaires de Béatrice, coiffées de bérets basques pour faire français.

« Et c'est à ces gens que je vais devoir vendre mes crèmes? Je ne suis pas encore sortie de l'auberge! » Hannah voit bien qu'elle arrive quinze ou vingt ans trop tôt, pour le moins. Même la référence australienne – ce qu'elle a réussi en Australie, qui n'était pas moins une terre d'émigrants, qui l'était même de plus fraîche date, elle peut le réussir ici –, même cette référence lui semble de peu de poids. A Sydney et Melbourne, outre qu'on y était en pays britannique, avec une tradition sinon des prétentions d'élégance, elle partait de rien, tout était bon à prendre. Ce n'est plus le cas. Elle a tant rêvé d'Amérique qu'un succès seulement médiocre lui mettrait la rage au cœur. « Sans compter que je risquerais de perdre, pour être allée trop vite, ce qui sera bientôt le plus grand marché du monde. » Et puis elle va devoir investir beaucoup, aller peut-être à la limite de ses possibilités, un échec la ruinerait, « et ça serait bien dommage que je redevienne pauvre juste au moment où Taddeuz sera célèbre, comme écrivain; ce serait fichtrement mieux qu'on soit riches et célèbres tous les deux en même temps ».

Ses affaires d'Europe et celles d'Australie (quoiqu'elle ait attribué une large part des bénéfices de ces dernières à Lizzie, avec la générosité un peu brutale qui lui est habituelle) lui rapportent entre 250 et 300 000 dollars par an. En poussant un peu plus, elle pourrait sans doute en tirer davantage, mais, puisqu'il faut penser à tout, le danger existe aussi qu'un jour ces Européens imbéciles se fassent la guerre, entre eux, « et j'aurais vraiment l'air malin avec toute mon organisation établie, justement, en Europe, et moi me trouvant en Amérique! ».

Ce n'est pas rien, un gros quart de million de dollars par an. Pourtant, elle voudrait davantage. Parce que ce qui serait dix fois suffisant pour ouvrir une autre antenne en Europe lui semble dérisoire, à l'échelle américaine.

« Il y aurait bien une solution – à tout problème il y a toujours des tas de solutions, mais... »

Noël arrive.

Cette fête, qui n'était pas dans son calendrier, elle ne l'a jamais célébrée. Du temps où elle vivait chez les MacKenna à Sydney, puis ensuite à Melbourne, à Londres et Paris, on lui a maintes fois proposé de se joindre à quelque famille, afin de rompre avec sa solitude. Elle a toujours refusé. Ce Noël 1900 est le premier qu'elle passe en compagnie de Taddeuz. Elle s'abandonne à cette douceur, avec son mari mais aussi Lizzie et Maryan, devenus fiancés officiels. D'autant mieux que d'Angleterre leur arrivent le bon et souriant Paul, Polly, Twhaites et son épouse Estelle. Polly est toujours aussi potelé et rose, il n'a pas changé depuis qu'elle l'a connu à Melbourne. Plus que jamais il s'efforce de dissimuler une intelligence retorse sous toutes les apparences d'un amateurisme un peu bégayant; il a apporté avec lui une analyse fort complète de toutes les affaires d'Europe : « Après tout, je suis encore votre avocat d'affaires favori, non? A moins que vous ne m'ayez remplacé par l'un de ces juristes américains dont on dit qu'ils établissent des contrats de cent pages rien que pour acheter un cigare? »

Elle le rassure, si tant est qu'il soit vraiment inquiet : il sera son conseiller principal et mieux encore son ami, aussi longtemps qu'il souhaitera l'être, quand bien même elle engagerait cinq cents conseils d'outre-Atlantique.

Au vrai, en affaires, il est avec Maryan le seul en qui elle ait une confiance totale.

Les trois couples passent une semaine dans le Vermont, sous un bon mètre et demi de neige. Des images vont rester : Taddeuz et Maryan se roulant en caleçon dans la neige fraîche de la nuit, s'y ébrouant en souvenir de la Pologne, puis jouant comme des gamins – ils ont à peine plus de cinquante ans à eux deux –, tandis qu'un Polly Twhaites, ivre mort à sa façon anglaise, c'est-à-dire parfaitement digne avant de s'écrouler, chante seul le *Auld Land Syne*, coiffé du plus extravagant des chapeaux de Lizzie...

Retour à New York. Et le même Polly, tout à fait sobre cette fois, écoutant Hannah lui développer ses projets; Polly ouvrant de grands yeux, Polly secouant la tête :

« Vous vous attaquez au bastion masculin par excellence. Vous auriez nettement plus de chances de devenir *monsignore* à Rome.

– Nous ne sommes pas à Rome, ni à Paris, ni à Londres. Nous sommes en Amérique.

– Il y a à peu près autant de femmes à Wall Street qu'à la City de Londres, ou à la Bourse de Paris... ou au monastère du mont Athos : aucune.

– J'ai lu la Constitution des Etats-Unis d'Amérique, je ne me rappelle pas y avoir vu un article interdisant aux femmes de faire de la finance.

– La même Constitution n'interdit pas non plus à un cheval à pois verts de faire fortune dans la boucherie...

– Mais vous seriez surpris de voir un cheval fêter son premier million de dollars, c'est ça?

– Tout juste », dit Polly.

Silence. Elle se met à rire.

« Un cheval à pois verts, oh! Polly! »

Il rit aussi.

« Au moins, dit-il, agissez par l'intermédiaire d'avocats et de spécialistes boursiers. On n'aura pas besoin de savoir qu'ils travaillent pour une femme. Le mieux serait qu'ils l'ignorent également, d'ailleurs. Je dormirais plus tranquille.

– Et je pourrais aussi, dit Hannah avec toute l'acidité du monde, me laisser pousser une grande barbe et porter un corset de fer qui m'enlèverait les courbes où j'en ai et m'en ajouterait où je n'en ai pas? »

Polly Twhaites rougit. Et elle pense : « Décidément, je l'adore, il est le seul avocat au monde à rougir comme une jeune fille quand on lui parle de culotte et de ce qu'il y a dedans. »

N'empêche qu'elle éprouve bel et bien de l'allégresse. Le répit qu'elle s'est accordé vient à son terme, elle va repartir en guerre. Et ce, non pas pour une médiocre extension de ce qu'elle a déjà fait sur deux autres continents, mais en se lançant à elle-même un défi supplémentaire : « Je vais devenir financière. Comme le vol-au-vent. »

Taddeuz a commencé à écrire. Il s'y est mis dès leur retour du grand tour d'Amérique. Les premiers temps, il a travaillé dans une chambre du Waldorf, en haut dans les étages de moindre prestige, afin d'être moins dérangé. Mais très vite il a amoncelé tant de livres que la pièce s'est révélée malcommode et exiguë. La maison de Long Island n'étant pas terminée, on a trouvé mieux : un appartement dans Sullivan Street à Greenwich Village; quatre pièces peu éclairées, sinon par des fenêtres donnant sur une cour intérieure, avec, sur les murs, une affreuse tapisserie d'un vieux rose à soulever le cœur. Il n'a pas voulu que quiconque se mêle de le décorer, refusant qu'Hannah lui envoie quelqu'un, et s'est chargé lui-même de tout repeindre en bleu ciel, sans se préoccuper d'arracher la tapisserie. Il a également décliné toute proposition d'un nouvel ameublement : la table, les trois chaises, le fauteuil à bascule, le lit et la pendule arrêtée depuis la mort de Lincoln au moins lui suffisent amplement, dit-il.

Il ne devait rester là qu'en attendant de pouvoir s'installer à Long Island. En fait, il ne déménage pas, le moment venu, disant qu'il est en pleine écriture et ne va sûrement pas s'interrompre. Puis le temps va passer...

Hannah n'a pas insisté et s'est trouvée très

intelligente de n'avoir pas insisté : il est normal que Taddeuz veuille être chez lui, dans un coin à lui, pour écrire, et tant pis pour le merveilleux bureau-bibliothèque qu'elle lui a fait construire dans la maison de Long Island. En somme, si, au lieu d'être écrivain, il était industriel, médecin ou avocat, il aurait de même son propre lieu de travail et elle n'irait pas mettre son nez dans ses affaires. – *Lizzie, à cette époque, et pour longtemps encore, je ne sais même pas de combien d'argent il dispose. Je n'ai jamais osé lui poser la question. Je lui en ai souvent proposé. Il m'a toujours dit non. Gentiment, mais non. Pendant environ trois ans, il a été le secrétaire de Markham, je suppose bien qu'il était payé pour cela. Lors de notre mariage, il m'a offert ce bracelet en or et émeraudes et pour le premier anniversaire de notre mariage, il a commencé de constituer mon collier de perles noires, que tu connais aussi. J'en ai conclu qu'il n'était pas démuni... Oh, nom d'un chien, quel foutu monde ! J'aurais été un homme, et lui une femme, qui se serait étonné que je lui donne de l'argent ?*

Elle n'a pas lu une seule ligne écrite par lui. Une ou deux fois seulement, elle a aperçu l'un de ses manuscrits. En une occasion, elle se trouvait seule, et aurait certainement pu parcourir quelques pages. Elle n'en a rien fait. « S'il voulait être lu par moi, il me le dirait. » Elle s'est accrochée farouchement à cette promesse qu'elle lui avait faite, sans que d'ailleurs il lui eût rien demandé, et surtout qu'elle s'était faite à elle-même : ne jamais – jamais – se mêler de ses affaires d'écrivain.

La maison de Long Island a été habitable dès le 24 décembre, mais ce n'est que le 2 janvier, après le retour du Vermont, qu'on y emménage vraiment. Des semaines durant, Hannah et Lizzie, flanquées de Becky Singer, ont plus ou moins campé dans la vingtaine de pièces sentant la peinture. Elles ont choisi les tissus d'ameublement dans le lot venu de Paris et Lyon, avant de déterminer l'emplacement des meubles arrivés de Londres.

Amusant comme tout. Avec Lizzie, elle a piqué des fous rires à les faire tomber par terre, sous l'œil stupide de Becky qui ne comprend jamais rien. Becky – Rebecca – est cette jeune juive de Varsovie qui, dix ans plus tôt (elle est plus jeune qu'Hannah de trois ans), a travaillé quelque temps dans l'épicerie des Klotz; elle en était partie après avoir épousé un jeune rabbin gai comme un cimetière; lequel a eu le bon goût de la laisser très rapidement veuve, à même pas seize ans; moins de six mois plus tard, comme dans les contes, un oncle d'Amérique a invité la jeune femme et sa famille à le rejoindre à Trenton, New Jersey... où l'un des fils de la riche famille Singer – l'une des plus anciennement installées en Amérique; il y a plus d'un siècle qu'elle est là – est venu discuter affaires avec l'oncle; il est tombé en arrêt devant la Varsovienne d'une très surprenante beauté, est passé sur le fait qu'elle fût veuve, l'a épousée... – *Si bien que cette crêpe, qui a l'intelligence d'une tartine, est maintenant l'une des femmes les plus riches de New York, et tout ce qu'il lui a fallu faire, c'est minauder pendant que moi, je cavalais en Australie ventre à terre en écartant les kangourous pour me frayer un chemin... Mais si, mais si, Lizzie, j'aime bien Becky! je n'aime pas trop la façon dont elle lorgne Taddeuz, c'est tout... Qui est jalouse? Moi? Ne sois pas idiote : bien sûr que je suis jalouse... D'accord, elle est très gentille! Il ne manquerait plus qu'elle soit méchante! Déjà qu'elle est idiote!*

Vers le 15 janvier, précisément grâce à Becky

qui met bien volontiers à la disposition d'Hannah le réseau fort étendu des relations sociales de sa belle-famille, elle trouve à louer un appartement de trois cents et quelques mètres carrés, sur l'emplacement où l'on construira plus tard l'immeuble de la General Motors. Une semaine plus tard, alors qu'elle est en train d'en établir la décoration avec Henry-Béatrice, son spécialiste anglais, elle se casse superbement la figure. Elle se trouvait juchée sur un grand escabeau en train d'examiner les moulures du plafond : elle part en vol plané, fracasse les tréteaux de peintre sous elle, passe au travers des tentures déployées par les mêmes peintres, glisse au long des quinze marches de marbre heureusement recouvertes de toiles. Un miracle ou bien plutôt ce brusque sursaut qu'elle a eu de tout le corps l'ont seuls empêchée de tomber dans le vide de la cage d'escalier (la balustrade n'avait pas encore été posée) et d'aller s'écraser huit mètres plus bas, sur le marbre du niveau inférieur. On la croit morte mais elle se relève seule : « Je n'ai rien », dit-elle, stupéfiée par sa propre chance.

« Béatrice, si vous dites un seul mot de ceci à mon mari, je révèle à toute la haute société londonienne que vous avez eu une liaison avec une femme, quand vous aviez seize ans ! »

De fait, elle se croit indemne. Au point que quelques jours plus tard, malgré quelques ecchymoses et courbatures, lorsqu'elle constate que ses règles ne se sont pas manifestées, elle n'y voit pas du tout, sur le moment, l'effet de sa chute : « Je suis enceinte ! »

Elle ne l'est pas, tout rentre dans l'ordre des choses mais la leçon est retenue : en admettant qu'elle ait un premier enfant l'année suivante, cela lui laisse une quinzaine de mois pour entreprendre et réussir son implantation américaine.

Il est donc temps de se mettre à l'œuvre, elle a déjà suffisamment tardé.

Elle a donc retenu les emplacements initialement choisis par Maryan Kaden. Pour celui de la 5ᵉ Avenue, à côté de Tiffany, elle a obtenu un bail de location de dix ans, qui lui donne la possibilité d'acheter ultérieurement à un prix raisonnable. Pour l'autre, situé à peine un kilomètre plus au sud, les choses sont presque aussi simples : un bâtiment de briques s'élève certes sur place mais il est à peu près désaffecté, ses étages ne sont plus occupés qu'au dixième, il porte encore sur ses arrières les traces du grand incendie de 1835; de toute évidence il est voué à la destruction.

... D'ailleurs, le dossier préparé par Maryan avec sa précision coutumière est des plus nets : les propriétaires actuels sont disposés à vendre. Maryan lui-même a rencontré le président de la compagnie qui a l'immeuble à son actif : c'est un vieil homme qui possède surtout une petite compagnie de chemins de fer, et que l'immobilier n'intéresse guère, d'autant moins qu'il s'agit d'une construction située dans ce qui est maintenant le centre de New York.

Maryan – en fait un an plus tôt – a fait déterminer le montant d'une acquisition éventuelle : entre 160 et 180 000 dollars. Et l'évaluation a été approuvée par Zeke Singer, le jeune beau-fils de Becky, qui a lui-même consulté les meilleurs experts.

L'intention d'Hannah est d'acheter, de faire abattre l'immeuble et d'en construire un neuf à la place. Elle installera là ses bureaux, et louera les étages dont elle n'aura pas besoin.

Une affaire très banale, en somme...

... Dont absolument rien ne laisse prévoir le cataclysme qu'elle va déclencher...

... Que seule une miraculeuse intervention de dernière minute, mise en œuvre par rien moins que le gouvernement fédéral de Washington et toute la Haute Banque américaine, sinon mondiale, empêchera d'être connu comme le Grand Krach de 1901.

Tout commence le 20 janvier.

3

L'homme au nom d'alphabet

Il neige sur New York depuis déjà deux jours. La veille à Long Island, Taddeuz et elle ont pendu la crémaillère de leur nouvelle, et première, vraie maison, en présence d'une bonne centaine d'invités parmi lesquels Hannah a été extraordinairement fière (à la différence de Taddeuz qui s'en fout complètement) de compter Junior Rockefeller – à sa grande surprise, celui-ci a accepté l'invitation.

Il neige, mais pas suffisamment pour que la circulation en soit obstruée dans les rues. La grosse Renault capable de dépasser les cent kilomètres dans l'heure, une véritable bombe, n'a eu aucun mal à rallier Manhattan, entre les mains expertes de Taddeuz. Elle s'immobilise dans Sullivan Street à Greenwich Village, immédiatement entourée par des badauds admiratifs.

Hannah se glisse derrière le volant que son mari vient de quitter. Il est presque dix heures du matin.

« Tu n'oublieras pas notre dîner ce soir ? Je passerai te prendre à cinq heures. »

Il acquiesce, distrait comme très souvent quand il vient d'écrire, écrit ou s'apprête à écrire.

« Embrasse-moi. »

Leurs lèvres se touchent. Malgré le froid, il ne porte aucun manteau et sur sa chemise à faux col arbore seulement un gilet de soie grenat et la veste de son costume anglais. Il est nu-tête, comme presque toujours. Avec ses cheveux un peu plus longs que la moyenne et sa moustache pareillement blonde, il a quelque chose de William Cody dit Buffalo Bill – « sauf qu'il est foutument plus beau et plus jeune! ».

Elle démarre, prend à gauche pour gagner Broadway et roule lentement vers le sud, escortée un moment par des gamins qui courent à côté de la Renault. Les passants ont l'œil étonné. Tout est neuf : et la voiture au sourd et vibrant rugissement de grand fauve et sa conductrice, très petite jeune femme engoncée dans une admirable pelisse de renard isatis, coiffée d'une toque dans la même fourrure, fin visage triangulaire de chatte égyptienne troué par les yeux clairs (elle s'est refusée, à l'exemple de Taddeuz, à porter les grosses lunettes qui sont ordinairement de mise, surtout sur un véhicule découvert).

Dans Nassau Street, au cœur du quartier de Wall Street, Maryan a loué pour son propre compte trois pièces de bureaux, qu'il a peuplées d'une unique secrétaire – aussi aguichante qu'un pâté demeuré six mois sur une étagère, Lizzie n'a vraiment rien à craindre.

... Mais ils sont quatre hommes à se lever quand Hannah entre. Elle en connaît deux, Maryan bien sûr et aussi Bernard Benda, le jeune financier à l'intelligence impressionnante. Les deux autres se nomment Joe Lanza et Fred Alfero. Ils ont la quarantaine bien sonnée et des yeux froids de tueurs. Ce qu'ils ne sont pas : ils tiennent de leur commune ascendance lombarde une exceptionnelle aptitude à s'occuper d'argent, le goût et le respect des chiffres, toute la vivacité du monde à manier. Ils travaillent à Wall Street depuis environ vingt-cinq ans, l'un comme *floor trader*, l'autre comme opérateur. Ils écoutent, impassibles, Hannah leur expliquer ses intentions : elle veut qu'ils lui servent de guides et de mentors, d'instructeurs, pendant un mois.

Silence.

Alfero ne consulte pas l'autre Italo-Américain. Il secoue la tête :

« On nous avait parlé d'un ami de M. Benda. Nous ne pensions pas que cet ami était une femme.

— Cinq cents dollars, dit Hannah.
— Désolé, non.
— Mille. »

Elle note le mouvement de doigts de Lanza et ajoute :

« Deux mille, pour chacun.
— Il y a des endroits où vous ne pourrez pas entrer, remarque Alfero.
— Je sais : les toilettes pour hommes. Mais vous me les décrirez. »

Cinq heures plus tard, elle marche dans Wall Street — la rue et aussi le quartier — avec Maryan à sa gauche et Bernard Benda à sa droite. De son équipement d'automobiliste, elle n'a conservé qu'une étole de fourrure, mais c'est assez pour que tous les regards se tournent vers elle :

« On ferait moins attention à moi si j'étais un zèbre...

— On a déjà vu des zèbres, à Wall Street, répond Benda en riant. Contente de votre première journée à la Bourse ?

— Très. J'aurais cru que c'était plus compliqué. »

... Ce ne sont pas exactement les mots qu'elle a en tête. Au vrai, elle est émerveillée. Elle a adoré cette agitation, cette fièvre froide, la rapidité fulgurante des échanges. Quel jeu extraordinaire ! « Et qu'est-ce que c'est emmerdant, d'être une femme parfois ! » Pour la première fois de sa vie, elle a croisé des gens qui pensent aussi vite qu'elle, elle en a éprouvé un merveilleux sentiment de fraternité... qui n'était pas réciproque : on l'a considérée comme une martienne.

Elle dégante sa main droite, l'allonge devant elle, index et pouce déployés, les autres doigts repliés : « Ça, c'est *j'achète* »; conservant son index allongé, elle plie son pouce mais déplie son petit doigt : « Ça, c'est *il n'y a plus rien à vendre ni à acheter* »; elle referme le poing, déploie index, majeur et annulaire : « *J'achète trois mille* »; main présentée latéralement, pouce étendu, petit doigt à demi replié, autres doigts pliés : « *Je prends ou je vends à deux huitièmes au-dessus du cours...* »

« Je me trompe, Bernard ? »

Il contemple ses fines chaussures guêtrées puis relève la tête :

« Et vous savez coudre, en plus ? »

Une heure plus tard, Bernard Benda les ayant quittés, elle arrive en vue de Columbus Circle où se croisent Broadway, la 8ᵉ Avenue et la 59ᵉ Rue. A l'entrée de celle-ci, les deux avocats sont déjà au rendez-vous, battant la semelle à côté d'une ridicule petite Oldsmobile *Curved Dash* qui, comparée à la Renault, fait figure d'araignée tuberculeuse.

... Ça arrive à ce moment-là et, pendant presque vingt-neuf années encore, Hannah revivra régulièrement la scène, avec le même goût amer dans la bouche.

Les avocats s'appellent Harvey Stevenson et Simon Marcus, l'un et l'autre recommandés à la fois par Simon Guggenheim et le sénateur Markham.

Calmement, Stevenson, explique qu'il a pris le rendez-vous souhaité avec Dwyer...

« Il s'appelle Dwyer ?
— Andrew Barton Cole Dwyer. On le surnomme volontiers A.B.C.D.
— Je croyais avoir lu que le président de la compagnie à laquelle appartient l'immeuble que je veux acheter se nommait MacLean ?
— MacLean est mort voici deux mois. Dwyer est son gendre. Madame Newman ?...
— Appelez-moi Hannah.
— Pour une première entrevue, il vaudrait mieux nous laisser opérer, Simon et moi », dit Stevenson avec une certaine gêne dans le ton.

Elle le fixe. Comprend à la seconde :
« Parce que je suis une femme ? C'est ça ?
— Hannah... » commence à dire Maryan.

La fureur monte en elle par saccades, chaque fois plus brûlante. Dans la décision qu'elle prend à ce moment-là — et dont il lui faudra vingt-neuf ans pour maîtriser les conséquences —, il entre certes de son caractère ordinaire, impétueux et même violent, mais aussi de cette irritation qu'elle ressent chaque fois qu'on lui rappelle qu'elle est une femme, comme si c'était un vice honteux (« même Polly s'y est mis ! »).

... Et il y entre encore, sûrement, de cette exaltation qui la porte depuis qu'elle a visité Wall Street.

Toujours est-il qu'elle dit :
« Je vais aller voir seule ce monsieur au nom d'alphabet... Seule. »

Que Maryan et les deux avocats l'attendent. S'ils le veulent. Sinon, qu'ils aillent au diable !

Elle entre.

... Si au moins il avait été laid, Lizzie ! S'il avait été tout petit, gras, visqueux, repoussant, avec des yeux lubriques et des mains moites aux ongles

noirs! Mais non et, c'est bien ça le pire, cet enfant de salaud était joli garçon!

A.B.C. Dwyer est presque aussi grand que Taddeuz, il a le cheveu châtain et joliment bouclé; il a environ trente ans et ses mains sont parfaites : grandes mais pas trop, et nerveuses, souples et soignées; le sourire a le plus évident des charmes, s'ajoutant à la lueur amicale mais moqueuse au fond de la prunelle. A l'entrée d'Hannah dans le bureau, il se trouvait debout et en bras de chemise (« ses avant-bras sont bien musclés »), occupé à manipuler ce qui semble être une pièce, en modèle réduit, de locomotive. En la voyant, il a sauté sur son veston.

« Puis-je savoir qui vous êtes?
– Hannah Newman.
– Les avocats m'ont parlé d'un H. Newman.
– C'est moi. »

Silence. Il l'examine. Il la fait tout de même asseoir et même lui avance un fauteuil. Mais au lieu d'aller se replacer derrière le bureau, ou de prendre place à côté d'elle sur un deuxième siège, le voilà qui reste près d'elle, presque à la toucher, légèrement appuyé sur le plateau de la table, décoré de petits trains en réduction.

« Vous seriez cet H. Newman-là?
– Je suis surtout la H. Newman qui veut acheter l'immeuble de Park Avenue, figurant dans le patrimoine immobilier de la compagne de feu M. Mac-Lean.
– Mon beau-père, qui nous a fait la douleur de nous quitter. »

Ses yeux sourient, vaguement ironiques. Il continue de l'examiner.

« L'immeuble tombe en ruine, reprend-elle. Ou peu s'en faut. Il ne vous sert plus à rien. Moi, j'en aurai l'usage. Je suis prête à payer 100 000 dollars cash. »

Elle voit l'une de ses mains s'approcher du coffret à cigares, hésiter, puis se retirer :

« Vous pouvez fumer autant qu'il vous plaira, dit-elle, la fumée ne me dérange pas. »

Il ne bouge pas pour autant. La regarde encore. « Et allez donc, pense-t-elle, il est en train de me déshabiller... »

« Cent mille dollars ?
— Comptant.
— L'immeuble vaut plus que cela. Bien plus.
— Il vaut le terrain sur lequel il est construit. Et encore. Le démolir prendra du temps et coûtera de l'argent. »

Sourire :

« En somme, il vaudrait plus cher s'il n'existait pas », remarque-t-il, pas mal sarcastique.

« Ne t'énerve pas, Hannah ! Tu aurais l'air d'une idiote si, en ressortant, tu étais obligée d'annoncer à Maryan et aux deux autres qui t'attendent sous la neige que tu as raté une transaction qu'ils auraient, eux, réglée en quelques minutes ! »

Elle se redresse — ce qui a pour principal effet de faire saillir ses seins, on ne met jamais trop d'atouts dans son jeu — et adresse à A.B.C. Dwyer le plus charmant de ses sourires. (Le même Dwyer en est maintenant à prendre carrément du recul, pour mieux juger du galbe de sa poitrine et de sa chute de reins, avec une effronterie qu'il ne cherche même pas à dissimuler.)

« Exactement, dit-elle. J'aime beaucoup votre humour, monsieur Dwyer. Je suis prête à aller jusqu'à cent dix mille. »

Il hoche la tête, continuant d'évidence à la déshabiller du regard — « il ne doit plus me rester grand-chose sur le corps, dans sa tête... ».

« A être franc, dit-il enfin, je ne vous ai pas trouvée trop jolie, quand vous êtes entrée. Mais je me trompais, ce qui m'arrive rarement, en ce domaine. Vous êtes mieux que jolie. Plus on vous regarde et mieux l'on s'en rend compte. Voici ce que nous allons faire : nous allons dîner ensemble, ce soir, et nous discuterons affaires toute la nuit, s'il le faut. Certains de vos arguments, pour ne pas dire tous, méritent d'être étudiés de près. Ensuite, quoique je ne fasse jamais d'affaires avec les femmes, vous aurez peut-être une chance de me faire changer d'avis. Je vous attendrai à six heures trente à...

– Allez vous faire foutre », dit Hannah.

Et elle est formidablement en rage, à compter de cet instant, de ce jour-là en fait. Une rage comme jamais elle n'en a encore éprouvé, et n'en éprouvera plus.

... Qu'elle dissimule, d'ailleurs – le moyen de faire autrement ? Ressortant dans la rue, elle explique aux deux avocats avec un calme qui la stupéfie que l'affaire est en bonne voie, que Dwyer a quasiment dit oui, mais que c'est elle qui, toute réflexion faite, se demande désormais si elle a tellement envie et besoin de cet immeuble.

« Sans cela, il était prêt à conclure. Merci de votre aide, messieurs. »

Les juristes s'en vont, à bord de leur pétaradante et grotesque voiture américaine sans cheval.

Elle remonte avec Maryan dans la Renault.

Elle est sur le point de démarrer...

« Tu as oublié d'allumer les lanternes, note Maryan très placide.

– Fais-le donc, qu'est-ce que tu attends ? »

Il redescend et allume les deux lampes à gaz. La neige fondue des dernières heures s'est arrêtée de tomber. Maryan revient mais ne reprend pas sa place auprès d'elle. Il baisse la tête et se dandine, ses yeux pâles paraissant presque blancs dans l'obscurité en train de venir, tandis que s'allument les réverbères d'Edison.

« Il s'est passé quelque chose, n'est-ce pas, Hannah ?

– Ne te mêle pas de ça !

– Il t'a... manqué de respect ? »

Malgré elle, elle sourit :

« Nous sommes au XXe siècle, Maryan. Les hommes ne manquent plus de respect aux dames : ils les violent. Il ne m'a pas violée. »

Mais ce sourire esquissé a commencé à la détendre d'une certaine façon au fond d'elle-même. Sûrement pas à apaiser sa rage, mais à la refroidir, et donc à la rendre plus dangereuse encore. « A un problème, il y a toujours des tas de solutions... »

Elle est déjà en train d'échafauder l'une de ces solutions. Oh ! pas bien bien grosse, pour l'heure, ce n'est vraiment qu'un embryon d'idée, tout petit tout petit...

« Tu montes Maryan ? Je retourne à Greenwich Village. »

Non. Il va marcher un peu le long de Central Park, et ensuite il passera à sa simple chambre dans la 58e Rue ouest pour s'y changer – il doit emmener ce soir-là Lizzie au Carnegie Hall, inauguré dix ans plus tôt par Tchaïkovski en personne.

Elle lance la Renault. Quelques minutes plus tôt, fidèle à ses habitudes, elle aurait dévalé la 5e Avenue à une allure de mort, quitte à écraser trois ou quatre douzaines de ces New-Yorkais qui ne font pas d'affaires avec les femmes.

Plus maintenant. Un calme presque inquiétant est venu en elle.

« A un problème, il y a toujours des tas de solutions, et quand il n'y a pas de solution, c'est qu'il n'y a pas de problème... »

... Et voilà, Hannah, en voilà une !

Elle fait un tête-à-queue dans la 5ᵉ et quatre minutes après la haute silhouette de Maryan apparaît en bordure de Central Park. Elle stoppe à sa hauteur. Il l'écoute sans mot dire...

... Dit tout de même :

« Tu es sûre que c'est une bonne idée ?

— Certaine. Maryan ? Pas un mot à Taddeuz, s'il te plaît. Pas un mot à quiconque. »

« La compagnie, dit Maryan Kaden le surlendemain, s'appelle la Carrington-Fox Railway. C'est une société hors cote, c'est-à-dire que la valeur de ses actions est déterminée par les seuls bilans annuels et...

— Je sais ce qu'est une société hors cote, je ne suis pas complètement demeurée. Son actif ?

— Une ligne de chemin de fer entre New York et Albany. Un autre morceau de ligne près de Boston, des participations — dont aucune n'excède cinq pour cent — dans diverses autres compagnies, guère plus importantes, à une exception notable près : la Northern Star Pacific. Egalement des entrepôts à New York et Boston, plus quelques immeubles, celui que tu connais et d'autres, très petits et anciens. Surtout à New York, les immeubles.

— Comment ce foutu Dwyer en est-il devenu le président ?

— En épousant la fille du patron, MacLean. MacLean lui-même était le gendre du fondateur de la société Carrington. Mais Dwyer est un homme des chemins de fer : il a travaillé sur la voie ferrée, comme ingénieur, en Californie et dans l'Oregon.

— Il est dans la boîte depuis quand ?

— Trois ans. Depuis qu'il a épousé la demoiselle MacLean, qui a d'ailleurs le même âge que lui : trente-quatre ans.

– Elle devait commencer à sentir le moisi, si elle s'est mariée à plus de trente ans. Ils ont des enfants ?

– Non.

– Tout est clair : il s'est glissé dans le lit de la fille pour avoir le poste. Je parie qu'il a assassiné son beau-père !

– Alors il a le bras long : MacLean est mort en Ecosse, pendant ses vacances, d'une crise cardiaque.

– En tout cas, je suis sûre que ce Dwyer a une réputation épouvantable », dit-elle avec rancœur.

Maryan sourit :

« Désolé. D'après les informations que je possède, il n'y a rien dans son passé. On le dit très malin et très ambitieux.

– Dommage. Les actions de la Carrington ?

– Cent soixante mille en tout. Dernière estimation : 11,75. Dwyer lui-même détient à peu près vingt pour cent.

– Comment ça : à peu près ?

– Il a 36 600 actions. »

Maryan lit dans les yeux d'Hannah la question qu'elle va lui poser :

« A 11,75 dollars l'une, cela fait 351 900 dollars.

– Il n'y a pas une disproportion entre la valeur globale des actions et celle de la compagnie, avec tout le patrimoine que cette compagnie possède ?

– Un peu : mais c'est fréquent dans les affaires de famille dont les titres sont souvent sous-évalués, notamment pour des raisons fiscales.

– Les autres actionnaires, à part Dwyer ?

– Disséminés, à force d'héritages. Le plus gros porteur après Dwyer est la fille de George Fox, l'autre fondateur, et elle a quatre-vingts ans. »

Brouhaha de la foule autour d'eux. Wall Street s'anime de plus en plus au fil des minutes. Hannah a retrouvé Maryan à l'entrée de ce que l'on nomme le Garage, où deux bonnes centaines de voitures sont déjà garées. Il est dix heures trente et elle s'apprête, pour la troisième journée consécutive, à écouter les explications des hommes qu'elle appelle les Lombards, chargés de lui apprendre la Bourse et la finance.

« Tu veux vraiment vingt pour cent de la Carrington, Hannah ?

— Trente-deux mille actions. »

... On pourrait presque voir défiler les chiffres dans les prunelles pâles de Maryan Kaden. Il dit, très vite :

« Toujours à 11,75, elles représentent 376 000 dollars. Mais il te faudra compter davantage : il y aura des frais et d'autre part les cours vont sûrement monter, avec tous ces achats que tu vas faire.

— J'ai fait venir de Londres l'équivalent de 500 000 dollars.

— C'est beaucoup d'argent, Hannah. »

Joe Lanza vient d'apparaître. Aujourd'hui, il a obtenu l'autorisation d'emmener Hannah à la Stock Watch Room, la salle de contrôle des opérations boursières, où une armée d'employés va dans quelques secondes reporter sur d'énormes registres les moindres transactions.

« J'arrive, dit Hannah à l'Italo-Américain. »

Elle se tourne vers Maryan. « C'est beaucoup d'argent », vient-il de dire. Il a prononcé ces mots d'une voix sourde, baissant la tête et se dandinant un peu, comme chaque fois que, face à elle (elle est sans nul doute la seule personne au monde à l'intimider de la sorte), il est d'une opinion contraire à la sienne.

Le plus étonnant, Lizzie, est que j'étais d'accord avec lui, au fond. Ce n'était pas tant ce demi-million de dollars que je mettais en jeu, l'argent ne vaut jamais que ce que l'on en fait. Mais tout cela

72

pour un immeuble ! J'en étais arrivée à rêver jour et nuit de régler son compte à ce Dwyer... Et Maryan le voyait bien : je me laissais emporter...

« Trente-deux mille actions, Maryan. Tu peux aller jusqu'à quinze dollars l'une. Au-delà, avertis-moi. »

Il demande alors s'il peut mettre Bernard Benda dans le secret de l'opération.

Elle hésite puis répond oui.

La folle mécanique est dès lors en route. Implacablement.

Il faut à Maryan et Benda vingt et un jours pour réunir les 32 000 titres. Ils auraient sans doute pu opérer plus vite mais c'eût été au détriment de la discrétion. En fait, ils ont procédé avec tant d'adresse que leurs achats passent inaperçus et, surtout, ils ont réussi à ne pas trop faire monter le prix : le maximum atteint est de 13,40 dollars.

418 000 dollars, frais compris.

Quand, presque un an plus tôt, Hannah a expliqué à Junior Rockefeller sa bizarre comptabilité à base de moutons, elle était en mesure de dessiner un mouton et demi.

C'était à la fois vrai et faux.

C'était vrai dans la mesure où, en réalité, elle possédait un peu plus que cela.

C'était faux au sens où elle ne détenait pas effectivement quinze cent mille dollars. Pour réunir véritablement la somme, elle devrait liquider la quasi-totalité de ses biens immobiliers européens – la plupart de ses instituts et de ses boutiques, ainsi que l'hôtel particulier de Saint-James Park où elle a un appartement personnel, ne sont que des locations.

Elle avait en fait procédé à une estimation et, avec sa prudence ordinaire, s'était tenue un peu au-dessous de la vérité – comment par exemple eût-elle pu fixer le prix de ses brevets ?

En février de 1901, malgré les frais importants entraînés par l'achat du terrain de Long Island, la construction et l'ameublement de la maison, la location de l'appartement sur la 5e Avenue, malgré les 100 000 dollars mis au compte de Lizzie, elle a procédé, avec des précautions identiques, à une nouvelle estimation.

... Et elle a abouti au chiffre de 1 675 000 dollars.

Dont onze cent mille réellement disponibles.

« Plus qu'il ne m'en faudra. Heureusement ! »

...*Note-le, Lizzie, j'étais réellement prête à tirer toutes mes cartouches, si cela se révélait nécessaire, et cela à seule fin de démontrer au foutu Dwyer que je valais autant que lui. Même avoir l'immeuble, ou pas, devenait secondaire...*

J'étais folle. J'avais perdu ce qui est essentiel dans les affaires : le sens des limites.

Le contact avec A.B.C. Dwyer est repris, non par elle, mais par les avocats. Qui ne sont plus Stevenson et Marcus, retirés de la bataille puisque déjà identifiés par l'adversaire. Il a fallu toute la patience et toute la diplomatie de Polly Twhaites, pour qu'elle accepte la substitution. Polly a ordonnancé le transfert du demi-million de dollars, et elle a consenti à lui raconter l'affaire. Il a combattu deux jours pour la convaincre de ne pas se présenter en personne devant Dwyer :

« Hannah, je ne vous ai jamais vue aussi montée. Cet homme n'est pas le premier misogyne sur votre route, et ne sera sûrement pas le dernier. Calmez-vous, pour l'amour du Ciel !

– Rien à foutre du ciel et je suis très calme.

– A peu près autant qu'un volcan sur le point d'entrer en éruption.

– Je veux sa peau, Polly.

– Dans ce cas, engagez un tueur professionnel, ça vous coûtera moins cher. »

Il voit son œil gris si glacé qu'il prend peur :

« *God gracious*, Hannah, je plaisantais!

– C'est quand même une bonne idée, un tueur professionnel », dit-elle la mine sombre.

Mais elle sourit :

« Moi aussi, je plaisante, Polly. »

Les nouveaux avocats expédiés sur le front se nomment Wynn et Parks. Ils ne révèlent pas à Dwyer le nom du client pour le compte de qui ils opèrent. Par la suite, Hannah apprendra que sans vraiment l'affirmer à aucun moment – *et encore je n'ai jamais été sûre qu'ils ne l'ont pas fait, Lizzie* – Wynn et Parks ont toutefois laissé entendre que leur client n'était, ne pouvait pas être cette femme qui est déjà venue le voir et lui a fait une première proposition. Qui a jamais entendu parler d'une femme se mêlant d'affaires sérieuses? Non, la ou les personnes qui les ont mandatés sont autrement plus sérieuses et ils sont chargés de lui faire remarquer, à lui Dwyer, qu'il ne détient jamais que moins de vingt pour cent de la Carrington-Fox, « même pas autant que notre ou nos clients, monsieur Dwyer; et notre ou nos clients tiennent, pour des raisons qui les regardent, à ce que cet immeuble de Park Avenue soit acquis par Mme Newman. Refusez cette offre de 160 000 dollars et vous allez au-devant d'une bataille qui risque fort de détruire votre compagnie, et surtout de vous détruire, vous... »

Dwyer, A.B.C. de son prénom, ne bronche pas et demande trois jours de réflexion.

... Mais quand elle connaît les arguments utilisés

par ses propres avocats, Hannah manque de s'étouffer de rage :

« Maryan, ces deux abrutis sont allés dire à Dwyer...

— Ils croyaient bien faire, Hannah. Et d'ailleurs, peut-être que ça va marcher...

— Ils lui ont dit à peu de chose près que j'étais une demeurée! Et c'est moi qui les paie! Je les fous dehors, tu entends? Ces... »

Suit une impressionnante série d'insultes en huit langues. Pendant plusieurs minutes, elle a presque souhaité être un homme, afin de pouvoir leur casser la figure à tous, en commençant par le foutu Dwyer avec un alphabet en guise de prénom. Une autre idée lui vient même, qui l'enrage encore plus :

« En somme, on m'a présentée comme une folle, qui a un amant, et dont l'amant justement est si riche qu'il est capable d'acheter la Carrington juste pour m'offrir cet immeuble, à la façon dont il m'offrirait une rivière de diamants! Non mais, je rêve! »

Maryan la regarde, impassible. Et elle finit par se calmer. Un peu. Assez en tout cas pour poser la question qu'il fallait poser :

« Maryan, pourquoi ces crétins d'avocats — et je suis polie! — ont-ils parlé d'autres clients que moi, avec l'air de sous-entendre qu'un Dwyer ferait mieux d'en avoir peur? A qui faisaient-ils allusion?

— A Flint et Healey.

— Et c'est qui, Flint et Healey?

— Le banquier John Patrick Flint et l'industriel Roger Healey.

— Je connais J.P. Flint comme tout le monde. Qu'est-ce qu'il vient faire dans cette galère?

— Lui et Healey se sont associés pour tenter de s'assurer le contrôle de toutes les grandes compagnies de chemins de fer des Etats-Unis. Comparé à eux, Dwyer est un marchand de cacahuètes en plein air...

– Je préférerais crever de faim plutôt que bouffer ses cacahuètes!

– ... En laissant entendre que Flint et Healey sont derrière eux, Wynn et Parks ont cherché à inquiéter Dwyer et à lui faire croire que cette affaire d'immeubles n'était que de la broutille; ils ont détourné son attention. »

Elle pense : « Si tu arrêtais de faire l'idiote, Hannah, et te calmais un peu? Si tu réfléchissais, par exemple? » Elle demande :

« C'est une idée à toi, Maryan? »

Il se dandine :

« Plus ou moins. Bernard et moi en avons parlé avec Stevenson, Marcus, Wynn et Parks.

– Mais pas avec moi. Evidemment! Qu'auriez-vous fait d'une idiote de femme, pour toutes ces discussions d'hommes? »

Incroyablement, voilà Maryan qui rougit.

« Ce n'est pas ça, Hannah. Mais depuis le début de cette affaire, tu es un peu... emportée. »

Elle le fixe avec férocité et durant quelques secondes est sur le point de prononcer des paroles définitives. « Mais si je n'avais pas été stupide et prétentieuse au point d'aller toute seule chez Dwyer, rien ne serait sans toute arrivé. Et Maryan essaie simplement de rattraper l'erreur que j'ai commise. D'accord. Oublie ça, Hannah, et mets ton amour-propre dans ta poche. »

« Ils veulent faire croire à Dwyer que Flint et Healey envisagent de racheter la Carrington?

– Il nous suffirait que Dwyer croie avoir Flint et Healey en face de lui.

– Au lieu d'une petite bonne femme.

– Au lieu de n'importe qui d'autre. Il se montrera plus raisonnable. »

Nouvelle et courte flambée de fureur. Qu'elle maîtrise comme la précédente :

« Et si Dwyer contacte directement Flint et l'autre pour leur tirer les vers du nez ?

— Il ne le fera pas. Il connaît la situation.

— Je ne la connais pas, moi.

— Flint et Healey ont un concurrent, qui vise lui aussi à s'assurer le contrôle des chemins de fer. Cela fait déjà un bon moment que la bataille dure. Dwyer est au courant, surtout parce qu'il est dans les chemins de fer, lui aussi. Il...

— Qui est le troisième homme ?

— Louis Rosen. Lui et Flint se haïssent. Rosen a soufflé à ses adversaires deux des lignes qu'ils convoitaient. Depuis, ils se poursuivent les uns et les autres à travers toute l'Amérique, pour chaque compagnie d'importance. Dwyer...

— C'est important, la Carrington, à leurs yeux ?

— Ils s'en soucient comme de leur premier wagon. Dwyer sait tout cela. Il sait aussi que ce serait une grave erreur que de contacter les *big shots* que sont Healey et Flint, et également Rosen. Leur bataille à trois est un combat de titans, s'en mêler en prenant parti pour l'un ou pour l'autre serait très dangereux. N'importe lequel des deux camps serait capable d'écraser Dwyer d'un coup de talon. Il se tiendra tranquille.

— Et me vendra mon immeuble ?

— Nous l'espérons, Hannah. »

Maryan secoue la tête et répète :

« Nous l'espérons. »

Il s'en va. Elle est redevenue tout à fait calme, à présent, toute haine intacte mais calme. La froide petite mécanique s'est remise à tourner entre ses oreilles.

« Ça ne marchera pas, leur combine... *J'espère* que ça ne marchera pas ! Parce que, d'accord, peut-être que j'aurai ainsi mon immeuble, mais je n'aurai pas réglé son compte à l'autre enfant de salaud! Ou en tout cas, ce ne sera pas grâce à moi qu'il aura dû céder...

« J'espère que ça ne marchera pas. »

Exactement à la même époque, elle s'occupe avec Lizzie de la construction et de l'aménagement de la maison que le jeune et futur couple Kaden (leur mariage est prévu pour le mois de mai prochain) occupera à son retour de voyage de noces. S'agissant de cette maison, il y a bel et bien eu conjuration – même Taddeuz s'en est mêlé : on édifie la demeure ancestrale des Kaden dans la zone frontalière du terrain acheté par Hannah et de celui acquis par Maryan. Les deux habitations se feront presque face, de part et d'autre de l'étang. Quatre cents mètres au plus les sépareront.

« Ça n'a pas l'air de t'enthousiasmer, remarque Lizzie.

– Ne sois pas idiote. »

Elles marchent toutes les deux en bordure des fondations que les ouvriers ont passé la semaine à mettre en place. En ces derniers jours de février, l'hiver new-yorkais est revenu en force. Il a neigé la veille et le ciel plombé laisse entendre qu'il pourrait bien neiger encore. L'un des premiers soins de Lizzie MacKenna, avant même de savoir qu'elle allait habiter l'endroit, a été de faire construire de minuscules baraques de bois pour abriter les écureuils noirs; mais à la grande déception de la jeune fille aucun n'a daigné bénéficier de cet abri, vers quoi on a tourné des queues méprisantes.

« A croire que ces bestioles haïssent les Australiennes... Hannah, vous vous êtes disputés, Maryan et toi?

– Non.

– Autrement dit : oui. N'oublie pas que je suis fiancée à ce crétin et il m'arrive de le voir de près, figure-toi. Pas d'aussi près que je le souhaiterais, d'ailleurs, je me demande à quoi lui servent ses mains... Hannah, il y a quelque chose que tu ne veux pas qu'il fasse et qu'il va faire quand même, ou bien c'est toi qui veux quelque chose qu'il ne veut pas ?

– Occupe-toi de tes affaires. Tu as vraiment des pieds énormes, tu sais.

– On parlera de mes pieds une autre fois. Quoiqu'ils soient très beaux. Sauf quand je fais de l'équitation : mon pauvre cheval ne peut pas tourner la tête, ni d'un côté ni de l'autre – je dépasse. Si Maryan t'embête, je divorce. Avant même de l'épouser.

– Je n'ai rien à reprocher à Maryan. »

Le regard de Lizzie descend de presque trente centimètres :

« Sûre ?

– Certaine. Rentrons. Tu aurais dû mettre quelque chose sur tes épaules, il fait vraiment froid, on se croirait en Pologne. »

Elles reviennent vers la maison Newman. C'est un dimanche après-midi et comme souvent, malgré le fait que l'habitation soit de construction si récente, une vingtaine d'invités sont là, presque tous venus voir Taddeuz, d'ailleurs. Derrière les vitrages de couleur, sur le côté gauche de la véranda, des silhouettes se déplacent nonchalamment, dans un doux brouhaha de rires et de conversations. Hannah identifie le profil de Taddeuz assis à une table – « quelqu'un l'aura une fois de plus défié aux échecs et comme d'habitude recevra une raclée... » Parmi les amis de son mari, se trouvent deux hommes jeunes qui, la veille au soir, au dîner, ont parlé de Georges Méliès avec une véritable passion; l'un s'appelle David Wark

Griffith et l'autre, d'à peine vingt ans, porte un prénom féminin (aux yeux d'Hannah) : Cecil B. De Mille.

... « Je n'ai rien à reprocher à Maryan », vient-elle de dire à Lizzie. Elle est sincère. Enragée de devoir lui donner raison mais sincère : elle s'est laissé emporter, avec cette conséquence qu'elle a investi plus de quatre cent mille dollars dans une entreprise de chemins de fer dont elle se fiche totalement, « et qui, aussi bien, ne vaut pas un clou, personne n'a vérifié, que je sache. Bravo, Hannah, je te tuerais, tant tu es bête! ».

C'est un dimanche après-midi. Bientôt les invités reprendront le chemin de New York, Taddeuz et elle auront devant eux une soirée tranquille. « Nous prendrons notre bain ensemble et ça finira comme d'habitude, par une orgie romaine – à deux, la perspective est alléchante... »

L'avant-veille, le vendredi, les avocats Wynn et Parks sont donc allés voir Dwyer et lui ont raconté leur gros mensonge. « Je les aurais laissés faire depuis le début, eux ou les autres, j'aurais peut-être déjà commencé à faire abattre le foutu immeuble, quitte à le flanquer moi-même en l'air à coups de pied... »

Dès le lundi matin, A.B.C. Dwyer donnera sa réponse.

Il la donne.
Sous la forme bizarre d'un carton à chapeau délivré par un messager de la Western Union. Hannah l'ouvre. A l'intérieur, elle trouve une courte lettre et un paquet enveloppé de papier de soie. Le billet dit : *Toutes mes félicitations à MM. J.P. Flint et Roger Healey... le jour où vous ferez leur connaissance. Pour notre affaire, mes conditions n'ont pas changé : écartez les cuisses*

très gentiment et peut-être vous ferai-je le cadeau habituel. Je ne traite qu'au lit, avec les femmes. Pour toute signature : X.Y.Z.

... Quant au paquet, il contient tout un harnachement à base de bas résille, de jarretelles, de culotte transparente et de guêpière, tout cela d'un rouge à hurler, qui ne déparerait pas une prostituée de bordel texan.

Et je veux vous voir avec ça, explique le deuxième billet, épinglé à la guêpière.

En d'autres circonstances, peut-être, elle aurait ri. Bien que cet « écartez les cuisses », par sa vulgarité probablement voulue, lui eût sans doute mis les nerfs à vif.

Elle ne rit pas, et ça revient. Une vraie haine, que l'argumentation de Maryan Kaden avait un temps adoucie un tout petit peu. Avec toutefois un élément neuf, qui est la satisfaction de constater qu'elle a vu juste : ça n'a pas marché.

Pourtant elle conserve suffisamment de maîtrise d'elle-même pour retarder de deux semaines sa décision. Elle peut encore tout arrêter, elle le sait. Elle peut s'en tenir là, essayer d'oublier l'homme au nom d'alphabet, se dégager de cette saleté de compagnie de chemins de fer en revendant les actions qu'elle a achetées. Probablement y perdra-t-elle de l'argent mais au moins récupérera-t-elle une bonne partie des 418 000 dollars – plus frais d'avocats ! – qu'elle a investis dans cette opération de fou. Polly Twhaites et Maryan sont bien sûr d'avis qu'elle le fasse, passant tout en profits et pertes, « on voit bien que ce n'est pas leur argent... ».

Quoique ce ne soit pas l'argent qui la préoccupe le plus. Qu'ayant voulu se mêler de finance et d'autre chose que ses crèmes, et qui plus est en

Amérique, dont elle attendait monts et merveilles, elle ait été stoppée net au premier pas, voilà qui compte davantage à ses yeux. Et stoppée de quelle façon! « Cet enfant de salaud aurait sans doute dit oui à n'importe quel homme – en discutant bien sûr le prix d'achat mais j'étais prête à le faire. A moi, il m'a seulement demandé de me coucher. C'est comme un viol. Et qu'est-ce que je peux faire? Aller me plaindre à Taddeuz, ou à la rigueur à Maryan? J'aurais l'air maligne, moi qui ai toujours prétendu me débrouiller seule!

« ... Sans compter que je ne sais pas du tout comment Taddeuz réagirait. Je ne l'ai jamais vu se battre, ni non plus se mettre vraiment en colère. On ne peut guère savoir, avec lui...

« Il y aurait bien Mendel mais il est en Alaska ou Dieu sait où, à faire des trous dans la terre ou à passer les rivières au tamis, sous le regard d'une famille de grizzlis mâchonnant du saumon frais...

« On ne peut pas savoir avec Taddeuz. Aussi bien, il irait tuer ce foutu Dwyer. Ce qui nous mettrait, lui et moi, dans la panade, ça m'étonnerait bien que les prisons soient mixtes, en Amérique, et qu'elles aient des lits doubles...

« Ça va, Hannah, arrête de faire l'imbécile, tu n'as pas envie de rire, vraiment pas. Parce que ce salaud de Dwyer a justement prévu que tu te tairais, et c'est bien ça qui te donne envie de hurler : il sait que tu auras trop honte pour aller raconter l'affaire à qui que ce soit...

« ... L'infâme ordure! »

Début mars, elle se rend à Philadelphie avec Taddeuz. Plus exactement, elle l'accompagne à une exposition de toiles des impressionnistes français, organisée par Mary Cassatt. A retrouver cet univers familier, pour elle comme pour lui, Hannah mesure soudain son propre égoïsme : en somme, elle a contraint Taddeuz à s'installer en Amérique, sans trop se soucier de savoir s'il en était heureux...

« Tu serais resté, sans moi?
– Ici, à Philadelphie?
– Tu sais très bien que je ne parle pas de Philadelphie. Tu as envie de vivre en Europe? »

Ils sont au lit, dans un hôtel philadelphien sur Chestnut Street. La veille, elle a acheté trois pastels de Mary Cassatt. Il allume l'une des lampes de chevet et la fixe, en appui sur un coude, tête posée dans sa paume. Une fois de plus elle a le sentiment que, sous ses airs tranquilles et comme indifférents, il en sait infiniment sur elle, et la devine à tout coup, si dissimulées et si bien préparées que puissent être les stratégies qu'elle élabore.

« Tu as des ennuis, n'est-ce pas, Hannah?
– Comprends pas.
– Tu as des ennuis dans tes affaires. Je ne te demande pas de m'en parler, je ne pourrai probablement rien faire. Je m'y connais en finance à peu près autant qu'en mécanique : je me demande toujours pourquoi les bougies d'allumage d'un moteur de voiture ne s'éteignent pas avec le vent de la vitesse. Et d'ailleurs, si j'avais pu t'être utile, dans tes difficultés, tu m'en aurais parlé. »

« Il a tout compris. Oh! mon Dieu! »

« Continue, dit-elle.
– Et à cause de ces ennuis, dans cette Amérique dont tu attendais tant, voilà que tu te remets à penser à l'Europe où, entre autres choses, tu as tout réussi. »

« Il lit vraiment dans mes pensées, c'est effrayant... »

« Ce n'est pas ça. »

Il hoche la tête et sourit :

« Peut-être pas, Hannah. Mais peut-être est-ce cela. Et par l'une de ces associations d'idées dont ton cerveau très tortueux ...

– Je serais tortueuse, moi ? »

(Elle se replie sur sa dernière ligne de défense, la coquetterie et le reste; son index suit le contour de la bouche de Taddeuz.)

« Tu es foutument tortueuse, comme dirait quelqu'un que je connais. Tu n'en es pas encore à t'avouer que tu aurais très envie de refuser l'obstacle et de rentrer à Paris ou à Londres. Alors...

– Alors, je me rabats sur toi.

– En quelque sorte.

– J'ai drôlement envie de me rabattre sur toi, c'est vrai. Et pas au figuré. Tu veux rentrer en Europe, Tad ?

– Taddeuz.

– Tout le monde t'appelle Tad, ici.

– Tu n'es pas tout le monde. »

Elle ferme un instant les yeux et, Dieu en soit loué, comme disent les rabbins, elle n'a pas à faire semblant d'avoir envie de lui...

« C'est vrai, reconnaît-elle encore. Mais ne détourne pas la conversation, s'il te plaît. Réponds à ma question. »

(Elle a commencé de se déplacer subrepticement, dans le grand lit américain; par une reptation d'une lenteur serpentine, elle vise cet endroit tout contre lui, contre sa poitrine et son ventre nus.)

« Je ne sais pas, Hannah. Je ne sais vraiment pas.

– Tu arrives à écrire en anglais, ne me dis pas le contraire, quoique je n'aie jamais rien lu. Tu ne me montres rien, pas plus que je ne te parle de mes affaires. Je suis sûre que tu as déjà écrit dans les trois cents kilomètres de lignes.

– Ce n'est pas une question de quantité. La

preuve : j'ai une femme grosse comme le poing. »

(Elle a achevé sa progression; elle est au creux de lui, pelotonnée, la bouche collée à sa gorge à hauteur de la pomme d'Adam, faisant le vampire. Le renflement rond de sa hanche est emboîté contre son ventre et par le dur contact entre ses doigts et au long de sa cuisse elle a la certitude qu'elle ne lui est pas, vraiment pas, indifférente...

Lizzie, il paraît que ces choses ne se disent pas, qu'on doit les garder pour soi-même, ne pas même les penser ou alors en grande honte. Moi je m'en fous pas mal et jamais je n'en ai eu honte. J'ai toujours fait l'amour à Taddeuz avec passion. J'ai donné à Taddeuz toutes les caresses auxquelles j'ai pu penser et je crois bien n'avoir pas oublié grand-chose... Il n'était pas en retard, remarque bien, il avait même plus d'idées que moi, ses inventions étaient sans limites. On se renouvelait, en somme... Une fois – je peux bien t'en parler, il y a prescription – , une fois c'était dans un ascenseur, dans un hôtel de Chicago, je crois... Entre le rez-de-chaussée et le sixième étage... Pas de liftier, tout de même... Avec à tout instant cette délicieuse menace de ce que la porte s'ouvrît et que quelqu'un entrât... Dis donc, tu pourrais au moins rougir, espèce d'autruche australienne!... Et elle rit, cette grande bringue!

« L'Europe te manque, Taddeuz ?

– Un peu. »

« Je suis sûre qu'il a compris... »

« Qu'est-ce qu'il vaut, cet Henry James dont tu parles sans cesse ?

– C'est un très grand écrivain. L'un des plus grands du monde.

– Sauf qu'il vit en Europe, alors qu'il est américain. Qu'est-ce qu'il reproche à l'Amérique ? Et ce

type, celui qui a écrit l'histoire de la grenouille et celle des jeunes garçons ?
- Mark Twain.
- Tu l'appelais Sam.
- Il signe Mark Twain.
- Il est écrivain lui aussi, non ?
- Aucun doute. Si tu arrêtais de gigoter ?
- Seulement si toi, tu enlèves ta main, voyou... *NON! NE L'ENLÈVE PAS*, je disais ça pour rire... Oh! Taddeuz, sale chameau, ce n'est pas loyal! »

Un long moment ensuite, elle se tait. Mais la petite mécanique dans sa tête finit par repartir, après son arrêt en gare :

« Tu es plus proche de James que de Twain, non ?
- Je voudrais bien.
- Je suis sûre que tu vaux au moins deux James. Au moins.
- Et même quatre, tant qu'on y est.
- Je t'aime.
- Je sais. »

A cette seconde, elle est vraiment très près – elle retient presque les mots sur le bord de ses lèvres – de lui parler d'A.B.C. Dwyer. Ou, sinon de tout lui dire, de lui jurer qu'aucun autre homme jamais... Mais en un sens, ce serait pire que se taire : elle a surpris le regard de Taddeuz quand elle lui a dit « je t'aime ». Ça a duré une demi-seconde, même pas, mais en ce si bref laps de temps, l'habituel voile de rêve est tombé, le vrai Taddeuz s'est montré, en alerte, analysant tout, pesant jusqu'aux silences, notant la moindre intonation ou l'hésitation la plus infime. Il n'y a rien à faire, c'est ainsi, peut-être ne l'eût-elle pas autant aimé, s'il avait été autre... « N'empêche que c'est foutument difficile, parfois... »

« Nous pouvons repartir pour l'Europe, Taddeuz. Quand tu voudras. »

... Mais elle sait ce qu'il va répondre. Et qu'il répond :

« Non.

– Tu veux rester ? »

Un interminable silence, à vous faire tinter les oreilles. Il dit enfin :

« Il est possible, seulement possible, et rien de plus, que j'aille en effet faire un tour en Europe. Mais j'irai seul. Sauf si tu n'as rien de mieux à faire. Ce qui n'est pas le cas. Hannah ? Ils sont vraiment graves, ces ennuis ?

– Si je reste dans la partie jusqu'au bout, je risque de perdre jusqu'à mon dernier *cent*. Je peux tout perdre. Même les affaires d'Europe. Même celles d'Australie. Tout.

– Tu recommenceras.

– J'aimerais en être aussi sûre que toi.

– Tu l'es. »

Elle réfléchit, tout en lui mordillant doucement la lèvre inférieure et en bougeant non moins doucement son ventre, où il est encore.

« C'est vrai », dit-elle.

En même pas cinq secondes, par un foudroyant enchaînement d'idées et d'images, elle s'est vue ruinée, marchant dans New York sous la pluie... « pourquoi diable sous la pluie ? pourquoi pas pieds nus dans la neige, pendant que tu y es ? »... et sans autre bien terrestre que sa vieille robe aux trente-neuf boutons, qu'elle traîne partout avec elle depuis plus de dix ans... Marchant dans New York et recommençant tout, en effet, comme à Sydney, un dollar après l'autre, un pot de crème après un autre, ce pourrait même être assez amusant...

Elle fixe Taddeuz dans les yeux (elle aurait du mal à faire autrement : il est sur elle et leurs deux nez se touchent).

« Tu me connais bien, on dirait.

– Encore assez.

– Et à quoi est-ce que je pense, en ce moment même ? »

Il sourit :

« Pas avant cinq minutes au moins, je ne suis pas un surhomme.

– Qu'est-ce qu'on parie ? »

Bernard Benda consiste essentiellement en un lorgnon à monture d'or juché tout en haut d'une longue et maigre silhouette. A condition de négliger ce qu'il y a derrière les verres : le regard le plus aigu qui soit. Il n'est pas parti de rien : émigrant venu de Posen en Prusse, son père a servi comme médecin dans l'armée sudiste durant la guerre de Sécession avant de devenir professeur de médecine et de chirurgie à l'université de Columbia – le docteur Simon Benda a été le premier chirurgien au monde à tenter et réussir l'ablation de l'appendice.

Trois ans plus tôt, à l'occasion de la guerre hispano-américaine, Bernard Benda a déjà donné une preuve éclatante de l'exceptionnelle rapidité de ses réflexes, en matière financière : dans la nuit du 3 juillet 1898, le coup de téléphone d'un ami journaliste lui apprend la victoire américaine sur les Espagnols, à Santiago de Cuba. Le lendemain 4 juillet est férié, c'est la fête nationale américaine et naturellement Wall Street est fermé. Qu'à cela ne tienne, il se souvient qu'on peut très bien acheter des valeurs américaines sur le marché de Londres, qui est ouvert, lui. Il loue un train spécial et, du fin fond du New Jersey où il se préparait à passer un *Independance Day* bien paisible, se rue à New York. Juste à temps pour joindre par télégraphe la City, dès l'ouverture de celle-ci (dans sa hâte il a oublié d'emporter la clef de son bureau et doit en enfoncer la porte). Les heures suivantes, frénétiquement, il achète à découvert tout ce qui se présente... et vingt-quatre heures plus tard, sur le marché américain enfiévré et secoué par une formidable vague de hausse, à la nouvelle du carnage victorieux, il revend avec des bénéfices énormes.

Il fixe Hannah :

« Vous avez une idée de ce que cela va vous coûter ?

— Il me faut les deux tiers des actions de la Carrington-Fox, plus une. De la sorte, conformément aux lois en usage dans l'Etat de New York, je détiendrai la majorité nécessaire à n'importe quelle vente de n'importe quoi figurant dans le patrimoine de la compagnie.

— Et vous vous revendrez cet immeuble à vous-même.

— *Right*, dit Hannah.

— Afin de pouvoir immédiatement le détruire et en construire un autre à sa place.

— *Right*. Vous en êtes, Bernard ? Vous marchez avec moi ? »

Coup d'œil de Benda à Maryan :

« Lui aussi, bien entendu ?

— Bien entendu.

— Je n'ai pas en tête le nombre total exact des actions émises par la Carrington.

— Maryan ? dit Hannah.

— 161 927, dit Maryan.

— Et il vous faut les deux tiers plus une...

— Soit 107 818. Plus une égale à 107 819, dit Maryan. Nous en avons déjà 32 000. Reste 75 819. »

Un court silence. Après lequel Benda demande :

« Vous savez naturellement que des achats aussi massifs vont faire grimper le titre ?

— C'est évident.

— A vue de nez, c'est une opération d'un million et demi de dollars. Qui viendra en supplément de ce que vous avez déjà engagé... 420 000 environ, je crois ?

– J'ai tablé sur 2 200 000 dollars, en tout », dit Hannah.

Il lui a fallu dix-neuf jours pour rassembler l'argent. Elle a commencé par mettre en ligne – outre les 418 000 premiers dollars avec lesquels elle a acheté les 32 000 actions de départ – les quelque 700 000 dollars qui lui restaient.

Manquaient encore 1 100 000 dollars.

Polly Twhaites s'est occupé de les trouver. Non sans avoir supplié Hannah de renoncer à cette folie pendant qu'il en était encore temps. Il a finalement obtenu l'accord d'une banque de Londres, pour un montant dont il a eu honte, mais il ne pouvait mieux faire dans le très court délai qu'elle lui avait imparti. La banque anglaise a avancé la somme à condition que celle-ci fût garantie par la totalité du réseau des instituts et des boutiques, plus l'usine et les écoles.

... Plus les brevets.

... Plus la maison de Long Island.

« Et ensuite, poursuit Bernard Benda, en admettant que vous parveniez à vos fins, une fois la fièvre tombée, ces mêmes actions reviendront probablement, au mieux, à leur cours initial, peut-être même légèrement en dessous de celui-ci. Vous allez perdre énormément d'argent. D'autant qu'il vous faudra, en plus, racheter cet immeuble à la compagnie dont vous ne serez que l'actionnaire majoritaire. C'est-à-dire que vous vous paierez à vous-même les deux tiers. Mais vous aurez encore perdu le tiers restant, soit 50 à 60 000 dollars. Puis-je me permettre de vous faire remarquer que c'est là la plus mauvaise affaire dont j'aie entendu parler et qu'elle figurera sans doute dans les annales de la Bourse ? »

Il sourit.

Hannah lui retourne son sourire :

« Vous le pouvez, dit-elle. Sauf que je me demande pourquoi vous avez négligé un point qui n'est pas sans intérêt...

– Je ne vois vraiment pas, dit Benda.

– La raison de votre présence dans cette opération. N'importe quelle bonne agence de courtage aurait fait l'affaire. Et au lieu de cela, je prie, je supplie l'homme le plus intelligent de Wall Street de venir m'aider.

– Vous me flattez d'une façon proprement honteuse », dit Bernard Benda.

... Mais il ôte ses lorgnons cerclés d'or, les essuie très méticuleusement, les replace enfin sur son nez :

« Ce doit être contagieux, dit-il. Voici qu'une idée horriblement machiavélique me vient, tout à coup... Se pourrait-il que nous ayons eu la même ? »

Hannah s'explique.

Silence.

« Dieu Tout-Puissant ! » s'exclame enfin Benda.

Il sourit de nouveau à Hannah et remarque :

« C'est bien ce que je craignais, et toutes mes illusions s'effondrent : en finance, une femme peut être tout aussi ignoble qu'un homme... J'espère que vous me passez le mot " ignoble " ?

– Je vous le passe de grand cœur », répond Hannah.

... En somme, plutôt *très* contente d'elle-même.

... *Et je l'étais, Lizzie, j'étais très contente de moi, je me trouvais rusée en diable et formidable-*

ment intelligente. La réaction de Benda m'a enchantée. Puisqu'un Bernard Benda, dont tout le monde s'accordait à dire qu'il était un vrai génie de la finance, puisqu'un Benda m'approuvait et m'estimait machiavélique, comment aurais-je douté, moi? Lizzie, les années ont passé, Bernard est mort, comme tous les autres, comme tous les autres sauf toi et moi, qui ne sommes plus que de vieilles dames... Oui, je sais, tu es plus jeune que moi, mais tu n'en es pas moins arrière-grand-mère, permets-moi de te le rappeler... Les années ont passé et finalement j'en viens à éprouver de la tendresse, après l'avoir vomie, pour cette Hannah de 1901, en qui j'ai un peu de mal à me reconnaître : c'était un joli petit monstre. Très avide, passionnée, égoïste et généreuse tout à la fois, côté cœur n'ayant que son Taddeuz en tête, et pour le reste ne rêvant que de finance, cette idiote, comme si c'était un eldorado...

... N'ayant pas encore compris que sa route était ailleurs – au fond, je n'ai jamais été qu'une boutiquière...

Cette Hannah de 1901 n'a pas eu de chance, note-le : il a fallu qu'elle tombe sur ce foutu A.B.C. Dwyer, entre des milliers d'autres de ce temps-là, à New York. Elle aurait pu, je ne sais, débuter avec un Benda, ou bien Junior Rockefeller, pourquoi pas?... peut-être pas avec Junior lui-même, mais avec l'un de ses innombrables hommes d'affaires. Elle aurait un peu joué, spéculé au New York Stock Exchange, aurait un peu perdu ou un peu gagné – dans des circonstances normales elle n'était pas aventureuse –, elle se serait amusée avant de comprendre qu'elle avait mieux à faire, et que ce n'était pas son destin...

Mais non. Il a fallu que ce soit Dwyer!
Qu'est-ce que j'ai pu le haïr, celui-là!

Au tout début d'avril, Taddeuz part pour l'Europe. Temps du voyage compris, il sera absent presque deux mois. Il y a eu un petit incident pénible, dans les journées précédant son embarquement sur la *Lorraine* de la Compagnie Générale Transatlantique. Elle s'est préoccupée de savoir s'il avait suffisamment d'argent pour couvrir ses frais. Il a répondu oui. En n'importe quelle autre occasion, elle se serait contentée de cette réponse fort laconique. Mais jouent l'imminence de leur séparation et sans doute aussi la jalousie qu'elle éprouve par avance, à l'idée de ces hordes d'Européennes, surtout italiennes et françaises, qui ne manqueront pas de se jeter à son cou :

« Taddeuz, je sais que tu n'as pas d'argent, c'est ridicule. Où vas-tu coucher ? Sous les ponts ? »

Elle veut à tout prix lui glisser 20 000 dollars dans la poche. Avec ce calme courtois si exaspérant, il refuse le moindre *cent*. Elle s'énerve et s'emporte. D'autant plus qu'à son habitude il conserve son sang-froid, lui...

« Va au diable...! »

... Elle a failli ajouter, avec tout le fiel du monde : « Tu trouveras sûrement une femme pour t'entretenir. » L'énormité même de ce qu'elle a pensé l'a glacée et réduite au silence. Elle le voit descendre de la Renault avec laquelle elle l'a conduit au port et s'engager sur l'échelle de coupée de la *Lorraine*. Tout naturellement, elle lui court après. Elle galope comme une démente au long des coursives de première classe, se trompe deux fois de cabine, le retrouve enfin...

Il l'attend, ayant bien sûr prévu ce qu'elle allait faire – « il me rendra folle ! ». Immense et droit, il se cache, mains derrière le dos, de l'autre côté de la porte, en sorte que, quand elle ouvre, elle ne le voit pas et le croit parti déjà à la recherche d'une jolie passagère pour agrémenter son voyage. Mais il dégage très tranquillement l'une de ses grandes mains, lui caresse la joue, ouvre sa paume : elle découvre une perle noire, admirable :

« Tu vois bien qu'il me restait de l'argent », dit-il.

Elle manque d'en pleurer et s'accroche à lui, éperdument, jusqu'à ce que les sirènes du paquebot la rappellent à terre.

Il lui écrit le soir même, et le lendemain, premier jour de sa traversée, et les jours suivants, à raison d'une lettre par jour et parfois deux, tout le temps de son absence, et toujours avec une merveilleuse tendresse.

Il a séjourné à Paris. En Allemagne, il a rencontré un ancien condisciple de Rilke à l'école militaire des cadets de Sankt Pölten, un certain Robert Musil, *qui a commencé un livre superbe, Hannah, bien qu'il n'ait que vingt ans; cela s'appellera* Les Désarrois de l'élève Törless, *et ce sera un chef-d'œuvre...*

Puis Taddeuz voyage en Espagne (il aime, mais moins qu'elle qui la préfère à l'Italie) et aussi à Florence, où il rassemble de la documentation. Il passe par Londres avant de regagner Paris où il achèvera son séjour européen.

A aucun moment dans ses lettres, pourtant, il n'écrit : « je t'aime ».

« Je suppose que cela va de soi », pense-t-elle.

Quoique.

Vers la mi-avril, la formidable rafle sur les actions de la Carrington-Fox bat son plein. Ils sont en tout sept acheteurs différents, opérant sans se connaître. Aucun de ces acheteurs n'est Hannah, Maryan Kaden ou Bernard Benda, il n'en est pas un seul d'entre eux qui la connaisse, elle; tous ont été recrutés par Benda.

« Ne nous leurrons pas, a dit celui-ci. N'étant pas un demeuré congénital, Dwyer ne pourra ignorer que de grandes manœuvres sont en cours sur les titres de la compagnie dont il est le président. L'essentiel est qu'il ne devine pas trop vite que vous êtes le cœur et l'âme de l'opération, Hannah. Le mieux serait qu'il ne l'apprenne que bien trop tard, mais il ne faut pas rêver. »

Les titres montent régulièrement, malgré toutes les précautions prises.

... Et dangereusement : dans ses calculs mille fois refaits, Hannah avait tablé sur un prix d'achat moyen de 18 dollars l'action, et pas durant les deux premières semaines de son offensive mais, au pire, à compter du 20 avril. Les événements infirment tous ses pronostics. Dès le 7 avril, alors qu'on a à peine réuni un peu plus de 58 000 titres (sur les 107 819 constituant l'objectif final), la valeur moyenne atteint et dépasse 20 dollars.

« Autant dire que mes 1 100 000 dollars arrachés à la banque anglaise ne suffiront pas », est-elle obligée de constater.

... Pire encore, l'escalade se poursuit : le 16 avril, le prix moyen est de 21 dollars. Et il monte toujours.

Quatre jours plus tard, il frôle les 21,50 dollars.

Et elle fait plus qu'approcher de ses propres limites. Tous comptes inlassablement faits et défaits, elle se rend à l'évidence : elle a épuisé toute sa masse de manœuvre, et le score est à 82 500, il lui manque plus de 25 000 titres pour parvenir à la majorité des deux tiers.

Elle a appelé Polly Twhaites, toute honte bue : appelé à son secours. Il n'a pu lui offrir que 50 000 livres sur sa fortune personnelle.

Elle a refusé.
« Je suis presque foutue. »

« Ne me dis rien, Maryan. »

Il secoue la tête et se dandine, comme toujours quand il n'est pas trop de son avis, son regard pâle et parfaitement inexpressif n'abandonnant la contemplation du plafond que pour se fixer sur la pointe de ses chaussures – mais ne rencontrant jamais le regard d'Hannah.

« Ce n'est tout de même pas normal, dit-il. Personne à Wall Street ne parle de ces achats massifs et continus des titres de la Carrington, aucun journal n'y consacre la moindre ligne.

– Ce n'est pas une grosse compagnie, et elle n'est pas officiellement cotée.

– Ce doit être la raison. Seulement, tous les porteurs que nous approchons sont au courant, ils refusent de vendre, sauf au prix fort. Et ils le connaissent.

– J'en sais quelque chose », dit-elle avec amertume.

... Et, bien entendu, elle connaît l'explication de ce phénomène : il ne fait aucun doute à ses yeux que Dwyer s'agite en coulisse. « Cet enfant de salaud n'a pas les moyens – peut-être même ne veut-il pas s'abaisser à combattre officiellement une femme – de m'affronter directement, à visage découvert, en me disputant les actions. Alors, il se contente de me les faire payer au prix fort. En alertant les vendeurs potentiels... Ou peut-être même en ayant déjà racheté à ces mêmes vendeurs, avant moi, à 12 ou 15 dollars le titre, pour me les revendre maintenant avec un sacré bénéfice. Je suis en train de l'enrichir, c'est un comble ! »

« Tu vas lâcher, Hannah ?

– A ton avis ?

– Tu ne lâcheras jamais, même avec le canon d'un revolver sur la tempe. Hannah, je peux te prêter 300 000 dollars. Peut-être même 400. »

C'est la troisième fois qu'il lui offre de l'argent.

« Toujours non, Maryan.

– J'ai parlé avec des banquiers : ils seraient d'accord pour prendre le relais de ta banque anglaise, à de meilleures conditions. Ils iraient jusqu'à un million huit.

– Mais c'est toi qui me cautionnerais. Non. Si je dois couler, je coulerai seule. N'en parlons plus, s'il te plaît. »

Nouveau dandinement :

« Dans ce cas, j'ai une autre solution.

– Si elle est aussi idiote que les précédentes, oublie-la.

– Je voudrais acheter des Carrington-Fox, pour mon compte personnel.

– Je me trompais : tes autres propositions étaient idiotes, mais celle-là est différente, elle est dingue.

– Je ne crois pas », dit-il calmement.

Silence. Elle l'examine. « Qu'est-ce qu'il a encore inventé ? » Elle ne doute pas, n'a jamais douté une seconde de l'amitié, et plus probablement de l'affection qu'il peut avoir pour elle. Mais elle sait qu'il sait qu'elle n'acceptera jamais de l'entraîner dans sa folie. Et elle se rappelle ce que Bernard a dit de Maryan : il est, en affaires, l'homme le plus froid et le plus lucide qu'on ait jamais vu à New York. « Sentimental comme une guillotine », a dit exactement Benda.

« C'est autant que tu n'auras pas à acheter, Hannah. Bien entendu, sitôt que je serai actionnaire, je voterai pour que tu puisses te vendre cet immeuble à toi-même. »

Il ne sourit même pas, disant cela. L'impénétrabilité faite homme. Elle demande :

« Et tu rachèterais des Carrington à 21,45 dollars ?

– Tout de même pas. Mais à 20 dollars, oui.

– Autrement dit, c'est moi qui devrai te vendre ces actions ?

– A ce prix-là, répond-il tranquillement, je ne vois pas où j'en trouverais ailleurs.

– Dans ce cas, je vends à 18, pas un sou de plus. »

... Parce qu'elle voit bien, maintenant, où il veut en venir, lui, le si prudent et si froid Maryan Kaden : il vient à son secours, certes, en lui apportant un argent frais dont elle a le plus urgent besoin et sans lequel, dès le lendemain, elle serait obligée d'arrêter son offensive... mais il le fait de telle sorte qu'elle peut difficilement refuser. « Il m'expliquera qu'il fait une affaire, et sur mon dos, et que je ne lui dois aucune reconnaissance... »

– Dix-neuf, dit Maryan. Pas un *cent* de moins. C'est mon dernier prix.

– Et tu en veux combien ?

– Quinze pour cent des deux tiers : 16 173 actions. A 19 dollars plus les frais, cela fait... (Il abaisse ses paupières pendant une ou deux secondes, le temps d'effectuer le calcul mental) 307 287 plus 1856 égale 309 143 dollars. Tout compris.

– Tu as vraiment tant d'argent ?

– Un peu plus, mais tout n'est pas disponible. »

Elle est absolument certaine qu'il est très loin de disposer d'un tel capital mobilisable à vue et en viendra à penser que Lizzie et lui se sont en quelque sorte cotisés – elle n'en aura la preuve que bien plus tard, lorsque tout l'épisode sera depuis longtemps rangé dans l'armoire aux souvenirs.

« Je me suis arrangé, dit-il encore.

– Baisse-toi, imbécile. »

Elle l'embrasse sur la joue.

« Tu ne m'as toujours pas dit où vous allez en voyage de noces, Lizzie et toi...

– Tous les détails ne sont pas encore déterminés, dit-il.

– Mais je suis sûre que tu sais déjà dans quel pays, et comment, et quel jour et à quelle heure vous partirez, à la minute près, et quand vous reviendrez, et par où, et comment tu seras habillé, chaussettes comprises, et ce que vous aurez au menu chaque jour, et le degré hygrométrique de l'air...

– Jusque-là, oui, bien sûr. C'est pour le reste, que j'ai encore quelques doutes. »

« Et il se paie ma tête, en plus ! »

Elle a remis immédiatement en jeu les 309 143 dollars de Maryan – moins les frais. Avec cette somme et le peu d'argent qui lui reste encore, elle parvient, le 22 avril en fin d'après-midi, à un total de 98 951 titres.

Il manque 8 867 de ces mêmes titres. Qui, à 21,45 dollars pièce, font la modeste somme de 190 197 dollars et 15 *cents*.

« J'ai les 15 *cents*, et à la rigueur les 197 dollars – sauf qu'on risque de me couper l'électricité, faute d'avoir payé la facture –, c'est juste le reste qui me fait défaut. Où diable puis-je trouver 190 000 dollars ? A ce prix-là, je n'ai rien à vendre, à part mes bijoux et mes tableaux. Je me vendrais plutôt moi-même... Hé ! là. Tu es folle ou quoi ? Ça ne va pas, la tête ? »

La nuit du 22 au 23 est dure. Elle la passe solitaire – Yvonne dort – dans l'appartement sur la 5e Avenue, dont seules quelques pièces sont tout à fait meublées. Si elle a eu, et pas très longtemps, l'idée de tout abandonner, elle l'a rapidement chassée, avec fureur, s'en voulant à mort d'avoir envisagé une telle éventualité. « Et puis d'ailleurs, c'est trop tard, maintenant... » Elle en est à ne même plus faire ses petits calculs. Sans dormir pour autant, elle marche dans les pièces le plus souvent vides, sonores, où des relents de peinture fraîche stagnent. Bizarrement – elle s'en étonne elle-même – elle n'est pas du tout abattue. Dans quatre semaines, la banque anglaise qui lui a consenti le prêt l'exécutera, comme l'on dit aimablement dans la finance, c'est-à-dire que, faute d'un remboursement intégral dans les délais convenus, elle perdra la possession de tout ce qu'elle a mis seize ans à créer...

... « Ce sont surtout les brevets qui me chagrinent, j'ai tellement pris de précautions pour éviter qu'on me les vole, que, même moi, j'en serais bloquée, lorsqu'il me faudra tout recommencer... »

« *Ne te laisse pas aller!* »

Elle commence une autre lettre à Taddeuz, s'interrompt très vite, les mots ne viennent pas. « J'aurais plus vite fait de lui expédier un télégramme : '' Rentre, je suis ruinée, nous allons pouvoir enfin être heureux... P.S. : Trouve de l'argent pour la soupe. '' Je ricane, mais qu'est-ce que je peux faire d'autre? Me pendre? »

A l'aube enfin, elle joue sa dernière carte. Elle tire Bernard Benda de son lit, une heure plus tard il est devant elle...

... Dit non trois fois de suite...

... Cède enfin quand, après lui avoir offert des actions à 18 dollars, puis à 15, puis à 12, elle les lui propose à 10 dollars pièce :

« Bernard, vous savez mieux que moi qu'à 10 dollars vous faites une affaire. Même si les titres baissent, une fois terminée ma guéguerre, ils vaudront plus que cela. Mais je mets une condition : vous prenez l'engagement écrit de ne pas vous opposer à la vente de l'immeuble, lorsque nous détiendrons, Maryan, vous et moi, les deux tiers de la société. »

Il sourit :

« En tant qu'actionnaire, je ne m'opposerai pas à votre achat mais je vous préviens : j'exigerai que vous payiez un prix raisonnable.

— Cent cinquante mille est le prix que vous avez vous-même jugé raisonnable. »

Nouveau sourire :

« Cela, c'était lorsque je me trouvais de l'autre côté de la barrière, dans votre camp, et je me plaçais de votre point de vue. Un vendeur a forcément une autre vision des choses.

— Combien?

— Cent quatre-vingt mille.

— Impitoyable, hein? »

Troisième sourire :

« Ceci n'est pas une partie de croquet jouée par un bel après-midi d'été. Je me conduis avec vous comme je l'aurais fait avec un homme... Quoique, réflexion faite, j'aurais peut-être obligé un homme à descendre jusqu'à neuf...

— Je n'aurais pas accepté. J'aurais frappé à toutes les portes des banquiers de New York et j'en aurais trouvé un pour marcher à dix dollars. »

Il la considère :

« Et je crois que vous l'auriez fait.

— J'y étais prête. Bernard? Merci.

— Vous n'avez pas à me remercier. Nous avons simplement conclu une transaction, entre financiers. A présent, j'aimerais beaucoup redevenir humain : me ferez-vous le plaisir et l'honneur de dîner avec moi? »

Bernard Benda lui a racheté 20 000 actions à 10 dollars. Moins les frais, c'est la somme qui lui manque pour être désormais en mesure d'acquérir les 8 867 actions qui lui sont encore nécessaires – 21,45 dollars l'une. Et elle atteindra enfin la fameuse barre des deux tiers.

Elle active les courtiers et jette dans la bataille tout ce qui lui reste.

... On sonne à la porte d'entrée. En l'absence d'Yvonne à qui elle a donné campos pour la soirée, Hannah va ouvrir elle-même et se trouve en face d'une petite bonne femme d'âge incertain, boulotte, aux grosses joues bouffies, aux lèvres désagréablement minces, au regard dur et vaguement moqueur derrière ses lunettes...

Qui sans un mot tend une enveloppe. En guise d'adresse : *Madame H. Newman* – le « madame » souligné deux fois. Le message est signé A.B.C.D. et il est bref : *Vous restez chez vous cette nuit et vous attendez.*

« Qu'est-ce que ça veut dire ? »

La femme aux yeux durs, dans l'intervalle, est entrée. Elle choisit le seul salon qui soit meublé et s'assoit dans un fauteuil de Duncan Phyfe. Elle pose son aumônière en fausses perles sur ses genoux et, très clairement, se dispose à rester là.

« Qui êtes-vous ? demande Hannah, à ce moment-là encore partagée entre une colère naissante et l'envie de rire.

– Je suis sa secrétaire, Emily Watson. »

« Je me souviens où je l'ai vue, maintenant : c'est elle qui m'a introduite dans le bureau de Columbus Circle... »

« Désolée de vous avoir rencontrée, dit Hannah. Foutez-moi le camp, tas de saindoux. »

Petit sourire des vilaines lèvres minces :

« Il m'a prévenue que vous voudriez me mettre

dehors. Je dois simplement vous dire : 8 866 actions. »

Silence. Une demi-seconde suffit à Hannah pour comprendre : 8 866 est, à une unité près, le nombre d'actions qu'elle... que les courtiers doivent acheter pour atteindre enfin la majorité des deux tiers.

A une unité près.

« Oh! la foutue ordure! »

« Je vois que vous avez compris, dit Emily Watson. Je le vois à l'expression de votre visage. Qui pensiez-vous être, pour le tromper? Pour qui vous preniez-vous? »

Au même instant, la sonnerie du téléphone retentit. Hannah décroche. Maryan est en ligne et commence à expliquer, de sa voix calme, qu'un problème a surgi, que les courtiers sont certes parvenus à acheter les actions qui manquaient...

... Mais qu'il en manque une pour faire le compte.

Une seule.

« J'ai vérifié, Hannah, tu t'en doutes. Nous avons totalement épuisé la liste des vendeurs potentiels, à l'exception de Dwyer lui-même, et il ne nous reste aucun recours. Je ne crois pas que ce soit un hasard, bien entendu. D'après les courtiers...

– Je suis au courant. »

Rien que pour s'arracher ces quatre mots, elle a dû prendre incroyablement sur elle-même. Ce n'est même pas de la fureur qu'elle éprouve, mais un affolement de bête prise au piège : « Nom de dieu, Hannah, reprends-toi! »

« Je te rappellerai demain », réussit-elle encore à dire à Maryan.

Elle raccroche. Et durant la minute suivante, c'est toute une affaire que de simplement empêcher ses mains de trembler. Elle se met à marcher dans l'appartement, n'ayant pas trouvé le courage de faire face à l'autre, toujours assise dans le fauteuil et qui continue sans doute à sourire; « si je la regarde, je la tue... ».

Elle entre dans la salle de bain et se passe un peu d'eau sur les tempes et la nuque.

Le téléphone de nouveau. Et de nouveau Maryan, que son laconisme de tout à l'heure a un peu inquiétée :

« Ta voix n'était pas normale. Quelque chose ne va pas, en plus ?

— J'ai simplement besoin d'être seule. Tout va très bien, à part ce petit problème. A demain. »

Cette fois, elle est parvenue à contrôler ses inflexions. D'ailleurs, cela se remet à tourner à peu près normalement, maintenant. Elle revient dans le salon où est Emily Watson. « Tu sais ce qui t'attend, Hannah, et ça ne servirait vraiment à rien de casser la tête de cette hystérique... »

« On s'est fait moucher, hein ? ricane la Watson. On s'est fait rabattre le caquet ! Une femme ! je vous demande un peu...

— Je voudrais quelques explications, sitôt que...

— Une femme et une pécore juive ! Et qui croyait le tromper !

— ... sitôt que vous en aurez terminé avec vos hennissements. De deux choses l'une, Watson : ou bien vous vous expliquez clairement, ou bien je vous flanque par la fenêtre. Je suis moins grande que vous mais je suis beaucoup plus méchante.

— Sale putain juive !

— Vous avez une préférence, pour la fenêtre ? Elles sont toutes au sixième étage, de toute façon. »

« Je suis un colosse d'un mètre quarante-huit, pense-t-elle, mais je ferais douze pieds de haut que je me retrouverais toujours devant le même problème insoluble : avec une seule foutue action, il me tient, je suis ferrée à mort. Et je n'ai pas le temps d'attendre, avec ces gentils banquiers anglais qui attendent de me trancher la gorge, et mes deux millions de dollars d'actions qui valent le prix du papier et encore... »

J'étais coincée, Lizzie, comme jamais je ne l'ai été. A en hurler...

Mais dès le début, j'ai su ce que j'allais faire. A cinquante années de distance et un peu plus, on voit les choses plus clairement, un peu trop clairement même, c'est gênant... L'Hannah de 1901 était une sacrée petite garce... Qu'est-ce que tu crois? plus ou moins consciemment, un certain soir à Philadelphie, elle avait manœuvré pour que Taddeuz fût absent de New York et même d'Amérique. Je n'ai jamais su si ça s'était fait avec sa complicité à lui. Peut-être. Il était incroyablement perspicace, pour tout ce qui me concernait. Il n'était pas là, un point c'est tout...

Et tu veux la vérité? L'Hannah de 1901 avait un peu envie de voir de près M. A.B.C. Dwyer. Bien qu'elle aimât Taddeuz à la folie... Je sais, c'est plutôt complexe, mais c'est ainsi...

Si bien que jusqu'à la dernière seconde elle n'a pas su, même au fond d'elle-même, quelle solution elle allait choisir entre les deux qu'elle avait en tête...

« Et maintenant, Boule de Suif? demande Hannah.
– On attend, aboie Emily Watson. Il a dit d'attendre. »

Les heures s'écoulent et rien n'arrive. Vers neuf heures, Hannah qui meurt de faim (toute sa vie, elle aura un appétit d'ogre, sans jamais prendre le moindre kilo) passe dans la cuisine et très tranquillement se prépare pour elle seule un très beau filet de bœuf, des pommes de terre en robe de chambre fourrées de crème fraîche. « Je suis la plus mauvaise cuisinière d'Amérique mais au moins ne serai-je pas déshonorée le ventre creux, c'est toujours ça de pris ! »

Elle termine son dîner avec trois grosses parts de tarte aux fraises, confectionnée par Yvonne. A un moment, attablée dans la cuisine, elle sent une présence, se retourne et découvre la Watson qui la fixe avec haine. « Il aurait peut-être fallu que je la nourrisse, en plus ? »

« On a faim, Boule de Suif ? »

Pas de réponse, mais le regard est plutôt meurtrier.

« ... Eh bien, tant mieux, poursuit Hannah avec allégresse, en engloutissant ce qui reste de tarte, parce qu'il n'y a plus rien à manger ; quel dommage ! Pendant que j'y pense, est-ce que Dwyer vous a jamais culbutée ? Jamais, hein ? Je m'en doutais. Il suffit de voir votre tête. Et le reste !... A moins d'aimer le suint de chèvre... J'y pense tout d'un coup : ça doit être dur, n'est-ce pas, d'être jour après jour près de lui sans qu'à aucun moment il n'ait tenté de vous trousser. Je reconnais que c'est assez difficilement supportable, pour une femme... Quand je dis une femme, c'est façon de parler, en ce qui vous concerne... »

Elle lèche consciencieusement le doigt avec lequel elle a ramassé la dernière fraise, tombée dans l'assiette : « Je viens de me faire une amie pour la vie, aucun doute... »

Reste qu'au fond d'elle-même elle cherche à réprimer une nervosité grandissante : « Je suis en train de me préparer à faire quelque chose que je regretterai toute ma vie, quoi qu'il arrive cette nuit... »

A onze heures, on sonne à la porte d'entrée. C'est un grand diable aux airs irlandais qui roule une casquette entre ses doigts. Il fait comme si Hannah était transparente, cherche du regard Emily Watson et, sitôt qu'il l'a trouvée, acquiesce sans un mot.

« On y va », dit la secrétaire.

Le coupé de ville à un seul cheval, après avoir longé Central Park, est passé sans s'y arrêter devant les bureaux de la Carrington-Fox, sur Columbus Circle. Il stoppe enfin devant un petit immeuble de trois étages dont le deuxième seul est éclairé. Hannah note qu'il ne repart pas, après qu'elles en sont descendues, Watson et elle.

Elles montent.

L'appartement est petit, à peine trois pièces. C'est surtout la chambre qui est meublée, mais très sobrement, voire avec ascétisme : une chambre d'homme, et de célibataire. Il y a quelques livres, pour la plupart traitant de trains, de locomotives, de réseaux ferroviaires et de l'avenir mirifique des chemins de fer; quelques-uns pourtant sont consacrés à la finance et aux banques; mais au milieu de toute cette technique, aussi incongrue qu'une prostituée dans un rassemblement de pasteurs presbytériens, se trouve la *Justine* du marquis de Sade, dans une de ces éditions en anglais qui circulent sous le manteau. Une veine se met à battre très fortement sur la tempe d'Hannah : « Je me disais aussi qu'il y avait dans l'œil vert de ce M. Dwyer quelque chose de pas tout à fait ordinaire... »

« Il fait froid, remarque-t-elle à voix haute.
— Allumez vous-même le poêle, je ne suis pas votre domestique.
— Moi, je m'en fous, je suis polonaise. A moins quinze sous zéro, je transpire. Mais c'est pour lui, le pauvre oiseau. Il aura froid, tout nu. »

L'argument porte. Bientôt Emily Watson est à

genoux, à pelleter des boulets de coke. Hannah la considère, très tentée de botter ce gros derrière.

« Il viendra quand ?
— Quand il voudra venir. Déshabillez-vous. »

Hannah craque un tout petit peu, à ce moment-là. D'un coup, au point que cette mince victoire remportée sur la Watson, qu'elle a contrainte d'allumer le poêle, lui paraît être le dernier sursaut avant l'effondrement. Elle est très près de quitter la chambre, l'appartement, l'immeuble, dans une fuite éperdue.

« Déshabillez-vous », ordonne à nouveau Watson, qui vient de constater qu'elle n'a pas bougé.

« Et t'y voilà, Hannah... Il va te falloir choisir, à présent. C'est tout l'un ou tout l'autre... La solution première... ou la seconde... »

« Il a dit de vous déshabiller !
— Aidez-moi.
— Je n'ai pas à aider une putain juive. »

Hannah ferme les yeux. « Calme-toi... »

« Nous autres grandes dames, juives ou pas, nous ne nous déshabillons jamais seules. C'est soit une domestique, soit un amant, qui le fait pour nous. »

Elle sourit :

« Et vous n'avez vraiment pas une tête d'amant, Watson... »

Et elle pense : « Voilà, c'est ça ! tu vois bien que tu y arrives, quand tu restes calme... »

Elle porte cette nuit-là un manteau de printemps en forme de cape, orné de trois volants et renforcé d'une douillette sur les épaules. Sur la tête, elle a un très mignon canotier largement décoré de rubans, et prolongé d'une voilette.

« Toutefois, je peux aller jusque-là », dit-elle.

Elle ôte manteau et canotier, et commence à rouler ses gants.

« Vous gardez vos bijoux, dit Emily Watson. Il a dit que vous les gardiez. »

... Elle remet en place son bracelet à la Sarah Bernhardt (un orvet d'or incrusté de jade dont les circonvolutions s'allongent sur le dos de la main).

« Mais pour le reste, il faudra m'aider, Germaine... »

Elle s'assoit sur le lit et tend ses pieds, chaussés de bottines à bout pointu (cela lui fait un grand pied, elle qui chausse du trente-deux et demi).

« Enlevez-les vous-même, grogne Watson.
– Dans ce cas, je dormirai avec. »

Watson capitule encore.

« Vous gardez vos bas.
– Je sais : il a dit de les garder. »

Elle se dresse et se retourne, obligeant l'autre à lui dégrafer sa robe.

... Qui tombe, dans un froufroutement soyeux. Elle arbore très audacieusement – c'est à la pointe de la mode du temps – un petit décolleté en V, quoiqu'un tour de cou en dentelle ne laisse que fort peu voir la gorge, sans parler de la naissance des seins.

Glisse de même le fond de robe.

... Un, deux, trois, quatre, cinq jupons s'envolent, puis la première des deux chemises. Elle n'a nul corset, bien entendu, n'en ayant jamais porté, et pas davantage de ces nouveaux soutiens-gorge qu'on vient tout juste d'inventer.

« Enlevez tout, dit Watson avec férocité.
– Des clous, Germaine. »

Elles se toisent. Hannah sourit :

« On voit bien qu'aucun homme ne vous a jamais fait l'amour, ma bonne. Ils adorent nous déshabiller, c'est déjà une grande partie du plaisir que d'éplucher l'autre.
– Il a dit de tout enlever. Vous devez être nue.

– Laissez-le dire. Je sais mieux que vous ce qu'il veut. »

Nouvel affrontement, mais les paupières de la Watson battent. « La voilà presque hors de combat », pense Hannah. Qui n'a plus sur elle qu'une chemise très courte, échancrée en carré et tendue sur les seins qui pointent, et une culotte en dentelle d'Alençon et batiste, attachée aux genoux par deux rubans rouge andrinople... Sous laquelle on devine encore les jarretières tenant les bas.

« Et qu'a-t-il dit d'autre, M. Casanova Dwyer ?
– Que vous vous allongiez sur le lit.
– Je m'allonge, Germaine. Et quoi encore ?
– Que vous défaisiez vos cheveux. »

Allongée à plat dos sur la courtepointe, Hannah lève ses mains vers le peigne en ivoire de Vever, à longues dents et dont tout le haut représente des feuilles et des boules de gui. Avec quelques épingles, il retient son grand chignon, qui lui fait une large et souple couronne, en dégageant la nuque.

Mais les mains retombent sans avoir rien défait :

« Même remarque que précédemment, Germaine : vous verrez qu'il adorera m'écheveler de ses propres mains. Et ensuite ?
– On attend. »

Lizzie, l'Hannah de 1901 avait déterminé deux solutions. Entre lesquelles, quoi qu'elle pût en penser elle-même, elle n'avait pas encore choisi.

La première était de se laisser faire par le Dwyer. Non, non, ne crois pas que c'était absurde...

La deuxième était glissée dans sa jarretière droite. C'était un fort joli rasoir, avec une lame bien coupante, de presque vingt centimètres de long...

... dont elle n'avait pas non plus choisi ce qu'elle allait en faire, lorsque le Dwyer énamouré se pencherait sur elle en tenue de combat : soit trancher carrément la gorge, soit lui couper ce qu'il avait nettement plus bas, et dont ces messieurs se gargarisent tant...

Après une demi-heure de station horizontale, les mains sous la nuque, Hannah se relève, sous l'œil glacé de l'autre, qui s'est assise près du poêle et ne fait d'autre mouvement que, quand c'est nécessaire, rajouter un peu de charbon. Hannah va de nouveau examiner les livres et se décide pour le Sade. Elle repart s'étendre et se met à lire. Elle en est à la centième page lorsque enfin, dehors, il y a le bruit de moteur d'une voiture automobile... Puis le bruit de clef d'une porte cochère qu'on ouvre...

... Puis des pas dans l'escalier, des pas d'homme. Une autre clef tourne dans la serrure de l'appartement. Emily Watson se dresse et passe dans le petit salon voisin, refermant sur elle la porte de la chambre.

Suit un petit conciliabule, dont elle, Hannah, ne peut capter le moindre mot.

La Watson reparaît, une flamme de joie sauvage au fond des yeux :

« Rhabillez-vous, dit-elle. Il ne veut pas de vous. Il trouve que 21,45 dollars, c'est encore trop cher payé, pour une putain juive. »

Elle fouille sa propre aumônière et en sort, outre une clef, une pièce de cinquante *cents*.

... Jette l'une et l'autre sur le lit.

« L'argent pour vous payer, et la clef pour fermer en partant. Si vous voulez fermer... il n'y a ici rien qui vaille. »

Bruit de pas.

Ils s'en vont tous les deux.

Bien qu'elle s'ordonne de n'en rien faire, Hannah se traîne jusqu'à la fenêtre. Elle voit A.B.C. Dwyer au volant d'une voiture, en train de faire monter près de lui sa secrétaire.

Même le coupé de ville à un cheval est parti.

Vingt minutes plus tard, des policiers effectuant leur ronde à pied l'interpellent. Ils lui demandent ce qu'elle fait, seule, en bordure de Central Park, un rasoir déployé à la main.

Elle ne leur répond pas, ses yeux gris écarquillés fixant le vide.

... Mais enfin, pressée de questions, elle leur donne son adresse. Ceci, plus sa mise, qui n'est vraiment pas d'une prostituée en maraude, et encore l'espèce de masque qu'elle porte sur son visage, persuadent les agents. Ils la raccompagnent chez elle et la laissent, après qu'elle leur a remis le rasoir et qu'ils l'ont vue ouvrir la porte avec sa propre clef.

Le pire, le lendemain, c'est sans doute de parler à Maryan et à Bernard Benda comme si de rien n'était, de soutenir leurs regards intrigués – elle a un visage de cadavre – et de les écouter élaborer des contre-attaques. Bien évidemment, elle ne leur a rien dit. Pour eux, il ne s'agit que de trouver une issue à cette situation extravagante...

« Unique dans les annales du New York Stock Exchange », dit en riant Bernard Benda, dans le vain espoir de la faire sourire.

... où une action, et une seulement, est d'un poids aussi démesuré.

Elle n'a pas dormi. Elle n'a même pas pu avaler une miette au petit déjeuner. Yvonne en est restée stupéfaite. Et pourtant, à force de ressasser la moindre seconde de la nuit écoulée, quelque chose se produit : son sens de l'humour renaît. Encore amer, pour l'instant, mais ce n'est qu'une question de jours, sinon d'heures. Peu à peu et une fois encore, la petite mécanique va, repart, accélère son tempo : « Je n'ai certes pas obtenu cette foutue saloperie de 107 818e action, et je ne lui ai pas non plus coupé... les moustaches, c'est vrai. Mais d'un côté, il ne m'a pas eue, lui. Je suis sûre qu'il n'a pas osé, il a manqué de tripes à l'ultime seconde – et je ne dis pas ça pour te consoler, Hannah, je sais que c'est vrai, et tu le sais aussi. Tout le reste, les insultes et même la piécette de cinquante *cents*, c'est signé Watson, j'en mettrais ma tête à couper... »

Elle s'apaise, par cet interminable monologue intérieur, poursuivi même durant la visite de Maryan et Bernard Benda. Qui ont fini par repartir, inquiets et surpris de l'avoir trouvée plutôt hagarde d'abord, puis ensuite très distraite.

Avec son formidable équilibre, la petite mécanique va tourner désormais à pleine vitesse. Elle cherche, Hannah. A un problème, il y a toujours des tas de solutions... ça a toujours marché jusqu'à ce jour, pourquoi en serait-il autrement ? Ce n'est jamais qu'une question d'affaires, et d'amour-propre, on n'en meurt pas, même si l'humiliation est d'une foutue taille...

Elle a donc refusé de manger au petit déjeuner, encore bien trop tendue mais, dans l'après-midi, elle consent à répondre à Yvonne qu'un peu de thé et quelques biscuits, après tout...

Mais lorsque la petite collation arrive, elle la regarde comme si c'était un gros tas de serpents venimeux :

« Qu'est-ce que c'est que cette saloperie ? Enlève-moi ça et apporte-moi du substantiel...

Qu'est-ce que ça veut dire, tu ne comprends pas ? J'ai faim, où est l'extraordinaire ? Donne-moi quelques tranches de ton gigot, et des légumes... Tu n'as pas fait de bouchées à la reine ? J'en veux. Et des gâteaux. Et du vin, du champagne. »

« Et si je me soûlais ? Je n'ai encore jamais essayé. Bon sang, c'est tout de même insupportable : je serais un homme, je me serais expliqué à moi-même, avec tout plein d'arguments irréfutables, que je me sacrifiais en faisant dodo avec cette grande brunette aux yeux verts – ça c'est Dwyer transformé en femme puisque je serais un homme – et je n'aurais pas eu le moindre remords, ou alors pas bien gros. Combien d'hommes ont ainsi folâtré, avec de moins bonnes raisons encore... *Ne pense pas à ce que peut faire Taddeuz en Europe, s'il te plaît...*

« ... Alors que moi, j'en suis malade, à l'idée que j'aurais pu le tromper... Car enfin, je ne sais pas trop ce que j'aurais fait avec mon grand rasoir. Je les aurais vraiment coupées, ses... moustaches ? Je ne le saurai jamais. »

Yvonne lui a apporté son repas et elle s'apprête à l'attaquer, lorsqu'elle s'interrompt, comme foudroyée.

« Hannah, qu'est-ce qu'il t'arrive, ça ne va pas ?

– Juste une idée qui vient de me venir », répond Hannah.

Le surlendemain, à dix-neuf jours de son échéance bancaire, elle entre avec Maryan Kaden chez Louis Rosen, ce roi des chemins de fer américains qui fait tant enrager J. P. Flint et Roger Healey, auxquels il livre bataille depuis trois ans, à l'échelle continentale. Lors du dernier affrontement, il a mis en batterie un nombre impressionnant de millions de dollars et l'a d'ailleurs emporté, raflant en une nuit ou presque trois mille kilomètres de lignes, de gares, de dépôts, de matériel roulant d'une des plus grandes compagnies, férocement convoitée par les deux autres...

« Et je devrais m'intéresser à votre microscopique Carrington-Fox ?

— Il me suffira que vous vous intéressiez à moi, pauvre et faible femme perdue dans un monde d'hommes.

— Je me trompe ou bien vous ne croyez pas du tout être une pauvre et faible femme...

— Je suis plus faible que vous le pensez et moins que je ne le crois. Ou le contraire. »

Il rit. Il n'est pas beau mais son sourire carnassier n'est pas sans charme :

« Simon Guggenheim m'a demandé de vous recevoir et de vous rendre service, dit-il. Pour autant que cela fût dans mes possibilités. Que puis-je faire pour vous ?

— Acheter mille actions de la Carrington.

— A qui ?

— A A.B.C. Dwyer. C'est le président de la compagnie. Vous lui en offrirez 25 dollars pièce.

— Et ça vaut combien, en réalité ?

— Actuellement 21,45. Mais en temps normal dans les 11 ou 12. Ou 13, mais pas plus.

— Et pourquoi serais-je aussi fastueux ?

— Parce que c'est moi qui paierai les 25 000 dollars.

— Tout s'éclaire. Je comprends de moins en moins. Et les frais ?

— Je paierai les frais aussi. Je vous vends 2 500 actions de la même Carrington à 10 dollars, soit 25 000 dollars.

— Plus les frais.

— Non. Cette fois, c'est vous qui les paierez. Il ne faut pas exagérer. Vous ne me donnez pas ces

25 000 dollars, vous les gardez pour acheter les mille actions de Dwyer à 25.

— Vous m'amusez énormément, dit-il après un court silence. Ce n'est plus de la finance, c'est du tricot. Si nous disions 8 dollars au lieu de 10. Et les frais à votre charge?

— Vous payez les frais. Mais je veux bien descendre à 9,75.

— Neuf? »

Elle demande, sans même tourner la tête :

« Maryan, combien faudrait-il d'actions à 9 dollars pour faire 25 000 dollars?

— 2 768 environ, répond Maryan quasiment dans la seconde, l'air de celui qui a déjà fait le calcul dix fois toute la nuit précédente.

— Et avec les frais?

— 65 dollars de frais.

— 2 768 actions en tout, avec les frais, dit Rosen en riant, ce n'est pas le bout du monde.

— Vous payez les 65 dollars, monsieur Rosen. Et moi, je vous fais les actions à 9,25.

— Qu'est-ce que je m'amuse! dit Rosen. D'accord pour neuf un quart.

— Mais il y a une condition, dit Hannah.

— Ça devient rigolo en diable. Quelle condition?

— Je veux un engagement écrit par lequel, une fois en possession de ces 3 770 actions – les mille de Dwyer plus les miennes – ainsi que de toute autre action de la Carrington-Fox qu'il vous prendrait la fantaisie d'acheter, vous promettez de voter comme moi, quand il s'agira d'autoriser la vente à Mme Hannah Newman – c'est moi – de l'immeuble situé sur Park Avenue et figurant ce jour dans le patrimoine immobilier de la Carrington-Fox. Etant entendu que ladite vente sera effectuée à un prix raisonnable accepté par les deux parties.

— Je suis au bord du fou rire, dit Rosen. Vous faites tout cela uniquement pour acheter cet immeuble ?

— Il m'arrive d'être assez obstinée. Il y a une question que vous ne m'avez pas posée...

— Vos yeux sont un vrai miracle de la nature, madame Newman. Je ne sais pas quelle question j'ai oubliée, mais disons que je vous la pose.

— Pourquoi Dwyer vous vendrait-il ces mille actions qu'il m'a refusées, à moi ?

— La curiosité me tenaille : pourquoi le ferait-il ?

— Parce que vous êtes Louis Rosen.

— C'est péremptoire, dit Rosen très goguenard.

— ... Parce que vous êtes Louis Rosen et parce qu'il croira, du seul fait de votre entrée en scène, que sa compagnie de trois sous a désormais toutes les chances d'être l'enjeu de la nouvelle bataille entre vous-même d'une part, MM. Flint et Healey d'autre part. Il en conclura que les actions qu'il détient vont prodigieusement augmenter de valeur. »

Louis Rosen se renverse dans son fauteuil. On voit bien qu'il réfléchit, et diablement vite :

« Je vois, dit-il. Vous avez essayé d'obtenir la majorité des deux tiers afin de pouvoir vous revendre cet immeuble à vous-même, mais vous n'avez pas réussi, c'est cela ?

— Oui.

— Et vous pensez que, détenant cette information mais se gardant, au cas où elle serait vraie, d'en parler à quiconque, Dwyer va venir vous voir, vous annoncer que son refus de vous vendre l'immeuble n'était dû qu'à un mouvement de mauvaise humeur, ou à son esprit farceur, qu'il est désormais prêt à vous dire oui, et à faire la paix... et qu'il veut même vous racheter, à un bon prix, tout ou partie de ces actions que vous avez accumulées en vain?

– Oui », dit Hannah en souriant.

Silence.

« C'est peut-être du tricot, mais je ne savais pas qu'il fallait être aussi machiavélique pour tricoter.

– Vous allez acheter ces mille actions?

– Seulement si vous dînez avec moi. Vous me montrerez comment on tient les aiguilles.

– Nous dînerons très volontiers avec vous, moi et mon amie Lizzie MacKenna, qui est la fiancée de M. Kaden, ici présent. Nous cherchions justement quelqu'un pour payer l'addition. »

Ils ressortent de chez Rosen, Maryan et elle. Elle s'installe au volant de la Renault. Contrairement à son habitude, elle ne démarre pas comme si elle était poursuivie par des bandits. Elle part très tranquillement, réclamant avec un sourire patient le passage aux badauds assemblés.

« Tu crois qu'il a marché, Maryan?

– Il t'a dit oui. Je pense qu'il tiendra sa parole. C'est l'usage, dans la finance.

– Qu'est-ce qu'il va faire, à présent?

– Acheter les actions et te signer l'engagement que tu lui as demandé. Mais il va surtout se renseigner sur la Carrington-Fox, au cas où elle vaudrait plus que ces mille actions.

– Et il va tomber sur les parts de la Northern Star Pacific. Il n'y en a pas beaucoup mais ça pourrait lui donner des idées, non?

– Peut-être. D'ordinaire, c'est Doug MacGregor qui mène pour lui ce genre d'enquêtes sur les sociétés. J'ai pris mes dispositions : on m'avertira à la minute où MacGregor fera mouvement. »

Ils roulent.

« Hannah ? Tu sais tricoter ?
— Tu rigoles ! »

Elle accélère peu à peu, la fièvre sauvage des batailles montant en elle. Sur la berge de l'Hudson, une Stanley à vapeur qui tentait ridiculement de rivaliser avec la Renault est laissée sur place, au prix d'une nouvelle et foudroyante accélération.

« Tu vas trop vite Hannah.
— En voiture ou dans cette affaire ?
— Les deux. Je préférerais être vivant, pour mon mariage... Ça tenait debout, ce qu'a dit Rosen : attendre que Dwyer vienne te voir et te rachète un maximum de tes actions. Tu aurais l'immeuble et tu rentrerais dans ton argent, avec bénéfices. Tu as raté de vraiment peu le cheval du laitier.
— De peu ? Il y avait au moins deux mains ! Maryan, Dwyer n'a pas les moyens de tout acheter. Surtout, je ne crois pas qu'il s'y décidera. Je n'y crois pas du tout. »

... Au vrai, mais *in petto*, elle l'espère. Maintenant que le combat est si bien engagé, elle ne voit pas du tout pourquoi elle y mettrait si vite un terme. Elle y prend bien trop de jouissance.

Non, elle va procéder comme elle l'a prévu, et appliquer à la lettre l'intégralité de son plan.

... A présent, ayant vu Rosen, elle va chez J. P. Flint, l'ennemi mortel du premier.

John Patrick Flint est aussi grand et mince que Rosen est trapu et massif. Sans le message d'introduction que lui a fait porter Junior Rockefeller, il n'aurait certainement pas reçu Hannah.

Mais il la reçoit, l'écoute, tapote de ses longues mains blanches de banquier le plateau de son bureau, avec une impatience polie, ne l'interrompt à aucun moment, ne semble pas la voir, en fait, tant son regard est vide. Et pour finir, en peu de temps et se levant déjà pour signifier la fin de l'entretien, il dit que non, qu'il est désolé (il n'a pas l'air désolé du tout), qu'un homme dans sa position ne peut se permettre de telles opérations, même pour rendre service à une amie personnelle de John Davison Rockefeller, deuxième du nom (dont visiblement il se demande s'il n'est pas fou d'entretenir des amitiés pareilles, en affaires, avec une femme et une juive).

Elle se retrouve hors du bureau, la double porte refermée sur elle, avant d'avoir réalisé qu'elle sortait.

« Il n'a pas bronché, Maryan, pas un battement de cils. Et il contrôle parfaitement ses mains. Je ne sais même pas s'il m'a entendue, quand je lui ai dit que quelqu'un dont j'ignorais tout est en train de racheter la Carrington... »

... et donc l'empêchait, elle, pauvre femme sans défense, d'obtenir cet immeuble pour fabriquer ses crèmes.

« Je suis sûr qu'il t'a entendue, Hannah. Je le connais un peu, j'ai déjeuné une fois à la même table que lui. C'est tout sauf un imbécile. Même si tu ne l'as pas trompé, quant au véritable but de ta visite, et surtout si tu ne l'as pas trompé, il va chercher à savoir ce qu'est cette Carrington dont il n'avait peut-être jamais entendu parler.

— Je suis géniale, c'est ça ? »

Il sourit, pour la deuxième fois cette année :

« Pour une femme, oui.

— Descends, que je t'écrase ! »

Mais elle demande :

« Comment s'appelle l'homologue de MacGregor, chez Flint ?

— Ils sont deux, Sam Waters et Felix M. Lehmann. »

... Mais oui, bien sûr qu'il les a à l'œil, eux aussi.

... La visite à J. P. Flint, chronologiquement, se situe deux jours après que MacGregor, homme de confiance de Louis Rosen, a remis à son patron un rapport probablement très complet sur la Carrington, et moins de vingt-quatre heures après que le même Rosen a effectivement acheté à Dwyer 5 000 actions de ladite Carrington, à 20 dollars l'une.

Et les choses sont claires : il ne fait aucun doute qu'Hannah eût pu, alors, acheter bel et bien l'immeuble en ruine de Park Avenue. En théorie : avec les 5 000 de Rosen et celles qu'elle détenait, la majorité des deux tiers était plus que largement atteinte.

... A ceci près qu'elle n'avait plus les 50 ou 60 000 dollars nécessaires à la transaction, tous ses capitaux étant bloqués.

D'ailleurs, à quoi eût servi d'acquérir l'immeuble puisque, sous deux semaines, elle risquait fort de se retrouver sans son empire, « exécutée » par la banque de Londres ?

Mais une troisième raison l'emportait sur les précédentes : l'incroyable cataclysme, qui allait tant affoler Wall Street, était d'ores et déjà en route.

Du diable si je m'en suis doutée, sur le moment, Lizzie... Ou alors pas à ce point, pas avec cette démesure, ça non...

Elle est à quatorze jours de son échéance bancaire (elle a rendez-vous avec les banquiers le 6 mai).

... Et ça bouge.

A une vitesse ahurissante.

La visite à J. P. Flint est du 22 avril ; dès le lendemain, les guetteurs de Maryan signalent que

Waters et Lehmann, agents secrets de Flint, ont également fait mouvement. Maryan rapporte :

« Ils se sont renseignés sur la Carrington, Hannah, comme tu l'avais prévu. Ils ont constaté que, d'une façon ou d'une autre, tu n'avais pas menti à leur patron et que nous sommes, toi, Bernard et moi, parmi les plus gros actionnaires. En plus de Dwyer bien entendu... Et ils ont surtout découvert la présence de 2 800 actions de la Northern Star Pacific dans l'actif de la société. Tout se déroule comme tu l'espérais... »

Le 23 avril à la clôture, l'action de la Carrington, hors cote, est entre 20 et 21 dollars...

... Celle de la Northern Star Pacific, dûment cotée, à 141,60.

Quarante-huit heures plus tard, la Northern Star (1 026 115 titres ont été mis sur le marché) est passée à 152,70.

... Autant dire que la valeur boursière de cette même Northern Star passe les 156 millions de dollars. Soit soixante-dix fois à peu près la valeur de la Carrington-Fox. « On change vraiment de catégorie, pense Hannah. Ça, c'est vraiment un jeu pour les grandes personnes. De plus d'un mètre quarante-huit, en tout cas... »

« Qui achète, Maryan ? Rosen ou Flint ?

— Rosen. Flint s'est embarqué hier pour l'Europe. Il a très probablement laissé des instructions, mais nous ignorons lesquelles. Bernard n'a pas réussi à en savoir plus.

— Et Roger Healey, il est où ?

— Dans l'Oregon, quelque part.

— Tu crois que Rosen a fait exprès d'attaquer en profitant de l'absence des deux autres clowns ?

— C'est plus que probable. Il se décide toujours très vite. »

... C'est un fait que cette absence simultanée, sur le champ de bataille, des deux chefs de guerre d'un même parti va jouer un rôle capital dans la suite de l'étonnante histoire.

En revanche, Bernard Benda est à New York, lui. Il se présente en fin de matinée du 25 chez Hannah, où se trouve déjà Maryan. Il est fort guilleret : il vient de revendre à Louis Rosen les 19 000 actions de la Carrington, qu'il détenait. A Hannah, il les avait payées 10 dollars l'une, il a plus que doublé sa mise...

« Je vais pouvoir m'acheter un cigare ou deux... »

... puisque Rosen lui a donné 20,75 dollars par titre.

« Et je n'ai en aucune façon gêné votre propre manœuvre, Hannah, celle sur l'immeuble à démolir, puisque Rosen s'est engagé à vous soutenir lors de votre transaction. Ce qui m'ennuie un peu est d'avoir gagné cet argent sur votre dos...

— Bernard, ceci n'est pas une partie de croquet jouée par un bel après-midi d'été, comme me le disait récemment quelqu'un. »

Il sourit :

« Il y a de ça, je ne vais pas me dédire. Et il y a surtout le fait que vous aussi pouvez revendre, sûrement avec un gros bénéfice, en attendant un peu.

— Pourquoi n'avez-vous pas attendu, vous ? »

Sourire encore plus large que le précédent :

« Je crois que je vais avoir besoin de beaucoup de liquidités. Hannah, il y a un coup superbe à jouer...

— En achetant des Northern Star ?

— Grands dieux, non ! surtout pas !

— Elles montent, pourtant.

— Justement. On n'achète qu'à la baisse, Hannah, c'est une règle d'or. Je suis même sûr qu'elles vont monter encore. Beaucoup plus. D'après mes informations, Rosen a passé pour plus de dix millions de dollars d'ordre d'achat. Vous savez ce que sont les actions dites prioritaires ou préférentielles ?

– Par différence avec les actions ordinaires, ce sont celles sur lesquelles les dirigeants de la société concernée peuvent à tout moment exercer leur droit d'option. Satisfait de votre élève ? Rosen recherche les actions prioritaires. Il vise à s'assurer le contrôle de Northern Star. Et Flint et Healey ne vont pas le laisser faire...

– J'en doute fort. La Northern est l'un de leurs plus beaux fleurons. Nous allons assister à...

– Qu'est-ce que vous avez dit ?

– Que la Northern Star est l'un des plus beaux fleurons de l'empire de Flint et Healey, pourquoi ?

– Vous voulez dire que la Northern Star *appartient* à Flint et Healey ? »

« Hannah, tu rêves ! »

Au tour de Bernard Benda de la considérer avec ahurissement :

« Ne me dites pas que vous l'ignoriez ? Flint et Healey sont propriétaires de la Northern Star dans la mesure où ils en contrôlent la majorité. Je pensais que vous le saviez !

– Nom d'un chien ! Et qui me l'a dit ? »

Maryan se fait tout petit :

« Ça m'aura échappé, Hannah. Je pensais aussi que tu étais au courant... »

Bernard Benda en pleure presque de rire :

« Et vous avez déclenché cette conflagration sans le savoir ? Oh ! Hannah, il faudra qu'on vous élève une statue à Wall Street !

– J'ai vu qu'il y avait des actions de la Northern Star dans le portefeuille de Carrington, et on m'avait dit que cette fichue Northern Star était une grosse compagnie : j'ai cru que ça suffirait à les attirer comme des mouches, les Flint, Rosen et Machin Truc... »

Le fou rire la prend, au fil des secondes. Bientôt, elle en est secouée, des larmes plein les yeux. Et elle pense, ce qui augmente encore son hilarité : « Bon Dieu, Hannah, pour une fois que tu te mêles de finance, tu mets dans le mille! »

« En tout cas, ça a drôlement bien marché, mon plan! »

... Et elle repart aussitôt dans une nouvelle crise de fou rire. Que même Maryan partage presque (il sourit et c'est son troisième sourire pour l'année 1901). Benda, quant à lui, a dû s'asseoir et se tient les côtes.

Il se calme, quoique encore repris, de temps à autre, par un petit regain d'hilarité :

« Hannah, nous allons assister à une troisième grande bataille entre ces messieurs, et je jurerais qu'elle fera apparaître les autres comme de simples escarmouches. Pour ma part, je ne tiens pas du tout à me retrouver au milieu des combats... et donc je n'achèterai pas la moindre Northern Star. Il y a mieux à faire. Voulez-vous un conseil? Si, comme on peut s'y attendre, Flint et Healey réagissent à l'offensive de Rosen, les actions de la Northern Star vont devenir rarissimes sur le marché. Avec à mon avis une conséquence : les autres titres vont...

– ... monter aussi.

– Je pense qu'ils vont baisser, si la bataille tient ses promesses. Des milliers de boursiers seront emportés dans la tourmente, je crois, et obligés de dégarnir leurs portefeuilles. Ils en viendront à lâcher ce à quoi ils tiennent le plus, la crème de la crème de la Bourse, les valeurs refuges que de mémoire d'homme on n'a jamais vues baisser vraiment, les *blue chips*, comme on dit. Qui vont baisser. Est-ce que mon raisonnement vous séduit, Hannah?

– En toute sincérité, je le trouve absolument tordu, et carrément apocalyptique. A ton avis, Maryan?

– Je suis de son avis.

– Je devrais prendre des contrats à la baisse sur les *blue chips*, c'est ça?

– Exactement, dit Benda, les yeux brillants d'intelligence.

– Je n'ai plus d'argent, de toute façon.

– Revendez tout ou partie de vos Carrington à Rosen. Même à perte. D'ailleurs, vous pouvez jouer à découvert, en ne versant que dix, voire cinq pour cent des sommes réellement engagées. »

Elle hésite.

« Tu vas le faire, Maryan?

– Oui. »

... Elle hésite puis dit non. – *Tout s'est joué à ce moment-là. Lizzie. Je n'ai jamais été un financier, j'ai toujours eu horreur d'emprunter de l'argent et, de même, l'idée de spéculer à découvert, comme ils disaient, en achetant ou en vendant des choses que je n'avais pas réellement les moyens de payer, cette idée me répugnait et me faisait peur. Je ne regrette rien, remarque...*

« Est-ce que Dwyer a vendu ses propres actions? »

Non. Il attend, d'après Maryan. Il attend, convaincu que les Carrington vont augmenter de valeur dans le sillage des Northern Star. Il a jusqu'ici repoussé toutes les nouvelles offres de Rosen, après lui avoir tout de même cédé 5 000 titres, sur lesquels il a presque fait cent pour cent de bénéfices.

« J'attends aussi », dit Hannah.

Le 26, les Northern Star ont grimpé de vingt-cinq points – le titre est à 178,10 dollars – sous l'effet de l'offensive conduite par Louis Rosen, d'ailleurs avec énormément de discrétion, mais, Hannah va l'apprendre, pas seulement pour cette raison.

Pour les Carrington-Fox, leur prix estimé tourne autour de 28 dollars.

« Pourquoi Flint et son copain ne réagissent-ils pas ? Une telle montée devrait les alerter...

– Hannah, c'est tout le marché dans son ensemble qui est à la hausse, ça grimpe de tous côtés. La Northern Star peut-être un peu plus que la moyenne, mais pas dans des proportions spectaculaires », explique Bernard Benda.

... Qui croit même savoir, façon de dire qu'il en est sûr, que certains parents et associés de Flint et Healey, sans se soucier de l'identité des acheteurs, ont déjà commencé à vendre partie des actions prioritaires qu'ils détiennent. Benda sourit à une question d'Hannah :

« C'est tout à fait évident, ma chère : aussi bien Flint que Healey donneraient cher pour apprendre que l'acheteur principal – et si discret – des Northern Star préférentielles est en réalité Louis Rosen, leur ennemi juré. Mais aucun homme de Wall Street n'aurait le culot de les prévenir, parmi les très rares qui sont au courant... »

Ce même 26 avril, la position d'Hannah est la suivante : elle détenait quelques semaines plus tôt les deux tiers des actions de la Carrington. Elle en a vendu 16 173 à Maryan Kaden, 25 000 à Bernard Benda, 2 703 à Louis Rosen.

Il lui en reste donc 63 941.

Elle a abandonné tout espoir d'obtenir « le foutu immeuble » en se servant directement des titres de la même Carrington.

... Mais n'a nullement affaibli pour autant sa détermination de mettre la pâtée à M. A.B.C. Dwyer-que-le-diable-l'emporte-et-se-le-garde.

Et elle fait ce jour-là quelque chose qu'elle va cacher à tous, même à Maryan Kaden – ou du moins gardera-t-elle le silence plusieurs jours durant envers ce dernier, un peu parce qu'elle a honte, un peu parce qu'elle commence à en avoir assez de prendre les conseils de tout le monde, de tous ces beaux messieurs qui savent tout, à croire qu'elle est complètement idiote.

Par l'intermédiaire très discret de Zeke Singer, elle revend ses 63 941 titres à Louis Rosen.

Pour 30 dollars l'un.

... Ce qui fait la somme fort coquette de 1 918 000 dollars :

« Zeke, si vous en parlez à qui que ce soit, même en dormant, nous ne travaillerons plus jamais ensemble. »

Près de deux millions de dollars. La somme est énorme, pour elle qui n'est pas richissime comme un Flint ou un Rosen. Elle est surtout amplement suffisante pour lui permettre de régler son contentieux avec la banque anglaise. En dégageant un bénéfice de près de 200 000 dollars.

« Maintenant, tu te calmes, tu manges une assiette ou deux de la choucroute préparée par Yvonne – c'est léger comme plat et ça t'éclaircira la tête –, et tu réfléchis. Toute seule. Comme une grande... »

Zeke Singer est un blond jeune homme très mignon qui fait plus jeune que son âge (il a vingt-trois ans). Cela ne l'empêche pas d'être l'un des assistants de la célèbre firme Kuhn & Loeb.

Cela ne l'empêche pas non plus d'ouvrir de grands yeux :

« Vous voulez quoi, Hannah ?

– Vous avez très bien entendu : je veux 10 772 actions de la Northern Star Pacific à 178 dollars l'une. Si vous les avez pour moins cher, je ne vous ferai aucun reproche et, dans ce cas, achetez-en davantage.

– Hannah, avec tout cet argent, je peux avoir bien davantage. Non que je puisse obtenir mieux que 178, ce serait déjà un miracle si l'on me faisait un tel prix. Mais en achetant à découvert et en se servant de votre million neuf cent mille comme d'un *deposit*, on pourrait... »

« Qu'est-ce qu'ils peuvent m'énerver, tous, avec leurs histoires de découvert ! »

« Non, Zeke. Non... Moi, je ne serai jamais un financier, voilà au moins une chose que j'aurai apprise, ces derniers mois. Je veux ces actions, je les veux physiquement, comme vous dites. Pas d'acrobaties. Quand j'achète quelque chose, je veux l'avoir entre les mains. Et pareil quand je vends. Exécution, mon petit Zeke. »

Le reste de l'après-midi du 26, toute la journée du 27, puis encore dans la matinée du 28, Zeke Singer se multiplie. Il finit par réunir les 10 772 titres demandés, pas un de plus. Et il s'étonne :

« Les Northern Star ne se contentent pas de grimper, elles se raréfient de façon incroyable. On croirait à une rafle. Hannah, vous savez quelque chose que j'ignore ? »

Seule en cause, elle aurait probablement tout raconté au beau-frère de Becky. Mais elle ne se sent pas le droit de divulguer des informations données sous le sceau de la confidence par un Bernard Benda pour cette seule raison qu'il pensait lui devoir quelque chose.

Toutefois, elle aime bien Zeke.

« Quelqu'un m'a donné un conseil, quelqu'un

de très avisé. Je ne l'ai pas suivi personnellement mais si vous, vous voulez le suivre... »

Sans révéler le nom de Benda, elle indique la procédure : acheter à terme, et à la baisse, des *blue chips*.

« Maintenant, vous faites ce que vous voulez, Zeke.
— Cette personne que vous ne nommez pas, c'est vraiment quelqu'un de fiable ?
— Vous ne trouverez pas mieux à Wall Street. »

Il dit qu'il dispose d'une quarantaine de milliers de dollars. Avec un *deposit* de cinq pour cent, qu'il croit pouvoir obtenir, il va investir en tout 80 000 dollars.

« Merci, Hannah.
— Vous me remercierez en cas de succès. »

« Et je serais assez bête pour aller le rembourser, s'il perd ses sous ! »

Elle a mené sa réflexion jusqu'à son terme logique. Zeke lui a demandé dans combien de temps, à son avis à elle ou selon son mystérieux conseiller, on enregistrerait une baisse si spectaculaire des *blue chips*. Sans réfléchir le moins du monde, elle a répondu, avec cette certitude que seule l'ignorance donne : sous dix à quinze jours. Ce n'est qu'ensuite, après le départ du jeune homme, qu'elle a réalisé que tant d'assurance allait nécessairement pousser Zeke à croire qu'elle détient une information capitale et exclusive.

« Et c'est vrai, voilà bien le plus extraordinaire : mon information est tellement exclusive que je suis la seule au monde à la connaître !

« ... Parce que, moi, je sais ce que va faire Hannah ! Accrochez-vous, tous les beaux messieurs de Wall Street, j'arrive ! »

Elle joue sa carte, la dernière, dans l'après-midi du 27 avril.

A neuf jours de son rendez-vous avec les banquiers.

Polly Twhaites est une fois de plus accouru de Londres. Il est très inquiet et ne le cache pas. Il l'est d'autant plus qu'elle ne l'est pas du tout, elle, ou du moins n'en laisse rien paraître.

« Seriez-vous devenue inconsciente ?
— Je m'amuse comme une folle.
— Pas les banquiers de Londres. Eux ne rient pas du tout : deux groupes financiers au moins sont prêts à leur racheter votre affaire, Hannah. A des prix passant nettement les deux millions de dollars. Je m'en veux : en négociant mieux, j'aurais pu obtenir de meilleures conditions, pour ce prêt qu'on vous a consenti.
— On ne m'a pas fait de prêt, j'ai horreur du mot. Et outre que je vous ai laissé très peu de temps pour négocier, je suis contente de la somme : vous auriez arraché davantage de sous à ces hyènes, j'aurais aujourd'hui davantage encore à rembourser.
— Parce que vous espérez toujours rembourser ?
— Evidemment ! A propos, Polly, vous m'avez bien dit un jour que votre mère et la mère de Winnie Churchill étaient très liées ? »

Il l'a dit. Mme Churchill mère est américaine, maman Twhaites et elle ne se haïssent pas trop. Pourquoi ?

« Parce que la mère de Winnie et Cynthia Healey sont très copines et parce que je veux un rendez-vous avec ladite Cynthia. »

Il la regarde et comprend tout. Il s'exclame, horrifié :

« Hannah, vous n'allez pas faire ça !
— Je vais me gêner ! D'après Bernard Benda,

aucun homme de Wall Street n'oserait le faire. Ça tombe bien : je ne suis pas un homme. »

Elle se doute bien qu'elle va déclencher un joyeux cataclysme... – *mais pas à ce point, Lizzie, ça, non...*

« Et vous le voulez quand, ce rendez-vous ? demande Polly.

– Hier. Et plus tôt si possible. »

La rencontre avec Cynthia Healey est du 29.

C'est une fort jolie femme d'environ trente-cinq ans, qui dépasse Hannah d'une tête et de cent bons millions de dollars, de toute la puissance d'une milliardaire de la troisième génération. Dès les premiers mots d'Hannah, elle hausse les sourcils : elle ignore tout des affaires de son mari, n'a pas pour habitude de s'en mêler, surtout...

Elle hausse un peu le sourcil gauche :

« Juive ?

– Japonaise, dit Hannah. De la synagogue de Tokyo. Madame, j'ai deux raisons de m'adresser à vous. La première : si je vais voir ce M. Daimler dont vous me parlez, tout Wall Street l'apprendra ; et si je lui téléphone, il ne m'écoutera pas. La deuxième : ça me fait assez plaisir de faire passer cette information d'une femme à une autre, ne serait-ce que pour em... agacer ces beaux messieurs. Maintenant, de deux choses l'une : vous faites savoir d'urgence à M. Healey qu'un certain Louis Rosen est en train de lui prendre sa Northern Star Pacific, ou vous ne le faites pas. Si vous le faites, souvenez-vous que j'ai votre parole : vous ne révélerez votre source d'information qu'à votre seul mari. Si vous ne le faites pas, ne soyez pas surprise si M. Flint vous fait un peu la tête pendant les six ans à venir. Au revoir, madame. Vous avez une maison ravissante. Sauf que le Cézanne ici est faux. Je le sais : j'ai le vrai. Et autre chose : vous ne vous débarrasserez pas de ces petits boutons sur vos poignets et sans doute aussi sur vos jambes avec une lotion tout juste bonne pour des chevaux. Moi, j'ai ce qu'il vous faut, et vous avez mon adresse. »

Le 1er mai, la Northern Star Pacific cote 161,25 dollars. Elle a donc baissé de vingt-sept points.

« Ça veut dire quoi, Polly ? Ma ruine commence ?

— Probablement que votre Louis Rosen a terminé sa rafle, qu'il est désormais actionnaire majoritaire, ou du moins qu'il se juge à présent suffisamment puissant pour évincer Healey et Flint de la compagnie... Hannah, je ne suis pas un grand spécialiste des opérations de Bourse mais, comme rat de bibliothèque, je me situe très immodestement dans le peloton de tête : après tout, je suis censé être votre conseil et vous êtes actionnaire de la société. Vous m'avez bien dit que Rosen avait acquis pour l'essentiel des actions dites prioritaires ou préférentielles ?

— D'après Bernard Benda, oui.

— *Good heavens!* s'exclame Polly.

— Et ça veut dire quoi, *good heavens* ?

— Hannah, pour contrôler complètement une compagnie comme la Northern Star — ses statuts, que j'ai étudiés, ne permettent aucune équivoque — il ne suffit pas de détenir la majorité des actions prioritaires, il faut également être porteur d'au moins quinze pour cent des actions ordinaires.

— Et ce que j'ai, moi, c'est quoi ?

— Des actions ordinaires, chère amie. Si Rosen n'a pas ces quinze pour cent, non seulement il n'aura pas la majorité, mais c'est Flint et Healey qui l'auront. A condition qu'ils détiennent eux-mêmes au moins quinze pour cent. Et bien sûr qu'ils aient dans les quarante pour cent d'actions prioritaires.

– Vous plaisantez.

– Je ne plaisante jamais quand je mange du saumon fumé du Kildare en parlant avec une jolie femme de cent cinquante ou deux cents millions de dollars – c'est le prix approximatif de la Northern Star Pacific aujourd'hui.

– Il est impossible que Louis Rosen ignore ça!

– Je l'espère pour lui », dit Polly la bouche pleine de saumon.

Il déglutit :

« Que dit de M. Roger Healey le contre-espionnage féminin?

– Rien du tout. Aux dernières nouvelles, il est toujours dans l'Oregon. »

... Et l'autre abruti, J. P. Flint, doit probablement être en train d'arpenter la Promenade des Anglais à Nice, ou la Piazza Navone à Rome – « qu'est-ce que c'est que ces foutus milliardaires qui baguenaudent à travers le monde au lieu de s'occuper de leurs affaires? ».

« Hannah, dit Polly Twhaites, vous avez vraiment tout fait pour que ces hommes se battent. Si Rosen a effectivement commis cette erreur, si Healey revient à temps, s'ils sont tous d'humeur combative, toutes ces conditions étant remplies, vous aurez votre bataille. Ce devrait même être une boucherie, ma chère, vous pourrez être contente de vous. Encore un peu de saumon?

– Merci de me le proposer. Je pensais que vous vouliez le finir tout seul... Oh! Polly, j'ai peur! »

Le 2 mai, la Northern Star tombe à 156. Elle, Hannah, fait ses comptes, pour la dix millième fois : ces titres qu'elle a payés 1 918 000 dollars six jours plus tôt ne valent plus que 1 698 000.

Elle a perdu 238 000 dollars en moins d'une semaine.

Il lui reste juste assez pour rembourser les banques anglaises. A condition que celles-ci ne soient pas trop pressées de percevoir leurs intérêts.

... A condition aussi qu'elle vende, avant que ça ne baisse davantage.

Or, elle s'y refuse, avec une obstination qu'elle ne cherche même plus à s'expliquer. Elle attend un miracle, s'accrochant à cette conviction farouche qui est en elle : elle a de la chance. Cela dit, elle s'en veut mortellement d'avoir fait appel à Cynthia Healey, pourquoi n'avoir pas contacté ce Ted Daimler qui est le principal homme d'affaires de Healey et de Flint ? Peut-être aurait-elle eu plus de mal à le convaincre mais au moins, une fois convaincu, il aurait fait revenir son patron dare-dare.

... « De toute façon, c'est trop tard, maintenant... »

L'échéance est dans quatre jours. Par Polly, elle a appris que les mandataires des Anglais arriveront à New York par le paquebot de la Cunard, le samedi 4. Pour présenter leurs comptes le 6 et, évidemment, constater sa carence.

Ce soir-là, elle écrit à Taddeuz l'une de ses deux lettres quotidiennes et, pour la première fois, ose écrire : ... *Tu me manques à en mourir, jour après jour, heure après heure... Il se trouve que j'ai des ennuis professionnels assez graves... Prendras-tu toujours le bateau le 9 ? Dans ce cas, ma lettre ne te parviendra pas, ou plus tard. J'aimerais tant qu'elle ne t'arrive pas. Cela signifierait que tu me reviens...*

Maryan Kaden sera le témoin privilégié des faits et gestes de Bernard Benda le 3 et surtout le 6 mai 1901.

En fin d'après-midi du 3, Maryan passe à l'appartement sur la 5ᵉ Avenue. Il y trouve Hannah et sa femme de chambre-factotum française, pareillement vêtues de sarraus gris maculés de taches et coiffées de bicornes de gendarmes français en papier journal : elles sont en train de peindre en blanc l'un des salons.

« J'ai dû renvoyer les ouvriers, explique Hannah. Nous avons eu une divergence d'opinions sur de sordides questions d'argent. Tu veux te joindre à nous ? il reste un pinceau. »

Elle semble calme et gaie mais pour lui, qui la connaît bien, il ne fait aucun doute qu'elle est extraordinairement tendue. Il parle et Hannah s'est remise à peinturlurer dans l'intervalle (elle badigeonne n'importe quoi avec férocité), il parle dans le silence de cet appartement aux deux tiers vide, où les deux femmes lui tournent le dos et se disputent en riant une moulure. Il reprend le raisonnement de Bernard Benda à propos des *blue chips* : la bataille sur les Northern Star va provoquer une hausse énorme des titres en jeu, et aussi une raréfaction dramatique; en sorte que les boursiers qui ont spéculé à terme, et à découvert, devront courir pour se les procurer physiquement, avec cette conséquence que, contraints de payer au prix fort les actions introuvables, ils vont vendre le fond de leur portefeuille, les fameuses *blue chips*...

« Pourquoi me répète-t-il toujours la même chose ? J'avais compris la première fois. Il est ivre ou quoi ? »

« Beau raisonnement, dit-elle. Encore faudrait-il qu'il y ait bataille. Or Flint est en Europe et ce crétin d'Healey joue au petit train sur la côte Pacifique.

– Healey est à New York, dit alors Maryan de sa voix si paisible. Il est ici depuis cinq heures d'horloge. Il est arrivé par train spécial, on dit qu'il a fait détourner tout le trafic pour avoir voie libre et qu'on avait attelé trois locomotives pour aller plus vite. Il est là, Hannah. Il se sera douté de quelque chose... ou bien quelqu'un l'aura averti... »

Avec beaucoup d'application et même en tirant la langue elle est en train de tracer des cercles concentriques, comme une cible de tir à l'arc, sur le postérieur très rebondi de la Française.

Elle se retourne et fixe Maryan.

Il est parfaitement impassible.

« Hannah, reprend-il, c'est le moment de te décider. Très peu de gens sont pour l'instant au courant. Les Northern Star vont monter, puis les *blue chips* baisseront. Tu devrais...

– Je ne vais pas vendre mes Northern Star », dit Hannah.

Elle met la dernière touche à sa cible – le rond central. Yvonne s'esclaffe.

« Je ne vendrai rien du tout, Maryan. N'insiste pas, ça ne servirait à rien et tu le sais. »

Toute la soirée, elle attend, jouant aux dominos avec Yvonne. Elle a un moment espéré que Healey, pour la remercier en somme du service qu'elle lui avait rendu, se manifesterait d'une façon ou d'une autre.

Rien.

Le samedi 4, elle est presque prête à se présenter à l'hôtel *Netherland*, à deux pas de chez elle. A moins de quarante-huit heures de son rendez-vous avec les banquiers de Londres (ils sont bien arrivés, « pas de danger que leur foutu bateau coule! »), elle a passé le stade de l'affolement et est entrée dans celui d'une résignation imbécile, qu'elle se reproche sans parvenir pour autant à la vaincre.

Polly Twhaites qui vient la voir à cinq heures la trouve en train d'écrire encore, à Mendel cette fois. Comme adresse, elle n'a que celle donnée par Visoker à San Francisco, quand elle l'a vu pour la dernière fois : Hôtel des Mamours, Dawson, Yukon, Canada.

« S'il y est encore... Il est aussi bien parti pour le Brésil, à l'heure qu'il est.

— Ou bien il aura trouvé une montagne d'or et se sera acheté un harem, dit Polly.

— Mendel n'aurait que faire d'un harem. Il n'aime les femmes que sur le bord des routes, si possible espacées de cent en cent kilomètres. »

... Elle a beau faire, le cœur n'y est pas, elle ne parvient pas à se mettre au diapason de la feinte jovialité de Polly.

... Car elle sent bien qu'elle est feinte et n'a d'autre but que de tenter de dissiper un peu l'angoisse qu'il a devinée en elle.

Il penche la tête :

« Ça ne va pas trop fort, hein ?

— Je ne pourrais pas être mieux. »

Il dresse un index potelé :

« Je vous emmène ce soir à Carnegie Hall. On y donne du Liszt. C'est polonais, Liszt, non ? Ma chère épouse étant restée en Angleterre à veiller sur nos enfants anglais, je n'arrivais pas à trouver de cavalière à ma taille... Nous serons six. Ensuite, nous irons souper, et danser... (il dresse l'index) et demain nous irons faire du bateau.

— J'ai autant envie d'aller sur l'eau que d'aller me pendre.

— En tant qu'Anglais je l'avoue avec honte, j'ai moi aussi horreur de tout ce qui flotte. Mais nous irons quand même. Il y aura des gens très intéressants, à cette séance de canotage... »

... Quelque chose dans son ton. Elle braque sur lui ses yeux gris. Il sourit gentiment :

« Je me suis dit que des banquiers, même écossais, n'iraient pas exécuter le lundi une charmante dame avec qui ils seraient allés en canot le dimanche. »

Et puis aussi, quelle surprise, à force de compulser son arbre généalogique, il a fini par trouver un sien cousin, d'une bêtise proprement stupéfiante (« même mes autres cousins s'en sont aperçus, c'est vous dire ») mais qui est par le plus grand des hasards, une erreur de nom sans doute, quelque chose comme gouverneur de la Banque d'Angleterre.

Bref, il a obtenu quatre jours de délai, c'est mieux que rien.

Le lundi 6 avant huit heures, Maryan Kaden retrouve Bernard Benda devant le New York Stock Exchange. Ensemble, ils se rendent directement à la salle d'arbitrage, qui ouvre deux heures avant le *floor* – un peu l'équivalent de la corbeille; ces deux heures ayant pour but de combler le décalage entre la fermeture de la City de Londres et l'ouverture new-yorkaise. Dans la salle d'arbitrage, on peut acheter par télégraphe, sur le marché londonien, des valeurs également cotées dans les deux places et jouer – c'est l'arbitrage – sur les différences de cotation entre New York et Londres.

Les opérations n'ont pas encore commencé, elles ne débuteront pas avant une dizaine de minutes. Maryan se souviendra que Benda et lui, en attendant, ont parlé de cinématographe (Maryan a été parmi les cent premiers spectateurs du premier film des frères Lumière et le sujet le passionne).

A deux minutes du signal du début, Ted Daimler apparaît, flanqué de trois de ses assistants. « Si Ted devait venir lui-même, avait dit Benda, cela signifierait que l'offensive est énorme : il est le numéro un de l'équipe Healey et il a aussi la confiance de Flint... » Daimler est un gros homme rougeaud de visage, portant des bésicles à l'ancienne finement cerclées d'or, derrière lesquelles son œil se fait soupçonneux...

Avec beaucoup de nonchalance, Benda lui apprend que son ami Kaden et lui sont venus acheter sur Londres des valeurs améicaines :

« Des Northern Star, Ted, pour ne rien te cacher. Elles ont un peu baissé ces deux derniers jours mais nous croyons à la hausse, Kaden et moi. Une intuition. »

... Et de montrer des ordres d'achat pour, en tout, plus de 30 000 titres de la Northern Star.

L'homme aux bésicles le dévisage, puis considère Maryan. D'un mouvement de menton, il expédie ses assistants à leurs postes de combat puis prend les deux hommes à part. Avec de très évidentes réticences, il leur explique que « quelque chose est en cours », dont il n'a pas le droit de parler, mais qui fait qu'acheter actuellement des Northern Star conduirait à se mettre à dos toute la Haute Banque américaine, un certain J. P. Flint notamment, sans parler des ennuis qu'on pourrait avoir avec les agents de change, les *brokers*, dont lui, Daimler, est l'un des représentants les plus éminents :

« Il ne s'agit évidemment pas de menaces, Bernie, je te parle par amitié. Vous êtes jeunes, ton ami et toi, ce n'est jamais bon de se créer des ennemis dès ses débuts...

– Ton amitié me comble, répond Benda. Mais il y a une solution, Ted : tu nous dis ce qu'il se passe, nous te jurons de n'en souffler mot à âme qui vive et nous te revendons ces actions que nous allions acheter, au prix coûtant. D'accord, Maryan ? »

Maryan confirme son accord, imperturbable.

Court silence. Après lequel Daimler, avec encore plus de détours qu'il n'en emploierait pour révéler qu'il est atteint d'une maladie honteuse communiquée par sa propre épouse, dévoile le motif de sa présence à une heure aussi matinale : Healey l'a chargé de rafler toutes les Northern Star qu'il est possible d'acheter; les raisons de sa hâte, sinon de sa fébrilité, tiennent aux achats auxquels va, paraît-il, procéder ce « courtier de deux sous » qu'est Louis Rosen. Ce dément s'est jeté sur les actions prioritaires de la compagnie en ignorant qu'il lui en fallait aussi des ordinaires, pour obtenir la majorité.

« Bernie, je te parle comme un père : mets-toi en travers de ma route et je te haïrai jusqu'à mon dernier jour...

– Dieu m'en préserve », répond Benda.

Vingt minutes plus tard, ayant cédé, au prix coûtant, les 30 000 actions à Daimler, Maryan et Bernard Benda prennent pour 65 millions de dollars de contrat à terme, sur les *blue chips* à la baisse.

« Tu vas être très riche, Maryan. »

Il se dandine. Finit par acquiescer, de l'air de quelqu'un qui apprend qu'il est condamné par la science.

« Je regrette surtout que tu ne veuilles pas marcher avec nous, Hannah.

– Nous n'allons pas en reparler. »

Elle a juste fait une constatation. Sans la moindre intention de moquerie et moins encore de dédain. Elle-même ne s'explique pas trop ce qui se passe en elle. Elle voit seulement que, depuis quatorze mois qu'elle est en Amérique, elle n'a à peu près rien fait, « sinon me mêler de haute finance, et y flanquer une incroyable pagaille, ce qui n'est peut-être pas de nature à me valoir une médaille ».

Peut-être est-ce l'absence de Taddeuz, et plus encore son silence – elle n'a pas reçu de lettre de lui depuis six jours – qui la minent, mais il y a plus : la folle envie de reprendre le grand large et les courses d'un institut à l'autre, à travers le monde, le besoin de créer et d'entreprendre, dans un domaine qui soit le sien.

... 180 dollars, puis 195 au cours de la seule journée du 8 : les effets des formidables achats effectués par les deux adversaires se font sentir. Mais le pire est, comme prévu par Benda, la raréfaction des titres sur le marché. L'affolement gagne peu à peu tous ceux – et ils sont des milliers – qui ont pris en des temps plus sereins des contrats de vente ou d'achat à terme sur la Northern Star. Dans l'impossibilité de livrer physiquement, ils se retournent vers les agents de change (l'un de ceux-ci, assiégé par une horde, est littéralement déshabillé, mis à nu, par des clients qui lui réclament, à défaut de titres qu'il n'a plus, des certificats d'actions qui font sensiblement le même usage). Et, contraints de fournir des garanties, ils mettent en vente, par quantités souvent exagérées mais que la panique enfle, leurs valeurs refuges, les *blue chips*...

... Qui, forcément, baissent.

« Combien as-tu joué, Maryan?
– Ce n'est pas un jeu.
– Tu parles! Combien? »

Dans les trois millions et demi de dollars, dit-il.
« Tu n'as pas tant d'argent ! »

Il ne l'a pas. Il a joué à découvert, par le système du *deposit*.

« Hannah, il n'est pas trop tard, tu pourrais encore...

– Fous-moi la paix, tu veux ? »

Dans la soirée du même jour, sans doute pour tenter d'enrayer le début d'une aussi grande panique, les officiers d'état-major de Louis Rosen annoncent que la bataille est terminée et que plus rien n'empêche un retour à la normale : leur client détient désormais la majorité de la Northern Pacific...

... Mais moins d'une heure plus tard, frottant avec rage ses bésicles sur le revers de son veston, le général de l'armée ennemie, Ted Daimler, contredit à grands coups de trompette : la majorité, ce sont mes clients, messieurs Healey et Flint, qui la possèdent !

« C'est pas vrai ! pense Hannah, on dirait des gamins dans les rues de Varsovie, qui se mettent une pierre sur l'épaule et défient leur camarade de jeu : " Chiche que tu la fais pas tomber " ! »

Reste que ces deux affirmations parfaitement contradictoires ont surtout pour effet de révéler la gigantesque bataille en cours. La panique en est décuplée. Des titres qui n'avaient rien à voir dans le conflit s'y trouvent entraînés sans qu'on comprenne pourquoi, sinon par un affolement général.

« Vous devriez venir voir ça », a dit Polly à Hannah.

Il l'emmène dîner au Waldorf Astoria. L'atmosphère qui règne dans le restaurant, les bars, le hall de l'hôtel est à peu de chose près celle d'une fin du monde. On se croise et quand on n'est pas soi-même tout à fait hagard et blême, on essaie de plaisanter : « *Are you broke?* Etes-vous ruiné ? » Hannah elle-même s'entend poser la question une bonne demi-douzaine de fois. A un moment elle recueille les confidences d'un couple dont elle a oublié le nom, mais avec qui elle a dîné : ces gens avaient l'essentiel de leur fortune dans l'immobilier, ils ont été obligés de vendre en catastrophe leurs quatre immeubles, pour une misère, à seule fin d'acheter des Northern Star à 425 dollars. Un peu plus loin, c'est le célèbre milliardaire Gates qui affirme avoir perdu – il en rit – quarante millions de dollars en un jour.

« Et alors, Hannah ?
– Alors quoi, Polly ?
– Quel effet cela vous fait-il ?
– Comprends pas, cher Polly.
– Je crois que vous me comprenez très bien. Sans vous, il n'y aurait peut-être pas eu de bataille et nous ne serions pas en train de vivre ce qu'on appellera sans doute le Mercredi Noir du krach de 1901.
– Tout ce que je voulais, c'était...
– Mettre la pâtée à un certain Dwyer, l'homme au nom d'alphabet. Au moins avez-vous de la suite dans les idées. J'espère que Dwyer pourra digérer tous ces millions que vous lui avez fait gagner.
– Ne m'énervez pas, cher Polly.
– Oui, chère Hannah. Avez-vous faim ?
– J'ai très faim », dit-elle.

La Northern Star cote 485 dollars le jeudi 9 à midi, puis 700 à quatorze heures...

Et 1 000 dollars une heure plus tard.

Cette fois, l'assaut lui est donné par Maryan, Bernard Benda et Polly lui-même :

« Hannah, savez-vous combien font 10 772 actions à 1 000 dollars l'une ?

— Dix millions 772 000 dollars, je sais compter jusque-là. Moins les frais, évidemment. »

Elle leur sourit.

Et quand ils lui expliquent, pleurant presque de ne pouvoir la convaincre, qu'avec dix millions et quelques dollars elle pourra s'acheter vingt ou trente immeubles, elle répond :

« Je sais, mais c'est celui-là que je veux. »

« Et je veux aussi et surtout la peau du foutu Dwyer... »

A Wall Street, c'est une fièvre et plus que cela une épouvante comme on n'en a jamais connu depuis un certain 17 mai 1792, quand fut ouverte la première Bourse des valeurs, à l'emplacement de l'ancien mur construit par les Hollandais pour se défendre des attaques indiennes. Le taux est monté de vingt pour cent et non seulement les *blue chips* mais en fait la totalité des valeurs cotées sont au bord immédiat de l'effondrement.

Le mot exact est krach.

« Madame Newman ? »

Quelques secondes plus tôt on a sonné. Yvonne est allée ouvrir et le murmure de voix dans le hall a été trop confus pour qu'elle pût identifier ce visiteur si tardif.

Elle relève la tête (elle est en train de vérifier ligne après ligne, comptant sur ses doigts et traduisant tout en moutons multicolores, le bilan que vient de lui adresser Jeanne Fougaril, sa directrice pour l'Europe, depuis Paris) et reconnaît Louis Rosen.

« Je n'ai pas pu venir plus tôt, dit-il. J'ai eu une journée assez remplie. (Il sourit, de son grand sourire de loup.) Comme toute la semaine précédente, d'ailleurs. Mais vous en avez peut-être entendu parler ?

– Vaguement », dit-elle.

Elle repose le porte-plume à réservoir Waterman – noir et rouge andrinople – marqué du double H de son prénom. Consulte la petite montre qu'elle porte en sautoir, entre ses seins : il est un peu plus de onze heures trente et, bien évidemment, il fait nuit.

« Puis-je m'asseoir ? demande Rosen.

– Excusez-moi. Bien sûr. Fatigué ? »

Il a des cernes bleuâtres sous les yeux et l'air de n'avoir pas dormi depuis un gros trimestre. Et voilà, pense-t-elle, la vivante image du financier au soir de la bataille...

« Un peu, dit-il.

– Etes-vous marié, monsieur Rosen ? »

Il la regarde, étonné. Dit qu'il l'est et qu'il a deux enfants :

« Ou plus exactement, j'étais marié et j'avais deux enfants la semaine dernière. J'ignore ce qu'ils sont devenus, depuis.

– Qui a gagné ?

– La bataille de la Northern Star ?

– Pour celles de Vicksburg et Waterloo, je connais déjà le résultat...

– J'ai peur que ce ne soit pas si simple », dit-il.

Ils se taisent, le temps qu'Yvonne leur serve, à lui, du whisky, à elle, un quart de verre de sherry.

« Merci d'être venu, de toute façon », dit Hannah.

Il la fixe par-dessus son verre :

« Combien d'actions de la Northern Star détenez-vous ?

– 10 772.

– Vous les auriez vendues à la clôture, cet après-midi...

– Je ne l'ai pas fait. Qui a gagné la bataille, monsieur Rosen? Eux ou vous? »

Il repose son verre :

« C'est vous qui avez prévenu Healey, n'est-ce pas?... Non, ne me répondez pas, ça n'a plus beaucoup d'importance. Il s'est passé pas mal de choses ce soir. J'ai reçu pour commencer un message personnel du président des Etats-Unis, puis des délégations, l'une des *brokers* du New York Stock Exchange, l'autre de toute la Haute Banque unanime. Roger Healey a reçu les mêmes. On nous a demandé d'arrêter, de déposer les armes... »

Il reprend son verre et le vide.

« Un autre? s'enquiert Hannah.

– Non merci. Nous l'avons fait, madame Newman...

– Hannah.

– Nous l'avons fait. Il y a des demandes qu'on ne peut guère refuser. D'ailleurs, j'ai obtenu en partie ce que je voulais : Healey, Flint et moi, nous partagerons désormais les sièges au conseil d'administration de la Northern Star Pacific.

– Et la Carrington-Fox? »

Il secoue la tête :

« Vous êtes vraiment l'être humain le plus incroyablement obstiné que j'aie jamais rencontré, Hannah. Vous aviez deviné que ce... comment s'appelait-il, déjà?

– Dwyer.

– ... que ce Dwyer refuserait de me vendre le reste de ses parts de la Carrington, n'est-ce pas? Pourquoi d'ailleurs n'avez-vous pas réglé votre affaire d'immeuble juste après qu'il m'eut vendu 5 000 de ses titres?

— Je n'avais plus d'argent pour payer l'immeuble.

— Je doute – excusez mon scepticisme – que ce soit la vraie raison. Vous auriez certainement pu trouver 150 ou 200 000 dollars quelque part.

— La preuve que non.

— D'accord. Il faut toujours croire ce que disent les dames. La visite que vous m'avez faite n'avait pas d'autre but que de m'amener à entrer en guerre. Vous aviez prévu que je tomberais en arrêt devant ces 2 500 actions de la Northern Star, dans l'actif de la Carrington... Tout comme vous vous attendiez à ce que j'ouvre les hostilités. Vous y êtes parvenue et je n'arrive pas à y croire : cet abruti de Healey et moi avons mis en jeu plus de 150 millions de dollars et avons failli provoquer un krach universel pour cette seule raison qu'une petite dame aux grands yeux gris voulait acheter un immeuble de quatre sous. Qui croirait une chose pareille ?

— Est-ce que j'aurai mon immeuble ?

— Dwyer a bien fini par vendre ses titres, il n'est plus président de la Carrington. Mais ce n'est pas moi qui ai acheté, c'est Healey qui l'a emporté, dans ce cas précis. Moi, j'avais offert 42, Healey l'a emporté à 45. La Carrington-Fox appartient désormais à Healey, Flint et moi. J'ai cinquante et un pour cent, ils ont le reste, cela fait partie des accords d'ensemble que nous avons conclus.

— Accepteriez-vous de me vendre cet immeuble pour 150 000 dollars ? »

Il se met à rire :

« Si, ce faisant, j'étais absolument sûr d'être débarrassé de vous, je vous en ferais volontiers cadeau. Je plaisante, bien sûr.

— Bien sûr. Mais, c'est dommage, j'adore les cadeaux. Est-ce qu'Healey acceptera, lui aussi ? »

Rosen se lève. Yvonne réapparaît dans la seconde, lui apportant son chapeau.

« Je ne vois vraiment pas pourquoi il refuserait. Vous lui avez rendu service, il me semble. »

Il est sur le seuil du salon, massif mais non sans distinction (l'un de ses fils deviendra, après une carrière de très haut niveau dans la finance et la banque, sénateur puis conseiller spécial de plusieurs présidents américains, et enfin ambassadeur extraordinaire). Il hoche à nouveau la tête :

« Puis-je vous poser une question impertinente, Hannah ?

— Soyez aussi impertinent que vous en avez envie.

— Qui diable êtes-vous ? Et d'où sortez-vous ?

— Je fabrique des crèmes et des parfums pour les dames. Et je les vends.

— Combien avez-vous engagé dans toute cette affaire ?

— Tout ce que j'avais : un peu plus de deux millions de dollars.

— Vous avez hérité de quelqu'un ?

— Pas jusqu'ici.

— Vous comptez vous occuper une nouvelle fois de chemins de fer ?

— Sûrement pas ! s'exclame-t-elle en riant.

— Et de finance ?

— Pas davantage.

— Dieu soit loué ! »

Son ton exprime toute la conviction du monde.

« Des crèmes pour les femmes ? (Il réfléchit à voix haute.)

— Je ferai des prix à Mme Rosen, promis », dit Hannah.

La journée du 10 mai, qui est celle où tout va se conclure, débute très tôt, vers sept heures trente.

Bien qu'elle, Hannah, ne se soit pas endormie, la veille, avant deux heures trente du matin, elle est déjà levée lorsque Maryan Kaden se présente. Yvonne dort encore, en sorte que c'est elle qui va lui ouvrir. Quelques minutes plus tard, alors que les deux hommes ne se sont nullement concertés, c'est Polly Twhaites qui débarque pareillement aux aurores. Avec à la bouche les mêmes mots : un état-major de crise a pris, la nuit dernière, toutes les dispositions pour ramener le calme et stopper la folle course à la catastrophe; on a reporté toutes les livraisons de la Northern Star, Rosen aussi bien que Healey ont accepté de remettre sur le marché un nombre respectable de titres, et le cours de ces mêmes titres...

« Je suis au courant, Polly. »

... Et les cours de ces mêmes titres ont été autoritairement fixés à 160 dollars.

« Je suis au courant, Polly... Je peux vous le chanter, si vous voulez. »

Il la dévisage, très déconcerté. Elle lui prend le bras et l'entraîne dans la cuisine où Maryan est en train de boire son café, avec une tête de fossoyeur sortant d'heures supplémentaires.

« Cent soixante dollars, dit Polly, vous vous rendez compte! Elles étaient à 1 000 hier après-midi.

– Elle est au courant », lui dit tranquillement Maryan.

Elle leur propose des œufs et du bacon et, fidèle à ses habitudes, carbonise tout ce qu'elle dépose dans la poêle. « C'est mon destin, pense-t-elle, je serai jusqu'à la fin de mes jours la cuisinière la plus nulle des deux hémisphères. »

Pour finir, elle flanque à la poubelle le triste produit de ses expérimentations culinaires, retire de l'appui de la fenêtre sur cour...

« Comment est le café, Maryan?

– Pire que jamais. »

... retire de l'appui de la fenêtre sur cour un jambon de Virginie aux clous de girofle, puis, de la glacière, deux bouteilles de dom Ruinart.

« Huit millions et 228 000 dollars perdus en une nuit, rumine Polly avec rancœur. Nous fêtons quoi ?

– Mon immeuble, répond Hannah. Je l'ai. Montre-lui, Maryan. »

Kaden produit un papier sur lequel sont apposées les deux signatures de Louis Daniel Rosen et Roger Gardner Healey, respectivement président et vice-président de la Carrington-Fox Railway Company, et confirmant la vente à Mme Hannah Newman d'un immeuble sis sur la 5e Avenue, pour la somme de 132 500 dollars.

« Le prix convenu était de 150 000 dollars, explique Hannah, la bouche pleine, mais ils m'ont consenti une ristourne. L'un parce qu'il prétend que je lui ai rendu service – je ne vois vraiment pas en quoi –, l'autre parce qu'il était drôlement content de se débarrasser de moi. Si l'un de vous deux voulait bien déboucher le champagne ? J'ai soif. »

... Et elle apprend aussi à Polly qu'elle n'a plus aucune action de la Northern Star Pacific ; à l'heure qu'il est, Bernard Benda les a sans doute déjà vendues – sûrement qu'il l'a fait, on peut vraiment lui faire confiance pour ces choses...

« A 170 dollars l'une. Dix dollars de plus que le prix officiel, mais une certaine Mme Cynthia Healey, que je ne connais ni d'Adam ni surtout d'Eve, est intervenue auprès de son mari, je me demande bien pourquoi, peut-être parce que je lui ai vendu une crème pour des boutons qu'elle avait, enfin bref, cette Mme Cynthia Healey a dit à son mari qu'il devait payer dix dollars de plus par action, pour les actions qu'il me rachetait. Remarquez bien qu'il ne fait pas une si mauvaise affaire, d'après Bernard Benda : une fois les choses redevenues normales, les actions de la Northern Star coteront plus que ça, mais enfin c'était quand même gentil de sa part à lui... Et à propos, ça fait combien 10 772 actions à 170 dollars l'une ?

— Un million 831 240 dollars, dit Maryan une demi-seconde plus tard.

— Est-ce que tout est clair, Polly ?

— Limpide, dit Polly en train de recracher son café.

— Ça suffira pour les banquiers anglais ?

— Il me semble. Vous leur deviez 600 000 dollars.

— J'ai fait mes comptes cette nuit, Polly. Avec toutes ces allées et venues, comment diable aurais-je pu dormir ? J'ai investi dans cette affaire, depuis le 20 janvier dernier, 1 428 634 dollars et 65 *cents* de mon propre argent, plus les 600 000 dollars de vos amis banquiers à Londres, plus les frais qui, d'après moi, sont de 26 849 dollars. Vous me suivez ?

— Je me posais justement la même question, dit Polly.

— Un million 715 548 dollars et 65 *cents* en tout, dit Maryan, occupé à déboucher le champagne.

— 1 715 548,65 ôtés de 1 831 240, reste...

— 115 691 dollars et 35 *cents*, dit Maryan.

— A quoi bien sûr il faut ajouter les 32 500. Soit en tout...

— 148 191 virgule 35, dit Maryan. Moins 239,75 de frais, égale 147 951 dollars et 60 *cents*.

— D'où diable sortent ces 32 500 dollars ? » demande Polly.

A la seconde où il pose la question, Hannah vient d'achever la confection d'un monstrueux sandwich, où le beurre, les cornichons et la moutarde entrelardent quatre tranches de jambon.

Du coup, elle se fait toute petite, au point d'être à peu près dissimulée aux yeux dorés de l'avocat de Londres.

« Elle a déjà revendu l'immeuble, dit Maryan très placide.

— Pour 165 000 dollars, dit la voix d'Hannah. (Quant à Hannah elle-même, elle est toujours cachée derrière son sandwich.) Polly, il y a déjà quelque temps que je n'en avais plus tellement envie, de cette saleté d'immeuble. Je voyais trop grand, voilà la vérité. Qu'est-ce que j'aurais fait de ce vieux truc, et surtout qu'est-ce que j'aurais fait de quatre-vingts ou cent étages? Je ne suis qu'une boutiquière, après tout. Vous me direz... »

Polly ouvre la bouche. Elle ne lui laisse pas le temps de placer un mot :

« ... Vous allez me dire : pourquoi est-ce que je n'ai pas tout arrêté, par exemple hier après-midi, quand la Northern Star a atteint ce prix de fou? Tout simplement parce que je voulais mettre la pâtée à Dwyer. Parce qu'il me fallait à tout prix l'immeuble pour lui prouver que j'étais foutument plus obstinée et plus maligne que lui. Et parce que, hier après-midi, je n'étais pas sûre du tout de ce qu'allaient faire Healey et surtout Rosen. Rosen pouvait très bien être fâché contre moi en somme. Mais non, ils sont venus tous les deux, l'un après l'autre, cette nuit. Healey m'a même offert des fleurs, de quoi en remplir quatre pièces, et il est venu avec sa femme, qui sera l'une de mes premières clientes, dès que j'aurai ouvert mon institut.

— *God gracious!* » dit Polly.

Elle abaisse enfin son sandwich. Si elle faisait un petit peu le pitre jusqu'à cette seconde, ses yeux gris, à présent, expriment une férocité glacée :

« Et je l'ai eu, cet enfant de salaud! Je l'ai eu, son immeuble! Je l'ai revendu parce que je l'ai bien voulu! Ce matin à la première heure, je lui ai fait parvenir une reproduction de ce papier que Maryan vous a montré. Ça ne me suffit pas, bien sûr, je n'en ai pas fini avec lui, j'attendrai le temps nécessaire, cinquante ans et plus s'il le faut, mais j'aurai sa peau. Et il ne perdra rien pour attendre ! »

Taddeuz débarque deux jours plus tard.

4

La Brigade Rose

TADDEUZ débarque deux jours plus tard et tout se passe comme s'il avait minuté son retour pour arriver après la fin de la bataille. Ce n'est pas le cas, bien sûr, il n'a sûrement pas pu prévoir la fin de celle-ci : dans les derniers jours du conflit il se trouvait en pleine mer.

Hannah ne lui a finalement pas envoyé la lettre où elle évoquait des difficultés graves dans ses affaires. De cela, elle en est sûre, elle ne lui a jamais parlé. Or c'est pourtant l'une des premières questions qu'il pose, après qu'elle est allée le chercher au port, prévenue par un câblogramme... après qu'ils ont déjeuné avec Lizzie, Maryan et Polly Twhaites – qui, quant à lui, s'apprête à regagner Londres –, une fois qu'ils ont inspecté ensemble aussi bien la maison de Long Island que le grand appartement sur la 5e Avenue, quand enfin ils sont seuls, ayant sans plus attendre fait l'amour une première fois.

Il lui demande où en sont ses affaires.

Elle lui répond qu'elles ne vont pas mal du tout.

« Pourquoi cette question ?
— Une impression, dit-il avec nonchalance.
— Quelqu'un t'en aura parlé.
— Pas du tout. »

Il est allongé sur le dos, nu évidemment, et, non moins nue, elle s'est blottie dans le creux de son aisselle et tout contre sa hanche, une joue sur sa poitrine. Cela lui vient d'un coup : elle raconte tout, enfin presque; elle gomme pas mal de l'épisode Dwyer, se contentant d'expliquer que celui-ci lui a refusé l'immeuble pour cette seule raison qu'elle est femme.

« J'ai failli tout perdre, Taddeuz. Je me demande quelle tête tu aurais faite si ce matin je t'avais annoncé que je n'avais plus un sou.

— A ton avis?

— Je crois que tu te fiches complètement que j'aie ou non de l'argent.

— Pas dans la mesure où tu aimes en avoir. Et moins encore dans la mesure où tu aurais été privée de ce que tu as créé.

— J'aurais recommencé, tu me l'as dit toi-même.

— Je le crois toujours. C'est la vie.

— *Tu* es ma vie. Tu m'as trompée, en Europe?

— Trois fois par jour, et double le dimanche.

— Et il paraît qu'en plus j'ai failli provoquer un krach... Un vrai krach, avec des dizaines de milliers de ruines, et des suicides. Ça n'est pas passé loin, je me suis vraiment déchaînée. On ne dirait pas que je suis aussi redoutable, à me voir si petite... »

D'une seule de ses immenses mains, il la soulève et la fait glisser sur lui, sur son abdomen et son ventre, lui enserrant complètement la taille de ses doigts (« je n'ai pas grossi, on dirait! »).

« Elles étaient jolies?

— Jolies?

— Ces cent trente-huit femmes avec lesquelles tu m'as trompée.

— Tant qu'à faire, oui. Idiote... »

Elle glousse, ravie. Entreprend de lui faire un

suçon dans le cou. Il proteste que cela va se voir, même quand il portera faux col et cravate.

« C'est là tout l'intérêt, je veux que ça se voie, dit-elle.

— Tu pourrais graver *HANNAH*.

— Il y a un meilleur endroit, alors. Et je te rappelle que tu m'en avais bien fait un, toi aussi, sur le sein gauche. Pour Noël. Quand je me décolletais, on ne voyait plus que lui, il brillait comme un phare. Il y avait vraiment de quoi rougir.

— Tu n'as jamais pu rougir.

— C'est vrai, dit-elle, je suis absolument sans vergogne. »

Elle pose à son tour la question qu'elle a en tête depuis la seconde où il lui est apparu, débarquant du paquebot la *Savoie* de la French Line :

« Tu vas rester ?

— Oui.

— Tu vas écrire en anglais ?

— Oui. »

... Avec une petite hésitation, une de ces réticences légères, à peine perceptibles, qu'il a toujours quand, de près ou de loin, il aborde avec elle le sujet de son travail d'écrivain, il lui précise qu'en fait il a déjà commencé d'écrire — un roman, dont il a déjà fait plus de la moitié. Et autre chose...

« A bord, à mon retour, j'ai fait plus ample connaissance avec un copassager de la *Savoie*. Il s'appelle Hearst, William Randolf. Il est propriétaire de plusieurs journaux. Il m'a promis de me trouver quelque chose. »

Elle le regarde, stupéfaite :

« Tu vas devenir journaliste ?

— Je ne vois pas où serait le mal, je connais même des journalistes qui savent lire. Mais Hearst a surtout parlé de chroniques, sur le théâtre et les livres, sur les expositions...

– Taddeuz, tu n'auras plus le temps d'écrire ! »

Il répond qu'il croit le contraire.

... Et la fait taire, de la plus douce façon qui soit.

Le mariage de Lizzie et de Maryan Kaden a lieu le 25 mai. C'est l'occasion pour Hannah de découvrir à quel point Maryan le Taciturne s'est remarquablement intégré à cette Amérique où pourtant il n'est que depuis deux ans à peine. Elle ne saura jamais combien au juste il a gagné, par ses spéculations au côté de Bernard Benda, dans toute l'affaire des *blue chips* succédant à la chevauchée des Northern Star ; trois, sinon quatre millions de dollars sont une estimation raisonnable, surtout sachant que les bénéfices réalisés par Benda pour son propre compte ont dépassé la cinquantaine de millions.

Hannah s'était attendue à une cérémonie assez simple, ne rassemblant qu'une poignée d'amis. Dès le début avril, quoiqu'elle fût elle-même fort absorbée par son affrontement avec Dwyer, elle avait proposé à Lizzie et à Maryan de les aider à tout préparer pour le 25 mai. Le couple, Maryan surtout, a décliné l'offre, avec un air de complicité entre eux assez agaçant. Agaçant pour elle, Hannah, qui en était encore à croire qu'ils étaient à sa charge et sous sa responsabilité, à tous égards.

« Je ne voudrais pas me mêler de ce qui ne me regarde pas », a-t-elle fini par dire, non sans dépit.

... Pour s'en vouloir aussitôt de cette mauvaise humeur : « Je suis incorrigible, il faut toujours que j'essaie de régenter tout le monde... »

Reste qu'elle a été fort surprise devant l'ampleur que Maryan a choisi de donner à ses noces (il a loué la totalité des salons du Waldorf et retenu quatre orchestres, avec une prodigalité très étonnante), devant aussi la liste des invités. Outre bien sûr Taddeuz et elle-même, qui seront les témoins, outre les Twhaites, les Guggenheim, les Benda ou encore un Louis Rosen flanqué de son épouse, plus une forte délégation de MacKenna venue d'Australie pour la circonstance, Maryan a trouvé le moyen de convier à ses noces une bonne moitié de Wall Street, plus un nombre vraiment très impressionnant de célébrités en tous domaines. Dont la moindre n'est pas Thomas Alva Edison...

« Tu connaissais Edison, Maryan ?

– J'ai eu l'occasion de le rencontrer trois ou quatre fois et il est possible que nous fassions quelque chose ensemble, un jour. »

Le même Maryan, qui a tout prévu, projette un voyage de noces en Europe, France et Italie, mais aussi en Egypte et en Grèce, dans toute la Méditerranée orientale, à bord d'un yacht loué à l'un des Rothschild.

« Vous pourriez, vous devriez nous rejoindre, Taddeuz et toi, suggère Lizzie.

– J'ai horreur de la mer, tu le sais.

– Tu boudes encore, voilà la vérité. A croire que tu es le père de la mariée et que tu fais la gueule à ton gendre parce qu'il va prendre le pucelage de ta fille.

– Nom d'un chien, Lizzie, ce n'est pas une façon de parler ! Et si on t'entendait !

– Et qui m'a appris à parler ainsi, hein ? Qui ? »

Comment résister à l'extraordinaire bonne humeur de Lizzie ? Hannah finit par éclater de rire – elle s'imagine avec des moustaches de papa –, une fois de plus sauvée par son sens de l'humour et cette aptitude à se moquer d'elle-même qui, toute sa si longue vie, lui permettront de supporter le fardeau de sa propre force de caractère et de ses emportements volcaniques.

Le couple Kaden s'embarque, pour une absence d'un peu plus de trois mois; il ne regagnera les Etats-Unis qu'à la mi-septembre. Suivent des semaines incertaines, qui eussent été monotones, après la folle exaltation de l'affaire Dwyer, sans la présence de Taddeuz. Contrairement à son attente, ou plus justement à ses secrètes espérances, Randolph Hearst va bel et bien tenir sa promesse : courant juin, Taddeuz publie ses premières chroniques. Même elle, qui n'est pas trop habile à lire et juger ce qu'il écrit – après tout il ne lui a jamais fait l'honneur de lui confier le moindre de ses manuscrits et tout ce qu'elle connaît de lui, ce sont ces poèmes qu'il a quelques années plus tôt publiés en Allemagne sous un nom d'emprunt –, même elle est frappée par le ton : la légèreté de la plume n'a d'égale que l'allégresse narquoise dont il fait constamment preuve, son bonheur d'écriture s'ajoutant à un goût extraordinairement sûr en matière d'art. Elle est sidérée et dans le même temps s'étonne de son étonnement : elle a toujours su qu'il avait du talent.

« Mais ton roman, où en es-tu ?
– Il avance. »

Difficile d'être plus laconique. Elle n'insiste pas. Encore et toujours cette promesse très solennelle qu'elle s'est faite : ne jamais se mêler de ses affaires d'écrivain.

... D'ailleurs, au fil des jours, avec sa soif de mouvement qui la brûle mieux que jamais, elle trouve à s'occuper. Elle n'a pas menti à Polly Twhaites : c'est tout à fait vrai qu'elle a renoncé aux vastes projets de ses premiers mois de séjour en Amérique, il n'est plus question d'un immeuble gratte-ciel au sommet duquel son prénom eût été visible de tout New York, et tant qu'à faire du monde entier. Elle est revenue à une tactique plus modeste, plus en accord avec ses goûts et ses habitudes, sûrement plus fiable. Fin juin, elle s'embarque pour l'Europe. Paris et Londres. Dans un premier temps Taddeuz s'était résigné à l'accompagner, quoique dissimulant à merveille sa résignation. Mais elle a bien deviné son manque d'enthousiasme, sinon ses regrets de devoir interrompre son double travail de chroniqueur et de romancier.

Elle part seule et, en tout et pour tout, reste trois jours à Londres et quatre à Paris. Le temps d'y constituer ce qu'elle nomme le premier détachement de sa Brigade Rose, « à croire que je recrute pour ouvrir une maison close! ».

Elle rentre illico à New York.

« Une brigade rose? s'étonne Taddeuz. On pourrait croire...

— Que je monte un bordel, je sais. Je t'ai manqué?

— Pourquoi, tu étais partie?

— Sale voyou. Viens ici que je t'apprenne! »

Elle a son idée. Comme toujours des plus fermes. Elle est revenue à ses réflexions premières, celles-là mêmes qu'elle s'est faites avant de poser le pied en Amérique : pas question d'ouvrir ici des boutiques et des instituts comme en Europe. Ce lui paraît être une imbécillité majeure, mais pas en raison du gigantisme américain. Non, ce serait idiot parce que, dans ce pays, elles ne sont peut-être pas cinq mille femmes à utiliser régulièrement les services d'une couturière; toutes les autres se contentent d'avoir recours aux grands magasins, en se fichant pas mal que la robe, ou la jupe, ou le chemisier qu'elles portent aient été tirés à vingt mille exemplaires.

Et ceci pour la couture, le vêtement. Alors, pour ce qui est des parfums et des crèmes!

« Taddeuz, je n'ai pas le choix : la clientèle

n'existe pas. Il faut la créer. Une femme aura toujours besoin d'une robe, ou d'un jupon et de machins trucs pour aller avec. Sauf à aller toute nue, ou pis à porter des culottes de monsieur... Quelle horreur ! Tu me vois avec des pantalons ? Ne rigole pas, sale Polak, tu es bien content de me trouver froufroutante, avec des tas de dentelles partout, pour mettre dedans tes grandes mains pleines de doigts... Non, tout est à faire. Forcément : il n'y a pas trente ans, ils avaient une femme pour trois cents habitants, dans l'Ouest Sauvage, alors ils la respectaient. Et elle, pour qu'on ne la confonde pas avec les *prostitutes*, serait morte sur un bûcher plutôt que de se mettre un peu de rouge aux joues. Je schématise, évidemment. Mais c'est vrai qu'ils sont foutument... pardon *très* puritains, de ce côté-ci de l'Atlantique. Tu me suis ? Dis donc, si je t'ennuie, n'hésite pas à me le dire ! »

Elle le suivait dans l'appartement, ayant tout du caniche emboîtant le pas à un danois, tandis qu'il allait et venait pour s'habiller. Mais à présent, il est à quatre pattes, à la recherche d'un bouton de col. Ils vont dîner chez un cousin des Vanderbilt.

« Ils sont puritains, Taddeuz. Et obsédés par la respectabilité, par la crainte qu'on les confonde encore avec ces émigrants qu'eux-mêmes, ou leurs parents, ou leurs grands-parents, ont été. Un jour viendra peut-être où ils seront justement fiers d'avoir été un peuple de pionniers mais, pour l'heure, ce qui les préoccupe davantage, c'est de paraître encore plus respectables que les plus respectables des Européens. Je vais devoir tout leur apprendre. Ville après ville... ça prendra le temps qu'il faudra. D'où l'intérêt de ma Brigade Rose. Elles seront six, pour commencer. Jeanne Fougaril les a choisies. On ne leur demandait pas grand-chose, à ces greluches : juste d'être très jolies, très polies, très élégantes, très intelligentes, très travailleuses, toujours disponibles, capables de sourire pendant douze heures d'affilée et de répondre gentiment aux questions les plus imbéciles. D'avoir aussi les connaissances de très bonnes esthéticiennes et assez de contrôle d'elles-mêmes pour ne pas crever de rire en entendant une grosse bonbonne demander comment être belle, capables enfin de parler l'anglais avec un accent français, même si elles sont natives de Birmingham ou de Vladivostok...

— Plus un diplôme d'ingénieur des mines et une licence de tibétain, dit Taddeuz.

— Arrête de rigoler, tu m'énerves. Je ne leur demande rien d'autre. Ton foutu bouton est derrière toi, juste sous ton talon gauche, ça fait une heure que je te le dis... Eh bien, le croiras-tu, malgré ces exigences raisonnables, Jeanne Fougaril prétend qu'il lui faudra au moins deux mois pour les former... J'ai bien envie de la foutre à la porte... Mets-toi à genoux, je vais te l'accrocher ce foutu bouton... Je parlais de Fougaril. Je la flanquerais bien dehors, l'ennui, c'est qu'elle est la meilleure directrice possible, malgré son sacré caractère...

— Si tu t'habillais ?

— Moi ? Il y a deux heures que je suis prête, on part quand tu veux. C'est vrai qu'elle a un caractère de cochon, la Fougaril. Heureusement que je suis accommodante !

— *HA HA HA !*

— C'est quoi, ce ricanement imbécile ? Je suis peut-être un peu vive, mais c'est tout.

— Ta robe.

— Quoi, qu'est-ce qu'elle a, ma robe ?

— Tu n'en as pas. »

Au cours de cet été-là, tandis qu'elle se prépare à sa grande campagne nord-américaine, ils inventent un jeu. Elle, Hannah, vient de recevoir deux nouvelles voitures, des Daimler-Phoenix de vingt-six chevaux. Les deux véhicules sont en tous points identiques, elle l'a voulu ainsi; l'un est blanc, l'autre est entièrement noir, d'un noir relevé toutefois par des filets rouge andrinople. Malgré toutes les recommandations qu'elle a faites au constructeur allemand – et plus particulièrement à Emile Jellinek, un diplomate praguois ami de Taddeuz, qui est le représentant de Daimler sur la Côte d'Azur et dont la fille se prénomme Mercedes –, les premiers essais qu'ils ont effectués de leurs nouveaux bolides, Taddeuz et elle, ont été assez décevants : à peine ont-ils pu dépasser les 70 kilomètres à l'heure. « On se traîne... »

Elle s'est résolue à faire revenir de son Ariège natale le mécanicien français de la Panhard et Levassor. Elle lui a intimé l'ordre, sous peine d'avoir à rentrer chez lui à la nage, d'augmenter la vitesse de l'une et l'autre voiture.

« Ces machines vont exploser, a fait remarquer le technicien, qui se nomme toujours Gaffouil.

– C'est moi qui vais exploser, si vous n'arrivez pas à leur faire dépasser les 100 kilomètres à l'heure », a répliqué Hannah.

Entre deux explosions, Gaffouil a choisi la moindre et tout un mois durant allongé les empattements, abaissé les centres de gravité, tripatouillé on ne sait trop quoi dans les moteurs.

« Mais elles sont dangereuses, a-t-il prévenu.

– Pas autant que ma femme », a cette fois répondu Taddeuz.

Trouver une route où lancer ces engins de mort a été toute une affaire. En quasi-totalité les routes américaines du temps sont de simples pistes, passer d'un Etat à l'autre est une expédition, pour qui ne craint pas la boue ni la poussière – d'où la silhouette des premières voitures sans cheval *made in U.S.A.*, qui sont toutes hautes sur roues, équipées tels des chars à banc de suspensions à lames, et d'une légèreté de libellule. Il n'y a pas, entre New York et San Francisco (Los Angeles n'est qu'un gros village), cinquante kilomètres de routes bétonnées. Pour finir, une association de chauffeurs du dimanche amateurs de sport automobile a collecté des fonds et fait construire, à Long Island, un petit circuit de dix-sept cents mètres de développement.

Taddeuz détient le record du tour pour la famille Newman, et même le reste du monde, avec 1 minute 6 secondes et 4/5. Hannah n'a jamais réussi à approcher ce temps, sa meilleure performance est de 1 minute 9 secondes et 1/5.

Ça la fait enrager.

... Et c'est à cela qu'elle, qu'ils emploient, durant tout le début de l'été 1901, chaque dimanche : à faire la course. Certes en affrontant d'autres adversaires qu'eux-mêmes, mais la concurrence est maigre; très rares sont encore, à New York, ceux dont les voitures dépassent les 50 kilomètres à l'heure. Si les compétitions d'Hannah et Taddeuz sont presque exclusivement conjugales, elles n'en sont pas moins périlleuses : dans les premiers jours de juillet, alors qu'ils sont l'un et l'autre lancés à plus de 110 kilomètres à l'heure, elle tente de le dépasser par l'intérieur dans une courbe. La place manque et de toute façon ça n'avait pas de sens, Taddeuz ayant pris dans le virage la seule trajectoire correcte.

... Si bien qu'elle le heurte, l'expédie hors du ruban de béton, part elle-même en tours de valse, ne devant qu'à un pur miracle de ne pas verser en recevant sur la tête les quatre cent soixante kilos de la Daimler. Mais Taddeuz a été projeté hors de sa voiture et celle-ci a effectué deux ou trois tonneaux. « Je l'ai tué ! » pense-t-elle, prête à mourir elle-même. Elle court à lui et le trouve allongé par terre, face sur le sol, bras en croix, comme mort. Elle s'agenouille puis s'abat sur lui, au bord de la syncope, n'ayant plus qu'une idée en tête : « Je l'ai tué et je n'ai même pas été capable d'avoir un enfant de lui ! »

... Mais il paraît qu'elle a pensé à voix haute, car il décolle son nez de l'herbe, s'accoude et dit tranquillement :

« Pour l'enfant, on le fait quand tu veux. Tout de suite, même. »

Il grimace en se relevant pour s'asseoir sur le sol. Il a quand même une arcade sourcilière ouverte, une lèvre fendue, deux doigts de la main gauche cassés et plusieurs côtes fêlées, en plus d'une belle entaille à la cuisse, faite par le levier du changement de vitesse ou le frein. Il la prend dans ses bras et c'est lui qui la console et la calme. Elle tremble de tout son corps, les yeux écarquillés – tandis que le mécanicien Gaffouil accourt à toutes jambes, battant Yvonne d'au moins quinze longueurs.

La Brigade Rose débarque enfin, huit femmes en tout, ayant à sa tête Jeanne Fougaril en personne qui veut voir des Apaches avec des plumes et qui s'est fait flanquer d'une de ses adjointes, Catherine Montblanc. Grande fille au nez un peu trop long, mais au rire perlé, d'un charme évident, sans aucun doute intelligente, elle vous porte la toilette comme une grande dame ou, mieux, une cocotte – « si la différence existe ».

« Qu'est-ce que c'est que ce grand cheval ? Il ne lui manque plus qu'une selle !
— Tu ne l'as pas vue à Paris il y a deux mois

parce que je l'avais envoyée à Rome et à Vienne pour y régler quelques problèmes. Elle est bien. Elle parle l'anglais avec l'accent de Haute-Savoie, elle en sait plus que moi sur les cosmétiques, et surtout je lui crois assez de grandeur d'âme pour te supporter, toi, Hannah, pendant des mois s'il le faut. Un vrai phénomène.

– Considère-toi comme foutue à la porte, Fougaril.

– Un de ces jours, je te prendrai au mot et m'en irai vraiment. Réfléchis : ces tournées que tu veux organiser en Amérique te prendront du temps, tu ne pourras pas toujours les diriger. Tu peux te fier à elle pour cela.

– Je te reprends, Fougaril, tu es réembauchée. Tu as apporté les derniers chiffres ? »

Jeanne répond qu'elle se fût plutôt jetée dans l'Atlantique que d'arriver les mains vides. Elle repart après une semaine, sans avoir vu un seul Apache à plumes mais continuant de dissimuler sous la causticité l'amour qu'elle a pour son travail et l'affection très sincère qu'elle voue à Hannah.

Pour ce qui est de Catherine Montblanc, tout indique qu'elle a vu juste : la Grande Catherine n'est pas n'importe qui. Elle a débuté à quinze ans comme seconde femme de chambre d'une Anglaise, elle a vécu à Londres puis en Amérique, quand sa patronne a épousé l'un de ces Anglais propriétaires de ranches immenses au Colorado ; à dix-neuf ans, fatiguée des servitudes ancillaires, elle a épousé plus ou moins – « plutôt moins que plus, à être franche » – un joueur de poker de San Antonio, Texas ; elle l'a perdu deux ans plus tard, suite à une discussion sur un certain as de pique, a élevé le fils qu'elle a eu du manieur de cartes grâce au petit revenu d'une boutique de modiste à San Francisco ; elle s'est remariée en France – « plutôt plus que moins cette fois » – avec un armateur de Nantes, qui avait trente-cinq ans de plus qu'elle, et qui, l'ayant ramenée sur la Loire, est mort en la laissant aux prises avec ses enfants d'un premier mariage :

« Je ne leur ai pas disputé l'héritage, le brochet au beurre blanc me sortait par les oreilles. J'ai pris les 5 000 francs qu'on m'offrait et j'ai voulu travailler. A Paris, j'ai suivi les cours de votre école d'esthéticiennes, Mme Fougaril m'a remarquée... Mon fils est en France, j'aimerais le faire venir mais rien ne presse. Je fais ce que vous voulez, madame.

– Tu m'appelles Hannah. Pour commencer. »

La première livraison de crèmes et de parfums arrive dès le début septembre. L'une des plus agréables découvertes faites par Hannah en Amérique a été l'importance et la qualité de la presse uniquement féminine. *Harper's Bazaar* existe déjà depuis trente-quatre ans, puisque fondé en 1867; *McCall's Magazine* est de 1870, *The Ladies Home Journal* date de 1883 et *Good Housekeeping* de 1885. On a même, quatre ans plus tôt, créé une presse uniquement consacrée à la mode enfantine, *Buttericks Modern Review*.

Le problème capital reste cependant celui des points de vente. A défaut de l'immeuble auquel elle a définitivement renoncé, et qui eût rassemblé un institut de beauté, une voire plusieurs boutiques, et des bureaux, elle a tout de même conservé les deux emplacements initialement choisis par Maryan, l'un sur Park Avenue, l'autre sur la Cinquième. Dès juillet, en fait sitôt qu'elle est rentrée de son court voyage en Europe, elle a ressorti des cartons les projets de décoration et d'aménagement dus à Henry-Béatrice. Elle ne voit aucune raison de ne pas suivre son décorateur anglais en toutes choses : c'est en jouant sur son « exotisme » européen, en effet, qu'elle a le plus de chances de réussir.

Elle fait commencer les travaux, dont l'achèvement est prévu pour la mi-octobre.

« Il va me falloir des filles, esthéticiennes et vendeuses, Catherine. Vous pensez pouvoir les former ? »

D'ores et déjà, et très clairement, elle a en tête de répéter à New York – et éventuellement un jour à San Francisco, si l'Ouest Sauvage se civilise un peu plus – ce qu'elle a réalisé à Londres et à Paris. Il ne s'agit pas de faire de l'Amérique une simple annexe de l'Europe, mais d'édifier un ensemble complet, indépendant, entièrement autonome. Cela implique la mise en place d'une usine, peut-être de deux. Autrement dit, elle va devoir prévoir un ramassage de plantes et de tous les ingrédients essentiels...

« Il va me falloir des chimistes... »

Pour les parfums, elle doute de pouvoir trouver, actuellement sur le sol américain, les spécialistes indispensables. A moins de susciter une émigration en masse des environs de Grasse ?

« On verra plus tard. »

... Mais aucun de ses beaux projets n'a la plus petite chance d'aboutir si elle ne franchit pas ce qui est à ses yeux l'obstacle principal : l'absence quasi totale de clientèle. D'où l'importance primordiale de la véritable croisade qu'elle entreprend, à compter de ce 10 septembre, et qu'elle va poursuivre dix mois durant, avec d'autant plus d'acharnement que c'est, en quelque sorte, son retour aux armes après la longue interruption qui a marqué sa vie professionnelle, depuis février de l'année précédente. Elle avait tout d'abord prévu de constituer deux équipes, la deuxième confiée à Catherine :

« Mais pas tout de suite. Je préfère que vous

vous occupiez du personnel de Park Avenue et de la 5e. Disons jusqu'à la fin février. Ça me permettra de roder l'équipe comme je l'entends. Ensuite, vous prendrez ma place et je prendrai la vôtre. Et si, dans les six filles choisies par Jeanne, il y en a une ou deux qui ont si peu que ce soit dans la tête, nous ferons trois équipes et même quatre ou six... Cathy ? Vous avez été voir cet appartement que je vous avais trouvé ? Il vous plaît. J'en suis contente. Vous avez remarqué qu'il y avait une chambre d'enfant ? Yvonne pense connaître quelqu'un pour s'occuper de votre fils, quand vous serez absente. Qu'attendez-vous pour le faire venir ? Qu'il ait des moustaches ? »

Elle s'en souviendra. Toute sa vie. – *Comment dit-on aujourd'hui en français, Lizzie ? Ah oui, j'en ai bavé des ronds de chapeau. Oh, nom d'un chien, je ne recommencerais pour rien au monde...*

« Quoique. »

Pendant cinq mois et onze jours, exception faite d'une très courte pause à l'occasion des fêtes de fin d'année, elle conduit ses équipes à travers tout l'est et le centre des Etats-Unis. Elle s'est fixé comme objectif toutes les villes de plus de dix mille habitants (jamais elle n'aurait cru qu'il pût y en avoir autant). Selon les distances, elle peut visiter jusqu'à trois villes par jour. Elle a passé contrat avec des organisateurs de spectacles, a engagé d'abord un puis deux éclaireurs, chargés de les précéder, elle et ses filles, pour retenir les chambres d'hôtel et les salles de conférences. Mais au fil des semaines elle perfectionne sa stratégie. D'abord, elle établit un roulement entre ses mannequins-esthéticiennes, qu'elle répartit en deux équipes de trois, de façon à avoir toujours un trio en ligne tandis que l'autre est au repos. Elle seule assure la continuité, travaillant dix-huit à vingt heures par jour. Puis elle embauche une Anglaise que lui a adressée l'institut de Londres, une Miss Waldringham de cinquante ans d'âge, sèche comme un mot de trop, dont l'air de componction est bigrement renforcé par un face-à-main. Elle sera chargée de faire obstacle à tous les messieurs en gibus qui pourraient attenter à la moralité de l'expédition. Qui plus est, Eleanor Waldringham se révèle du dernier utile quand il s'agit de contacter les clubs de dames et de convaincre leurs membres d'assister à une démonstration; cette vieille fille – sœur de quelque colonel de l'armée des Indes ou fille d'un pasteur, Hannah ne s'en souvient jamais – est l'image vivante de la respectabilité. « A moins d'engager la reine Victoria, mais elle n'aurait peut-être pas pu se libérer, je ne pouvais trouver mieux... »

Dix-huit heures au moins de travail par jour, pendant plus de cent cinquante jours. Même les interminables voyages en chemin de fer lui sont une occasion de travailler : en plus de contrôler tout ce qui lui vient d'Europe, et les bilans de Fougaril, elle met à jour les notes prises dans la ou les villes qu'elle vient de quitter, collationne les questions posées et les réponses faites, enregistre les points de vente possibles, cote de un à vingt les aptitudes de tel ou tel grand magasin à diffuser ses produits, affecte d'un indice de un à cinquante l'importance potentielle de la clientèle dans tous les endroits visités, tient le compte le plus minutieux de ses dépenses et de ses revenus, remonte le moral de ses équipières, qui tour à tour craquent un peu, prépare enfin l'étape suivante, sur la base des informations fournies par ses éclaireurs...

... Et cela fait, sitôt que le train s'arrête et qu'on débarque, il faut chaque fois relancer l'offensive, avec une effrayante et harassante monotonie, et sourire, sourire, sourire. Elle donne des conférences, jusqu'à trois et quatre dans la même journée, devant les auditoires les plus singuliers, bien qu'ils soient toujours presque exclusivement féminins; elle effectue des démonstrations, se servant de ses mannequins comme autant d'exemples à suivre, puis, les ayant transformés en esthéticiennes, elle incite les femmes de l'assistance à se laisser peinturlurer un peu, et leur fait constater que se protéger des effets du soleil ou du froid en colorant légèrement ses lèvres n'implique pas une damnation automatique.

Elle reprend une tactique parfaitement sournoise, déjà employée en Australie, à Sydney, à ses débuts : dans chaque ville où elle descend, et au vrai avant d'y descendre (elle a à cette fin doublé ses éclaireurs d'une éclaireuse), elle fait communiquer par voie de presse et d'affiches, outre la merveilleuse nouvelle de son arrivée, son intention de remettre gratuitement aux dix femmes les plus élégantes de la ville un flacon de l'un de ses parfums.

Dans la réalité, elle n'en offre que trois ou quatre – très minuscules en vérité. Et encore...

Mais ça ne manque presque jamais : elle en vend quarante, cinquante ou plus, à celles qui n'ont rien reçu et qui pourtant estiment figurer haut la main en tête du classement local, pour ce qui est de l'élégance.

Le tout est d'opérer dans la discrétion exigée par les clientes...

Mais vendre n'est pas son but, du moins dans cette phase. Elle se consacre bien davantage à établir les meilleures relations possible avec la presse. Un carnet est tout spécialement tenu, dans lequel ville par ville, Etat par Etat, elle consigne les noms et les adresses (et le numéro de téléphone quand ils en ont un) d'interlocuteurs futurs. En sorte que par la suite, quand elle aura besoin d'un article ou d'un reportage, elle saura toujours à qui s'adresser, par préférence à des requêtes anonymes.

De même, elle a établi un fichier, tenu par elle et par Eleanor Waldringham, où ne vont pas tarder à entrer plus de quatre mille femmes. Y figurent toutes celles qui, dans toutes les villes où elle est passée, l'ont frappée par leur personnalité, leur position sociale ou leurs revenus, et surtout qui lui ont paru être des chefs naturels, des femmes qui entraînent les autres derrière elles. A chacune d'elles, on adressera de New York un petit pot de cold-cream, de cérat, souverain contre les irritations de la peau.

Elle a donc pris, si besoin en était encore, la mesure de l'Amérique, au prix d'un labeur forcené. La zone touchée par ses démarches en un peu plus de cinq mois ne s'étend pas au sud au-delà d'Atlanta, si elle atteint Toronto au nord. « Il me faudrait dix ans pour parcourir tout le pays et dans dix ans, à force de courir ainsi, j'aurais les genoux sous les épaules et passerais sans me baisser sous les tables... »

La vérité est qu'elle est épuisée, ou peu s'en faut. Bien qu'elles ne tournent qu'une semaine sur deux, les mannequins-esthéticiennes commencent à arborer des yeux de poitrinaires. Gaffouil lui-même, l'aide de camp, habitué à vivre à la dure et d'un naturel si peu exigeant, Gaffouil ronchonne. Il a pourtant, au cours de ces voyages, trouvé un oreiller à sa convenance : Yvonne. La Bretonne s'est laissé séduire par le Pyrénéen aux moustaches tombantes, dont la démarche chaloupée rappelle fort celle de ces plantigrades que ses compatriotes de l'Ariège mènent par un anneau dans le nez, afin de les faire danser. Hannah a eu une crise de fou rire en découvrant, un soir à Charleston, sa femme de chambre et son mécanicien dans les bras l'un de l'autre :

« Je croyais que tu devais épouser un milliardaire ?

— Rien ne presse, a dit Yvonne. On n'est pas à un jour près.

— Ni à une nuit. Est-ce que tu vas lui mettre un anneau dans la narine ?

— Mêlez-vous de vos affaires ! »

(En dernière analyse, malgré ses menaces initiales et sauf dans de rares occasions, Yvonne a décidé de la vouvoyer, puisqu'elles parlent surtout français, ensemble.)

Yvonne est tout sauf une accorte servante. Quand elle n'est pas en colère, c'est qu'elle est juste de mauvaise humeur. Ses attributs féminins sautent aux yeux, elle est drue de toutes parts et marche tête en avant comme si elle cherchait quelqu'un à estourbir d'un coup de boule entre les deux yeux. A part cela, pas trop grande, bien que surpassant Hannah de dix bons centimètres. Taddeuz est le seul être humain qui la fasse taire – « à part peut-être Gaffouil, mais les arguments ne sont pas les mêmes » –, en fait elle lui manifeste de l'idolâtrie.

« Le Gaffouil est bon bougre mais c'est un homme, un vrai. A voir jour après jour vos perruches qui se mettent nues devant lui, forcément ça lui a donné des chaleurs...

— Et tu les as éteintes (le fou rire d'Hannah est reparti).

— C'était un service à lui rendre.

— Vous allez vous marier ?

— Je me demande bien en quoi ça vous regarde. Sauf si vous vous inquiétez de savoir si je vais vous quitter.

– Tu vas me quitter ?

– Non. On a parlé, on est d'accord, moi et cet imbécile des montagnes : tant qu'on arrivera à vous supporter, on reste. »

Cela dit, que les choses soient claires : la tournée commence à la fatiguer, ce n'est plus une vie pour une femme de chambre, quand est-ce qu'on rentre à New York ?

Le caractère acariâtre d'Yvonne a toujours fait le bonheur d'Hannah. « J'ai même dû l'engager pour ça. Mais elle a raison... »

Un télégramme qui la joint au fin fond de la Caroline du Sud lui sert de prétexte : Lizzie est au bord d'accoucher de son premier enfant :

« On rentre, Yvonne. Préviens tout le monde. On arrête. »

5

... Il y a deux façons de réussir dans le négoce...

Le premier enfant de Lizzie et Maryan est un garçon, comme ils l'espéraient tous les deux ; il se prénommera James, comme son père l'avait souhaité.

Pour Hannah, cette naissance est l'occasion d'une de ces dépressions dont toute sa vie elle saura mesurer les causes et les effets : après vingt-six mois de mariage, elle n'est toujours pas enceinte. « Ne te raconte pas d'histoires : tu t'angoisses. Si tu allais voir l'un de ces médecins ? Ce sont tous des charlatans et d'ailleurs tu sais très bien que tu n'iras en consulter aucun, c'est juste une façon de parler... Hannah, si tu n'es pas capable de faire au moins deux enfants à Taddeuz, je ne te le pardonnerai jamais, je te préviens ! »

Elle s'était promis de demeurer tranquille tout un mois, au retour de sa tournée infernale. Autant empêcher la pluie de tomber. Sa frénésie d'entreprendre est désormais revenue tout entière, encore affinée et bien plus exigeante. Et puis cette dépression, il ne peut être question qu'elle s'y laisse aller. D'abord parce que la meilleure façon d'améliorer ses états d'âme est de faire l'amour avec Taddeuz, aussi souvent que possible. Des médications comme celle-là, elle en redemande...

Et puis, autre raison de ne pas rester à la maison à jouer les marmottes : Taddeuz lui-même. Non qu'il manque d'enthousiasme s'agissant des câlins sous toutes formes, Dieu merci sur ce plan-là les choses vont à merveille, cette grande crapule blonde est toujours partante, dans un léger frémissement de sa moustache qu'elle seule, la chose est sûre, a remarqué.

J'ai toujours aimé faire l'amour, Lizzie... Je te choque? Mon œil, oui! Je sais bien que ça t'intéresse... Quoique tu ne m'aies jamais trop donné de détails, à propos de Maryan et toi. Tiens, par exemple, je ne l'ai jamais vu t'embrasser... sur la bouche, je veux dire, pas comme on embrasse sa nourrice... Hein? J'ai dit que je ne l'ai jamais vu, je n'ai pas dit qu'il ne t'embrassait jamais!... Je ne l'ai jamais vu, c'est tout... Il t'embrassait? RACONTE!... Quoi, la discrétion?... Nom de dieu, tu as soixante-dix-huit ans au moins, il y a prescription, non?

Non, le problème posé par Taddeuz n'est pas horizontal. Il tient à l'attitude générale de Taddeuz, au calme nonchalant de Taddeuz – jamais un mot plus haut que l'autre –, qu'il manifeste en toutes circonstances (sauf au lit), à ce refus systématique de jamais prendre position, sur quelque sujet que ce soit. Comme s'il craignait tout affrontement avec elle (alors qu'avec les autres, tous les autres, il sait fichtrement bien défendre ses idées). Ce pourrait être une faiblesse de son caractère, mais elle n'y croit pas. C'est autre chose et c'est pire. Il y a une phrase de lui qu'elle ne pourra jamais oublier; il l'a prononcée juste après leur mariage, lors des premières minutes de leur nuit de noces, dans cette maison qu'elle avait louée tout exprès sur les bords du lac de Lugano. Il a dit que malgré tout l'amour éprouvé pour elle, il avait bien failli ne pas l'épouser : « parce que j'estimais que vivre avec toi serait de la folie, presque un suicide ». Et jamais plus ils n'en ont reparlé. Autant dire qu'il n'est pas revenu de cette opinion initiale. Et voilà bien la vérité, s'il se retranche de la sorte, c'est parce qu'il « s'auto-défend » – « je lui fais peur en somme ». En parler, forcer la discussion sur ce point serait inutile. Elle le sait. Elle a bien trop de lucidité pour entretenir des illusions pareilles. Il se refermerait un peu plus sur lui-même. Sûrement même, il sourirait, en apparence très tranquille, et il inventerait quelque explication d'écrivain, bien plausible et très convaincante sur le moment – ce n'est pas un terrain sur lequel elle puisse lutter à armes égales, avec lui. « Si seulement l'un de nous était un peu plus bête, juste un peu... »

Ainsi de ses livres. Il a probablement fini son roman, à présent. Pendant tout le temps qu'elle effectuait son porte-à-porte continental, de ville en ville, avec son escadron de prétendues Parisiennes, il aura bouclé son manuscrit, et l'aura confié à un éditeur. S'il a trouvé un éditeur – ce qui n'est pas si sûr, ils sont tous idiots, ces éditeurs, ils ne reconnaîtraient pas Shakespeare s'ils le voyaient.

... Mais puisqu'il paraît qu'elle ne doit pas s'en mêler...

« C'est dommage. J'aurais pu... »

Elle n'a pas vu l'ombre de l'ombre d'un manuscrit. On pourrait croire qu'il avale les feuillets à mesure qu'il les écrit. Dans son bureau de la maison de Long Island, lorsqu'ils y passent plusieurs jours d'affilée, il cache sûrement quelque chose dans un secrétaire fermé à clef, tout au fond de son bureau-bibliothèque. Elle est sûre que le manuscrit s'y trouve, de temps en temps. Fichtrement tentant... Mais les très rares fois où elle a pénétré dans la pièce, elle s'est prudemment tenue à l'écart du meuble, comme craignant de le voir exploser.

... Evidemment, il y a ses articles de journaliste. Ceux-là du moins elle peut les lire. Elle les trouve de plus en plus acides, en tout cas très caractéristiques, parfois carrément méchants. Ça la gêne, mais il paraît que ça plaît énormément – non seulement on lui place désormais sa chronique en tête de page avec sa signature en cartouche, mais d'autres journaux américains, en Louisiane ou à San Francisco, reprennent ses chroniques. Et elle a appris par hasard que le *New York Times* avait fait des offres à Taddeuz...

Du moins gagne-t-il de l'argent, aucun doute sur ce point. Et il le dépense avec son indifférence ordinaire. Lors des précédentes fêtes de fin d'année, en 1901 donc, il lui a offert une deuxième perle noire, peut-être encore plus superbe que la première, également achetée chez *Tiffany*. Avec cette effroyable mesquinerie qu'elle se reproche au point de s'en haïr, parfois, elle a failli entrer chez le joaillier pour s'enquérir du prix du cadeau. Il lui a vraiment fallu prendre sur elle-même pour, à la dernière seconde, s'en abstenir. Elle lui a acheté des boutons de manchette en diamants mais, craignant d'avoir l'air de lui répondre par un cadeau encore plus somptueux qui aurait souligné leur différence de fortune, elle a finalement donné le paquet à Maryan.

« Je suis foutument compliquée. A moins que la situation ne le soit vraiment... »

Elle ouvre le 20 avril 1902 l'institut de Park Avenue, et la boutique sur la 5e.

Elle a passé outre à toutes les recommandations qu'on a pu lui faire : il n'y a pas un seul homme dans toute sa hiérarchie new-yorkaise, seuls ses avocats portent des pantalons – « Polly en jupette, ça vaudrait le coup d'œil! ».

Pour l'institut, où le poste de directrice réclame un maximum de compétences techniques, elle a tout spécialement fait venir de Grande-Bretagne une Ecossaise qui se trouve être une assez lointaine cousine de Winnie Churchill (ne pas oublier de mentionner négligemment le fait devant les clientes, Hannah, ça leur en fichera plein les oreilles). Cecily Barton, directrice de Londres, a chaudement recommandé cette Jessie des Hautes-Terres qui va, presque cinquante années durant, sauf une interruption, diriger New York.

Becky Singer joue un rôle déterminant dans le succès initial de l'institut, et par la suite de la boutique. Les Singer sont fort riches, ils possèdent une banque, une charge d'agent de change, des minoteries; la moitié du pain mangé chaque jour à New York vient de quelques-unes de leurs entreprises, sans parler de tous les immeubles dont ils sont propriétaires. Avant même l'ouverture de l'institut, Becky, non sans adresse, a battu le rappel des trois ou quatre cents femmes importantes qu'elle connaît dans New York. Toutes ne sont pas venues, mais plus de la moitié d'entre elles, si. Et les deux tiers de celles qui ont effectué une première visite ont jugé bon de revenir. Le succès est en route. Au point que Sam Singer, l'un des beaux-frères de Becky, cousin de Zeke, a sollicité une entrevue et offert ses services : il est prêt à investir :

« Cinq cent mille dollars et bien plus s'il le faut. Lorsqu'il y a quelques mois Becky nous a parlé de ce projet, nous n'y avions pas tellement cru. Nous nous trompions.

– Et vous vous trompez encore, dit Hannah en souriant. Je ne souhaite pas m'associer.

– Nous ne mettrions que de l'argent. Pourquoi

pas deux millions de dollars, après tout ? Ou même cinq ? Vous conserveriez la direction, cela va sans dire. Hannah, réfléchissez, ne me répondez pas tout de suite. Vous n'êtes implantée qu'à New York, on pourrait ouvrir des instituts et des boutiques dans tous les Etats-Unis. Seule, par l'unique moyen de l'autofinancement, il vous faudra des années.

– J'ai tout mon temps, Sam.

– Et si vous ne frappez pas assez fort dès le début, d'autres le feront. On vous copiera. Ce n'est pas tout : il y a l'Europe. Nous savons que vous avez déjà tout un réseau. Nous sommes prêts à vous en racheter une partie, et à vous aider à financer d'autres produits, que vous lanceriez avec notre appui. Quand on ne peut pas éviter la concurrence, le mieux est de se concurrencer soi-même. Cela a au moins le mérite d'occuper le terrain...

– Je ne souhaite pas m'associer. »

... Ceci bien qu'elle ait cru deviner, derrière tant de propositions flatteuses, une vague menace : refusant cette alliance qui lui est offerte, elle encourt le risque de voir ce « puissant groupe » dont Sam Singer a évoqué la constitution éventuelle venir piétiner ses plates-bandes, avec des moyens infiniment supérieurs aux siens.

Qu'ils y viennent... Elle est sûre de sa propre analyse – « je n'ai pas parcouru dix milliards au moins de kilomètres, ni parlé à cinquante millions de femmes sans apprendre quelques petites choses ! » – et ne croit pas qu'une pluie de dollars change grand-chose à l'affaire : le continent américain n'est pas encore prêt à accueillir une véritable industrie des cosmétiques, « l'Europe non plus, d'ailleurs... Et si j'ai réussi en Europe ou en Australie, c'est parce que j'ai employé des méthodes artisanales dont tous ces types avec leurs énormes comptes en banque sont bien incapables. Dans quinze ou vingt ans, peut-être que les choses seront différentes, mais nous n'y sommes pas... ». La démarche de Sam Singer, cependant, va lui être doublement bénéfique.

D'abord, elle y voit le signe de ce qu'elle est en train de réussir. C'est réconfortant, même si elle n'avait pas trop douté de son destin. Elle réussit moins que les financiers ne le croient – il n'y a pas tellement de femmes capables de dépenser en crèmes et en soins la somme astronomique de quinze ou vingt dollars par semaine, équivalant au salaire hebdomadaire d'une secrétaire; elle va vite plafonner, donc...

Moins qu'ils ne le croient, mais mieux qu'elle ne l'espérait. Elle avait calculé que ce serait déjà bien beau si New York ne lui coûtait pas plus du tiers – vingt-six pattes de moutons – de ce que lui rapporte l'Europe, pendant les cinq premières années. Or, au train où vont les choses, elle a de bonnes chances d'équilibrer à peu près ses comptes, disons vers le milieu de 1903.

D'autant qu'une idée lui est venue, tandis qu'elle écoutait parler le beau-frère de Becky...

Ce n'est pas une idée tout à fait neuve. Les prémisses lui en sont apparues au cours de sa tournée, quand elle a eu face à elle, par dizaines de milliers peut-être, des acheteuses en puissance. Elle en a parlé avec Catherine Montblanc. (Comme convenu, celle-ci a pris sa suite à la tête des équipes de démonstratrices, a poussé jusqu'en Californie et cornaque maintenant quatre détachements qui opèrent en alternance et sont forts au total de quatorze mannequins-esthéticiennes, dont dix formés en Amérique même.) Pas question de vendre à ces femmes américaines, hors celles d'une minuscule frange de la société, des produits de grand luxe. Le jour viendra peut-être mais pour l'heure les instituts ne sont pas pour elles, qui n'ont pas les moyens et, plus encore, ne voient pas la nécessité de s'y rendre.

D'un autre côté, elle ne veut pas abaisser le niveau de qualité de la production marquée du double H. « Il y a deux façons de réussir dans le négoce : soit en vendant beaucoup et peu cher des choses dont tout le monde a besoin, soit en déterminant avec le plus grand soin sa clientèle et en persuadant celle-ci d'acheter, hors de prix, des choses dont elle n'a strictement aucun besoin. »

« C'est de moi, Hannah, cette pensée profonde, ma chère Catherine. Par mes instituts et mes boutiques, j'ai suivi la deuxième solution. Il est peut-être temps de s'intéresser à la première... »

C'est-à-dire qu'elle va mettre en vente une crème qui ne vaudra qu'un dollar trente le pot. De cette crème, elle a fait étudier la composition par son laboratoire français : tilleul et tussilage, relevés d'une pointe de lavandula et de gentiane. Après l'avoir essayée sur elle-même puis sur Lizzie et Yvonne durant tout un mois, elle n'a pas constaté de ravages spectaculaires. C'est frais, tonique, et le parfum est agréable.

« Et tu vas leur vendre ça huit ou dix fois moins cher que ce que tu offres dans tes boutiques ? Tu as un sacré culot ! a remarqué Catherine.

– Il y aura trois différences : la taille et la qualité du pot, l'absence de la griffe Hannah, le fait que ça soit vendu, précisément n'importe où ailleurs que dans mes instituts ou mes boutiques. Que vaudrait une robe de Worth vendue à cinq mille exemplaires dans le Bronx ? »

Et puis il y a encore une raison, la quatrième...

« C'est comme les Trois Mousquetaires, il y en a quatre, je sais. »

... Une différence à propos de laquelle elle supporte assez mal les plaisanteries que Lizzie peut faire à ce sujet. Elle a travaillé des années, avec des médecins et des chimistes, sur la composition de ses crèmes, laits et eaux de toilette, de ses parfums. Mieux que personne, elle sait quels soins ont entouré la naissance de chacun d'entre eux, la différence entre une simple crème d'entretien de la peau, comme celle qu'elle va vendre hors de ses circuits ordinaires, et les produits infiniment plus complexes qu'elle propose sous son nom. Voilà d'ailleurs qu'elle découvre, en ce printemps 1902, que ce qu'elle a toujours appelé sa « cuisine » lui manque. Quelles que puissent être les qualités de tous ceux et celles qui œuvrent dans son laboratoire de Paris, elle s'estime à tort ou à raison leur égale. Et elle a la nostalgie de ses manipulations de cornues et de spatules, et des décoctions innommables qu'elle s'est tant amusée à créer. « Il va bien falloir que je mette en route le laboratoire américain. On ne sait jamais, des fois que Français et Allemands se refassent la guerre... »

Pour vendre la crème de beauté à un dollar trente, il suffit de reprendre contact avec les grands magasins. Elle fait venir une fois de plus Polly Twhaites de Londres et lui confie la direction de tout un escadron d'avocats américains chargés de négocier, ainsi que du dépôt des brevets. Elle veut disposer d'un formidable arsenal juridique qui, dans les années à venir, freinera la concurrence à défaut de l'éliminer tout à fait. Son conseiller sur ce point a été pour le moins inattendu.

Rien moins que Thomas Alva Edison.

Elle a entendu un jour Maryan évoquer la très féroce intransigeance de l'inventeur, s'agissant de défendre ses droits (Maryan parlait surtout de cinématographe, mais Edison n'est, paraît-il, pas moins impitoyable dans les autres domaines où son étonnant génie l'a conduit). Elle est donc allée voir Edison, qui a alors cinquante-cinq ans. Sitôt qu'il est à peu près certain qu'elle ne vient pas lui soutirer quelque chose, surtout pas un passe-droit, ce seul mot le fait trembler de rage, il se montre à peu près aimable – « c'est-à-dire qu'il est devenu juste un peu moins cordial qu'un chien enragé aboyant derrière une grille » – et lui indique les procédures qu'il a personnellement mises en œuvre, et le nom des avocats, par dizaines, dont il utilise les services...

« J'ai déjà eu deux cent soixante et onze procès et les ai presque tous gagnés, madame. Vous n'auriez pas besoin d'un détective ?

– Pour quoi faire ?

– On a toujours besoin d'un détective. Le mien s'appelle MacCoy. Il veille nuit et jour pour dépister les contrefacteurs et les plagiaires. »

Il est sérieux comme un pape, de toute évidence. D'après Maryan, Edison est toujours d'un sérieux mortel, et d'une assez incroyable rapacité, dans les affaires d'argent : « Sous prétexte qu'il a voici onze ans déposé le brevet du kinétoscope, il prétend que tout ce qui est image mobile doit passer par lui, et lui payer redevance. Pour un peu, il réclamerait des droits d'auteur aux frères Lumière et à Georges Méliès. Il paraît que les inventeurs sont tous un peu fous. Alors pas de doute, c'est un grand inventeur. »

« Je crois pouvoir me passer de détective.

– De toute façon, dit Edison, MacCoy ne travaille que pour moi. »

Les contrats avec les grands magasins sont prêts à la fin de juillet. Il a fallu quatre semaines de discussions acharnées pour régler un seul et dernier point : les grands magasins voulaient reproduire sur le couvercle du pot le visage d'Hannah ou, à la rigueur, l'entrée de l'institut de Park Avenue. Elle a bien sûr refusé : elle ne veut absolument pas qu'une assimilation puisse être faite entre ce qu'elle vend dans les établissements à son nom, et un pot à un dollar trente. On a fini par transiger : il sera seulement question d'une crème de beauté *recommandée par H.H.* Rien de plus.

Il a néanmoins fallu dix-neuf jours pour se mettre d'accord sur la hauteur des lettres et leur emplacement. Pour lire *recommandée par H.H.*, il faudra un microscope, à moins d'être un lynx spécialement entraîné.

« C'est encore trop, Polly, je ne voulais pas apparaître.

— Ils n'auraient pas cédé à moins. Sans votre nom, ou en l'espèce vos initiales, il n'y a plus de contrat. Ils pèsent à son juste poids, qui est considérable, cette tournée que vous avez effectuée. Les femmes vous connaissent désormais du Canada à la Virginie, pour le moins, et celles qui ne vous ont pas vue physiquement ont entendu parler de vous. Et puis je crois que vous avez une autre raison de dire oui : je n'ai pas accepté sans contrepartie : lisez la clause 56, page 85 du contrat. »

Elle lit et lui sourit : Polly a obtenu une exclusivité totale, les grands magasins ne pourront vendre que les produits de beauté fabriqués par elle.

« Polly! Dire que je n'y avais pas pensé! Vous êtes un génie!

— Il est grand temps que vous vous en aperceviez, ma chère. Cette disposition bloque tous vos concurrents éventuels. Même s'ils fabriquaient des produits égaux ou supérieurs aux vôtres, ce qui bien entendu est impossible, n'est-ce pas? ils ne sauraient comment les vendre. Vous tenez en main tous les points de vente. Autre chose : avez-vous fait les comptes ? Le contrat est de cent mille pots par an, pendant dix ans. Avec obligation pour eux d'augmenter les commandes de vingt pour cent l'an, pendant les cinq premières années. Vous gagnez, m'avez-vous dit, 20 *cents* par pot, tous frais déduits. Soit 200 000 dollars la première année, 240 000 la suivante...

– J'ai fait les comptes. C'est un sacrément bon contrat.

– Et ils devront vous payer même s'ils ne vendent pas un seul pot. Toutefois, rien n'empêche qu'ils en vendent davantage. Dans ce cas, pour tout pot au-delà du minimum de cent mille, votre marge bénéficiaire sera réduite à 18 *cents*.

– Bande de voleurs », dit-elle en riant.

En tout état de cause, elle le voit bien, ces revenus supplémentaires serviront à éponger l'actuel déficit, et les suivants, s'il y en a, des établissements de New York. Et ils lui permettront de ne pratiquement pas tirer sur ses revenus européens et australiens quand il faudra assurer le financement du laboratoire, des écoles, des autres installations, si elle poursuit géographiquement son expansion, sur le territoire américain.

L'Amérique sera autonome, voilà le résultat essentiel.

Cet argument ultime l'emporte et vainc ses dernières hésitations. Elle signe le contrat. Non sans regret. C'est la première fois qu'elle s'écarte de la voie qu'elle a toujours suivie.

Pour un peu, elle en aurait honte...

Elle trouve le livre un mois plus tard.

Dans les derniers jours de juillet, ils sont partis en vacances. Plus justement, Lizzie est parvenue à les convaincre tous de l'absolue nécessité de quitter New York et sa touffeur estivale; c'est elle qui a réussi à persuader Hannah de confier New York à la seule Jessie aux cheveux roux et Maryan de laisser Wall Street survivre sans lui. Taddeuz a été le plus facile à influencer : en août, on réduit la périodicité de ses chroniques, qui ne sont plus qu'hebdomadaires, il lui suffira de prendre un peu d'avance ou d'utiliser le télégraphe en cas d'urgence.

On est descendus plein sud vers la Floride, jusqu'au petit port de Miami, auquel la très récente guerre américano-espagnole a donné un essor inattendu. Là, on a embarqué sur un yacht que Maryan vient de faire construire, et qui est équipé d'une douzaine de cabines. Le même Maryan a ses invités personnels : les frères Van Guysling et Cecil B. De Mille, plus deux superbes créatures de sexe indubitablement féminin et échappées de quelque théâtre de Broadway.

« Je peux savoir à qui sont destinées ces sirènes? demande Hannah à Lizzie.

— Pas à ton mari. Ni au mien, j'espère, répond Lizzie avec son habituelle bonne humeur. Non, il paraît que nous aurons un invité de plus. Mon jules n'a pas voulu me dire qui c'était. Il embarquera à La Havane et Maryan tient à lui faire le meilleur accueil possible.

— Dis donc, tu ne m'as toujours pas raconté ta nuit de noces...

— Tu as fichtrement raison.

— Qu'entends-tu par là?

— Je ne te l'ai pas racontée. Et ce n'est pas demain la veille que je le ferai. Tu es vraiment une obsédée sexuelle, tu sais... »

L'enthousiasme d'Hannah à l'idée d'aller sur la mer à bord de cette chose si petite (pour elle un paquebot est encore minuscule) n'a pas été des plus frénétiques. La navigation au long des *keys* de

Floride a apaisé le plus gros de ses appréhensions. D'autant que la croisière s'est effectuée à toute petite allure, longeant une côte sur laquelle on s'est gorgés de langoustes grillées. Les deux folles de Broadway ont exposé au soleil l'intégralité de leurs charmes. Qu'elles fussent nues n'a pas troublé Hannah, qui ne voit pas trop d'inconvénient à ce que Taddeuz regarde – pourvu que ça n'aille pas plus loin –, d'autant qu'elle a estimé, en toute impartialité, que ses formes valaient largement celles des donzelles.

« Non ?

– Absolument, absolument, a répondu Taddeuz avec une précipitation suspecte, et un rien moqueur.

– Tu veux que je me mette nue, c'est ça ?

– J'aimerais autant pas.

– En tout cas, elles sont dingues : il n'y a rien de pire que le soleil, pour la peau. Les rayons chimiques du soleil... »

On est à La Havane sept jours après le départ de Miami. Monte à bord un moustachu aux yeux très malicieux, accompagné de son épouse. C'est Georges Méliès. Ce diable d'homme revient du Mexique où il a eu l'idée incroyable d'aller planter ses appareils de prises de vues, pour tourner ce qu'il appellerait des « westerns » (c'est le spectacle de Buffalo Bill à Paris qui lui en a donné envie). Dans ses bagages, il transporte son dernier film. *Le Voyage dans la Lune* tourné à Paris celui-là. C'est un personnage d'une extraordinaire fantaisie, hors du commun. Maryan le tient pour un pur génie et souhaiterait – c'était donc cela le but qu'il poursuivait – s'allier au Français avec ses associés, les frères Van Guysling, pour développer en Amérique une industrie cinématographique échappant à l'implacable tutelle d'Edison.

« Hannah, j'aimerais que tu te joignes à nous.

Nous n'avons pas besoin de ton argent, les Van Guysling et moi avons ce qu'il nous faut, mais l'affaire est formidablement bonne. Ce cinématographe a un avenir extraordinaire. »

Elle refuse, comme elle refusera chaque fois par la suite, quand il lui proposera de prendre une participation à d'autres affaires. Elle veut rester dans sa spécialité. Sur le cinématographe, elle n'a guère d'opinion. Il lui semble très probable que Maryan ait raison. Eh bien, tant mieux pour lui, et pour Lizzie. Quant à elle, elle a achevé son deuxième mouton rose qui gambade gaiement, et un troisième est en train de naître : déjà il a ses deux pattes de devant et un mignon trognon de queue, si tout va bien, il sera entièrement formé d'ici dix ou quinze mois. Pourquoi diable irait-elle mettre des sous dans d'autres entreprises ? Elle ne va pas passer sa vie à entasser. Il y a une différence fantastique entre cinq et cinq cents dollars, mais entre vingt et deux cents millions ?

Les charmants Méliès débarquent après deux jours, pour prendre le paquebot de New York qui les ramènera en France. Aucun accord n'a pu être obtenu, semble-t-il, entre lui d'une part, Maryan et ses associés américano-néerlandais d'autre part. Le yacht folâtre un peu le long de la côte cubaine, dans l'archipel de Sabana. Puis il met le cap au nord-ouest, en direction des Bahamas. On est à Nassau le 24 août et sans doute, le paquet arrive-t-il alors.

Toujours est-il qu'Hannah le découvre, au soir du deuxième jour d'escale, posé sur la seule table de leur cabine.

Cela s'appelle *The Spiv*. Signé : Taddeuz Nenski.

« Merci de m'en avoir tant parlé.
— Disons que j'ai voulu t'en faire la surprise.
— C'est très réussi. Il est en vente depuis longtemps ?
— Il le sera dans les semaines qui viennent, je crois.
— Tu le crois ? Parce que tu n'en es pas sûr ? »
Elle a très envie de hurler.
« J'en suis à peu près sûr. Edward Lucas...
— Qui est-ce ?
— L'éditeur. Il m'a dit que la mise en vente serait effective en septembre ou octobre. Je savais que nous allions faire escale à Nassau. Je lui ai demandé de m'en faire parvenir quelques exemplaires, dans le cas où ils seraient prêts à temps. Pour toi, bien entendu.
— Merci.
— Moi, je l'ai déjà lu », dit-il en souriant.
Elle reprend en main le livre et le feuillette une nouvelle fois, partagée entre sa colère et un orgueil sauvage : « C'est lui qui l'a écrit et il a trouvé un éditeur pour le publier ! Je vais devenir la femme d'un écrivain célèbre ! »
« Combien d'exemplaires ton Lucas en a-t-il tirés ?
— Aucune idée.
— C'est un grand éditeur ?
— Moyen.
— Et il est bon ?
— Nous avons pas mal de goûts communs, lui et moi.
— Ça m'étonnerait que ça en fasse un bon éditeur. Je penserais plutôt le contraire. Et ce titre ! Ça veut dire quoi ?
— Un *spiv* est un profiteur, qui vit des malheurs des autres. C'est aussi un parasite, par extension. »

Elle le fixe. Il sourit, totalement impénétrable derrière ce sourire. « Je vais vraiment hurler, mais de chagrin », pense-t-elle, déchirée. Elle dit simplement :

« Tu l'as signé Nenski.

– C'est mon vrai nom, après tout. Newman n'est jamais que le nom figurant sur mon passeport américain. »

Elle lit le livre une première fois. Comme elle lit les titres des journaux, c'est-à-dire à une allure folle. Elle ne comprend rien. Même l'histoire lui semble obscure, on pourrait presque croire qu'il n'y en a pas. Des gens s'écrivent, se répondent, échangent d'étranges confessions ou des descriptions minutieuses de tel endroit d'Italie, ou de la façon qu'avait une femme d'imprimer le dessin de ses pas dans le sable d'une plage.

Elle le relit, deux fois.

... Une première à bord du train qui, de Miami, les ramène tous à New York; et seulement de nuit, alors que personne ne peut la voir.

... Et une autre à New York, lorsqu'elle est seule.

Elle retrouve ce sentiment déjà éprouvé, trois ans plus tôt, quand Mendel lui a rapporté les poèmes édités à Munich sous le nom de Nemo : celui de la présence d'un autre monde que le sien, où rien ne se ressemble, même pas les mots – « il y a bien cent cinquante ou deux cents de ceux-ci dont j'ignorais jusqu'à l'existence. Nous n'avons pas le même vocabulaire ! ». Il y a de la sensualité, bien sûr, et de la profondeur, de l'intelligence sûrement, un sens aigu – pour autant qu'elle puisse en juger – de la façon dont les mots peuvent aller ensemble et devenir musique. Il y a aussi, et surtout, comment dire ? une sorte de délectation à voir la vie en noir, qui n'est vraiment pas dans son registre à elle.

Je n'ai jamais été une intellectuelle, Lizzie. Toi non plus, d'ailleurs. Pour moi, deux et deux font toujours quatre, la nuit et le jour. Même quand ça vous agace. Lorsque j'ai lu le premier livre de Taddeuz, j'ai eu honte. De moi, et de ce que je pensais. Car j'ai pensé que ce qu'il avait fait ne servait à rien, que c'était gratuit, que c'était écrire pour écrire, pour démontrer qu'on savait foutument bien la langue, mais qu'on était au-dessus des gens ordinaires, au point qu'on n'avait pas à condescendre à leur raconter une histoire avec un début et une fin. Voilà ce que j'ai pensé de son livre. J'ai été enragée : et c'était avec ça qu'il espérait devenir célèbre? Parce que, je me disais, pourquoi écrire si ce n'est pas pour être lu par le plus grand nombre possible? Ce serait comme de faire une statue qu'on ne montrerait qu'à cinq personnes...

... Je ne lui ai rien dit. Il ne m'a pas demandé ce que j'en pensais – il l'avait sûrement compris, avec son habileté à lire dans ma tête – et je me suis bien gardée d'aborder le sujet...

Je suis allée voir son éditeur.

Edward Lucas a presque la cinquantaine. Il a les yeux un peu fendus, d'un bleu de faïence, le nez long et pointu, la bouille ronde et la tête déjà presque chauve, un ventre de notaire.

Il dit que *The Spiv* a certes quelques défauts mais que...

« Des défauts? Vous voulez rire! Il est illisible!
– Je l'aime énormément, quant à moi », dit seulement Lucas.

Moins montée qu'elle ne l'était, elle aurait sûrement relevé ce quelque chose dans l'œil de l'éditeur. Mais ce n'est que plus tard qu'elle en sera frappée :

« Combien en avez-vous tirés ?
— Trois mille. Moins la passe.
— Qu'est-ce que c'est que ça ?
— La passe est le nombre d'exemplaires envoyés au pilon en raison d'une défectuosité quelconque.
— Et ce serait à mon mari de payer les âneries que fait votre imprimeur ? C'est une idée insensée !
— C'est l'usage et il est justifié. Le tirage...
— Les usages sont faits pour être changés. Et d'abord, elle est de combien, cette passe ?
— Douze pour cent.
— J'ai dû mal entendre.
— Douze est l'usage.
— 360 exemplaires sur 3 000 ! C'est de la folie ! Vous devriez changer d'imprimeur, le vôtre est nul. Ou bien c'est un voleur. Je suis sûre qu'il revend des livres en cachette. »

Il éclate de rire, pas gêné le moins du monde.

« Je ne crois pas, dit-il.
— Moi, j'en suis sûre.
— Je n'aimerais pas être en affaires avec vous, madame...
— Vous l'êtes. Mon mari ne daigne pas se préoccuper des questions vulgaires, comme les sous. Moi, si. La passe est de combien, en réalité ?
— Compte tenu de... des circonstances, nous pourrions peut-être transiger à huit.
— Quatre serait encore mieux.
— Sur cent mille exemplaires, c'est fort possible. Pas sur un tirage assez faible. »

... Elle ouvre la bouche pour dire (avec pas mal d'acidité) : « Rien ne vous empêche d'en tirer cent mille. » Mais elle se tait, parce qu'elle voit bien où ce genre de remarque l'entraînerait. Dans le meilleur des cas, Lucas lui répondrait qu'il n'est pas fou au point de mettre en vente cent mille exemplaires d'un livre d'un auteur inconnu, dont il attend, au mieux, deux mille de vente. « Si au moins Taddeuz l'avait signé Newman, son foutu livre, il aurait pu profiter de sa célébrité comme chroniqueur!... Et Lucas me dira aussi que si quelqu'un – moi évidemment – est prêt à lui garantir ses pertes, il veut bien tirer à un million... »

... Cela, c'est le premier degré de son raisonnement. Un centième de seconde plus tard, elle en forme un deuxième, ayant enfin pris en considération ce quelque chose dans l'œil de Lucas. Elle baisse la tête puis la relève, et considère le bureau sur lequel s'entassent des livres en quantités incroyables.

Elle demande :

« Vous saviez que j'allais venir, n'est-ce pas ?
– Oui, madame.
– Il vous avait prévenu ?
– Oui, madame.
– Si je vous proposais cent mille dollars pour lui faire croire qu'il a énormément vendu, vous accepteriez ? »

Il sourit.

Elle demande encore :

« Il vous a averti de ce que j'allais vous faire une proposition pareille ?
– Puis-je vous offrir du café ?
– Non, merci... Si, je veux bien, merci. »

Il va à un petit réchaud à alcool dans un coin et revient avec une chope de grès à demi pleine. S'assied près d'elle. Elle boit son café tout en l'examinant.

« Je me sens pas mal idiote, dit-elle enfin.
– Ce n'est vraiment pas l'impression que vous donnez », répond-il doucement.

Il la débarrasse de sa chope :

« Encore un peu ?
— Vraiment pas, merci. A être franche, c'est le plus mauvais café que j'aie bu depuis que je suis en Amérique. Mis à part celui que je fais moi-même. Y a-t-il d'autres questions qu'il a prévu que je vous poserais ? »

Il hésite.

« S'il vous plaît... dit-elle. Je préfère boire tout le poison d'un coup.
— D'après Tad, immédiatement après m'avoir offert deux ou trois cent mille dollars...
— Je ne me savais pas si fastueuse.
— J'arrondis peut-être les chiffres. En réalité, Tad ne pensait pas que vous iriez au-delà de vingt ou trente mille, cinquante à la rigueur, du moins pour son premier livre.
— Je vois. Et donc, immédiatement après ?
— Vous étiez censée me demander si je lui crois du talent. »

A nouveau, elle le fixe. Avec une féroce envie de lui casser sa cafetière sur la tête, quoiqu'il n'y soit pas pour grand-chose – « sans parler de ce que j'aurais envie de faire à mon très cher époux adoré! ».

« D'accord, dit-elle, je vous pose la question.
— Il a énormément de talent, dit Lucas avec calme. Il a à peine trente ans, c'est quasiment l'adolescence, pour un écrivain. Je suis dans l'édition depuis vingt-deux ans, jamais je n'ai vu un auteur donnant de telles promesses. Et je suis sincère.
— Vous avez parlé de défauts.
— Je ne suis même pas sûr que ce soient des défauts. Il n'écrira jamais comme Twain. Mais il y a de l'Henry James en lui, avec une sensualité, un humour et une imagination que James n'a jamais eus.
— Monsieur Lucas ?...

– Edward. Ou mieux encore Eddy. J'aime beaucoup votre mari, madame. C'est un homme exceptionnel. »

Elle ferme les yeux et les mots qui lui viennent sont exactement ceux qu'elle a jadis lancés à Mendel Visoker, dans des circonstances presque identiques :

« Je n'aurais pas aimé n'importe qui », dit-elle avec une extraordinaire fierté.

6

Nom d'un chien, je pleure!

ELLE ne saura jamais si Lucas a rapporté sa visite à Taddeuz, c'est contraire à la vraisemblance, mais elle ne le croira pas. Surtout qu'elle apprend à connaître l'éditeur, les années passant.

... Celui-ci a eu raison au moins sur un point : dans les dernières minutes de leur entretien, il avait prédit que *The Spiv* aurait les honneurs des critiques. Cela s'avère dans les semaines qui suivent, en septembre et octobre. Le livre provoque un concert de louanges. Sans doute le fait qu'il s'agisse de l'œuvre d'un confrère – l'identité de Nenski-Newman a été très vite percée – a-t-il joué un rôle. Mais la sincérité n'est pas exclue des comparaisons avec Henry James. Tant et si bien qu'elle, Hannah, finit par s'exaspérer : James est un vieux schnock qui n'a rien trouvé de mieux que de fuir les Etats-Unis pour aller se faire naturaliser anglais, sans doute parce qu'on ne lui faisait pas la part assez belle dans son pays natal. En quoi est-il si glorieux de lui ressembler? Elle a lu, ou mieux, elle s'est forcée à lire *Le Tour d'écrou*. Elle a trouvé ça d'un ennui mortel : « Taddeuz peut certainement mieux faire, et au moins il aura de vrais lecteurs, lui, pas des intellectuels de salon! »

Pour l'heure, plus simplement, elle goûte les

plaisirs d'être l'épouse d'un écrivain, « même s'il a gagné avec son livre à peine de quoi changer le moteur de la Mercedes, mais ça viendra, la queue du chat est bien venue sans qu'on la tire, comme dit Yvonne... ».

En somme, elle est assez gaie.

... D'autant que ses affaires à elle vont bien. Elle a ouvert Boston, à la suite d'une expédition qu'elle a conduite avec pour lieutenantes Jessie aux yeux bleus et Catherine Montblanc. Grâce à une intense préparation d'artillerie menée de main de maître – elle a rédigé elle-même les articles de réclame annonçant l'ouverture. A cette occasion, elle a inauguré une formule, pour le début de ses communiqués, dont elle ne s'écartera plus. *I, Hannah* – Moi, Hannah... On lui a maintes fois fait remarquer que cela avait un côté impérial, et à tout le moins immodeste.

Elle a répondu qu'elle s'en moquait complètement.

« Je suis peut-être prétentieuse. Encore que ça reste à prouver. Au fond de moi, je rigole, c'est l'essentiel. Mais ça me fait connaître et j'ai besoin d'être connue pour vendre mes crèmes. Si quelqu'un trouve mieux, qu'il m'écrive. Et le plus important est que ma prétention ne me pousse pas à commettre des erreurs. »

Quarante-huit autres femmes ont fait partie de l'expédition, dont trente-neuf Américaines bon teint. Le reste du contingent a été mobilisé en Europe par Jeanne Fougaril à Paris et Cecily Barton à Londres; presque toutes sont allemandes ou scandinaves. Les leçons de l'épouvantable tournée qu'Hannah avait dirigée pendant cinq mois n'ont pas été perdues : elle a investi énormément dans le costume, toutes celles qui l'accompagnent sont superbement habillées de toilettes venues de France. Le résultat est là : sous la férule d'Eleanor

Waldringham, sévèrement vêtue de noir et jouant les duègnes, la Brigade Rose a fort grand air, c'est saisissant, comment diable passerait-elle inaperçue ?

Pour elle, Hannah joue à fond le contraste, celui de sa petite taille au milieu de ces beautés qui la dépassent d'une tête, celui de son accent assez indéfinissable (il est en général français, par choix de sa part, mais elle a un accent dans toutes les langues qu'elle parle, de toute façon), celui enfin de son mystère. Si elle ne le savait déjà, elle n'a pas tardé à constater que sa vie passionnait les journalistes, surtout cette période entre le départ du shtetl et l'arrivée en Amérique. Elle en rajoute. Ses aventures, notamment australiennes, prennent chaque fois plus d'ampleur et de pittoresque. Elle a failli raconter que c'était elle qui avait tenté la traversée à pied du continent austral, d'ouest en est. Mais même à elle le mensonge a paru un peu gros. A sa surprise, du moins elle le soutiendra toujours, elle découvre que c'était finalement par amour (frustré, bien sûr) pour elle, qu'un très séduisant et romantique *Aussie* est mort, dans les grands déserts entre Brisbane et Perth, écrivant Hannah dans le sable, de ses pauvres doigts déjà raidis par une vie en train de le quitter.

« Pour être romantique, ça l'est. Et qu'est-ce que c'est bon pour mes ventes !... Sauf que si Mendel venait à lire ces articles, il traverserait le globe, lui, pour me flanquer une fessée ! »

A cette époque, elle n'a pas encore osé raconter à Lizzie l'histoire vraie de son frère, Quentin MacKenna le Mangeur d'Homme, qui a effectivement essayé – et peut-être y est-il parvenu – cette traversée démente, et qui en est mort.

Lizzie ignore même qu'elle a connu Quentin.

... En revanche, Hannah a tout dit à Taddeuz. Elle lui a décrit le personnage si étrange et si attachant qu'était le cadet des fils MacKenna, comment elle l'a connu et comment il est parti un jour, après qu'elle lui eut rapetassé sa chemise, à travers les étendues désertiques et inexplorées alors du continent australien, sans pratiquement le moindre espoir d'en ressortir vivant.

Elle a bien vu que Taddeuz en était tout fasciné.

Mais n'a pas imaginé une seconde l'usage que Taddeuz va faire de cette histoire.

Cela se passe à deux jours de Noël 1903. La veille, elle est rentrée de Boston. Où tout va très bien, le nouvel institut fait des débuts très honorables. A comparer les chiffres, et elle l'a fait cent fois, il est même en légère avance sur celui de New York, après un nombre égal de semaines d'exploitation. Certes il n'est pas encore bénéficiaire, il s'en faut, mais la mécanique est en route, bien plaisante à l'œil et surtout à l'esprit.

D'ailleurs, elle a déjà esquissé le mouton bleu de Boston. (Les moutons sont toujours bleus quand ils représentent des instituts, ils sont violets pour les boutiques, noirs pour les laboratoires, orange pour les écoles d'esthéticiennes, rouges pour les centres de formation des vendeuses, jaunes pour le système de ramassage des plantes et produits de base entrant dans la composition des crèmes, laits et parfums, à pois rouges pour le réseau de distribution, à carreaux noirs et blancs pour les comptes bancaires.)

Le mouton bleu de Boston, à ce jour, n'a encore ni patte ni queue. Juste une tête sur un corps frisotté très mignon. Il aura droit à un appendice caudal s'il est bien sage, quand il équilibrera ses comptes, « au printemps prochain si tout va bien », et disposera de pattes, ajoutées une à une, sitôt qu'il pourra marcher (on n'est pas plus logique), c'est-à-dire à partir du moment où il consentira à dégager des bénéfices : une patte par millier de dollars annuel. Si c'est un mouton vraiment très malin et bien gentil avec sa maman, il sera pourvu d'énormément de pattes, en quantité illimitée.

Le mouton bleu de Paris, par exemple, en est déjà à trente-trois pattes; celui de Londres est à peine moins phénoménal avec vingt-huit.

Hannah a dans son calepin secret quatorze moutons bleus, et trente-neuf moutons violets (les boutiques)...

... Trois orange, trois rouges, deux jaunes...

... Un seul à pois rouges...

... Dix-sept à carreaux (elle n'a pas trop confiance dans les banques et préfère répartir les risques, pour le cas où un banquier lèverait le pied avec ses sous).

... Deux moutons roses trois quarts. Les moutons roses sont le sommet de la hiérarchie. Des moutons aristocratiques inscrits au Jockey Club, en quelque sorte. A un million de dollars l'un, ils sont de loin les plus chers du monde. Ils sont snobs : Hannah leur mettra un adorable nœud papillon autour du cou.

Elle est seule au monde à comprendre son système comptable. Si elle en a un peu parlé à Junior Rockefeller, c'est à Polly Twhaites qu'elle a surtout tenté de l'expliquer. Il a craqué quand les moutons à carreaux sont entrés dans la conversation, c'était plus qu'il n'en pouvait supporter. D'autant qu'aucun mouton ne porte le moindre nom de ville ou de pays. Ils arborent des numéros, eux-mêmes attribués en fonction d'un code secret qu'elle garde pour elle :

« C'est pourtant simple, Polly...

– NON! Ça ne l'est pas du tout... »

... Et d'abord, il n'aime le mouton qu'avec des haricots.

On est à deux jours de Noël. Levée comme d'habitude à quatre heures trente, elle est allée marcher un peu, puis a consacré deux heures à étudier ses bilans. A petit déjeuné avec Taddeuz, mangeant comme une ogresse – au minimum trois œufs à la coque et souvent un steak. Elle a reçu les architectes venus lui présenter les plans du laboratoire qu'elle veut créer – mais elle ne sait pas encore où. Taddeuz s'est enfermé dans son propre bureau, où elle n'entre pratiquement jamais, ou alors en frappant à la porte. Elle s'est mise au volant de la Mercedes et a gagné Manhattan (pour les fêtes, ils se sont repliés sur la maison de Long Island). Elle a passé le reste de la matinée à l'institut, piquant une grosse colère parce que quelqu'un, la veille, a oublié d'éteindre les lampes, en partant. Déjeuné avec Lizzie et Catherine Montblanc, que son appétit a comme toujours ahurie : « Comment faites-vous pour ne pas grossir, Hannah? – Je n'en sais fichtre rien. Vous ne finissez pas votre baba au rhum? » L'après-midi, elle a passé en revue quatre jeunes femmes issues de l'école d'esthéticiennes de la 34e Rue, et en a choisi une pour le futur institut de San Francisco. Ensuite, passage à la boutique, dont les six vendeuses ont été pétrifiées par la terreur à sa seule vue (« quelles idiotes, je ne les ai seulement jamais frappées! »). A quatre heures, rendez-vous avec deux de ses avocats : elle n'est pas du tout satisfaite de la façon dont on vend sa crème de beauté dans certains grands magasins de Chicago (elle a reçu un rapport secret de trois de ses Furets) : on se sert trop de son nom, alors que le contrat spécifiait bien qu'elle ne devait apparaître que comme simple conseillère; non, elle n'aime pas trop les procès, mieux vaut transiger à l'amiable, mais qu'on mette en garde ces gens de l'Illinois; la prochaine fois, elle tire... Au volant de sa Mercedes (assis à sa droite, Gaffouil est préposé au stationnement), pilotant à une allure folle, elle fait acte de présence à une exposition, effectue deux ou trois courses, s'achète un nouveau chapeau – il est adorable – et des gants, repasse à l'institut pour y avoir les chiffres de la journée, téléphone à Boston pour savoir de même où l'on en est, fait expédier un câble à Paris, à Jeanne Fougaril, pour que celle-ci n'oublie pas – « comme si elle avait l'habitude d'oublier quelque chose! Je vais la jeter dans une de ces rages! Eh bien, tant mieux, ça fait circuler le sang et ça donne des cuisses roses... » – n'oublie pas d'ordonnancer l'acheminement de la production française destinée à l'Amérique. Elle a juste le temps de passer à l'appartement pour y recevoir les huit invités que Taddeuz accueille ce soir-là...

... Et à deux heures du matin, ramenant Yvonne et Gaffouil, rentre à Long Island.

... Elle commence sa lettre à Mendel, mais ne l'achève pas : Taddeuz la chatouille. Une semaine plus tôt, Eddy Lucas lui a fourni les chiffres sur presque trois mois, concernant *The Spiv* : 1432 exemplaires. Lucas a trouvé le chiffre bon, il s'attendait à pire : « Hannah, ce n'est qu'un premier livre, et je suis sûr qu'on en vendra encore dans vingt ans... » Elle n'a pas commenté ces résultats, selon elle catastrophiques. « C'est comme si je vendais cinquante pots de crème en tout, nous serions morts de faim depuis longtemps! » Sur Lucas, elle a fait prendre des renseignements. Pas seulement à son sujet d'ailleurs, elle a réclamé à ses Furets une enquête sur tous les éditeurs de quelque importance de la côte est. Lucas n'est pas parmi les éditeurs les plus importants mais sa réputation est excellente, rien ne permet d'affirmer que, dans une autre maison, Taddeuz eût connu un meilleur sort. *The Spiv* a été refusé par six directeurs littéraires, trois autres l'ont accepté. C'est Taddeuz lui-même qui a choisi Lucas, « il me l'avait dit ».

« Si tu te couchais? Il est tard. »

Il la prend dans ses bras et la couche.

Le lendemain est un samedi. Elle...

« Tu dors, Hannah? »

... Elle s'est certes éveillée à son heure habituelle mais n'a pas quitté le lit. Une heure au moins est passée, sinon davantage, sans qu'elle puisse se rendormir. Les premières lueurs de l'aube du 24 décembre semblent devoir percer l'entrebâillement des rideaux.

« Hannah, tu dors? »

Il chuchote. Elle est couchée en chien de fusil, lui tournant le dos, yeux grands ouverts, écarquillés.

« Tu ne dors pas », dit Taddeuz.

Il glisse une main sur sa hanche.

« Cafardeuse? »

« Si au moins j'étais capable de pleurer un peu! pense-t-elle. Comment donc est-ce que je suis faite? Un vrai monstre! » Lors du déjeuner qu'elle a fait la veille au restaurant du Waldorf Astoria, elles ont plaisanté, Lizzie, Catherine et elle. L'ex-Australienne, moins de dix mois après la naissance de son premier enfant, en attend déjà un deuxième qui, selon toute vraisemblance, naîtra fin avril, début mai.

« Ou bien tu es souffrante, dit Taddeuz. C'est assez difficile à croire, remarque... Qu'est-ce qu'il y a, Hannah?

– J'aimerais bien du café, si ça ne t'ennuie pas. Tu le fais bien mieux que moi.

– D'accord. »

Elle le sent qui s'écarte d'elle, l'entend sortir du

lit, passer une robe de chambre, ouvrir les portes. Elle se souvient de la lettre à Mendel, qu'elle n'a pas terminée et qui est simplement glissée dans un sous-main... Mais Taddeuz n'a pas pour habitude d'aller fouiller dans ses affaires, Dieu merci...

Il revient après quelques minutes. Elle n'a toujours pas bougé. Il s'assoit sur le lit près d'elle, après avoir posé le plateau sur la table de nuit croulante de livres.

« J'aimerais autant que tu ne me regardes pas », dit-elle doucement.

Dix secondes.

« D'accord », dit-il, toujours aussi calme.

Il fait le tour du lit et revient s'asseoir à sa place.

Elle dit alors :

« Je connais un foutu imbécile d'écrivain qui, lorsqu'il publie son premier livre, n'en parle à personne, et se contente de le déposer, un jour, sur le coin d'une table. J'aurais bien aimé faire pareil. Impossible. Même les écrivains imbéciles ont des yeux.

— Oh! mon Dieu! s'exclame Taddeuz.

— Je ne pouvais tout de même pas atteindre les deux cents et quelques jours qui restent et te le poser ensuite sur un coin de la table de la salle à manger.

— Hannah, mon amour...

— Je suis enceinte, dit-elle. Le tirage sera limité. Probablement à un seul exemplaire. Joyeux Noël!... »

Elle écarquille encore un peu les yeux :

« Nom d'un chien! pense-t-elle émerveillée, je pleure! »

7

Cette foutue année 1913...

LEUR premier fils, Adam, naît le 21 juin 1903.

Hannah s'est un tout petit peu trompée dans ses calculs, l'erreur est humaine : elle eût souhaité une naissance en août.

A la rigueur en juillet.

« Parce que juillet et août, sont la morte-saison des affaires.

— Tu as tiré un peu court, Hannah, lui dit Taddeuz hilare, mais lui baisant aussi le ventre avec des larmes dans les yeux.

— Ce n'est quand même pas ma faute s'il est né plus tôt que prévu. D'après le docteur Machin Chouette et ses copains, il n'aurait dû arriver que dans deux ou trois semaines... Mais ne me dis pas qu'il n'est pas superbe! Un peu ridé et rose, peut-être, c'est tout à fait toi quand tu es resté trop longtemps sous la douche. Il pèse cinq kilos deux cents et mesure cinquante centimètres. Un vrai géant, je me demande bien où j'ai pu le mettre. J'aurais eu le temps de le finir, il aurait ta taille et quatre-vingts kilos, et il aurait pu commencer ses études à Harvard dès la rentrée de septembre. Ne me dis surtout pas que tu es heureux, sale Polak! »

Elle a eu ses premières douleurs lors d'une conférence avec ses directeurs et directrices du monde entier – même Maggie MacGregor est venue de Sydney. Elle était sur le point d'ouvrir San Francisco et travaillait déjà sur les projets de Philadelphie et de La Nouvelle-Orléans.

Elle est de retour aux affaires neuf jours après son accouchement, ayant expliqué aux médecins qu'ils étaient des ânes.

Et Adam va ressembler à Taddeuz jusqu'à l'hallucination.

Jonathan, le deuxième, naît trois ans plus tard, le 2 septembre 1906, au Mount Sinai Hospital de New York. Son prénom est une conjonction heureuse de ceux de Jan Nenski, son père à lui, et de Nathan, son père à elle.

Il a naturellement les yeux bleus à sa naissance, mais vers le troisième mois la vérité éclate : le bleu vire très nettement au gris. Le gris des yeux d'Hannah, exactement le même. Les prunelles du cadet sont identiques à celles de sa mère, elles mangent pareillement le visage et sitôt qu'un autre regard les croise, elles ont cette acuité perçante, presque angoissante, qu'un Mendel Visoker reconnaîtrait entre des millions.

« Il a même mon foutu caractère ! »

Hannah exulte, quoique, assez peu maternelle en fait – elle ne le sera jamais et il lui faudra des années, presque une vie, pour remédier à cette carence.

... Mais tout se passe bel et bien comme si l'implacable programmation qu'elle avait établie était scrupuleusement respectée :

« Avec même une amélioration sur le coup précédent : à deux jours près, je frappais le mois d'août, en plein dans le mille. J'en ferais six, j'arriverais sûrement au 15 août à midi juste !

– Tu vas en faire six ?

— Ça m'étonnerait. Si vous croyez que c'est agréable ! Je ne parle pas de les faire. Ça, ça me plaît. Beaucoup même. Mais pour les faire sortir, ensuite !

— Tu me ferais presque rougir, morveuse. Tu es foutument mal élevée, tu sais...

— La seule personne au monde qui peut se vanter de m'avoir un peu élevée, c'est vous.

— Tout s'explique », dit Mendel Visoker.

Il arrive du Pérou. A moins que ce ne soit de Bolivie, il ne sait plus très bien lui-même. En tout cas, il y avait des montagnes et des lamas, de cela il est à peu près sûr. Il a quarante-huit ans et, hormis le petit grisonnement sur ses tempes et dans sa moustache, on dirait un jeune homme. Trois ans plus tôt, lors de la naissance d'Adam, prévenu on ne sait par qui, il a surgi à New York, faisant fichtrement sensation avec ses fourrures de trappeur du Grand Nord au beau milieu du salon principal de l'institut. Jessie, la directrice, l'a fait mettre dehors, croyant à un énergumène. Il n'a pas protesté ni dit qui il était. Il a attendu quatre heures la sortie d'Hannah, bavardant en polonais ou en italien avec les policiers effectuant leur ronde. Le même soir, après être parvenu à la calmer (elle voulait mettre Jessie à la porte, pour son manque de discernement), il s'est retrouvé à la même table que Junior Rockefeller et onze autres invités presque aussi prestigieux. Elle s'attendait à des réflexions acides, ou à de la gêne, et se tenait prête à égorger quiconque lui dirait du mal de son Mendel. Pas du tout. Il a fasciné tout le monde avec ses histoires de chercheur d'or au Klondike, ses villégiatures dans les bagnes sibériens, sa traversée du désert de Gobi puis de la Chine entière, ses vagabondages sur les sept mers, ses errances dans le monde entier, le fait, qu'il sache quinze ou vingt langues...

« Combien de pays avez-vous vus, Mendel?
- Comment le saurais-je?
- Vous n'avez qu'à les compter. »

Il hausse ses énormes épaules et répond qu'il n'en a rien à foutre.

Trois ans plus tôt toujours, après le dîner en question, lui et Taddeuz sont partis boire un verre. Ils sont rentrés trois jours plus tard, dans un état effroyable :

« Mais c'est vous qui portiez mon jules sur vos épaules...
- Ces jeunes, ça ne tient pas debout. Où en es-tu avec lui, morveuse?
- Je me demande bien en quoi ça vous regarde, dit-elle en s'esclaffant.
- Il y a combien de temps que je te connais?
- Ça doit faire dans les vingt-quatre ans.
- Ça fait vingt-quatre ans que j'ai envie de te flanquer une rouste. Où en es-tu avec lui?
- Je lui fais des enfants.
- Tu as pris le temps de réfléchir. A part ça?
- Ça va très bien.
- Tu le rends heureux?
- Vous ne devriez pas plutôt me demander s'il me rend heureuse? C'est moi, la faible femme. »

Il lui sourit de toutes ses dents si blanches :

« Toi, ça va, il suffit de te voir. Chez lui, on ne voit rien. Comment vont ses livres?
- Il en a publié trois.
- J'ai lu *The Spiv*.
- Ça vous a plu? »

Il la fixe, de son œil de chasseur de zibelines et de femmes :

« Oui. »

Silence, puis :

« Qu'est-ce qu'il a fait d'autre?
- Un gros livre sur un bonhomme surnommé

Jean des Bandes Noires, dans l'Italie des XVe et XVIe siècles. Vous connaissez les Médicis?

– Pas personnellement, répond Mendel narquois. Je serai passé en Italie sans les voir. Il a marché, son livre?

– Presque. Il s'en est vendu quatre mille et quelques exemplaires. A peu de chose près – un style un peu moins foisonnant, moins de documentation, moins de recherche psychologique et davantage d'action –, il aurait pu prétendre au triomphe du *Quo vadis?* de Sienkiewicz, prix Nobel de littérature un an plus tôt.

– Et le troisième?

– Pourquoi ne pas lui poser la question, à lui?

– Parce qu'il ne me répondra pas. Ou alors, il dira n'importe quoi en souriant. »

Elle pense : « Je ne suis donc pas la seule à éprouver ce sentiment, face à Taddeuz. Ça ne vient donc pas uniquement de moi... »

« Le troisième n'a pas marché du tout, dit-elle. Même pas mille exemplaires. Il était encore plus illisible que le premier. »

Il secoue la tête :

« Et tu aurais bien envie d'y mettre ton nez pointu, hein?

– J'ai promis de ne pas le faire.

– Ça vaudrait mieux. Pour lui et pour toi.

– Je sais. »

... Et un peu plus tard, il dit que non, en aucun cas, il ne restera à New York. Il va encore marcher un peu, par-ci, par-là; il voudrait bien aller faire un tour du côté de la Patagonie. Il ne sait pas bien où c'est, vers la Pampa argentine, dans ce coin-là, mais le nom le fait rire. Et puis il y a encore l'Afrique, qu'il ne connaît guère, à part Cape Town et Dakar, où il a autrefois fait escale. Les pays d'Arabie ne l'intéressent pas, on lui a dit que pour ce qui était des femmes accueillantes, c'était foutument le désert.

L'argent?

Il ricane : du côté de Santa Fe, au Nouveau-Mexique, il a monté une petite affaire de transports, plus un hôtel et un bar. Tout va très bien sans lui, là-bas. Il a investi sans trop savoir pourquoi. Peut-être parce que la blonde qui s'occupe de tout à sa place sait compter. Et puis il fallait bien le mettre quelque part, tout cet or d'Alaska.

... Mais oui, il a trouvé de l'or. Un gros tas. Par hasard, et sans le chercher, il n'y a rien de plus bête que ce métier de chercheur d'or : « Tu donnes un coup de pied à une montagne et tu prends des lingots sur la gueule... » Pourquoi il n'en a pas parlé plus tôt? Oh! pour l'importance que ça a...

... Cette fois encore, comme trois ans plus tôt, comme à chacune de leurs retrouvailles, avec cette complicité entre eux qui la comble, lui et Taddeuz tirent une bordée mémorable.

Taddeuz rentrant seul, évidemment :

« Tu le connais, Hannah, il n'aime pas dire adieu. »

Elle a ouvert son laboratoire dans l'Etat de New York en fin de compte, et presque à New York même. En fait au-delà du quartier de Yonkers, dans un endroit désert appelé New Rochelle, en pleine nature. Elle n'a pas loué mais a fait construire un bâtiment de mille mètres carrés, bien enfoui sous les arbres, qui ressemble plus à un hôtel qu'à un lieu consacré à la recherche. Lors de l'un de ses voyages en Europe, elle est allée revoir Marie Curie; dans le passé, la savante ci-devant polonaise lui avait déjà trouvé Juliette Mann, qui dirige à présent le laboratoire de Paris. Peut-être pourrait-elle encore lui indiquer quelqu'un, une femme par préférence, pour remplir les mêmes fonctions en Amérique ?

Non. Marie Curie ne voit vraiment pas.

... En fin de compte, c'est par hasard, et à New York même, que Hannah a trouvé ce qu'elle cherchait : une Irlandaise que la police de Sa Gracieuse Majesté a quelques raisons de vouloir aussi : Kathleen O'Shea (son père était chimiste et elle a fait les mêmes études) est une remarquable spécialiste des bombes en tout genre. Kate n'a pas sauté – ... d'enthousiasme – au cours de la première rencontre. Sa première réponse est fracassante :

« J'ai mieux à faire que m'occuper de vos saloperies de crèmes ! »

« Saloperies » a tinté délicieusement aux oreilles d'Hannah : « Elle parle aussi mal que moi, nous sommes faites pour nous entendre ! »

« Pas mal de gens peuvent fabriquer des bombes, Kate...

– Ne dites pas n'importe quoi, espèce de demeurée ! »

(L'Irlandaise explose facilement.)

« ... tandis que le travail que je vous propose, si vous ne l'acceptez pas, devra être confié à un homme. Et puis, tout l'argent que vous gagnerez pourra aller à la cause... »

Physiquement, Kate est aussi aguichante qu'un baril de poudre, dont elle a à peu près l'allure. Elle va dire oui, elle dit oui, sous condition qu'une fois l'an elle puisse prendre des vacances. Probablement pour aller provoquer quelques déflagrations chez les Maudits Anglais. Et peut-être va-t-elle aussi, dans quelque recoin du laboratoire de New Rochelle, expérimenter quelque explosif anglicide de son cru.

... Mais après tout chacun est libre d'organiser ses loisirs comme il l'entend.

Avant le laboratoire et après celui-ci, outre San Francisco, elle a ouvert Philadelphie et Chicago, La Nouvelle-Orléans, Toronto et Montréal. Portant à huit le nombre de ses instituts sur le sol américain. Elle a davantage développé les boutiques, pour lesquelles l'investissement est bien moindre et dont la formule est plus souple : dix-huit en tout. De ses écoles de vendeuses et d'esthéticiennes, dirigées par Catherine Montblanc (celle-ci est en outre responsable de la coordination générale et de la liaison avec l'Europe), sort désormais tous les six mois une promotion de jeunes femmes ou jeunes filles dûment formées.

C'est trop, au vu de ses besoins réels.

Mais elle reprend une suggestion de l'intelligente Catherine et entame les négociations avec les grands magasins, dans une concentration assez ahurissante d'avocats. C'est que le contrat de dix ans approche de son terme, et les marchands, sollicités, ne veulent plus entendre parler d'une exclusivité comme celle qu'ils lui ont accordée autrefois, au temps où elle était à peu près seule sur le marché.

L'équipe de Polly Twhaites finit par arracher un accord, au terme de discussions de quatre mois : les écoles d'Hannah fourniront aux grands magasins le personnel qualifié pour tenir le rayon dit des spécialités féminines...

« Mais nous avons obtenu ce que vous vouliez en échange, Hannah : ils vous rétrocèdent un quart de leurs bénéfices sur les rayons considérés, pendant cinq ans, ensuite dix pour cent seulement...

– Mes écoles rapportent, non ? a clamé joyeusement Catherine. Et l'un des autres avantages de cette formule est que les filles que nous avons formées nous seront fidèles, dans leur majorité :

entre tes produits et les autres, elles sauront faire le bon choix... Et donner des conseils intelligents...

– Je t'ai augmentée récemment, Montblanc?

– Ça fait tout de même plus d'un an.

– Alors, ça peut attendre. Je ne vais quand même pas te gaver. »

Elle a dessiné cinq moutons roses, et l'arrière-train d'un sixième.

Elle se rendra six fois en Europe et en 1908, treize ans après en être partie, poussera jusqu'en Australie et en Nouvelle-Zélande. Mais cette fois Taddeuz l'accompagne et tout en est changé...

... Mais avant cela, il y a ces six mois qu'ils passent d'affilée à Paris, Taddeuz et elle, dans un hôtel particulier qu'elle a loué rue d'Assas, face au jardin du Luxembourg.

Ils achètent une bonne vingtaine de toiles de peintres, dont quatre de Derain et cinq de Vlaminck. Avec ces derniers, pour rire, ils disputent un championnat de bâfre, il n'y a pas d'autre mot. Suite à un pari qu'elle a fait avec les deux hommes, cela se passe au restaurant les Vigourelles, sur le boulevard Raspail : il s'agit de commander et surtout de manger les plats de la carte, en commençant par les hors-d'œuvre pour aller jusqu'au dessert – et on recommence par le début. Le premier à lâcher prise sera le payeur. Elle perd, évidemment. (Vlaminck, quant à lui, parcourt une carte trois quarts, le plus écœurant étant la séquence profiteroles au chocolat, suivies de harengs marinés...)

Elle perd et paie mais il lui faut ensuite s'aliter, après l'absorption de dix-neuf hors-d'œuvre, de trois poissons et de quatre viandes, plus les légumes...

« Je n'allais tout de même pas caler tout de suite.

— Essaie de vomir », conseille Taddeuz lui-même un tantinet ballonné.

Pendant le même séjour, elle veut un jour se rendre à Bagatelle, pour y voir voler Santos-Dumont...

« Rends-toi compte, Taddeuz, si un jour on pouvait aller en aéroplane d'Irlande en Amérique! Moi qui ai tellement horreur de ces foutus bateaux! »

A Bagatelle, Santos-Dumont tente d'établir un record du monde de distance. Quelques semaines plus tôt, il a parcouru – en l'air – 63 mètres. Ce jour-là, il fait infiniment mieux : 220 mètres. Il est resté dans l'atmosphère pendant 21 secondes 1/5 (la mesure est des plus précises : un militaire a cassé des assiettes en les jetant par terre, à raison d'une assiette à la seconde, tout le temps du vol). Il a réussi à propulser son avion à plus de 41 kilomètres à l'heure, d'après les calculs qu'elle fait.

« Je crois quand même qu'il vaut mieux prendre le bateau, pour rentrer à New York, dit Taddeuz.

— C'est malin! »

Taddeuz a cessé d'écrire. Des romans tout au moins; il continue d'assurer ses chroniques, dans le *New York Times* notamment, et ses très sarcastiques commentaires sur la vie parisienne, transmis par télégraphe, font la joie de ses lecteurs américains. Mais autant qu'elle le sache – et au vrai elle n'en sait trop rien – il n'a rien en cours qui puisse satisfaire Eddy Lucas. Lequel s'en désespère. Lui aussi est venu à Paris (comme d'ailleurs Lizzie et Maryan), il a passé deux semaines dans l'hôtel particulier de la rue d'Assas. Il n'a pas réussi à arracher à son auteur le moindre mot utile.

« Vous le connaissez mieux que moi, Hannah. Il vous sourit et, avec toute la courtoisie du monde, vous envoie en réalité au diable. Il est inaccessible. Je crois qu'il finira par s'y remettre, toutefois. C'est un romancier-né, il ne pourra jamais se passer longtemps d'écrire. Il écrira. Reste à savoir quand et quoi. Et tout ce que nous pourrions faire pour le pousser serait un remède pire que le mal... »

Comment pouvais-je en parler à quelqu'un, Lizzie? On m'aurait prise pour une folle. Même toi, qui d'ailleurs étais pas mal occupée à faire des enfants, à la cadence frénétique d'une poule pondeuse. Combien en avais-tu, déjà, dans les années 1906-1908? Huit? Six seulement... Ce n'était pas si mal, en sept ans de mariage... Je ne pouvais en parler à personne. Ou alors avec Mendel, mais lui avait compris, nous nous étions tout dit dans un regard... Taddeuz n'était pas... il n'y avait qu'avec les autres qu'il était calme, amical, attentif, courtois, merveilleusement normal d'apparence; ceux qui ne l'avaient jamais rencontré pouvaient effectivement croire qu'il était une sorte de prince consort, voire de gigolo pour tout dire, vivant de la fortune de sa femme – même s'il gagnait bien assez pour vivre par lui-même, avec ses chroniques; seulement, quand ces mêmes foutus idiots faisaient sa connaissance, ils étaient bien obligés de se rendre à l'évidence : il avait du charme, même aux yeux autres que les miens, il était intelligent comme le diable, il savait un milliard de choses que la plupart ignoraient, moi la première, il avait de l'humour. On l'aimait, impossible de faire autrement. On l'aimait bien plus qu'on ne m'a jamais aimée, moi, la petite Juive avide. Pour un peu, on en serait venu à le plaindre de m'avoir épousée. Je suis sûre qu'on a dû souvent dire : « Il vaut mieux qu'elle »... Mais non bien sûr, je ne parle pas de toi, ni de Maryan, ni de Polly ou d'autres...

... Mais il y en a eu pas mal...

... et avec moi, Lizzie. Avec moi quand nous étions seuls... Oh! mon Dieu. Aucun homme n'aurait pu être comme lui. Il était tout ce dont j'avais rêvé depuis le jour où j'ai ouvert les yeux au monde. Ne pleure pas, Lizzie, s'il te plaît, ne pleure pas, arrête, pourquoi crois-tu que j'ai éteint la lumière? Je n'ai pas trop envie que tu voies mon visage, en ce moment... Mais il faut bien que je le dise à quelqu'un, après tant et tant d'années, je ne vais quand même pas mourir sans en avoir parlé... Il était doux et gai, il contournait mes foutues colères et les enveloppait, et chaque fois je me retrouvais à rire sans comprendre comment il avait fait... Et cette tendresse constante... Nous nous sommes follement amusés ensemble, pendant des années; je commençais une phrase et il la finissait, il lisait dans mes pensées, avec ce regard amusé, si gentiment amusé qu'il pouvait avoir, comme s'excusant d'avoir été si perspicace. Et comme amant...

Je ne parle pas pour le plaisir de te choquer. Pas ce soir...

Ça compte énormément, ces choses...

J'aurais pu m'en satisfaire, Lizzie. Ne pas voir, ne pas chercher à voir ce qu'il y avait sous les apparences. Faire semblant d'ignorer qu'à l'intérieur de lui-même il y avait un enfer. Parce qu'il était né ainsi, avec ce besoin d'auto-destruction et de se haïr, de se tourner lui-même en dérision. Peut-être d'ailleurs que je ne l'aurais pas aimé, s'il avait été autre, je suis moi-même pas mal compliquée...

Seulement, j'ai vu, je savais. Pas en permanence. A certaines périodes, je me disais que j'avais trop d'imagination, et trop d'angoisses, que je me faisais des idées, comme on dit. Sauf que je n'étais pas la seule à le voir : quand Eddy Lucas me disait de Taddeuz qu'il était inaccessible, il raisonnait comme moi, au fond. Et Mendel, lui, savait depuis toujours, il a dû le savoir avant moi, je l'ai lu dans ses yeux...

Et qu'est-ce que je pouvais, qu'est-ce que j'aurais pu faire? Nom d'un chien, qu'est-ce que j'aurais pu faire en plus de ce que j'ai fait? A part me séparer de lui mais j'aurais préféré crever...

Oh! cette foutue année 1913!

1908 est donc l'année où ils se rendent en Australie ensemble.

Elle repasse par Melbourne, Sydney et Brisbane, sur ses propres traces à treize années de distance, elle retrouve par dizaines les témoins de son premier séjour, les MacKenna bien sûr, mais aussi Dinah Watts, et les deux frères Rutge qui, miracle, sont encore vivants, au contraire de son cher M. Soames, le botaniste, et encore tout le personnel de ses établissements, dont bien évidemment ses directrices, et les Fournac, Régis et Anne, et tant d'autres.

Ils poussent jusqu'à Cobar et ses mines, vont même plus avant sur les rives de la Darling puis, lors d'une autre incursion partie cette fois de Perth, retrouvent l'endroit approximatif où Mendel et Simon Clancy ont cru découvrir le squelette d'un homme – Quentin MacKenna – qui aurait donc franchi à pied tout le continent austral, seul sauf si l'on tient pour des compagnons une poignée d'aborigènes à jamais disparus eux aussi.

« Quentin MacKenna le Mangeur d'Homme, *Man Eater*... Tu l'as aimé, Hannah ?

– Comme un grand frère. Après toi et Mendel, il a été l'un des hommes de ma vie.

– Merci de me placer en tête de liste.

– Tu y as toujours été et tu le sais. Tu étais hors concours, Taddeuz. Tu l'es encore et le seras toujours. »

Il lui prend le visage entre ses mains immenses :

« Hannah, oh ! Hannah. »

Elle a tout fait pour qu'il ait de l'Australie – « A croire que j'en suis propriétaire et que je cherche à la vendre ! » – la vue la plus complète et la plus charmeuse :

« C'est stupéfiant quand on y pense. Tu n'aurais pas existé, je serais peut-être restée ici toute ma vie. Je ne suis rentrée en Europe que pour toi. »

Elle se met à chanter *Waltzing Mathilda*, pour lui démontrer à quel point elle eût pu être australienne, mais en riant il la fait taire : elle chante horriblement faux, la chose n'est pas neuve.

Ils passent huit jours sur les immenses plages désertes de la Grande Barrière de Corail, rentrent par la Nouvelle-Zélande, les Touamotou, Yokohama et Honolulu.

Elle a abandonné tout espoir d'un troisième enfant. Ça la contrarie énormément et bien plus que cela, ça la vexe. Elle avait prévu trois enfants, pas deux. « Ce n'est pourtant pas faute d'avoir essayé, je vais finir par me faire un procès à moi-même, en me réclamant des dommages et intérêts !... Sauf que ce n'est pas drôle. Je voulais une fille. Dieu seul sait pourquoi d'ailleurs, je ne suis pas si sûre que ce soit une bonne idée. Pour peu qu'elle me ressemble et soit seulement à moitié aussi emmerdante que moi, mieux vaudrait qu'elle ne voie jamais le jour, d'accord. Mais j'aurais préféré avoir le choix. Quitte à la noyer, si besoin était. »

... D'autant que Lizzie fait vraiment tout pour l'agacer : avec, comme qui dirait, de la nonchalance, elle vient de mettre en route son septième.

« Tu le fais exprès ou quoi ? Tu m'énerves, l'Autruche. De quoi j'ai l'air, moi, avec seulement deux coups au but ?

– Tu ponds des instituts, ça compense. »

Parlant d'instituts, elle en est à vingt-cinq moutons bleus. Plus quarante-neuf violets. Elle commence à lorgner sur les colonies et l'Amérique latine. Et l'Asie. Elle hésite entre Mexico et Bombay. Sans parler de Saint-Pétersbourg où il faudra bien qu'elle aille. Mais se rendre chez les Russes ne l'enthousiasme guère, malgré l'insistance de Jeanne Fougaril qui connaît tout plein d'archiducs. Elle, Hannah, garde un souvenir plus que désagréable de son propre séjour chez le tsar, au temps où elle était allée y plaider en pleurant la cause d'un certain Mendel Visoker, condamné au bagne sibérien et qui, dans l'intervalle, avait jugé malin de s'enfuir tout seul, à pied, sur une quantité anormale de milliers de kilomètres.

... Non, elle va attendre un peu, pour s'occuper des dames popoff.

Elle compte ses sous. Sa fortune augmente. Oh ! pas de façon spectaculaire : dans les sept ou huit cent mille dollars l'an, bon an, mal an. Pourquoi se plaindre ?

Elle a dessiné six moutons roses et demi, tout de même.

Taddeuz se remet à écrire au début de 1909. Elle ignore pourquoi et comment. Il ne lui dit rien, bien entendu, mais elle le connaît un peu trop bien pour ne pas s'en rendre compte aussitôt. Ainsi de cette gaieté très sautillante qui lui vient tout à coup, le soir, au sortir de son bureau où il est resté cloîtré huit ou dix heures de rang, ne montrant son nez que pour manger, l'œil éteint; ou bien en revenant de son appartement personnel dans Sullivan Street à Greenwich Village. Quand il est pareillement de bonne humeur, aucun doute, c'est qu'il est raisonnablement content de ce qu'il a écrit.

... « Et en plus il me culbute, ce voyou! Crac, je passe à la casserole! Même s'il n'a jamais tellement besoin de circonstances extérieures pour le pousser à y penser, ça aide... »

Mais il écrit et elle sait assez que cela le calme, peut-être même le rend heureux. Dans *The Spiv*, il faisait dire à l'un de ses personnages : « A écrire, je me sens encore presque vivant, et pas trop angoissé de l'être... »

Maryan se rend de plus en plus souvent en Californie. Pas à San Francisco mais dans le sud, où personne ne va jamais. Deux ou trois fois, Lizzie l'a accompagné, bien qu'elle n'aime pas se séparer de sa marmaille :

« Ne me demande pas ce qu'il fait là-bas, Hannah. Il arpente des collines avec un machin, ce truc qui sert à mesurer les hectomètres. Tu le connais : quand il s'agit de ses affaires, il est aussi communicatif qu'un ouvre-boîtes. Ceci dit, le pays n'est pas mal du tout, il y fait bon. C'est un vrai bled, remarque. Le coin s'appelle Los Angeles. Joli nom, non? »

... Hannah a quelques idées sur le sujet. Pas sur Los Angeles dont le nom lui est à peu près inconnu, mais sur ce qui peut attirer Maryan Kaden dans cet endroit perdu. L'année précédente – ou était-ce il y a deux ans? – elle lui a demandé où il en était de son vieux projet de monter une affaire avec Thomas Edison. Maryan s'est dandiné :

« J'ai rompu toute négociation avec Edison, Hannah.

– Tu voulais faire du cinématographe, c'est ça?

– Pas en faire : en faire faire.

– Et Edison est trop gourmand?

– Il n'est pas gourmand : il veut tout. »

Elle a éclaté de rire, au souvenir de sa propre rencontre avec l'inventeur.

« Mais tu vas tout de même insister, n'est-ce pas, Maryan?

– Je ne sais pas. Cela dépendra des circonstances. »

Impossible de lui soutirer le moindre détail supplémentaire. Comme père et chef de famille, comme époux, il est parfait. Sans l'autorité joyeuse de Lizzie, lui et ses sept enfants (score en cours) mettraient la maison de Long Island à feu et à sang. Une fois, pour imiter ses fils aînés, il s'est lui aussi peint en rouge pour faire le Sioux. Résultat : il est allé huit jours durant à Wall Street avec un extraordinaire teint d'écrevisse passée au courtbouillon.

Imperturbable.

Etrange métamorphose d'un homme par ailleurs travailleur forcené et d'un sérieux mortel en affaires.

« J'adore ce crétin », dit Lizzie.

Deux passages de Mendel, en 1908 et 1910. Il est allé faire un tour en Afrique, pour changer...

– Un continent très intéressant : les dames africaines ont des fesses extraordinaires, fuselées et drues, on dirait...

– Mendel! Vous parlez à une dame!

– Où ça? Je n'en vois aucune ici. Si tu es une dame, alors moi, je suis Oscar Wilde. Comment ça va, morveuse? »

En 1911, pensant lui faire une surprise, Taddeuz et elle font un crochet par Santa Fe, Nouveau-Mexique. Ils en sont pour leurs frais : le bar-restaurant-hôtel lui appartient bien, ainsi qu'un ranch de cinq mille têtes sur les bords du rio Grande, à une trentaine de kilomètres au nord-ouest...

« Mais il n'y sera pas non plus, avertit la blonde fort voluptueuse qui règne en l'absence de Mendel. Soit il est au Tibet, soit il est avec Earp.

– Quel Earp?

– Wyatt Earp, l'ancien *marshall*, qui d'autre? Celui du règlement de comptes à l'OK Corral de Tombstone[1]. »

Il paraît, à en croire la blonde voluptueuse, que Mendel et Earp sont des amis, malgré leur différence d'âge. Voici deux mois, une lettre est arrivée de Los Angeles. De Earp. Mendel est parti aussitôt :

« Tous les prétextes lui sont bons, de toute façon.

– Seriez-vous sa femme? » demande Taddeuz.

La blonde voluptueuse ricane, ou plus exactement hennit avec fureur : elle est mariée à Mendel

---

[1]. Wyatt Earp, partie prenante avec Doc Holliday et les Clanton de la bataille rangée de l'OK Corral de Tombstone, Arizona, est mort le dimanche 13 janvier 1919 à Los Angeles, à quatre-vingt-un ans. Il a été enterré au cimetière juif de Colma, près de San Francisco.

à peu près autant que quinze cents autres idiotes comme elle :

« Ce type est un vrai danger public pour les femmes de ce continent.

– Des autres continents aussi », corrige Hannah, morte de rire mais aussi convulsée d'orgueil.

Ils sont arrivés à Santa Fe en voiture, à bord de leur nouvelle acquisition, une Rolls-Royce *Silver Ghost* d'une fascinante beauté. Pour regagner New York, ils l'embarquent sur le train. Gaffouil et Yvonne sont comme toujours du voyage. Ils sont mariés.

Elle, Hannah, croit alors que sa vie est finie. Non pas finie au sens où elle va cesser de vivre (« le jour où j'aurai envie de mourir, j'aviserai qui de droit. Pour l'instant, ça peut attendre un siècle »), mais finie dans la mesure où, en somme, elle a atteint tous les objectifs qu'elle s'était fixés.

« A un enfant près, je n'en ai eu que deux... »

A l'orée de 1913, elle a réussi professionnellement, il ne lui reste plus qu'à perfectionner et passer le balai dans les coins; elle est mariée à Taddeuz depuis treize ans, cela s'est merveilleusement passé, il ne s'est pas écoulé un jour, une minute, il n'y a pas un mot qu'elle regrette. « Et lui, il écrit; son dernier livre n'a évidemment pas été un triomphe mais les critiques ont une nouvelle fois été dithyrambiques – peut-être qu'après tout il faut choisir, entre être apprécié des critiques et avoir de vrais lecteurs. Il en souffre, dans tous les cas, mais, comment dire? pas plus que d'habitude. D'ailleurs, tôt ou tard, ça finira par se savoir qu'il a du génie. Aucun doute... »

« Je t'aime. »

Il la prend dans ses bras.

Ce printemps-là, rentrant d'Europe une nouvelle fois, ils repartent ensemble pour la Californie.

... printemps de 1913, première des années noires.

LIVRE II

8

Embrasse-moi, morveuse...

LE télégramme arrive le 19 mai 1913, vers six heures trente du matin, à la maison de Long Island. Celle-ci est déserte, ou peu s'en faut, il ne s'y trouve qu'un couple de gardiens s'occupant du jardin et des chiens : six jours plus tôt, laissant Adam qui a presque dix ans et Jonathan qui en a six à la garde des Kaden et de la gouvernante Charlotte O'Malley, Hannah et Taddeuz sont partis pour la Californie.

Les gardiens sont des Polonais émigrés depuis peu aux Etats-Unis, où ils n'ont été admis qu'à peine quatre mois plus tôt; leur connaissance de l'anglais est assez fragmentaire, l'heure matinale les fait hésiter, l'usage du téléphone ne leur est pas familier. Ils perdent une heure au moins avant de se décider à faire quelque chose, en l'occurrence se rendre chez les Kaden, de l'autre côté de l'étang.

Lizzie dort encore d'aussi bonne heure, seul Maryan est déjà au travail, depuis une heure, dans son bureau du rez-de-chaussée (on est un dimanche).

... Le gardien polonais n'a malheureusement pas pensé à apporter le télégramme avec lui. Pour plus de sûreté il l'a laissé, comme la maison, sous la surveillance de sa femme. Maryan se résout à prendre sa voiture, d'abord sans précipitation particulière. De son lit du premier étage, Lizzie l'entend partir et se demande bien où il va. Elle l'entend revenir et le crissement inhabituel des pneus dans le virage d'entrée lui fait comprendre que quelque chose ne va pas. Elle passe un déshabillé et descend, voit Maryan surgir, le visage d'un blanc de craie. Il dit simplement :

« Mendel. »

L'endroit s'appelle Keota. C'est en Oklahoma, dans la partie est de l'Etat près de la frontière de l'Arkansas, au fond de l'une des multiples criques du Robert Kerr Lake. A peine une ville, pas plus de mille habitants. Hannah et Taddeuz y parviennent le mardi 21, peu après huit heures du matin, au terme d'une folle ruée au départ de Los Angeles. Hannah a dû louer un train spécial, faute de service régulier suffisamment rapide et, de la petite agglomération d'Oklahoma City créée une vingtaine d'années plus tôt, Taddeuz a conduit comme un diable au volant de la voiture la plus rapide qu'on ait pu trouver.

Maryan les attend au point de rendez-vous fixé par téléphone.

« Ne me dis surtout pas qu'il est mort, lui dit Hannah avec une véritable sauvagerie dans le ton.

– Il ne l'est pas. Il devrait normalement l'être, mais il ne l'est pas.

– Pourquoi ne l'a-t-on pas transporté dans un hôpital ?

– Il n'est pas transportable. Et surtout il ne veut pas être transporté. »

Il y a là une douzaine de personnes dont les trois médecins que Maryan a fait venir; un de New York (il l'a amené avec lui, c'est un chirurgien du Mount Sinai Hospital), un de Fort Smith en Arkansas, un troisième de Saint Louis, Missouri. Les autres sont des habitants du lieu, grands diables efflanqués et pas mal crasseux, descendus des monts Ozarks, en chemise à carreaux et pantalon à bretelles, coiffés de chapeau de paille et mâchonnant quelque chose. La chaleur du printemps précoce est déjà forte. Le groupe s'entrouvre à l'approche d'Hannah, de Taddeuz et de Maryan : « et nous avançons tous trois, la Pologne en tête, vers un autre Polonais qui va mourir au fin fond de l'Amérique », pense Hannah avec une épouvantable tristesse glacée.

La voiture a dû stopper faute de tout chemin carrossable, il a fallu poursuivre à pied au travers des chênes, des noyers et des ormes. On parvient à la cabane. Elle se trouve, cette cabane, sur une langue de terre et à la corne d'un bois, au cœur d'une fabuleuse explosion de fleurs, celles au rose magenta des arbres de Judée.

« Il habitait là ?

– S'il habitait quelque part, Hannah. »

Elle entre dans la cabane où sont deux femmes, Lizzie et une jeune Indienne très belle, qui peut avoir quinze ou seize ans.

« Emmène-la, Lizzie, s'il te plaît. Laisse-moi seule avec lui. »

« Ne touche pas à ce garçon, Hannah. Il avait juste un peu trop bu.

– Je vais le faire pendre et plutôt deux fois qu'une, dit-elle, dents serrées avec une incroyable fureur haineuse. Quitte à le pendre moi-même...

– Justement pas. »

On l'a mis nu dans l'espoir de le nettoyer ou de tenter quelque chose sur cette horrible plaie qu'est son abdomen, à l'endroit où les deux cartouches chargées à plein de chevrotines lui ont été tirées à bout portant. Et puis, en désespoir de cause, on s'est contenté de poser des emplâtres et de le bander. Le bas de son corps est sous une couverture indienne violemment bariolée, la partie supérieure de son torse est nue, révélant la sidérante largeur des épaules et le très dense et très impressionnant réseau des muscles.

« Hannah ? Je veux ta parole.
— Non !
— Tu as quel âge ?
— Trente-huit ans.
— J'en ai cinquante-cinq, ça fait juste trente et un ans qu'on se connaît, c'est bien ce qu'il me semblait. De deux choses l'une, petite, ou tu renonces à t'acharner sur ce gamin ou je t'en veux pour l'éternité. S'il y en a une. J'espère bien que non : c'est déjà assez long de vivre, s'ils nous ajoutent encore du temps supplémentaire, surtout éternel, on n'en sort plus.
— Ne parlez pas trop.
— Et puis quoi encore ? Je t'ai attendue pour m'endormir mais je commence à avoir foutument sommeil. Je te dirais bien que tu es la seule femme que j'aie jamais aimée, mais si ça doit te faire pleurnicher, mieux vaut que je ferme ma grande gueule.
— Je ne vais pas pleurnicher.
— D'accord. Tu es la seule femme que j'aie jamais aimée, et de loin.
— Je ne pleurniche pas, vous voyez. »

Elle pleure à chaudes larmes, sans un sanglot audible.

Il parvient à hocher la tête et à sourire :
« Très bien, dit-il. Je voyais tes yeux de hibou, quand je marchais en Sibérie. Ils m'éclairaient la route. »

Il ferme les yeux mais les rouvre aussitôt, avec un très petit sursaut, luttant contre le sommeil qui l'emporte. Il a raison : cela fait juste trente et un ans, à un mois ou deux près. Et il y avait de même un très grand soleil, il faisait pareillement très chaud quand ils ont surgi, son *brouski* et lui. « Il est entré dans ma vie et en sort en pleine chaleur d'été, lui qui aimait tant le froid. » Et elle a beau lutter, elle ne parvient pas à se défaire de ce sentiment qu'il la trahit et l'abandonne, en mourant comme il le fait.

« Hannah, je suis plutôt content de ma vie, dans l'ensemble. J'ai marché autant que j'ai voulu. Ces derniers temps, j'avais un peu de fatigue, j'en étais à tirer la jambe. Ce morpion avec son fusil a fait le nécessaire, tu vas donc lui foutre la paix. Je ne t'ai jamais rien demandé, jamais, mais ce coup-ci, je te le demande.

– Je vais lui faire avoir une médaille.

– N'essaie pas le sarcasme avec moi, sale morveuse. Tu fais ce que je te dis, un point c'est tout. Pour une fois dans ta vie, tu obéis. D'accord ?

– D'accord.

– Autre chose : la Cherokee qui était là tout à l'heure. Elle sait lire et écrire, en plus d'être très câline dans l'amour.

– Je m'occuperai d'elle.

– Merci. Quoi d'autre ? Ah ! oui, le marché aux fleurs de Nice. Ce jour-là ou le lendemain, quand nous avons parlé entre hommes, il m'a dit qu'il t'aimait au-delà de tout, à en crever. Je lui ai expliqué que s'il me mentait je lui casserais le cou, mais je n'y croyais pas moi-même : il était sincère, ça se voyait à des kilomètres. Il te fait toujours bien l'amour, Hannah ?

– Mieux encore que dans mes rêves. Mais il vous a dit autre chose.

– ... Et vous tenez ensemble depuis treize ans, tous les deux... Je n'aurais pas parié un kopeck là-dessus. Comme quoi on peut se tromper, tout Mendel qu'on soit...

– Il vous a dit autre chose.
– Qui ne regarde que lui. Il t'en parlera s'il le veut. Le sommeil me gagne, Hannah. »

Il referme les yeux et sa main droite laisse échapper le colt Peacemaker à long canon dont il s'est servi pour empêcher qu'on le transporte. Elle le croit déjà mort...

« Embrasse-moi, morveuse. Comme si tu m'aimais d'amour. »

A pleine bouche, comme cette unique fois à Vienne, avant qu'il ne quitte l'Europe :

« Oh! Mendel. Mendel, Mendel, Mendel... »

Il sourit.

Il sourit, paupières irrémédiablement closes :

« Si je ne suis plus là à mon réveil, ne m'en veux pas, Hannah... »

Plus rien après cela, à part les cris réguliers des trois ou quatre oiseaux moqueurs perchés dans les arbres de Judée. Vient le moment où tout mouvement cesse dans le poitrail gigantesque. Elle s'effondre alors seulement, tête en avant, et c'est Taddeuz qui l'emporte, l'ayant cueillie au vol.

Au travers des barreaux de la prison, elle découvre une espèce d'avorton aux cheveux paille, apeuré, visage tuméfié par les coups qu'il a reçus après avoir tiré :

« Et c'est *ça* qui aurait tué Mendel? »

« Il y avait de l'agitation en ville, explique le *marshall*. Ces types du pétrole étaient déchaînés et commençaient à tout casser. J'en ai pris une partie et Visoker s'est occupé des autres. Il refusait toujours de se servir d'une arme. Je lui en avais donné une, pourtant, avec son étoile. Mais avec la force qu'il avait, ça suffisait à calmer les plus excités. Je ne sais pas si vous l'avez bien connu :

rien que sa façon de sourire vous flanquait froid dans le dos.

– Approche, dit Hannah au prisonnier.

– Du calme, Hannah, dit Taddeuz derrière elle.

– Je suis très calme. »

Elle demande au *marshall*, sans même tourner la tête :

« Je peux entrer dans la cellule ? »

Le policier finit par lui ouvrir. Elle entre.

« Quel âge as-tu ? »

Le garçon bredouille. Loin de s'être approché comme elle le lui a demandé, il s'est reculé à son entrée, s'est plaqué contre le mur du fond, tout à fait terrifié maintenant qu'il essaie de soutenir le regard des yeux gris. Il répète, plus distinctement, qu'il a dix-sept ans et demi. Oui, il avait bu samedi soir, il était avec ses deux frères aînés, il a vu Visoker leur cogner la tête et les assommer, a cru que le même Visoker allait lui en faire autant; les fusils étaient dans le chariot, il en a d'abord pris un sans intention de s'en servir, il ne sait plus au juste... il a eu peur de cet homme qui avançait sur lui en souriant sous sa moustache, dont tout le monde disait qu'il pouvait vous tuer d'un coup de poing. Oui, il a vu l'étoile sur la poitrine et, ayant tiré une première fois, il a été terrorisé de voir que l'homme avançait toujours comme si de rien n'était et alors il a pris le deuxième fusil...

Il est à peine plus grand qu'Hannah. Et chétif, malingre, puant la crasse et l'urine, dérisoire.

Elle ressort de la cellule et dit à Maryan :

« Tu lui trouves un avocat, ce qu'il y a de mieux. »

Il la fixe, impassible, son regard comme tourné vers l'intérieur, et elle se souvient qu'entre lui et Mendel il y avait un peu plus qu'une simple amitié d'homme, ce qui ne serait déjà pas si mal :

« Je sais, Maryan. Mais c'est lui qui l'a voulu ainsi. Et nous ferons ce qu'il a voulu. »

... « Personnellement, je tuerais ce pauvre avorton vingt fois... Ou je l'aurais fait, avant de venir dans cette prison. Plus maintenant. Parce que ce ne serait vraiment pas à la hauteur de Mendel, que de se venger de cette chose pleine de morve et de larmes... »

9

Boulevard du Crépuscule

Ils sont allés en Californie, Taddeuz et elle, parce que pour une fois leurs deux chemins professionnels se sont croisés. Longtemps après San Francisco, elle a décidé d'ouvrir Los Angeles. L'importance actuelle de la ville ne lui semble pourtant pas justifier une implantation. Elle s'est simplement souvenue de la méthode qui lui a déjà servi, à ses débuts, pour s'informer sur les fards : interroger les comédiennes. Un dîner à New York l'a mise en présence d'une jeune actrice, Gladys Smith, qui commence à faire carrière sous le nom de Mary Pickford et travaille pour une compagnie cinématographique, la Biograph. L'actrice s'est passionnée pour le travail d'Hannah, a accepté avec enthousiasme des applications de mascara et de khôl bleuté qui, à l'image, soulignent son regard. En mars de 1910, Mary Pickford est venue lui apprendre que la Biograph avait décidé de quitter New York pour établir des studios à l'Ouest. L'attention d'Hannah s'est éveillée.

« Maryan, c'est pour ça que tu es toujours fourré là-bas, n'est-ce pas?
– C'est l'Amérique, là-bas aussi.
– C'est quoi, ces fameux studios? »

Pas grand-chose, selon lui : les installations de la Biograph consistent essentiellement en un lopin de terre fermé par une palissade, une plate-forme en bois et quelques prétendus décors en toile de coton battus par le vent; des comédiens (Mary Pickford, Mack Sennett, Harry Carey et autres Lionel Barrymore) se changent – on tourne plusieurs films par jour – derrière des planches; les répétitions ont lieu dans une grange et il n'y a que trois chaises pour toute la troupe.

« Mais tu crois tout de même à l'avenir du cinématographe? »

Il acquiesce. Et lui fait remarquer que dans l'hypothèse où Pickford, ou bien Mae Marsh, ou Priscilla Dean deviendraient très célèbres, si elles étaient maquillées par l'une des esthéticiennes formées par Cathy Montblanc, et si on le faisait savoir, ce pourrait avoir un gros effet sur les ventes des produits marqués du double H.

Elle y a déjà pensé.

« Il y a d'autres sociétés qui partent s'exiler en Californie?

– Beaucoup depuis quelque temps.

– A cause d'Edison qui enquiquine tout le monde par ici, c'est ça?

– C'est l'une des raisons. Son détective est partout, mais c'est loin, la Californie. Et puis il y a du soleil toute l'année, on peut presque tourner sans arrêt. »

... Oui, il y a une liste, constamment remise à jour, des compagnies émigrantes comme la Biograph. Celle-ci avait en fait suivi les traces du producteur William Selig, qui en novembre 1908 a tourné à Los Angeles une version du Comte de Monte-Cristo. Depuis, il y a eu la Bison Life Motion Pictures (dont l'un des comédiens vedettes est le futur metteur en scène de Jack Conway), puis la Essany de Chicago, la Kalem, la Nestor des frères Horsley, la Vitagraph venue de Brooklyn, la Pathé Exchange, la Pilgrim, la Famous Player de Zukor, la Lasky Feature Play Company de Jesse L. Lasky dont le directeur artistique est Cecil B. De Mille...

« Hannah, ça commence à devenir très important.

– Or, oranges sans pépin ni pétrole, je ne ferais pas de bonnes affaires avec des fermiers et des prospecteurs. Même avec trois douzaines de malheureux comédiens perdus dans un désert.

– La population est passée de cent à trois cent mille en dix ans. Encore quelque temps et l'on en sera au million. »

Maryan, à sa connaissance, ne s'est jamais trompé dans ses prévisions. Elle lui a demandé :

« Et tu aurais trouvé un endroit pour une boutique ? »

« Il est peut-être deux à trois fois plus riche que moi – même un Bernard Benda est plein d'admiration pour lui – et moi, je me sers toujours de lui comme d'un coursier ! »

« Il faudrait plus qu'une boutique, dit-il. Je peux négocier des contrats avec les compagnies, j'y connais pas mal de monde. Elles n'accepteront peut-être pas toutes mais je peux avoir l'exclusivité du maquillage pour huit ou dix d'entre elles.

– Je vais demander à Polly de venir de Londres.

– Tu devrais venir également toi-même.

– Je viendrai. Tu ne m'as pas dit où tu pensais installer l'institut...

– Cela porte un joli nom, dit-il : Boulevard du Crépuscule. »

(Ceci se passe alors qu'ils viennent de rentrer d'Europe, Taddeuz et elle, et avant la mort de Mendel.)

« J'aurais préféré *Sunrise* à *Sunset*, dit Hannah en riant. Tu ne pourrais pas leur demander de changer le nom ? »

... Et là-dessus, par un concours de circonstances où Hannah n'est vraiment pour rien, Cecil B. De Mille, qu'ils connaissent depuis plusieurs années, est venu voir Taddeuz et lui a demandé des scénarios.

« Fatiguée?
– Non. »

Depuis l'Oklahoma, ils ont rejoint la Californie en voiture, se succédant au volant bien que Taddeuz ait fait le plus gros de la conduite. Elle a préféré la route, lorsqu'il y en avait une, au train. Elle se sentait, se sent encore vide, comme mutilée. Taddeuz a été avec elle d'une bouleversante tendresse, la réconfortant avec les mots nécessaires et suffisants. Il a même compris qu'elle ne souhaitait pas faire l'amour, de quelque temps. Il a parlé de Mendel bien mieux qu'elle-même n'eût su le faire...

Au Nouveau-Mexique, à Taos, ils ont passé quelques jours dans une petite ville de trois siècles d'âge, se repliant dans une solitude à peine rompue par les inexorables et quotidiens rapports de Jessie à New York, de Cathy Montblanc, de Jeanne Fougaril en Europe, et par deux appels de Maryan et Lizzie, inquiets de leur silence.

Une seule fois ils ont dû changer de voiture, ayant repris la Rolls, amenée par Gaffouil, de l'autre côté des Rocheuses.

Ils entrent dans Los Angeles le 15 juin. Le studio de la Lasky est une grange sur la Western Avenue d'Hollywood, la broussaille à l'entour figure l'Ouest Sauvage. De Mille est en train d'y tourner *Le Mari de l'Indienne*, avec le comédien de théâtre Dustin Framan dans le rôle du mari; il paraît surpris, un peu gêné aussi, de voir paraître Taddeuz à des milliers de kilomètres de New York.

Très vite, la chose paraît claire au couple : les promesses enthousiastes faites sur les bords de l'Hudson ont fondu au soleil de Californie :

« Ça n'a aucune importance, Hannah. Et ce n'est pas la faute de Cecil, quoi qu'il en soit. Il a raison : je ne suis pas un écrivain de cinéma, et sans doute pas de théâtre non plus... »

En 1913, il a fait paraître son cinquième roman. Il a abandonné le roman historique, qui l'ennuie, et plus encore ce que l'éditeur Lucas appelle le roman public (il dit *grand public* pour ne pas dire *commercial* mais l'idée est la même). Taddeuz est revenu pour ses deux derniers livres à son ancienne manière. *La Clé rouge*, qui est de 1908, et surtout *Le Gueux de l'hostière*, paru en 1911, ont subi le même sort que sa première œuvre : les critiques les ont encensés mais ils ne sont que quelques centaines à les avoir lus. Eddy Lucas s'est battu sur les titres, mais en vain : passait encore pour *La Clé rouge*, mais qui diable sait ce qu'est un gueux de l'hostière ? (« C'est un mendiant qui va de porte en porte et partout est éconduit », a expliqué Taddeuz avec un très paisible mais très inflexible entêtement.)

« Hannah, essayez de le convaincre, par pitié ! pour les titres mais surtout pour les textes. Il a une patte extraordinaire, il pourrait être Melville ou Poe, il suffirait qu'il le veuille. Ces nouvelles qu'il a écrites sont une pure merveille. Il me ferait ça sur deux cents pages, j'en vendrais cinquante mille... Hannah, il vous écoutera, moi, j'y renonce. Ce n'est pas une question d'argent, quoique au train où vont les choses, je ne pourrai plus publier très longtemps... Non, s'il vous plaît, je n'accepterai rien de vous, jamais, je ne suis pas en train de lancer un appel de fonds... Je trouve simplement lamentable, et triste, qu'il s'entête à ce point...

– Taddeuz est Taddeuz », a simplement répondu Hannah sans autre commentaire.

Elle a lu les fameuses nouvelles dont Lucas fait si grand cas. Elle a été horrifiée. Par la morbidité angoissante qui s'en exhalait. Pire encore : elle a cru se retrouver, décrite avec une minutie clinique, dans l'un des personnages, et en a été malade à la seule idée que Taddeuz ait pu la représenter par cette mère abusive et despotique, étouffante, monstrueuse, dont il a affligé le héros de l'un de ses contes – lequel héros finit d'ailleurs par se suicider de la plus affreuse des façons...

... Il n'a pas écrit que cela : il a produit deux pièces, toutes deux d'une noirceur absolue. L'une a été montée à Broadway. Salle pleine pour la générale et la première (avec tous les amis qu'ils ont à New York, le phénomène s'expliquait aisément), vide ou peu s'en fallait dès la troisième représentation. Retrait de l'affiche au cinquième jour. Et des moments insoutenables, au foyer, quand on est venu renchérissant de mensonges, féliciter l'auteur avec une gêne impossible à dissimuler tout à fait...

« Ça n'a pas d'importance, Hannah... »

... Et ce demi-sourire qu'elle hait, pour ce qu'il exprime de dérision de soi-même!

En fin de compte, le seul domaine où il ait réussi reste la critique, à présent littéraire. Il a obtenu – seul, elle n'a pas effectué la moindre démarche – un billet hebdomadaire dans *The New Yorker*. On l'a affirmé de toutes parts à Hannah, dans les très petits cercles que cela intéresse : parlant de livres et de théâtre, il est remarquable, caustique, très drôle...

« A ceci près qu'on le paie à peine un peu plus que ce que je donne moi-même à mes esthéticiennes, et j'en ai six cent cinquante! »

Ça n'a pas d'importance? Encore sous le coup

terrible de la mort de Mendel, elle en tremble de rage. Pas d'importance! Mais qu'est-ce qui en a, alors? Mes foutus instituts?

... Elle aurait presque tué le pauvre De Mille, à qui pourtant elle n'arrive pas à en vouloir. Elle est elle-même trop professionnelle pour ne pas comprendre les réactions du metteur en scène.

Lizzie, cent fois j'ai flanqué à la porte une fille ou une femme parce que je la jugeais incapable d'effectuer le travail qu'elle espérait obtenir de moi... Ça ne fait jamais plaisir, ça vous rend parfois un peu malade, surtout quand on sait que c'est quelqu'un qui a vraiment besoin d'un emploi... Il m'est arrivé d'aider telle ou telle, que j'avais refusée, ça ne m'a jamais trop réussi, et puis je ne peux pas m'occuper de la terre entière... Qui m'a fait des cadeaux, à moi? Tu as une idée du nombre de types qui ont essayé de me détruire, et de me prendre ma place, parce que j'étais une femme ou bien que j'en sois une?

... Je n'en ai jamais voulu à Cecil. A sa place, ne sachant de Taddeuz que ce qu'il en savait, n'ayant guère lu de lui que The Spiv *ou* Le Gueux, *j'aurais problablement agi de même...*

... Mais ça et la mort de mon Mendel, c'était trop. J'avais tenu ma promesse pendant treize ans... C'est foutument long, treize ans, quand on a près de soi quelqu'un qui se noie...

Ils ont pris une suite à l'hôtel *Hollywood*, rendez-vous attitré de ce que l'on n'appelle pas encore les stars. Une de leurs fenêtres s'ouvre au milieu d'un fronton bizarre aux allures d'église mexicaine. En bas, on donne presque chaque soir des *parties* fort gaies. Dont Mary Pickford est l'une des reines.

Hannah descend rarement, durant les semaines

que Taddeuz et elle vont passer à Los Angeles. A son habitude, elle se lève vers quatre heures trente et, après sa promenade quotidienne, elle prend connaissance des bilans américains, européens et autres.

... Quatre heures, c'est au contraire l'heure du coucher pour Taddeuz : il préfère écrire la nuit – deux mois plus tôt il a mis en chantier son nouveau roman. Premier miracle : il lui en a raconté le sujet et, deuxième miracle, elle a tout compris. Il a pris pour point de départ la folle odyssée de Quentin MacKenna partant à pied pour une marche de quelque quatre mille kilomètres à travers un désert inhumain et inconnu. Mais bien évidemment, avec ce prisme déformant qu'il a dans la tête, il a beaucoup modifié la ligne du récit qu'Hannah lui a fait. Les motivations de son héros ne sont plus l'espèce de proscription dont Quentin était frappé (en raison du fait qu'il avait mangé de la chair humaine lors d'un naufrage et également en raison de son émasculation). Le personnage de Taddeuz n'a aucun handicap physique ni social, une grande partie du livre consiste en une étincelante description de retournements intérieurs, dans une langue admirable – c'est devant ces aspects-là des romans de son mari qu'Hannah est la plus perplexe, sinon la plus affolée : elle a horreur des explications et des contorsions psychologiques. – *Ceux qui expliquent m'ont toujours emmerdée, Lizzie... D'accord, excuse-moi pour emmerdée...*

Reste que – Eddy Lucas en a quasiment pleuré de joie – le roman en cours est, dans sa deuxième moitié, fichtrement romanesque. Même si le désert que traverse le héros est pour le moins fantasmagorique et n'a plus grand-chose à voir avec un vrai désert, à force d'être chargé de symboles...

... Et puis surtout, aux yeux d'Hannah, c'est le moyen presque rêvé de sortir enfin d'un immobilisme de treize ans. Très clairement – mais elle rejette chaque fois l'idée au tréfonds d'elle-même – tout se passe comme si la mort de Mendel avait fait disparaître le seul contrôle; lui vivant, elle ne s'y fût probablement pas hasardée. Mais elle le fait, sa décision est prise, elle va se mêler de tout cela et y mettre bon ordre...

« Je vais l'aider à réussir, j'aurais dû le faire bien plus tôt. Aurait-il hésité à m'appuyer lui, si j'avais été en difficulté dans mes affaires? Où est la différence? »

Bien sûr, il faudra qu'il n'en sache rien, cela va de soi.

Elle a déjà choisi les hommes par lesquels elle va passer.

Il y aura Eddy Lucas, mais l'éditeur new-yorkais ignorera tout de la machination et n'en sera que l'un des instruments.

Pour les autres interventions, Mary Pickford, bien que n'étant pas non plus dans la confidence, lui a fourni les noms dont elle va avoir besoin. Mary pense que la meilleure équipe possible, s'agissant de réaliser un film en ce temps-là à Hollywood, est celle qui s'est formée autour d'un transfuge de la Biograph, David Wark Griffith...

« Je le connais, Mary. Il est venu deux ou trois fois à notre maison de Long Island. »

... Griffith dont l'assistant est Raoul Walsh :

« David est le plus brillant, Hannah, le plus intellectuel, si tu veux. Pour lui, le cinéma doit devenir un art, il a des projets fantastiques. Ce Walsh aussi est remarquable, et avec eux ils ont des gens comme Allan Dwan ou Jack Conway qui ont vraiment beaucoup de talent... »

Deux autres grands réalisateurs commencent à tenir le haut du pavé de Sunset Boulevard, outre Griffith : Thomas Harper Ince et Mack Sennett. Mais le premier se spécialise de plus en plus dans les westerns – il en a déjà tourné plus de cent cinquante – grâce à ses studios personnels d'Inceville à Santa Monica (il s'apprête à faire débuter William S. Hart et à en faire une immense vedette); et le second est un frénétique créateur installé à Ellendale, où sa société Keystone accumule les petits films comiques bourrés de gags et de *bathing beauties* dont la future Gloria Swanson.

Griffith semble à Hannah le meilleur choix possible.

Pour employeur, il a à l'époque un certain Harry E. Aitken, directeur de la Reliance Majestic.

La première fois qu'Hannah rencontre Aitken, celui-ci est accompagné d'un gros Mexicain analphabète, moustachu et tonitruant qu'il a eu le culot de faire tourner comme comédien dans l'un de ses films : Pancho Villa.

10

Vieille et laide, hein?

AITKEN secoue la tête :

« C'est vraiment une proposition très bizarre que vous me faites là...

– Vous pouvez la refuser. »

Il éclate de rire : qui refuserait autant d'argent ? Et ce Karen...

« Kaden, corrige Hannah.

– Ce Kaden est le négociateur le plus âpre que j'aie jamais rencontré. Il ne lui est donc jamais arrivé de sourire ? Et il m'a carrément menacé en plus, mine de rien, malgré sa courtoisie...

– Si qui que ce soit était mis par votre faute au courant de mon projet, dit Hannah, *qui que ce soit*, j'engagerais un million de dollars et même cinq si nécessaire, à seule fin de vous ruiner complètement. Et je n'en aurais même pas fini avec vous, après. Je peux vous fournir les preuves de ce que je possède bien cinq millions de dollars. Davantage, en fait. »

Il la scrute. Leur rencontre a lieu au nord-ouest d'Hollywood, dans un quartier encore à peu près désert nommé Glendale, entre les collines de Verdugo et de San Rafael; elle n'a aucun témoin. Suivant les instructions qui lui ont été données par Maryan, Aitken est venu au rendez-vous, seul et en voiture; il a trouvé Hannah, seule de même, à côté de la Rolls.

Il demande :

« Héritière ?

— Evidemment. Vous n'imaginez tout de même pas que j'ai gagné tout cet argent toute seule ? »

Il hoche la tête, les yeux plissés :

« Ma parole, vous en seriez capable...

— D'accord : je l'ai gagné seule. »

Il acquiesce.

« Je reconnais que l'affaire m'intéresse, dit-il. Au plus haut point. On a toujours besoin de capitaux frais, dans le cinéma. Surtout quand il s'agit d'argent... propre. Ce qui est le cas, n'est-ce pas ?

— La banque des Rockefeller vous le confirmera, monsieur Aitken. Rassuré ?

— Tout à fait. Et vous avez déjà fait votre choix ?

— Oui. Comme metteur en scène : David Wark Griffith. A la rigueur son second, Walsh. Comme comédien, ce Julius Ullmann qui se fait appeler Douglas Fairbanks. Et il aura pour partenaire la jeune Lilian Gish.

— Qui vous ressemble un peu, sauf les yeux. A peu près comme une chatte persane ressemble à une panthère affamée.

— Pur hasard, dit-elle avec toute la froideur du monde. Aitken ? Je veux le secret absolu. Ne l'oubliez jamais.

— Et comment dois-je procéder ? »

Elle le lui dit.

Elle donne raison à Maryan, pour ce qui est de l'implantation d'un institut à Los Angeles. A son avis, il a vu juste, en prévoyant un développement ultra-rapide de la ville et de cette industrie nouvelle qu'est le cinéma. D'autant que le même Maryan projette de se faire construire une maison par ici...

« Ici, à Los Angeles, Maryan ?

— Il se trouve que je suis propriétaire d'un petit terrain dans le coin, dit-il.

— Maryan, nous nous arrangerons, toi et moi, pour les frais supplémentaires mais j'aimerais qu'en plus des pièces pour Lizzie, les enfants et toi, tu prévoies quelque chose... pour nous. Et surtout pour lui. Qu'il puisse y travailler, comme il a l'habitude de le faire...

— Très volontiers, mais tu ne crois pas qu'une maison séparée serait mieux, pour lui ? Mes gosses vont le déranger...

— Tu as l'esprit plus vif, d'ordinaire : si je fais construire ou si j'achète ici, il pourrait comprendre ma manœuvre. Tu as une idée sur le quartier où tu vas t'installer ? »

Il acquiesce, comme à regret. Et le voilà qui révèle que, depuis quatre ou cinq ans, il a acheté « quelques petits terrains par-ci, par-là dans le coin »... Quelques centaines d'hectares par parcelles dans les montagnes de Santa Monica, notamment au sud dans les zones de Bel Air et Westwood... Et puis un peu ailleurs, aussi...

« Tu es sûr que ça ne fait que quelques centaines d'hectares ? »

... Il est possible que ce soit plus étendu, oui. Il n'a pas la superficie totale en tête (« tu parles, Charles ! » pense-t-elle) mais il pourrait y avoir davantage. Il est vrai qu'il en a déjà revendu une partie, du côté de Vine Street par exemple, pour des studios qui voulaient s'installer... Et puis il y a aussi ces terrains sur lesquels on projette un agrandissement de l'université...

« En gros, et pour construire une maison, Maryan, tu es propriétaire de quoi, au juste ?

— En gros ? Disons à peu près tout ce qui se

trouve entre le Washington Boulevard et Santa Monica.

– En gros, hein ? Oh ! Maryan. »

... Et, par exemple, il a un très joli terrain qui conviendrait à merveille à la construction d'une maison d'une trentaine de pièces :

« A vrai dire, depuis que Lizzie est venue ici pour la première fois, elle rêve de Californie, et de soleil. Elle a toujours refusé de quitter New York à cause de toi, mais si je lui dis... »

Il s'interrompt net et se dandine :

« Excuse-moi, je ne lui dirai rien, bien entendu...

– Même elle ne doit rien savoir, Maryan. Nous ne serons que trois personnes à être au courant : Aitken, toi et moi.

– Je m'arrangerai pour convaincre Lizzie. »

Elle le considère, envahie par une immense et fraternelle tendresse. La mort de Mendel l'a affecté presque autant qu'elle-même et cet homme impassible l'a prise dans ses bras pour pleurer avec elle, lors de l'enterrement. Voici que remontent des images du passé : un gamin de treize ou quatorze ans trimant comme deux hommes à la gare de la Vistule de Varsovie, dormant deux ou trois heures par nuit et s'acharnant à tout faire pour nourrir sa mère et ses huit ou neuf frères et sœurs; endossant avec un courage toujours muet des responsabilités de chef de famille (qu'il n'a jamais cessé d'être : dès qu'il l'a pu, il a fait sortir de Pologne sa mère – elle est morte en 1901, épuisée – et jusqu'au dernier de ses frères et sœurs; et il a pris soin de chacun de ceux-ci; en sorte qu'il est aujourd'hui à la tête d'un clan de près de cent personnes, en comptant les générations nouvelles)...

Or, à l'égard d'Hannah, incroyablement, en dépit de sa propre fortune qui croît sans cesse jusqu'à devenir vertigineuse, il est demeuré exactement le même. « Je te dois tout, Hannah, lui a-t-il dit un jour, absolument tout, Lizzie comprise. » Il n'est pas son salarié, il y a bien plus de douze ans qu'elle ne le paie plus, c'est lui qui lui a fait remarquer que c'était inutile. Il n'est rien, n'a aucun titre. Mais qu'elle lui demande d'aller jeter un coup d'œil à Toronto ou à Rome, et il s'exécute dans la seconde, à moins d'y envoyer, toujours en accord avec elle, l'un de ses féroces Furets – dont même elle ne sait pas exactement le nombre, tout juste se contente-t-elle de les payer et encore...

Son mariage avec Lizzie est une réussite totale, elle ne peut plus en douter, elle pourtant si prompte à guetter les catastrophes. Voir Maryan le Taciturne jouant avec ses enfants la fait fondre d'un plaisir sauvage...

« L'endroit où je vais construire s'appelle Beverly Hills, dit-il avec presque de la faconde et en tout cas dans un épanchement qui n'est guère de lui. C'est à peu près à l'angle de Coldwater Canyon Drive et de Sunset Boulevard. Il est normal que j'y habite, presque tout est à moi. Lizzie va encore me ruiner en jardiniers mais tant pis... »

Une lueur très particulière dans son œil bleu, celle qui apparaît chaque fois qu'il évoque sa femme et ses enfants.

... Mais la lueur s'efface. Il se tait. Le dandinement reprend et s'accentue même.

Elle baisse la tête, puis la relève :

« Je sais, Maryan. Mais il faut bien que je lui vienne en aide. Si dangereux que ça puisse être... Maryan, tu crois que je me trompe ? »

Il secoue la tête. Il ne sait pas.

L'institut sur Sunset Boulevard, à quelques pas de Fairfax Avenue; une boutique à ce qui sera Pershing Square, une autre dans le quartier de

Bunker Hill, pas très loin de l'endroit où aboutira le Angel's Flight, le « funiculaire des anges... »

... Et surtout, complétant ce dispositif et au vrai le dépassant en importance, des équipes volantes d'esthéticiennes, de maquilleurs et maquilleuses, dont les services ont fait l'objet de contrats avec les compagnies de production, Universal en particulier.

Taddeuz repart le premier de Los Angeles. Après une période de faste au cours de laquelle il a pu écrire assez vite – avec des pointes de quatre à cinq pages par jour, il n'a jamais été un écrivain rapide –, il est de nouveau en panne. L'environnement du Hollywood Hotel l'insupporte, le bruit y est trop grand, les livres de sa bibliothèque lui manquent. De Mille lui a proposé, en riant mais à la vérité très sérieusement, de devenir acteur de cinéma.

« J'ai quarante-trois ans, a répondu Taddeuz.

– Vous en paraissez trente, même pas. A l'image, on vous en donnera vingt-cinq. Tad, je ne plaisante pas et ne vous offre pas non plus de faire de la figuration : j'ai pour vous un rôle superbe, avec Fanny Ward et Sessue Hayakawa. A moins que vous ne préfériez être Moïse dans un film que j'ai en tête et qui s'appellerait *Les Dix Commandements*[1] ?»

Ni l'un ni l'autre. Taddeuz reprend le train pour New York.

« Je ne tarderai pas à te rejoindre, mon amour. Tu vas me manquer. »

La nuit précédente, ils ont fait l'amour pour la première fois depuis la mort de Mendel.

Elle monte avec lui dans le compartiment-cabine et, si ce n'était le départ imminent du train, ferait volontiers une nouvelle fois la bête à deux dos sur

---

1. Première version. De Mille en fera deux.

la banquette capitonnée. C'est vrai qu'il ne paraît pas son âge, « on va finir par me prendre pour sa mère! ». Il est de ces grands blonds à visage lisse sur qui les années ne semblent pas avoir de prise; le soleil californien l'a hâlé, elle ne l'a jamais trouvé si beau – et d'ailleurs toutes les foutues putains de Hollywood n'ont pas cessé de le dévorer des yeux...

Elle a peur.

Elle sait quelle intelligence constamment à l'affût, effroyablement perspicace, apte à capter la moindre inflexion de voix, un petit mot de trop, un simple mouvement de doigt, se cache derrière son regard un peu lunaire, et son fameux demi-sourire. Elle ne le sous-estime pas. Ce n'est pas leur première séparation, il y en a eu quantité d'autres auparavant, soit qu'elle partît pour une tournée de ses « boutiques », soit qu'il allât en Europe pour une nouvelle visite à sa chère Italie, ce qu'il a dû faire quatre ou cinq fois, en treize ans.

Cette séparation-ci est différente. (« C'est la première fois que je lui mens. »)

« Embrasse-moi, par pitié. »

Pour finir, il la prend dans ses bras et la dépose sur le quai. Des heures après, elle sent encore le contact de ses doigts autour de sa taille.

Elle règle le lendemain, avec Aitken, la partie proprement financière de sa transaction secrète pour le producteur. Pour commencer, elle met à la disposition de celui-ci, par le truchement très anonyme d'une banque, les 250 000 dollars convenus. Qui serviront au financement du grand film projeté par D.W. Griffith, *Naissance d'une Nation*. Aitken retiendra dix pour cent comme honoraires de départ, en quelque sorte. Le reste servira au financement proprement dit. Si bénéfices il y a, ils seront ensuite partagés à raison de dix pour cent pour Aitken et de quatre-vingt-dix pour cent pour Hannah. Sa part à elle devra être versée au compte de trois hôpitaux dont elle a fourni la liste. La répartition a fait l'objet d'une discussion farouche : Aitken réclamait un partage moitié-moitié (il n'y croyait pas lui-même) et espérait un quart. Elle s'est montrée d'autant plus intransigeante qu'elle n'agissait pas pour elle : « Il ne manquerait plus que je gagne personnellement des sous dans l'affaire ! »

« Harry, si le film ne marche pas du tout, vous aurez gagné 25 000 dollars, soit à peu près trois ans de vos revenus, si mes renseignements sont exacts, et ils le sont. Sinon, calculez vous-même... Ne perdons pas de temps, s'il vous plaît. Voyons l'autre opération. Je vous verse 75 000 dollars comme convenu pour l'autre film, celui que vous produirez avec un scénario de mon mari. Dont cinquante pour rémunérer le réalisateur et le ou les scénaristes. Vous mettrez le reste. Etant donné que vous recevrez les bénéfices, il est normal que vous investissiez. Ou bien alors, c'est moi qui finance, mais je prends tout.

– Je ne connais même pas le sujet !

– Vous savez lire, non ? Vous savez ce que vous avez à faire. Faites-le. Sinon je retire tout, à commencer par le quart de million qui, comme convenu, vous sera versé au fur et à mesure de l'exécution des diverses phases de nos accords. Harry, regardez mes yeux, regardez-les bien : si le secret que j'exige venait à être levé, je vous donne ma parole que je suis capable de vous faire tuer. Vous me croyez ? »

Il fait vingt-cinq ou trente centimètres de plus qu'elle et sans doute le double de son poids. Il se dandine, presque comme Maryan :

« Pas de problème, Hannah. Je me tairai jusqu'à

ma mort. Voulez-vous dîner avec moi? Discrètement?

– ... et dormir non plus », dit-elle.

Profitant de ce qu'elle est en Californie, elle remonte au nord, sitôt qu'elle en a terminé avec les architectes venus lui présenter leurs projets pour son institut (son séjour à Los Angeles avait sa raison d'être, elle y a minutieusement veillé).

Elle passe cinq jours à San Francisco. Elle n'y est pas venue depuis 1906, au lendemain du tremblement de terre d'avril, lorsqu'elle était passée constater les dégâts du séisme, dans lequel heureusement aucun membre de son personnel n'avait perdu la vie. L'établissement san-franciscain est dirigé par un homme, Emmet Wayne :

« D'accord pour ouvrir Sacramento, Emmet. Faites-moi parvenir des photos de l'emplacement et les projets de décoration. En revanche, flanquez à la porte cette grosse fille blonde qui a l'air de tellement s'ennuyer, à California Street. Trois semaines de salaire et dehors. Je n'aime pas les vendeuses qui ne savent pas sourire... Comment ça, elle ne m'a pas reconnue? Ne me faites pas des réflexions pareilles ou bien c'est vous que je fous à la porte! Elle ne m'a *pas* reconnue! Raison de plus! J'aurais pu être une cliente ordinaire! Une seule semaine d'indemnité... Montrez-moi vos comptes, s'il vous plaît... »

Elle rentre à New York.

« Je ne suis pas belle, Taddeuz. Je suis vieille et laide...

– Absolument.

– J'ai été horrible, avec ce pauvre Emmet Wayne. Si seulement je pouvais retenir ma foutue langue... Je suis vieille et acariâtre.

– Absolument.

– Tandis que toi, tu ne vieillis pas. Pis encore : tu embellis. Mary et Lilian et les autres filles te léchaient littéralement.

– Des yeux seulement, hélas !

– Faute de pouvoir faire autre chose, ces garces. Peut-être qu'elles l'ont fait, d'ailleurs...

– Absolument. »

Il la cueille à la taille, la soulève et part avec elle dans l'escalier, la transportant tout comme il porterait un polochon sous le bras. Elle se laisse pendre des deux côtés, exprès, comme une poupée désarticulée.

« Personne n'a plus envie de moi. Tout le monde me hait.

– Absolument, dit-il.

– Arrête de dire absolument !

– *Ya.* »

La pénombre règne dans la chambre de la maison de Long Island. C'est une pénombre d'été, vibrante, quand il vous fait une chaleur à ne pas mettre un crotale dehors. Taddeuz la laisse tomber sur le grand lit à quenouilles d'ébène, tout entier recouvert d'une somptueuse courtepointe de dentelle blanche, qui sent un peu la vanille. Elle, Hannah, a pris trois jours de vacances et, à part les deux heures de l'aube qu'elle consacre à ses vérifications, a rompu tout contact avec ses affaires. De Californie, elle a rapporté un demi-wagon de cadeaux pour Adam et Jonathan. L'aîné de ses deux fils a souri, extasié, son cadet a conservé son expression fermée ordinaire. C'en est presque gênant que cette ressemblance deux à deux, l'un reproduisant Taddeuz et l'autre répétant Hannah, pour les yeux et le caractère du moins. Ces trois matins où ils ont eu pour une fois leurs parents ensemble, les deux enfants sont venus dès leur réveil se jeter dans la chambre du couple. On a fait lit à quatre, dossiers laissés à l'abandon dans le bureau voisin. Les femmes de chambre ont servi en riant le petit déjeuner collectif. Qui a dégénéré en bataille d'œufs à la coque. Hannah a perdu, ses trois hommes lui en ont écrasé quatre sur la figure et les autres sur ce qui dépassait d'elle, du drap. Il a fallu changer toute la literie et à nouveau petit déjeuner dans la salle à manger du bas. On a canoté sur le lac. On a livré et gagné une autre bataille, navale celle-là, contre des équipages Kaden venus de l'autre rive et diminués par l'absence de leur chef, Maryan, resté en Californie. Il est vrai que l'ennemi était supérieur en nombre – Lizzie a déjà onze enfants. On a remporté la victoire même si Hannah, par une manœuvre sournoise de tous les combattants en présence, a été flanquée à l'eau avec sa belle robe blanche, sa capeline, ses gants au point d'Irlande et son suivez-moi-jeune-homme en mousseline cascadante.

« Ce n'était décidément pas mon jour : après les œufs, le potage.

– La journée n'est pas terminée », dit-il.

Il est dans les quatre heures de l'après-midi. Après le déjeuner, Lizzie a emmené la horde faire du cheval. Hannah et Taddeuz sont restés seuls. Pas de vent. Les domestiques disparus. La pleine chaleur de l'été et le silence tissé de bourdonnements d'abeilles.

Il l'allonge et lui dispose les jambes bien en long, les bras en croix.

Il l'épluche.

Elle le considère, tout près des larmes. Il la met nue, sans prendre la peine de défaire boutons ni lacets, déchirant très tranquillement la soie et les dentelles, avec comme de la nonchalance. Il se redresse et l'examine, au point qu'elle en rougirait presque, si elle savait, avec les pointes de ses seins dressées et l'habituelle brûlure dans le ventre.

« Vieille et laide, hein ?

– Je me sens vieille et laide.
– Hannah ? »
Elle le regarde.

« Hannah, dit-il doucement, j'aime ta peau très blanche, et laiteuse. J'aime tes petits seins en pomme, et la ligne de tes épaules, le vallonnement de tes reins qui débute très haut dans ton dos, ce renflement de ton ventre juste sous le nombril, la rondeur de tes hanches, cette vasque que font tes cuisses, et tes pieds et tes mains, qui ne sont pas gigantesques... Quoi d'autre ? J'aime ta bouche et ta lèvre inférieure gourmande, et tes narines qui se pincent – comme en ce moment... Tes yeux qui s'écarquillent, ce halètement qui s'amorce... Et l'odeur de ton corps, que j'identifierais entre mille, même quand tu sors du bain... Et cette autre odeur, marine, au moment de l'amour... C'est comme une drogue, Hannah, très délicieuse. En d'autres termes, j'ai extraordinairement envie de toi, en ce moment, mais surtout jour après jour, et année après année... Et j'aime aussi regarder un feu avec toi, rire avec toi, croiser ton regard, te sentir dans la pièce voisine, même penchée sur tes chiffres, t'entendre marcher, j'aime tes colères et jusqu'à tes absences, parce qu'il y a des retours. Est-ce que je suis suffisamment clair, Hannah ? »

Il ne sourit pas, ses yeux verts pâlis par la pénombre. Grave. Il est le seul être humain dont elle ne parviendra pas à sonder le cerveau ni le cœur.

« Oui, dit-elle. Il me semble avoir compris. »

11

Le Désert des Tartares

EN septembre de cette année 1913, ils effectuent un nouveau voyage en Europe, comme ils en ont déjà fait dix ou douze. L'une de ces traversées est restée mémorable, celle de 1906, deux mois après la naissance de Jonathan. Ils se trouvaient à bord de la *Provence*, en compagnie notamment de Cornelius Vanderbilt; un autre paquebot, allemand celui-là puisqu'il s'agissait du *Deutschland*, avait quitté New York un quart d'heure avant eux, ayant Junior Rockefeller à son bord; pendant presque cinq jours, une course homérique avait été disputée entre les deux grands navires, France contre Allemagne, charbon contre pétrole (c'est-à-dire Vanderbilt contre Rockefeller). On avait engagé des paris acharnés; pour finir, le coq gaulois l'avait emporté sur l'aigle germanique, de quatre heures.

En 1913, on voyage sur le paquebot à quatre cheminées de la Transatlantique, le *France*. Taddeuz comme toujours à préféré la French Line au *Mauretania* de la Cunard (qui détient pourtant le ruban bleu avec 4 jours, 17 heures et 21 minutes) et aux 52 000 tonnes de l'*Imperator* de la Hamburg Amerikan Line.

On séjourne au 10 de la rue d'Anjou. Marcel Proust s'y trouve encore, mais un autre locataire s'est installé dans l'immeuble : Jean Cocteau. On se lie très vite. Si le « Petit-Jean » goûte à sa juste valeur le crépitement de la conversation d'Hannah, il trouve Taddeuz très beau, en même temps que merveilleusement intelligent, et ne le lui envoie pas dire. Il ne manquait plus que ça, pense Hannah qui pour un peu serait jalouse. Mais elle étouffe néanmoins de rire au spectacle d'un Taddeuz traqué comme une pucelle – lui ne trouvant pas la chose si comique. On assiste à la tonitruante première du *Sacre du Printemps* et aux non moins tumultueuses disputes entre Serge de Diaghilev et son danseur vedette, lequel veut non seulement se marier, mais en plus avec une femme.

On va à Monte-Carlo où les Ballets russes ont leur base depuis deux ans. Là, on se sépare, Taddeuz filant sur la Suisse et plus exactement vers Lugano et la maison-château de Morcote. Il a presque terminé son roman, celui inspiré de Quentin MacKenna, et lui a même trouvé un titre, *Le Désert des Tartares*.

« D'où diable sortent ces Tartares? Il n'y en avait pas, dans ton histoire.

– Il n'y en a toujours pas l'ombre d'un.

– Nom d'un chien, qu'est-ce qu'ils viennent faire dans le titre, alors?

– C'est justement parce qu'il n'y en a pas qu'il faut souligner leur présence. Il n'y en a pas mais mon personnage les imagine, à l'horizon, et à chaque nouveau pas qu'il fait, il croit pouvoir les atteindre.

– Tout s'éclaire. Il n'y a pas de Tartares en Australie, d'abord.

– Mon roman ne se situe pas en Australie. Ni en Amérique. Ni nulle part... Hannah? Je t'aime. »

Elle ricane : encore des paroles...

... Pas si verbales que cela, il le lui démontre, dans la suite de l'hôtel de Paris. « Mon Dieu, comment peut-on avoir encore autant de plaisir avec un homme qu'on aime d'amour et de tendresse depuis tant d'années ? »

... Hannah, elle, entreprend sa tournée, surgissant minuscule partout où on ne l'attend pas, dans tous ses instituts et toutes ses boutiques, son laboratoire et son usine, semant l'épouvante à chaque apparition.

Elle passe par Milan, Rome, Venise, Zurich, Vienne, Prague. Dans cette dernière ville, qu'elle connaît mal, elle s'attarde plus que nécessaire. Hugo von Hofmanstahl lui y a indiqué des adresses, celle de la femme d'un pharmacien qui tient un salon littéraire, celles aussi de quelques hommes que selon lui elle devrait connaître. La dame s'appelle Bertha Fanta. La recommandation de Hugo n'était pas utile, dit-elle : au vrai Bertha est ravie de pouvoir rencontrer une autre femme qui ne soit pas préoccupée que de fanfreluches. A Hannah, elle présente un juriste qui n'est rien moins que le vice-secrétaire par intérim des « Assurances Ouvrières contre les Accidents pour le royaume de Bohême » – Franz Kafka. Il lui débite – avec une drôlerie d'autant plus démente qu'il ne bronche absolument pas – un exposé sur l'utilisation des arbres cylindriques dans les dégauchisseuses, dont il affirme être le meilleur expert mondial, forcé qu'il est de rédiger des rapports sur le sujet depuis sept ans... Oui, il écrit aussi d'autres choses (il vient de publier *Le Verdict* dans la revue Arkadia et, aux éditions Kurt Wolff, *Le Chauffeur*). Elle parvient à le faire parler un peu de lui-même, étrangement frappée, très troublée même, par certaine ressemblance – pas physique – entre Taddeuz et lui. D'autant qu'à un moment il a une phrase saisissante : « *Je ne suis heureux hors de la littérature qu'aux seuls moments où je suis incapable d'écrire, si bien que ça ne dure guère...* »

Tout cela dit avec un regard moqueur qui prie qu'on ne le prenne surtout pas au sérieux.

« C'est Taddeuz tout craché... »

Elle achève sa tournée par Londres, où elle retrouve Taddeuz.

Il est enchanté à plus d'un titre. En tout premier lieu parce qu'elle lui est revenue, après quarante-trois jours d'absence; ensuite parce qu'il a bel et bien terminé son *Désert des Tartares*. Il a posté le manuscrit, en même temps que sa livraison de chroniques, a même esquissé les premiers traits d'une autre petite chose et également...

« J'ai moi aussi une nouvelle à t'annoncer, Taddeuz...

... et également, par-dessus le marché, il a reçu un télégramme d'Eddy Lucas, lequel avec sa ridicule exaltation ordinaire – les seuls à l'être plus que les écrivains sont les éditeurs – lui annonce un événement dit-il considérable...

– C'est quoi, ta nouvelle, Hannah?

– Je suis enceinte. »

Silence.

« Oh! Seigneur! » dit-il enfin, larmes aux yeux.

Il ôte de sa tête le chapeau tyrolien dont il s'était affublé pour la faire rire, il est nu à part ça :

« Sûre?

– J'ai vu des médecins à Paris.

– Fille ou garçon?

– Tu as toujours rêvé d'une fille, non?

– Mmm.

– Alors, ce sera forcément une fille.

– Nous devions avoir une fille, après Adam. Elle s'appelle Jonathan et aura bientôt des moustaches.

– Tout le monde peut se tromper. »

« En réalité, tu voulais deux garçons pour commencer, Hannah. Mais comme tu ne contrôles pas ces choses, il n'était pas besoin d'en informer Taddeuz... »

« Ce sera une fille, cette fois, c'est juré. »

Il pose sa joue sur ce qu'il appelle la vasque, humant ce qu'il nomme l'odeur marine de son ventre. Il ferme les yeux :

« Ça me donne un bonheur incroyable, Hannah... »

Elle se recroqueville, l'enfermant tout contre elle, pour la tête du moins :

« Et cette autre nouvelle annoncée par Eddy Lucas ?
– Rien d'important. Surtout par comparaison.
– D'accord. Tu n'es pas obligé de m'en parler...
– Il a vendu l'un de mes livres au cinéma. Enfin, les droits. Pour 25 000 dollars. »

Elle s'ordonne, à l'intérieur d'elle-même : « Contrôle jusqu'à ta respiration, Hannah ! » Elle se serre encore un peu plus et voudrait le prendre entier dans son ventre ou sa bouche, si grand qu'il soit, et l'y garder. Elle pèse chacun de ses mots, analyse chacune de ses intonations :

« A moi aussi, ça me donne un bonheur incroyable.
– Ce n'est pas important.
– Mon œil. Ça l'est foutument. Quel livre ?
– Ne le dit pas.
– Et tu ne le lui as pas demandé ? C'est bien de toi ! Quand as-tu reçu son télégramme ?
– Huit dix jours. Ça n'a aucune importance.
« Mais tu lui as tout de même répondu. »

Tout de même, oui. Il a juste câblé qu'il s'en foutait.

Eddy Lucas est à New York, le 8 novembre de la même année 1913. Il est horriblement vexé. Ce câble transatlantique – qui en tout et pour tout contenait neuf lettres – lui est resté en travers de la gorge. Il a beau savoir que tous les auteurs sont des débiles mentaux paranoïaques, cela passe les bornes...

« Parce que tu crois peut-être que c'est facile de vendre vos saloperies de livres ?

– Glurp, dit Taddeuz sarcastique.

– Nous avons de la chance quand cinq pour cent de nos auteurs nous rapportent de l'argent, c'est déjà le Pérou...

– *Ole!* dit Taddeuz.

– Il m'énerve. Hannah, dites-lui qu'il m'énerve.

– N'énerve pas Edward, mon chéri, dit Hannah. Il est déjà tout rouge.

– Oui, ma chérie », dit Taddeuz.

Elle est assise à l'autre extrémité de la pièce, devant une monstrueuse pile de courrier, ayant refusé les services de ses deux secrétaires. Comme toujours après une longue absence, elle veut prendre elle-même le pouls de ses affaires, en sentir physiquement le flot. Et puis, c'est aussi le meilleur moyen d'assister à l'entrevue de Taddeuz et Eddy Lucas, d'être là en feignant de ne pas y être, de ne pas trop trembler d'angoisse ou du moins de cacher ce tremblement...

« Taddeuz, dit Lucas, cette affaire est la grande chance de ta vie. Soit dit en passant, c'est aussi la mienne, essaie de t'en souvenir, un éditeur a aussi besoin de manger, de temps à autre.

– Il s'appelle comment, ton bonhomme ?

– Aitken. Harry Aitken. Je me suis renseigné, c'est un producteur de cinéma très important, il a beaucoup d'argent et des hommes de talent. Il a fait le tour de toutes les maisons d'éditions pour trouver des sujets. Je lui ai parlé de ton Jean des Bandes Noires et ça l'a un peu intéressé. Et puis j'ai pensé à lui montrer ce que j'avais du *Désert des*

Tartares, les deux cents premières pages. Il m'a retéléphoné le surlendemain, l'idée du livre l'intéressait. Je me suis dépêché de le faire signer, tu t'en doutes. Pour le prix, il m'a fallu dix jours pour lui arracher 25 000, il ne voulait pas aller au-delà de 10 000. Mais ses lecteurs m'ont aidé. Eux ont adoré ton manuscrit... Bref, c'est fait. Bien entendu, il faudra changer le titre. Des Tartares, je vous demande un peu! D'autant qu'il n'y a pas un seul Tartare, ou alors j'ai mal lu.

– Il n'y en a pas.

– Tu me rassures, je commençais à voir des Tartares partout, tapis et tendant des traquenards tortueux.

– Ils vont changer mon histoire, Eddy?

– Tad, excuse-moi de te le dire, mais je n'ai pas fait précisément fortune, avec toi...

– Ils vont la changer, Eddy?

– Si l'on fait un film avec ton livre, je pourrai en vendre dix ou vingt fois plus qu'à l'ordinaire...

– *Eddy?...* »

Silence. Sans tourner la tête, elle sait que Taddeuz est en train de sourire. Pour elle, elle s'enjoint férocement de ne pas bouger, et de ne rien dire.

« Peut-être un peu, oui, dit enfin Lucas.

– Beaucoup, dit Taddeuz.

– Tad, ça m'a pris trois jours supplémentaires mais j'ai réussi à convaincre Aitken de te prendre comme coscénariste. Tu travailleras avec des gens comme Gardner Sullivan et Larry Noltman, qui ne sont pas n'importe qui. Bien entendu, tu seras payé en plus pour ce travail, tes frais de séjour te seront remboursés et tu figureras au générique. »

Nouveau sourire. Hannah pense : « Il va dire : '' Ça n'a pas d'importance, Eddy ''... »

... Nouveau silence.

« Autre chose, reprend Lucas, j'ai obtenu que tu

aies un droit de regard sur le choix du metteur en scène. J'ai appelé Mary Pickford, à Los Angeles. D'après elle, le meilleur choix serait David Griffith, mais il prépare un gros film. Elle conseille un certain Raoul Walsh. Tu as confiance en Mary, n'est-ce pas ?

— Sûrement, dit Taddeuz avec une inquiétante douceur. Quelle sorte de livre vas-tu éditer, Eddy ? Celui que j'ai déjà écrit ou bien celui qu'on devra écrire après que mes Tartares seront devenus des Apaches ? »

« Oh ! mon Dieu ! » Hannah sent sur elle le regard suppliant de Lucas, la conjurant de venir à son aide. Elle ne bronche pas, continuant de décacheter ses lettres.

La voix très calme de Taddeuz :

« ... Et après que mon désert sera devenu l'arrière-cour d'une grange de Hollywood, et mon personnage principal un pauvre cow-boy solitaire ?

— Oh ! merde, s'exclame Lucas.

— Ça n'a pas d'importance, Eddy, dit Taddeuz. Je vais te signer ton contrat, bien entendu. Que vais-je pouvoir faire de tout cet argent ? Tu m'aideras à le placer, Hannah ? »

Elle ose enfin tourner la tête mais, Dieu merci, ce n'est pas elle qu'il fixe. Elle se lève :

« Vous déjeunez avec nous, Eddy ? »

L'éditeur dit qu'il ne peut pas. Un autre jour, sûrement.

« Excuse-moi, lui dit Taddeuz. Je n'aurais pas dû faire ces deux dernières remarques, Eddy a raison, c'est une chance à ne pas laisser passer. Il s'est donné tant de mal... Et puis je pourrai toujours publier le *Désert* à compte d'auteur, avec tous ces dollars que je vais gagner à Hollywood. Tu connais ce Walsh ? »

Elle dit que non, ce qui est vrai. N'ose pas dire grand-chose d'autre, bien heureuse de n'avoir fait à ce jour, depuis treize ans, aucun commentaire sur son métier d'écrivain. Au moins peut-elle s'en tenir à cette attitude, dans ces instants où le regard de Taddeuz n'a peut-être jamais été si aigu.

« Quand iras-tu en Californie ? »

En janvier. Il veut passer les fêtes avec les enfants et elle.

Ce qu'il va faire. Pour sa part, elle commence à prendre du poids. On peut croire un moment qu'elle va moins bien supporter cette grossesse que les précédentes ; peut-être à cause de son âge, trente-neuf ans ; ou bien en raison des horaires démentiels qu'elle continue d'observer. C'est au point que Taddeuz, pour une fois, l'oblige à demeurer tout un dimanche sans rien faire, lui interdisant jusqu'à son courrier...

... Mais non, comme par miracle et comme si elle ne voulait rien faire pour l'empêcher d'aller en Californie, elle retrouve du jour au lendemain toute sa vivacité et sa pâleur translucide qui est, avec l'extraordinaire feu de son regard, l'un des trop rares attraits de son visage triangulaire. Elle a décidément une santé infernale. Lizzie n'en revient pas, elle qui a pourtant mis ses enfants au monde avec tant de désinvolture. Leur amitié à elles deux est sans faille, il en sera ainsi jusqu'au bout. Elles continuent de partager leurs fous rires. En vérité, c'est Lizzie qui tient, auprès d'Adam et Jonathan, la place qu'Hannah n'a pas le loisir d'occuper :

« Hannah, ça m'ennuie de t'en parler, mais il y a un problème avec l'un de tes fils. Pas Adam, qui travaille à merveille...

– Jonathan ?

– Jonathan. Ce n'est pas qu'il ne fasse rien. Cela

dépend des moments, et des matières. Mais c'est la discipline. Il a frappé l'un de ses professeurs et cassé une soupière sur la tête d'un camarade.

– J'ai toujours eu horreur de la soupe, moi aussi.

– Je ne suis pas non plus une fanatique des soupières. Mais Jonathan est assez difficile.

– C'est moi, en homme. Je m'attends au pire. »

Elle rit, écartant le problème, si problème il y a. Ce soir-là, avant Noël, elles sont installées dans une bergère à regarder leurs hommes s'affronter au billard... Et voilà qu'elles tombent toutes les deux par terre, à force de fou rire, sous l'œil ahuri de Maryan et Taddeuz. Hannah vient d'expliquer à Lizzie que ce l'on nomme *cue*, en anglais, et avec quoi l'on pousse les boules, s'appelle *queue* en français. Il n'en a pas fallu plus pour les faire hurler de rire...

Tu t'en souviens, Lizzie ? Tu me reprochais mes plaisanteries de corps de garde, mais tu étais la première à rire. Aujourd'hui, on voit partout des hommes et des femmes nus mais, en ce temps-là, même dans les premières années 1900, nous étions encore au dix-neuvième siècle... Nous nous sommes quand même sacrément amusées, non ?

Taddeuz part dans les premiers jours de janvier.

« Je reviendrai au plus tard dans deux mois, Hannah.

– Pas question, c'est moi qui viendrai te voir. A l'improviste, pour te surprendre au lit avec des dames hollywoodiennes. J'arriverai en aéroplane... »

Cette idée d'aéroplane commence à vraiment la hanter. Elle s'est rendue au meeting aérien de Sheepshead, à la pointe sud-ouest de Brooklyn, et a de nouveau réussi à aller dans l'air, blottie dans le dos du pilote nommé Ovington.

« Et si je volais jusqu'en Californie ? »

Ovington est parti en courant, affolé. Maryan et Taddeuz l'ont prise chacun par un bras et l'ont emportée loin de l'aéroplane, sans que ses pieds touchent terre.

Elle regarde une fois de plus partir Taddeuz :

« Ne me trompe pas trop, s'il te plaît... »

Ces mots-ci d'une toute petite voix pas très vaillante. Elle ne se sent pas vaillante : « Vieille, laide et en plus avec un gros ventre. Si ce n'est pas une fille comme prévu, je le noie ! »

Le voyage qu'elle effectue au début de mars est épouvantable, malgré la présence de Lizzie à ses côtés (Maryan et elle se sont installés en Californie, à Beverly Hills, depuis le mois de janvier). Lizzie a tenu à venir la chercher à New York – « dans l'état où tu es, pas question de te laisser seule... »

Seule étant vraiment façon de dire : Hannah est de toute façon accompagnée par Yvonne et Gaffouil, plus deux secrétaires et un coursier, ce dernier chargé de convoyer les trois machines à écrire, deux Remington et une Blick portable, et le photocopieur Rectigraph; en outre, à chaque arrêt du train, il se charge du collationnement du courrier centralisé par les services de Josuah Wynn, son nouvel intendant général, chargé de l'organisation et de l'expédition des réponses.

« J'aurais un aéroplane, nous serions déjà arrivées, qu'est-ce qu'on perd comme temps !

– Un quoi ? »

Lizzie est effarée, elle ne se voit pas du tout dans une machine volante :

« Surtout avec un gros ventre comme le tien.

– Parlons d'autre chose, tu veux ? »

Ce qu'elle a dans le ventre commence à s'agiter :

« C'est sûrement une fille, emmerdante comme elle l'est. » Elle est tout à fait sûre que c'est une fille.

Elles parlent interminablement tandis que défilent les mornes plaines entre Appalaches et Rocheuses, dans les temps libres qu'Hannah accorde à ses secrétaires. Une question de Lizzie tombe en même temps que la nuit sur le Kansas :

« Tu ne m'as jamais dit, Hannah... »

Le regard gris. Lizzie :

« ... si oui ou non Taddeuz avait jamais su que tu étais enceinte, et de lui, le jour où Pelte le Loup t'a tant frappée, à Varsovie... »

Il faut vraiment être Lizzie pour s'aventurer sur un terrain pareil. Et même elle, soudain, mesure à quel point elle approche dangereusement du cœur brûlant de toute l'affaire d'amour entre Taddeuz et Hannah, qui dure depuis trente-deux ans :

« Excuse-moi, je n'aurais pas dû... »

Mais Hannah dit :

« Je me suis souvent posé la question, Lizzie. Je ne connais pas la réponse. Avant notre mariage, je n'en ai pas parlé à Taddeuz, bien sûr, j'aurais eu honte de me servir de ça pour l'obliger à m'épouser. Après, non plus. Jamais. »

... Il est toutefois possible que Taddeuz l'ait appris par Mendel, lors de cette fameuse rencontre au marché aux fleurs de Nice, en 1899, quand les deux hommes se sont dit des choses – « j'ignore lesquelles, Mendel même en mourant n'a rien voulu me dire ». Ou bien Taddeuz a pu l'apprendre par Dobbe Klotz...

« Mais je n'y crois pas, Lizzie. Et puis c'est du passé, si lointain... »

Une vraie troupe, en gare de Los Angeles, pour les attendre. Taddeuz et Maryan en tête d'une fanfare et de beaucoup d'enfants. Dans les heures qui ont précédé l'arrivée, elle, Hannah, a connu des moments de véritable panique : « il va me trouver gonflée comme un Zeppelin, vieille femme assez folle pour être enceinte et qui de plus en plus chaque jour ressemble à la mère de son mari... Alors qu'à Hollywood il voit par centaines ces saloperies de jolies filles qui ne demandent pas mieux que de lui ouvrir leurs bras et le reste, parce qu'il est beau à en pleurer et parce qu'il travaille dans le cinéma... Je m'en fous bien, s'il m'a trompée. Tout ce que je veux, c'est qu'il me reste... Quoique ça me ferait foutument mal, de le savoir avec une autre... » Elle et Lizzie ont voyagé dans un wagon spécial accroché au train ordinaire tiré par une Mountain. Le wagon comportait une vraie salle de bain avec baignoire et, à l'arrêt de Barstow, on y a chargé de l'eau fraîche, en sorte qu'en vue de Los Angeles Hannah barbotait dans un bain froid, avec l'espoir que cela la rendrait plus présentable...

« Tu es superbe, dit-il. Radieuse même. Comment vont les enfants ? »

Lui, en tout cas, est à couper le souffle, de nouveau hâlé, rajeuni encore. La maison des Kaden à Beverly Hills est terminée, elle est dans le goût espagnol mais plaisamment assortie d'un jardin anglais. Taddeuz s'y est installé, il a une aile rien que pour lui. Oui, il travaille. David Griffith lui a demandé de collaborer à *Naissance d'une Nation*, il s'est lié avec Thomas Ince qui, notamment dans le cañon de Santa Ynes, a reconstitué d'étonnants décors, dont une rue de New York ; il a également fait la connaissance de Scott Sidney, un ancien metteur en scène de théâtre qui avait aimé sa pièce, et d'un Anglais très étonnant du nom de Charles Spencer Chaplin... Et bien sûr il travaille sur le scénario de son *Désert*.

Il rit, selon toutes apparences en grande paix

avec lui-même : ce que Raoul Walsh et les deux autres scénaristes sont en train de faire de son roman est évidemment assez surprenant, elle aurait du mal à reconnaître l'histoire, mais pourquoi pas ?

... Selon toutes apparences. Elle le scrute. Difficile, sinon impossible, de lire sur son visage, de discerner s'il est horriblement malheureux ou au contraire s'il s'accommode volontiers, voire avec plaisir, des contraintes de son nouveau métier d'écrivain de cinéma. D'autant qu'il lui témoigne plus d'amour et de tendresse que jamais, à elle. Déjà, alors qu'elle portait Adam dans son ventre, onze ans et quelque plus tôt, ils avaient continué de faire l'amour presque jusqu'à l'accouchement. (C'était surtout elle qui le lui faisait, sur la fin.)

... Il la prend sur arrière-plan-fondu-enchaîné de malles à peine ouvertes, et la petite mécanique dans la tête de Hannah a beau tourner à toute allure, rien ne transparaît qui puisse alimenter ses inquiétudes : « Tu t'angoisses trop, Hannah, il est finalement heureux du sort que tu lui as fait. Il n'a que quarante-trois ans et te l'a dit lui-même : pour un écrivain, c'est le début de la maturité. Sa première expérience de cinéma avec De Mille a été un échec mais pas celle-ci : tous ces gens sont en train de découvrir combien il a du talent, lui-même s'en rend compte, ce qui est mieux encore. Et si intelligent et perspicace qu'il soit, il n'a pas deviné ta manœuvre. Dans un an, on ne parlera plus que de lui, il sera célèbre et gagnera beaucoup d'argent, tout ce que tu as toujours espéré pour lui... Tu l'auras sauvé de lui-même, espèce de foutue garce machiavélique... »

Le tournage du film par Raoul Walsh est prévu pour le début de mai. Hannah lit le dernier scénario en date, déconcertée au début par cette façon si personnelle qu'ont les gens de cinéma de découper une histoire comme un gigot... et bien plus déconcertée ensuite quand elle découvre ce qu'est devenue la véridique aventure de Quentin MacKenna : le héros du film se marie au début (c'est Douglas Fairbanks), un cousin jaloux, sournois et cruel, lui enlève sa femme (c'est Lilian Gish) à soixante-douze minutes (environ) de la consommation du mariage, puis, aidé, Dieu seul sait pourquoi, par des Apaches ricanants et basanés comme des nègres d'Afrique, entraîne la malheureuse dans une cabane protégée par un désert (on a tout de même gardé le désert) absolument impénétrable qui ne connaît pas les points d'eau; le Héros Solitaire se lance nonobstant à la poursuite de la Bien-Aimée et du Traître, traverse le désert à pied – les Apaches Ricanants et Basanés lui ont tué son Cheval Blanc – et parvient épuisé à la cabane, où il a quand même encore la force de se battre avec le Cousin Satanique et de l'estourbir pour le compte au moment où l'Infâme allait faire subir à la Bien-Aimée les Derniers Outrages; et le couple enfin réuni repart sur le Cheval Blanc, réapparu quant à lui dans des circonstances inexplicables.

Hannah est sidérée par tant de niaiserie.

...Mais Taddeuz sourit, paisible : « C'est du cinéma, mon amour... » D'ailleurs, Harry Aitken et Eddy Lucas sont enchantés. Eux trouvent ça admirable :

« Eddy veut que j'écrive un roman reprenant exactement cette trame. Il a eu une idée originale : tenir le livre prêt au moment de la diffusion du film et le vendre avec une couverture accrocheuse aux spectateurs sortant des salles. D'après lui, il en vendra cent ou deux cent mille... Hannah, ne fais donc pas tes yeux de hibou triste, s'il te plaît. Je t'assure que je m'amuse beaucoup... »

Cela va s'appeler *Le Cavalier Solitaire*, dit-il.

12

Et il m'engueule, en plus, c'est merveilleux...

FILM et livre sortent à la mi-juin. A quatre ou cinq semaines de son accouchement, il n'est pas question qu'elle traverse l'Amérique pour assister à la première. Le télégramme de Taddeuz lui parvient, au moment même où elle vient de s'asseoir à son bureau de la maison de Long Island, vers les quatre heures trente du matin : *Un triomphe en toute modestie. Je t'aime.*

Taddeuz lui-même arrive huit jours plus tard. Avec, plus que jamais, toutes les apparences d'un auteur comblé. Grâce aux contrats si habilement négociés par Polly Twhaites et son équipe américaine, il va recevoir douze pour cent des bénéfices du film, à partager avec Eddy Lucas; cela peut lui valoir 30 ou 40 000 dollars au bas mot. Et ce n'est pas tout : il a signé deux autres contrats de scénariste, dont un pour *Le Retour du Cavalier Solitaire* et un autre pour *La Revanche du Cavalier Solitaire*.

« Je leur ai proposé *Le Cavalier Solitaire contre les Hommes-Fourmis* et *Le Cavalier Solitaire contre Frankenstein*, mais ils n'en ont pas vu l'urgence. Ils hésitent encore un peu. Plus tard, peut-être. Quant à Eddy, il délire complètement : il me propose un contrat de cinq ans, me garantissant 50 000 dollars par an, à la seule condition que je lui fasse un Cavalier tous les trimestres. Je vais accepter, tu t'en doutes... Et pendant que j'y pense... »

Il lui tend un écrin de cuir, noir et rouge andrinople. Une rivière de diamants.

– Taddeuz, tu as dû payer ça une fortune !
– Puisque je suis riche...
– J'aimais presque mieux les perles noires, tu sais...
– Je continuerai à t'offrir des perles noires, une par an, aussi longtemps que je vivrai. Ça n'a rien à voir... »

Cette fois, elle a cédé à sa mesquinerie. Elle est allée s'enquérir du prix du collier : plus de 150 000 dollars. Et elle pense, accablée : « Il n'aura pas gardé un sou pour lui, de tout ce que le cinéma lui a rapporté. Je jurerais même qu'il s'est endetté... »

Il a souri, sans le moindre signe sur son visage, dans sa voix ni dans ses mains, pouvant révéler si son entrain ne cachait pas autre chose. Elle a demandé :

« Quand Eddy va-t-il publier *Le Désert des Tartares* ?

– Réfléchis : quel éditeur accepterait de publier simultanément, sous une identique signature, des livres aussi différents ? Hannah, je ne me suis jamais mêlé de ton travail, mais est-ce que tu mettrais en vente, en même temps et avec la même griffe, des produits de luxe et du savon pour laver les culottes ? Tu vois bien. »

... Intuition, ou plutôt certitude, de ce qu'il est en train de vivre un enfer... – *Lizzie, on peut toujours refaire l'histoire. Et la comprendre, après. Entre Taddeuz et moi, il n'y a pas seulement ce problème terrible de l'argent que j'avais, que je gagnais avec tant de facilité, et que lui n'a jamais eu – sauf quand je m'en suis mêlée. Dès les premiers jours de notre mariage, je lui ai proposé toutes les solutions possibles, y compris de lui verser un capital dont il eût disposé à sa guise, quitte à lui inventer un oncle à héritage et à lui faire remettre la somme sans qu'on sût jamais d'où elle venait. Niet. Je lui ai offert n'importe quel poste chez moi, par exemple celui que devait occuper Jos Wynn. Niet. Je lui ai proposé d'apparaître comme le président, le chef officiel, celui qui avait toutes les idées, dont je n'aurais été que la collaboratrice. Niet... Il fallait pourtant qu'il vive, je ne sais pas, moi, qu'il s'achète des costumes et des caleçons, des cigares, qu'il puisse payer ses voyages. Quand nous allions au restaurant ou dans un hôtel, j'ai essayé de lui faire accepter de l'argent pour que publiquement ce soit lui qui paie. Ça comptait terriblement, ces choses, en 1900, et je ne suis pas si sûre qu'elles aient cessé de compter, même aujourd'hui, soixante-dix ans après. Niet. Je payais et il ne bronchait pas. On l'a traité de gigolo, en face. Deux ou trois fois, il a cassé la figure au salopard, mais en fait il souriait : « Ça n'a pas d'importance, Hannah... » Il ne m'a jamais rien demandé, pas une fois, pas même un livre. Les trois premières années, je lui achetais ses vêtements, ses chaussures, tout, en cachette. J'avais honte, tu ne peux pas savoir, et j'étais malheureuse, Lizzie... Non, même à toi, je n'en ai jamais parlé jusqu'à ce soir... Ça paraît tellement dérisoire, tout le monde aurait ri...*

ÇA N'A PAS D'IMPORTANCE, Hannah... oh! bon sang, ce que j'ai pu haïr cette phrase!

... Mais il ne s'agissait pas seulement d'argent. La chose au monde que j'ai le plus désirée durant toute ma vie si longue, un milliard de fois plus que l'argent ou le succès pour moi, a été qu'il

réussisse, lui. Lui, en tant qu'écrivain, puisqu'il avait été créé pour ça, puisqu'il ne savait ni ne voulait rien faire d'autre. Et c'était épouvantable que les années passent et que rien n'arrive... Il était dans les meilleures conditions matérielles possibles, apparemment, il n'avait à s'occuper que d'écrire. Il écrivait et personne ne voulait de ses livres, jamais. Sauf quand il s'est trahi lui-même, à écrire stupidement des choses stupides. On dit les juifs torturés mais il l'était plus que moi. Cette saloperie de vie est vraiment mal foutue, je me demande comment j'ai fait pour la supporter jusqu'à mon âge...

... Ni argent, ni vraie réussite. Et son caractère si terriblement exigeant avec lui-même, cette sensibilité trop grande, démesurée, anormale...

... Et moi, bien sûr. Moi qui l'avais traqué pendant des années, moi avec ma saloperie de langue que je n'arrivais pas à retenir... je n'y arrive toujours pas, je sais. Je n'étais pas facile à vivre, c'est le moins qu'on puisse dire. Il ne suffisait pas que je l'aime à la folie...

Ça m'aurait servi à quoi de comprendre ces choses, alors? Qu'est-ce que j'aurais pu faire qui aurait tout changé?

Elle accouche d'Abigail le 4 juillet. Difficilement, très difficilement même. Les douleurs durent des heures et des heures et le bébé ne se présente pas tout à fait dans l'axe, un peu par l'épaule. Les cinq obstétriciens à son chevet, après s'être acharnés aux forceps, en sont à envisager une césarienne. Elle a presque réussi à ne pas crier, jusque-là. Elle les interpelle sauvagement : « Espèces de foutus idiots, essayez encore! Allez, on compte ensemble, un, deux et trois! »

... Puis elle demande, livide et les yeux clos :

« Garçon ou fille ? » Une fille. Elle ricane : « M'étonne pas. Presque aussi emmerdante que sa mère ! »

Quarante-huit heures après, elle a déjà convoqué son état-major autour du lit. Josuah Wynn est un ancien avocat qu'elle a connu dès son arrivée en Amérique. Il débutait, alors. Longtemps, il a travaillé pour elle comme juriste; après Polly Twhaites, c'était celui dont elle recherchait le plus volontiers l'opinion en matière de contrats et de droits. Elle a fini par lui offrir le poste de directeur général; pour un homme il n'est pas trop mal...

« Jos, je veux séparer complètement l'Europe de l'Amérique. Je veux qu'il s'agisse d'affaires différentes, avec seulement trois points communs : moi, vous et le fait qu'on fabrique des cosmétiques et des parfums dans les deux cas. »

Elle est revenue pleinement aux affaires. Un titre de journal évoquant des difficultés en Europe (elle n'a pas lu plus avant) l'a alertée.

« Voyez les détails avec Polly, Jos. Je lui ai d'ailleurs déjà écrit à ce sujet, il sait à quoi s'en tenir. Que tout soit clair : je veux trois affaires distinctes, en comptant l'Australie et la Nouvelle-Zélande. Avec engagement pour chacune des trois sociétés de ne jamais empiéter sur le territoire des deux autres. Tout comme si elles étaient menées par trois personnes différentes, qui se seraient entendues entre elles pour ne pas se faire concurrence. »

C'est agaçant, mais les hommes de loi prennent toujours leur temps. Ce n'est que plusieurs semaines plus tard que Wynn s'embarque pour Londres et Paris, afin de régler avec Polly les derniers détails. Et il est au beau milieu de l'Atlantique quand la guerre éclate. « Voilà bien les hommes, on ne peut vraiment pas compter sur eux ! » pense Hannah.

N'ouvrant jamais les journaux que pour y vérifier l'emplacement attribué à ses réclames, elle n'avait guère prêté attention à ce qui pouvait se passer dans des endroits aussi ridicules que la Bosnie-Herzégovine et autres Sarajevo – « Je ne sais même pas où c'est ! J'ai un peu voyagé, pourtant ! » Ce sont les seules réactions que lui inspire d'emblée le déclenchement de la Première Guerre mondiale : avec leurs espiègleries, ces crétins flanquent en l'air pas mal de ses projets, juste au moment où elle était décidée à reprendre en Europe une expansion un peu négligée. « J'ai l'air fin, à présent ! Bande d'abrutis ! »

Il lui faudra plusieurs jours, et les conversations autour d'elle, pour qu'elle prenne la mesure de l'événement. Elle en est atterrée, et comme incrédule. Vus d'Amérique, pour elle qui les connaît et les aime tous, ces pays européens se ressemblent. Qu'ils puissent s'opposer et expédier leurs nationaux s'étriper mutuellement lui semble de la démence. Taddeuz voit plus loin : il pense qu'une certaine Europe – le monde où ils sont nés et ont grandi – va disparaître à jamais.

« Tu ne vas tout de même pas aller te battre, non ? Tu es américain !

– Et fier de l'être. Mais je suis tout autant européen.

– Tu es trop vieux pour te battre, de toute façon.

– C'est vrai. Sauf dans ton lit. »

... Et Adam et Jonathan sont trop jeunes. Pourquoi irait-elle s'inquiéter ?

Ses amis de France, d'Allemagne et d'Angleterre ? Elle est sûre qu'ils ne seront pas touchés, d'ailleurs elle emploie surtout des femmes. Et puis, ça la ferait plutôt rire, d'imaginer Cocteau et Marcel Proust en zouaves...

Sa famille en Pologne ? Neuf ans plus tôt, en 1905, elle a reçu une lettre, acheminée par son institut de Berlin. De Simon, son frère : *Je viens d'apprendre par le plus grand des hasards que tu étais encore vivante, ce qui n'est plus hélas le cas de notre pauvre mère. Dieu l'ait en sa sainte garde...* Suivaient des reproches très amers, en une litanie talmudique : comment pouvait-on être à ce point dénuée du sens de la famille, se désintéresser autant des siens, manquer à tous ses devoirs, notamment religieux ? Ces reproches ont laissé Hannah d'une indifférence minérale. Elle devrait donc quelque chose à Simon, qui jamais ne s'est préoccupé d'elle quand ils vivaient ensemble au shtetl, et qui l'a ignorée plus encore lorsqu'elle est partie pour Varsovie ? Elle lui a néanmoins répondu, lui offrant de l'argent pour tout besoin éventuel et, même, s'enquérant de ce qu'il était devenu. En retour, vingt-huit pages d'admonestations encore plus véhémentes... malgré tout conclues par la demande de cinq mille roubles. Elle en a envoyé vingt mille, dans son esprit pour solde de tout compte. Et là-dessus, deux mois plus tard, sa directrice de Paris l'informe de la présence, dans les luxueux salons du faubourg Saint-Honoré, d'un rabbin barbu traînant derrière lui une femme et neuf enfants pareillement acariâtres, comme autant de reproches vivants. « Foutez-les à la porte », câble Hannah. C'est finalement Taddeuz qui est intervenu, plaidant la bienveillance ; et il s'est occupé lui-même de fournir à la famille de celui qui, somme toute, est son beau-frère les moyens d'une installation en France. Ça n'a pas suffi : le beau-frère a décrété qu'il y avait trop de juifs et de rabbins pour lui faire concurrence. Il a fallu financer leur installation à Alger, Allah seul sait pourquoi. Elle a payé, encore et toujours, et a fini par se laisser persuader d'aller les voir. Erreur fatale : le rabbin et ses deux fils aînés n'ont pas voulu lui ouvrir la porte et lui ont interdit de voir ses autres neveux et nièces, à cause de son avarice. Elle est repartie folle de rage. Taddeuz l'a encore calmée, l'a convaincue de leur verser une pension confortable. « Nom d'un chien, ça me coûterait moins cher d'entretenir tout le corps de ballet de l'Opéra de Paris! » (elle leur versait déjà l'équivalent de dix fois le salaire d'une directrice d'institut). Sur quoi le Quatuor de Varsovie, père, mère et les deux fils aînés, a exigé davantage : Simon voulait qu'on lui construise une synagogue personnelle, dont il eût été le chef spirituel. « Fais plutôt travailler tes fainéants de fils », a répondu Hannah. Simon l'a couverte d'opprobre : ses fils ne sauraient consacrer leur vie à autre chose que l'étude des Saints Livres, comme lui-même, et ils prieront pour elle qui a tant péché... « Merde. » Après ce mot définitif, leurs relations fraternelles ne se sont pas davantage développées. Simon a certes continué de lui écrire, contrefaisant son écriture pour n'être pas reconnu et faisant poster ses lettres des endroits les plus étonnants. Elle flanque tout à la poubelle et ne répond plus.

Elle lit *La Revanche du Cavalier Solitaire* qui doit paraître à la fin de septembre. A sa demande, Eddy Lucas lui a communiqué les épreuves. Elle trouve le livre d'une imbécillité consternante, plus encore que le premier. La couverture est vulgairement agressive : une fille semi-nue est emportée par un cheval, poursuivie par des Apaches emplumés – la chose est bizarre – qui brandissent des tomahawks hurons – de plus en plus curieux. Même Lucas en est un peu gêné. Pas beaucoup : après des années d'abstinence, il vient de découvrir les vertus des gros tirages.

« Et c'est Taddeuz qui a écrit ça?

– En huit jours. Il peut écrire vite, quand il veut.

– Vous allez publier *Le Désert des Tartares*, Eddy? »

Pas dans l'immédiat, reconnaît-t-il. Et de toute façon, Taddeuz a repris son manuscrit. C'est lui qui décidera.

« Hannah? Qu'est-ce qu'il se passe? Vous ne vous êtes jamais occupée de ce qu'il écrivait, sauf une fois. Le reste du temps, je n'ai pas le souvenir d'un seul commentaire. Je ne vous reproche pas cette indifférence, je la comprends. Puis-je être franc? Taddeuz est en train de réussir formidablement, même si ce n'est pas dans le genre de littérature auquel il s'était essayé au début. Je crois que vous êtes trop européenne, dans vos réactions, dans votre façon de distinguer entre un écrivain et un auteur populaire, et...

– Je serais jalouse des succès de Taddeuz, c'est ça?

– Je n'ai pas dit ça...

– Heureusement pour vous. Je vous aurais cassé quelque chose sur la tête. A présent, fichez-moi le camp, s'il vous plaît. Ne cherchez pas vos épreuves, je les ai brûlées. »

En septembre, un certain Joffre repousse un certain Moltke quelque part sur la Marne. Puisant dans ses souvenirs du temps où elle était avec René le Peintre, Hannah imagine cette péripétie lointaine comme un affrontement entre Apaches des Fortifs de Paris et rapins de Montparnasse, sous l'œil bovin de Casque d'Or. Cette guerre imbécile ne l'intéresse pas le moins du monde.

Taddeuz est à Los Angeles. Il y a plus de trois mois qu'elle ne l'a pas vu. Certes, il lui écrit, trois lettres par semaine et lui téléphone tous les dimanches. Au besoin, elle aurait de ses nouvelles par ses chroniques du *New Yorker*; il y parle beaucoup de ce qui se passe en Californie, sur le ton dont on écrirait à propos des Bochimans ou des Zoulous – c'est très drôle. « Pas de doute qu'il connaît bien toutes ces petites actrices dont il raconte les aventures... »

Lizzie et Maryan sont rentrés à la fin octobre de leur résidence de Beverly Hills. Ils vont passer l'hiver à New York, ne ramenant avec eux que les enfants trop jeunes pour aller à l'école, ils ont laissé les autres au soleil. Lizzie se sent coupable. Maryan, quant à lui, est carrément préoccupé, mais pour tout autre chose : l'un de ses frères est français, il a été mobilisé et aux dernières nouvelles se bat quelque part en Artois ou dans les Flandres. Hannah le regarde, stupéfaite :

« Tu veux dire qu'il a cessé de s'occuper de l'approvisionnement de l'usine pour aller tirer des coups de fusil sur Rainer Maria Rilke ? Et pourquoi pas Apollinaire et Rilke se tirant dessus d'un bord à l'autre du Rhin ? Invraisemblable. Même si avec les hommes on peut s'attendre à tout...

– Hannah, j'ai peur que tu ne mesures pas bien l'importance de ce qui se passe là-bas... »

En plus de vingt-cinq années, c'est bien la première fois que Maryan lui donne tort ouvertement. Ça l'irrite. Ceci s'ajoutant à certaines petites hésitations qu'ils marquent, Lizzie et lui, quand ils répondent à ses questions sur Taddeuz... Elle prend Lizzie à part :

« Il me trompe, c'est ça ?
– Tu es folle.
– *Lizzie!* »

Des aventures sans lendemain, dit Lizzie. Des passades. Il y a là-bas tant et tant de jolies filles rêvant d'un avenir au cinéma. Et lorsqu'on est un auteur aussi connu que lui...

« Hannah, j'ai bien failli ne pas rentrer à New York parce que je savais que je ne pourrais pas te mentir. Que vas-tu faire ? Y aller avec un pistolet ? »

La tentation est fichtrement présente, mais elle ne bouge pas : « Tu le voulais célèbre ? Il l'est. Mais d'une façon qui lui fait honte, qui doit le torturer et lui donner envie de vomir, sinon de se pendre. Tout est de ta faute. Tu peux vraiment être fière de toi... »

Elle continue de lui écrire des lettres très tendres, très gaies, aussi drôles que possible. Elle lui raconte par exemple les derniers exploits de Kate O'Shea, la directrice de son laboratoire de New Rochelle; prise d'une frénésie féministe, celle-ci exige désormais que même les chevaux venant livrer les produits de base soient des juments, conduites par des femmes : *Et en plus, elle fait tous les jours brûler des cierges à l'église catholique pour appeler la victoire allemande – non qu'elle soit amoureuse du Kronprinz, mais parce que ainsi les Maudits Anglais prendront la pile. J'ai dû lui faire enlever les drapeaux et le portrait de Guillaume II. Elle m'énerve un peu, à vrai dire...*

Elle évite, dans ces lettres, tout ce qui pourrait apparaître comme un signe de détresse, d'apitoiement sur elle-même, et à plus forte raison comme un reproche de sa trop longue absence...

... Elle va plus loin, enfin, dans une lettre de la fin novembre : *Il y a une éternité que je ne suis pas allée en Europe. Avec cette guerre absurde, je suis inquiète pour tous ceux qui travaillent avec moi. Mes autres affaires ici ne me laissent pas beaucoup de temps, si bien que la meilleure période pour aller là-bas serait celle des fêtes. On m'assure qu'il n'y a aucun danger. Je voyagerai sur un navire américain et nous sommes neutres. J'irai à Londres...*

Elle ne sait que trop bien qu'il lira entre les lignes. Cela revient en somme à lui laisser l'initiative de cette première séparation véritable; elle lui enverra Adam et Jonathan, pour qu'ils ne soient pas seuls tandis qu'elle-même...

La réponse fuse : *Coulerai ton bateau au besoin. J'arrive.*

Il arrive en compagnie de Charles Spencer Chaplin. « Tel un mari qui, venant de batifoler avec une autre dame, croit nécessaire de rentrer avec des fleurs », pense Hannah pour qui le petit Anglais à moustaches et aux yeux de Juif varsovien semble d'abord une espèce de coussin appelé à protéger Taddeuz des irruptions. Elle est toute prête à haïr cet Anglais-là. Mais il se trouve – elle le reconnaît à contrecœur – que Chaplin vaut beaucoup par lui-même. Ses sautillantes pitreries font rire jusqu'à Jonathan, dont l'agressivité froide et le repli sur soi-même sont de plus en plus marqués (Lizzie a raison, à son sujet : c'est vraiment un gamin très difficile. Si seulement Taddeuz était un peu moins coulant, avec lui! Moi, il ne m'écoute même pas!). Et puis surtout Charlie est infiniment plus qu'un clown, serait-il de génie, il y a chez lui une flamme très exceptionnelle – un tout petit peu obsédé sexuel. Après avoir quitté Mack Sennett et signé avec d'autres producteurs, ceux d'Essany, il part pour Chicago afin d'y tourner son premier film (en fait, il ne fera que l'y commencer et rentrera l'achever en Californie, à San Francisco). A la table du petit déjeuner, il improvise une brillante danse à base de fourchettes et de petits pains. Son œil est terriblement acéré. Il met à profit un moment où il est seul avec Hannah pour lui dire :

« Taddeuz vaut bien mieux que ce qu'il fait en ce moment, vous le savez ?

— Oui. »

Il lui embrasse la paume de la main, avec gentillesse :

« Je ferai tout pour l'aider, Hannah. Il est juif ?

— Même pas. »

« Je t'ai trompée. »

Silence. Elle s'est couchée sur le ventre, nue, nez dans l'oreiller. A éteint toutes les lampes dans leur chambre, contrairement à leur habitude, si peu de ce temps-là, de faire l'amour en pleine lumière. C'est assez pitoyable comme attitude, et elle le sait, mais elle ne veut pas qu'il voie son visage de vieille femme...

« Tu le savais, Hannah. Tu as dû le savoir avant que je pense moi-même à toucher une autre femme. Tu l'avais sûrement prévu.

— Mais oui. Je prévois tout.

— Presque tout. C'est assez effrayant.

— Je suis un monstre.

— Avec la plus belle chute de reins qui soit au monde. N'essaie pas de me duper, Hannah : je sais que tu en souffres, mais je sais aussi que tu n'attaches à ces femmes pas plus d'importance qu'elles n'en ont eue. »

Sa voix douce et calme dans la nuit. Et la petite mécanique dans la tête d'Hannah note implacablement chaque inflexion : « Attention, Hannah, il est sur le point de te dire qu'il sait parfaitement ce que tu as fait pour lui et comment il s'est retrouvé à Los Angeles à y gagner des tas de sous, et qu'en somme, si vous êtes tous les deux dans cette situation, c'est à cause de toi... Que tu as une fois de plus dirigé sa vie, malgré toutes les promesses que tu lui avais faites... »

« Je peux te toucher, Hannah ? »

Elle est vraiment très près de répondre non et de partir dans une diatribe, ayant pour sujet la façon dont elles font l'amour, à Los Angeles. Elle se tait. « Ça t'avancerait à quoi, de n'obéir qu'à ton amour-propre ? Et de jouer les épouses outragées, foutue idiote ? Il ne fallait pas te mettre nue, en te couchant. Ou mieux, il fallait changer de chambre, ce n'est pas la place qui manque... Lui faire la gueule sans la lui faire tout en la lui faisant n'est vraiment pas une solution intelligente. Tu veux divorcer ? Non ? Alors, tais-toi, que je ne t'entende plus ! »

Les doigts de Taddeuz tout le long de son dos. Lui caressant les épaules, en frôlements à peine perceptibles et interminables, délicieusement, puis s'engageant dans ce sillon profond qui se dessine dès les omoplates et va en se creusant toujours jusqu'à l'évasement des hanches et à l'étranglement naturel de la taille.

« Il y a eu trois de ces femmes, Hannah. Trois en tout. La dernière en octobre et une fois seulement. Plus rien, depuis. Et il n'y en aura plus d'autres. Voudrais-tu te retourner, s'il te plaît ? »

Elle s'accroche avec la dernière énergie à l'oreiller dans lequel elle a enfoui son visage. Continue à garder les yeux clos dans le vague espoir de lui cacher l'effet que produisent ses attouchements, mais n'en ouvre pas moins la bouche. D'autant qu'elle le sent maintenant contre sa hanche et sa cuisse, et qu'il joue de la pointe de sa langue. Ce pourrait, ce devrait être foutrement exaspérant, cette connaissance qu'il a d'elle et de ses points sensibles, cette certitude apparente de pouvoir la retourner comme une crêpe – au propre et au figuré. « Mais tu as envie de lui, un point c'est tout, il n'y a pas de quoi en faire un livre... Et si ça se trouve, il ne se doute de rien, pour l'affaire Aitken et toutes tes manigances, tu te seras affolée pour rien... »

« Retourne-toi, Hannah. C'est stupide et vexant que tu me caches ton visage... »

« ... affolée pour rien. Sauf si tu t'es servie de cette peur pour t'obliger à lui céder cette partie de toi qui ne voulait pas céder. Tu me suis, Hannah?... Ça y est, tu commences à rigoler, imbécile! »

« Lâche cet oreiller, nom d'un chien! »

Comme une crêpe. « Il m'a retournée comme une crêpe. Je l'aime et m'en fous pas mal qu'il ait couché avec tout Hollywood. »

Elle cherche son regard et découvre qu'il fait plutôt noir. Elle allume la lampe de chevet, prête à rire avec lui.

... Sauf qu'il ne rit pas, il s'en faut. C'est même la première fois qu'elle le voit au bord d'une vraie fureur.

« Où as-tu pris cette idée absurde que tu étais vieille? Ne recommence plus jamais, tu entends? Plus jamais! »

« Et il m'engueule, en plus, pense-t-elle, c'est merveilleux. »

Tu y étais, Lizzie à ce dernier Noël que nous avons passé tous ensemble dans la maison de Long Island, tous au complet, avec les frères et sœurs de Maryan et mon cher Paderewski, tous à parler de la Pologne, sauf toi qui ne comprenais pas un mot... Tu as cru que tout était arrangé entre Taddeuz et moi, tu me l'as dit, tu te rappelles? Tandis que Jan nous jouait Chopin.

... Je l'ai cru moi aussi, c'est bien ça le pire...

Taddeuz s'attarde et ne repart qu'à la fin février. Hannah et lui sont convenus de dispositions nouvelles. Plus question de demeurer loin l'un de l'autre pendant des mois, lui en Californie et elle sur la côte est, à 4 500 kilomètres de distance. Ils ne resteront plus jamais plus de trois ou quatre semaines sans se voir, tant pis pour leurs travaux. Soit qu'il vienne à New York, soit qu'elle aille à Los Angeles. D'ailleurs, Taddeuz s'est très volontiers laissé convaincre par le pianiste Paderewski : il prendra une part importante à l'action entreprise en Amérique par le musicien mondialement célèbre. Celui-ci a créé un comité d'assistance aux victimes de la guerre en Pologne et commence en fait à poursuivre, par-delà ce geste humanitaire, un objectif purement politique : l'indépendance de la Pologne. Il y a quatre millions d'Américains d'origine polonaise, en ce temps-là. On ne fait rien sans argent; il faut en recueillir. Taddeuz a pris en charge partie de la collecte et commence par puiser dans ses revenus. A cette seule fin, il produit en huit mois dix nouvelles aventures du Cavalier Solitaire et porte directement au compte du comité les cent vingt ou cent trente mille dollars de droits d'auteur afférents. Il a joyeusement taxé sa femme du double de la somme, et tous les Kaden. Paderewski dira à Hannah qu'à lui seul Taddeuz a réuni plus de trois millions de dollars pour la cause.

Il va et vient dans tous les Etats-Unis, donne des conférences sur la Pologne, organise des ventes de charité et des bals, des dîners à cent ou cinq cents dollars par convive. A trois reprises au cours de cette année 1915, Hannah se rend elle-même en Californie. Elle y est en juillet et, à un dîner auquel Taddeuz l'a entraînée, se retrouve à côté de Harry Aitken, dont elle fait ainsi la connaissance officielle. Aitken joue parfaitement le jeu, affectant de ne l'avoir jamais vue. Même, il la sollicite avec un beau culot : il recherche des capitaux frais pour créer une nouvelle société de production, la Triangle, dans laquelle il rassemble la Keystone de Mack Sennett, les studios de Fine Arts de D.W. Griffith et la Kay-Bee (Kessel et Bauman) de Thomas Ince. La conversation devient assez irréelle : Aitken a besoin de quatre à cinq millions de dollars, rien de moins; il en a déjà trouvé une bonne partie grâce à la Standard Oil, la compagnie pétrolière, mais souhaiterait disposer davantage :

« On peut gagner beaucoup d'argent dans le cinéma, madame Newman. Ceux qui nous ont aidés à financer *Naissance d'une Nation* ont déjà réalisé d'énormes bénéfices, en à peine cinq mois d'exploitation... »

« Je vais tuer ce type », pense Hannah qui est bien placée pour savoir combien le film de Griffith a rapporté : sa propre mise d'un quart de million a plus que doublé en cinq mois. Mais elle n'apprécie pas du tout le numéro d'équilibriste auquel se livre Aitken, alors même que Taddeuz les écoute en souriant.

Le lendemain, parce qu'elle voit mal comment elle pourrait faire autrement, elle interroge Taddeuz. Il secoue la tête.

« C'est ton argent, Hannah, tu le places comme tu l'entends.

— Mais ce type est bien le producteur de tes Cavaliers, non?

— Raison de plus pour ne pas m'en mêler » répond-il avec sa tranquillité ordinaire et ce regard gentiment moqueur, presque ironique qui, elle le sait bien, peut dissimuler n'importe quoi.

En septembre à New York, ils sont au cinéma Knickerbocker de Broadway, avec les Kaden, ainsi qu'avec Mary Pickford et Douglas Fairbanks dont un film où il en est la vedette (*Le Timide*, une comédie) est également à l'affiche. Ils assistent au premier des programmes complets – trois films d'affilée – présentés par la Triangle. Dans laquelle, en fin de compte, Hannah n'a pas mis d'argent. Sans Taddeuz, elle se serait sans doute décidée à rejoindre la Standard Oil. Car elle a été tentée d'investir dans le cinéma, pour lequel elle s'est à son tour prise de passion. A sa propre surprise et presque à sa honte, elle s'est découverte fascinée par les images sautillantes et muettes. Plus ahurissant : *Le Cavalier Solitaire* l'a clouée dans son fauteuil, alors qu'elle avait trouvé le scénario parfaitement débile. Et elle a pleuré comme une midinette (Lizzie encore plus, ça l'a consolée) devant le mélodrame de Cecil B. De Mille *Forfaiture*, avec Sessue Hayakawa.

Sa situation est paradoxale : après avoir payé les cinéastes sans espoir d'en retirer un profit, afin qu'ils fassent travailler Taddeuz, elle n'ose plus maintenant placer son argent dans le cinéma, de peur qu'il croie qu'elle veut encore se mêler de ses affaires d'écrivain...

« Ou vice versa, je ne sais plus où j'en suis... »

... Taddeuz, lui, sait exactement, c'est à hurler, la réponse qu'elle s'attendait à entendre. Il irait lui donner des conseils en matière de placements, lui ?

Elle a beau le connaître, elle s'irrite : c'est idiot, le cinéma pourrait leur être enfin une occasion de travailler ensemble, pour la première fois...

... Et nom d'un chien, elle commence à en avoir foutument assez de cet éternel demi-sourire qu'il arbore, de cette façon qu'il a de toujours se sous-estimer alors qu'il a plus de talent dans son petit doigt que des douzaines de pisse-copie souvent plus connus que lui !

Au fil des minutes, exaspérée par le calme qu'il lui oppose, elle s'emporte davantage, s'abandonne à l'une de ces colères glaciales mais enragées, dont jusque-là elle avait réservé l'exclusivité à Jos Wynn, voire à Polly, voire à Maryan, à tout le monde en fait sauf à Lizzie et à lui, Taddeuz. Mais trop, c'est trop, il y a presque seize ans qu'ils sont mariés, Dieu sait qu'elle a tout fait pour essayer de le comprendre et se faire pardonner – comme si elle avait besoin d'être pardonnée! – d'être riche et chaque année plus riche encore et encore...

« Merde, merde et merde, Taddeuz! »

... Le pire étant que c'est lui qui la calme, avec toute sa douceur et sa tendresse, sans qu'elle ait pu à aucun moment percer sa carapace. Et elle se laisse d'autant mieux apaiser qu'elle a honte de cette dispute où elle a été seule à s'emporter. « Et encore ai-je gardé assez de tête pour ne pas dire l'essentiel, ce que je lui cache... »

Quand il repart à la mi-octobre, elle le supplie presque de renoncer à « ces romans imbéciles »; qu'il continue, certes, à travailler comme scénariste mais pourquoi ne remettrait-il pas en chantier un livre digne de lui? ou alors, s'il tient à rester dans le cinéma, il pourrait collaborer avec Dave Griffith...

Il lui fait remarquer qu'elle est bel et bien en train de se mêler de ses affaires d'écrivain...

... Mais le fait en riant :

« Ça n'a pas d'importance, Hannah. »

Après tout, elle n'a sans doute pas tort, dit-il.

Je n'ai rien vu venir, Lizzie. Moi qui, paraît-il, prévois tout. Rien.

13

Ce n'est pas si tragique

ELLE investit dans le cinéma. A l'époque, Maryan est là, en train de recueillir les bénéfices de ces opérations immobilières – les bénéfices sont énormes. La longue bataille de procédure entre la tutelle arrogante de la Motion Pictures Patents Company de Thomas Edison, qui prétendait détenir tous les brevets, et les producteurs indépendants a trouvé sa conclusion dans un jugement de la Cour suprême, en date du 15 octobre 1915, qui annule les prétendus brevets. Hollywood, jusque-là plus ou moins embryonnaire, devient du jour au lendemain La Mecque de l'industrie cinématographique. On se bat pour acheter les terrains dont Maryan est propriétaire...

... Lequel a néanmoins pris le temps d'effectuer pour Hannah l'enquête qu'elle lui a demandée. Selon lui, il existe au moins trois maisons de production promises à un brillant avenir : l'Universal de Carl Laemmle, la Paramount de Zukor et Lasky, et la Fox de William Fox (lequel est un juif hongrois qui a débuté avec un compère, comme clowns de banlieue, sous le nom de Schmaltz Brothers).

« Et il y a d'autres hommes tout à fait brillants : Marcus Loew qui a créé la Metro, Samuel Goldwyn – il est né à Varsovie, soit dit en passant, son vrai nom est Goldfish – ou bien encore les frères Mayer, qui sont de Minsk en Russie. Et puis tu as encore les Warner frères, ils viennent de Pologne, eux aussi. Ou bien Selznick, c'est un Ukrainien. »

Elle éclate de rire :

« Tu n'as pas trouvé un Smith ou un Dupont, par hasard ?

— Non, mais je peux chercher », répond-il imperturbable.

Elle choisit la Paramount. Cécil B. De Mille en est le directeur artistique et le metteur en scène principal; il est en train de tourner sa *Jeanne d'Arc* et de préparer *Les Conquérants* qui vont établir sa réputation. Hannah le connaît depuis des années et le tient en haute estime.

... Mais à son habitude elle ne mélange pas les affaires et son plaisir ou ses goûts personnels. Qui plus est, elle tient à son principe de sociétés étanches – pas question qu'une éventuelle catastrophe dans ses investissements cinématographiques vienne toucher ses autres entreprises. D'ailleurs, sa qualité de femme, une fois encore, lui semble être un handicap pour s'immiscer dans un univers d'hommes. Elle crée une société indépendante, dont le directeur sera l'un des frères de Maryan, Joseph Kaden.

Elle a failli s'engager aussi avec Universal, histoire d'avoir des intérêts dans deux sociétés concurrentes. S'il produit une quantité astronomique de films d'aventures, Carl Laemmle a des ambitions très vastes pour ce qu'il appelle les « *jeels super special* »; dans ses studios qui sont les plus grands du monde, sur Ventura Avenue, il veut tout simplement reconstituer une partie de Paris pour *Notre-Dame de Paris* ou pour *Le Fantôme de l'Opéra*, et également Monte Carlo pour *Folies de femmes* que va réaliser Eric von Stroheim...

Les avocats et Joseph Kaden travaillent avec Zukor pour négocier l'entrée à la Paramount. Les documents sont signés vers le 25 novembre. Elle n'est pas aux Etats-Unis : dix jours plus tôt, un télégramme de Londres lui a appris une nouvelle à briser le cœur : le doux, gentil, le merveilleux Polly Twhaites est mort d'une crise cardiaque, à cinquante-six ans; il la secondait depuis vingt ans avec plus que de la fidélité : une complicité affectueuse qui remontait à l'Australie. Après Mendel, c'est un autre des témoins de son adolescence qui la quitte, début d'une sombre et déchirante litanie qu'elle entendra réciter durant toute sa si longue vie.

Elle a immédiatement câblé la nouvelle à Taddeuz mais le valet de chambre a répondu que Monsieur s'était absenté pour deux ou trois jours. Elle est donc partie seule, à bord d'un des rares paquebots osant transporter des passagers civils sur l'Atlantique, en l'espèce la *Touraine*. (Six mois plus tôt l'ambassade impériale allemande a publié dans le *New York Times* un avertissement sinistre, quelques jours après suivi d'effet, avec le tragique torpillage du *Lusitania*.)

Totalement enfouie dans ses souvenirs de Polly, c'est à peine si elle remarque le manège de ses compagnons de voyage, tous occupés à guetter anxieusement le sillage des torpilles d'un U-Boot. A Londres, elle tombe dans les bras d'Estelle Twhaites et dans ceux de Winnie Churchill – ce dernier en uniforme, il a repris du service malgré ses quarante et un ans – qu'elle avait précisément connu au mariage des Twhaites.

Elle reste dix ou douze jours à Londres et y reçoit confirmation de ce que les bilans hebdomadaires de Cecily Barton, sa directrice pour les îles Britanniques, lui avaient permis d'entrevoir : loin de diminuer son chiffre d'affaires, la guerre l'augmente; tout se passe comme si les femmes, ses clientes du moins, trouvaient dans les soins de beauté un exutoire à l'absence de leurs époux, fils ou pères partis sur les divers fronts.

Elle traverse la Manche et parvient à Paris. Même constatation : les instituts n'ont jamais été autant emplis, l'usine d'Evreux continue à tourner et le personnel, presque exclusivement féminin, n'a évidemment pas été touché par la mobilisation.

Elle avait prévu de ne regagner les Etats-Unis que vers le 15 ou le 18 décembre, à temps pour les fêtes de Noël. Le télégramme de Maryan lui parvient au 10 de la rue d'Anjou (où Cocteau n'est plus, il est parti à son tour se faire soldat, on aura tout vu).

Préférable rentrer vite, écrit simplement Maryan.

Elle croise son regard et comprend :
« Taddeuz ?
– Oui. Ce n'est pas si tragique.
– Qu'est-ce que tu en sais, nom de dieu ? Tu sais où il est ? Non ? Alors ? »

Il est venu la chercher à son débarquement du petit paquebot de la Cunard. Elle a mis neuf jours pour traverser l'Atlantique, le navire n'arrêtait pas de changer de cap; il est même allé jusqu'à faire terre en Irlande, à Galway, la T.S.F. ayant signalé un sous-marin allemand dans les parages.

« Je t'ai peut-être inquiétée à tort. Je ne savais vraiment que faire. »

Il est venu la chercher au port de New York dans sa nouvelle Pierce Arrow de six cylindres et douze litres de cylindrée.

Qu'il conduit avec la calme lenteur qu'il semble mettre à toutes choses.

« Prends ton temps, surtout, dit Hannah.

— D'abord, il a disparu et pendant trois semaines nous n'avons plus eu aucune nouvelle...

— Et vous ne vous êtes pas inquiétés ?

— Tu venais toi-même de partir pour l'Europe. Nous avons pensé, Lizzie et moi, qu'il était peut-être parti te rejoindre. Tu connais Lizzie... »

« Je suis faite pour être heureuse » : l'optimisme de Lizzie est tel qu'elle croirait encore à la vie et composerait sa table pour le dîner du lendemain, tout en tombant dans le vide du haut d'un immeuble de cinquante étages.

« La suite, Maryan.

— Nous avons reçu une lettre de lui le vingt-deuxième jour. Du Mexique, exactement d'Oaxaca. C'est à plus de trois cents kilomètres au sud de Mexico. Il y disait que tout allait bien, que nous n'avions pas à nous inquiéter, qu'il s'était remis à écrire, que nous ne devions surtout pas t'alerter.

— La lettre était datée de quand ?

— Du 9 novembre. Hannah, depuis pas mal de temps, il s'était remis à écrire, je ne veux pas dire des choses comme le Cavalier mais des livres comme avant qu'il fasse du cinéma.

— Il ne m'en avait rien dit.

— Lizzie le savait mais ne m'en a pas parlé non plus. Elle ne l'a fait que récemment... En tout cas, il n'y arrivait pas, toujours d'après Lizzie. Elle n'en est même pas sûre, c'est difficile de dire, avec lui... Hannah, je ne savais vraiment que faire. Il y a un consul anglais, à Oaxaca, j'ai fait prendre des renseignements, je lui ai envoyé un télégramme. Réponse : *Nous avons bien la voiture de M. Newman, mais pas M. Newman lui-même.* Je suis allé sur place. C'est au diable. Taddeuz y a loué une petite maison pour un an, mais il en était parti depuis trois semaines.

— En abandonnant sa voiture ?

– Ça m'a inquiété aussi. J'ai fait effectuer des recherches dans tous les environs. Ils ont la guerre, là-bas aussi, avec Pancho Villa et Emiliano Zapata. J'ai même pensé qu'il avait pu devenir correspondant de guerre.

– Ou *dinamitero*, tant qu'on y est.

– Il m'a fallu dix jours pour retrouver sa trace : il avait pris un train jusqu'à Veracruz et de là il s'était embarqué pour les Etats-Unis.

– La date? Je veux dire : quand l'as-tu appris?

– Le 17 novembre.

– J'étais encore à Londres. Tu aurais dû me prévenir aussitôt.

– Pour te dire quoi? Qu'il venait de rentrer en Amérique? Nous avons reçu une deuxième lettre à ce moment-là. De Veracruz, avec des nouvelles rassurantes : il voyageait à la recherche de l'inspiration, il pensait se promener d'île en île dans les Caraïbes et tout allait bien. Et nous ne devions rien te dire car il voulait te faire une surprise.

– Mais tu l'as quand même fait rechercher à La Nouvelle-Orléans. Alors qu'il demandait qu'on lui fiche la paix...

– Tu m'as appris à agir ainsi, Hannah. En fait, il n'est resté à La Nouvelle-Orléans que quelques jours... Hannah, il avait un manuscrit d'environ deux cents pages, qu'il transportait dans une sacoche en cuir, à son départ d'Oaxaca. Le consul s'en souvenait. Nous avons retrouvé la sacoche : il l'avait vendue cinq dollars dans Bourbon Street. Et il a brûlé le manuscrit dans la chambre de son hôtel du Vieux-Carré, avant de s'embarquer. C'est à ce moment-là que je t'ai télégraphié... »

Aucun écrivain au monde ne brûlerait sans raisons graves un manuscrit qui lui a coûté des mois de travail.

« Embarqué pour où? demande Hannah.

– San Juan de Porto Rico. Il y était encore voici quelques jours. Mais les deux détectives... »

Elle ferme les yeux :

« Tu l'as fait *suivre*, Maryan ?

– Tu m'aurais reproché de ne pas l'avoir fait. J'ai eu tort ? »

... « N'en veux pas à Maryan, Hannah. C'est vrai : c'est toi qui lui as appris à réagir ainsi. Tu l'as lancé pendant des mois, voire des années, sur les traces de Taddeuz. Tu as fait de lui un chien de chasse, il a réagi en chien de chasse. C'est toi qui es responsable, pas lui...

« Et tu peux fort bien imaginer ce qui s'est passé dans la tête de Taddeuz – qui devait déjà être dans un état épouvantable s'il ne parvenait pas à écrire – lorsqu'il s'est vu suivi à nouveau, traqué. Il aura sûrement pensé que c'était toi qui le faisais suivre et le traquais, comme autrefois, comme toujours... »

« Où est-il, Maryan ?

– Nous ne le savons pas, Hannah. Désolé. Nous avons fouillé tout San Juan en vain. Il a disparu. »

La Pierce Arrow s'ouvre glorieusement une route parmi la horde des Ford T... New York commence à se parer des illuminations de fin d'année.

Quatre longs mois d'un épouvantable silence, ensuite. Et puis la lettre de Taddeuz arrive.

Postée à Paris le 11 avril.

14

Les Quatre-Cheminées

JEAN COCTEAU porte une tenue de combat dessinée par le couturier Paul Poiret. Cela consiste en des knickerbockers gris de perle, merveilleusement assortis à la ravissante tunique lilas en coutil d'Armentières, au bourgeron zinzolin avec des poches à soufflets et des épaulettes ravissantes, aux brodequins prune; tout cela retenu par une ceinture bleue en cuir de Russie, cloutée d'argent pour faire plus militaire.

Il a au bras gauche un brassard brodé main qui indique son état d'infirmier à titre volontaire et parfaitement bénévole.

« Ma très très très chère Hannah, que diantre fais-tu ici? Ceci est un monde d'hommes... »

Et de sourire avec beaucoup de gaieté et d'affection. Il est assis à l'arrière d'un double phaéton 10/18 Opel à coussins de cuir noir et carrosserie blanche, piloté par un être bizarre dont le costume rappelle la tenue de plongée du Capitaine Nemo – c'est le décorateur Paul Iribe, futur grand amour de Coco Chanel. Cocteau embrasse Hannah :

« Ma pauvre chérie! Et ce monstre t'a fait courir jusqu'ici? Nous allons te le retrouver, viens voir Etienne. »

L'Etienne en question est un comte de Beaumont, fort gai lui aussi, qui a créé les sections d'ambulances aux armées. C'est donc le chef de Petit-Jean. On se retrouve dans une auberge de type flandrien, pas très loin de Dixmude où se sont battus des fusiliers marins, à moins qu'ils ne s'y battent encore – Petit-Jean n'est pas très au courant de la guerre –, et pas loin non plus de cet endroit où il y a des troupes britanniques et canadiennes.

« Il n'y a pas plus de trois heures, j'ai croisé un petit lord très mignon qui, avant guerre, chassait le garçonnet à courre dans ses bois. Il est au moins général, à présent. Ces hostilités sont d'un snobisme insoutenable. Voici Etienne, ma chérie. Nous allons pouvoir organiser un cocktail tout à fait charmant. Tu ne sais où dormir? Quelle horreur! Je vais t'arranger ça : je connais un adorable sergent de goumiers qui... Ah! tout de même, j'ai réussi à te faire sourire! Hannah, cette guerre est folle, il faut simplement être plus fou qu'elle, je n'ai pas trop à me forcer. Tu vas dormir ici, nous descendrons tout à l'heure. Tu as de quoi te changer ou veux-tu que je te prête quelque chose?... Cette fois, tu as ri, carrément! Allons, je t'aime, ma bonne, et tu le retrouveras, ton aventurier blond... »

Elle est arrivée à Paris le 4 juin, après une nouvelle et périlleuse traversée de l'Atlantique : elle a voyagé sur le paquebot américain *Mount Vernon* (qui sera bel et bien torpillé et coulé plus tard).

Dans la capitale française, elle s'est fait aider par Gertrude Stein, entre autres. Depuis plus de trois ans, celle-ci s'est séparée de son frère Leo, et vit en harmonieux concubinage avec Alice Toklas, une femme écrivain aussi, originaire de San Francisco mais descendant de Juifs silésiens. Les deux lesbiennes ont fait à Hannah le plus chaleureux des accueils.

... Même si elles ont eu des regards de convoitise pour la superbe créature aux cheveux noirs et au teint brun qui accompagne Hannah : Eulalia Jones, en 1916, a environ vingt et un ans; elle travaille depuis près de huit mois pour Hannah, en qualité de secrétaire particulière, doublant Yvonne à l'occasion comme femme de chambre intendante, après avoir suivi des cours et effectué des stages à New York, Londres, Paris et Zurich.

Elle est tout simplement cette jeune Cherokee trouvée au chevet de Mendel mourant. Hannah a tenu parole et s'est occupée d'elle, avec d'autant plus de goût que la jeune fille en valait la peine : elle est belle et intelligente.

Gertrude Stein ne connaît personnellement aucun ministre de l'actuel gouvernement français; d'ailleurs Alice et elle rentrent tout juste d'un séjour à Majorque où elles sont allées esquiver quelque temps les raids des zeppelins allemands. En revanche, elle est l'amie d'une amie d'un journaliste du *Figaro*, Joseph Reinach, spécialiste des questions militaires et à ce titre bien introduit dans les états-majors.

« Il va faire tout ce qui est en son pouvoir, Hannah... »

De son côté, Hannah elle-même s'est souvenue de son vieux camarade Georges Clemenceau – dont la femme est américaine – qui a été dix ans plus tôt ministre de l'Intérieur et même président du Conseil, et qu'elle retrouve journaliste, rongeant son frein.

Ainsi, tout un réseau s'est tissé, dans un Paris qu'Hannah se fût attendue à trouver fébrile et apeuré et qui en vérité lui semble tranquille et gai, même si l'on y parle d'un certain fort de Vaux tout à fait inconnu d'elle, d'une grande bataille appelée

Verdun (également inconnue), d'une victoire navale anglaise dans le Jutland (elle pense que c'est aux environs de son institut de Copenhague). Pourtant cette accumulation d'amitiés ne s'est pas révélée efficace : nulle part on n'a trouvé trace d'un Newman ou d'un Nenski qui se serait engagé. Les deux ou trois organisations américaines qui ont constitué des services d'ambulances et d'aide aux blessés n'ont sur leurs listes aucun nom de ce genre. Rue des Pyramides, le Fonds américain pour les blessés français que dirige une Mme Isobel Lathrop n'a pas vu davantage passer un volontaire du signalement de Taddeuz.

À force de courir les ministères, elle tombe sur un homme qui pâlit en la voyant, elle. Elle reconnaît André Labadie, qui à présent frise la soixantaine. Devenu un banquier du plus haut rang, participant à ce titre à l'effort de guerre, il est l'ami personnel et à certains égards le conseiller du président de la République française, Raymond Poincaré.

André amène Hannah dîner chez Maxim's, en souvenir de leur liaison ancienne. C'est la délicate, élégante, et la seule condition qu'il a mise à l'aide qu'il va lui apporter : qu'une soirée au moins elle accepte de faire semblant, comme s'ils s'étaient mariés autrefois, l'étaient encore, s'aimaient toujours :

« Nous essaierons même de nous disputer comme font les vieux couples : à voix basse et à mots couverts... »

Ce que bien sûr ils n'ont pas fait. Il la vouvoie même en français, alors qu'ils se tutoyaient dix-huit ans plus tôt. Il la fait sourire, et lui arrache un rire ou deux. À la table voisine de la leur, festoient René Fonck, l'un des as de l'aviation de chasse française, ainsi que d'autres pilotes venus là entre deux missions. André est marié, il a deux filles, mais toute sa famille vit à Biarritz. Le souper terminé, il la raccompagnera rue d'Anjou mais ne montera pas.

Elle lui fait lire la lettre de Taddeuz.

Il demande qui est ce Lermontov :

« Je crois me souvenir vaguement d'un écrivain russe de ce nom...

— C'est lui.

— La citation est belle. Et vous pensez que votre mari a quitté le bal pour aller lui-même chercher sa calèche ?

— J'en ai peur. »

Elle lui communique le peu d'éléments qu'elle a, et lui remet une photographie de Taddeuz. Dans sa courte lettre, celui-ci n'a donné aucune indication sur ses projets — en plus de la phrase de Lermontov, il ne disait guère que sa désolation extrême et sa honte pour tout le mal qu'il pouvait lui faire, à elle, Hannah, et la priait de lui pardonner.

La lettre a été postée le 11 avril au bureau de la gare Montparnasse. On a enquêté dans tous les hôtels à l'entour mais ce n'est qu'aux abords de la Closerie des Lilas, à l'hôtel de Nice, qu'un Russe a fini par admettre qu'il avait hébergé un dénommé Nenski. Le Russe s'appelle Ilya Ehrenbourg. Non, il ne détient aucune information précise, il sait seulement que Nenski a tenté de s'engager au 1er régiment étranger, en vain, et qu'après le 21 de ce mois d'avril il a disparu, sans la moindre explication.

« Je ferai de mon mieux » a dit André Labadie, et Hannah s'est étonnée de ce destin qui fait qu'après Mendel lui retrouvant Taddeuz ce soit d'un autre homme qui l'a aimée qu'elle attende maintenant du secours.

Elle a passé deux mortelles semaines à attendre :

au début, terrée dans son appartement et guettant le pas d'un messager ou la sonnerie du téléphone, puis se laissant convaincre par Gertrude de sortir un peu. En particulier, elle est allée deux ou trois fois rue Schoelcher, en bordure du cimetière de Montparnasse, où l'Espagnol Pablo Picasso a alors son atelier. Elle lui a acheté quatre toiles.

... S'en voulant beaucoup : « Il est peut-être quelque part à mourir le ventre ouvert, et moi j'achète des tableaux ! »

Labadie l'a tenue régulièrement informée de ses recherches, pour lesquelles il semble avoir mobilisé les états-majors français aussi bien que britanniques et probablement aussi les services de renseignements militaires...

Le 23 juin enfin, il vient lui-même lui apporter un laissez-passer, signé de Foch en personne, et des informations :

« Hannah, absolument rien ne prouve que ce soit l'un des trois. Mais ce sont là les trois étrangers figurant sur nos listes qui correspondent physiquement et se soient présentés comme Russes ou Polonais. Votre Ehrenbourg avait raison : il a en effet tenté de s'enrôler à la Légion étrangère, mais on l'y a refusé pour faiblesse cardiaque. Vous ne saviez donc pas que son cœur était malade ? Je suis navré : je ne vous en aurais pas parlé, si j'avais su. Qu'au moins cela vous rassure un peu : on l'a refusé une fois, on l'a sans doute refusé ailleurs, d'autant qu'il n'a plus vingt ans, il n'est pas nécessairement sur le front... Des trois hommes qui pourraient être lui, l'un est dans les Flandres, les deux autres à Verdun. »

Elle a commencé par les Flandres. Laissant Eulalia à Paris, elle est partie au volant de la meilleure voiture qu'elle ait pu trouver, rachetée à un homme d'affaires brésilien qui croyait encore à la

Belle Epoque : une Rolls-Royce *Silver Ghost* de 1911.

... Qu'elle conduit elle-même. Elle a pour guide et conseiller un petit capitaine d'infanterie de vingt-six ans recommandé par André, qui se nomme Pinsun, qui a perdu le bras droit et trois doigts de la main gauche lors d'une attaque en Argonne...

En guise de viatique, elle emporte un peu plus de cent mille francs-or.

Elle est tombée sur Jean Cocteau par le plus grand des hasards, le 27 juin.

Le premier des trois étrangers « très grands, très blonds, paraissant de trente à quarante ans, se présentent comme slaves ou américains » n'était pas Taddeuz.

S'il était russe, d'Ukraine, il était plus grand que Taddeuz et savait à peine le français; infirmier, il travaillait dans un hôpital de campagne.

Jean Cocteau se met à rire avec gentillesse :

« Hannah, ma bonne, tu as toujours été une femme étonnante, et le mot est faible. Sitôt cette petite chose sanglante terminée, il faudra que ton mari et toi, vous veniez me voir plus souvent... »

Il entreprend de raconter ce qu'il va faire, dès que rentré à Paris, cite des noms : Max Jacob et André Breton, Erik Satie, Braque et Derain...

– Tu connais aussi Picasso ? C'est bien. »

Elle s'est allongée sur le lit, pas très loin de l'épuisement au terme de quatre jours d'une randonnée démente, durant laquelle elle s'est frayé un passage parmi les convois de troupes montantes ou descendantes, constamment obligée de brandir le laissez-passer délivré par Foch. S'il y a une chose au monde dont elle a moins envie que discuter peinture ou musique, il serait intéressant de la connaître, pense-t-elle avec amertume et chagrin.

Pourtant, elle n'est pas dupe de la gaieté de Jean, il essaie seulement de la soulager de sa tension. Elle a pour lui de l'affection, goûte l'exceptionnelle vivacité de son intelligence et même, à l'inverse de la plupart de leurs amis communs, lui trouve de la profondeur et une lucidité presque désespérée, sous ses extravagances.

« Je n'ai pas trop envie de bavarder, Jean, excuse-moi. »

Il se relève et s'écarte du lit où il s'était assis sans façon – il l'a même aidée à défaire quelques-uns des boutons de sa robe. L'heure suivante sera bien dans sa manière : par plaisanterie et pour tenter de la faire rire, lui et Beaumont se sont habillés comme des folles pour le dîner : en pyjama de soie tous les deux, noir pour le comte, rose pour Jean, et leurs chevilles cerclées de cliquetants bracelets d'or. Ils ont ainsi fait une entrée fort remarquée dans la salle à manger de l'auberge...

... Où se trouvaient à dîner le maréchal Douglas Haig et tout son état-major.

Elle repart le lendemain avec Pinsun, son petit capitaine manchot.

Neuf jours plus tard, ayant dû repasser par Paris pour contourner le front, elle parvient à Saint-Dizier. Y est stoppée durant plus de vingt heures par des gendarmes que même le laissez-passer de Foch laisse inflexibles. Sans un ordre exprès de Pétain, ils refusent de lui permettre un pas de plus. Pinsun part téléphoner à Paris, les abandonnant, elle et sa Rolls, au bord du canal de la Marne à la Saône, au cœur d'un immense fleuve d'hommes et de véhicules. Elle reçoit les regards de dizaines de milliers de combattants hagards et fourbus, stupéfiés néanmoins de la découvrir là dans sa voiture blanche.

Je portais ce jour-là, Lizzie, un tailleur très droit, gris-bleu, de Jeanne Lanvin, ce que j'ai eu de plus masculin dans toute ma vie et probablement ce que Jeanne a fait de moins féminin dans toute sa carrière. J'avais sur la tête une sorte de tricorne, comme la mode en est venue l'année suivante... et je gardais la main dans mon sac, comme la dernière des idiotes, la main serrée sur le Derringer. Mais c'était bien inutile : ces pauvres diables de soldats étaient tellement à bout... Beaucoup m'ont souri, juste parce que j'étais une femme, et sans doute ai-je été, pour tant d'entre eux, la dernière qu'ils aient vue de leur vie... Les pauvres garçons, j'aurais voulu les embrasser tous et Dieu sait pourtant s'ils étaient sales...

Pinsun revient enfin, après six heures d'horloge : impossible de joindre le secrétariat de Foch, ni même André Labadie, le bureau de poste de Saint-Dizier refuse toute communication privée. Il secoue la tête :

« Nous n'y arriverons pas, madame.

– Offrez-leur de l'argent. »

Il croise son regard, d'un air de reproche gêné :

« On me l'enverra à la figure, madame.

– Je vous fais toutes mes excuses, dit Hannah. Pardonnez-moi. »

Il regarde autour de lui, puis hoche de nouveau la tête :

« Je vais essayer encore. »

Elle finit par s'endormir, ses bras croisés sur le volant, cédant à la fatigue de ses soixante-quatre heures de conduite ininterrompue, comme bercée par le monstrueux ressac des armées en marche. Vers cinq heures du matin seulement, titubant lui-même de fatigue, le capitaine manchot l'éveille et lui tend un ordre de mission. Ils repartent dans le jour qui se lève le 9 juillet – après avoir déjeuné d'un morceau de pain et du peu de café qui reste dans le « vase de Dewar », autrement dit la Thermos à la française.

Les gendarmes les dirigent vers la petite localité de Badonvilliers, au sud, expliquant que la voie directe par Bar-le-Duc est totalement engorgée, et que leur seule chance est de tenter de s'introduire dans la gigantesque noria qui, depuis des mois, coule vingt-quatre heures par jour. Le spectacle se fait rapidement dantesque. A Gondrecourt-le-Château, un sous-lieutenant d'infanterie, qui n'a sans doute pas vingt ans, s'approche de leur voiture et leur demande, sur le ton qu'il aurait à Deauville pour s'enquérir de la direction des planches, si « par hasard » ils n'iraient pas à Verdun. Il s'appelle Forissier, il est dans le secteur depuis onze mois et rentre de vacances dans un hôpital de Dijon. Son unité, « s'il en reste », est la 3e compagnie du 7e d'infanterie... Oui, bien sûr, il connaît la section sanitaire américaine, elle a la caserne Saint-Paul de Verdun pour base; non, il n'a jamais remarqué de grand blond parmi les conducteurs d'ambulance, ou alors plusieurs mais aucun en particulier...

La Rolls est parvenue à s'insérer dans l'ahurissante marée des camions à bâche et bandages pleins, des fourgonnettes du génie et du courrier, des motocyclettes, des autos-canons et autos-projecteurs. Sur ce que Barrès va appeler la Voie Sacrée – large dans le meilleur des cas de six à sept mètres – ce sont deux coulées de six mille véhicules qui se déversent chaque jour, explique Forissier. Et le même Forissier signale, sur les flancs de quelques-uns des trois mille cinq cents camions effectuant des aller et retour incessants, les insignes peints par Kisling, Foujita et autres Soutine.

Arrêt au franchissement de l'Aire, un affluent de l'Aisne : depuis le saillant de Saint-Mihiel, les batteries ennemies tentent de couper le cordon ombilical de Verdun et, parfois, un obus ou deux défoncent la route. C'est ce qui vient de se produire, mais des équipes de territoriaux en uniforme de la guerre de 1870 se sont aussitôt précipitées.

« Seize bataillons, plus de huit mille hommes, sont nuit et jour employés à refaire la route commente l'intarissable Forissier. Le général Pétain a fait ouvrir des carrières tout exprès. Quels noms avez-vous dit ?

– Newman. Ou Nenski. Ou Nemo ou Nunnally... n'importe quel nom commençant par un N.

– Jamais entendu aucun d'entre eux. »

La Rolls entre dans Verdun par le faubourg de Glorieux, ayant chargé en cours de route cinq fantassins bleu horizon. Malgré la présence de deux officiers dans la voiture, ils ont dit tout le mal qu'ils pensaient des gendarmes. Hâves sous le casque, ils imitent devant les pandores – avec un humour noir assez affreux – le bêlement des moutons qu'on conduit à l'abattoir. Ils se trouvaient à bord d'un camion qui est tombé en panne et qu'on a impitoyablement éjecté de la route. Ils sont de Vendée, jamais jusque-là ils n'avaient franchi la Loire mais, puisqu'il faut mourir, l'idée d'aller à la mort en Rolls-Royce, conduite par une femme habillée par Jeanne Lanvin, cette idée-là les émerveille.

Le commandant américain de la section sanitaire répond au nom de Lovering Hill. Il réussit à soulever des paupières alourdies par le manque de sommeil et fixe Hannah comme il le ferait d'un fantôme :

« Nunnally ?

– Et le prénom devrait commencer par un T.

— Celui-là s'appelle Jim. »

Le sous-lieutenant Forissier et les cinq poilus ont une vingtaine de minutes plus tôt débarqué de la Rolls. Avant de s'éloigner, le sous-lieutenant a souri à Hannah, lui a crié « *Good luck* », croisant index et majeur pour lui porter chance.

« L'homme que je recherche, dit Hannah, est très beau, il mesure six pieds et deux pouces, il est blond avec des yeux verts, il a plus de quarante ans, quoiqu'il n'en paraisse que trente. Il parle l'anglais, le français, l'allemand, le russe, le polonais, l'italien et l'espagnol. Il parle peu, pourtant, et toujours avec un demi-sourire très caractéristique, comme s'il se moquait de lui-même.

Dans la cour de la caserne Saint-Paul à Verdun, deux douzaines d'ambulances sont rangées. On est en train de procéder à un tirage au sort afin de déterminer qui aura le redoutable honneur de partir en premier pour le petit village de Bras, six kilomètres au nord, autant dire en première ligne : il faudra rouler presque en permanence sous le feu des Allemands installés à peut-être quinze cents mètres, à Vacherauville, à Douaumont, sur les côtes du Poivre et de Froide-terre. Dans le ciel un Nieuport passe lentement et se dirige vers un ballon d'observation ennemi, avec une tranquille assurance de tueur.

« J'aimerais autant savoir la vérité tout de suite, monsieur Hill. »

Elle a noté la lueur dans les yeux de son compatriote.

« Nous le connaissons sous le surnom de Mendel, dit Hill. Je vous rassure : à ma connaissance, il est vivant.
— Blessé ?
— Sa vie n'était pas en danger.
— Où est-il ? »

On l'a évacué il y a une vingtaine de jours. Il

revenait de l'avant-poste des Quatre-Cheminées où il avait servi plusieurs semaines comme brancardier. « Il était toujours volontaire. C'est un incroyable miracle qu'il n'ait jamais été touché... » L'accident s'est produit entre Bras et Verdun, en fait aux abords de Belleville, à moins d'un kilomètre de Verdun...

« L'accident ? »

L'air gêné de Hill. Qui demande :

« Qui diable êtes-vous pour être parvenue jusqu'ici ?

– Sa femme. Quel accident ? »

Le plus stupide possible. Le plus grotesque qui soit. Et même, selon Hill, le plus dramatiquement navrant qui puisse survenir à un homme qui, américain et neutre, avait jusque-là constamment risqué sa vie au milieu de cet enfer :

« L'ambulance qu'il conduisait est tombée en panne. Un camion de ravitaillement montant vers le poste de commandement de brigade, aux Quatre-Cheminées, a heurté en pleine nuit son véhicule arrêté, qu'il essayait de remettre en route. Le chargement du camion s'est déversé sur lui... »

Il a été blessé par des pommes de terre.

15

Ne t'arrête pas pour moi, Becky...

« C'est sans importance. »
Elle sort le Derringer de son sac et le pose sur le lit :
« Essaie-le. Ça ira plus vite.
— Et ça m'évitera de pleurer sur moi-même.
— Entre autres âneries, oui. »
Elle voit sa grande main bouger et se saisir de l'arme. Malgré elle, elle ferme les yeux.
Une détonation.
« Extraordinaire, dit Taddeuz. J'aurais juré que tu ne l'avais pas chargé. »
Le capitaine manchot surgit sur le seuil de la porte de la chambre.
« Tout va bien, lui dit Hannah. Une espèce de jeu. »
Pinsun repart.
« Encore un qui est tout à ta dévotion, Hannah. »
Elle ne relève pas et demande :
« Tu peux marcher ? »
« Double fracture du fémur gauche », a annoncé le chirurgien de Saint-Dizier, confirmant le diagnostic de son confrère de Verdun. « Les distensions des ligaments de l'épaule ne sont rien. C'est surtout moralement que votre mari m'inquiète... il est pourtant l'homme le plus charmant que j'aie

jamais connu. Vous et lui parlez admirablement le français, pour des Américains... »

Pour toute réponse, Taddeuz s'assied sur le lit, pose son plâtre sur le carrelage et fait quelques pas, affectant de ne pas voir la main qu'elle lui a tendue.

« On va où tu veux », dit-il.

Et j'aurais pu tenter de lui expliquer pendant des mois que je ne l'avais pas fait suivre ni traquer, d'abord au Mexique, puis à La Nouvelle-Orléans, puis à San Juan de Porto Rico, ça n'aurait servi strictement à rien, Lizzie... Tu t'y es essayée toi-même, et aussi Maryan, pendant des heures – Maryan qui a tout fait pour le convaincre qu'il avait agi de sa propre initiative... Taddeuz ne pouvait plus nous croire. Après tout, j'avais moi-même été le chercher jusqu'en première ligne, comme on va rechercher un enfant fugueur... Ça ferait rire n'importe qui, cette histoire de pommes de terre, c'était vraiment du dernier comique, c'était drôle à en mourir... Et il y en a eu, pour en rire... Je ne le leur pardonnerai jamais, je leur souhaite de crever dans les plus sales souffrances, à ces enfants de salauds...

« Nous pourrions retourner à Morcote, propose-t-elle. Traverser l'Atlantique en ce moment n'est pas très sûr... »

... Et au moins, en Suisse où il n'y a pas la guerre, tu seras seule avec lui, Hannah. Et tu pourras essayer de guérir cette saloperie qu'il a dans la tête...

Elle prend prétexte de sa jambe pour faire traîner les choses. Avait envisagé de descendre jusqu'à Florence qu'il aime tant et où ils ont, presque autant qu'à Morcote, de si nombreux souvenirs de leur voyage de noces. Mais l'Italie, qui se battait déjà contre l'Autriche, déclare à la fin août la guerre à l'Allemagne.

Ce sera donc Morcote.

Pinsun les accompagne. Outre ses mutilations, il a également été gazé et certains jours il lui faut un courage invraisemblable pour seulement marcher deux cents mètres. Lui et Taddeuz se lient d'amitié – ainsi qu'elle l'avait espéré et à vrai dire calculé : encore sa préméditation ordinaire, qu'elle se reproche sans pour autant y renoncer. Bien sûr, elle voit bien, dans l'acceptation par Taddeuz de la présence du Français, une tactique pour esquiver un affrontement direct avec elle. Mais en plus du temps ainsi gagné, elle s'attend qu'à fréquenter Pinsun avec sa farouche volonté de vivre (il s'entraîne à écrire avec les deux seuls doigts, pouce et annulaire, qui lui restent à la main gauche), Taddeuz finira par se rendre compte à quel point ses propres malheurs sont relatifs...

... Et je me trompais encore, Lizzie, toujours je commettais la même erreur : je mesurais à mon aune ce qu'il pouvait ressentir. Comme je l'aurais pensé pour moi-même, j'ai cru que sa guérison ne serait qu'une question de temps...

Qui plus est, elle-même trouve à Pinsun bien des qualités. Ils ont beaucoup parlé, tandis qu'ils pérégrinaient ensemble dans la Rolls, suivant le front des combats des Flandres aux Ardennes. Avant d'être mobilisé (il va avoir vingt-sept ans), Pinsun se destinait au journalisme, il a fait des études de lettres et de droit. La première fois qu'elle lui fait part de l'idée qui lui est venue, il refuse en riant : il ne connaît strictement rien aux parfums, c'est à peine s'il a entendu les noms de Guerlain, Caron, Coty et autres Roger et Gallet. Et puis surtout, en temps de guerre, il se voit mal se consacrant à ces frivolités alors que les autres se battent. Elle le croit bien déterminé à dire non, mais un matin il lui apprend qu'il a choisi d'accepter sa proposition :

« Votre mari m'a convaincu. »

La nouvelle la surprend, et même la stupéfie : en seize années, Taddeuz n'est jamais intervenu, si peu que ce fût, dans ses entreprises. Il s'agit d'une première.

Elle croit y lire un changement.

Ils regagnent Paris le 10 octobre. Un médecin de Lugano a débarrassé Taddeuz de la gouttière qu'il a conservée deux mois. Taddeuz et lui parlent de Verdun, d'un certain François André qu'ils ont connu dans les tranchées, de l'étrange promesse qu'a faite ce dernier à un jeune mourant de dix-huit ans : construire un hôtel dans son village, Saint-Denac[1].

Taddeuz marche normalement. Seule son épaule le fait encore souffrir. Mais plus rien ne subsiste extérieurement de ses blessures quand ils rentrent aux Etats-Unis, en novembre (après être passés par l'Espagne et Lisbonne, ils ont effectué la traversée sur un navire battant pavillon espagnol, elle y a tenu absolument, quitte à allonger le voyage, puisqu'ils doivent faire escale – non sans quelque ironie – à Porto Rico).

... Ils ne font plus l'amour, il ne l'a plus touchée depuis un an. Elle n'a rien dit et ne dit rien. Soit il n'a plus envie d'elle parce qu'elle est trop vieille, soit il veut la punir de l'avoir poursuivi jusqu'à Verdun. Elle juge qu'elle n'a pas à faire les premiers pas, il ne manquerait plus qu'il la rabroue – en souriant, bien sûr, et avec la plus grande

---

1. François André tiendra sa promesse après la guerre, en ouvrant un hôtel dans ce qui s'appelle aujourd'hui La Baule, puis à Deauville. Devenu le roi des casinos français, il développera l'empire que l'on connaît sous le nom de son neveu : Lucien Barrière. Plus tard, bien des années plus tard, Hannah séjournera à l'hôtel Normandy de Deauville, accueillie par son amie Martha Barrière.

gentillesse du monde, ce qui serait mille fois pire, aux yeux d'Hannah, qu'une claque en pleine figure... N'empêche qu'il y a des moments, et des nuits, où c'est presque insoutenable; ainsi durant toute la traversée de l'Atlantique, lorsque leurs hanches se touchent sur les couchettes étroites, qui ne valent pas les larges lits de la French Line ou de la Cunard.

Elle fait exprès de se laisser surprendre nue, à trois ou quatre reprises, mais en vain. Elle finirait par avoir honte et l'impression, pour un peu, de « faire la pute », selon ses propres mots.

Ils font chambre à part dès leur retour dans la maison de Long Island. Leurs horaires, il est vrai, n'ont jamais trop concordé. A plus forte raison au cours de cette période si bizarre : elle commence toujours à travailler à peu près à l'heure où il se couche. Quant à lui, chaque fois qu'il le pouvait, avec une chance de trouver le sommeil, il se mettait au lit tôt, sachant que de toutes les manières elle se lèverait avant le jour. Il prend désormais son indépendance (déjà, il y avait eu quelques signes avant-coureurs à Morcote mais sa gouttière le limitait dans ses déplacements), il se couche à n'importe quelle heure, ne se souciant plus d'elle, passant de plus en plus ses nuits dehors. Comme il ne se servait plus de son appartement de Sullivan Street, il en a perdu le bail de location; qu'importe, il s'est fait prêter, par l'intermédiaire de l'inévitable Becky Singer, toujours disposée à se mêler de ce qui ne la regarde pas, un petit logement dans Minetta Lane, également au cœur de ce qui pourrait être le Montparnasse new-yorkais, Greenwich. Il y réunit des écrivains et des peintres. Hannah y va une fois (Taddeuz l'a invitée) assister à une soirée où ne sont réunis que des amis (des deux sexes, voire des trois) réunis par lui. Elle passe deux heures épouvantables, dominée par le sentiment très fort d'être exclue ou du moins étrangère.

Elle pense, elle espère qu'il s'est remis à écrire – ce serait le signe, croit-elle, de ce qu'il serait redevenu lui-même. Eddy Lucas qu'elle interroge à ce sujet ne peut qu'avouer son ignorance :

« La seule fois où nous nous sommes vus après votre retour d'Europe, il m'a dit qu'il allait refaire entièrement *Le Désert*, je n'en sais pas davantage. Hannah, je ne vous apprends sans doute rien, mais il ne va pas bien du tout...

– Ça veut dire quoi, pas bien du tout? Il est malade? Il vous a dit quelque chose? »

Mais non, que va-t-elle imaginer? Taddeuz n'est pas lui-même, c'est évident, mais c'est dans sa tête que cela se passe...

Quand il condescend à venir à la maison de Long Island, il s'enferme dans le vaste bureau-bibliothèque qu'elle avait tout spécialement aménagé pour lui. Un soir, mettant à profit l'une de ses absences, elle s'y introduit, bourrelée de remords, découvre bel et bien quelque chose comme un manuscrit d'une centaine de pages... sauf que toutes les pages sont blanches, à l'exception de la première, où il a écrit, de son graphisme ample : *Ne cherche pas plus loin, Hannah*.

Elle ressort du bureau partagée entre la rage et la honte.

... Et autre chose, autre première : il lui demande de l'argent. Très paisiblement, très naturellement, avec son éternel demi-sourire. Comme si la démarche était des plus courantes, il explique que la Chalmers (c'est une voiture) est décidément insuffisante pour le transport de ses amis, il voudrait quelque chose de plus spacieux et plus confortable, la grosse Packard, par exemple. Et il aurait également besoin de vingt ou vingt-cinq mille dollars – il ne prend pas la peine d'expliquer à quelle fin.

Elle paie.

Il a toujours été un père affectionné et tendre. Même du temps où il travaillait en Californie, il écrivait à ses fils des lettres personnelles, en plus de celles adressées à Hannah. Ses retours étaient régulièrement marqués par des débordements d'enthousiasme; Adam et Jonathan l'adorent, même le second, pourtant caustique et froid d'habitude, et la petite Abigail, à trois ans, hurle de bonheur dès qu'elle le voit. Longtemps, Hannah a relevé avec un orgueilleux plaisir l'étroite complicité unissant le père et les fils. Au vrai, elle leur a servi bien souvent de tête de turc, quand ils se mettaient ensemble pour la moquer. L'un de leurs numéros préférés était celui où ils exécutaient une parodie de « Madame Hannah : pénétrant sans prévenir dans l'un de ses instituts ou l'une de ses boutiques : Jonathan tenait le rôle de sa mère – il imite à la perfection sa façon de marcher à toute allure, à petits pas, et d'interpeller les gens de bas en haut, Taddeuz et Adam mimaient les employées folles de terreur et rampantes de dévotion ou carrément prosternées...

... Or, quand elle le ramène d'Europe, au terme de tant de mois pendant lesquels il a laissé ses enfants sans la moindre nouvelle, Taddeuz est reçu par ses fils comme s'il était parti la veille. Avec plus d'abandon chez l'aîné, davantage de réserve de la part du cadet, mais dans l'un et l'autre cas une immense et identique tendresse... « alors que moi, c'est à peine s'ils m'ont jeté un coup d'œil, et ils ne m'ont embrassée que distraitement... »

Son attitude publique, en revanche, est inchangée. Les incessants visiteurs défilant en permanence à Long Island, qu'il s'agisse d'amis ou de relations d'affaires, trouvent face à eux le couple qu'ils ont toujours connu, uni et aimant, d'évidence parvenu à concilier les impératifs d'une vie de chef d'entreprise pour elle, d'une carrière d'écrivain pour lui. Ce sont en vérité les seuls moments où il la touche, physiquement; il lui entoure les épaules ou même l'embrasse – quand il y a des témoins – et ceci par une comédie dont elle met chaque fois des heures et des jours à se remettre.

Même un Charles Chaplin s'y trompe, qui séjourne chez eux une pleine semaine (il est sous contrat avec la Mutuel Film Corporation de Freuler mais veut désormais produire à son compte et envisage de construire son propre studio à Los Angeles aux abords de Sunset Boulevard). Un Eddy Lucas s'y trompe aussi, et les Singer, et Cecil B. De Mille qui vient d'obtenir un triomphe avec sa *Jeanne d'Arc* (et ne sait pas qu'Hannah l'a en partie commandité), et Mary Pickford et Douglas Fairbanks.

Seule Lizzie (et Maryan, mais lui ne dit rien) voit clair dans ce qu'elle appelle « un jeu imbécile et atroce ». Au point qu'elle passe outre aux demandes, sinon aux ordres, d'Hannah et affronte Taddeuz en tête-à-tête, avec toute son impétuosité généreuse et son énorme bon sens...

« J'aurais eu plus de chances de casser la banque des Rockefeller à coups de tête. Un vrai mur, Hannah.

– Je t'avais prévenue que ça ne servirait à rien.

– J'ai presque autant d'affection pour lui que pour toi et j'aurais assisté sans rien essayer à cette ânerie? Et ce n'est pas la peine de me faire tes grands yeux méchants, je suis peut-être la seule personne au monde que tu ne réussiras jamais à intimider, ma vieille, tu devrais le savoir, depuis le temps. J'ai ré-expliqué à ton crétin de mari que c'était mon crétin de mari à moi qui l'avait fait pister par ses chasseurs de prime, à Porto Rico et ailleurs. Et que Maryan avait agi sur sa seule initiative, sans te consulter puisque tu étais alors à l'enterrement de Polly en Angleterre, et même que tu avais été furieuse et inquiète et tout... Et je lui ai dit aussi qu'à ta place, si j'en avais eu le courage ou seulement l'idée, je serais moi aussi allée le rechercher en enfer, l'homme de ma vie... Ensuite, je me suis mise un tout petit peu en colère et je ne me rappelle plus très bien. Ce que je sais, c'est que je lui ai mis tous les points sur les i. Bien fait, tu peux me croire...

– Le résultat ?

– Comme on dit en Australie, c'est comme si j'avais fait pipi dans la mer à Brisbane, pour la faire monter à San Francisco. Résultat nul.

– Ça-n'a-pas-d'importance-Lizzie.

– Exactement. »

Elles se sont alors mises à pleurer dans les bras l'une de l'autre.

... Au vrai, c'est surtout Lizzie qui a pleuré. Hannah la consolant, ses yeux gris écarquillés.

« Il va se reprendre, Lizzie. Ce n'est qu'une question de temps. »

Elle y croit – presque en permanence – avec la conviction féroce qu'elle a toujours mise dans la poursuite de ses objectifs. Quand on veut vraiment quelque chose, on finit toujours par l'avoir, si on le veut assez longtemps.

... Même la scène du 4 décembre ne changera rien à cette certitude.

Ce jour-là, elle rentre d'une tournée de onze jours qu'elle a effectuée dans plusieurs villes de la côte est, Boston, Philadelphie, Baltimore et Washington. Elle vient de se séparer – à regret mais la situation devenait intenable – de Kate O'Shea, jusque-là à la tête du laboratoire de New Rochelle; une violente altercation les a opposées, qui n'était pas la première; des hommes auraient échangé des coups de poing, elles se sont contentées de mots. Passe encore les opinions politiques de Kate (bien que cela commençât à bien faire, « elle m'échauffait vraiment les oreilles avec son foutu Guillaume II! ») mais le féminisme extravagant de l'Irlandaise... Celle-ci prétendait arrêter toute recherche sous le prétexte qu'elle se rendait complice de l'exploitation des femmes à qui sont vendus les produits de beauté. Hannah a donné à Kate six semaines de salaire, le prix d'un billet de bateau New York-Galway et cinq minutes pour vider les lieux, en la priant d'emporter ses bombes avec elle, si possible; faute de mieux, en attendant, elle a nommé Maud Goulding, à ce jour adjointe, à la tête du laboratoire; mais la solution ne lui convient guère, Maud manque de dynamisme, et puis c'est encore une féministe, à peine moins virulente.

Cette tournée s'est par ailleurs parfaitement déroulée. Ses affaires n'ont jamais si bien marché. Les chiffres en témoignent et aussi le vaste écho accordé par la presse à chacune de ses prestations – elle a parfois donné des conférences devant des milliers de femmes. Devrait-elle payer les emplacements et les surfaces qui lui sont consacrés par les journaux et les périodiques qu'il lui en coûterait une fortune. Hasard ou calcul, et sans doute les deux à la fois, elle est parvenue à concilier l'inconciliable : la véritable révolution qu'elle opère en matière de soins de beauté (cela fait tout de même plus de vingt ans qu'elle s'y emploie!) et les revendications du mouvement féministe américain, qui vient de donner naissance à un syndicat, *The Social and Political Union for Women*. La présence à ses côtés de Maud Goulding la cautionne, s'il en était besoin. Outre cela, il y a ce formidable déploiement qu'elle a organisé : elle a emmené avec elle trois secrétaires dont Eulalia Jones – et la Cherokee habillée par Poiret est une enseigne vivante, d'une sombre et fascinante beauté – plus cinq mannequins. Pour chacune, pas moins de quinze robes, toutes sorties des ateliers de Paul Poiret, de ceux aussi de Worth, Jeanne Lanvin, Nicole Groult (c'est la sœur de Poiret), de l'Espagnol de Venise Marco Fortuny. Au-delà de la curiosité qu'elle suscite par ses audaces en matière de maquillage, elle déclenche une véritable avidité devant les tenues de son escadron personnel. Les moindres détails des toilettes ont amené des questions sans nombre; l'absence de corset, l'apparition de cet étrange ustensile inventé par Poiret sous l'influence d'Isadora Duncan et qui porte en français le nom de soutien-gorge (en anglais *brassiere*, autre mot français), les courtes combinaisons de dentelles, la simplicité des vêtements de dessous dans leur ensemble, l'espèce de libération des formes naturelles du corps, sans artifices superflus, tout cela a fait passer un grand souffle, a fait frissonner et enfiévré ces dames...

Avec des conséquences tangibles sur la vente des cent soixante crèmes, lotions, eaux de toilette et parfums qu'elle propose sous la griffe à double H.

A la sortie de la gare centrale, elle part seule avec Eulalia pour la 49e Rue où elle a des bureaux, désormais. Elle y passe une heure. Téléphone à l'appartement de la 5e : Yvonne, la gouvernante, et Abigail sont sorties, il n'y a là que la cuisinière et une des femmes de chambre.

... A Long Island, pas plus de succès. Les gardiens sont là, ainsi que les cinq domestiques. On y a reçu des lettres de MM. Adam et Jonathan, écrivant depuis leur collège du Connecticut. Monsieur ? Non, Monsieur n'est pas là. Cela fait bien quatre jours qu'on ne l'a pas vu...

Elle règle rapidement les questions les plus urgentes. Au cœur de l'énorme courrier, il y a une lettre qu'elle ouvre pour le plaisir, ayant identifié l'écriture encore maladroite : elle est du petit Pinsun. Il annonce qu'il a suivi à la lettre les instructions reçues d'elle et qu'il s'emploie à tout apprendre de la parfumerie. Il s'amuse à citer quelques-uns des mots nouveaux qu'il a appris : bouvardia, ylang-ylang, essence de mirbane, musc, ambrette ou piperonal... Il écrit aussi :

Je vous dois beaucoup, Hannah. J'espère un jour être en mesure de vous rendre un peu de cette force que vous avez si bien su me donner...

« Eulalia ? Je vais sortir une heure, peut-être davantage. Ne m'attendez pas. »

Elle prend elle-même le volant de la petite torpédo Rolls-Royce dont elle se sert en ville et pour laquelle elle a exigé que tout fût noir ou rouge d'Andrinople. Toutefois, elle garde le chauffeur avec elle, un Américano-Polonais assez classiquement appelé Kowalski.

Il est midi lorsqu'elle immobilise la voiture peu après l'angle sud-ouest de Washington Square.

« Tu m'attends, dit-elle à Kowalski. Ne monte que si je t'appelle. »

Minetta Lane est une petite rue donnant sur la Sixième, l'avenue des Amériques; l'immeuble en brique rouge appartient, comme plusieurs dans cet ancien quartier résidentiel élégant, à divers membres de la famille Singer; l'appartement est au deuxième étage. Il lui suffit d'actionner le loquet pour entrer, la porte n'était pas fermée à clef. Depuis sa dernière et seule visite, le décor a encore changé : on a, çà et là, ajouté des tapis, des sofas à la turque, des tableaux sur les murs, là où il n'y avait que quelques – très belles – photographies de Man Ray. « Je sais maintenant où sont passés ces vingt-cinq mille dollars dont il avait besoin... »

La première pièce est déserte; le bruit, très ténu, vient de la chambre. Les pas d'Hannah, sur la laine persane, sont étouffés, elle avance de quelques mètres...

... Taddeuz est assis dans un fauteuil, elle le voit de trois quarts face. Nuque sur le dossier du fauteuil de rotin, il semble dormir, yeux clos, sans la moindre expression sur le visage sinon celle du sommeil, avec son extraordinaire et constante jeunesse. La femme nue est agenouillée devant lui, entre ses jambes, et le sert à pleine bouche, ses longs cheveux noirs dénoués croulant et tranchant sur la blancheur laiteuse du dos.

... Après quelques secondes, pourtant, comme ayant deviné la présence derrière elle, elle se fige.

Hannah dit très calmement :

« Continue, Becky. Ne t'arrête pas pour moi. »
Elle relève le Derringer.

« Continue à le caresser ou je te tue. Je ne suis pas très adroite mais je ne peux guère te manquer, à cette distance. Rebecca (elle abandonne l'anglais pour le yiddish), ce n'est pas l'envie de te tuer qui me manque. J'essaierai de ne pas le faire, je me contenterai de t'estropier... J'aimerais assez fracasser ta colonne vertébrale, afin que tu sois infirme pour la vie. Continue. Va au bout de ce que tu étais en train de faire. »

Hannah s'assoit, à moins de deux mètres.

« Allez ! »

Elle fixe le visage de Taddeuz, sur lequel rien n'apparaît. Une minute. Becky Singer s'écarte, toujours agenouillée. Et naturellement, elle pleure.

« Hannah...
– Rhabille-toi et va-t'en. »

Sur fond des sanglots de son ancienne compagne de chez Dobbe Klotz à Varsovie, le bruissement soyeux d'une robe qu'on enfile. Hannah ne tourne même pas la tête, le petit Derringer sur ses cuisses.

« Hannah, laisse-moi au moins...
– Fous-moi le camp. »

Elle n'a pas élévé la voix.

Claquement léger de la porte qui se referme. Elle continue à fixer Taddeuz, toujours aussi bizarrement impassible – il n'a pas ouvert les yeux. Elle se lève et marche vers lui, hésitante et déjà inquiétée par cette torpeur anormale. Elle lui soulève une paupière : le regard est vitreux, éteint, malgré l'extrême dilatation des pupilles.

« Tu m'entends, Taddeuz ? »

Après un long moment, il acquiesce presque imperceptiblement, après avoir vainement tenté d'ouvrir les yeux. Et elle commence à avoir peur. Elle l'a d'abord cru ivre, mais il n'y a aucun relent d'alcool dans son haleine. Il s'agit d'autre chose :

« Ne t'endors pas ! Qu'est-ce que tu as pris, Taddeuz ? »

Bredouillement indistinct. Elle essaie tout d'abord de le soulever mais sans y parvenir, il fait le double de son poids. S'arc-boutant, elle fait glisser le fauteuil de rotin jusqu'à toucher le lit, réussit à le faire basculer, puis tire le grand corps centimètre par centimètre, l'étend. Tout cela très vite.

Elle sort de l'appartement, dévale les escaliers et du seuil de l'immeuble fait signe à Kowalski :

« Prends la voiture et va me chercher Maud Goulding et surtout son père. Tu sais où elle habite, elle. Son père a son cabinet dans la

33ᵉ Rue. Dépêche-toi et ne reviens pas sans eux, ou un autre médecin, à la rigueur. Vite. »

Elle remonte :

« Ne t'endors pas, Taddeuz, je t'en supplie... ne t'endors pas, mon amour... »

Elle tente de le rhabiller et, tant bien que mal, lui enfile un pantalon et une chemise.

« Tu m'entends? Taddeuz, tu m'entends? Tu sais qui je suis?

– *Hannah.* »

Elle sursaute presque, tant la voix a été nette, en prononçant son prénom. Elle le croit éveillé, mais non, et il semble au contraire s'enfoncer davantage dans sa léthargie, malgré de brèves convulsions qui le secouent.

« Ne t'endors pas! »

« Pourquoi est-ce que je répète ça comme une folle? » Et c'est vrai qu'elle n'est plus très loin de l'affolement. Contre lequel elle lutte en marchant dans la chambre, revenant sans cesse vers lui, le secouant, le caressant, le prenant contre elle, mieux qu'elle ne l'a jamais fait avec aucun de ses enfants. Elle finit par se résoudre à fouiller la pièce, gardant un œil sur lui (de nouvelles contractions, des tremblements de tout le corps le prennent, il transpire abondamment, sa respiration est irrégulière). « J'ai été folle, pourquoi ne pas l'avoir fait transporter immédiatement dans un hôpital par Kowalski? S'il ne trouve pas Georges Goulding, je tue ce type! »

... Les deux armoires ne contiennent rien d'autre que des vêtements, du linge, des chaussures. Elle se rabat sur un bureau à cylindre. Sur le point de le fracturer, elle songe que les clefs doivent être quelque part, dans sa veste ou son gilet. Elle les trouve.

« Taddeuz, ne t'endors pas... »

C'est devenu une litanie. Elle pense à Mendel qui lui aussi s'est endormi. « Oh! par pitié, non! »

Elle ouvre le cylindre, ayant à nouveau le sentiment de commettre un viol, bien plus encore qu'à Long Island lorsqu'elle a recherché son manuscrit. Elle trouve un gros coffret en bois sombre, fermé par une autre serrure. Dont elle a également la clef...

A l'intérieur, une très épaisse pile de feuillets manuscrits, d'au moins sept ou huit cents pages, très finement écrits contrairement à son habitude, et un album à la couverture distendue tant il est plein.

« Ne regarde pas, Hannah! »

... Elle lit les premières lignes et les larmes lui viennent aussitôt : il n'y est question que d'elle, comment en douter? Il a pris soin à chaque fois de situer et de dater les événements relatés, les tout premiers remontant à seize ans en arrière au moins : où il est venu à elle, sous les ombrages du Prater à Vienne, et puis Morcote sur les bords du lac de Lugano, et toute leur vie au fil des années, traduite mais surtout retranscrite en une fabuleuse et torrentielle orgie de mots et d'images. Tout y est, tout le temps qu'ils ont vécu ensemble, les silences partagés et les rires, et les émotions érotiques, restitués avec une extraordinaire impudeur. C'est un journal tenu pour lui seul mais aussi une œuvre littéraire, et encore l'inimaginable et bouleversante démonstration qu'il a et a eu pour elle un amour quasi obsessionnel. « Et voilà bien ce qui te fait tant pleurer, Hannah, tu voulais qu'il écrive, il a écrit et n'a jamais rien fait d'autre que de consigner l'amour qu'il te porte, s'interdisant par avance de le rendre public. En somme, tu l'as tué deux fois, en l'étouffant comme homme et en occupant toute son existence d'écrivain. Parce que tu le sens, comme il a dû le sentir lui-même, et sûrement mieux que toi : ceci est sans nul doute ce qu'il a jamais fait de mieux, c'est son chef-d'œuvre... »

Et l'album n'est empli que de photos d'elle, choisies entre les milliers et les milliers qu'il a prises et toujours développées seul, souvent la montrant nue et impudique au dernier degré.

Les Goulding, père et fille, sont chimistes autant que médecins. Ils identifient une poudre blanche comme de la cocaïne :

« Du chlorhydrate de cocaïne, mais il semble qu'il ait pris autre chose, en plus... »

L'état de Taddeuz? Ce n'est rien moins qu'un semi-coma. Oui, il peut mourir, il pourrait être déjà mort, en fait.

« Mais l'hospitalisation n'aurait pas avancé les choses : trouver un interne entraîné à combattre les toxicomanies aurait été un miracle. Vous avez bien fait de me faire appeler et j'ai fait aussi vite que j'ai pu. Je vous sais femme à ne pas vous affoler à la légère. »

Georges Goulding est l'un des grands spécialistes américains des drogues. Elle se bénit d'avoir pensé à lui. Pourtant, il lui conseille de faire appel à l'un de ses confrères :

« Louis Macke. Avant la guerre, il a travaillé avec Fourneau à Paris. Vous ne trouverez pas mieux... s'il est à New York. »

Il y est. Kowalski le ramène une heure et demie plus tard. Dans l'intervalle, Taddeuz n'a toujours pas repris connaissance, même s'il semble réagir à la seule voix d'Hannah. Il est passé par des stades successifs inquiétants : un semi-coma, une respiration ralentie et très irrégulière ont donc succédé à la torpeur initiale; les yeux se sont enfin ouverts à la deuxième injection faite par Goulding, révélant des pupilles étrécies, des paupières gonflées, une phobie de la lumière – il a fallu tirer les rideaux et plonger la chambre dans une demi-pénombre. Puis il a vomi à deux reprises et a été secoué de frissons comme quelqu'un souffrant du froid mais dès qu'on l'a recouvert, il a rejeté violemment les couvertures dont le seul contact l'irrite...

... Tous symptômes que Louis Macke serait très tenté d'attribuer à la morphine...

« Peut-être liée à un barbiturique, comme ce Gardénal récemment mis au point.

– Autrement dit, vous ne savez pas, a remarqué Hannah, la voix glacée.

– Madame, votre mari est visiblement un intoxiqué chronique, et il l'est de longue date, selon moi. Je ne crois pas me tromper. Et je ne me trompe pas davantage en pensant qu'il ne s'est pas adonné à une drogue en particulier, je dirais qu'il en a essayé plusieurs. Il a voyagé, récemment?

– Il revient de Verdun où il était ambulancier et... (Une idée lui vient)... et il a également séjourné au Mexique.

– Ils ont là-bas des hallucinogènes dont nous ne savons rien. Tout est possible. S'il en réchappe...

– Il s'en sortira », dit-elle avec fureur.

Louis Macke est un petit homme bedonnant et chauve, à l'œil aigu derrière ses lorgnons :

« Peut-être va-t-il surmonter cette crise, en effet. Mais il y en aura d'autres, le problème ne sera pas résolu pour autant. Ne jouons pas sur les mots, madame : il a tenté de se tuer, aujourd'hui.

– Vous n'êtes qu'un foutu idiot!

– C'est très possible. Il a, pour le moins, accepté l'idée de mourir.

– Il ne recommencera pas.

– Je ne suis pas dans sa tête, madame. Ni vous non plus. Vous connaissez le mot assuétude? C'est une dépendance psychologique, un véritable esclavage. Il est écrivain ? Il aura sans doute commencé par l'opium, à l'image d'un Baudelaire, avec l'espoir que cela lui faciliterait les choses... »

... Et ensuite, aura augmenté les doses, changé de drogue, à la recherche d'excitants plus puissants. Macke a visiblement enfourché son cheval de bataille et parle d'abondance. « Je hais ce petit bonhomme si sûr de lui », pense-t-elle avec rage, et il ne faudrait pas grand-chose pour qu'elle le fasse jeter dehors par Kowalski.

L'après-midi du 4, la nuit du 4 au 5 ensuite, à aucun moment elle ne quitte son chevet, ne s'éloignant de lui que de quelques mètres. Elle a même flanqué à la porte Eulalia qui lui apportait des documents urgents. Une fois seule, elle lit, le feu aux joues, le journal de Taddeuz et, ayant terminé sa lecture, le recommence. Vers cinq heures du matin, le 5, apparaissent les premiers signes d'une amélioration comme annoncé par Macke : la respiration revient peu à peu à la normale, la sudation s'arrête et surtout la coloration de la peau se transforme – disparaissent les tons finement bleutés qui inquiétaient tant les médecins parlant de cyanose.

Une heure plus tard, il lui sourit. Faiblement, mais c'est bien son sourire de toujours, exprimant toute la dérision du monde :

« Une fois de plus, tu es venue me chercher, Hannah... »

16

Je pense que tu me mens...

L'IDÉE de l'expédier dans le Vermont est de Macke.

C'est également lui qui a choisi l'endroit, l'un de ses fils y dirige un sanatorium. Hannah a d'abord refusé tout net : pas question que quelqu'un d'autre veille sur...

« Je ne veux pas me mêler de votre vie conjugale. Je ne m'en mêlerai que parce qu'il me paraît évident qu'elle joue un rôle dans tout ceci, a dit le petit professeur. Nous avons à affronter deux problèmes, madame. Le premier est sa dépendance de la drogue, quelle qu'elle soit. Il faudra sans doute des mois pour qu'il s'en libère. S'il y parvient. Ce serait déjà assez pour nous occuper... Mais je vous ai parlé de deux problèmes : le second est celui que vous posez... pardon : que vous lui posez. Dois-je en dire davantage? »

Silence.

« Non, a fini par dire Hannah.

– Je ne sais pas dans quelle mesure les deux affaires sont liées. Vous n'êtes pas obligée de m'en parler, bien entendu. »

Elle ôte ses gants sans même s'en rendre compte, puis les remet, yeux écarquillés.

« D'accord, je vais le faire, dit-elle.

– Vous êtes une femme très intelligente. Et je ne dis pas cela pour vous flatter.

– La preuve, dit-elle avec une immense amertume. La preuve : je vois où nous en sommes, lui et moi. »

En plusieurs rendez-vous successifs, elle lui raconte tout, sans rien omettre et avec plus d'impartialité et de détachement qu'elle ne s'en jugeait capable, depuis l'été de 1882 jusqu'à Verdun.

Macke ne fait aucun commentaire.

Le traitement qu'il va faire suivre à Taddeuz ?

Désaccoutumance, on ne connaît rien d'autre, en ce temps-là. On administrera des doses progressivement diminuées, en le maintenant sous une surveillance étroite pour éviter qu'il se réapprovisionne. C'est l'intérêt supplémentaire du Vermont que son éloignement de New York.

L'endroit s'appelle Smugglers Notch, le Défilé des Contrebandiers, dans les Montagnes Vertes. Par beau temps comme c'est le cas le jour où ils y arrivent, on distingue plein ouest les découpures glacées du lac Champlain et jusqu'à la frontière canadienne. Le sanatorium est une grande bâtisse construite à peine deux ans plus tôt. Le wagon spécial qu'Hannah a fait attacher au train de New York a été décroché à Essez Junction, la grosse Rolls conduite par Kowalski a pris le relais et escaladé les lacets au cœur d'une merveilleuse forêt de sapins, de hêtres et d'érables. On a réservé pour Taddeuz tout le troisième étage d'une aile, huit pièces en tout dont, bien sûr, un bureau-bibliothèque élargi par la mise à bas de plusieurs cloisons. Il y sera servi par sept personnes plus un médecin spécialement attaché à lui.

Elle surprend son regard et remarque :

« Tu n'es pas obligé de rester, Taddeuz. Tu y es

parce que tu as accepté d'y venir, tu t'en vas quand tu veux, toi seul en décides. »

Hochement de tête pour toute réponse. Ils n'ont pas échangé un seul mot qui ne fût strictement indispensable depuis que, six jours plus tôt, il est sorti de son coma pour lui dire : « Une fois de plus, tu es venue me chercher. »

Une première fois dans l'appartement de Minetta Lane, puis une seconde à bord du train, il a eu une sorte de crise quasi épileptique. Il n'a pas fallu moins que la force conjuguée des deux infirmiers géants, puis la seringue du médecin accompagnateur pour l'apaiser enfin.

Et il a tenté de se jeter par la fenêtre.

Il est calme, à présent, et incroyablement normal. Parcourt l'appartement du troisième étage, caressant le dos des livres, les toiles des Klimt, Mondrian, Klee et autres.

Aucun portrait d'elle, rien qui la rappelle de quelque façon. Dans un premier temps, elle avait fait figurer le tableau peint par Gustav Klimt en 1899, et qui la représentait les seins nus – Taddeuz l'avait toujours voulu dans leur chambre – puis elle l'a fait enlever, approuvée par Louis Macke.

... Il finit par s'arrêter devant le coffret à cadenas où se trouvent son journal intime et l'album de photos, et qu'il a lui-même retiré du bureau à cylindre.

« Tu as touché à mes affaires, Hannah ?
– Non. »

Sourire :

« Je pense que tu mens.

– Tu ne me croirais pas même si je te disais que le soleil existe. Je n'ai touché à rien, dit-elle avec d'autant plus de conviction qu'elle n'est pas si certaine que son intérêt, leur intérêt à tous deux, soit de nier. »

Les fenêtres de toutes les pièces sont à guillotine,

mais les verres en sont trop épais pour être brisés, et les loquets ont été bloqués par des cadenas. Deux infirmiers suivent Taddeuz des yeux dans tous ses déplacements. Il affecte de ne pas les voir.

Au-dehors, avec le jour qui commence à descendre, la masse molle et ronde du mont Mansfield, encore adoucie par la végétation enneigée, se teinte curieusement de rose, tandis que s'assombrissent lentement les vallées étroites et encaissées en contrebas. Aucune construction en vue, on n'a pas aperçu âme qui vive tout au long de la montée vers le Défilé des Contrebandiers. La sensation d'isolement et de silence est très oppressante. « Comment en sommes-nous arrivés là ? » pense Hannah, en proie à un grand coup de tristesse. Durant les jours précédents, devant combattre et résoudre le problème de ce qu'elle nomme et nommera toujours la maladie de Taddeuz, elle s'est activée avec son énergie ordinaire. Elle ne doute pas d'avoir agi pour le mieux, mais elle mesure à plein, maintenant, les conséquences des décisions prises : elle l'a fait enfermer dans une prison, a-t-elle jamais fait autre chose ?

Le dîner qu'ils prennent ce soir-là est presque ordinaire, à condition de feindre d'ignorer la constante présence des infirmiers qui se relaient. La nuit venue et le repas achevé, le médecin injecte à Taddeuz sa quotidienne dose de drogue. Du coup, il se fait prolixe. – *Nous avons parlé de nos enfants, Lizzie, c'était le seul sujet sur lequel nous pouvions faire semblant de nous entendre...*

Ils font encore semblant, le lendemain, à l'aube, quand elle repart avec Kowalski. Elle a dormi deux ou trois heures au plus, seule. Lui ne s'est pas couché, allant et venant dans le bureau-bibliothèque, lisant ou écrivant peut-être.

Il la raccompagne jusqu'à la Rolls :

« Et pour Noël, qu'est-ce qu'on fait ? »

Il répond qu'il préfère passer les fêtes seul.

... Et les mois suivants de même, aussi longtemps qu'il séjournera ici. Sauf si ses fils acceptaient de venir le voir, par exemple aux vacances scolaires. Auquel cas (sourire) il fera de son mieux pour leur donner de leur père une image pas trop pitoyable.

Elle va s'éloigner pour monter dans la voiture lorsqu'il la prend dans ses bras. La seconde d'après, leurs lèvres se touchent, très brièvement. Déjà il s'écarte et lui tend deux lettres cachetées, l'une adressée à Adam et à Jonathan, l'autre à elle.

Elle attendra d'être dans son wagon spécial, en route pour New York, avant d'ouvrir la seconde : il y décrit en quelques phrases ce que pourrait être leur avenir à tous deux : il s'en tirera, seul ou pas du tout, elle a fait tout ce qu'il était possible de faire mais c'est à lui désormais qu'il incombe de prendre sa vie en charge ; il accepte par avance toute forme de séparation qu'elle pourrait envisager ; et dans le cas où il parviendrait à se guérir tout à fait et où elle serait encore disposée à le recevoir, ils pourraient retrouver une existence commune, si tant est que ce soit possible. Mais qu'elle lui laisse le temps, qu'elle le laisse à lui-même surtout...

Pas un mot d'amour ou de tendresse pour conclure un message très laconique.

La dernière image qu'elle emporte de lui, au moment où la Rolls s'engage dans la descente, est celle de sa silhouette sur fond de neige et d'arbres nus, de froide solitude – sa silhouette pour une fois rapetissée par la présence des deux infirmiers géants.

17

Il m'a dit que vous ne renonceriez jamais

Celui des frères de Maryan qui combattait dans l'armée française a été tué dans les premiers jours de février 1917; mars a apporté la nouvelle de l'abdication de Nicolas II, le tsar qu'Hannah a croisé jadis dans les jardins de Tsarskoïe Selo; avril, celle de l'entrée en guerre des Etats-Unis. Tout se passe comme si le monde s'ingéniait à meubler d'événements cette période de la vie d'Hannah, à part cela d'une désespérante vacuité. Ce n'est pas que ses affaires aillent moins bien ou stagnent, tout au contraire, jamais elles n'ont été plus florissantes; le même phénomène qu'elle avait noté en Europe se répète : loin de ralentir les dépenses que font les femmes dans ses instituts et ses boutiques, la guerre les accroît. Une clientèle nouvelle apparaît, faite de toutes celles que le grand souffle de la guerre et peut-être aussi le XXe siècle enfin commencé libèrent des traditions et des habitudes.

Péripéties. Il est des jours où, dans quelque hôtel de ces villes américaines qui se ressemblent toutes, elle éprouve, non pas de la fatigue mais de la lassitude, plus morale que physique. Elle a quarante-deux ans, cela fait tout de même bien plus d'un quart de siècle qu'elle maintient le rythme effréné de sa course. Elle est riche, au-delà de tous les rêves qu'elle avait pu former. On lui a proposé dix fois, pour le moins, de lui racheter son petit empire : dix millions de dollars pour la dernière offre en date. Qu'elle a rejetée comme les précédentes. A aucun moment tentée d'accepter et surtout stupéfaite qu'on puisse la croire disposée à se défaire de ce qu'elle a créé.

Elle vit ces premiers mois de 1917 au rythme des rapports hebdomadaires qu'on lui fait parvenir du Vermont. Faute des lettres que Taddeuz ne lui écrit pas, et des visites qui lui sont interdites.

Je suis vide et triste, Lizzie, et j'attends.

Mais elle ne désespère pas, à aucun moment.

Les rapports sont pourtant sinistres. Il a fait deux nouvelles tentatives de suicide, la deuxième ayant manqué de fort peu de réussir; il manifeste tous les symptômes de la paranoïa et, plus clairement, est atteint d'un délire de la persécution. Rien ne laisse prévoir l'imminence des crises – elles peuvent éclater à tout moment, parfois au terme de plusieurs semaines d'apparente et très trompeuse rémission, voire de guérison complète (« je m'y suis moi-même trompé », reconnaît Louis Macke).

La pire de ces crises sera celle qu'il a eue en avril, alors que ses fils, Adam et Jonathan, étaient venus à l'occasion des vacances scolaires. Cela s'est passé durant une promenade. Il a d'abord eu des tremblements, des spasmes, des convulsions qui l'ont jeté à terre, les infirmiers sont aussitôt invervenus, sous l'œil terrifié des gamins de quatorze et onze ans; ils ont cru l'avoir calmé et à tout hasard ont fait prendre le chemin du retour; c'est alors qu'il a commencé d'apostropher Jonathan – « lui donnant votre prénom, madame, et c'est vrai que c'est celui de vos fils qui vous ressemble le plus » – puis s'est jeté sur le cadet et a tenté de l'étrangler.

On a essayé des drogues de substitution mais

tout a échoué, seule la cocaïne l'apaise à peu près, tout en le détruisant.

« Vous avez exigé des rapports complets, madame, il nous faut bien dire que nous ne progressons pas, nous sommes tragiquement désarmés. Il se plaint de ses jambes et certains jours éprouve des difficultés à marcher, sa cloison nasale commence à être rongée par les prises. Nous n'avons désormais plus d'espoir que dans une thérapeutique brutale, avec les risques qu'elle comporte pour un sujet dont le problème principal est sans doute ailleurs.

– Il pourrait devenir fou, c'est cela?

– Son équilibre actuel est des plus instables, je ne vous l'ai pas caché. »

Louis Macke lui a parlé dès le début de ce dernier recours – la suppression totale, du jour au lendemain, de toute administration de drogue, quitte à enfermer Taddeuz dans une cellule capitonnée. C'est également lui, au cas où elle en eût encore douté, qui lui a confirmé qu'au cœur des sentiments complexes que Taddeuz éprouve pour elle, il y a presque autant de haine que d'amour : la pire chose qu'elle pourrait faire serait d'aller le voir. Il mène son combat seul. Il n'a d'ailleurs pas le choix : il se sauvera par sa seule volonté ou en mourra. Il sait qu'elle l'a compris, dit-il : Taddeuz s'est réfugié dans la drogue comme d'autres cherchent un recours dans l'alcool, c'était sa façon d'échapper au problème qu'elle, Hannah, lui posait...

Gozlin (charlatan)! le mot yiddish est monté aux lèvres d'Hannah, sans les franchir toutefois. Cette mise à nu de ce qu'il y a de plus secret entre Taddeuz et elle par un tiers, fût-il médecin, l'a mise dans la rage. Ensuite seulement le chagrin est venu : le petit professeur a probablement raison, c'est bien ce qu'elle a le plus de mal à lui pardonner.

Elle a fixé ses conditions : on essaierait d'abord la thérapeutique douce durant six, douze mois si nécessaire, et ensuite seulement...

« Vous semblez négliger un point capital, a dit Macke. Votre mari est pleinement responsable de lui-même. Si le traitement qu'il suit et subit a la moindre chance de réussir, c'est précisément parce que nous pouvons compter sur sa totale coopération. Nous n'avons aucun moyen légal de le contraindre. A moins que vous ne souhaitiez engager une procédure pour le faire déclarer irresponsable. »

Elle l'a fusillé de ses yeux gris.

« Ce n'était qu'une question, a poursuivi le médecin. Votre mari est d'une intelligence exceptionnelle, il collabore avec nous de façon remarquable. Il décidera donc lui-même. »

Elle découvre ses propres enfants. Pas tant Abigail, qui va vers ses quatre ans, que ses fils. En somme, elle ne les a jamais beaucoup connus, emportée qu'elle a toujours été par le tourbillon de sa propre existence; même s'ils n'étaient pas à leurs écoles, puis à leurs collèges, ou installés à demeure chez les Kaden, elle ne les voyait guère, retenue par ses affaires tard dans la soirée et travaillant même les dimanches. – *On n'aurait sans doute pas reproché grand-chose à un père qui se serait conduit de la sorte, on lui aurait pardonné. Mais moi, j'étais une femme et il paraît que ça change tout... C'est vrai que j'ai été une mère catastrophique. Même pas mauvaise : inexistante... J'ai pourtant essayé, à partir de l'été 17...*

Le 31 juillet, les deux garçons flanqués d'Yvonne

et de Gaffouil rentrent de deux semaines dans le Vermont – Macke et ses collaborateurs ont estimé que leur présence auprès de leur père était à peu près sans danger, les crises de Taddeuz s'espacent et, selon les rapports, une petite amélioration semble se faire jour, on est parvenu à réduire de soixante-dix pour cent les doses de cocaïne qu'il absorbe.

Adam et Jonathan reviennent apparemment ravis de leur villégiature dans les Montagnes Vertes. Quoique fort laconiques sur ce qu'ils ont pu y faire, tout au plus consentent-ils à évoquer des excursions, des randonnées à cheval, des séances de photographie : « Papa nous a appris comment on développe les films, il a un laboratoire rien qu'à lui »; et d'ailleurs ils ramènent quantité de clichés, pris par Taddeuz ou l'un des infirmiers. C'est seulement ainsi qu'elle peut voir à quoi ressemble son mari après huit mois de traitement – il semble très amaigri mais pour le reste inchangé, le regard qui fixe l'objectif est toujours rêveur, et le fameux demi-sourire demeure...

Quant à la dramatique scène des vacances pascales, lorsque Taddeuz s'est jeté pour l'étrangler sur Jonathan, aucun des garçons n'y fait la moindre allusion, tout comme s'ils l'avaient totalement évacuée de leur mémoire. C'est avec le plus grand naturel, presque étonnés, qu'à la question : « Comment va-t-il », ils lui répondent : « Mais très bien, maman, tout à fait bien... »

Ils sont l'un et l'autre partis pour être de haute taille. Adam la dépasse déjà de trente centimètres, à quatorze ans. Pour Jonathan, c'est encore plus spectaculaire : avec trois ans de moins que son frère, il l'a déjà rejoint. Des deux, il est donc celui qui ressemble le plus à Hannah, par les yeux bien sûr, et la façon de sourire (quand il sourit!) mais aussi par une évidente prédisposition à l'agressivité caustique, voire à une grande violence intérieure...

... Pas si intérieure que cela, d'ailleurs : à deux reprises, on l'a exclu de son collège et sans les dons considérables consentis par sa mère à l'établissement, on ne l'aurait probablement jamais repris. Surtout après sa deuxième incartade : enragé d'avoir été écarté à cause de son âge d'elle ne sait trop quelle équipe sportive, il a ravagé les vestiaires, lacéré les équipements, rossé le fils de l'entraîneur, et puis encore (là, Hannah n'a pas pu s'empêcher de rire) introduit dans le bureau du proviseur, au deuxième étage, un âne affublé du pantalon, de la chemise et de la casquette dudit entraîneur... puis ça a été une fugue qui, on ignore comment, l'a conduit jusqu'à Kansas City. On l'a finalement récupéré, alors qu'il avait déjà réussi à se faire engager comme coursier par un commissaire-priseur du marché aux bestiaux.

Elle constate avec stupeur qu'aussi bien l'un que l'autre ignorent tout de ses affaires (tandis qu'ils semblent tout savoir de la moindre ligne publiée, voire écrite, par leur père). Ils n'ont qu'une idée très floue, fortement teintée d'indifférence, de la nature et de l'ampleur de ses entreprises. L'argent qu'elle leur dispense? Ils ne se sont jamais demandé d'où il pouvait bien provenir – « Tu vends des trucs aux femmes, non? »

Elle éprouve de la jalousie et une véritable irritation. Mais à qui la faute, sinon à elle?

Ils ouvrent de grands yeux étonnés quand elle leur offre de l'accompagner dans la longue tournée qu'elle est sur le point d'entreprendre, et qui la conduira jusqu'en Californie. Pas seule : elle voyagera avec l'une de ses escouades ordinaires. Bien évidemment ils se retrouveront au milieu d'une horde de femmes. Si ça ne les ennuie pas trop, bien sûr...

... Pas du tout. Ça les amuserait plutôt. Elle ne tarde pas à découvrir à quel point : ils campent obstinément dans tous les recoins où les mannequins changent de toilette, le cadet entraînant l'aîné parmi toutes ces dames nues, et fort jolies. En quelques heures, ils trouvent leur place – Yvonne protestant avec indignation que ce n'est pas un spectacle pour de jeunes enfants, et Hannah trouvant au contraire la chose des plus comiques.

Durant les six semaines qu'elle passe avec eux, elle leur consacre plus de temps qu'elle ne leur en a sans doute accordé depuis leur naissance. En vient à parler d'elle-même, de ses débuts en Pologne puis en Australie, poussée par ce besoin si subit – mais qu'elle s'explique, avec sa lucidité ordinaire – d'un rapprochement avec eux. Elle veut surtout changer l'image qu'ils ont eue d'elle jusque-là, pas trop adroitement, elle s'en rend compte, ce qui n'arrange rien. De quoi donc est-elle faite pour être si habile en affaires et si ridiculement, si tristement gauche pour témoigner une simple tendresse à deux gamins qui sont ses fils ? Ou même d'avoir avec eux une conversation familière ?

« Oh ! Lizzie, je les aime, pourtant ! Pas à la façon dont j'aime Taddeuz, bien sûr, mais autrement, comme je t'aime...

– Tu compliques toujours tout, Hannah. Dis-leur seulement que tu les aimes, et essaie de passer un peu de temps avec eux.

– Tout est simple, avec toi.

– Je suis faite pour être heureuse... Hannah, je plaisante et n'en ai pas envie. Adam t'adore, même s'il n'ose pas trop le montrer, Abigail est adorable... Jonathan pose évidemment un petit problème mais cela va s'arranger, avec les années... »

Plus que jamais en ce temps-là, Lizzie Kaden est l'image de la femme, de la mère, de l'épouse comblée dans tout ce qu'elle attendait de l'existence. La maison de Beverly Hills a tout d'une volière, constamment envahie qu'elle est par des dizaines d'enfants de tous âges, mais il s'en dégage une saisissante et par comparaison cruelle impression de bonheur. Maryan continue de faire fortune à sa façon, tranquillement, même si deux autres de ses frères (lui a passé l'âge de la conscription) sont allés à leur tour se battre en France – l'un d'eux est gravement blessé, sous l'uniforme américain cette fois.

... Pas un mot sur Taddeuz, dans la bouche des Kaden, tout au long du séjour qu'Hannah et ses fils effectuent à Los Angeles.

Sur le chemin du retour, elle amène Adam et Jonathan sur la tombe de Mendel.

Dont elle leur raconte toute l'histoire.

... Elle ne s'y trompe pas : présenter ainsi à ses enfants son passé et ceux qu'elle a aimés est la meilleure façon de se présenter elle-même. « Une fois de plus je me sers de Mendel... »

Adam est fasciné, voire ému : il prend Hannah dans ses bras et essuie ses larmes, tandis qu'elle pleure.

Pas Jonathan, dont les grands yeux froids n'arrêtent pas d'aller de sa mère à cette tombe si simple.

Et elle, Hannah, a le sentiment d'une autre elle-même, la regardant et la jugeant.

La tournée terminée, ils regagnent New York, les garçons repartent pour leur collège, dans le New Hampshire à présent, en retard sur la rentrée officielle.

Quelques semaines plus tard, elle apprend par

Louis Macke que la décision a été prise dans le Vermont, à la fois par Taddeuz et par ses médecins : on s'est résolu à pratiquer la thérapeutique brutale, le sevrage complet du jour au lendemain :

« C'est sa volonté, madame. Il l'a dit et l'a écrit. Si vous souhaitez intervenir, il existe une possibilité et une seule : le faire examiner par tout expert qu'il vous plaira de choisir et obtenir d'un juge qu'il soit reconnu comme irresponsable.

– Allez au diable. »

Sortie qui ne décontenance pas le moins du monde le petit professeur. Il hoche la tête :

« Et autre chose : pour l'amour du Ciel, n'allez pas le voir. »

Pour Noël, les Kaden viennent de Californie – ils n'ont pas voulu la laisser seule. Ce n'est pas rien : outre Maryan et Lizzie et leurs douze enfants, ils sont des dizaines à se répartir dans les deux maisons se faisant face de part et d'autre du petit lac de Long Island. A l'instigation de Maryan, en effet, le clan Kaden s'est une fois de plus réuni, ses composantes arrivent de toute l'Amérique, la Californie et Chicago surtout, donnant la mesure de leur totale intégration à ce pays qu'elles ont fait leur. Maryan y a veillé : il n'est pas un seul de ses frères, beaux-frères ou cousins, qui n'ait acquis une position d'importance. En tous domaines : cela va du commerce à la banque, en passant par l'industrie automobile et l'immobilier...

... Mais dès les premiers jours de janvier 18, reviennent le silence, et la solitude, après le départ de cette foule. Même à Lizzie, Hannah n'a pas dit exactement ce qui se passait dans le Vermont, elle a eu trop honte de parler de drogue, et s'est contentée d'évoquer des problèmes nerveux. Il est vrai qu'au degré de compréhension et de complicité atteint par elles deux, toute confidence aurait été superflue. Quand elle s'est entendu répondre non par Hannah, après lui avoir offert de rester davantage à Long Island, Lizzie a compris et n'a pas insisté.

Elle veut être seule. D'hebdomadaires, les rapports de Louis Macke sont devenus quotidiens, créant comme une accoutumance, où l'horreur est banalisée : *Mardi 17 janvier. Il continue de refuser toute espèce d'aide médicamenteuse, ne reconnaît plus personne. Pouls entre 130 et 180 à seize heures. Près de cent minutes de coma dans la matinée. Pas de nouvelle tentative de suicide depuis le 4 du même mois. Courte période de lucidité, d'environ une heure, dans le courant de l'après-midi, puis une autre, du double de temps, au moment du dîner. A confirmé son refus de toute aide. A essayé d'écrire mais n'a pas réussi à tenir une plume.*

Comme elle l'a exigé, les rapports ne lui cachent rien. Avec Louis Macke, elle a les relations les plus bizarres qui soient. Elle voue à coup sûr de la haine à ce petit bonhomme si sûr de lui-même et de ses analyses, et néanmoins lui fait pleine confiance, ou peu s'en faut. Ne serait-ce que pour l'habileté et la patience avec lesquelles il lui a progressivement fait comprendre, et admettre, ce qu'il nomme la schizophrénie de Taddeuz :

« C'est un terme créé voici quelques années en Allemagne par l'un de mes confrères, Bleuler. Il se trouve que, quand je me trouvais en Europe, j'ai travaillé quelques années avec l'équipe psychiatrique de Zurich. Vous avez rencontré Freud ? Moi aussi. Et également Emil Kraepelin et Jung. Vous croyez que je cherche à vous impressionner avec mes connaissances ? Vous avez raison. Mais je tente surtout de vous convaincre que j'ai essayé de mettre de mon côté tous les atouts dont la science actuelle dispose, ni plus ni moins. »

Initialement appelé au chevet d'un Taddeuz drogué, il a très vite décelé, au-delà de la toxicomanie, les origines possibles de celle-ci. Sans même savoir comment – et cela a été pour elle une sensation très dure d'être ainsi devinée et manipulée – elle s'est retrouvée à lui raconter toute sa vie avec Taddeuz. Il en a tiré des conclusions avec une sûreté qui l'a fascinée et horrifiée. Elle n'aurait jamais cru possible que quelqu'un pût venir un jour lui parler de la folie de Taddeuz sans se faire crever les yeux. Louis Macke l'a fait, et de surcroît en réussissant à la convaincre de la justesse de son diagnostic.

Il attend la mi-février pour lui annoncer que le traitement « permet désormais d'entretenir quelque espérance »...

« Ce qui veut dire ? »

Elle a lu et relu les derniers bulletins de santé en provenance du Vermont sans y trouver tant de raisons d'espérer.

« On peut envisager une guérison », dit Macke.

L'affaire de quelques mois encore, sans doute. Il se met à en dire un peu plus que les fois précédentes, lui souriant...

... Et ça lui vient. Inexplicablement. Par un instinct. « Il me ment, pense-t-elle, cette espèce d'enfant de salaud est en train de me mentir ! »

Elle lui rend son sourire :

« Vous avez fait beaucoup, dit-elle. Je saurai attendre encore. »

Deux jours plus tard, elle est dans le Vermont, en vue de l'établissement. On est le 18 et elle est seule au volant de la Rolls – elle n'a même pas voulu de Kowalski dans la confidence – et a effectué d'une traite la route depuis New York au prix de vingt-cinq heures de conduite ininterrompue.

En plus vallonné, il y a de la Pologne dans ce paysage enneigé et désert qui à l'ouest s'étend sur des milliers de kilomètres. Tout change au-delà de Montpelier (elle y a tiré de son lit un mécanicien pour lui demander de régler la pompe Enots de la *Silver Ghost* 40/50). Elle entame la montée vers Smugglers Notch. A deux reprises, le moteur cale, les six cent cinquante kilos du véhicule aux freins insuffisants pour ce poids repartent en arrière dans la pente. A chaque fois c'est pur miracle si elle réussit à stopper le recul en allant volontairement reculer contre le talus, et si elle peut se relancer. Sur la piste en terre recouverte d'une plaque de neige glacée, les pneumatiques étroits mordent à peine. Elle-même est pétrifiée par le froid, à l'avant d'une voiture dont seules les places arrière réservées aux passagers sont protégées par une cabine. Le troisième arrêt du moteur est définitif.

Elle se résout à abandonner la Rolls et part à pied, s'enfonçant jusqu'aux genoux dans de la neige fraîche...

... Et pressentant la réponse qu'elle est venue chercher.

Il lui faut une heure de marche harassante pour couvrir les deux derniers kilomètres de l'ascension, dans la lumière grise d'un ciel plombé et par une température de 20 degrés sous zéro, au maximum.

Le gardien qui vient lui ouvrir n'en croit pas ses yeux, il la cueille à la seconde où elle s'effondre, la porte sur un lit, appelle sa femme. Laquelle déshabille Hannah et l'ensevelit sous les couvertures avec deux bouillottes, la gorgeant de thé brûlant additionné de rhum.

Et le couple le lui confirme : ils sont seuls depuis quarante-quatre jours. Les médecins, les infirmiers, tous les autres employés sont partis, le sanatorium est entièrement vide :

« Newman est parti aussi, bien sûr. Cela fait bien dans les trois mois... »

... En compagnie seulement de l'un de ses infirmiers, Adamson, avec qui il s'entendait très bien... Oui, M. Newman paraissait en bonne forme, c'était d'ailleurs lui qui conduisait la voiture à bord de laquelle son ami et lui ont pris la route...

... Non, le couple n'a aucune idée de la direction qu'ils ont prise. Ils n'ont rien dit. Et puis, il n'y a qu'une route, pour venir ou partir.

Seules consignes données aux gardiens, celles qui concernent le courrier. Celui-ci doit être réexpédié au professeur Macke, quel que soit le destinataire.

« Je le referais si c'était à refaire, dit Louis Macke. Vous m'aviez confié la responsabilité de la guérison de votre mari, et surtout – excusez-moi de considérer cette mission comme prioritaire – votre mari lui-même s'est placé entre mes mains. Je ne vous ai jamais caché mon point de vue : une seule personne au monde peut le guérir, et c'est lui-même. Je n'ai certainement pas aimé la comédie que nous vous jouons depuis décembre dernier. C'était son idée, pas la mienne. J'ai tout fait pour le dissuader, je n'ai pas réussi.

– Où est-il?

– Ne comptez pas sur moi pour vous le dire. Je peux vous jurer qu'il est en sécurité, autant qu'il peut l'être. Madame Newman, en ce qui me concerne, il est guéri : il n'a plus ses crises depuis près de sept mois, sa désintoxication est terminée, c'est un homme normal. A un point près : il refuse de vous revoir. C'est peu et c'est énorme... Ces choses-là nous restent mystérieuses, disons qu'il n'a toujours pas réussi à régler son problème avec vous. »

Silence.

Elle se lève, marche un peu dans la pièce, écarte le rideau pour regarder au-dehors, stupéfiée par son propre calme.

« Qu'a-t-il dit d'autre ?
— Qu'il avait failli vous tuer. Vous tuer vraiment. Surtout après une certaine affaire Aitken. Dont il m'a donné les détails.
— Je vois, dit-elle. (Elle tourne le dos à Macke.)
— Ne vous y trompez pas, madame, il est fort loin de vous rendre responsable de tout. En fait, il est convaincu que tout est de sa faute... Il m'a également parlé d'un voyage qu'il a fait au Mexique, à Oaxaca. Vous l'avez fait rechercher, à cette époque ?
— Oui et non.
— Vous n'êtes pas obligée de répondre à mes questions.
— Je ne l'ai pas fait rechercher. Mais un ami l'a fait, sans m'en parler, croyant bien faire.
— Vous l'avez dit à votre mari ?
— Il ne croirait même plus le contraire de ce que je dis. »

Silence. Elle se retourne. Macke est en train de hocher la tête.

« J'ai une jeune nièce, dit-il, qui rêve de travailler dans l'un de vos instituts. »

Elle ne bronche pas.

... Et finit par retirer de son aumônière l'une des minuscules cartes de visite par lesquelles elle communique souvent ses ordres à ses directrices :

« Comment s'appelle-t-elle ?
— Shirley Storch. »

350

Elle reporte le nom sur la carte et paraphe du double H :

« Qu'elle aille voir Catherine Montblanc à New Rochelle.

– Merci, madame. Mais j'avoue que je tentais surtout une expérience.

– Pour voir comment j'allais réagir à votre demande ?

– Oui. »

Elle dit avec indifférence :

« Votre expérience ne vaut rien : j'avais deviné que c'en était une. Qui dira si mon mari est guéri ou non ?

– Vous connaissez la réponse, il me semble. Allez-vous renoncer à lui ?

– Non.

– Il m'a dit que vous ne renonceriez jamais. »

Elle le fixe :

« En réponse à cette autre question que vous avez envie de me poser : je ne vais pas le poursuivre, d'aucune façon. J'attendrai qu'il me revienne, s'il veut me revenir. Et je voudrais vous régler ce que je vous dois, pour solde de tout compte. »

L'essai qu'elle fait de garder ses enfants avec elle, pendant les vacances de Pâques, se révèle un épouvantable fiasco. Un matin, elle trouve ses livres de comptes déchiquetés, en partie brûlés, maculés par de l'urine. Une autre fois, ce sont ses robes qu'elle découvre en lambeaux. Ou bien ce Pissarro qu'elle adore qui est lacéré. Les fabuleux jouets qu'elle leur a offerts pour le précédent Noël n'ont pas été touchés ; ils n'ont même pas pris la peine de les casser, en signe de mépris suprême.

Seule Yvonne est au courant, Hannah lui a demandé de n'en rien dire à personne. A Lizzie et Maryan moins qu'à quiconque. D'autant qu'en présence de ces derniers, le contraste est saisissant. Sitôt qu'ils sont là, Adam et Jonathan rejoignent la horde des Kaden de leur génération. Changement à vue : Jonathan est tout sourire, adresse des « mère » courtois et respectueux à Hannah (il ne lui a jamais dit maman, sauf pendant les premières années). C'est toujours lui qui organise les jeux de la meute, en chef naturel, et les très rares fois où, jouant avec les autres et riant aux éclats, il est forcé de croiser le regard d'Hannah, il la fixe d'un œil dur et ironique, comme lui lançant on ne sait quel défi.

Il a fallu les séparer, dans leurs études. Non pas que Jonathan soit un mauvais élève; selon les périodes, il est tout à fait capable de se porter en tête de n'importe quel classement, ou au contraire d'accumuler les pires notes. A cinq reprises déjà, Hannah a dû le changer d'établissement; sa taille et sa force physique très au-dessus de la moyenne lui permettent de rivaliser avec des garçons bien plus âgés, et il ne s'en prive pas, multipliant les bagarres. Il a manqué de tuer l'un de ses condisciples dans un autre collège où elle venait tout juste de le faire inscrire (dans l'établissement précédent, il avait cassé le nez d'un professeur, en le frappant avec un lourd encrier). Il en est déjà à trois fugues, la dernière l'ayant conduit au Québec (il parle le français couramment, comme Adam, l'ayant surtout appris avec Yvonne et Gaffouil, et se débrouille assez bien en allemand et en polonais).

Hannah a tenté d'enseigner le yiddish à ses fils, mais Jonathan a estimé que ni son frère ni lui n'avaient à apprendre la langue des juifs – « notre père est catholique ».

... Infiniment moins de problèmes avec Adam. Il n'y en aurait probablement aucun s'il ne subissait pas tant l'influence de son cadet. Adam travaille très bien en classe, il a un an d'avance. Il lui arrive de renouveler le geste qu'il a eu sur la tombe de Mendel, quand il a pris sa mère dans ses bras (le contraire serait presque risible, il mesure un mètre quatre-vingt-cinq à seize ans). Mais que Jonathan surgisse et il s'écarte aussitôt d'Hannah.

Aucun des deux ne parle jamais de leur père.

Elle les amène à Los Angeles pour les vacances d'été.

« Lizzie, je ne sais comment te le dire...

— Ne te fatigue pas : nous en avons parlé, Maryan et moi. Adam a le même âge que Doug, mon deuxième; Owie et Mark sont à un an près de l'âge de Jonathan, et ils s'entendent tous très bien. Quant à Abigail, elle aura Sandy et même Melanie. Autrement dit, tes enfants sont ici chez eux, tout le temps que tu voudras me les confier. Et ça ne me gêne pas du tout, au contraire, tu le sais. N'en parlons plus, s'il te plaît, et arrête de te torturer la cervelle : tu n'es pas une mère au foyer, tu n'es pas dénaturée pour autant. A la rentrée, ils iront au collège, Abie ira en classe. La Californie n'est quand même pas un désert, on peut même y apprendre à lire et à écrire correctement. »

James (né en 1902), Dougal (1903), Elisabeth dite Colleen (1904), Owen dit Owie (1905), Mark (1907), Susan (1908), Patrick et Melanie les jumeaux (1911), Sandra (1912), Rodney (1914), Jeremy (1916) et Marion (1917) sont les douze enfants de Lizzie et Maryan. Et encore en ont-ils perdu un en 1909. Confusément, Hannah espère qu'au contact permanent de cette troupe si joyeuse ses propres fils, le cadet surtout, retrouveront de leur stabilité.

Elle-même ne s'attarde pas à Los Angeles. Elle remonte au nord, vers San Francisco où elle reste deux semaines, se lançant dans de longues randonnées solitaires à bord de l'une de ses voitures de cette époque – elle en a neuf en tout –, une Rolls-Royce *Alpine Eagle* servie par six cylindres de presque 7 500 centimètres cubes.

Elle part pour l'Europe ensuite, s'étant embarquée à nouveau sur un navire espagnol pour la traversée de l'Atlantique. Madrid, Lisbonne, Barcelone, Paris, Monaco, Milan, Rome et Zurich seront ses étapes principales.

A Paris, Jeanne Fougaril vient de perdre le deuxième de ses fils : le premier avait été tué à Ypres, celui-ci a trouvé la mort au Chemin des Dames. Hannah lui propose de s'éloigner un peu : « Je te remplacerai. » Mais Jeanne s'accroche avec courage : elle n'a plus désormais qu'une fille, elle-même mariée et dont le mari est également sur le front :

« Hannah, ou je continue à travailler ou je deviens folle. C'est à peu près ce qui me reste, le travail. »

Hannah s'attarde néanmoins sur les bords de la Seine jusqu'au mois de novembre.

... Elle célèbre la victoire au cimetière du Père-Lachaise, où l'on enterre Apollinaire. Elle est si triste, ce jour-là, perdue dans cette foule, qu'elle ne comprend pas et s'indigne quand, sur le passage du cortège, elle entend crier « A mort, Guillaume ! ». Il lui faut un moment pour comprendre que ce Guillaume qu'on hue est l'empereur d'Allemagne.

Les derniers jours de 1918 la trouvent à Vienne. Plus exactement, elle y arrive le 20 décembre et trois jours après, comme par une simple foucade, elle prend un train pour Varsovie.

La voilà dans les rues Krochmalna, Smocha, Goyna et autres, où elle n'est pas revenue depuis vingt-six ans. Rien ou presque n'a changé, sauf qu'on y est un peu plus serré, entassé, recroquevillé. Dobbe Klotz est morte six années plus tôt, de quelque chose d'assez effroyable qui lui a déchiré le ventre des mois durant, la faisant atrocement souffrir – « au moins suis-je vengée », pense-t-elle, sa vieille haine encore intacte.

... Alors que si elle avait retrouvé la Meule de Foin encore vivante, elle lui eût sans doute parlé, et peut-être même pardonné.

Par le portier de son hôtel, elle a trouvé une voiture à louer, une 25 HP Renault à quatre cylindres, modèle torpédo sport, qui a appartenu à un comte et que la veuve cherche à vendre. Au volant, elle parcourt Varsovie, avec ce sentiment toujours éprouvé lorsqu'on revient sur les lieux de son enfance ou de son adolescence, que tout est réduit en taille et en proportions, au point qu'on s'étonne d'avoir vu si grand, autrefois.

« Je n'aurais pas dû revenir. Je suis en train de tuer mes souvenirs et de les rendre dérisoires, bien plus que si je mourais... »

Intacts toutefois les Jardins de Saxe, le palais Potocki, l'université et tout Stare Miastro, la vieille ville accrochée au rectangulaire Rynek, la place du marché. Elle traverse la Vistule et entre dans le quartier de Praga. La rue est là, sur la droite, sauf qu'aujourd'hui elle est pavée...

... Et aussi la maison, inchangée. Elle actionne le heurtoir et reste presque bouche bée : celle qui vient lui ouvrir est la Marta Glovacki de jadis, d'il y a plus d'un quart de siècle. Un peu épaissie, le cheveu gris jaunâtre, tout à fait édentée à présent, avec la peau du visage très plissée et piquetée de petite vérole. Mais à part cela ayant toujours l'air d'un baril de saumure et dégageant le même fumet.

« Est-ce que vous me reconnaissez ? » demande

Hannah prise, elle ne sait vraiment pas pourquoi, d'une gaieté subite mais assez amère.

La Glovacki dit non.

« C'était en 1890, en septembre, puis au cours des mois suivants. Vous aviez alors un locataire du nom de Taddeuz Nenski.

— Peut-être, dit la logeuse.

— Il était très grand et très beau. Il occupait la plus vaste de vos chambres, celle avec une terrasse d'où l'on voit la Vistule et Stare Miasto. Il était étudiant et c'était l'étudiant le plus gentil de toute la Pologne. »

Silence. Des billets changent de mains.

« Je me souviens très bien, dit le Baril de Saumure. Vous vouliez le voir. Vous étiez sa sœur.

— Non. Je l'aimais et il m'aimait. Jamais je n'ai été sa sœur. Je vous avais menti.

— Les hommes sont tous des ordures.

— Pas celui-là. »

Nouveaux billets.

« Pas celui-là, c'est vrai, dit la logeuse. Il était vraiment l'exception, gentil et doux, et bien poli. Je me souviens très bien de lui. Un très grand blond avec de beaux yeux bleus...

— Verts, dit Hannah.

— C'est ce que je voulais dire. Verts. Et beau comme c'est pas Dieu possible... Attendez, je me souviens très bien : la police secrète le recherchait...

— Elle ne l'a jamais pris. Est-ce que je peux revoir la chambre ?

— Il y a quelqu'un dedans.

— Un étudiant ?

— Oui. En tout cas, il a des livres.

— C'est mon fils », dit Hannah emportée par son élan.

D'autres billets. Elles se dévisagent réciproquement.

« C'est votre fils, d'accord, dit la logeuse. Et il n'est pas seul.
— Je sais, dit Hannah au hasard, en se demandant sur quoi elle va tomber.
— Sa femme est avec lui. Vous saviez qu'il était marié?
— Forcément. Puisque je suis sa mère. Je peux monter les voir, lui et sa femme?
— Ils sont sortis. Mais vous pouvez monter. A ce prix-là, vous pouvez acheter la maison. »

En ce temps-là, quand elle est entrée pour la première fois dans la chambre de Praga, elle n'avait jamais vu de terrasse. Et pas non plus de portes-fenêtres. Ne savait même pas que de telles choses pussent exister. « J'arrivais droit de mon shtetl, lancée comme une bombe anarchiste, bouffie d'orgueil et d'ambition... Je ne t'aime vraiment pas trop, Hannah d'il y a vingt-huit ans... Peut-être qu'en devenant très vieille, à la longue, je finirai par avoir un peu de tendresse pour toi mais, pour le moment, tu m'insupportes... »

Elle s'assoit sur l'unique chaise, devant une petite table où sont posés des livres. Elle regarde de quels livres il s'agit : c'est de l'histoire surtout, mais il se trouve aussi de la littérature, principalement française, quoiqu'il y en ait aussi de la polonaise, et de la russe... et en vérité elle n'est pas si surprise, parmi les auteurs qui sont là de trouver Mikhaïl Lermontov. C'est dans l'ordre des choses.

Pour le reste de l'ameublement et du décor, le même lit à quatre quenouilles de bois noir, les mêmes géraniums en pot (ou du moins leurs descendants directs), et les étagères de jadis. Il n'y a toutefois plus sur le mur la gravure représentant le Ponte Vecchio de Florence.

Elle ne bouge pas, bien qu'elle ait très envie d'aller s'allonger sur le lit. Au travers des fenêtres elle reverrait sûrement sous le même angle le cœur de Varsovie, avec les clochers à bulbe des églises baroques et les remparts vieil ocre... « Et tu sentirais encore les mains de Taddeuz sur toi, émouvantes à t'en faire fondre... pourtant il n'était pas d'une adresse très infernale, alors... Oh! mon Dieu, Hannah, à quoi sert de te torturer ainsi? »

... Ils arrivent après deux bonnes heures, le jour commence à tomber. Ils sont blonds tous les deux, et l'on voit de cent lieues qu'ils sont polonais et amoureux l'un de l'autre. Il est moins grand que Taddeuz, elle est bien plus jolie qu'elle, Hannah, ne l'a jamais été.

« Je ne suis pas votre mère, évidemment. »

Il sourit :

« Et pour cause. Elle est morte depuis dix ans. Puis-je savoir... »

Elle ne leur ment pas, leur dit les choses exactement telles qu'elles se sont passées... Toutefois sans aller tout au bout de l'histoire : elle leur apprend que Taddeuz et elle ont fini par se retrouver après avoir été chacun à une extrémité du monde, se sont mariés, ont eu des enfants, vivent en Amérique, sont heureux... « Je n'ai pas pu m'empêcher de mentir, en fin de compte... »

La jeune femme se prénomme Maria et croit savoir qu'elle a un oncle à Chicago. La nuit est bien tombée, à présent, et par-delà la Vistule, les lumières de Varsovie scintillent.

« Vous partirez en Amérique ou ne partirez pas, dit Hannah. Ces cinq mille dollars, au cas où vous choisiriez de rester en Pologne, vous les dépenserez comme vous l'entendez. Le reste de l'argent sera à Paris, Londres, ou New York, ou même ici; il vous suffira d'écrire à cet avocat dont vous avez l'adresse, à Genève, et de lui dire vos souhaits; la somme vous sera versée chaque année à la même date... Non, je ne pense pas que nous nous revoyions jamais, mais on ne sait jamais. Jan ? redites-moi cette phrase de Lermontov que vous aimez ? »

Il la récite une autre fois et toujours de mémoire.

« Merci, dit Hannah. Et que la vie vous soit douce, à tous les deux. »

Gaffouil et Yvonne la rejoignent à Berlin, où elle rouvre elle-même l'institut et les deux boutiques. Gaffouil, qui a quarante-sept ou quarante-huit ans, est toujours chargé du parc automobile; à son passage à Londres, il a pris livraison de la nouvelle *Silver Ghost* et l'a pilotée jusqu'à la capitale allemande. Il souligne qu'il a pu effectuer tout le parcours sans changer de vitesse. La Rolls le satisfait pleinement, toutefois il estime que d'autres marques ne vont pas tarder à mettre sur le marché des modèles intéressants...

« On m'a parlé d'une Hispano-Suiza qui sera bientôt prête. Le moteur est issu d'un douze cylindres en V utilisé sur les avions, ça ne devrait pas manquer de puissance. Et puis il y a plus surprenant : en Amérique aussi ils se mettent maintenant à fabriquer de grosses voitures. Duesenberg, vous connaissez ? Il est question d'une huit cylindres en ligne. Je m'en occupe ? »

Il connaît la passion d'Hannah pour l'automobile, et c'est le plus souvent lui qui essaie les véhicules avant leur achat.

Qu'il s'en occupe. On est à la fin de janvier. On part pour Rome, à bord de la *Silver Ghost*, Gaffouil suivant avec les bagages au volant de la Renault polonaise – elle l'a achetée en fin de compte, un peu parce que les Gaffouil seront ainsi à même de voyager seuls, un peu parce que la propriétaire du véhicule, la comtesse, habitait l'une de ces belles maisons ayant leur façade sur ces Jardins de Saxe dont elle, Hannah, croyait au temps de sa jeunesse qu'elles étaient le comble du raffinement.

Etape à Zurich, à l'hôtel Baur-au-Lac, là même où vingt ans plus tôt elle a croisé sans qu'il la voie son ex-amant d'Australie, Lothar Hutwill, qui lui avait un jour proposé d'assassiner son épouse afin qu'ils pussent, elle et lui, jouir paisiblement de sa fortune – et qui a très sûrement accompli son crime, avec une autre complice. « Tout cela est si loin... »

A Zurich l'attend une lettre de Lizzie, entre autres missives. Et la première ligne dit tout : *Je l'ai vu, Hannah, j'ai vu Taddeuz. Cela s'est passé un matin vers neuf heures, trois jours avant Noël. Maryan venait de partir et tout d'un coup je l'ai vu surgir dans le jardin. Il m'a semblé aller le mieux du monde, pour autant que je puisse en juger. Il était très bronzé et avec lui il y avait un autre homme, d'une taille vraiment impressionnante, tout comme sa carrure, quelqu'un appelé Adamson, qui n'a pas ouvert la bouche. Tu connais Taddeuz : il m'a embrassée comme s'il rentrait d'un petit voyage et m'a demandé si ses, si vos enfants étaient chez moi. J'ai dit oui et suis allée réveiller Adam et Jonathan, puis Abigail. Tout s'est très bien passé. Taddeuz les a emmenés tous les trois pour la journée dans une petite voiture qu'il avait. L'autre homme n'est pas allé avec eux. Je me faisais un peu de souci, mais les trois sont rentrés dans la soirée, à temps pour le dîner. Les garçons n'ont rien voulu me dire, sinon qu'ils avaient « passé une excellente journée ». Abie a été un peu plus bavarde : Taddeuz les a emmenés au bord de la mer, sur une plage où ils ont marché et ensuite ils sont allés manger dans un restaurant des huîtres et des « langoutes » d'après ta fille. Elle n'a rien trouvé d'autre à me raconter, sinon que « papa avait été très gentil ». Je n'ai pas revu Taddeuz le soir. Maryan voulait partir à sa recherche mais je m'y suis opposée et d'ailleurs il n'a pas insisté. J'espère que nous avons bien fait... Oh! Hannah, je n'écris cela que parce que je t'aime, tout en sachant que je risque de faire naître des espoirs qui n'ont pas de raison d'être. J'ai vu Taddeuz peut-être quatre ou cinq minutes en tout, nous n'avons pas parlé de toi. À être franche, je n'ai pas osé prononcer ton nom et lui non plus ne l'a pas fait. J'ai hésité à t'écrire, si tu veux le savoir. Je t'aime et je t'embrasse...*

Ce soir-là, elle rédige sa réponse à Lizzie, dans laquelle elle la rassure : Lizzie a bien fait ce qu'elle a fait.

... Et sur sa lancée, elle se surprend à commencer une lettre destinée à Mendel, en écrit bien quatre ou cinq lignes avant de réaliser ce qu'elle fait...

Que ce serait extraordinaire si Mendel vivait encore! Toute sa vie, jusqu'à ces dernières années, elle s'est appuyée sur lui, même s'il se promenait à l'autre bout de la planète, même quand elle restait une année ou deux sans le voir et sans nouvelles de lui. A considérer son propre passé, elle a constaté qu'il avait toujours surgi lorsqu'elle avait besoin de lui. A commencer par cette matinée de 1882, le jour où elle a perdu en même temps son père et son frère aîné, les seuls êtres au monde auprès de qui elle aurait pu pareillement rechercher un refuge. Ensuite, c'est encore Mendel qui l'a arrachée à son shtetl, c'est grâce à lui qu'elle est partie pour l'Australie, c'est lui qui lui a retrouvé Taddeuz... Et Mendel vivant, Taddeuz serait sûrement encore auprès d'elle, il aurait bien su ce qu'il fallait dire, ou faire, mieux que tous les foutus médecins de l'univers. Ils seraient partis entre hommes, Taddeuz et lui, ils se seraient soûlés un bon coup et il le lui aurait ramené une fois de plus sur son épaule. Tout serait réglé pour les deux ou trois ans à suivre, et il aurait pu repartir lui-même marcher un peu en quête d'horizons très vastes et de femmes très accueillantes...

... Et il aurait probablement su parler à Jonathan. Parce qu'il y a cela, aussi, la lettre de Lizzie en parle : le cadet de ses fils a commis de nouvelles frasques, il devient infernal. Il est allé jusqu'à s'en prendre à Lizzie (elle ne dit pas de quelle manière, et évoque simplement « quelques petites insolences », mais Hannah se doute que ça a dû être plus grave, pour que Lizzie se sente obligée d'y faire allusion).

« Oh! Mendel, pourquoi m'avez-vous abandonnée? »

Elle aime Rome. Son institut de la via Veneto a tant de succès qu'elle en est à vingt-trois pattes pour le mouton bleu qui le représente. Et les deux boutiques, Via del Tritone et Piazza Navone, ne désemplissent pas, au point qu'elle songe à en ouvrir une troisième sur la via Sixtina. Elle aime la ville elle-même, et l'Italie; les hommes y sont les plus beaux du monde, à son avis, et puis, à force de chercher les raisons qu'avait Taddeuz de tant aimer ce pays (elle préfère l'Espagne, quant à elle), elle a fini par en trouver qui lui soient personnelles.

Sa directrice pour l'Italie est un directeur, une fois n'est pas coutume, il se nomme Bruno Metaponte, il l'amuse énormément par cette ambition qu'il a (qu'en tout cas il manifeste par des regards brûlants) de dormir avec elle. C'est un Lombard d'assez petite taille, blond-roux, dont l'un des oncles est cardinal et qui, par cette haute protection ecclésiastique, a pu convaincre les dames de Rome que se tartiner la figure avec les crèmes d'Hannah n'était pas un péché mortel.

Il dit que pour ce qui est de la via Sixtina, il n'a rien trouvé qui convienne, sauf un immeuble où tout serait à refaire.

« Et alors ?
– Le propriétaire ne veut ni vendre ni louer.
– A un problème il y a toujours des tas de solutions. Qui est ce crétin de propriétaire ? »

Une famille descendant, paraît-il, en droite ligne – via des ruelles de lit – de rien moins que Lucrèce Borgia. Hannah se rend chez la *principessa* d'Arcangheli. Elle se retrouve nez à nez, face à face-à-main, avec une douairière aussi antique que les catacombes, trônant sur du velours rouge dans un salon un peu plus petit que le New York Stock Exchange.

... Qui lui confirme son refus, avec une réfrigérante courtoisie.

« Je ne me tiens pas pour battue, Bruno. J'en fais une question de principe... Sinon de *principessa*. »

Ce n'est pas qu'elle soit obsédée par une troisième boutique, d'autant qu'elle pourrait trouver un autre emplacement, mais à quoi d'autre pourrait-elle s'accrocher, dans cette période d'épouvantable attente ?

Elle ordonne une enquête sur les Arcangheli. Le tour en est vite fait : la douairière a un seul petit-fils, de trente-six ans d'âge, veuf avec deux enfants. On n'est pas richissime mais on possède tout de même, outre quelques immeubles comme celui de la via Sixtina, un palais à Rome, une propriété estivale en Lombardie avec mille hectares de terres arables, quelques tableaux et autres œuvres anciennes, et une villa à Anacapri.

... Se produit alors une péripétie. Tandis qu'elle est justement en train de lire le rapport qu'elle a commandé, un homme se présente au Grand Hôtel et sollicite d'être reçu. Coïncidence, c'est celui sur lequel elle vient de lancer ses chiens de chasse. Elle le reçoit, bien sûr, et trouve devant elle quelqu'un de tout à fait séduisant, de petite taille mais admirablement mis, le cheveu agréablement grisonnant sur les tempes. Elle note les mains, qui sont très belles. Il parle le français à la perfection...

« Mais mon anglais est convenable, dit-il en souriant.

– Le français ira très bien. »

Et là-dessus il prend, souriant toujours avec malice, une épaisse liasse de papiers, de documents, de photographies, qu'il lui tend.

Elle le regarde, stupéfaite.

Il s'explique :

« Voici les plans exacts de notre palais de Rome, plus ceux des immeubles, et de la ferme lombarde. Pour la villa d'Anacapri, je les attends d'une heure à l'autre. J'ai fait dresser un inventaire de tous les meubles, pour tout ce qui est plus grand qu'un tabouret. Vous voudrez bien noter la surabondance des prie-Dieu. Ceci est la liste des tableaux, parmi lesquels, je le crains, figurent d'effroyables croûtes. Juste en dessous, ma généalogie complète, elle vous expliquera notamment pourquoi mon deuxième prénom est Hercule, en souvenir du duc d'Este. Bien entendu ces ascendances dont je devrais être si fier sont tout à fait imaginaires. Si nous descendons de Lucrèce, c'est par l'une de ses femmes de chambre, à mon avis. La vérité est qu'une de mes charmantes aïeules a été la maîtresse d'un pape, en sorte que notre titre nous vient de ce que l'on pourrait appeler une bulle d'alcôve. Voici également des photographies de mes enfants, et la reproduction d'un portrait qu'on a fait de moi lorsque j'avais un an – je vous supplie d'excuser ma tenue de l'époque. J'ai bien sûr parfaitement conscience de ce que mon dossier comporte de carences, mais je me ferai une joie de répondre à toutes vos questions. »

Abasourdie d'abord, elle éclate de rire :
« Je vous dois des excuses, il me semble, dit-elle.
– Ma mère m'a chargé de vous prier à dîner, pour toute soirée à votre convenance. Acceptez et nous serons quittes. »

Durant les trois semaines qu'elle passe encore à Rome, leur amitié va prendre et s'élargir. S'il sait peu de chose d'elle, ne lui ayant jamais posé la moindre question, il n'ignore pas qu'elle est mariée. Au vrai, elle n'a nul besoin de courir s'abriter derrière son état matrimonial : Pier-Nicola d'Arcangheli, avec délicatesse, ne l'invite jamais qu'en compagnie d'autres amis, assemblés pour elle.

La veille de son départ, il lui demande s'il pourra lui écrire. Elle répond par la négative...

« Désolée, Nicki. Je vous en prie... »
... Elle a câblé à Louis Macke, sachant que ce serait en pure perte. La réponse est arrivée le matin même : *Je ne sais même plus où il est. Contact perdu depuis trente-cinq jours.*

« Je voudrais que vous repartiez pour Paris, Gaffouil et toi, dit Hannah à Yvonne.
– Ça ne me plaît pas trop. Pas du tout, même.
– Tant pis. Prenez la Renault, je vous la donne. Partez maintenant. Bon dieu, Yvonne, fais ce que je te dis ! »

Leurs regards se croisent.

« Et je vous laisserais seule ? Vous me prenez pour qui ?

— Fais ce que je te dis. S'il te plaît.

— S'il vous arrive quelque chose, je ne me le pardonnerai jamais, dit Yvonne. Vous êtes sûre qu'il y a des domestiques, là-haut ?

— Il ne m'arrivera rien. Et pour les domestiques, tu sais aussi bien que moi qu'il y en a : on a répondu quand j'ai téléphoné. Emmenez-la, Gaffouil. »

Elle attend qu'ils aient transféré ses bagages personnels d'une voiture à l'autre puis démarre. Deux kilomètres plus loin, elle s'engage dans ce qui semble n'être qu'une ruelle très pentue. Ayant gagné cent mètres en altitude, elle dépasse la terrasse de l'église de Santa Maria del Sasso, juchée sur un à-pic. La voiture escalade quelques lacets supplémentaires et débouche sur le terre-plein qui précède la grille d'entrée. Celle-ci est grande ouverte et l'on a dégagé la neige à la pelle pour ouvrir le passage. Sous cette même neige, le jardin lui paraît très différent : on y a taillé des formes étranges dans les massifs et des haies sont apparues où elles n'étaient pas autrefois.

La maison-château est sur la droite, à gauche c'est le lac, que la brume du soir commence à envelopper. Alerté par le bruit du moteur, le couple de domestiques sort. Elle, Hannah, ne les a jamais vus. Autant qu'elle s'en souvienne, c'est Polly Twhaites qui les avait engagés, voici à peu près dix-sept ans, quand il a acheté la propriété, en exécution des ordres reçus d'elle. L'un et l'autre frisent à présent la soixantaine, ils parlent quelque chose qui doit être du romanche, savent pourtant l'allemand et un peu d'italien, pas du tout le français ni l'anglais. Ils dévisagent avec une curiosité un peu inquiète cette propriétaire qu'ils n'ont jamais rencontrée et qu'à la longue ils avaient dû tenir pour mythique.

Elle entre, après avoir échangé des mots sans importance. Elle reconnaît les voûtes du rez-de-chaussée, et jusqu'à la table où ils ont dîné, Taddeuz et elle, le premier soir, près de la cheminée monumentale.

Le canapé à la Pommier a disparu.

« M. Twhaites nous avait dit...
— M. Twhaites est mort. Remettez ce meuble à sa place. Immédiatement. »

« Pourquoi suis-je désagréable avec ces gens ? » Elle réussit à s'arracher un sourire :

« J'ai été très heureuse dans cette maison et je voudrais retrouver les choses comme elles étaient, vous comprenez ? »

Ils acquiescent, rassérénés et du coup prêts à tout lui donner. Elle monte directement jusqu'au deuxième étage. La pièce centrale y est, encore et toujours, la chambre de dix mètres, avec ses quatre fenêtres et son lit gigantesque à quenouilles.

« Veuillez éteindre ce feu, je ne dormirai pas ici mais dans la petite chambre du premier qui a une tapisserie blanc et rouge. Et vous refermerez les volets, ainsi que la porte. Personne ne devra y entrer sans mon ordre. »

Néanmoins, elle s'attarde. C'est d'ici qu'on a sur le lac de Lugano la plus belle vue possible. Et en se penchant à la fenêtre de gauche elle découvrirait les toits du village suisse de Morcote. Il n'y a aucune espèce de bateau sur l'eau, mais cela est dans l'ordre des choses : dix-huit ans plus tôt, il ne s'en trouvait pas davantage, le jour où ils ont quitté cette maison, après tout un mois passé ici, au lendemain de leur mariage dans la Vienne des Strauss et d'un siècle éteint.

« Ne pleure pas. Tu t'es juré de ne pas pleurer. »

Les six jours suivants, dix-huit heures par jour, elle fait ses comptes, parfaitement indifférente au fait que les meilleurs comptables aient déjà vérifié un à un tous les chiffres. Sa solitude est absolue, rien ne la trouble, pas un bruit, surtout pas les deux natifs de l'Engadine qui respectent les consignes données et se rendent invisibles.

Ce n'est pas de la méfiance, que cet acharnement à tout contrôler par elle-même, au *cent*, au centime, au penny, au kopeck près. Ces chiffres lui ont toujours été un refuge.

Elle établit des fiches, une par pays.

Dix-huit fiches. Soit, dans l'ordre chronologique de ses implantations : Australie, Nouvelle-Zélande, Royaume-Uni, France, Belgique, Pays-Bas, Allemagne, Suède, Danemark, Suisse, Autriche, Italie, Espagne, Portugal, Hongrie, Tchécoslovaquie, Etats-Unis et Canada.

« Plus Monaco. Ça compte pour un. »

Quarante-six moutons bleus (les instituts) qui au total comportent 324 pattes à 1 000 dollars l'an l'une – il y a quelques moutons unijambistes.

Soixante-dix-neuf violets (boutiques). Pour un total de 206 pattes.

Trois orange dont l'un est l'heureux possesseur de quatre queues; c'est l'école d'esthéticiennes et de vendeuses que dirige à New Rochelle, entre autres activités, Catherine Montblanc. En faisant participer les grands magasins à la formation de ses élèves, Catherine a réussi à dégager des bénéfices, depuis deux ans.

Pour les moutons rouges (écoles sises en Europe), jaunes (ramassage et expédition des plantes), à pois rouges (réseaux d'approvisionnement des instituts et des boutiques), aucune patte, puisque aucune de ces entreprises n'est bénéficiaire.

... Quatre cent onze pattes (elle a dû dessiner un mouton en pleine page) pour l'un des moutons à carreaux blancs et noirs : c'est celui de ses comptes bancaires où, cédant aux objurgations véhémentes (enfin, véhémentes à la façon de Maryan...) de Maryan Kaden, elle a consenti à placer ses capitaux inutilisés. Maryan lui a proposé toutes les formes de placement possibles; la Bourse notamment, soit qu'il l'aide personnellement, soit qu'elle passe par un agent de change, un *broker*, dont il lui garantirait la scrupuleuse honnêteté (il paraît que ça existe, des *brokers* honnêtes). Elle n'a rien voulu entendre, la spéculation boursière ne lui dit rien qui vaille; à ses yeux, c'est un jeu de voleurs, à qui volera l'autre; et elle ne veut ni voler, ni être volée. Tout au plus, et avec quelles réticences! a-t-elle accepté de prendre des bons du Trésor à cinq pour cent. Elle n'a déjà pas une grande confiance dans les banquiers, alors les politiciens...

... Et enfin, il y a la vache. L'animal le plus stupide auquel elle ait pu penser (elle a essayé de dessiner une poule, mais sans succès, et s'est finalement rabattue sur un bovidé, à qui elle a mis des cornes pour qu'on sache que cette chose molle et informe était un ruminant – que les vaches aient ou non des cornes n'est pas son problème).

La vache représente les bénéfices dégagés par l'exploitation de la crème de beauté « recommandée par H.H. » dans les grands magasins. Pour changer, elle s'est servie de pis au lieu de pattes, à raison de 10 000 dollars par pis.

En ce début de 1919, la vache a soixante-trois pis.

En sorte que si elle additionne toutes les pattes,

et les ajoute aux pis, elle trouve un total de 1 574 000 dollars, son revenu annuel.

Et une fortune globale, non compté les biens immobiliers, les bijoux, les tableaux et les voitures, de quatorze moutons roses un quart.

Elle prend alors sa décision, si tant est qu'elle n'ait pas déjà été prise depuis des semaines, sinon des mois.

Dans la même journée, celle du 9 février, elle expédie vingt-six télégrammes depuis la poste de Lugano.

18

N'insiste pas, Jeanne, je te prie...

ELLE écrit à Taddeuz, avec qui elle n'a communiqué d'aucune façon depuis quatorze mois : *J'ignore si la nouvelle aura de l'importance à tes yeux. Je te l'annonce telle quelle : je m'apprête à tout vendre, mes instituts et mes boutiques, et mes brevets...*

Rien d'autre. Elle a refait dix fois sa lettre, sans rien trouver de mieux que ce communiqué laconique que n'accompagne aucun mot de tendresse.

Au premier de ses télégrammes, la réponse a été immédiate : la firme Stahlman et Javitts, de New York, a pris contact comme convenu avec les avocats américains d'Hannah dirigés par l'Anglais Henry Christie. Hiram Javitts en personne sera à Lugano le 23, prêt à conclure la négociation.

Les autres réponses sont peu variées. Le texte expédié était à vrai dire trop bref, trop comminatoire, pour que les destinataires aient le moindre doute quant à l'urgence (*Prière vous trouver Lugano, hôtel* Excelsior *pour vente, le 8 mars à midi : Hannah.*). Elle a pensé à retarder au 22 mars la réunion, pour permettre aux gens d'Australie et de Nouvelle-Zélande d'y assister, mais même ainsi elle ne pouvait espérer que de Sydney, Melbourne, Adelaïde, Perth, Brisbane,

Wellington et Auckland, on puisse arriver à temps. Tant pis, elle n'attendra pas.

Jeanne Fougaril est au téléphone dès le lendemain, étant l'une des très rares, avec Maryan et Lizzie, Jos Wynn et Cathy Montblanc à New York, Henry Christie à Londres, à savoir où elle se terre.

« Hannah, je veux te voir.
— Nous nous verrons le 8 mars.
— Je veux te voir et j'arrive. »

Elle avait appelé de Lugano. Une heure plus tard, sa voiture avec chauffeur se présente devant la grille.

« Hannah, qu'est-ce qui te prend ? Tu es folle ?
— Tu ne sais même pas ce que je veux faire.
— Tout le monde le sait, on ne parle que de ça. Il y a des mois que tu n'es plus la même. Tes raisons ne me regardent pas, c'est entendu. Quoique je n'arrive pas à croire qu'un chagrin d'amour puisse t'abattre, pas toi; n'importe qui mais pas toi. Et si tu crois qu'Hannah peut se tuer du jour au lendemain sans que les milliers de personnes qui travaillent pour elle ne se rendent compte de rien, tu es tombée sur la tête.
— L'âge ne t'a pas assagie.
— Tu n'as rien à m'envier. Tu veux vendre ? D'accord. Vends l'Amérique, l'Australie, la Nouvelle-Zélande, mais pas l'Europe.
— Je ferai en sorte que tes intérêts soient sauvegardés. Je n'oublie pas que tu es intéressée aux bénéfices.
— Il ne s'agit pas d'argent. Pas seulement. Je suis sûre que tu agis sur un coup de tête.
— Absolument pas.
— Alors, c'est pire ! Mais je ne te crois pas. Nous travaillons ensemble depuis plus de vingt-cinq ans. Jusqu'à aujourd'hui, si je t'avais traitée d'idiote, tu

m'aurais immédiatement sauté à la gorge. Qui sont tes acheteurs? Des Américains?

– Probablement. S'ils acceptent mes conditions.

– Je m'en doutais. Je me vois travailler sous les ordres de cow-boys! »

Deux heures d'une discussion acharnée. A l'issue de laquelle Jeanne Fougaril enregistre ce qu'elle considérera toujours comme la plus grande surprise de son existence : Hannah cède, se rallie à la thèse de la Française. Les arguments avancés par celle-ci sont solides : morceler en trois parts l'empire et donc vendre à trois acheteurs différents donnera la possibilité d'obtenir de meilleurs prix et permettra, par le jeu de multiples clauses, des rachats éventuels, au cas où... permettra enfin à Jeanne...

« C'est là où tu voulais en venir, non?

– Je voulais en venir à te faire revenir sur ta décision. Je n'y arrive pas. Dès lors, j'essaie de m'en tirer le mieux possible. Tu ne m'as pas gardée vingt ans comme directrice pour l'Europe parce que j'étais idiote... »

... permettra enfin à Jeanne de trouver des acheteurs en qui elle puisse avoir une confiance raisonnable, puisqu'elle devra travailler avec eux. Etant entendu que ces acheteurs devront lui conserver son poste et ses prérogatives.

« Hannah, ce n'est pas un égoïsme imbécile qui me pousse. Et pas non plus des besoins d'argent, j'ai plus qu'il ne me faut. Mais moi, contrairement à toi, je crois que tu reviendras, un jour. Je veux que tu trouves la maison telle que tu l'auras laissée. »

... Petite crise d'émotion chez Jeanne, à cet instant. Hannah s'écarte, pour éviter les effusions. Elle demande :

« Je suppose que tu les as déjà, tes acheteurs pour l'Europe ?

– Il y a ce Français, Auriol, le parfumeur, et il y a les Anglais qui ont déjà contacté Henry Christie à maintes reprises. Il y a même ce groupe allemand. Et les Australiens seraient...

– Tu penses à un consortium franco-britannique ?

– De préférence, oui.

– D'accord.

– J'en parle à Christie ?

– Mais oui, fais-le. »

Jeanne s'en va. Henry Christie est le successeur de Polly Twhaites, recommandé très chaudement par ce dernier. L'un de ses jeunes assistants se nomme Nigel Twhaites et c'est le neveu de Polly. Christie ne ferait rien sans un ordre exprès d'Hannah, serait-ce Jeanne qui le lui transmettrait. En réalité, il a déjà reçu des ordres, depuis une bonne semaine, pour vendre en trois parties. « Mais ça faisait tellement plaisir à Jeanne, que je lui ai laissé croire que c'était son idée à elle... »

Le 8 mars à l'hôtel Excelsior de Lugano a lieu une première réunion, qui rassemble quarante et un directeurs ou directrices d'instituts. Ne manquent à l'appel ni les directions de Los Angeles et de San Francisco –, toutes les implantations nord-américaines sont représentées. Les sept titulaires d'Australie et de Nouvelle-Zélande n'ont pu venir et Hannah leur a adressé à chacun et chacune une lettre personnelle. Pour l'Europe, une seule absente : la directrice d'Amsterdam; elle attend un enfant et a délégué son adjoint, un grand Batave blond à la voix curieusement fluette.

Tous les chefs de laboratoire sont présents, de même que les directeurs des services de matières premières et de distribution. Cecily Barton de Londres, Jessie de New York et Jeanne Fougaril se trouvent au premier rang avec Josuah Wynn.

De Melbourne, les frères Fournac ont averti de leur arrivée pour le 22.

Hannah intervient pendant en tout et pour tout une petite poignée de minutes, avant de passer le relais à Wynn. Elle parle dans un étourdissant silence. Elle annonce sa décision de se retirer complètement, à titre définitif et irrévocable, remercie ceux et celles qui ont bien voulu travailler avec elle, précise que rien ne pourra la faire changer d'avis et, qu'une fois la vente conclue, elle sera complètement étrangère aux affaires, qu'on veuille bien le comprendre. Elle essaiera de faire en sorte que son départ ne porte pas préjudice à ses anciens collaborateurs et collaboratrices. Elle ne croit pas que, quels que puissent être les nouveaux propriétaires et leurs ambitions, ils mettent en danger les situations acquises. Toutefois...

« S'il en était parmi vous quelques-uns qui souhaitent se retirer en même temps que moi, je m'engage personnellement à leur verser cinq ans de salaire, en supplément des indemnités qui pourraient leur être accordées par leurs nouveaux employeurs. Je vous remercie. »

Elle s'enfuit presque, pour éviter une émotion dont elle ne veut à aucun prix.

Les jours suivants, à quatre reprises, elle consent à assister aux réunions de travail de ses propres avocats conduits par Henry Christie et Jos Wynn, auxquels elle a adjoint l'un de ses meilleurs conseillers, le Genevois Pierre Poncetti. Mais, contrairement à son comportement passé, elle parle peu... et devine presque du soulagement devant son mutisme et sa décision de ne pas intervenir dans les discussions à venir avec les acheteurs. Qu'on lui fasse simplement tenir prêts les contrats sitôt que les accords seront acquis, et elle les signera.

Elle s'enferme plus que jamais dans la maison-château de Morcote.

... Où le seul à être admis, pendant tout ce mois de mars, est Maryan Kaden. Il vient de Los Angeles exprès pour la voir :

« C'est vraiment fini, Hannah ?

– Vraiment. »

Il baisse la tête et contemple la pointe de ses chaussures :

– Nous en avons parlé, Lizzie et moi. Elle pense que je ne dois rien tenter pour te faire revenir sur ta décision.

– Lizzie a raison. Et ça ne servirait à rien, en plus.

– Je sais.

– Merci, Maryan. »

Silence. Puis il dit :

« Il m'a écrit, Hannah. Juste quelques mots pour m'avertir qu'il passerait de temps à autre voir les enfants, mais qu'il préférerait ne pas me rencontrer. Il me demandait de l'excuser. »

Silence.

« Naturellement, il verra les enfants autant qu'il le voudra.

– Naturellement », dit Hannah.

Nouveau silence. Le visage de Maryan est comme toujours impassible, ses yeux si pâles n'expriment rien. Mais elle le sait très violemment ému.

« Ça me fait un chagrin fou, tu sais, dit-il soudain.

– Je sais, Maryan. »

Il ouvre la bouche et aspire fortement, se détourne et va pendant quelques instants contempler le lac.

« Nous pourrons venir te voir, Lizzie et moi ?
– J'aimerais autant pas, pendant quelque temps. Excusez-moi. »

Il acquiesce.

« Comment vont tes affaires ? » demande-t-elle, pour lui permettre de se reprendre.

Bien, très bien, dit-il. Il a partiellement financé *L'Admirable Crichton* de Cecil B. De Mille, qui est en train de rapporter une fortune, et il investit de même dans *Les Quatre cavaliers de l'Apocalypse* de Rex Ingram, avec un débutant de grand avenir nommé Rudolph Valentino ; et il est toujours propriétaire d'une bonne partie des terrains de Hollywood, revendant hectare après hectare, en échange d'argent frais ou de parts sur les studios. Lizzie se porte comme un charme, et les douze enfants de même. Il pense qu'ils vont s'en tenir là, pour les enfants...

« Adam et Jonathan ne nous donnent aucun problème, Hannah. Abie, moins encore, elle est adorable. Jonathan nous a un peu inquiétés, à un moment, mais depuis Noël, il a changé, il est très calme... »

« Juste après avoir vu son père », pense Hannah.

« ... Il travaille très bien en classe. Il veut être marin. Il est très intelligent, Hannah.
– Je sais. »

Hiram Javitts lui-même, donc, conduit la délégation new-yorkaise des acheteurs. Par Wynn, il a appris depuis plus d'un mois qu'on ne lui offrait à l'achat que la partie nord-américaine de l'empire. Outre que l'affaire était à prendre ou à laisser, la nouvelle ne l'a pas trop affecté : il a fini par révéler qu'il ne s'intéressait guère à l'Europe, et moins encore à l'Australie.

« Nous aurions acheté si cela avait été absolument nécessaire, mais nous aurions réclamé d'autres conditions... »

En réalité, il s'est montré féroce durant toute la négociation. Wynn et Christie avaient fixé à quatorze millions la position de départ, Javitts ne voulait pas aller au-delà de dix. Au fil des jours et des rencontres, par avances et replis successifs, on est parvenu au chiffre de 11 625 000...

« Hannah, laisse-nous quinze jours de plus et nous aurons une chance de le pousser à douze, dit Henry Christie au téléphone, le 16 mars au soir.

– Je veux en finir. Dites oui. »

La zone européenne a trouvé preneur pour l'équivalent de douze millions et demi, dont la moitié payable sur cinq ans. L'acheteur est bien le consortium franco-britannique dont Jeanne Fougaril s'était faite l'avocate.

On est convenus d'un intérêt de sept pour cent l'an sur les six millions un quart à verser en paiement échelonné.

Et là encore, Hannah a dû freiner Christie et surtout Poncetti, prêts à ferrailler des semaines encore pour obtenir davantage.

« Je veux en finir. »

C'est devenu son leitmotiv.

... Elle a de même accordé des délais, à intérêt réduit, aux Australiens, les frères Fournac – qu'une course éperdue depuis le fin fond du Pacifique a mis à Lugano le matin même du 23. Le prix convenu pour les possessions australes est de deux millions quatre. Les Fournac n'ont pu aligner qu'un million et demi; ils pensent pouvoir s'acquitter du solde en dix-huit mois. La transaction a été facilitée par le fait que les Australiens et elle ont le même conseil, en l'occurrence le cabinet de Melbourne Wittaker & Wittaker, où vingt-quatre ans plus tôt elle a connu Polly Twhaites.

Les trois ventes sont signées dans l'après-midi du 23. Elle n'y assiste pas. C'est Jos Wynn qui fait par trois fois l'aller et retour entre Lugano et Morcote.

« Dans les trois cas, dit-il, ils ont accepté assez facilement la clause 14. »

(C'est celle qui fait obligation à chacun des acheteurs de ne tenter aucune espèce d'expansion sur le territoire clairement délimité des deux autres. Disposition facilitée par le fait qu'un quart de siècle plus tôt, avec son discernement ordinaire, Polly l'avait persuadée de déposer ses brevets pays par pays – il avait même introduit dans sa liste, constamment remise à jour, des territoires *susceptibles* de devenir indépendants! Ainsi elle se plaçait en situation de concurrence avec elle-même. A l'époque, Polly avait estimé qu'un tel compartimentage permettrait d'éviter un naufrage général, dans le cas d'une catastrophe quelconque quelque part.)

« De même, poursuit Jos Wynn, nous n'avons pas eu trop de difficultés avec la clause 23. Javitts a bataillé un peu, comme d'habitude – ce type doit se disputer avec son réveil, le matin, pour commencer la journée – : il a longtemps soutenu que vous accorder une option prioritaire de rachat revenait à limiter leur droit de propriété, si un jour ils voulaient vendre.

– Je m'en fiche, Jos.

– Il faut bien que je vous en parle. Il avait tort et le savait : si un jour vous vouliez racheter, il vous faudrait évidemment vous aligner sur l'offre la plus élevée qu'ils auraient reçue par ailleurs. Prioritaire ou pas.

– Je ne veux pas racheter et vous le savez.

– Moi, je dois faire comme si, Hannah. C'est mon travail. Javitts a cédé.

... Elle voit bien qu'il attend une question. Elle la

lui pose, alors que la réponse lui est tout à fait indifférente :

— D'accord, Jos. Pourquoi a-t-il cédé ?

— Parce que vous êtes une femme, parce qu'il vous croit incapable de recommencer ce que vous avez fait, et surtout parce qu'il a d'énormes projets : il est convaincu qu'avec une autre gestion que la vôtre il pourra doubler ou même tripler les bénéfices.

— Je vais noter dans mes tablettes, dit-elle avec lassitude. A ma prochaine venue sur terre, je me vengerai de M. Javitts et de sa méchanceté. C'est ce que vous vouliez m'entendre dire ?

— Hannah, ça va être bougrement triste, sans vous.

— Tout est fini ?

— Oui. Aucun de nous n'arrive vraiment à croire que... »

Elle ferme ses immenses yeux gris. Wynn l'a trouvée, à sa troisième visite de la journée, assise dans un fauteuil-paon de rotin, garni de coussins noirs et rouge andrinople, sur la terrasse en encorbellement de la maison, face à l'admirable panorama. A aucun moment, il n'est entré dans la demeure, sauf une fois dans le jardin d'hiver foisonnant de plantes exotiques.

— Où voulez-vous en venir, Jos ? A ce que je me lance à moi-même une sorte de défi ?

— J'aimerais assez voir ça, répond Wynn avec une passion qui le surprend lui-même.

— N'y comptez pas. »

Elle attire à elle les exemplaires du troisième et dernier contrat, celui avec les Australiens, les paraphe et les signe, sans même les lire.

« Adieu, Josuah. Et merci pour tout. »

L'une des clauses que l'on retrouve dans tous les contrats la concerne tout particulièrement : il lui est interdit, soit agissant en personne, soit par personnes interposées, de se mêler de soins de beauté et de parfums. On a pris grand soin d'énumérer un à un tous les produits pour lesquels elle est frappée de proscription, au plan des affaires et du commerce; elle ne peut ni les créer, ni les fabriquer, ni les distribuer, ni les vendre, ni les promouvoir, de quelque façon que ce soit; sa célèbre griffe au double H ne lui appartient plus, on pourra s'en servir, mais plus elle. Et ceci dans tous les pays du monde, existant ou devant exister.

Les avocats de Javitts ont pensé à tout.

– Je ne serais pas surpris qu'ils aient très peur de vous, a commenté Pierre Poncetti, le Suisse qui a un tout petit peu remplacé Polly près d'elle – un tout petit peu. »

La même nuit, dans la grande salle voûtée du rez-de-chaussée, elle brûle feuillet après feuillet les trois cents et quelques calepins que des années durant elle a traînés avec elle, dans une malle métallique dont elle ne se séparait jamais et dont elle seule avait la clef.

Le plus ancien des calepins date de l'automne 1890 et de l'hiver 91, vingt-huit ans plus tôt. Elle venait tout juste d'arriver à Varsovie – elle avait quinze ans et demi – et veillait déjà à la bonne marche de ses trois magasins, dont elle tenait les comptes. Ce n'est qu'en Australie qu'elle a pensé à utiliser des moutons. « Au Canada, j'aurais sans doute employé des ours... »

Très soigneusement pliés dans ce calepin-là se trouvent des feuillets. Elle n'a nul besoin de les parcourir pour se rappeler ce qu'ils contiennent : les premiers poèmes écrits, spécialement pour elle, par Taddeuz. Mieux : elle sait ce qui se trouve sur chaque feuille, aligné de sa déjà minuscule écriture que les années ont encore réduite, et qui contraste tant avec sa large et ample écriture à lui. Elle lit néanmoins : *6 septembre 1891 – Taddeuz m'a fait l'amour pour la première fois...* Plus loin, au verso d'un autre poème : *11 décembre 1891 – J'ai un peu peur.* (Elle venait de constater qu'elle était enceinte et Pelte le Loup la traquait sans trêve.)

Elle brûle tout.

Visage figé, yeux élargis mais sans une larme – de toute façon la chaleur si brûlante du foyer l'aurait séchée à peine apparue. Pour détruire complètement tous les carnets, ceux des dernières années surtout avec leurs superbes reliures de cuir, elle entretient un feu d'enfer.

Le 19 avril, le couple de l'Engadine qui la sert part de très bonne heure. Ils lui ont demandé et elle leur a accordé trois jours de congé : ils doivent se rendre dans leur village pour le mariage de quelqu'un. Ils lui ont proposé un remplacement par une jeune fille montant de Morcote. Elle a refusé. Elle s'est levée aux aurores, vers cinq heures, ainsi qu'elle l'a toujours fait. Elle les a entendus partir.

Depuis vingt-sept jours, elle ne reçoit plus les bilans qui lui étaient jusque-là adressés où qu'elle pût se trouver dans le monde, en un flot jamais interrompu, qui rythmait son existence. Sur eux, elle a passé des milliers d'heures et souvent ils lui ont été un refuge.

Les premiers jours ont été les pires, ils l'ont jetée dans une rage sourde et haineuse contre elle-même, à en hurler. Puis dans l'abattement. Mais la nuit, elle n'a jamais pu se décider à recourir au Gardénal que Louis Macke lui a donné.

... Et puis c'est enfin revenu, cette farouche volonté de vivre qui l'a toujours portée. « Tu vas devenir encore plus folle qu'avant, si tu te laisses aller. » Elle a fait méthodiquement, comme une vraie statisticienne, le tour de tout ce à quoi elle pouvait s'occuper. Elle n'a pas trouvé grand-chose. Elle ne sait ni tricoter, ni coudre; peindre et sculpter ne sont pas pour elle – elle n'a pas le plus petit embryon de talent et de surcroît s'en rend compte avec une cruelle certitude.

... La musique, n'en parlons pas. Elle sait que manquer à ce point d'oreille participe du miracle. L'essai qu'elle a fait d'écrire, pourtant conseillée par Marcel Proust, lui a suffi; l'écrivain s'est étonné : « Pourquoi es-tu froide, sur le papier, alors que tu l'es si peu dans la vie ? »

Restent la tapisserie, le jardinage et les bonnes œuvres...

Elle recommence à rire d'elle-même, c'est donc qu'elle se reprend et s'est à peu près remise de cette véritable amputation qu'a été la vente. Retrouvant son besoin de mouvement, elle se lance dans des marches forcées à travers la montagne, malgré ses chaussures et ses robes qui ne sont vraiment pas commodes. Une fois, elle manque se tuer de très peu, en voulant escalader (avec son chapeau, sa sacro-sainte ombrelle pour protéger sa peau du soleil, ses bottines à talons et son sac à main) une pente rocheuse fort raide, qu'elle eût tout aussi bien pu contourner, mais qu'elle a attaquée de front, par défi. Achevant sa grimpée, savourant sa victoire avec un orgueil qui l'a ramenée à son adolescence, elle a gravé dans la pierre le double H de son prénom, comme font les alpinistes de Zermatt.

Elle s'est remise à lire, avide, puisant dans la

bibliothèque qu'elle avait constituée pour Taddeuz, puis faisant venir des livres par deux et trois cents à la fois, de Genève.

... Elle lit ce 19 avril. Dix heures environ se sont écoulées depuis que les domestiques sont partis pour leur village natal de Guarda dans le canton des Grisons. Sitôt le soleil levé, elle est sortie pour une autre de ses promenades solitaires... et s'est donné ce qui doit être une petite entorse à la cheville gauche, en se recevant mal après un saut. Revenue en boitillant dans l'immense demeure si extraordinairement déserte et silencieuse, elle a pris un bain interminable, jusqu'à claquer des dents, l'eau étant devenue glacée à la longue (elle a horreur des bains froids mais ne peut se défaire de cette idée qu'ils sont bienfaisants). Elle a essayé de bander sa cheville et y est à peu près parvenue, très agacée par sa maladresse. Pas seulement comme infirmière, car en plus elle s'est brûlé un doigt en faisant chauffer de l'eau pour son bain, et quatre jours plus tôt, s'acharnant à démonter un machin (elle ne sait pas le nom) dans le moteur de la Rolls, elle s'est entaillé le coude. Tout ceci sans compter les courbatures dans ses jambes, à présent que les muscles se sont refroidis.

« Un vrai carnage. Je vais finir en lambeaux! »

Elle lit sous une tonnelle, grignotant des biscuits qu'elle trempe dans un demi-verre de tokay, au cœur d'un silence surnaturel. Le lac est sous ses yeux. Ce n'est pas l'heure où elle le préfère, elle l'aime mieux le soir. Au crépuscule, l'eau s'argente, les flancs des montagnes deviennent vert sombre, puis virent au bleu, et enfin se diluent dans le ciel. Il s'écoule alors quelques instants miraculeux où seul le lac phosphorescent semble vivre encore.

Elle est assise ou plus justement enfoncée, le menton sur la poitrine qui se rengorge un peu, ce qui fait saillir sa lèvre inférieure. La tranche du livre est posée sur ses seins qui sont à cet égard bien utiles. Au creux du fauteuil-paon un peu trop grand pour elle, elle semble bouder un peu, ce qui ne lui va pas mal du tout, avec une petite mèche rebelle lui venant sur l'oreille, très mignonne. Devant elle, elle a disposé un autre siège agrémenté d'un gros coussin, afin d'y reposer son entorse et soulager ses courbatures. Ce jour-là elle porte une robe de Jeanne Lanvin, blanche mais ourlée par des ganses de sa couleur fétiche, le rouge andrinople. La robe lui vient à mi-mollet et le décolleté en V met à nu la naissance de sa gorge, par la grâce d'un bouton défait – la peau de sa gorge est laiteuse, crémeuse même, elle ne l'a jamais exposée au soleil. Autour du cou elle porte le collier d'or fin à dix-sept perles noires offertes par Taddeuz.

Elle lit Walter Scott en quatre-vingt-quatre volumes. Elle vient d'en entamer le soixante et onzième, tome premier des *Chroniques de la Canongave*, et s'y ennuie assez. Elle en est au passage où Chrystal Croftangry se présente chez Miss Nelly...

Elle se fige.

Le bruit a pourtant été léger, à peine perceptible, et rien ne l'a précédé, pas même le grincement de la grille.

« Tu n'aurais pas dû vendre », dit-il.

Elle plaque le livre sur son visage et, dans un mouvement qu'elle ne saurait s'expliquer, coule littéralement au fond du fauteuil-paon, se recroquevillant comme si elle voulait disparaître. Ses yeux écarquillés jusqu'à l'impossible.

19

C'est foutument simple...

« BLESSÉE ?
– Rien d'important. »
Elle se trouve toujours enfoncée dans le fauteuil-paon. Mais Taddeuz est à présent près d'elle, à deux mètres à peine, accoté à l'un des poteaux en bois blanc de la tonnelle. Il n'a pas de veston et porte seulement une chemise à manches retroussées, sans cravate, sous un gilet. Il ne s'est pas rasé depuis au moins trois jours et ses cheveux sont plus longs qu'à l'ordinaire. Son visage est très hâlé, et de même ce qu'elle voit de sa poitrine, ses avant-bras et le dos de ses mains. Il est extraordinairement beau, ce qui n'est pas pour la surprendre, on lui donnerait tout au plus trente ans.
« Qu'est-ce que tu vois comme choses, pour quelqu'un qui ne regarde pas ! »
Elle demande :
« Depuis quand es-tu en Europe ?
– Quatre semaines environ. Tu es seule ?
– Oui.
– Pas de domestiques ?
– Un couple seulement. Parti à un mariage en Engadine. »
« Calme-toi, Hannah... Essaie de réfléchir, bon sang ! Tu es presque au bord de la panique ! »
« J'ai très faim », dit-il.

Alors, seulement, elle bouge. Elle pose le livre au sol et s'assoit normalement, quoique avec lenteur, prenant appui sur ses paumes. Se met debout. Elle a pendant une seconde l'envie de boiter très bas, plus que sa petite entorse ne l'y obligerait, mais en repousse l'idée. Au contraire elle s'efforce de marcher normalement. « Il croirait que j'essaie de l'apitoyer... et il aurait raison. »

« Je n'ai pas grand-chose à manger. Je n'attendais personne. (« Foutue menteuse! Comme si, depuis que tu lui as écrit ta lettre, et même avant, tu avais été une seule seconde sans l'attendre! ») Il y a des jambons dans la cuisine, et du fromage.

– Parfait.

– Je peux te faire quelques pommes de terre au four. Je ne sais pas faire grand-chose d'autre.

– Ça ira très bien, merci. »

Il l'a suivie dans la cuisine. Il s'assied à la longue table mais elle reste debout, mains croisées devant elle, à hauteur de la taille, dans cette attitude immémoriale – elle met un moment à s'en apercevoir – des femmes dont l'homme vient de rentrer.

« Assieds-toi, Hannah.

– Je suis très bien. »

Il vient de couper une longue et épaisse tranche du gros pain de campagne, il y étale du jambon cru, puis du gruyère. Il mange en la regardant, tandis qu'elle cherche désespérément, mais en vain, quelque chose à dire pour rompre cet épouvantable silence.

« Du vin?

– S'il te plaît, oui. Si tu en as. Sinon, de l'eau.

– J'ai du vin. »

Elle note qu'il la suit constamment des yeux, tandis qu'elle va chercher cette bouteille de tokay qu'elle avait ouverte. « Dieu merci, j'ai mis cette robe entre les autres, et je suis à peu près coiffée... »

« Tu ne veux toujours pas t'asseoir ?
– Toujours pas. »

... Elle ne l'a même pas vu se lever mais d'un coup il est devant elle, la saisit à la taille, la soulève et la pose tout au sommet d'un buffet. Ce n'est pas tout : les mains de géant montent au long de son corps, enveloppant et caressant un moment ses seins puis...

... viennent autour de sa gorge.

Elle ne bouge pas. Pour une fois le fixant de haut en bas.

« Peur, Hannah ?
– Non.
– Louis Macke ne t'a pas dit que j'ai voulu te tuer ?
– Deux fois, il paraît.
– Et nous sommes seuls. On ne m'a pas vu entrer.
– Je n'ai pas peur puisque tu es là », dit-elle très calmement.

« Et c'est bien ça le plus extravagant, Hannah – quoique je me demande si c'est tellement extravagant, à y bien réfléchir – tu n'as pas peur du tout, mais alors vraiment pas. Ce n'est pas précisément le sentiment qu'il t'inspire... »

Elle s'attendait un peu à le voir sourire. Mais il s'écarte :

« Fais-moi voir ta cheville.
– Ce n'est rien. »

Il défait le bandage maladroit et le simple contact de ses doigts sur sa peau lui enflamme le ventre.

« Ça ne fait même pas mal, dit-elle.
– Dans ce cas, pourquoi n'es-tu pas chaussée ? Je ne t'ai jamais vue habillée sans chaussures. »

Il fait pivoter légèrement la cheville et, malgré

elle, elle laisse échapper un petit mouvement de douleur.

« D'accord, j'ai un tout petit peu mal.
– Tu as une entorse. Où y a-t-il des bandes ? »

Tout le temps qu'il s'absente, elle étudie la possibilité de sauter du meuble. Elle y renonce. D'abord parce qu'elle aurait toutes les chances de se blesser l'autre cheville, et pourquoi pas s'éborgner ou se rendre méconnaissable en se cassant la figure, et puis aussi parce que c'est lui qui l'a juchée, c'est donc à lui de la descendre. « Il sera bien obligé de te toucher encore... »

Il revient avec assez de bandages pour envelopper une momie égyptienne, en choisit une et exécute le pansement avec une adresse impressionnante, croisant et jetant la bande pour composer quelque chose de très géométrique.

« Ça ne te serre pas trop ?
– Non. »

Elle fixe sa bouche, avec une envie folle de mordiller sa lèvre inférieure.

... Mais elle reste sur son envie : il s'éloigne et va se rasseoir.

« Et je vais rester là-haut ?
– Tu es très bien où tu es. »

Il mange.

Elle sourit avec déjà de la malice :

« C'est parce que tu as peur de me prendre dans tes bras, c'est ça, hein ? »

Pas de réponse. « Ne va pas trop vite, Hannah, tu vas tout gâcher ! »

« Depuis quand n'avais-tu pas mangé ?
– Hier matin. »

Il consent enfin à relever la tête et à soutenir son regard :

– J'ai débarqué à Marseille le 23 mars au soir.
– J'ai tout vendu ce jour-là.
– Je sais. Tu n'aurais pas dû. »

Elle est sur le point de répliquer : « J'ai bien fait de vendre, puisque tu m'es revenu. » Mais elle se tait. Rien n'est simple avec Taddeuz. S'il avait vraiment voulu l'empêcher de vendre, il aurait télégraphié d'Amérique; elle a toujours été la femme la plus facile à joindre au monde, maintenant que la Victoria est morte et enterrée : il suffit, il suffisait encore voici quelques semaines d'entrer dans l'un des instituts et d'annoncer qu'on avait un message pour Mme Hannah. Une fois elle a reçu une lettre de l'Ontario qui pour toute adresse portait : *Hannah – New York...* « Ou alors il aurait pu prendre un bateau qui l'aurait mis en Europe bien avant. »

... Un soupçon lui vient tout à coup :

« Quand as-tu quitté le Vermont ?

— En décembre.

— Où es-tu allé ?

— Au Mexique, à Oaxaca. Un consul m'a hébergé quelque temps. Ensuite...

— Et ma lettre ?

— Je n'ai reçu aucune lettre de toi.

— Je t'y disais mon intention de vendre.

— Pas reçue.

— Macke ne te faisait donc pas suivre ton courrier ? C'est à lui que je l'ai d'abord envoyée...

— Je suis reparti d'Oaxaca avec Adamson — c'était l'un de mes infirmiers — au début de la deuxième semaine de janvier. A partir de ce moment-là, Louis ne savait plus où me joindre.

— Nom d'un chien, dit Hannah, quand as-tu appris que je vendais, alors ?

— Par les journaux à Athènes, tout simplement.

— Il y a longtemps ?

— Une quinzaine de jours. Le *Times* n'était pas de la première fraîcheur. »

Elle en reste coite.

— Il secoue la tête :

« Je ne suis pas ici parce que tu as vendu ton affaire, Hannah. Je l'ignorais lorsque j'ai pris le bateau pour l'Europe. Je regrette que tu l'aies fait, au vrai. Mais cela n'a changé en rien ma décision. »

Il a tout de même fini par la descendre de son perchoir puis a annoncé qu'il aurait grand besoin d'un bain. Il l'a bel et bien touchée mais avec comme de la négligence, en tout cas sans se départir à aucun moment de cette immobilité du visage, qui n'est pas de la froideur impassible, mais une expression de rêverie lointaine, vaguement triste.

« Je vais te faire chauffer de l'eau, dit-elle.
– C'est inutile, reste assise. »

Elle l'a entendu monter (il s'est rendu tout droit au deuxième étage, là où ils ont dormi voici dix-huit ans pour leurs noces) et elle-même, en clopinant parce que c'est vrai que cette foutue cheville lui fait mal, elle est allée jeter un coup d'œil sur les bagages qu'il a laissés dans le jardin, n'emportant à l'étage qu'une petite valise pour faire sa toilette. Elle ne trouve qu'un *Rucksack* comme elle en a vu aux montagnards d'Autriche et d'Allemagne, qu'on porte sur le dos grâce à des bretelles, et qui semble très plein – de livres sûrement.

« N'y touche pas! Ne touche à rien, sale garce! »

Elle s'éloigne et, boitillant toujours, va se rasseoir dans le fauteuil-paon. Elle essaie bien de lire mais rien à faire. Elle contemple le lac. La fin du jour vient doucement, des rais d'ombre s'avancent et s'infiltrent, avec la lenteur d'une méditation.

Elle ne l'entend pas s'approcher d'elle.

« Ne te retourne pas, Hannah. »

A nouveau, l'envie de se recroqueviller dans le fauteuil, de s'y faire toute petite...

« Je suis venu pour rester, Hannah. Si tu veux de moi... Non, ne dis rien, il ne m'est pas facile de parler. Lorsque j'ai quitté le Vermont, je n'avais aucune idée de ce que j'allais faire. A être enfermé comme je l'ai été, même sur sa propre demande, on perd l'habitude d'être responsable de soi-même. Si tant est que je l'aie jamais été. Tu comprends ce que je veux dire?

– Pas très bien.

– D'accord. Je vais essayer de te l'expliquer autrement : j'ai été fou, Hannah, je le suis peut-être encore, quoi qu'en pense Louis Macke. C'était une chose de me sentir presque équilibré tant que j'avais ces gens autour de moi, c'en est une autre d'être seul. Tu comprends, à présent?

– Oui. Je crois.

– Il me fallait être à peu près sûr de moi.

– Tu savais que je t'attendais?

– Evidemment. Je savais que tu m'attendais chaque minute. Ou du moins, je l'espérais... Ne dis rien. D'ailleurs, tu ne serais pas revenue à Morcote, sinon pour m'attendre. De Marseille, je suis allé en Allemagne puis en Grèce...

– N'importe où sauf en Italie.

– N'importe où sauf en Italie. De Grèce, je comptais t'écrire, et te laisser le choix de... me reprendre ou non.

– Ne parle pas ainsi!

– Je vois mal comment le dire autrement. »

« Au diable toutes ces chinoiseries! pense-t-elle. Au diable son besoin de tout expliquer, de tout analyser! Il est revenu, je l'ai retrouvé, qu'est-ce qui compte auprès de ça? »

« Je t'aime », dit-elle.

« Qu'est-ce qu'il attend pour me prendre dans ses bras, nom d'un chien! »

« ... Sauf que je n'ai pas eu le courage d'attendre ta réponse, dit-il. J'ai pensé que ma cause serait mieux plaidée si j'étais devant toi.

— Je t'aime et je me fous pas mal de tout le reste. Je m'en fous à un point incroyable. »

Silence. Taddeuz ne bouge toujours pas. Toutefois, après des secondes longues comme des semaines, elle l'entend rire très doucement :

« Je dois te reconnaître ce mérite, entre autres, Hannah : tu as de la suite dans les idées.

— La vie est déjà assez compliquée comme ça sans qu'on en rajoute.

— Tu m'aimes, je t'aime et tout est simple, tout est dit.

— Exactement. C'est comme ça que les choses doivent être. Sauf que tu ne m'as pas vraiment dit que tu m'aimes. Tu ne me l'as pas dit très souvent, tu as toujours été assez avare, de ce point de vue. »

Le soleil se décide à disparaître, il disparaît d'un coup, derrière eux sur leur gauche, mais le lac ne s'assombrit pas encore, au contraire il est comme laiteux, par endroits parcouru d'ombres furtives et de reflets bizarres. « Ce lac est très gentil et fait vraiment tout son possible pour être à la hauteur des événements... Oh! mon Dieu, Hannah, attendre tant en valait la peine... »

« Je suis allée à Varsovie et jusque dans la chambre de Praga, dit-elle. Il s'y trouvait un jeune couple très mignon. Lui s'appelle Jan. Il a des tas de livres, lui aussi. Elle, elle était jolie comme un cœur bien tendre. Taddeuz, plus imbéciles que nous, je ne connais pas. La vie est faite pour être vécue, je ne vois vraiment pas à quoi d'autre elle pourrait servir. Tu m'aimes et je t'aime, c'est foutument simple. Nous allons faire en sorte que ça dure très longtemps. Moi, je veux vivre dans les cent ans. Après, j'aviserai. Et tu as intérêt à faire pareil, si tu ne veux pas d'histoires.

— Je t'aime, Hannah.
— Je n'ai pas entendu.
— Je t'aime, Hannah.
— Il y a un bruit terrible, on n'entend rien.
— Je t'aime, Hannah. »

Il pose ses mains sur ses épaules. Elle détache une de ces mains et en lèche la paume de sa petite langue brûlante.

... Ferme les yeux et demande à voix basse :

« Est-ce que tu as envie de moi ? Un tout petit peu ?

— A en crever, pour être franc.

— C'est dans l'ordre des choses, dit-elle. Et qu'est-ce que ça tombe bien ! »

20

J'ai vraiment une fossette
à cet endroit-là?

IL se remet à écrire trois jours plus tard. Il écrit vite, contrairement à toutes ses habitudes. Dix, douze et parfois quinze feuillets par jour. Qu'il lui donne à lire chaque soir et cela aussi est un changement extraordinaire. La première fois qu'il lui a tendu la liasse de papiers, au sortir de son bureau, elle s'est sentie presque intimidée, voire affolée. Au point que fatigué de garder son bras tendu, il a fini par déposer son début de manuscrit devant elle, sur la table où elle alignait les cartes d'une réussite.

« Ce n'est qu'un premier jet, mais les deux premiers chapitres y sont. Je voudrais que tu les lises, et que tu me donnes ton avis.

— Mais je n'en serai pas capable!

— Au moins autant et sinon plus que tous les critiques de Londres et New York réunis.

— Parce que je suis idiote, c'est ça, hein? Si moi je comprends, c'est que tout le monde peut comprendre.

— Tout juste.

— On ne met pas sa main dans la culotte des critiques... C'est de la prévarication. »

Elle a lu. Quatre fois, puis une fois encore, au

cas où elle aurait négligé quelque chose. « A croire que tu étudies un contrat, espèce de pomme ! » L'histoire qu'il raconte, et qu'elle va lire au rythme étonnamment régulier d'un chapitre tous les deux jours, cette histoire est étrange, et très troublante. Etrange dans la mesure où elle se situe au Mexique, dans un village perdu, écrasé de poussière et de soleil, dont les habitants ne sont que des ombres, muettes et apeurées, et où vit un jeune prêtre défroqué. Arrivent...

« A ta façon de le décrire, ton prêtre est encore plus séduisant que Rudolph Valentino et Douglas Fairbanks réunis. Ça peut être bel homme, un prêtre ?

— J'ai failli en être un.

— Me voilà convaincue. Je l'ai échappé belle, soit dit en passant. Tu nous vois, nous, faire des câlins dans un confessionnal ? »

... Arrivent deux autres personnages principaux (ils n'arrivent pas ensemble, ils ne se connaissaient pas jusque-là, enfin en principe, elle n'a pas lu la fin) : une femme et un bandit. « Encore plus beau que le prêtre, son bandit ! » La femme ne tarde pas à opposer les deux hommes... Et tous les trois s'engagent dans une expédition bizarre, quête au cœur des montagnes d'un trésor qu'elle, la Femme, prétend connaître...

... Au cours de laquelle l'un des deux hommes va mourir.

« Il n'y a pas de quoi pleurer, Hannah...

— C'est trop triste. Je l'aimais bien, ce bandit. L'autre aussi, d'ailleurs, suis-je vicieuse... Et je ne sais pas trop quoi te dire, à propos de ton livre.

— Tu l'as dit.

— En pleurant sur la mort de Kensing ?

— Et aussi par ton visage, pendant que tu lisais. Surtout par ton visage. J'adore tes yeux, Hannah. »

En mai, ils rentrent en Amérique. A bord du *Berengaria* de la Cunard, ancien *Imperator* allemand récupéré par les Britanniques au titre des dommages de guerre. Il a achevé la deuxième écriture de son roman. Le manuscrit comporte désormais deux cent dix pages – « à l'impression, cela passera à deux cent trente ou quarante, j'écris plus petit qu'avant ». Taddeuz l'a provisoirement intitulé *Le Crotale* :

« Mais Eddy Lucas le changera, de toute façon. »

Elle ne l'a jamais vu aussi désinvolte. Se satisfait d'abord, s'inquiète ensuite d'une métamorphose si remarquable.

... Mais, à vrai dire, ce souci est vite effacé, dès le débarquement : Adam et Jonathan sont venus les attendre. Et il y a dans l'intense amour qu'ils témoignent à leur père un tel contraste avec la presque indifférence dont ils font preuve à son égard à elle, qu'elle en est glacée. Certes, elle s'y attendait. « Tu as tout fait pour qu'ils te haïssent, peut-être pas Adam, mais Jonathan à coup sûr. Comment pourraient-ils t'aimer? As-tu seulement pensé une fois à eux, tandis que tu te terrais en Europe? Ne viens pas te plaindre... »

« Où est Abigail?

– A Los Angeles, avec Lizzie.

– Je pense que nous devrions aller en Californie, dit Taddeuz.

– Quand tu voudras. Je suis libre, à présent. »

Elle a évidemment remarqué l'ordre qu'il a donné à Jonathan, d'un seul regard. Et le garçon a fini par venir à elle et par l'embrasser :

« Je suis heureux de vous revoir, mère. »

Sans aucun doute volontairement il a usé de l'anglais pour éviter le tutoiement que le français aurait permis.

Elle est presque soulagée de voir ses fils repartir, au terme de la permission exceptionnelle de sortie qui leur a été accordée par leurs collèges respectifs.

Moins de quarante-huit heures après que Taddeuz le lui a donné à lire, l'éditeur Eddy Lucas revient avec le manuscrit. Il trouve Hannah seule et occupée – elle est incapable de rester à ne rien faire – à repeindre l'une des chambres d'amis de l'appartement, sous l'œil caustique d'Yvonne tricotant quant à elle pour les petits Chinois.

« Hannah, vous l'avez lu ?

– J'ai adoré, je vous préviens, répond-elle avec férocité, toute prête à le peindre, lui aussi, s'il émettait la moindre réserve.

– Eh bien, moi aussi », dit Lucas.

Elle pose son pinceau et le fixe :

« Vous ne me raconteriez pas d'histoires, n'est-ce pas, Eddy ?

– Dieu m'en préserve ! Hannah, ça y est, il a fini par trouver le ton juste. Et quelle fabuleuse histoire ! Ça se dévore. Les deux premières pages, j'ai eu un peu peur, je ne vous le cache pas. Mais ensuite... Vous l'avez bien lu, hein ?

– Je l'ai parcouru. »

(Elle l'a lu neuf fois. Ou dix, elle ne s'en souvient plus. Plus les passages que Taddeuz lui a lus à voix haute, quand il éprouvait le besoin de voir les réactions sur son visage. « Je l'aurais écrit moi-même, ce livre, que je le connaîtrais moins bien ! »)

« ... Mais ensuite, reprend Lucas, ensuite quand Elle – je dis Elle puisqu'il ne lui a pas donné de nom – quand Elle entre en scène ! C'est le personnage de femme le plus... »

Lucas s'interrompt soudain. Hannah jette un coup d'œil menaçant à Yvonne : « Si elle rit, je l'assomme ! »

Silence.

« Vous n'avez pas fini votre phrase, Eddy », remarque-t-elle.

Il se masse la nuque :

« La dernière fois que je me suis senti aussi idiot, dit-il enfin, j'avais douze ans et le révérend Partridge venait de trouver des images cochonnes dans ma bible. »

Hannah lui sourit avec grâce :

« Et vous avez trouvé des images cochonnes dans le roman de Taddeuz, c'est ça? »

« C'est ce qui s'appelle retourner le couteau dans la plaie, Hannah! »

Du coup, Lucas rougit vraiment et vire à l'écarlate :

« Hannah, par pitié... »

Elle lui sourit plus que jamais, agrandissant ses yeux :

« Je ne vois aucune espèce d'inconvénient à ce que le monde entier sache que mon mari est amoureux de sa femme. Ça m'enchanterait plutôt, à vrai dire. Et s'il...

– Hannah, le livre va faire scandale!

– ... Et s'il dépeint mon corps dans son livre, dans les plus grands détails, c'est soit qu'il n'a aucune imagination – ce qui me surprendrait fort –, soit qu'il n'a eu, si j'ose dire, personne d'autre sous la main – ce qui m'abasourdirait plus encore, je sais un peu trop combien les autres femmes le regardent –, soit enfin parce qu'il en a eu envie. Et j'en suis très fière, Eddy Lucas. Ce n'est pas si mal, d'être peinte nue, même par la plume d'un écrivain, à quarante-deux ans... »

« Eddy Lucas est passé. »

Taddeuz vient de rentrer avec ses fils d'une séance de patinage.

Il la regarde.

« Il a adoré, dit-elle. Il a adoré, sauf qu'il appréhende d'aller en prison, et toi avec, pour obscénité. J'ai vraiment une fossette à cet endroit-là?

– Qui irait vérifier ma documentation?

– Bonne question », dit-elle.

Edward Lucas s'inquiète vraiment. Sa première lecture a été d'une traite. La deuxième et les suivantes sont plus pondérées...

« Tad, je ne pourrai jamais le publier ainsi. Nous aurons toutes les ligues et toutes les Eglises contre nous. Il sera interdit.

– Trop triste, dit Taddeuz, d'un air de s'en moquer à l'extrême.

– Et que faudrait-il faire? demande Hannah.

– Couper. Edulcorer. Les deux sans doute. Et ce ne sera pas facile, écrit comme ça l'est. Ça me rend malade mais je ne vois pas d'autre solution. La scène notamment où le crotale se... »

Il s'interrompt encore et se met à contempler ses mains qui tiennent le couvert à poisson, comme s'il venait d'en découvrir l'existence.

« Oh! mon Dieu! » s'exclame-t-il.

Silence.

Taddeuz sourit :

« Hannah? (Il n'a même pas tourné la tête vers elle.)

– Pas une virgule, dit Hannah.

– Pas une virgule », dit Taddeuz à Lucas.

Nouveau silence.

« Forcément, dit Lucas avec beaucoup d'amertume, les écrivains ne détestent pas aller en prison. Au moins, ils peuvent y écrire tranquilles. Mais vous me voyez diriger ma maison depuis Sing Sing?

– Pauvre, pauvre petit Eddy, dit Hannah.
– Il est bien à plaindre, dit Taddeuz.
– Il y a eu le cas Baudelaire, dit Hannah.
– Pour *Les Fleurs du Mal*, je sais, dit Lucas la mine très sombre.
– Ça n'a pas trop mal réussi à Baudelaire, dit Hannah.
– Il faut convenir qu'il avait un certain talent, Baudelaire, dit Taddeuz.
– Convenons-en, dit Hannah.
– Je vous hais, dit Lucas. Tous les deux. »
Taddeuz se lève :
« La réponse est non, Eddy. Vous le publiez ou non. Mais si vous le faites, vous n'en changez pas un mot. »

Ils sont à Los Angeles à la fin de juin. La maison de Lizzie et Maryan, si vaste qu'elle puisse être, ne l'est quand même pas assez pour héberger le couple Kaden et ses douze enfants, plus les domestiques, plus Adam, Jonathan, Abigail et sa gouvernante... et de surcroît Hannah, Taddeuz, Yvonne et Gaffouil...

... D'autant qu'il ne s'agit pas d'un séjour rapide.

« Lizzie, nous ignorons combien de temps nous allons rester. Et, non merci, je n'ai pas envie de coucher sous une tente dans ton jardin.
– Hannah, je suis folle de joie.
– Je me demande bien pourquoi. Il ne s'est rien passé, entre Taddeuz et moi. Rien. »

On louera finalement une villa dans Coldwater Canyon Drive, à deux pas de Sunset Boulevard, une villa un temps occupée par Charlie Chaplin. Ce n'est pas aussi gigantesque que l'habitation des Kaden, mais il s'y trouve tout de même douze pièces, plus un appartement pour Yvonne et Gaffouil et trois chambres au-dessus du garage, destinées aux domestiques. Le délicieux Eric Von Stroheim deviendra rapidement l'un des familiers, lui qui, l'année précédente, dans le film *The Hearts of Humanity* visant à soutenir le combat contre Guillaume II, a incarné un officier allemand absolument infâme jetant par les fenêtres les pauvres petits bébés français.

Lizzie et Maryan, comme d'habitude, ont été dès amis parfaits. Tout le clan Kaden s'est porté à la gare pour la réception de bienvenue. La fanfare familiale s'est déplacée, perçant les tympans sur des kilomètres à la ronde (la fanfare est une idée de Lizzie : elle a collé entre les mains de chacun de ses rejetons des tambours, des cuivres et jusqu'à deux cornemuses, avec pour unique mission de faire un maximum de bruit, peu importe la mélodie; elle s'est réservé les cymbales, qu'elle frappe avec une vigueur peu commune, et après un combat acharné, de jour et surtout de nuit – paraît-il –, a convaincu Maryan de transporter la grosse caisse et de frapper dessus à bras raccourcis – ce qu'il fait d'un air lugubre).

Sous cette fantaisie – mais Lizzie n'en a jamais manqué – se cache beaucoup de délicatesse : il s'agissait de banaliser et les retrouvailles d'Hannah et de Taddeuz, et leur réapparition au terme d'une si longue absence. Durant les jours, puis les semaines qui suivent, ce tact se manifeste encore. La maison des Kaden à Beverly Hills est un havre pour tous et le lieu de rencontre de tout Hollywood. Le soir même de leur arrivée, on a dîné avec Mary Pickford et Douglas Fairbanks. Les jours suivants défilent Cecil B. De Mille et Gloria Swanson, Lewis Selznick[1] et Sam Goldwyn, Louis

---

1. Père du David O'Selznick qui a produit et réalisé *Autant en emporte le vent*.

B. Mayer, Sam Warner, Harry et Jack Cohn, futurs Fondateurs de la Colombia...

« Merci, Lizzie.

– Qu'est-ce que j'ai encore fait ?

– Vous avez été merveilleux, Maryan et toi.

– Je suis toujours merveilleuse, c'est mon état naturel. »

Qui n'est pas en adoration devant Lizzie, à Hollywood et dans toute la Californie ? Elle a grossi. Un peu. Un peu beaucoup. Ses nombreuses maternités lui ont donné une poitrine sur laquelle il est possible de faire tenir une assiette et un verre – Hannah le sait, elle a essayé. Sa joie de vivre a crû avec les années, son sens de l'humour n'a plus de limites, elle règne sur ses sept garçons et ses cinq filles avec une bonne humeur presque terrifiante. Même ses colères – elle a la langue fichtrement bien pendue et nul ne l'impressionne – font partie de son charme. Car Lizzie séduit, alors qu'elle n'est pas très jolie. Maryan l'idolâtre et il n'est pas le seul : un certain Franklin Roosevelt, devenu vice-ministre de la Marine après avoir été maintes fois leur hôte, envisagera très sérieusement de baptiser *Lizzie* un contre-torpilleur. Elle l'a dit autrefois à Hannah : « Je suis faite pour être heureuse... » Ce devait être un programme, car elle l'applique à la lettre.

« On en parle quand tu veux, Hannah. Si tu veux qu'on en parle.

– De Taddeuz ?

– Qui d'autre ? Il n'y a pas grand-chose à raconter sur mon mari à moi : il fait de l'argent et des gosses, et me rend heureuse : je me demande bien pourquoi j'ai épousé ce type...

– Ça va très bien.

– Mon œil.

– Ça ne va pas tout à fait très bien.

– Tu te fais peut-être des idées.

– Raison pour laquelle tu as amené notre conversation sur le sujet. On en parle parce qu'il ne se passe rien, c'est ça?

– Je crois que tu te fais des idées.

– Peut-être. »

Elles sont toutes les deux dans la piscine, là où l'on a pied, Hannah ayant toujours un peu peur de nager. A cinquante mètres en contrebas, dans la deuxième piscine « *for kids only* », six ou sept douzaines de gosses s'envoient gaiement des tartes à la crème dans la figure – l'un des enfants Kaden fête son anniversaire.

Hannah se déplace de quelques centimètres : le parasol installé rien que pour elle sur un flotteur a un peu bougé, et l'une de ses chevilles se trouvait exposée au soleil.

« Je crois vraiment que tu te fais des idées, Hannah. Maryan le pense aussi. Taddeuz ne nous a jamais paru aussi bien. Il a été extraordinairement brillant, l'autre soir, nous étions tous sous le charme, même ce producteur qui ne sait pas lire. Il est guéri, Hannah, et pas seulement de ce qu'il a eu ces derniers temps... Et il t'aime. »

Il a sa première crise – la première dont elle ait connaissance durant cette période de leur vie commune – au début de septembre.

Adam et Jonathan, accompagnés des quatre aînés Kaden, viennent de prendre le train pour regagner leurs universités et collèges sous la houlette de l'un des frères de Maryan, Stan. Rentré de la gare où il a embarqué ses fils, Taddeuz est parti à un rendez-vous avec les dirigeants d'une compagnie créée deux ans plus tôt, la First National Exhibition, celle-là même qui vient d'engager Chaplin en lui accordant toute liberté pour le choix et la réalisation de ses films, ainsi que la pleine propriété de ceux-ci.

Quant à elle, Hannah, elle a pouponné, assez exceptionnellement. Elle a entassé dans sa Rolls huit ou dix gosses, dont sa fille Abigail, et a emmené tout ce petit monde jouer sur la plage de Malibu. Vers midi trente, elle constate, mais sans s'inquiéter, l'absence de son mari, qui devait les rejoindre : les gens de la First National l'auront gardé à déjeuner, les hommes adorent parler affaires en mangeant, et il n'aura pas pu les prévenir puisque ces fichus mômes étaient au même moment en train de l'enterrer jusqu'au cou dans le sable.

Elle téléphone un peu avant treize heures mais seule Yvonne répond, à la villa de Coldwater Canyon Drive. Non, elle n'a vu personne.

Vers deux heures, ayant bourré de mangeaille jusqu'aux ouïes sa horde piaillante, elle revient à Beverly Hills. Elle restitue leur progéniture aux divers parents.

Lizzie n'est pas chez elle, mais Hannah s'y attendait : elle a ce jour-là une réunion avec Dieu sait quelle organisation charitable, dont elle est la présidente à ses moments perdus – « comment elle fait pour avoir du temps libre, je me le demande... »

Elle ramène les derniers mioches excédentaires. Rentre seule avec Abigail qui babille.

... Un premier signal d'alarme retentit, encore discret, lorsqu'elle constate que Gaffouil ne sort pas à sa rencontre pour garer sa voiture, ainsi qu'il a l'habitude de le faire...

... Un deuxième carillonne carrément en voyant qu'Yvonne ne vient pas lui ouvrir et prendre Abie en main. « Il se passe quelque chose. »

Mais elle est calme encore, pas affolée, plus intriguée qu'inquiète.

« Yvonne ? »

En admettant que Gaffouil et Taddeuz soient sortis, et avec Yvonne, ce qui ferait déjà pas mal, il devrait y avoir dans la maison trois ou quatre personnes : la gouvernante, la cuisinière et les deux femmes de chambre philippines engagées deux mois plus tôt.

« ... Non, pas la gouvernante : c'est son jour de sortie. Mais les autres ? »

« Abie, tu vas aller dans ta chambre, s'il te plaît, comme une grande fille.

– Tu m'as promis de l'*ice-cream*.

– Le temps de traire la vache et j'arrive. Exceptionnellement, tu peux t'allonger sur le lit. Prends un beau livre, ma chérie. »

Elle ressort et hésite encore à déranger Taddeuz, dont le bureau est au premier et qui doit travailler, s'il est rentré. Le bruit lui parvient à la seconde où elle pose sa main sur la rampe d'escalier. C'est un bruit sourd, on dirait quelque chose de très lourd qui tout à coup s'effondre.

Elle se jette en courant dans l'escalier.

« Taddeuz ? »

Pas de réponse. Elle crie :

« *TADDEUZ !* »

La porte, en chêne massif est fermée à clef de l'intérieur. Oreille collée au battant, elle croit percevoir un râle, de l'autre côté, malgré la double épaisseur du panneau matelassé. Elle se souvient alors que, depuis leur chambre, on peut aller d'une pièce à l'autre par les balcons. Il l'a fait une fois ou deux, pour s'amuser à la surprendre.

Elle court, à présent.

... Un homme comme Taddeuz, avec ses grandes jambes, sans doute aussi une femme comme Lizzie, passeraient aisément d'un balcon à l'autre, au prix d'un grand écart. Pas elle. Pour finir, elle se hisse sur la balustrade de fer forgé et saute. Manque de partir en bas, frappée en plein abdomen par la main courante Mais elle se rétablit et gagne le balcon.

La porte-fenêtre est entrebâillée.

Elle découvre Taddeuz allongé, visage contre le sol, une main repliée sous lui, prise dans la chute qui a dû le surprendre. Les paupières battent mais le visage est extraordinairement pâle, d'une vraie blancheur de craie; le regard est fixe, c'est celui d'un halluciné; la bouche est grande ouverte et une mousse jaunâtre perle à la commissure des lèvres.

« Oh! non, ça recommence! »

Elle le retourne sur le dos.

« Taddeuz, qu'est-ce qu'il s'est passé? »

Elle cherche sur lui, en vain, la trace d'une blessure – elle a été jusqu'à s'imaginer, pendant une seconde, qu'il venait de se tirer une balle dans la tête.

Il bouge une main, lui accroche le poignet qu'il serre à trois reprises.

« Tu as pris quelque chose, c'est ça? »

Il acquiesce.

« Tu as voulu te tuer? Tu as pris un poison? »

Quelques secondes. Puis il secoue la tête. Il bredouille deux ou trois mots indistincts. Elle se penche, l'embrasse et, ce faisant, recueille sur la pointe de sa langue un peu de la mousse : c'est horriblement amer.

« Lâche-moi, mon amour », dit-elle.

... Elle doit détacher un à un les doigts autour de son poignet. Sitôt debout, elle court à la porte palière, l'ouvre, se jette dehors...

... Se calme.

« Réfléchis... »

Elle compte jusqu'à cinq. Et puis jusqu'à cinq encore. Elle redescend l'escalier :

« Ce n'est rien, Abie. Rien du tout. C'est juste

papa qui s'énerve parce qu'il n'arrive pas à écrire. Tu me laisses encore une toute petite minute? (Elle sourit à sa fille :) Merci, ma chérie. Attends-moi encore un peu dans ta chambre. Tu es très gentille. »

Elle retrouve le numéro de téléphone et le forme. C'est celui d'un jeune médecin dont Adolf Zukor lui a parlé, et qui soigne le jeune premier de la Paramount, Wallace Reid, devenu toxicomane dans des circonstances peu banales[1].

Le praticien répond au douzième appel – il était dans sa piscine – et dit qu'il arrive sur-le-champ.

« Seul, lui dit Hannah. Vous venez seul et sans hâte apparente. Vous nous rendez visite, un point, c'est tout. Et si vous en parlez à quelqu'un...

– J'arrive. »

« Il a mis à la porte tous les domestiques », dit Hannah.

Le médecin a dans les trente-cinq ans et se nomme Darrell Price. Oui, il connaît Louis Macke, évidemment. Il prendra contact avec lui :

« Pour ce qui est de votre mari, tout devrait redevenir normal d'ici demain. Il n'a d'ailleurs besoin d'aucun médecin. D'ici à quelques heures, il aurait de toute façon recouvré l'essentiel de ses facultés. Peut-être aurait-il gardé quelques traces, sous la forme d'une attitude un peu rêveuse, distraite, mais si vous ne l'aviez pas découvert, vous ne vous seriez sans doute doutée de rien. Il a voyagé, récemment?

---

1. Quelques mois plus tôt, au cours du tournage de *La Vallée des Géants* dont il était la vedette, Wallace Reid fut grièvement blessé dans un accident du train-décor. Pour lui permettre de poursuivre le tournage, on lui administra de la morphine. Hospitalisé et souffrant beaucoup, on lui en administra encore. Complètement intoxiqué, il mourut le 18 janvier 1923. Sa célébrité valait celle d'un Rudolph Valentino, à l'époque.

– Pourquoi ?
– J'ai déjà vu ce genre de cas. Où est-il allé ?
– Nous étions en Europe au début de l'année, Italie et France. Ensuite... »

... Et puis un souvenir revient à Hannah : entre le moment où il a quitté le Vermont et celui où il lui est arrivé à Morcote, Taddeuz s'est une nouvelle fois rendu au Mexique, à Oaxaca; il a même parlé d'un consul qui l'avait hébergé...

Price hoche la tête :

« Ils ont des drogues bizarres, au Mexique. Notamment... Vous avez entendu parler de la mescaline ?
– Non, évidemment.
– C'est un alcaloïde tiré du cactus peyotl. D'après des études récentes, ça ressemblerait assez à l'adrénaline. Mais avec des effets différents. Il a vomi ?
– Sept ou huit fois entre le moment où je vous ai appelé et votre arrivée. Quels effets ?
– Hallucinations, altération de toutes les perceptions, la vision notamment. Il...
– Il m'a répondu quand je lui ai parlé, en bougeant la tête.
– D'accord, madame. Il est écrivain, je crois ?
– Oui.
– Il joue avec le feu.
– Il est très capable d'écrire sans se droguer, dit Hannah avec une rage froide mais très forte.
– Tous les écrivains le sont. La drogue ne les rend pas meilleurs, quoi qu'ils puissent en penser. Et c'est lui qu'il faudra convaincre. »

Il remarque alors le double H en diamant qu'elle arbore sur son sein gauche :

« Ma femme utilise des crèmes de beauté qui portent le même signe. Seriez-vous Hannah ? J'aurais dû vous reconnaître. Ma femme a assisté à l'une de vos conférences. Vous l'avez beaucoup impressionnée.

— Je ne m'occupe plus de crèmes. Ni de personne d'autre que mon mari. »

Le Crotale paraît en avril suivant. Sans nom d'éditeur; sur la couverture noire à fin liséré rouge andrinople, en guise de nom d'auteur : T. NEMO.

« Pourquoi Nemo et pas Nosferatu, Nicodème, Nibelungen ou Nicéphore Newfoundland?

— Cela veut dire « personne » en latin. *Nobody* en anglais, *nadie* en espagnol, en chinois *nixnix*, en serbo-croate...

— Je m'en fous! Merde, pourquoi ce foutu Lucas n'a-t-il pas mis ton nom?

— J'aimerais autant que tu ne jures pas. Sauf si tu en as vraiment besoin.

— Je n'en ai pas vraiment besoin. Réponds à ma question.

— Les avocats ne tenaient pas à nous voir aller en prison. Ils craignaient de n'être pas payés.

— Tu irais en prison parce que tu as écrit le meilleur livre de ces vingt dernières années? Qu'est-ce que c'est que cette histoire de fous?

— Je ne suis pas très sûr que ce soit le meilleur livre des vingt dernières années.

— Exact : c'est le meilleur livre du siècle. Et même d'avant. Qu'est-ce qu'ils ont écrit de si extraordinaire, avant? Cite-m'en un seul!

— La Bible, dit Taddeuz en riant.

— Tu parles! l'auteur ne s'est pas foulé, c'est plein de proverbes... »

La colère d'Hannah, d'ailleurs un peu jouée, tombe les semaines suivantes : *Le Crotale* a beau circuler sous le manteau, on dirait que tout le monde l'a lu ou est en train de le lire.

... Et le même Tout-Le-Monde, à Los Angeles et New York du moins, semble savoir qui l'a écrit.

... Et qui en est l'inspiratrice ? – « Ça se voit dans les regards chassieux et lubriques que me coulent tous ces bonshommes. Tout en me déshabillant de l'œil, ils se demandent visiblement si je suis aussi bien fichue que mon mari le prétend. Sois franche, Hannah : ça ne te déplaît pas du tout... »

« Tant qu'à faire, Lucas aurait dû mettre ma photo sur la couverture. Ou mieux encore : un portrait côté face devant, un côté pile derrière. On en aurait sûrement vendu des milliards. J'aurais été nue, évidemment. Qu'est-ce que tu en dis ? »

Il dit qu'il n'en dit pas grand-chose. Il préférerait l'exclusivité, si possible.

« A la rigueur, dit-elle, on aurait mis aussi une pancarte *Propriété privée*. Où allons-nous ?

– Choisir l'emplacement de la pancarte. Cette idée-là m'enchante. »

... Elle tombe d'autant plus vite, cette colère, que l'on vient de toutes parts proposer à Taddeuz, qui nie en souriant être l'auteur du livre, d'en faire l'adaptation, le scénario et les dialogues. Et cette fois, c'est juré, on restera fidèle à l'œuvre originale, on n'en fera pas un western, d'ailleurs ce sera soit Lubitsch soit Murnau qui fera la mise en scène, on ne saurait être plus sérieux. Taddeuz ne dit pas non, mais ne dit pas davantage oui. Eddy Lucas est accouru de New York. Il dénie toute participation à l'édition du *Crotale* mais... se trouve connaître le cabinet d'avocats qui connaît le représentant de l'ami du frère de l'auteur; quelle coïncidence.

Il pense pouvoir affirmer, fort de ces renseignements si précis, que l'Editeur Inconnu se rangera à l'avis de l'Auteur Inconnu.

« Hannah, votre opinion ?

– Hannah décidera, Eddy. C'est son livre. »

Taddeuz dit non, en fin de compte.

... Reste que toutes ces rumeurs à son sujet ont à nouveau attiré sur lui l'attention des producteurs. La First National Exhibition Company lui propose d'écrire l'adaptation du superbe roman de Conan Doyle *Le Monde perdu* : l'accord se fait. Un peu plus tard, il est engagé pour travailler sur un *Ben Hur* en principe prévu pour l'acteur George Walsh, mais celui-ci sera finalement remplacé par Ramon Novarro. Il va également collaborer à *L'Ile mystérieuse*, tiré du roman du même nom de Jules Verne. Les deux films, au budget gigantesque, le premier surtout, ne verront le jour qu'après la naissance de la Metro-Goldwyn-Mayer, fruit de l'association de la Metro Pictures Corporation de Carl Laemmle, de la compagnie de Sam Goldwyn et de celle de Louis B. Mayer.

Il devient dès lors l'un des scénaristes les mieux payés et les plus appréciés de Hollywood.

A six reprises déjà, en son absence, elle a fouillé son bureau, recherchant tout ce qui, de près ou loin, pût ressembler à de la drogue.

Sans rien trouver.

« Je suis heureuse, en somme... »

21

Toute la tendresse du monde
et plus encore

ELLE reçoit le 25 juillet de 1921 une très longue lettre de Jeanne Fougaril et Cecily Barton. La Française et l'Anglaise se sont unies pour l'écrire. Elles ont l'une et l'autre conservé leurs postes de directrices, la première à Paris, la seconde à Londres, conformément aux dispositions de l'acte de vente signé par Hannah vingt-huit mois plus tôt; les nouveaux propriétaires ont certes la possibilité de les licencier mais le prix à payer en indemnités est tellement élevé qu'il ferait reculer n'importe quel financier. Elles n'ont d'ailleurs pas été licenciées, ce n'est pas l'objet de leur lettre. En un sens, c'est pire, selon elles : on les pousse, chaque jour davantage vers des fonctions même pas honorifiques, elles ne participent plus à aucune décision importante, on les tient à l'écart, des directeurs ont été nommés, des hommes...

... Ce n'est pas le fait qu'ils soient des hommes, Hannah. Il s'agit des bouleversements très importants qui sont en train de se produire, après une période d'étude. On a réduit, sinon annulé tous les investissements et arrêté toutes les dépenses. On refuse systématiquement de faire remettre à neuf un institut ou même une boutique, même

quand le besoin en est criant. On a diminué d'environ trente pour cent le nombre des esthéticiennes et des vendeuses, dont d'ailleurs les écoles de formation ont été fermées, parce qu'elles n'étaient pas immédiatement rentables. En tout il y a eu plus de trois cents licenciements et les quelques centres d'embauche nous ont envoyé des filles qui n'ont d'autre mérite que d'avoir été recommandées par tel ou tel membre du conseil d'administration, pour des raisons faciles à comprendre quand on les voit... Ces filles ne savent rien et s'en fichent. Vous (la lettre est en anglais et le tutoiement habituel de Jeanne a donc disparu), *vous nous avez toujours appris que pour constituer la clientèle d'un institut, il était parfois nécessaire d'accepter certaines clientes gratuitement, dans la mesure où elles entraînaient derrière elles une clientèle prête à payer. Or nous avons reçu l'ordre formel de ne plus consentir aucun crédit, et moins encore des passe-droits... sauf pour les femmes et les maîtresses de ces messieurs. Les cartes d'abonnement ont été supprimées* (elles permettaient à leurs titulaires de venir aussi souvent qu'elles en avaient envie ou besoin, en échange d'un paiement mensuel forfaitaire). *Désormais chaque intervention doit être facturée, et les prix ont été relevés de dix à quarante pour cent, ce qui nous met au-dessus de la concurrence. Du coup, nombre de nos meilleures clientes nous ont exprimé leur mécontentement... quand nous avons eu le plaisir de les revoir, ce qui n'a pas toujours été le cas – beaucoup sont parties. Certes, les chiffres d'affaires ont augmenté, de par l'augmentation de nos prix et la diminution de nos dépenses, mais nous craignons que ce ne soit qu'un feu de paille. Nous avons eu de graves problèmes à Berlin et il a fallu fermer un moment l'institut. Depuis, il nous a été impos-*

sible de le rouvrir, aucun de ces messieurs n'a consenti à effectuer le voyage. Nous ne recevons plus aucun chiffre de Vienne, Prague, Budapest et Stockholm, où les gens que vous aviez mis en place ont été renvoyés. Qui plus est, on a fermé le laboratoire français et Juliette Mann a dû accepter de venir travailler à Londres, où les équipes sont de moins bonne qualité, et surtout plus réduites – le budget du laboratoire de Wembley a été amputé de moitié et, pour le travail qu'on y fait, il pourrait être annulé. Le résultat est que les instituts et les boutiques n'ont plus à proposer que des produits déjà anciens et, dans certains cas, dépassés par ceux qu'offrent nos concurrents. On a également terriblement rogné sur les frais de distribution; Madrid, Barcelone et Lisbonne ont failli fermer leurs portes pendant deux semaines parce qu'il manquait du cold-cream et des crèmes de jour, pourtant réclamés depuis des semaines par Xesca Nadal...

... Hannah, nous savons que vous n'êtes plus, ou si peu, responsable de ce que vous avez créé. Mais pour vous connaître depuis tant d'années et avoir travaillé avec vous si longtemps, nous sommes sûres que vous ne pouvez pas rester indifférente à toutes ces choses. Nous n'avons plus aucun espoir de vous voir revenir remettre de l'ordre. D'ailleurs, au train où vont les choses, il ne restera plus rien dans quoi mettre de l'ordre. Nous avons hésité des semaines avant de vous écrire. Nous l'avons fait parce que nous voulions dire notre tristesse à quelqu'un qui la comprenne. Et nous espérons aussi que vous accepterez d'entrer en contact avec ces gens qui nous dirigent, et de leur signaler les erreurs qu'ils commettent, au détriment de l'œuvre de votre vie...

Elle s'attendait plus ou moins à une telle démarche. Les Australiens, en l'espèce Régis et Anne Fournac, qu'elle a connus entre Melbourne et Adelaïde et qui ont débuté avec elle (ils ont depuis fait leur chemin puisque ce sont eux, avec leur frère et beau-frère Jean-François, qui lui ont racheté ses possessions australes) lui ont également écrit. Leur lettre est largement antérieure à celle de Jeanne et Cecily, puisque Hannah l'a reçue en avril. Régis Fournac ne réclamait aucune intervention, il informait et rien de plus, comme pour se mettre en paix avec sa conscience. Mais avec suffisamment de précisions pour que le tableau fût des plus clairs. Le quartier général de Melbourne a rompu presque toutes ses attaches avec l'Europe. Non par un désir forcené d'indépendance, mais en raison de l'incurie d'abord, de la cupidité ensuite, manifestées par les nouveaux propriétaires européens. On ne reçoit plus en Australie ni en Nouvelle-Zélande des expéditions de produits suffisamment régulières, la qualité des produits baisse ou au mieux ne se renouvelle pas, leurs prix ont augmenté dans des proportions inacceptables. Les Fournac se sont tournés vers d'autres fabricants, américains, avec lesquels ils ont traité. A regret, écrit Régis, mais le choix était mince. Les agences de Melbourne, Sydney, Brisbane, Bathurst, Adelaïde, Perth, Hobart, Auckland et Wellington, contrairement à leurs homologues d'Europe ou d'Amérique, n'étaient pas toutes entièrement à l'enseigne du double H. (Cela tient d'abord au fait qu'Hannah, qui en était alors à ses débuts et n'avait pas encore conduit à terme son propre raisonnement, s'était associée avec les Fournac; et ensuite à ce que cette association ne concernait pas uniquement les cosmétiques et les parfums, le groupe avait également des intérêts importants dans la mode féminine et même des salons de thé.)

... Ces agences australes, donc, ne vendent plus en exclusivité les produits H.H. Diversifiant leurs fournisseurs, elles offriront ce qui existe sur le marché...

Régis Fournac écrit notamment :

... *Autant dire que ces crèmes, lotions, laits, eaux de toilette et parfums que vous avez créés ne représentent plus qu'une partie de plus en plus réduite de notre chiffre d'affaires. C'est toute une époque qui prend fin, je le crains. Notre opinion à Anne et à moi est évidemment que votre départ, je n'ose pas parler de retraite, a tout gâché de cette merveilleuse entreprise qui était votre œuvre. Mais sans doute en aviez-vous pesé toutes les conséquences. Nous espérons en tout cas que vous nous ferez la joie de nous rendre visite une nouvelle fois, votre charmant époux et vous-même. Nous projetons quant à nous un voyage en Amérique, mais pas avant deux ou trois ans. Vous souvenez-vous de Bates, à qui vous aviez cassé son pot à tabac sur la tête parce qu'il n'aimait aucune Polonaise, ni catholique ni juive ? Il est mort. Pas des suites de ses blessures, je vous rassure. A vingt-huit ans de distance, la chose serait surprenante... On l'a pendu hier pour le meurtre de son associé. Et puisque nous sommes dans ce genre de nouvelles, peut-être avez-vous en mémoire le nom de Lothar Hutwill, cet Australien d'origine suisse qu'on avait plus ou moins soupçonné d'avoir aidé sa femme à mourir, pour hériter d'elle ? Il est mort lui aussi, assez horriblement assassiné par sa très jeune femme et un secrétaire, qui comptaient hériter de lui. La vie est drôle, n'est-ce pas ?*

« On peut dire que tu as réussi ton coup », dit Cathy.

... Cathy, ex-Catherine Montblanc. Elle vient de se remarier avec un certain Charles Roadhouse, qui est dans le pétrole, clame à qui veut l'entendre qu'il a dix fois autant de puits actifs que de dents, et qui, étant canadien, a été pendant la Grande Guerre dans les Egorgeurs de Tranchées, sa mission consistant à étriper un maximum d'Allemands inconnus à l'aide d'un couteau grand comme une hallebarde (il adore expliquer comment il procédait pour étriper les Allemands inconnus). « Il est complètement idiot mais je l'aime bien, nous avons tous nos petites faiblesses », dit de lui Cathy.

« Comprends pas, dit Hannah. Quel coup ?

— Vendre ce que tu avais mis un quart de siècle à construire. Remarque bien que moi, je ne me plains pas. Quand Javitts a fermé les écoles d'esthéticiennes et de vendeuses, il m'a offert, soit de partir comme directrice adjointe à Poughkeepsie, soit de toucher mes indemnités et d'aller me faire voir ailleurs. Je n'ai pas hésité, j'avais Chas qui me mangeait déjà dans la main. (Elle fait la fermière qui appelle ses poules : « petit petit petit »...)

— Qui diable est Chas ? demande Hannah.

— Charles, mon mari. L'Egorgeur. S'il passe derrière toi en te demandant de faire l'Allemand inconnu qu'il va égorger, couche-toi par terre, ça le désarçonne et c'est la seule façon de s'en débarrasser. Je me demande pourquoi les Allemands n'y ont pas pensé. Ils auraient probablement gagné la guerre.

— On a fermé les écoles ?

— Vendu. Et le laboratoire aussi. La Duval de Nemours a racheté le laboratoire, depuis les murs jusqu'au balayeur de service.

— Dupont de Nemours, pas Duval. Il y a eu des licenciements ?

— Pas tant que ça. Moins qu'en Europe. Mais pas mal quand même... Oui, je suis au courant, pour l'Europe. Chas et moi, nous y sommes allés pour notre voyage de noces. Tout ce qu'il connaissait de la France, c'étaient des tranchées, trois bordels et *Auprès de ma Blonde*, le reste du temps il était trop soûl. A Paris, j'ai vu Jeanne. Elle était plutôt morose, la pauvre.
— Je sais.
— Elle a fini par t'écrire?
— Oui. »
Silence.
« Je ne vais rien faire, dit Hannah. Je ne vais pas aller voir ces gens en Europe pour leur expliquer qu'ils sont les plus grands foutus cons de la terre. Pense donc, une femme! Qu'ils crèvent... »

Cathy est passée par Los Angeles, avec son Egorgeur. Ils partent, elle et lui, pour le Venezuela. Elle ramasse son sac et ses gants.
« Ils ne crèveront pas seuls, Hannah. Dieu sait si j'ai horreur des grands mots, mais tu as été la seule à nous donner une chance, à Jeanne, à moi, à Cecily, à Jessie, et à des centaines d'autres. Tu étais un symbole. Après toi, il faudra combien de temps pour que quelqu'un nous redonne une chance? »
Nouveau silence. Et dans la gorge d'Hannah, ce qui ressemble de très près à un sanglot.
« Je ne peux rien faire, dit-elle enfin. Rien du tout. »

Cette nuit-là, elle ne dort pas. Dans ses yeux élargis dans la pénombre, tout défile inlassablement, le moindre visage restitué par sa mémoire. Depuis les petites jeunes filles de Sydney – mais elle n'était pas alors beaucoup plus âgée qu'elles – recrutées dans un orphelinat, dont elle a fait ses premières laborantines et ses premières vendeuses... jusqu'à ces centaines, ce millier peut-être de demoiselles et de dames qu'elle a engagées, certaines pour en faire des directrices. A quelques-unes elle a attribué des traitements de ministre parce que, à leur place, elle eût exigé autant et plus. Et qu'a-t-elle fait, en cela, de tellement extraordinaire?

La remarque de Cathy l'a troublée. A aucun moment de sa vie, jusque-là, elle ne s'était considérée sous cet angle. Voilà qu'elle découvre avoir eu la naïveté de ne pas s'y être plus tôt intéressée. « Moi naïve, on aura tout entendu! » Elle ne saurait même pas dire, au juste, pourquoi elle a presque toujours embauché des femmes, de préférence à des hommes. Sans doute parce que, avec des femmes, elle pensait pouvoir s'affirmer plus aisément qu'avec des hommes, les régenter plus à son aise. Sûrement pas, malgré l'épisode de Kate O'Shea, au nom d'une quelconque solidarité féminine, dont il paraît qu'on la crédite à présent, et dont elle s'est toujours souciée comme de ses premières dents.

Pour les rémunérations, même chose. Les choses ont été très simples. Oui, bien sûr, elle a toujours su que l'usage du temps veut qu'on rétribue une femme, même à travail égal, d'un salaire légèrement supérieur à la moitié de ce que recevrait un homme. Elle ne s'est à peu près jamais conformée à l'usage – elle en a bousculé pas mal d'autres, d'usages, elle n'en était pas à un près! Même, en 1910 autant qu'elle se le rappelle, elle a calculé à une décimale près combien lui faisait perdre de sous ce que certains ont nommé sa dangereuse générosité. Tout compte fait (c'est devenu de la poésie pure à force d'abstraction), elle a trouvé qu'elle avait sacrifié l'équivalent d'un immeuble sur Park Avenue ou sur l'avenue Foch, plus ses frais en timbres pendant onze ans et sept mois. L'affaire des timbres l'a un peu troublée, celle de l'immeuble pas du tout, que diable eût-elle fait de huit appartements en plus? « En matière d'économie, vous êtes d'une nullité proprement romantique », lui a dit en riant Polly.

... Et puis elle s'est vue annonçant à Jeanne, à Jessie, Cecily ou Cathy qu'elle allait désormais réduire leur salaire de quarante-cinq pour cent, à seule fin d'être en accord avec son époque, quoiqu'elles travaillassent presque autant qu'elle, Hannah – dans les soixante ou soixante-dix heures par semaine.

« J'aurais fini transpercée à coups d'ombrelle! »

... « Tu as un foutu cafard, Hannah. Pas à cause de ces histoires imbéciles de salaires et de condition féminine. Mais à cause du reste, qui est l'essentiel, et que tu n'oses pas trop regarder en face. Ça te fait un mal de chien de n'avoir plus ton affaire, ça te ronge, tu tournes jour après jour comme une panthère en cage, tu n'as plus rien à faire de ta vie. Tu le savais, que ça allait t'amputer vive, mais pas à ce point... c'est bien plus dur que tu ne l'aurais cru. Dieu merci, *il* est près de toi, il y restera jusqu'à la nuit des temps, jusqu'à votre mort ensemble. Tu lui as donné ce à quoi tu tenais le plus, à part lui, et tu le referais si c'était à refaire car, quoi qu'il en dise, si votre union survit c'est sûrement en raison de ce sacrifice – mieux vaut que tu le croies parce que sinon ce serait foutument horrible d'avoir fait ça pour rien. Ne va donc pas te plaindre et pleurer sur toi-même. Il te fallait choisir, tu l'as fait. Ça fait juste un peu mal, c'est tout... »

« Je ne dors pas non plus », dit doucement Taddeuz dans le silence de la chambre.

Elle ne bouge pas, elle n'est pas trop vaillante. Lui, si. Son bras s'allonge et, par le travers du lit, vient lui toucher délicatement l'épaule. Elle tourne sa tête et enfouit son visage dans la paume de sa grande main. Ils se taisent l'un et l'autre. Au rez-de-chaussée de la maison de Long Island, on entend faiblement gémir les deux chiots grœnendael que Jonathan leur a ramenés quelques jours plus tôt.

« Catherine n'aurait pas dû te parler de ces choses, Jeanne et Cecily n'auraient jamais dû t'écrire.

– Ça va passer. »

Nouvelle immobilité. Même les deux petits chiens se taisent. A nouveau, la main de Taddeuz bouge. Elle descend lentement, caressant l'épaule puis la gorge, et vient envelopper un sein, le caresse.

« Je n'ai pas très envie, Taddeuz », dit-elle.

La main cesse aussitôt tout mouvement et amorce un retrait. Hannah la bloque, les doigts de ses deux mains à elle enserrant le poignet.

« ... Ou alors très doucement. Avec tendresse.

– Toute la tendresse du monde et plus encore », dit-il.

22

Et je devrais me prendre de passion pour la finance?

Le 28 juillet, ils embarquent sur le yacht de Maryan Kaden. Ils emmènent Jonathan et Abigail avec eux. Pas Adam qui, en compagnie des deux fils aînés de Lizzie, qu'il appelle ses cousins bien qu'ils n'aient entre eux aucun lien réel de parenté, est parti pour le Wyoming où un parent éloigné MacKenna tient un ranch.

L'absence d'Adam jouera un rôle.

Le yacht descend au sud vers la Basse-Californie, suivant la côte à quelques encablures de celle-ci, ne s'en écartant que lorsque la navigation devient dangereuse. Outre les six hommes d'équipage, ils sont dix-neuf à bord, dont dix enfants ou adolescents. On fait une première escale à Rosario puis à San Andres, d'où l'on part en excursion jusqu'aux abords du désert de Vizcaino. Mais le but de la croisière est le golfe de Cortez ou golfe de Californie, où se déverse le Colorado et qui s'allonge sur près de huit cents kilomètres. Le yacht double le cap San Lucas le 9 août et s'engage dans le plus grand aquarium du monde. La limpidité de l'eau est fabuleuse, la vie y grouille de milliards de poissons que la partie vitrée sur la proue du navire permet d'observer; des raies mantas effectuent des bonds étonnants, des rorquals bleus passent en troupe, fendant une mer plate à presque cinquante kilomètres à l'heure; il y a des lions de mer sur les côtes désertiques en arrière desquelles se profilent les crêtes de la Sierra Madre et la sierra de la Gigante; des centaines de milliers, des millions, des milliards d'oiseaux, sternes ou mouettes de Herman, emplissent parfois le ciel. Lors des débarquements, quand on lâche les jeunes passagers afin qu'ils se dégourdissent les jambes, ils ramènent d'énormes crabes à pinces rouge sang, et s'émerveillent de ce que ces crustacés, capables de disparaître en un éclair, mieux que des rêves, se nomment des crabes-fantômes.

... A sa propre surprise, Hannah s'est entichée des deux chiots. Ce sont d'adorables boules de poils noirs, dont on ne sait encore trop où est la tête et où est la queue. Sous les petites oreilles encore flasques brillent de minuscules yeux malins d'éléphant.

« Comment les as-tu appelés ? »

Jonathan fait semblant de n'avoir pas entendu et, se redressant, abandonne ses protégés pour rejoindre ses compagnons de jeu autour de la piscine du bord. Hannah, elle, n'a jamais eu d'animal familier, elle n'en trouve aucun dans ses souvenirs d'enfance, sinon un affreux chien jaune, méchant comme une teigne, qui la terrorisait quand elle était petite fille. Pas même un chat; elle a toujours voulu croire que son père lui en eût finalement offert un, s'il n'avait pas été tué alors qu'elle avait sept ans. Les bébés grœnendael l'attendrissent. Ils avaient cinq ou six semaines quand Jonathan les a rapportés, obtenant de les faire dormir sur la terrasse de sa chambre de Coldwater Canyon Drive, ou dans la cuisine de la maison de Long Island. Il a fallu intercession de son père pour convaincre Yvonne : en tant qu'intendante de la maison et en bonne Française, elle avait dans un premier temps refusé avec énergie; pour elle des chiens ne dorment pas dans une maison, ils ont des puces et pissent partout. Ensuite, lors du départ de la croisière, c'est Lizzie qui est intervenue : au point où l'on en était déjà, avec dix enfants et un couple de perruches, pourquoi pas des chiens? Des ours, elle aurait peut-être hésité, et encore. Enfin, on pourra toujours les manger, en cas de naufrage sur une île déserte.

... Et puis Jonathan a tellement l'air d'y tenir, lui qui est un peu trop renfermé; d'habitude rien ne l'intéresse, ou du moins feint-il de ne prendre d'intérêt à rien; or pour les grœnendael, miracle, il se passionne au point d'interdire à son frère et à sa sœur, et à ses cousins Kaden, de les approcher.

La croisière est alanguissante. Sous les effets combinés de cette mer étale, de cette chaleur, cette touffeur constantes, et de cette solitude d'un navire qui glisse presque en silence, une sorte de langueur s'est installée au fil des jours et des nuits. Ce n'est nullement désagréable; c'est comme de vivre en temps suspendu, dans un cocon qu'aucun événement extérieur ne peut plus percer.

On a longuement remonté le golfe de Cortez. Le 19 août au matin, on a eu la connaissance du volcan des Trois Vierges, puis à tribord de la ville non moins mexicaine de Guayas. On remonte encore. De grosses îles surgissent, montagneuses et arides, d'une sécheresse de four à chaud. Par endroits, la sonde n'indique plus sous la quille que quelques brasses d'eau. A bord, Taddeuz s'est enfermé dans sa cabine. Ses propres vacances sont déjà terminées : il a un scénario à finir, qu'il doit remettre à leur retour à Hollywood et qui plus est, a-t-il confié à Hannah avec une infime réticence bien curieuse, il vient de commencer un nouveau roman.

La sierra de San Pedro Martir s'allonge sur la gauche. On approche de la fin du voyage. Bientôt on découvrira l'estuaire du Colorado, juste avant de faire terre. (Où des voitures les attendront, puis un train spécial, qui ramènera tout le monde à Mexicali, et de là à San Diego et Los Angeles.)

Hannah a donc pris l'habitude de jouer avec les chiens. Parce qu'elle s'est découvert une vraie tendresse pour eux, et aussi parce qu'elle y voit le moyen de faire enfin la paix avec son fils cadet.

Elle ne progresse guère, à cet égard.

« Tu ne m'as toujours pas dit comment tu les avais appelés...

– Aramis et Porthos. »

Des noms de mousquetaires. Il a lu le roman de Dumas en français; il lit énormément, c'est une autre ressemblance qu'il a avec elle. Il s'exprime d'une voix un peu sourde, et ne laisse échapper les mots qu'à regret. Jonathan n'a parlé que tardivement, vers trois ans, alors qu'Adam et Abigail ont été carrément précoces, mais sitôt qu'il s'est enfin décidé, il a usé d'un langage d'adulte ou peu s'en fallait, dédaignant les onomatopées auxquelles on croit nécessaire d'initier les très jeunes. Pour son prénom, il a toujours refusé qu'on se serve d'un diminutif – s'abstenant tout simplement de répondre quand on essayait un *Jon* ou un *Johnnie*; seule Abigail, et pendant peu de temps, a été autorisée à l'appeler *Atan*, mais il lui a fait comprendre que l'autorisation était annulée dès qu'elle a pu s'exprimer comme une adulte. Au milieu d'autres adolescents, il commande; c'est toujours lui qui décide des jeux; mais il ne prend jamais la parole en premier : il attend que la pagaille règne pour décider, et on le suit. On l'a retrouvé à lire dans les endroits les plus invraisemblables : sur des toits ou à plat ventre sous une voiture, dans le garage.

... Il coule vers Hannah un regard rapide,

comme furtif, et elle reçoit en plein visage le choc de ces yeux gris si semblables aux siens, sauf qu'ils n'expriment rien.

« J'aimerais beaucoup t'aider à leur donner un bain, dit-elle avec prudence. Tu déciderais et je ferais ta lieutenante. Ils en ont bien besoin. A l'escale d'hier, sur cette île, ils se sont drôlement couverts de poussière. Lequel d'entre eux est Aramis ? »

Pas de réponse. Il fixe à présent sa mère, toujours aussi impénétrable...

« Calme-toi, Hannah. Tu ne vas pas abandonner une fois encore. C'est ton fils, s'il a un caractère de cochon, tu sais fichtrement bien à qui t'en prendre... »

« C'est toi qui décides, Jonathan. Ces chiens sont à toi. Ce n'est pas tellement la poussière que ce guano, dans lequel ils se sont roulés. Franchement, ça ne sent pas trop la rose... »

Elle lui sourit, pourtant chavirée par un désespoir soudain. « Jonathan, je t'aime infiniment. Je... »

Il s'est levé et, comme les fois précédentes, avec la même impassibilité glacée, s'en va.

Le lendemain, on ne retrouve plus les chiens dans l'enclos que les marins du yacht ont installé sur la plage avant. Maryan fait en vain fouiller le navire (Jonathan s'est enfermé dans sa cabine pour lire; il n'a voulu répondre à aucune question, même pas à celles de son père). Le hurlement d'une des filles de Lizzie donne enfin l'alerte : les deux petites bêtes sont pendues à des cordages, elles tressautent dans le sillage, déchiquetées par les hélices.

Elle ne croit pas aux psychiatres. Et le souvenir qu'elle a conservé de sa rencontre avec Freud à

Vienne ne fait rien à l'affaire. Elle refuse d'accompagner Taddeuz le jour où il prend contact avec le docteur Weiss qui est censé expliquer le geste de Jonathan et, au-delà de l'incident, tout ce qui se passe dans la tête de l'adolescent. « Comme si je ne le savais pas déjà. Mon fils me hait, alors qu'il adore son père. Je suis celle qui détruit. Tout est clair. Et qu'est-ce qu'on peut y faire ? Ce ne sont pas des médicaments qui peuvent apprendre à aimer sa mère, surtout quand cette mère n'en est pas une. As-tu aimé la tienne, toi, Hannah ? »

Elle se replie sur elle-même, pour la première fois de sa vie. Weiss, le foutu psychiatre, n'a pas dit autre chose que ce qu'elle s'attendait à entendre : il faudra du temps et beaucoup de patience, c'est une construction jour après jour. Le praticien n'a pas trouvé que Jonathan fût tellement anormal; traduit en clair, de son charabia imbécile de prétendu savant, on note l'intelligence exceptionnelle du gamin, le fait qu'à quatorze ans il soit à cet âge critique où l'on balance entre l'enfance et l'âge adulte, avec sûrement chez lui une exacerbation particulière des sentiments, qui est justement la conséquence et la preuve d'une sensibilité, et d'une trempe de caractère hors du commun... Jonathan aura tué ses chiens à cause de l'attention, de l'affection que sa mère leur portait, et parce qu'il se sentait ébranlé dans ses propres sentiments; il a pratiqué en quelque sorte l'auto-défense; la tentative d'Hannah de se rapprocher de lui le menaçait, dans la mesure où elle commençait à réussir; il a coupé la passerelle qu'elle venait de lancer entre son fils et elle...

Galimatias. « Oh ! mon Dieu, Hannah, tu n'aurais jamais cru pouvoir en être malheureuse à ce point... »

... D'autant plus qu'elle vit jour après jour dans la hantise d'une autre crise de Taddeuz. Ce qu'elle appelle une crise. Le mot la rassure un peu, dans la mesure où il évoque une maladie qui ne serait qu'épisodique et non pas récurrente. Au cours des derniers mois, suivant en cela le conseil gêné de Darrell Price, le médecin spécialisé dans le traitement des toxicomanes, elle a donc monté la garde, effectué des fouilles, à la recherche de cette drogue dont elle craint que Taddeuz ne s'en procure encore, et surtout se serve. Une seul fois, elle a trouvé un sachet contenant une poudre blanche, qu'à tout hasard elle a brûlée. Elle n'a pas eu le courage d'en parler à Taddeuz. Et lui n'a rien dit, pas plus qu'il n'a paru remarquer cette surveillance implacable dont elle l'entoure.

... Mais en en ayant connaissance, pas de doute.

Après « l'affaire des chiens », à laquelle nul n'a fait la moindre allusion dès le retour à Los Angeles, elle a donc appréhendé une autre crise. L'a guettée, emplie de honte et de remords, n'osant se confier à personne. Mais non, infirmant ses craintes, Taddeuz n'a pas craqué. Les jours passant, elle en a conclu qu'elle était une nouvelle fois la victime de ses propres angoisses, que celles-ci n'avaient plus de raison d'être.

On ne croit vraiment que ce qu'on a envie de croire, Lizzie...

Vers le 10 septembre, Maryan revient à la charge : il trouve tout à fait déraisonnable qu'elle laisse tant de millions de dollars improductifs, ne rapportant pas le plus petit intérêt. Plus qu'un crime, c'est une faute, en matière de finance.

Peut-être essaie-t-il aussi, à sa façon discrète, de la tirer de cette dépression où il la voit, en l'entraînant à faire quelque chose, n'importe quoi qui lui permette de s'occuper.

Elle reçoit ces invites avec une indifférence lasse :

« Maryan, je ne veux pas entendre parler de jouer à la Bourse, tu le sais.

— Tu as lu le dossier que je t'ai fait préparer ?

— Vaguement. Ça ne m'intéresse pas. »

Il lui a fait établir, secteur par secteur, une liste fort complète des investissements boursiers qu'elle pourrait entreprendre. Même le coup d'œil rapide qu'elle a jeté sur ce travail au demeurant remarquable a suffi : Maryan ne lui propose pas de prendre des risques, il n'a choisi pour elle que des valeurs confirmées, des *blue chips*.

« Hannah, tu devrais réfléchir...

— C'est tout réfléchi.

— Tu perds un argent fou.

— Je ne vais pas commencer à confier mes sous à des administrateurs inconnus, dont je ne saurais même pas lequel d'entre eux décide vraiment. Non. »

D'ailleurs, les quelques placements qu'elle a faits, voici trois ou quatre ans, sous les instantes pressions du même Maryan, lui rapportent, bon an mal an, des centaines de milliers de dollars.

« Impôts déduits. J'ai largement de quoi vivre. Je pourrais vivre jusqu'en l'an 2250 sur mes économies, que veux-tu de plus ? Et puis la finance, j'ai déjà donné... A.B.C.D. ? tu t'en souviens ? »

Oui, il se souvient de l'homme au nom d'alphabet... Et c'est vrai qu'il n'y a aucune inflation, la monnaie ne perd rien d'année en année, Maryan est bien forcé de le reconnaître. Mais il insiste tant et tant, elle est elle-même si indifférente à ces choses qu'elle accepte de l'accompagner à New York, où il doit lui faire rencontrer quelques *brokers* et banquiers, et des financiers aussi.

Au moins ce sera pour lui un dérivatif.

« Tu penses que je vais me prendre de passion pour la finance, Maryan ?

— Non. Mais cela vaudra mieux que de rester inactive », répond-il avec une concision un peu sèche qui n'est guère de lui.

(Et c'est bien l'une des très rares fois où il se permet de la critiquer ouvertement. Mais elle voit qu'il n'en est pas trop heureux, et qu'il en a de la gêne.)

« D'accord. »

Elle a très envie de faire le voyage en aéroplane, cette fois. Toutes ces interminables journées en train l'insupportent, elle ne sait rien de plus bête que de regarder des vaches qui vous regardent. A différentes reprises, elle a volé dans les airs et même, dans sa frénésie à se trouver des occupations, quelque chose qui pallie si peu que ce soit ce vide effroyable de sa vie professionnelle, elle a passé son brevet de pilote, aux commandes d'un Farman à moteur Salmson, détenteur du record de distance avec près de 2 000 kilomètres parcourus – Louis Blériot lui avait établi un très joli brevet tout festonné, mais il paraît que ce brevet-là ne vaut rien.

Pourquoi ne pas relier Los Angeles à New York, quitte à se poser en route, sur quelque champ de blé du Kansas ou ailleurs ? Deux ans plus tôt (en 1919), des hydravions de la Marine américaine sont bien allés des Etats-Unis en Angleterre, en trois étapes ?

« C'est peut-être un peu prématuré, remarque Taddeuz. Dans cinquante ans peut-être, et encore !

— Dans cinquante ans, on ira dans la Lune et sur Mars. Au moins. Qu'est-ce qu'on parie ?

— Pas une nuit d'amour, cette fois. Je doute de pouvoir être très efficace, d'ici à un demi-siècle.

– Je suis prête à parier là-dessus aussi. Tu viens avec moi, bien sûr ? »

Comment le pourrait-il, avec tout le travail qu'il a en ce moment ? Et puis il n'y tient guère (autant il adore piloter des voitures, autant les avions le laissent indifférent). Il n'a rien à faire à New York où elle va courir d'un banquier à l'autre, à moins qu'elle ne pratique le lèche-vitrines, ce qui ne l'exalte pas non plus.

... Et qu'elle prenne donc le train, bien sûr. Pour les aéroplanes on verra plus tard, il ne voudrait pas qu'elle coure un danger.

« Si tu ne viens pas, je n'y vais pas non plus.

– Ce serait idiot. Maryan a raison : tu as besoin de t'occuper de quelque chose. Tu es pas mal frénétique, ces derniers temps... »

Leurs regards se croisent et s'accrochent. Il la fixe, très calme. Et les mots ne sont pas nécessaires. Elle jurerait qu'il vient de faire allusion à la garde qu'elle monte autour de lui. Et ce qu'un autre eût dit avec des mots, lui l'exprime en silence : qu'elle en fait trop, qu'elle a grand tort de ne pas lui faire confiance, qu'elle va finir par leur rendre la vie impossible, à force de l'épier.

Il se remet à parler. Il dit que son travail de scénariste est presque terminé. Dans un cas déjà, celui de l'adaptation du *Monde perdu* de Conan Doyle, on s'est déclaré très satisfait de ce qu'il a fait, sa collaboration avec les autres adaptateurs est tenue pour très positive et le tournage est programmé. Il lui reste à boucler un autre script, et aussi les trois derniers chapitres de son roman. Elle sait bien qu'il lui est impossible de couper, pour repartir ensuite; ce serait perdre des semaines de concentration, qu'il ne retrouverait peut-être jamais...

Il se montre très convaincant, en dépit des suspicions qu'elle nourrit. Dans toute l'affaire de

Jonathan et des chiens, il s'est montré parfait (à ceci près qu'elle eût bien aimé en parler avec lui, à cœur ouvert, mais il a esquivé toute confrontation directe, peut-être avec raison). Il a eu avec son fils deux très longs entretiens; il a sans nul doute tout fait pour rompre le farouche mutisme du gamin, pour réduire cette animosité insensée à l'encontre de sa mère, et y est à peu près parvenu : quand Adam et son frère ont repris une fois de plus la route du collège, Jonathan est même venu embrasser Hannah.

... Mais lui-même, Taddeuz, comment a-t-il reçu l'incident? Il est si difficile à lire, derrière son infernale douceur courtoise et sa gentillesse! Elle en est à collationner de minces indices : à telle soirée chez Sam Goldwyn, il a voulu partir brusquement, sans raison précise; il y a aussi sa façon de conduire sa Duesenberg à huit cylindres en ligne – que Gaffouil a trafiquée jusqu'à lui faire atteindre des vitesses incroyables, au point de surclasser la remarquable Hispano-Suiza H6B d'Hannah; il lui arrive souvent de s'enfermer des journées entières dans des silences d'autant plus exaspérants qu'il sursaute presque, quand on l'interpelle, comme sortant d'un rêve, et offre aussitôt les excuses les plus aimables; et ce nouveau roman qu'il est en train d'écrire, s'il en a parlé au début – il s'est vaguement inspiré de la vie d'un certain Johnston ou Johnson, elle ne sait pas, un trappeur du siècle dernier qui avait la particularité de manger cru le foie de ses ennemis indiens –, il n'en dit plus un mot depuis des semaines; bien avant la croisière dans le golfe de Cortez, il avait cessé de lire à voix haute, ou de faire lire des passages à Hannah. Ce n'est pas un retour aux habitudes anciennes, quand il la tenait à l'écart, de son activité d'écrivain, car il fait des allusions à la progression de son masnuscrit, mentionne le nombre de pages écrites ou bien la quantité de ce qui lui reste à écrire, à moins qu'il ne confesse, avec ce demi-sourire qu'elle n'aime guère, que « ça n'a pas trop bien marché aujourd'hui »...

Vers le 10 septembre, il doit en être à trois cents pages environ, soit un peu plus des deux tiers de la longueur totale, selon lui. « Trois chapitres, en fait. Assez longs, mais j'ai toute l'histoire en tête, y compris les cent dernières lignes. Ça ira vite. » Elle a aperçu la liasse de feuillets, de loin, comme toujours placée dans le coffret de chêne qu'elle lui a fait fabriquer tout exprès, aux dimensions exactes du papier qu'il utilise. « Je préférerais que tu lises tout d'une traite, Hannah, après la deuxième écriture... »

« Que je ferai à mon retour.
– Tu viens ?
– Je vais venir. Tu pars devant et je te rejoins.
– J'attendrai.
– C'est ridicule, Maryan t'a pris toutes sortes de rendez-vous, il aura l'air d'un imbécile, tu ne vas pas lui faire ça. Je te rejoins dès que possible. »

Il la fixe toujours, toujours aussi bizarrement, et elle devine qu'il est maintenant tout près d'évoquer la surveillance dont il est l'objet.

« Quelques jours seulement ?
– Juré. »

Il sourit mais elle a le sentiment que si elle avait insisté un peu plus, ils seraient allés à une opposition peut-être violente, comme ils n'en ont pas eue depuis des lunes. « Je le mène trop durement, il faut toujours que je régente tout le monde... »

Elle part le 11, comme convenu, avec Maryan.

Seule. Dès son débarquement à New York, à peine installée dans l'appartement de la 5ᵉ Avenue, elle téléphone mais n'obtient que Gaffouil en ligne :

« M. Taddeuz est sorti. »

Elle rappelle à six reprises et dans la soirée, enfin, c'est lui qui décroche.

« Gaffouil s'est trompé, Hannah. Je suis allé marcher un peu, mais le reste du temps j'étais dans mon bureau. Tu sais bien que quand je travaille je n'entends rien. »

Sans la moindre raison explicite, une onde de peur la traverse :

« Tu vas bien, Taddeuz ?

— Mais oui. Un peu fatigué. Les yeux surtout. Je vais me coucher de bonne heure, et sans livre, pour une fois. »

Elle l'entend rire doucement. Il est capable de lire au lit jusqu'à l'aurore, et ça l'irrite, elle, Hannah, qui ne peut pas dormir avec cette foutue lumière allumée.

« Quand pars-tu ?

— Après-demain ou vendredi. J'ai déjà retenu ma place à ces deux dates. »

La voix est normale, un peu sourde, toujours aussi grave. Elle a pourtant l'impression incertaine que sa façon de détacher les mots, presque comme s'il avait du mal à les trouver, est plus forcée qu'à l'ordinaire. Mais la conversation, pur hasard — ils utilisent plus volontiers le français ou l'anglais, entre eux —, a lieu en polonais. Faute de le parler assez, ils en perdent un peu l'usage. Et puis la communication téléphonique n'est pas des meilleures...

« Je t'attends, mon amour.

— J'ai retenu ma place, se contente-t-il de répéter, juste avant de raccrocher. »

Et cette répétition la jette dans une panique flamboyante, courte mais qu'elle raisonne encore moins que la première. Pour un peu, elle le rappellerait. Elle lutte contre elle-même et parvient à se calmer. (« Je deviens vraiment hystérique... Il a toujours eu horreur des déclarations enflammées, surtout au téléphone, tu devrais le savoir, depuis le temps ! »)

... N'empêche qu'elle forme le numéro de la compagnie de chemins de fer. Une heure plus tard, on lui confirme que deux places ont bien été retenues, toutes deux au nom de M. Taddeuz J. Newman (J pour Jan, c'était le prénom de son père), aux dates indiquées.

« Tu vois bien que tu t'affoles sans raison... »

... Sauf que le lendemain matin, elle joint Lizzie. Qui éclate de rire, avec sa formidable bonne humeur ordinaire :

« Qu'est-ce que tu crois, ma vieille ? Je veille sur ton jules mieux que si c'était le mien !

– Tu l'as vu, aujourd'hui ?

– Il n'y a pas deux heures. Il était encore vivant. Abruti, mais vivant. Tu connais cet air intelligent qu'il a lorsqu'il a écrit trop longtemps. Dis donc, Hannah, tu as fini ? Si tu te calmais un peu ?

– D'accord.

– Ne me dis pas d'accord avec un air entre deux airs, s'il te plaît. En fixant l'écouteur, je vois distinctement tes grands yeux gris qui me regardent avec reproche.

– D'accord, dit encore Hannah, souriant malgré elle. Comment va ton jules à toi ?

– Très bien. Chaque soir, il ramène deux ou trois danseuses de Broadway. Ça ne s'use pas, de toute façon... répond gaiement Lizzie.

– Promets-moi de m'appeler au moindre incident, même minime.

– La barbe !

– Promets-le-moi. »

Le lendemain en début d'après-midi, elle est chez Merrill Lynch & Co., l'une des plus puissantes et plus fameuses maisons de courtage qui soient. On lui a préparé un plan d'investissement pour douze millions de dollars. Trois heures durant, elle écoute les meilleurs *brokers* lui expliquer les mirifiques avantages de telle ou telle valeur. On lui promet du quinze, voire du vingt ou du vingt-cinq pour cent.

« Nous allons commencer avec six, dit-elle. Après, je verrai. Je veux dire six millions... »

Téléphone et il se trouve que c'est pour elle. Depuis l'appartement sur la 5e, Yvonne l'informe qu'elle vient de recevoir un appel de Lizzie :

« Mme Kaden vous fait dire que M. Taddeuz a pris le train de New York voici une heure.

— Pourquoi mon mari n'a-t-il pas appelé lui-même ?

— Mme Kaden a dit qu'il n'en avait pas eu le temps, et qu'il a travaillé jusqu'à la dernière minute. »

Elle est sur le point de poser d'autres questions encore plus stupides – demander par exemple si Lizzie a bien mis, elle-même, Taddeuz dans le train. Mais outre qu'elle mesure à quel point elle devient quasi paranoïaque, il y a aussi les cinq hommes qui la regardent en faisant semblant de ne pas l'entendre, tandis qu'elle est au téléphone.

« Merci, Yvonne. Je ne rentrerai pas dîner. Tu as ta soirée. »

Elle raccroche.

Présente ses excuses pour cette interruption, puis :

« Six millions seulement, pour commencer. »

Elle dit qu'elle est d'accord sur la composition de son portefeuille, telle qu'on la lui a conseillée.

Ce soir-là, Maryan l'emmène dîner avec deux de

ses amis. L'un est un fabuleux amuseur à l'humour dément et aux yeux en billes de loto, qui est apparu à plusieurs reprises dans les *Ziegfeld Follies* – son nom est Eddie Cantor; l'autre est un jeune comédien roumain né à Bucarest, qui n'a pas encore changé son nom d'Emmanuel Goldenberg pour celui d'Edward G. Robinson. Ce dernier a vingt-cinq ans au plus mais il surprend Hannah par sa connaissance et son amour de la peinture, celle surtout des impressionnistes français. Elle s'était rendue à ce dîner sur l'insistance de Maryan, presque à contrecœur, et se retrouve en fin de compte à rire des histoires de Cantor puis à discuter passionnément de Claude Monet – il est émerveillé qu'elle connaisse personnellement le peintre – avec Goldenberg-Robinson.

« Je savais qu'ils te plairaient, dit Maryan quand il la raccompagne.

– Merci, Maryan. Toi et Lizzie...

– Ne me remercie jamais, Hannah. Jamais. Je ne pourrai pas te rendre autant que tu m'as donné. »

La voilà quasiment au bord des larmes, d'un coup (« mais qu'est-ce qui m'arrive ? Je n'ai jamais été aussi nerveuse de ma vie... ») Elle qui s'est toujours regardée avec la lucidité la plus implacable, ne parvient même pas à déterminer les raisons de cette angoisse qui la tient. Elle en est à compter les jours et les heures qui la séparent de l'arrivée de Taddeuz...

Le lundi 22, elle est à la gare longtemps avant l'arrivée du pullman en provenance de Californie. Tendue au point qu'Yvonne finit par éclater et menace de rendre son tablier, si cela doit durer; elle en a plus qu'assez avec Gaffouil elle a eu trois enfants qui parlent l'américain mieux que le français – quelle honte... – et qu'est-ce qui les empêche de rentrer tous en France et d'y couler des jours paisibles, loin d'une sauterelle aux yeux gris qui leur fait la vie impossible...

Silence.

« Vous ne répondez même pas, ce n'est pas drôle. Il fut un temps où tu m'aurais remise à ma place, et culbutée d'un revers de langue. Ça ne va décidément pas. Je me demande bien pourquoi... Et vous devriez bien aller vous remettre un peu de vos saletés de crèmes : à force de ne pas dormir, tu as l'air d'un cadavre. Quand il arrivera, il te croira malade, toi qui ne l'es jamais... Et d'ailleurs, le voici, son train. Essayez donc de sourire, il est là... »

Il n'y est pas.

Taddeuz n'est pas à bord du train.

23

Je suis comme un homme
qui bâille à un bal...

AVEC ce mélange d'incrédulité et de certitude qu'entraînent les catastrophes, elle a parcouru le convoi dans les deux sens, vérifiant wagon après wagon, cabine après cabine, sous l'œil surpris des équipes de nettoyage déjà au travail.

Sur le quai, elle retrouve le chef de train.

Oui, il se souvient très bien d'une single pullman retenu au nom de Newman, au départ de Los Angeles, mais pour autant qu'il le sache, le voyageur ne s'est pas présenté. Il faudrait interroger le vieux Sam, qui s'est occupé de ce wagon-là.

On rattrape l'employé noir alors qu'il se trouvait déjà sur le quai du métro. Il a bien vu un M. Newman, grand, blond, yeux verts, d'environ trente ou trente-cinq ans, qui semblait un peu endormi...

« Mais il est redescendu du train, juste avant le départ du L.A. »

Elle téléphone à Lizzie et deux heures de rang, huit fois de suite, s'entend répondre par le domestique philippin que Mme Kaden n'est toujours pas rentrée.

Et enfin...

« Il n'était pas dans le train, Lizzie. Il y est bien monté mais l'a quitté quelques secondes avant le départ. Il a laissé cent dollars à l'employé, disant qu'il avait changé d'avis, et qu'on fasse suivre ses bagages ici, à New York. Je les ai. Comment était-il habillé, à son départ ? »

Lizzie croit se souvenir d'un costume clair et d'un chapeau assortis...

« Il est dans l'une des valises, dit Hannah. Roulé en boule. Il s'est changé dans le single et il est reparti. »

D'une certaine façon, elle est bien plus maîtresse d'elle-même qu'elle a pu l'être tout au long des journées précédentes. Au moins sait-elle que son pressentiment était fondé, que ses pires craintes – « non, pas les pires, pas encore » – se vérifient.

... Et au moins a-t-elle quelque chose à faire. Par télégraphe et téléphone, Maryan a mobilisé ses assistants californiens. Moins d'une heure trente après l'entrée en gare du rapide de Los Angeles, l'un de ceux-ci établit le contact : à la villa de Coldwater Canyon Drive, on a constaté la disparition de la Duesenberg ; les portes du garage n'ont pas été forcées, on les a même refermées à clef après avoir sorti la voiture ; on n'a pas touché aux deux Rolls-Royce, ni à l'Hispano-Suiza, ni à la Mercedes et moins encore à la Ford T de Gaffouil (celui-ci est parti pour la France trois semaines plus tôt) ; du garage, on n'a pas pénétré dans la maison, ce qu'on aurait aisément pu faire ; les domestiques à demeure n'ont rien entendu.

« Maryan, il est parti en voiture. Tu peux faire en sorte qu'on contrôle les passages à la frontière mexicaine ?

– Hannah, il a pu vouloir venir à New York avec la Duesenberg...

– En sachant que j'allais l'attendre à la gare ? Ne sois pas idiot ! Tu peux faire contrôler cette saloperie de frontière, oui ou non ?

— Le gouverneur me rendra ce service. Si tu crois que je dois vraiment le lui demander... »

Il n'en dit pas plus mais c'est assez pour lui rappeler qu'à la dernière disparition de Taddeuz, le fait même qu'on l'ait traqué n'avait pas précisément arrangé les choses. Et puis en appeler au gouverneur de Californie rendra l'affaire publique, à quelque discrétion qu'on s'efforce...

« Je crois que tu dois le lui demander, Maryan. Cette fois, c'est pire. Fais-le, je t'en supplie. »

D'où tient-elle la conviction que « cette fois, c'est pire » ? Elle n'en sait rien. Que Taddeuz soit revenu à la villa pour y prendre sa voiture l'affole encore plus que la disparition elle-même. Le 23 au matin, après une nuit blanche passée à attendre à côté du téléphone, elle s'envole pour Los Angeles.

... Elle s'envole bel et bien, sur un ancien bombardier Vickers Vimy loué à prix d'or, et encore uniquement grâce à une intervention de Bernard Benda auprès du vice-ministre de la Défense à Washington.

Elle est à Coldwater Canyon trente heures plus tard, après une seule escale sur un tronçon de route bétonnée aux alentours de Dallas.

« Aucune trace du passage d'une Duesenberg entre Tijuana et Nogales. »

L'homme qui lui donne cette information est un géant très doux du nom de Dale Fitzpatrick. Elle le prend pour l'un des assistants de Maryan.

« Nous pouvons étendre le barrage jusqu'à El Paso », propose-t-il.

« Faites-le. »

Fitzpatrick lui étale une carte sous les yeux : en contrôlant jusqu'à El Paso, ce sont plus de douze cents kilomètres de frontière américano-mexicaine que l'on surveillera.

Elle demande :

« Comment a-t-on formulé l'ordre de recherche ?

– On a transmis le signalement de votre mari, le numéro et le type de la voiture à tous les postes. On doit l'intercepter et le retenir sous prétexte d'un contrôle des voitures volées, mais évidemment sans l'incarcérer. Et l'alerte sera immédiatement donnée. Nous avons des hommes en territoire mexicain.

– Il y a une prime ? »

Fitzpatrick secoue la tête, gêné : il n'a pas osé aller jusque-là.

« Vingt-cinq mille dollars, dit Hannah. Pour quiconque me fournira un renseignement exact. »

« Calme-toi et réfléchis. Il est en danger de mort et tu le sais, quoi que prétendent tous ces gens autour de toi, même Maryan et Lizzie. Si tu t'affoles, tu le tues. »

Elle dit :

« L'autonomie de la Duesenberg est de cent cinquante kilomètres à peu près. A condition qu'il ait fait le plein avant de quitter Coldwater Canyon Drive. Je veux la liste de toutes les pompes à essence, à Los Angeles et dans un rayon de cent soixante kilomètres. D'habitude, nous prenons notre essence à la station du Santa Monica Boulevard. Faites vérifier, je vous prie. »

Il a fallu tirer le pompiste de son lit mais on lui apporte la réponse quarante minutes plus tard : Taddeuz a fait le plein de la Duesenberg une heure après le départ du train. Il a également fait remplir le bidon de secours...

Elle fait rapidement le calcul :

« Avec le bidon, il a pu couvrir trente-deux kilomètres de plus. Reportez à deux cents kilomètres autour de Los Angeles la limite de la zone pour laquelle on dresse la liste des pompes. Elle vient, cette liste! Dale, mettez tous les gens que vous pourrez trouver. Cinq mille dollars de récompense. »

De New York, elle a demandé à la compagnie des téléphones de lui installer d'urgence trente lignes téléphoniques supplémentaires. Elles sont en place et une cinquantaine d'hommes et de femmes, amis, employés, vendeuses et esthéticiennes de l'institut et des boutiques, policiers hors service, voisins, s'acharnent à joindre tous les abonnés dans la zone des recherches.

Elle, Hannah, n'en peut plus. Elle n'a pas dormi depuis presque soixante heures. Mais elle refuse les tranquillisants que veut lui administrer le médecin appelé par Lizzie :

« Foutez-moi le camp! »

Les appels ne cessent d'affluer : amis qui ne sont pas encore au courant, amis que les rumeurs dans tout Hollywood ont atteints et qui proposent leurs services, plaisantins sinistres, journalistes...

Journalistes de la presse écrite et de la radio, obsédants, harcelant sans cesse. Même Lizzie finit par enrager :

« Si Taddeuz appelait et trouvait la ligne occupée!

– Il n'appellera pas », dit Hannah avec une effrayante certitude.

Le troisième jour de la traque, le 27 septembre, elle reporte à un rayon de cinq cents kilomètres la zone des recherches. Si Taddeuz a préparé sa fugue, il a très bien pu avoir à bord non pas un bidon mais plusieurs. Elle se hait de n'y avoir pas pensé plus tôt.

le 28 enfin – onze jours et treize heures depuis que Taddeuz est redescendu du train en partance pour New York –, un des traqueurs donne l'alerte :

une des serveuses d'un petit restaurant se souvient d'avoir eu comme client un homme grand et blond, aux yeux verts, « beau comme un acteur de cinéma ». Elle a été frappée par le fait que, bien que parlant un anglais sans le moindre accent, l'homme lisait un livre imprimé dans des caractères bizarres...

« Les caractères cyrilliques du russe! »

Et donc Lermontov. Elle se rue dans la bibliothèque, la fouille et constate que l'édition originale de *Un Héros de notre temps* de Mikhaïl Lermontov, reliée en cuir, a disparu des rayons. Vague de haine, contre elle-même : « Tu aurais dû y penser aussi, salope! »

... Et la citation tirée du livre lui revient. Elle lui revient avec la monotone et angoissante répétition d'une antienne dont elle découvre qu'elle a secrètement rythmé les vingt et une dernières années de sa vie : ... *Il faut mourir, je mourrai : ce ne sera pas une grosse perte pour l'univers; et d'ailleurs, moi-même, je commence à m'ennuyer passablement en ce monde. Je suis comme un homme qui bâille à un bal et qui ne rentre pas se coucher uniquement parce que sa calèche n'est pas encore là...*

« Et sa calèche est une Duesenberg... »

Le restaurant où Taddeuz a fait halte neuf jours plus tôt se trouve à l'entrée nord de Wickenburg, dans l'Etat d'Arizona, au nord-ouest de Phoenix, et à un peu moins d'une centaine de kilomètres de cette dernière ville.

« La serveuse ne se souvient pas de la direction dans laquelle il est parti, Hannah », lui dit Maryan, arrivé quant à lui en train de New York.

« Et c'est à croire qu'il l'a fait exprès, regarde toi-même : de Wickenburg, il a aussi bien pu se diriger vers Phoenix au sud, vers Flagstaff au nord-est, vers Las Vegas au nord-ouest, et même revenir vers Los Angeles. »

... Où il serait déjà arrivé, si jamais il avait eu l'intention de rentrer.

Trois cent cinquante hommes, plus toutes les polices municipales et celles des comtés, participent alors aux recherches. La zone de traque intensive qui leur est assignée avec Wickenburg pour épicentre s'étend sur cent cinquante kilomètres alentour. Le 28 en début d'après-midi, à bord d'un train spécial qui vient de lui amener une voiture, Hannah part pour Phoenix. Si elle a dormi dix heures en tout au cours des deux dernières semaines, c'est bien le maximum, et encore ce sommeil a-t-il été peuplé de cauchemars épouvantables dans lesquels Taddeuz lui apparaissait gisant, mort depuis longtemps, brûlé.

A Phoenix, les policiers tiennent pour à peu près impossible qu'un véhicule aussi lourd et aussi peu maniable que la Duesenberg ait pu s'écarter beaucoup de ce qui est à peine une route et le plus souvent une simple piste.

Elle les glace de son seul regard, que l'épuisement a tant élargi qu'on ne voit guère que les prunelles grises, dans l'étroit visage triangulaire aux pommettes hautes :

« Il a quitté la route. »

Les recherches par avion ne donnent rien.

A l'aube du 3 octobre, l'alerte est donnée. Elle est sur place trois heures plus tard. Le train spécial les dépose, Maryan et elle, en vue d'une petite agglomération du nom de Wenden, au cœur du désert de Sonora. On descend la Mercedes-Benz et l'on s'engage sur le lit desséché de la Centennial, petit affluent de la Gila, sous la conduite d'un

Indien à cheval qui de temps à autre leur indique, sans un mot, les traces des pneumatiques de la Duesenberg. Une chaleur écrasante règne et semble croître à chaque minute qui s'écoule; l'air est d'une suffocante sécheresse et d'une totale immobilité. L'érosion a sculpté le moindre rocher, qu'il soit de grès brun, de calcaire jaune ou d'argile verte ou rouge; des cactées géantes se dressent, et au flanc d'un candélabre à la silhouette de crucifix on distingue parfois la blessure infligée par le haut pare-chocs de la Duesenberg, quatorze jours plus tôt. Une heure plus tard – on a dû parcourir une vingtaine de kilomètres au plus –, la piste invisible s'infléchit au sud-ouest. La vue s'élargit, il y a là un défilé qui débouche sur des vallonnements relativement carrossables. Les Gila Bend's Mountains sont ainsi franchies, les Kofa surgissent et barrent l'horizon. Souvent, les traces de pneus disparaissent sur plusieurs centaines de mètres – il paraît impossible qu'une voiture ait pu passer par là –, mais l'Apache à cheval les retrouve toujours. On croise le lit d'un autre affluent de la Gila, encore plus à sec que le précédent si la chose est possible. La chaleur augmente toujours...

Le cavalier indien se fige, mains jointes sur le pommeau de sa selle, regardant devant lui, impassible.

La Duesenberg apparaît la première, arrêtée à mi-pente d'une petite ondulation ni plus ni moins raide qu'une autre – et qui donc eût pu être franchie. Une dizaine d'hommes sont là, près de leurs chevaux. Un seul d'entre eux jette un coup d'œil en direction de la Mercedes-Benz qui s'approche mais baisse aussitôt la tête; la plupart d'entre eux sont accroupis, assis sur leurs talons, et fixent le sol.

« Laisse-moi y aller, je t'en prie », dit Maryan à voix basse.

C'est à peine si elle l'a entendu. Elle met pied à terre et avance, dans un état second où elle ne vit plus que par ses yeux, que par la vue de ces cheveux blonds, de cette tête posée sur le haut du siège.

« Vous ne devriez pas, madame... »

L'un des policiers. Elle le distingue comme une ombre, sur sa droite, et sa voix est fantastiquement lointaine. Elle s'entend demander :

« Pourquoi s'est-il arrêté ici ?
— Il n'avait plus une goutte d'essence.
— On peut aller quelque part, par là ?
— Nulle part. Il aurait continué à suivre le lit de la rivière, il aurait fini par trouver la voie ferrée. Il a choisi une autre route. »

Elle se remet en marche, ayant vaguement la sensation que Maryan la suit. Encore six pas et elle est à hauteur de la portière avant gauche.

Il est assis derrière le volant de la décapotable, ses grandes mains allongées, d'une blancheur de craie, sur ses genoux. Sa nuque a épousé le renflement du dossier de cuir rouge. Il porte une chemise blanche dont il a, comme il le faisait souvent, retroussé les manches.

... On lui a recouvert le visage d'un foulard.

Elle monte sur le marchepied et lève la main...

« Non, Hannah ! Pour l'amour de Dieu ! »

... Elle achève son geste et retire doucement le foulard.

Les orbites sont vides, même pas ensanglantées, vides. Les globes oculaires ont disparu et la peau parcheminée tout autour de ce qui était les yeux porte les innombrables petites plaies rondes et très profondes des coups de bec des rapaces.

Elle se penche et baise longuement les lèvres brûlées par le soleil. Celle du dessous, qu'elle a tendrement mordillée un milliard de fois, est hachée et fendue, rendue rugueuse par les croûtes de sang séché.

Elle redescend du marchepied et l'on s'écarte comme si l'on avait peur d'elle. Contournant la voiture, elle va s'asseoir à la place du passager, glisse avec douceur ses doigts dans la main pétrifiée, appuie sa joue contre l'épaule de Taddeuz.

Alors seulement, elle ferme les yeux.

« Je suis morte. C'est fini. »

24

Il est enterré au cimetière franciscain de Santa Barbara. Vingt et un ans plus tôt, quand ils ont effectué ensemble leur premier grand tour d'Amérique, ils se sont arrêtés là deux jours pleins, émerveillés, sous le charme d'une Californie espagnole et d'un fabuleux paysage marin.

... Elle va à l'enterrement sachant ce qui l'y attend.

... Et qui s'y produit. Sans Lizzie et surtout sans un Maryan pour l'unique fois de sa vie en proie à une rage noire, la haine folle à son encontre d'Adam et Jonathan, le second poussant le premier, se fût peut-être exprimée par autre chose que des regards et le refus total de s'approcher d'elle.

La cérémonie s'est déroulée dans l'intimité et pourtant des gens sont venus, par centaines, de Hollywood et de New York, certains même d'Europe, apporter le témoignage de l'affection ou de l'amitié qu'ils avaient pour Taddeuz.

Les trois semaines qui suivent, elle se cloître dans un petit hôtel, tout près de la mission fondée cent trente et quelques années plus tôt.

Elle se rend tous les jours sur la tombe, et laisse

sans réponse les incessants et suppliants appels de Lizzie.

Le 6 novembre de 1921, elle part pour New York où elle reste moins de deux jours, le temps nécessaire au règlement de ses affaires d'argent.
Elle s'embarque pour l'Europe et, depuis Le Havre, gagne directement Lugano, puis Morcote.
Pas seule : Yvonne et son mari ont refusé de l'abandonner, malgré l'ordre qu'elle leur en a intimé, et les offres qu'elle a pu leur faire.
« Je veux m'enterrer vivante, Yvonne. Ton mari et toi avez mieux à faire.
– Il vous faudra me flanquer à la porte si vous voulez vous débarrasser de moi », a répondu Yvonne en larmes.

Durant les huit années suivantes, elle ne sort plus. Sauf une fois l'an, à l'automne : sans s'arrêter nulle part, elle traverse la France, l'Atlantique et les Etats-Unis pour passer trois semaines à Santa Barbara.
Sa fille Abigail vient avec Lizzie en 1921, 1923, 1924, 1926, 1927 et 1928. Chaque fois elle séjourne de deux à quatre semaines dans la maison-château. Mais le silence de la demeure impressionne l'adolescente.
Ni Adam ni Jonathan ne viennent. Ils n'écrivent pas davantage.

En 1929, Adam a vingt-six ans, Jonathan vingt-trois, Abigail seize.
Hannah cinquante-quatre.

LIVRE III

25

Un krach n'est pas à exclure, dit Maryan Kaden

« On arrive, dit Yvonne.

Hannah lève le nez de son livre – *Le Bruit et la Fureur* de Faulkner – et jette un regard rapide et indifférent par la fenêtre dont la Française vient de relever le store : on est à Manhattan. Le 23 octobre 1929. Il est neuf heures trente du matin. Le train commence à ralentir. Yvonne :

« Vous voulez votre fourrure?
— Et puis quoi encore?
— On n'est plus en Californie... Je n'arrive pas à refermer cette saleté de malle! »

Elle s'acharne sur les serrures mais quand l'une est enfin fermée c'est l'autre qui se rouvre. Hannah s'est remise à lire et, tout en lisant, elle se lève et va s'asseoir sur la malle récalcitrante. Qui consent enfin à rester tranquille.

« Quarante-deux kilos de muscle! dit Yvonne. Quelle masse! Je parie que vous n'avez pas pris un gramme depuis que vous avez fait vos quinze ans.
— Tu ne peux pas en dire autant, espèce de baleine.
— Mais je suis plus haute qu'une chaise, moi.

Vous gardez ce sac à main ou vous en voulez un autre ?

– M'en fous. »

Le train ralentit encore et finit par stopper. Passe tout un groupe de jeunes sportifs, en jaquettes Norfolk blanc et rouge à rayures verticales, coiffés de casquettes rondes aux couleurs de quelque université. Yvonne boucle la dernière valise et cherche à attirer l'œil d'un porteur.

Hannah lit toujours.

... Et lit encore en marchant sur le quai, la route habilement dégagée devant elle par la Française qui marche bras écartés comme pour annoncer l'approche d'un convoi exceptionnel, et qui est elle-même précédée par un chariot à bagages et deux porteurs.

« Madame Newman ? »

Après quelques secondes, elle reconnaît Dale Fitzpatrick :

« Maryan vous prie de l'excuser, il a été retenu à la dernière minute. Puis-je me mettre à votre service ? »

Les deux femmes prennent place dans la Packard douze cylindres, tandis que l'on charge leurs bagages à bord d'une Chevrolet.

– J'ai fait retenir une suite au Waldorf et une au Plaza, dit Fitzpatrick, nous ne savions pas quel hôtel vous préféreriez.

« Le Plaza. »

Elle a tout de même fini par refermer son livre mais le garde sur ses genoux, un index glissé entre les pages. Elle remercie Fitzpatrick d'un sourire et regarde New York, mais sans vraiment accommoder, ses prunelles un peu écarquillées. Elle dit tout à coup :

« Je voudrais passer par Wall Street.

– La rue ou le district ?

– Pas d'endroit en particulier. »

Les deux voitures s'engagent dans Broadway.

« C'est absolument incroyable, dit Fitzpatrick, vous n'avez pas changé.

– Merci. »

Alors, seulement, elle se souvient vraiment de lui : il conduisait les recherches, huit ans plus tôt.

« Depuis quand travaillez-vous avec Maryan ? »

(Elle commet une erreur en le prenant pour un simple assistant mais il est bien trop courtois pour lui en faire la remarque.) Il dit simplement :

« Une quinzaine d'années. C'est quelqu'un de très bien.

– Je sais. »

La Packard passe au ralenti devant les six colonnes plus ou moins corinthiennes du New York Stock Exchange. Hannah se penche légèrement. Il est un peu plus de onze heures et les cotations y sont en cours. L'atmosphère est calme, pour autant que Wall Street puisse être calme.

Elle dit :

« J'ai lu voici un mois et demi à peu près, dans le *New York Herald*, un article d'un certain Babson. Selon cet homme, un krach menace.

– Un krach ? dit en riant Fitzpatrick. Je n'en ai pas été personnellement informé. Ce Babson est un redoutable farceur. Il vit au milieu des bois dans le Connecticut et discute finance avec les écureuils, de qui il tient ses informations secrètes. Je suis quand même allé à l'un des séminaires qu'il organise. Il a une théorie curieuse, celle des cycles ; selon lui la prospérité et la dépression reviennent à intervalles réguliers, tous les trente ans à peu près... Il n'a pas su nous dire si c'était le matin ou l'après-midi... Vous connaissez le dicton, madame : à force de dire n'importe quoi, les choses que vous avez prédites finissent tôt ou tard par arriver. Un jour ou l'autre.

– Mais rien n'annonce un krach?
– Grands dieux, non... Excusez-moi d'avoir juré. »

La Packard vient de stopper, au croisement avec Broadway, afin de laisser passer une petite voiture de pompiers, toutes sirènes hurlantes. Sur le trottoir, en face, elle aperçoit et reconnaît soudain Junior Rockefeller, le *Wall Street Journal* à la main; il s'apprête à monter dans sa Cadillac. L'idée vient à Hannah de descendre et de lui faire signe. Mais il y a bien dix-sept ou dix-huit ans qu'elle ne l'a pas vu. Il a bien vieilli et se tient avec une assurance qu'elle ne lui connaissait pas.

« Au Plaza à présent, je vous prie », dit-elle à Fitzpatrick.

Maryan se baisse et l'embrasse sur les deux joues. Durant quelques secondes, elle s'attarde contre sa poitrine. « Il est le seul homme qui me reste, maintenant... »

« Tu n'as pas changé, dit-il.
– Je vais finir par le croire.
– Mais c'est vrai, Hannah, je t'assure. »

Elle lui rend son sourire. Il rentre d'Amérique du Sud, où il est allé inspecter les intérêts qu'il a là-bas, elle ne sait trop sous quelle forme (il lui en a parlé l'année précédente ou celle d'avant, alors qu'elle revenait pareillement de son pèlerinage à Santa Barbara, mais elle n'y a guère prêté attention). Elle l'examine : ses cheveux ont commencé à blanchir cinq ans plus tôt et se dégarnissent un peu sur les tempes, mais le visage hâlé par le soleil met en valeur ses yeux bleus. Il n'a jamais été véritablement beau, mais l'âge, s'ajoutant à cette faculté d'écouter attentivement (ou en donnant du moins l'impression) qu'il a développée avec les années l'âge lui va bien. Il a cinquante-deux ans.

« Et nous nous connaissons depuis trente-neuf ans », dit-elle.

Il la regarde, surpris.

« Je pensais à voix haute, Maryan. J'ai lu quelque part que ta fortune avoisinait les soixante millions de dollars.

– Pas autant.

– Cinquante-neuf millions neuf cent mille ? »

Le revoilà qui se dandine, d'un pied sur l'autre, comme autrefois, tout milliardaire qu'il est. Mais il finit par sourire :

« Peut-être un tout petit peu plus, dit-il.

– Je t'adore. »

Il l'embrasse sur le dos de la main pour toute réponse, puis demande :

« Quand repars-tu ?

– J'embarque demain sur l'*Ile-de-France*. »

Elle devine la question qu'il va poser : est-ce qu'elle ne pourrait pas s'attarder un peu plus à New York ?

« Non, Maryan. Pas plus que les fois précédentes.

– Tu vas manquer Lizzie de très peu. Et c'est à moi qu'elle fera des reproches.

– Je lui écrirai. Et je t'enverrai des pansements, à toi. »

On frappe à la porte de la suite de l'hôtel Plaza et ce sont deux hommes, un maître d'hôtel et un serveur, qui viennent lui apporter le déjeuner qu'elle a voulu prendre dans son appartement. Il est midi trente, ce mercredi 23.

Les deux hommes repartent.

« Tu te souviens d'Eddie Cantor ? demande Maryan. Il avait dîné avec nous il y a dix ans. Il est devenu une vedette. Je l'ai invité pour ce soir. »

Une nouvelle fois, elle secoue la tête, en signe de refus : c'est devenu plus qu'une règle, un rite, depuis huit ans. Quand elle revient de Santa Barbara pour regagner Morcote, le peu de temps qu'elle passe chaque fois à New York, elle se cloître dans sa chambre d'hôtel.

... Mais elle a hésité et il le sent.

Il insiste.

Elle accepte.

« Nous irons au *Delmonico*. J'ai retenu une table. Nous serons douze. Il y aura aussi Jack Benny, Al Jolson et quelqu'un que tu ne connais pas et dont je veux te faire la surprise.

– Je vais être la seule femme?

– Lizzie devait venir mais...

– Je prends sa place, autrement dit.

– Elle n'arrivera que demain, juste à temps pour te conduire au bateau, avec de la chance. Nous pensions que tu ne serais à New York que vendredi. Non, tu ne seras pas la seule femme. Il y aura aussi Fanny Brice, Sophie Tucker et quelques autres.

– Connais pas. »

Huit ans qu'elle est coupée du monde.

« Ils vont probablement tous finir par se battre à coups de camembert, comme la dernière fois, mais tant pis », dit Maryan avec une gaieté inattendue.

Il lui propose de venir déjeuner avec lui, plutôt que de manger seule, ou du moins en tête-à-tête avec Yvonne, mais elle refuse, se doutant qu'il est, comme toujours, surchargé de travail, avec quantité de réunions et de rendez-vous.

... C'est juste au moment où il vient de reprendre son chapeau et s'apprête à partir qu'elle lance le nom de Roger W. Babson, comme elle l'a fait deux heures plus tôt avec Dale Fitzpatrick. Sur le seuil même de la double porte palière, il s'immobilise, se retourne, la fixe.

Sûrement pas à cause de Babson lui-même, mais parce qu'il connaît trop son Hannah, assez dans tous les cas, pour que la question ne lui mette pas la puce à l'oreille « et même, intelligent comme il l'est, il aura compris... »

D'ailleurs, il dit :

« Il n'y a pas que Babson, Hannah. Le président de la Manhattan Trust, Paul Warburg, croit également à un krach dans les semaines ou les mois qui viennent. Et en Europe, à Londres mais surtout à Paris, depuis quelque temps, on revend massivement les titres américains, même les bons d'Etat. Au début du mois, l'association américaine des banquiers a recommandé à ses membres un peu plus de sagesse, elle pense que les crédits sont trop facilement consentis par les banques. La Banque fédérale de réserve, à plusieurs reprises, a manifesté son inquiétude. Tu connais Clarence Barron?

— De nom.

— C'est le propriétaire de l'hebdomadaire du même nom, du Boston News Bureau et surtout du *Wall Street Journal*. Hier, il a parlé de surtension et de risques de décrochement général. Je pourrais te citer d'autres exemples.

— Beaucoup d'autres exemples?

— Quand même pas des centaines, il s'en faut. »

Elle soulève le couvre-plat d'argent sur la table et croque une des pommes paille qui vont avec les côtes d'agneau.

« Et toi, qu'en penses-tu? »

Le regard bleu se voile, comme toujours quand il est sur le point de peser plus particulièrement ses mots.

« Un krach n'est pas à exclure, dit Maryan.

— Tu as pris tes précautions, pour le cas où?

— Tu m'as appris à être prudent. Je passe te prendre à sept heures, d'accord?

— D'accord. »

Elle passe le reste de la journée dans sa suite du Plaza, tandis que, fatiguée par le si long voyage en train, Yvonne dort dans sa chambre. Elle, Hannah, tricote avec sa maladresse ordinaire dans ce genre d'exercice, que compense en partie la détermination farouche qu'elle met en toutes choses. Elle a commencé le tricot voilà à peu près six ans et depuis elle a monté, selon les calculs extrêmement précis qu'elle a faits, reportant les chiffres quotidiens et hebdomadaires dans des cahiers, elle a monté 12 623 800 mailles. Yvonne l'a menacée de démissionner si elle recevait encore, à l'intention de ses petits-enfants, de ces saletés d'écharpes au point mousse : « Si vous essayiez de faire autre chose que des écharpes, au moins ! – Je ne sais rien faire d'autre, il faut toujours que tu rouspètes. – Et vous n'êtes même pas capable de faire un simple point de jersey, vous êtes vraiment une fichue tricoteuse ! »

Une fois, maniant ses aiguilles sans autre raison que de lutter contre l'épouvantable sentiment de mort qui la broyait, elle a confectionné une écharpe de dix-neuf mètres.

« Hannah, il s'est passé quelque chose à Wall Street cet après-midi... »

Ils sont dans la Packard, Maryan et elle, assis derrière le chauffeur noir en livrée. Ils se rendent au Delmonico.

Elle le regarde.

« Sans aucune raison explicable, reprend Maryan, un mouvement général de baisse s'est produit. Trente et un points sur l'ensemble des actions, on a échangé plus de deux millions et demi de titres en cinquante minutes. De tout le pays des ordres de vente arrivent et continuent d'arriver. Les cotations n'ont été achevées qu'un peu avant cinq heures, avec une heure quarante de retard; les employés étaient débordés.

– A quel point est-ce anormal?

– C'est exceptionnel, ça n'est jamais arrivé depuis un siècle et demi qu'existe Wall Street. Combien as-tu en portefeuille?

– Six et demi ou sept millions de dollars. Peut-être davantage. Je ne suis pas les choses de très près.

– Tu n'es plus chez Merrill Lynch, je crois?

– MacHill, Drexel et je ne sais plus qui. Je vais perdre mes sous, Maryan?

– Il faudrait que les choses empirent considérablement. Et même là, tu ne perdras rien si tu n'es pas obligée de vendre pendant quelque temps, il te suffira d'attendre que le marché soit redevenu normal, ce qui sera l'affaire de quelques jours, quelques semaines au plus dans l'hypothèse d'une catastrophe.

– Mais ce n'est pas le krach?

– Tout de même pas. Wall Street et l'Amérique sont solides... Voici Julius Marx, Hannah. Mais il préfère qu'on l'appelle Groucho. »

Le lendemain est un jeudi. Elle s'est levée avec l'aube et, avant son petit déjeuner, est allée marcher le long de Central Park pendant presque une heure. L'été indien est sur New York, l'air est tiède, approchant déjà les 18 degrés centigrades. Le ciel se révèle un peu voilé, dans l'ensemble la journée sera belle.

Elle est en train d'avaler ses trois œufs à la coque en lisant la page sportive du *New York Times* quand Bernard Benda arrive.

Il lui répète qu'elle n'a pas changé, et que c'est proprement incroyable. Il le lui a déjà dit la veille.

Il se trouvait lui aussi à dîner au Delmonico, à une autre table, mais il a fini par les rejoindre, attiré par les éclats de rire. Il a proposé à Hannah de l'emmener à Wall Street.

Il lui raconte la dernière histoire qui court :

« Un boursier revient de chez son médecin, où il vient d'apprendre qu'à trente-sept ans il souffre déjà du diabète. Il rencontre l'un de ses amis également boursier et lui confie accablé : « Tu te rends compte : j'ai du diabète à 37! – Et tu te plains? répond l'autre, lugubre, moi j'ai bien des Chrysler à 130! »

Wall Street semble calme, une fois encore.

« Il y a tout de même un peu plus de monde que d'habitude », note Bernard Benda.

(Dix ans plus tôt, lorsqu'il a été appelé par le président Woodrow Wilson à représenter les Etats-Unis dans diverses conférences internationales d'après-guerre, il a vendu ses intérêts dans sa charge d'agent de change et son cabinet d'expert financier.)

Ils entrent au New York Stock Exchange, elle et lui, quelques minutes avant dix heures et gagnent directement la galerie qui surplombe la salle des comptoirs, c'est-à-dire le *Floor*, équivalent de la corbeille.

De là où elle s'assied, Hannah voit directement le *trans-lux*, un écran lumineux gigantesque où des lampes jaunes clignotantes vont signaler les transactions, achats et ventes, ainsi que les caractéristiques des titres échangés.

« Café?

– Merci, non. »

Elle se penche, fascinée par l'étrange silence qui vient soudain de tomber. Sous elle, dans la salle, ils sont peut-être trois ou quatre mille hommes –

courtiers, pages[1], téléphonistes et employés du tableau des cours.

Tous sont figés, nez en l'air.

Ils fixent la pendule murale qui donnera le signal du départ, à dix heures précises. Elle frissonne tout à coup, juste après que Bernard lui a fait remarquer les énormes liasses d'ordres entre les mains des courtiers.

D'un coup, l'enfer se déchaîne.

---

1. Autrement dit les coursiers, le terme est consacré. Ils sont traditionnellement vêtus de bleu et acheminent les ordres d'un comptoir à l'autre (il y a dix-huit comptoirs, en fer à cheval et non circulaires – douze dans le *Floor* principal et six dans des pièces voisines) ou bien vers l'un des mille cinq cents téléphonistes.

26

J'espère que ce n'est pas à cause de moi que ces choses arrivent...

Une heure plus tard, c'est une véritable folie qui s'est emparée du *Floor*. Plus d'un million et demi d'actions ont été vendues, rien que dans les premières trente minutes. A présent, l'action est devenue frénétique. Hannah voit des comptoirs presque culbutés par des hordes démentes, elle voit des courtiers ramper, désespérément accrochés à leurs papiers, d'autres sont piétinés – ils hurlent mais leur cri se noie dans l'immense tumulte –, le parquet commence à disparaître sous l'amas des ordres qu'aucun page ne peut plus transmettre. « Ils sont devenus fous! »

Elle a capté des noms au vol, surnageant comme des épaves dans cet océan de clameurs, et a reconnu quelques-uns des titres qu'elle pense avoir en portefeuille, sans en être trop sûre.

... Même la galerie où elle se trouve a été envahie au fil des minutes par une foule très compacte de visages tendus. Deux personnes au moins se sont évanouies tout près d'elle, un homme est tombé à genoux et, le front contre la balustrade, il s'est mis à pleurer, secoué par les sanglots. Plus loin, une femme a sans s'en rendre compte arraché le collier de perles qu'elle portait autour du cou et ne s'est même pas penchée pour ramasser les perles au sol, toute sa vie dans ses yeux...

« Allons-nous-en, Bernard, je vous en prie. »

Benda acquiesce, visiblement à regret. Lui aussi est extraordinairement fasciné. Il secoue la tête avec incrédulité.

Vingt minutes leur sont nécessaires pour parcourir les quinze mètres qui les séparent de l'unique porte d'accès à la galerie – « si un incendie se déclare, aucun de nous n'en sortira vivant... » Elle, Hannah, est finalement arrachée à la gangue humaine par deux agents de la sécurité qui ont reconnu Bernard Benda et entre les mains desquels elle franchit toute la longueur d'un couloir sans pouvoir toucher terre.

Uniquement parce que la cohue y est un tout petit peu moins dense, Benda et elle se retrouvent du côté des salons de réception. Dans ces pièces où d'ordinaire les *brokers* reçoivent leurs meilleurs clients, des gens debout, étroitement serrés les uns contre les autres, se pressent pour suivre sur des tableaux lumineux en liaison avec celui du *Floor* l'évolution de cette journée de démence.

« Ça empire », dit Benda.

Et lui-même est très pâle, ses yeux intelligents réduits à deux fentes derrière les fins lorgnons.

« Vous voulez voir encore, Hannah ? »

« Il voudrait que je lui réponde oui, il n'a pas du tout envie de s'en aller. Décidément, la folie est contagieuse... »

Mais elle étouffe et ne voit rien, au vrai, dans cette presse où tout le monde est bien plus grand qu'elle.

Elle lui répond sans qu'il comprenne un seul des mots qu'elle a prononcés. Elle hurle à son oreille pour couvrir le vacarme :

« Je rentre à mon hôtel, Bernard. Appelez-moi un taxi et allez à vos affaires. »

Un courtier passe, cravate arrachée, en bras de chemise, serrant contre sa poitrine une masse de papiers réunis à la diable. Il prend Hannah à témoin, hagard :

« Il y a dans les deux mille téléphonistes, on vient de les doubler et pas moyen de joindre mon bureau! »

Il part en courant, de toute évidence en plein affolement, se fait culbuter quelques pas plus loin par d'autres hommes qui courent en sens contraire, si bien que tous les papiers filent au sol. Un peu plus loin, c'est un jeune page qui, lui, a complètement craqué. Il hurle :

« Les ours! Les ours sont en train de dévorer la Bourse! »

Hannah et Benda parviennent à gagner enfin l'air libre.

« Quels ours? demande-t-elle.
– C'est le surnom qu'on donne aux boursiers jouant systématiquement la baisse. En sens contraire, ce sont des taureaux[1]. »

Ils sont sur le trottoir.

« Jamais vu ça, dit Bernard Benda. Jamais. »

Ses mains tremblent.

« Vous parliez d'un krach, Hannah? On y vient. Oh! mon Dieu! »

Il a fini par lui trouver un taxi. A cette minute, elle se prépare encore à embarquer sur l'*Ile-de-France*. Elle ne voit aucune raison d'y surseoir, n'y pense même pas. Consciemment du moins. *Je ne sais pas quand l'idée m'est venue, Lizzie. Elle*

---

1. *Bear* (ours) *market* : marché orienté à la baisse. *Bull* (taureau) *market* : marché orienté à la hausse.

devait probablement être en moi depuis longtemps, quand j'ai lu le New York Herald *à bord du train, avec l'article de Babson, ce n'étaient même pas des nouvelles fraîches, et aussi lorsque j'ai posé ces questions, d'abord à Dale Fitzpatrick, puis à Maryan... Je ne sais pas quand elle m'est venue mais une fois dans ma tête...*

« Vous arrêtez ici, s'il vous plaît. »

Le taxi hélé par Bernard Benda n'a pas fait cent mètres dans Nassau Street. Le chauffeur se retourne et la dévisage, presque obligé de crier pour se faire entendre :

« Vous voulez quoi au juste, ma petite dame ?
— Simplement descendre. J'ai changé d'avis. »

Il y a une circulation incroyable, des taxis mais aussi une quantité très anormale de limousines luxueuses à chauffeur de maître. Plus tard, elle saura que nombre des clients des *brokers*, affolés par le récit à la radio des baisses du marché, ont tout d'abord tenté de joindre au téléphone leurs agents puis, en désespoir de cause, ont décidé de se rendre sur les lieux avec une seule recommandation en tête : « Vendez ! Sortez du marché ! »

... C'est la première raison de ce qui, au fil des minutes, tourne presque à l'émeute, dès lors que toutes les rues sont obstruées dans le sens nord-sud, vers la pointe de la presqu'île de Manhattan. Il y en a une autre, plus dramatique encore : des dizaines de milliers de New-Yorkais, et davantage, des millions d'Américains, fascinés sinon émerveillés par une Bourse qui monte sans discontinuer depuis des lunes, ont été pris d'une frénésie de spéculation. Avec l'excessive bienveillance des banques et des *brokers*, la grande majorité a spéculé à découvert pour prendre des contrats. Ne versant que dix, quinze ou vingt pour cent – ou moins et parfois même rien – en argent comptant. La lame de fond qui est en train de s'écraser sur Wall Street a entraîné les *brokers* à lancer des appels de marge, des *margin calls*, c'est-à-dire qu'ils réclament d'urgence, dans l'heure, la couverture totale ou partielle des investissements de leurs clients...

Certains ont réagi en ordonnant de vendre d'autres valeurs moins attaquées de leur portefeuille, et de convertir le produit de la vente en dépôt de garantie pour les autres contrats...

... Avec cette conséquence que la baisse s'est étendue à toutes les valeurs du marché, à une vitesse fulgurante, touchant jusqu'aux fameux *blue chips* jusque-là considérés comme très sûrs.

(C'est le même phénomène qu'Hannah a vu se produire en 1901, lors de ses démêlés avec A.B.C. Dwyer, mais cette fois rien ni personne ne pourra stopper la machine infernale...)

Et parmi tous ces gens qui se battent presque pour parvenir à Wall Street et jusqu'aux bureaux des *brokers*, il se trouve des gens qui, justement, n'ont plus de recours qu'en l'argent liquide qu'ils détiennent, pour répondre aux appels de marge impératifs qu'ils ont reçus. Ils n'ont pas toujours de liquidités et pour en obtenir beaucoup ont vendu en catastrophe bijoux et biens immobiliers, ou se préparent à le faire... Avant de se jeter dans une ruée qui, pour la plupart d'entre eux, se conclura trop tard. Bernard Benda rencontrera un homme qui habite au fin fond de l'Etat de New York, près de la frontière canadienne. A l'écoute constante de la radio et dans l'impossibilité de joindre son courtier au téléphone, il s'est précipité dans sa Cadillac pour une course éperdue de quarante heures, crevaisons, et pannes comprises, et pour apprendre à son arrivée que sa position a sauté un jour plus tôt, et qu'il est ruiné.

Il est onze heures cinquante. Hannah tente de

revenir au Stock. Elle ne réussit pas à s'en approcher et n'ose pas poursuivre, par peur d'être piétinée à son tour. A une soixantaine de mètres d'elle, à un moment, elle aperçoit la lippe si caractéristique de son vieil ami Winnie Churchill (il est à New York par le plus grand des hasards, pour prononcer des conférences, ainsi qu'elle l'apprendra plus tard). Elle essaie d'attirer son attention mais elle est trop petite, elle le voit entrer au New York Exchange et le perd de vue.

... Elle parvient à se glisser dans New Street au moment où arrivent les escouades de policiers, à la recherche de l'émeute communiste, très imaginaire, qu'on leur a signalée.

... Elle capte enfin son prénom, que quelqu'un hurle : c'est Dale Fitzpatrick hors d'haleine. Il l'a vue redescendre de son taxi et, depuis un quart d'heure, se bat contre une mer humaine pour la rejoindre. Il la soulève et la cale dans l'encoignure d'une porte, lui évitant ainsi une ruée de la foule qui s'écarte devant d'autres policiers, à cheval ceux-ci...

« Excusez-moi de vous avoir appelée Hannah.

— C'est bien le moment de se faire des politesses! Vous pourriez m'ouvrir un passage?

— Jusqu'en Floride s'il le faut, madame. Où allons-nous?

— Appelez-moi Hannah, comme tout le monde. Je vais chez MacHill, Drexel et Machin Chouette, c'est sur Broadway. Pourriez-vous me reposer par terre, s'il vous plaît?

— Excusez-moi, je suis horriblement désolé », dit-il avec l'air de l'être vraiment, désolé.

Il la ramène au sol.

Il a de jolis yeux bleus et surtout — c'est fichtrement utile par les temps qui courent — il mesure dans les deux mètres et doit peser cent vingt kilos ou presque. Elle se place derrière lui, le tenant par les hanches, et il troue les murs successifs de badauds et de boursiers bouche béante, tout ce qu'elle a à faire est de rester dans son sillage.

Ils reviennent à droite sur Broadway où la presse est tout de même un peu moins grande sur les trottoirs.

« Merci, Dale. Je suppose que vous avez énormément de choses à faire, un jour comme aujourd'hui. »

Il secoue la tête avec beaucoup d'énergie :

« Maryan me criblerait de balles si je vous laissais seule. Ou pis : il me flanquerait à la porte. Je ne vous lâche plus. »

Elle pense : « Nom d'un chien, c'est foutument agréable, un homme ! »

Ils traversent Broadway. Chez MacHill, Drexel et Smith, même les couloirs sont pleins mais il n'y a pas plus de trente personnes par pièce. Des dizaines de téléphones sonnent sans arrêt et elle découvre des employés en surnombre se partageant à trois le même bureau, frénétiquement occupés à reporter dans leurs livres les transactions rapportées par les coursiers et les téléphonistes.

Le bureau de Vince MacHill est, par comparaison, fabuleusement calme. C'est un petit homme chauve, dont les lorgnons sont reliés à son gilet par une fine chaîne d'or.

« Dehors ! » dit-il simplement à Dale Fitzpatrick.

... Puis il découvre Hannah et se lève précipitamment :

« Madame Newman ! Je ne vous savais pas à New York. »

Elle lui sourit :

« J'espère que ce n'est pas à cause de moi que toutes ces choses arrivent. »

Elle s'assoit et rectifie la position de son chapeau

d'Elsa Schiaparelli, quelque peu bousculé au cours des dernières minutes :

« Bien entendu, dit-elle, je suis venue pour les titres de Hannah Incorporated. »

C'est la raison sociale – l'appellation exacte et complète est *Hannah Cosmetics & Perfumes Incorporated* – sous laquelle, depuis l'achat dix ans plus tôt par Stahlman et Javitts, est exploitée la partie américaine de son ancien empire.

MacHill referme la bouche, que la stupéfaction avait laissée ouverte. Il retire ses lorgnons et raccroche enfin le récepteur téléphonique sans se préoccuper davantage de l'interlocuteur qu'il avait en ligne, repousse l'appareil :

« Dieu merci, dit-il, vous ne venez pas pour vendre.

– Je viens pour acheter. Quant à mon portefeuille et aux actions qu'il peut contenir, qu'ils restent où ils sont. Cela ne m'intéresse pas le moins du monde. Je viens pour acheter, mais pas tout de suite. Est-ce que les actions de l'Hannah Incorporated sont touchées par la baisse générale ? »

Comment le saurait-il ? Il dit qu'il n'avait pas de raison particulière de s'intéresser à ces titres.

Elle acquiesce, comme s'il lui faisait exactement la réponse qu'elle s'attendait à entendre :

« Selon mes dernières informations, dit-elle, informations qui datent de ce matin avant l'ouverture, ces actions valaient 158 dollars 1/4 l'une. Je crois savoir – ce qui est une façon de dire que je le sais parfaitement – qu'à ce jour 226 211 actions ont été émises par la société, pour un total donc de 35 797 890 dollars. Voilà ce que je voudrais racheter. Peut-être pas la totalité, quoique, mais au moins quatre-vingts ou quatre-vingt-dix pour cent de ce montant. »

Elle sourit à Dale Fitzpatrick :

« ... Je ne compte certes pas aussi vite que Maryan Kaden, mais je me débrouille. Votre cravate est de travers, Dale.

« Monsieur MacHill, je souhaiterais racheter ma société. Evidemment pas à ce prix de 158 1/4, qui est parfaitement ridicule et qui à lui seul expliquerait pourquoi votre petite Bourse est en train d'exploser – si les titres des autres sociétés sont pareillement surévalués, au point de devenir tout à fait irréels, n'allez pas chercher plus loin les raisons d'un krach, le cas échéant... *Laissez-moi finir, je vous prie*... Merci, monsieur MacHill. (Elle lui sourit)... Je rachèterai ma société si ses actions baissent au moins de moitié, disons 80 dollars l'une. Je ne souhaite pas un krach, ni l'effondrement de toute l'économie américaine ou mondiale, mais s'il devait se produire, je n'y serais pour rien, pour une fois, et je ne vois pas pourquoi je n'en tirerais pas parti. Quatre-vingts dollars, monsieur MacHill. Je vous autorise à les acheter moins cher. Je paierai comptant, bien entendu. Pas d'acrobaties du genre contrat à terme, *deposits* ou autres fariboles. Je veux les actions physiquement. Comme je l'ai toujours fait pour les autres. »

Je te le jure, Lizzie : je n'avais pas la moindre idée de ce que j'allais dire à MacHill en entrant dans son bureau. Arrête de ricaner bêtement, tu veux ?... Je ne mens pas, je n'en savais vraiment rien, j'ai improvisé. A ma gauche, le brave Dale ouvrait des yeux comme des assiettes et ça me faisait rire... D'accord, c'est vrai que durant les quatre années précédentes... disons les cinq... j'ai suivi jour après jour l'évolution de ma société. J'avais vendu au mauvais moment, trop tôt, on avait beau être en 1919, le 23 mars 1919 exactement, on se trouvait encore au XIXe siècle. Non, je ne suis pas folle. Ce qui importe vraiment, quand on change d'époque, ce n'est pas la façon dont on s'habille, le fait qu'on roule dans une voiture à essence au lieu de dire « hue dada! » à un cheval; et pas davantage le fait de voler dans des aéroplanes, de disposer de la radio ou de la télévision. Ce qui importe, c'est ce qu'on a dans la tête, ce qu'il y a dans la tête des gens. Ça se voit moins, mais c'est ça qui compte. Dans les mois qui ont suivi la vente de mon affaire, le monde a changé. Des millions d'hommes étaient partis soldats, les femmes les ont remplacés. Ça les a dégourdies. On est entrés dans le XXe siècle, où moi j'étais déjà depuis trente ans. Avant 14, j'avais un mal fou à les persuader, les femmes, de se tartiner la figure avec mes crèmes, après 19 c'est allé tout seul ou presque, elles ne demandaient qu'à s'émanciper. J'avais vendu trop tôt...

... Quand j'entre chez MacHill, je sais à peu près pourquoi je viens, mais pas comment je vais faire, et si même je vais faire quelque chose... Ce prix de 80 dollars l'action, par exemple : je le calcule en comptant discrètement sur mes doigts, tout en faisant remarquer à Dale que sa cravate est mal foutue – ce qui d'ailleurs n'était pas vrai. J'ai rapidement divisé vingt millions de dollars par le nombre d'actions. En gros, ça faisait 90. J'ai enlevé dix pour cent par principe et je me suis retrouvée vers 80. Je me suis sentie très idiote en le lançant, je ne pensais pas avoir la moindre chance de racheter à un prix pareil...

Je ne pensais même pas pouvoir racheter. Tu veux la vérité vraie? Je croyais encore que j'allais prendre l'Île-de-France, dans la soirée. C'est te dire...

En revanche, pour ce qui était de l'autre foutu salaud, le monsieur au nom d'alphabet, A.B.C. Dwyer en personne, là, j'avais depuis longtemps ma petite idée en tête.

Depuis vingt-huit ans, quatre mois et treize jours, je l'attendais, celui-là!

« Dale, je voudrais que vous me rendiez un service...

– C'est fait. »

Il sourit largement et joyeusement. « On dirait un gros chien-chien très gentil qui attend qu'on lui lance un bâton pour courir après. »

« Je voudrais que vous me trouviez, dit-elle, tout ce qui concerne un certain Andrew Barton Cole Dwyer.

– Cela fait A.B.C.D...

– J'avais remarqué, moi aussi. Je veux savoir s'il est encore vivant, s'il est dans les affaires, et dans quoi, et avec qui, s'il est marié et avec qui, et le montant de sa fortune et comment elle est répartie et s'il a des cadavres dans son placard, autrement dit s'il a quelque chose à se reprocher, dans son passé proche ou lointain.

– Et il ne devra pas savoir qu'on enquête sur lui...

– Il ne devra pas le savoir.

– Je ne suis pas un policier, Hannah.

– Je ne vous demande pas d'opérer vous-même. Engagez les gens qu'il faudra. Pas de limitation de dépenses.

– Il me faudra un point de départ.

– Les dernières informations que j'ai eues sur lui remontent à 1921, en juin. A l'époque, il venait de se remarier – je suppose qu'il avait divorcé de sa femme précédente – et habitait au 73 de la 88ᵉ Rue est; il dirigeait quelque chose appelé la Crane Railway Consolidated. Il était membre du club des Chemins de Fer dont vous devez pouvoir retrouver l'adresse et il avait une maison dans le Maine, à un endroit appelé Wiscasset.

— C'est noté. Hannah ? Est-ce que Maryan est au courant de ce... service que vous me demandez ?
— Il l'est. Vous pouvez lui en parler. A lui seul.
— Tant mieux. Je n'aimerais pas avoir le moindre secret pour Maryan, s'agissant de vous. Cet A.B.C. Dwyer est de vos amis ?
— Pas vraiment. »

Elle secoue la tête et répète, elle-même stupéfaite par l'intensité de sa haine après tant d'années :

« Pas vraiment. »

Ils viennent de ressortir des bureaux de MacHill, Drexel et Smith. Ils retrouvent Wall Street pire qu'ils ne l'avaient quitté. La circulation automobile est à présent complètement bloquée, une brume bleuâtre est en train de s'épandre, dans le concert tonitruant des avertisseurs et des cris. Des milliers de personnes sont là, débordant des trottoirs sur les chaussées, des vociférations éclatent de toutes parts, on hurle, on vitupère les banques et les financiers. Devant les portes en bronze de l'église de la Trinité, un homme très efflanqué est juché sur une caisse ; en bras de chemise et gilet noir, les mains fortes et osseuses battant l'air, l'œil terrible et noir enfoncé dans les orbites, il prêche d'une voix tonnante et proclame la fin de la Babylone-sur-Hudson et la décharge imminente de la colère de Dieu sur le satanique Veau d'Or.

« Doux Jésus, dit Dale Fitzpatrick, la fin du monde va nous paraître fade, par comparaison... Excusez-moi d'avoir juré, Hannah.
— C'est foutument mal élevé de jurer », dit-elle.

Deux ambulances passent coup sur coup, obligées de rouler à ras des façades. Quelqu'un, sur le passage d'Hannah et de Fitzpatrick, parle de dix-sept suicides. Trois équipes au moins d'opérateurs de prises de vues, casquette posée à l'envers sur leur tête, visière sur la nuque, moulinent leur manivelle.

« Regardez », dit Dale.

Il allonge son index et en penchant au maximum sa tête en arrière, Hannah aperçoit haut dans le ciel, à peut-être trente étages du sol, un homme qui se penche.

« Il va sauter! crie une femme, c'est encore un banquier qui se suicide! »

Du coup, à la verticale du candidat au vol plané, la foule s'écarte, forme le cercle obligeamment, afin de lui laisser tout loisir de s'écraser sur le trottoir...

... Sur quoi l'ouvrier accroché à plus de cent mètres en l'air, et occupé à réparer quelque partie de la toiture, se frappe le front de son index replié... et se remet au travail.

Il est environ treize heures quand Fitzpatrick l'amène jusqu'au pied du gratte-ciel de verre et d'acier de la U.S. Steel (226 mètres).

« Nous pourrions y entrer et ressortir derrière, propose-t-il. Nous aurions plus de chances de trouver un taxi.

– D'accord. »

Il rit :

« Après tout, je suis actionnaire de cette boîte, non? »

Ils n'ont pas fait dix mètres à l'intérieur du bâtiment que Bernard Benda les rejoint. Il vient à l'instant de sortir du Stock, y a vu Winston Churchill qui lui aussi est reparti. Et il a surtout vu Richard Whitney, dont tout le monde sait, ou suppose, ou espère, qu'il a les liens les plus étroits avec John Pierpont Morgan, la puissance banco-financière faite homme (ne dit-on pas alors qu'il contrôle, plus ou moins directement, soixante-quinze *milliards* de dollars)?

« Hannah, Whitney vient de se mettre à racheter. Il a repris de l'U.S. Steel à 205 pour cinquante millions, puis des Westinghouse, des American Can, des General Electric. Cela a produit l'effet d'un électrochoc. Le mouvement de baisse est momentanément enrayé.

– Momentanément ? » demande Hannah.

Et elle pense : « Ils ne vont quand même pas s'arrêter en route, ces crétins ? »

« Si vraiment Morgan rachète, c'est que le marché n'est pas si noir, voilà ce que tout le monde s'est dit. Le calme est à peu près revenu. »

Des crieurs de journaux passent devant l'entrée du gratte-ciel, bramant à s'en déchirer les poumons les titres en caractères énormes annonçant le krach.

« Momentanément, Bernard ? répète Hannah.

– Pour ma part, je crois surtout que Morgan rachète parce que les cours sont au plus bas, et que c'est le meilleur moment pour garnir son portefeuille. Pour ne rien vous cacher, j'ai eu un peu la même idée. Suis-je infâme, hein ?

– Momentanément ?

– Momentanément, Hannah. Il y a eu pendant presque deux heures un vent de démence sur le *Floor*. Ces gens étaient hallucinés, je n'aurais jamais cru la chose possible. Je crois que dans l'état de frénésie où ils étaient aujourd'hui, les *brokers* auraient été capables de revendre Manhattan aux Indiens, pour vingt-quatre dollars et même moins, si les Indiens avaient accepté.

– Mais la baisse est momentanée ? insiste Hannah.

– Elle l'est. C'est un vrai krach. Tout va s'effondrer. Nous n'avons encore rien vu. Enfin, à mon avis... »

D'autres vendeurs de journaux passent, certains brandissent des éditions spéciales à une seule page recto-verso, sur laquelle, outre un vague éditorial décrivant l'apocalypse, on a surtout imprimé des cotations saisies au vol par des reporters travaillant en direct depuis le *Floor* (performance d'autant plus remarquable que les chiffres publiés se révéleront exacts dans leur immense majorité, bien que donnés avec une avance de huit heures sur les cotations officielles).

Hannah cherche et finit par trouver la Hannah Incorporated.

De 158,25 l'action est tombée à 112,50.

« Nom d'un chien! Croise les doigts, Hannah! »

« Tu m'énerves vraiment, tu sais, lui dit Lizzie. Tu n'as absolument pas changé, comment fais-tu?

– Je mange des carottes. Comment va Abie?

– Superbe. Je crois qu'elle pourrait venir te voir à Noël...

– On en reparlera. Tes enfants et petits-enfants? »

Lizzie prend son souffle :

« James et sa femme viennent de porter leur score à quatre mioches, ils sont toujours à Rio et n'ont pas encore été mangés par les cannibales; Doug est en Australie avec sa Shirley, ils se sont mariés en avril dernier et elle devrait accoucher en février ou mars; Colleen vient d'avoir sa troisième fille et vit toujours à Boston; Owie et Mattie ont eu leur premier bébé en mai; Mark se fiance le mois prochain avec une Lisa Kinkaird de Philadelphie, encore une fille de banquier, et au moment d'un krach, je n'en sortirai jamais; Kate est à l'université pour un moment et prétend partir seule pour l'Italie, Maryan est furieux mais comme d'habitude il va dire oui et je vais me faire un souci fou pour la virginité de ma fille; les jumeaux Patrick et Melanie sont en Europe et font des orgies de foie gras provenant d'un certain ami Louis, un Suisse de plus; Sandy veut se fiancer mais nous pensons qu'à seize ans et demi elle ferait mieux de s'occuper de ses notes de français et d'histoire au collège; Rod vient de me casser ma Cadillac toute neuve en entrant chez le fleuriste au volant; Jeremy a les oreillons et Marion la rubéole – ils sont au lit tous les deux. C'est tout. Simple activité de patrouille sur l'ensemble du front. Ce sont vraiment tes seins qui pointent comme ça ou tu les as renforcés avec des entonnoirs en aluminium?

– Je peux me déshabiller si tu veux.
– Et ils ne tombent toujours pas?
– Ce matin, ils tenaient encore.
– Tu m'écœures. C'est de qui, ce tailleur?
– Schiaparelli.
– Je mettrais ça sur mon derrière et mes grosses doudounes, j'aurais l'air du *Graf Zeppelin*. Tu vas épouser Dale Fitzpatrick?
– Tu es folle. Il pourrait être mon fils.
– Il ne l'est pas et surtout il a quarante-sept ans, il aurait fallu que tu sois bougrement précoce. Il est veuf et tu t'es fichue dedans en le prenant pour un assistant de Maryan, en fait ils sont associés dans plusieurs affaires, ne me demande pas lesquelles. Il n'est pas riche riche mais il a un ou deux petits millions de dollars. Je vous ai vus arriver, on aurait dit un grizzly des Rocheuses qui a trouvé un pot de miel et le ramène avec précaution, tout en se demandant comment il va ouvrir cette saleté de couvercle. Il est amoureux de toi. Un de plus. Je me demande ce que les hommes te trouvent...
– Lizzie? »
Silence.
« Parle-moi encore d'Abigail, dit Hannah.
– Je t'ai dit qu'elle allait très bien.

— Merci d'être aussi laconique.
— Tu l'as vue en août quand je te l'ai amenée à Morcote, qu'est-ce que je peux te dire d'autre ? Elle est toujours aussi paisible, c'est vraiment une gosse sans histoires. Elle travaille bien au collège, comme toujours. Elle ne grandit pas beaucoup, elle tiendrait plutôt de toi, pour ce qui est de la taille. Il y a de cela trois semaines, nous avons été un tout petit peu inquiets, elle sortait avec un jeune type qui avait l'air un peu trop déluré. Mais non, elle a cessé de le voir. Elle a la tête sur les épaules. Et lorsqu'elle est rentrée de... »

Lizzie s'interrompt.

Hannah repose sa tasse de thé :

« Continue.

— Oh ! bon, d'accord ! Elle est allée chez son frère à Montréal.

— Lequel ?

— Adam.

— Je ne savais pas qu'il se trouvait au Canada, remarque Hannah d'une voix calme mais sourde.

— Il y construit des immeubles. Je ne sais pas grand-chose de ce qu'il fait, tu sais.

— Ne me mens pas, Lizzie.

— Tu veux vraiment que je te parle de lui ? »

« Hannah, tais-toi donc, tu vas encore en être malade pendant des semaines ! »

« Oui, dit Hannah.

— Sa femme et lui sont venus passer quelques jours à Los Angeles, chez nous.

— C'était la première fois ?

— Non.

— Ça ne me fait pas trop de bien d'être obligée de te sortir les mots de la bouche, Lizzie.

« D'accord. Ils étaient déjà venus deux ans plus tôt... Et Maryan est allé plusieurs fois les voir à Montréal.

— Les enfants d'Adam ?

— Ils en ont trois, Jacqueline et lui. Ils ont eu un deuxième fils voici deux ans... Hannah, je ne sais pas quoi te dire !
— Parle-moi de mon fils, c'est tout.
— J'ignore ce que tu sais de lui.
— Je ne sais rien, c'est bien simple. »
« Ne t'apitoie pas sur toi-même, surtout ! »
« Adam a fini ses études d'architecte et il est allé passer un an en Europe... Il est rentré il y a trois ans. Il s'était marié avec Jacqueline et ils avaient déjà la petite Marianne...
— Il était bien jeune, pour se marier et avoir des enfants.
— Cette Française est vraiment très bien. Vraiment. A son retour, Adam a trouvé du travail dans un cabinet de Chicago. Et depuis dix-huit mois il gagne assez pour n'avoir plus besoin de... ce que Maryan lui donnait.
— Il n'a jamais su, pour moi ?
— Pour l'argent ? Je ne sais pas. En tout cas, il ne nous a jamais posé de questions. »
« Mais Jonathan l'a fait, pense Hannah, envahie par le désespoir ordinaire. Il l'a sûrement fait et non moins sûrement il aura refusé tout argent venant de Maryan ou de Lizzie, par crainte qu'il vienne en réalité de moi... »
Hannah dit, avec presque de la rage :
« Parle-moi de Jonathan.
— Nous ne l'avons pas vu depuis trois ans, depuis qu'il est parti pour la Pologne. Il nous a écrit en janvier dernier. Quelques mots pour nous souhaiter une bonne année et nous dire que tout allait bien. Sa lettre venait de Rome. Nous ne savons pas où il est en ce moment. Hannah, j'ai un peu envie de pleurer, je te préviens...
— Mouche-toi. »
Maryan surgit à ce moment-là, au milieu de la foule du restaurant du Plaza, toute bruissante des

conversations qui ne portent que sur un seul sujet : ce qui est en train de se passer à Wall Street. Son regard va de l'une à l'autre des deux femmes. Il embrasse Hannah sur la joue, Lizzie sur les doigts.

« Tout s'écroule, dit-il.

— Est-ce que nous allons être ruinés, comme tous ces cinglés autour de nous qui se vantent de l'être ?

— Pas avant deux ou trois siècles. »

... Mais c'est sur Hannah que se porte son œil bleu à la paisible profondeur :

« Tu pars toujours ce soir pour l'Europe ? »

Lizzie, je le sens depuis cette seconde où j'ai vu que les actions de la Hannah Incorporated étaient tombées en deux heures de 158 à 112 dollars... mais c'est vraiment là, quand je suis assise avec toi et Maryan, que ma décision devient consciente...

« Non, dit-elle. Je crois que je vais rester quelque temps. J'ai l'impression que je commence à aimer les désastres. »

27

Me permettriez-vous d'utiliser votre cuisine?

A L'HÔTEL Ritz deux hommes associés dans une même entreprise ont demandé à la réception une chambre au dernier étage. Ils ont donné mille dollars de pourboire au garçon d'ascenseur puis, main dans la main, ont sauté dans le vide.

Une autre victime du krach s'arrose d'essence et s'enflamme, dans le garage de sa luxueuse propriété du New Jersey. Quelques-uns se tirent plus classiquement une balle dans la tête. – *Les hommes sont de petites choses fragiles, Lizzie. Comme le sont d'ailleurs les messieurs dans toutes les espèces animales. Les femmes seront tout à fait égales aux hommes le jour où elles seront aussi bêtes qu'eux. Je ne crois pas que ce soit demain la veille.*

Dix-neuf millions de titres ont été échangés en cinq heures, on pense que cinquante à soixante pour cent des petits spéculateurs, d'une côte des Etats-Unis à l'autre, ont été ruinés. On estime que huit à dix milliards de dollars ont disparu dans la tourmente. Pour la première fois depuis cent cinquante ans, les balayeurs du *Floor* qui se présentent à quinze heures pour nettoyer les lieux aussitôt après la clôture doivent repartir sans avoir utilisé leurs balais et leurs serpillières : près d'un millier de courtiers et d'employés, souvent à quatre pattes, fouillent désespérément un tapis parfois épais d'un demi-mètre, constitué entre autres d'ordres d'achat et de vente qui n'ont pas encore été comptabilisés et ne le seront qu'à l'aube du vendredi. Sans pour autant tout retrouver : déchirés ou emportés à la semelle des souliers, jetés par erreur, certains documents ne réapparaîtront jamais, il faudra des mois et une armée d'avocats pour rétablir un semblant d'ordre.

Le volume des transactions a été de cinquante fois supérieur à la normale.

« Et ce n'est pas fini, dit Maryan. Je suis de l'avis de Bernard Benda, même si nous ne sommes que quelques-uns à le penser : le mouvement va se poursuivre. Tu veux toucher aux titres que tu as, Hannah ?

— Tu m'as dit qu'il ne valait mieux pas.

— N'y touche pas. Sous aucun prétexte. Aussi longtemps que le marché ne sera pas redevenu normal. Ce qui va prendre des mois.

— Tant pis. Ça va baisser encore ?

— Je le crains. C'est pour cela que tu es restée, n'est-ce pas ?

— Oui.

— Je peux t'aider ?

— Je ne vois pas comment. Merci, non. Dale t'a mis au courant de ce que je lui ai demandé ?

— Oui. C'est un type bien, Hannah.

— Il m'a dit la même chose de toi, vous vous faites de la réclame l'un l'autre, ou quoi ? Est-ce que le gouvernement va intervenir ? »

Il pense que non. Selon les informations que lui et Bernard Benda possèdent, en provenance directe de la Maison-Blanche, en aucun cas. N'interviendra pas plus le Président Hoover que le secrétaire au Trésor, ministre des Finances,

Andrew Mellon, l'un et l'autre convaincus – avec la ferme assurance de ceux qui ont fait largement fortune par eux-mêmes ou qui ont reçu nombre de millions en héritage – que tout finira par rentrer dans l'ordre, et qu'il n'est d'autre recours que l'initiative individuelle et la liberté d'entreprendre. D'ailleurs, à Wall Street même, les plus grosses maisons de courtage sont demeurées imperturbablement optimistes. Dès le vendredi 24 octobre au matin, au lendemain donc du Jeudi Noir, l'une d'elles publie un placard publicitaire dans une centaine de journaux de tout le pays : *Nous pensons que les présentes conditions sont favorables à l'investissement dans...* Suit une liste de titres conseillés. De leur côté, les hommes de Merrill Lynch & Co. incitent à des achats en précisant : *Deux des plus grandes banques de New York nous informent qu'à aucun moment, ces derniers temps, elles n'ont reçu autant d'ordres d'achat...*

« Soit ces gens sont inconscients, soit ils bluffent pour tenter de ramener le calme. Mais c'est peut-être moi qui me trompe. Sois prudente, Hannah. »

Elle lui sourit, la flamme sauvage revenue dans ses yeux après huit années :

« Mais oui, mais oui ! »

Le vendredi 24 et le samedi 25 (Wall Street ouvre deux heures le samedi matin), elle ne quitte pas le Plaza aussi longtemps que la Bourse reste en opération.

Les nouvelles que lui apporte Bernard Benda sont à la fois bonnes et mauvaises.

Elles sont bonnes dans la mesure où Wall Street semble s'être calmé, après la formidable tourmente

– mais peut-être est-ce l'anesthésiant effet du choc...

... Et mauvaises en ce qui la concerne, elle Hannah, à titre personnel : la Hannah Incorporated non seulement n'a pas baissé davantage mais elle cote 114 dollars le samedi à midi, ayant regagné un point et demi.

« Ce n'est pas fini », dit Bernard, reprenant exactement les mots de Maryan vingt-quatre heures plus tôt.

... Sur quoi il éclate de rire :

« C'est à n'y pas croire, me voilà qui essaie de vous consoler en vous affirmant que le plus beau krach du siècle n'en est encore qu'à ses débuts ! »

La journée du lundi commence calmement. Des centaines de milliers de clients des *brokers*, pour répondre aux appels de marge, ont donc équilibré les comptes, ordonnant la vente de valeurs à peu près indemnes pour couvrir les versements qui leur sont réclamés sur des titres ayant fortement baissé. Le phénomène ne s'est pas perçu tout de suite. Et quand les agents de change, encore un peu étourdis par ce qui leur est tombé sur la tête quatre jours plus tôt, le comprennent, ils appliquent la tactique raisonnable qui consiste à fragmenter les paquets d'actions qu'ils mettent en vente, et réduisent même leurs propres commissions, pour éviter un nouveau raz de marée...

... Barrage dérisoire. Qui saute et explose à une heure de la clôture.

En soixante minutes, près de quatre millions de titres sont jetés en pâture aux ours. L'indice Dow-Jones, indicateur de tendance, baisse de 38 points.

... Mais les journaux n'en titrent pas moins, au

matin du mardi 28 : *Séance relativement calme hier où la liquidation s'est poursuivie...*

... Sauf que dès l'ouverture – ce même mardi matin – un million de titres sont vendus en six minutes, trois millions en une demi-heure, huit millions à midi, seize millions et demi à la clôture...

Et, avec les 7,5 millions vendus à l'annexe appelée le *Curb*, ce sont 23,5 millions qui sont comptabilisés en tout.

Le Dow-Jones est descendu à 200, ayant perdu 125 points en sept semaines.

Bilan des pertes pour les seules journées du lundi et du mardi : entre 14 et 25 milliards de dollars. Sur les 80 milliards que représentait quelques jours plus tôt le marché de Wall Street (plus que tous les budgets réunis de tous les pays du monde, en ce temps-là), 35 ont disparu en l'espace d'une petite semaine.

L'action d'Hannah Incorporated est à 69,75. Vince MacHill vient voir Hannah vers sept heures, dans la soirée du mardi :

« Je ne peux pas croire que cela baissera encore, madame...

« Qui détient le plus grand nombre d'actions ?

– Hiram Javitts lui-même.

– Il serait disposé à vendre ?

– Il n'a pas le choix, sa situation est critique, comme c'est le cas de beaucoup. C'est un homme qui a toujours pris des risques et il s'était énormément engagé par ailleurs. Il a désespérément besoin d'argent frais. Madame Newman, en attendant encore, vous risquez de voir les cours remonter, ou bien que Javitts trouve un autre acheteur. Nous sommes à moins de 70. Et vous aviez vous-même fixé à 80 votre prix de rachat. »

Elle hésite : les deux tiers, soit la majorité permettant de diriger l'entreprise sans pratiquement se préoccuper de personne, les deux tiers de 226 221, cela fait 150 814 titres. A 69,75 dollars l'un : 10 519 276 dollars.

Elle a fait et refait ses comptes : elle dispose de 25 millions de dollars ou un tout petit peu moins. Mais de cette somme, il lui faut en réalité déduire 13 millions environ, qui représentent ses propres investissements boursiers. Auxquels donc elle ne peut toucher – si elle le faisait, en l'état actuel des cours, elle n'en retirerait peut-être que la moitié, et encore...

« J'attends », dit-elle.

... Toutefois, elle demande :

« Combien de titres est-il aujourd'hui possible d'acheter ?

– Ceux de Javitts et Stahlman sûrement. Pour les autres, c'est plus difficile à dire : ils sont disséminés.

– Combien en a Javitts ?

– Environ 140 000. »

Javitts. Elle ne l'a pas oublié, celui-là non plus ! S'est-il montré assez méprisant, il y a dix ans, à Lugano !

... « Et puis les deux tiers ne te suffiront pas, Hannah. Tu veux tout, jusqu'à la dernière action possible. En payant 69,75 dollars par titre à Javitts, il ne te restera plus grand-chose pour le reste... »

« Surtout si tu veux racheter aussi l'Europe et l'Australie... Parce que c'est bien ce que tu as en tête, non ? »

« J'attends », dit-elle à nouveau.

Dans la nuit du mardi 28 au mercredi 29, le légendaire John Davison Rockefeller premier du nom, le père de Junior, a rompu son silence. A quatre-vingt-dix ans, il a donné sur les antennes de toutes les radios une déclaration volontairement spectaculaire : il a annoncé que sa famille et lui-même vont racheter deux cent mille actions des compagnies spécialisées dans l'acier.

La séance du mercredi, en raison de cette tentative d'apaisement de l'homme le plus riche du monde, et aussi parce que même les ours de Wall Street ont besoin de souffler, est par comparaison presque banale, après l'effroyable tornade de la veille.

La Bourse ferme. Pour trois jours. Toutes les troupes sont épuisées et l'on espère par cette fermeture ramener le calme dans les esprits. La mesure est tout à fait exceptionnelle.

On rouvre le lundi 4 novembre mais durant quatre heures seulement. Et il en est ainsi toute la semaine suivante, avec un horaire identique. « C'est comme éteindre la lumière et fermer les rideaux dans une chambre où un homme a une crise d'appendicite, commente sarcastiquement Eddie Cantor à la radio. Cela ne lui fait pas de bien, mais au moins on ne le voit plus... »

Rien n'y fait. La troisième lame de fond arrive et déferle. Elle frappe de plein fouet un marché déjà exsangue, le mercredi 13. Même la Standard Oil des Rockefeller s'effondre, s'échangeant à 50 dollars. La quasi-totalité des titres n'a cessé de baisser, même pendant cette première quinzaine de novembre où la Bourse a pourtant tourné au ralenti...

C'est le cas des Hannah Incorporated : 39 3/4, annonce MacHill qui en est à sa onzième visite au Plaza et finit par désespérer d'entendre Hannah répondre oui.

« Combien d'actions exactement ?
– 138 640. »

« Soit... 5 510 940 dollars plus les frais... »
« Je prends », dit-elle.

Elle est au volant de sa Bugatti *T 41 Royale,* huit cylindres en ligne développant près de treize litres, et trois cents chevaux, à carburateur double corps, trois soupapes par cylindre, seize bougies pour l'allumage. C'est un coupé deux portes. Une merveille, d'après Gaffouil. Elle a fait modifier le volant et le siège du conducteur afin de les avoir l'un et l'autre à sa taille. Sans cette précaution, elle aurait dû s'écarteler pour tenir le volant et n'aurait vu la route qu'au ras du tableau de bord.

... Tableau de bord sur lequel Gaffouil lui a monté un indicateur de niveau d'essence, un autre de pression d'huile, et un compte-tours – quoique le moteur monstrueux ne tourne jamais, à son maximum, qu'à deux mille tours. Il n'y a que trois vitesses, deux plus une surmultipliée, mais la deuxième va de 10 à 120 kilomètres à l'heure. Hannah a réussi, après quelques réglages « gaffouilliens », à atteindre 200 kilomètres à l'heure chronométrés.

En ligne droite. Cette merveille déteste les virages.

Elle entre dans Charlotte, dans l'Etat de Caroline du Nord, le 16 avril 1930. Abigail, sa fille, est à son côté. Elles vivent ensemble depuis les fêtes de fin d'année. Les choses se sont faites très simplement, très paisiblement. La veille de Noël, Hannah a pris Abie à part : « Ne m'interromps pas, s'il te plaît. J'ai été la pire mère qui soit, je ne te donnerai aucune explication, je ne chercherai aucune excuse. Cela peut te paraître incroyable mais je t'aime. Plus que je ne le savais moi-même... Tu as ses yeux... Accorde-moi trois mois, ce n'est pas énorme, trois petits mois. Si, passé ces trois mois, tu décides que je suis tout à fait insupportable, tu me quitteras. Je ne t'en voudrai pas et je serai toujours prête à tout te donner, tout. Je ne suis pas habile à faire des phrases d'amour. Je sais juste dire je t'aime. » Il y a eu là-dessus un grand silence à faire tressauter le cœur, Abigail la regardant avec les yeux de Taddeuz, avec cette tranquillité sereine assez étonnante chez une jeune fille de seize ans. Puis elle a dit, en français (et ce choix était clairement délibéré) : « Pour mes examens de juin, tout devrait aller à peu près. Sauf les mathématiques. Est-ce que tu pourrais m'aider, maman ? »

La Bugatti s'engage dans une allée superbement bordée de chênes, centenaires pour le moins. Elle stoppe devant une grande maison blanche précédée d'un porche à colonnade.

Un domestique noir paraît.

« J'ai rendez-vous avec Mme Lettice Holme », dit Hannah.

Abigail toujours à son côté, elle entre dans la maison. On les introduit dans un salon où, au milieu d'une galerie des portraits de famille, est encadrée une lettre du général Lee exprimant son chagrin sincère à la mort d'un Horatius Holme, tué à la bataille de...

« Madame Newman ? »

Une petite vieille dame aux cheveux très blancs, vêtue de noir, un ruban de satin autour du cou. Hannah présente Abigail qui effectue une révérence tout à fait satisfaisante.

« Et pour quelle raison vous vendrais-je ces actions ? demande la vieille dame.

« Elles ont considérablement baissé, avec la crise.

« Je l'ai vérifié, après avoir lu votre aimable lettre : elles valaient 160 dollars ou presque et n'en valent plus que 34 aujourd'hui. Du moins est-ce ce que m'a assuré Harvey Whyte, mon avoué.

— Qui a raison.
— C'est fort possible. Il sait à peu près compter, bien qu'il soit plus vieux que moi. Ne lui dites pas que je vous l'ai dit, mais son premier prénom n'est pas Harvey; en réalité, il se prénomme Polonius.
— J'emporterai ce secret dans ma tombe, dit Hannah.
— ... Mais je ne vois pas que cette baisse soit une raison suffisante pour vendre. Je me souviens que M. Holme, mon défunt mari, disait toujours qu'en matière de Bourse il ne faut jamais vendre quand ces choses baissent. »

Hannah lui sourit :
« Puis-je me permettre une question ?
— Mais je vous en prie, dit la vieille dame avec beaucoup de courtoisie.
— Pourquoi ces 1 853 actions sont-elles votre propriété ?
— Parce que nous les avons achetées, je suppose.
— Vous-même ?
— Oh! non. Je ne crois pas avoir jamais acheté serait-ce un bâton de guimauve de toute mon existence. Non, il faut croire que M. Holme l'a fait.
— Vous a-t-il dit pourquoi ? »

La vieille dame réfléchit :
« Parce que j'utilise moi-même les crèmes que fabrique cette compagnie. M. Holme était un mari très attentionné. Croiriez-vous qu'une fois il a fait repeindre en rose toute une rue de Paris, quand nous y sommes retournés pour le vingtième anniversaire de notre voyage de noces ?
— Ce devait être un homme très exceptionnel », dit Hannah.

... Et elle pense : « J'ai gagné ! »
Elle sourit à sa fille et ajoute :
« Mon prénom est Hannah, madame. J'ai créé

moi-même cette compagnie dont vous parlez. Et, avant cela, j'avais créé chacune des crèmes et des eaux de toilette, chacun des laits et des parfums que cette compagnie distribue. Tout a commencé voici trente-six ans. Je peux vous raconter l'histoire, s'il vous plaît de l'entendre. Mais auparavant, je voudrais vous montrer quelque chose... »

Elle indique le sac de cuir, noir et rouge andrinople, que le domestique noir a retiré du coffre de la Bugatti sur sa demande et déposé dans le salon :

« Je pense que l'esthéticienne à qui vous avez fait appel a dû vous recommander du 183, ou bien du 211.

– Les crèmes portent de très jolis noms.

– Pour moi qui les ai créées, elles portent des numéros. Me permettriez-vous d'utiliser votre cuisine ? »

La vieille dame regarde les deux crèmes, l'une et l'autre étalées sur des spatules en bois.

« Le parfum est le même, en tout cas. La couleur aussi.

– La composition également, vous pouvez en être assurée. Sauf si les récents propriétaires de la compagnie ont laissé les choses aller à vau-l'eau, comme cela serait possible. Madame Holme, voici onze ans, j'ai vendu cette compagnie que j'avais créée, pour des raisons personnelles. Je voudrais aujourd'hui la racheter et lui redonner la qualité qu'elle a perdue depuis. C'est... c'est comme un enfant, dont j'aurais été assez folle pour me séparer et dont toutes les années qui me restent à vivre ne suffiront pas à lui prouver tout l'amour que je lui porte. Je suis prête à vous racheter ces 1 853 actions à 40 dollars l'une. Je suis prête à aller plus haut, si nécessaire. Pour une fois dans ma vie, je n'ai pas envie de compter. »

Silence.

Hannah sent sur elle le regard d'Abigail et voici que son cœur fait l'imbécile avec des soubresauts bizarres : « Tu l'as dit, Hannah, et il ne s'agit pas de ces actions dont tu te contrefiches, et pas davantage de cette compagnie que tu veux reprendre. Ça n'a pas été trop facile mais tu l'as dit, et elle a bien compris de qui tu parlais... »

Elle tourne enfin son regard, rencontre et soutient celui de sa fille.

« Vous êtes une femme très peu ordinaire, dit enfin la vieille dame. Accepterez-vous de déjeuner avec moi, votre charmante fille et vous? Et si je ne suis pas trop indiscrète, j'aimerais beaucoup que vous me racontiez plus complètement l'histoire que vous avez évoquée. »

Abigail sourit à Hannah.

« Abie? » demande Hannah.

L'adolescente acquiesce, avec ce qui chez elle pourrait passer pour de la timidité, et qui n'est que de la réserve.

« Très volontiers, dit Hannah. Ce sera une joie, madame, pour ma fille et pour moi. »

Vers le 10 mai de 1930, elle a ainsi réussi à acquérir, outre les 138 640 titres repris à Javitts, 71 096 actions.

Soit au total 209 736.

C'est d'ores et déjà une majorité définitive.

Toutefois, elle n'a nullement renoncé à les retrouver toutes.

Elle n'a guère le temps de se consacrer en personne à cette quête. Et le cabinet MacHill, Drexel et Smith ne lui semble pas apte à ce travail de fourmi.

Elle pense à Catherine ex-Montblanc.

« Tout ce que tu auras à faire – c'est enfantin – sera de me récupérer les 16 845 actions qui manquent encore. Tu démarcheras les porteurs – ou les porteuses, souvent ce sont des femmes. Tu les démarcheras un à un ou une à une, et tu les convaincras de revendre. C'est tellement facile que je me demande si je vais te payer, pour ça. »

Catherine est veuve, son pétrolier, ancien nettoyeur de tranchées, est allé rejoindre ses victimes de son couteau. Elle n'a pas du tout besoin de travailler, la fortune de son mari l'a mise à l'abri du besoin pour un siècle...

« Mais tu as peur que je m'ennuie à ne rien faire...

– Exactement, dit Hannah en riant. Prendre soin de son petit personnel est le secret de toute réussite.

– Je t'en ficherai, du petit personnel. Mais tu as raison, comme presque toujours – je dis bien : presque –, je m'ennuie un peu. Et où sont-ils les porteurs et porteuses de tes fichues actions ?

– Partout sauf à New York et dans les environs. Dans ce coin, je les ai tous eus... Par ailleurs, j'ai eu tous ceux qui détenaient mille actions et plus. Il te reste les autres. Ils sont dans les 956 à peu près... Ils détiennent en moyenne, approximativement, 17 203 actions chacun, ou chacune. En gros, ils habitent aux 956 adresses que voici – la liste est par ordre alphabétique, tu as intérêt à la remettre dans l'ordre géographique ou bien il te faudra vingt-cinq ans. Tu peux leur offrir 39 dollars juste, au maximum. Tu sais ce que tu dois leur dire.

– Vaguement, répond Catherine. Tu me l'as expliqué seulement quarante-trois fois. Je commence à avoir des lueurs. »

Elle examine la liste et s'exclame :

« Nom d'un chien! Tu vas me faire courir jusqu'à Honolulu juste pour soixante-six actions?

— Plains-toi : c'est joli, Honolulu. Regarde si on peut y mettre un institut, pendant que tu y es.

— Tu sais que Jessie a été remplacée comme directrice générale des instituts?

— Oui. Par un dénommé Dennis LaSalle. Qui se peint les ongles des pieds en rose. Je suis au courant.

— Nom d'une pipe, il se peint vraiment les ongles des pieds en rose?

— Seulement le pied gauche. Et encore le seul gros orteil. Je l'ai obligé à se déchausser pour voir. Je vais le garder : les femmes adorent les homosexuels, pour elles c'est comme un gâteau à la crème qui ne ferait pas grossir. Quant à Jessie, cette idiote avait déjà pris sa retraite dans son Ecosse natale, sous prétexte de son âge. A quarante-huit ans, je vous demande un peu! Elle sera ici après-demain. »

Silence.

« C'est vraiment Napoléon rentrant de l'île d'Elbe, hein?

— Sauf que ça durera foutument plus de cent jours. »

« Jessie, vous allez me faire le tour complet : New York, Philadelphie, Baltimore, Washington, Atlanta, Miami, New Orleans, Saint Louis, Chicago, Detroit, Los Angeles, Toronto et Montréal. Je veux un rapport sur chaque institut, le plus complet possible, autrement dit jusqu'aux boutons de portes.

— J'ai combien de temps?

— D'ici au 25 août. Rendez-vous à cette date, le matin à sept heures quinze. Je voudrais aussi que vous me dressiez une liste des autres villes, huit ou dix peut-être, où il est possible de s'implanter.

Vous devriez emmener Mary Lindsay avec vous, elle vient de perdre son mari et ce voyage la remettra d'aplomb. Et prenez également la petite... celle qui est d'origine allemande, Alicia Testerman. Elle ne vaut pas un clou comme esthéticienne mais elle retient tout. Mais je ne veux vous imposer personne. Si vous trouvez mieux...

– C'est moi qui ai engagé Alicia.

– Autre chose : j'ai commandé un rapport sur les produits de la compagnie. Je l'aurai en juillet, avec une étude comparative de ce que nous vendons actuellement et de ce que vendent les autres. On n'a pratiquement rien créé, en mon absence. Ça va changer, et bougrement... Je vais secouer ces chimistes et j'irai travailler avec eux. J'ai racheté un autre laboratoire. Dans votre tournée, posez les questions qu'il faut sur les produits et annoncez une formidable vague de nouveautés. On ne sera pas déçu, croyez-moi !

– Je dirai qu'Hannah est revenue. Ça suffira amplement. »

L'Ecossaise a les yeux pleins de larmes :

« Oh ! Hannah, merci de m'avoir rappelée... »

En 1921, juste avant d'aller s'enterrer à Morcote, elle avait vendu, ou plus justement avait fait vendre la maison de Long Island et l'appartement de la 5ᵉ Avenue.

Elle trouve un autre appartement, également sur la Cinquième : les deux derniers étages d'un immeuble qui en comporte huit, plus un toit-terrasse de 450 mètres carrés, 1 350 mètres carrés de superficie totale.

Elle est disposée à signer l'acte quand, très gênés, les avocats lui expliquent que la vente ne peut avoir lieu : le propriétaire a cédé aux pressions des autres locataires, qui ne souhaitent pas cohabiter avec une juive.

Elle achète l'immeuble.

Lui donne un nom : *Jerusalem building*. Avec une croix de David sur la porte du palier.

Son intention est d'aménager le toit en jardin.

... Mais pour l'heure, travaillant seize heures par jour comme elle le fait, elle n'a guère le temps de s'occuper d'ameublement et de décoration. Ce laboratoire qu'elle a acheté se trouve à quelques centaines de mètres du précédent, à New Rochelle donc. En quelques semaines, elle est parvenue à y regrouper une dizaine de chimistes expérimentés (elle les a débauchés de la Dupont de Nemours), sous la direction d'un émigré tchèque, Ladislas Storer, qui lui a fortement recommandé Juliette Mann (quant à elle, toujours au laboratoire de Londres – Hannah n'a pas osé lui demander de venir aux Etats-Unis; aussi longtemps qu'elle n'aura pas remis la main sur ses anciennes possessions européennes, elle s'interdit d'aller puiser chez des gens que pourtant elle n'aime pas beaucoup).

Storer est un grand diable aux allures tsiganes, assez beau, que l'on imaginerait davantage s'occupant de chevaux que de cornues. Il a trente-trois ou trente-quatre ans et a fait toutes ses études en Allemagne; la dermatologie est sa spécialité première, la recherche est sa passion. Non sans réticences, Hannah doit convenir qu'elle est surclassée. En revanche, Storer lui affirme être en mesure de mettre au point toutes les crèmes qu'elle pourra imaginer. Et il tiendra parole. Toutes les nombreuses années qui vont suivre, elle bénira Juliette de lui avoir adressé pareil trésor. C'est lui surtout, avec Paul Travers qui le rejoindra un an plus tard, qui va totalement renouveler la gamme des produits au double H.

Elle a reconstitué son ancien état-major, avec Josuah Wynn comme surintendant général, mais elle l'a renforcé en lui adjoignant de nouvelles têtes. Dont deux hommes, l'un étant ce Dennis LaSalle à l'orteil rose qu'elle a trouvé en lieu et place de Jessie.

Tout le monde appelle LaSalle Chéri. Tout le monde y compris les clientes qui effectivement l'adorent, et n'aiment rien tant que de le convoquer, nues, tandis qu'elles se font masser. Il vient des environs de La Nouvelle-Orléans, où ses ancêtres sont arrivés à l'en croire avant même que soient dessinés les plans du *Mayflower*. Il doit frôler la quarantaine, bien qu'il jure avoir récemment fêté son vingt-huitième anniversaire; il est d'une beauté un peu trouble d'androgyne et d'une rare élégance; mais il n'oublie jamais un visage, ni le nom qui va avec et moins encore le compte en banque du mari; avec les clientes, il sait à la perfection doser l'insolence et la courtoisie...

... Et, pas de doute, il en sait sur les cosmétiques plus que n'importe quelle esthéticienne.

« Où avez-vous appris tout ça?

– Je vous le dirai ce soir, ma chère. Si vous m'invitez à dîner. »

Hannah l'invite (dans sa cuisine; elle n'a pas le loisir de tenir table d'hôte) et le voit survenir habillé en femme, à s'y méprendre, dans une très jolie robe de Madeleine Vionnet, arborant une étole de petit-gris et un décolleté ravageur. Il explique que les vêtements lui appartiennent, il a bien deux ou trois douzaines de robes, et qu'autrefois il a suivi les cours de l'école d'esthéticiennes dirigée par Catherine Montblanc :

« Je me suis inscrit sous le nom de Denise Coquelet, qui est celui de ma défunte pauvre maman, et pendant six mois aucune de ces dames ne s'est aperçue de rien. On me trouvait juste un peu grande. Je suis même sortie en tête de la promotion de 1918, vous pouvez vérifier, ma très chère... »

Il dit bel et bien *ma très chère* à Hannah, dans un français qu'il parle avec un accent cajun assez prononcé. Il rappelle beaucoup Henry-Beatrice, le décorateur anglais. Qui est mort; le pauvre s'est suicidé après la mort du grand amour de sa vie, un beau lieutenant des Coldstream Guards, tué sur les champs de bataille de France, à la tête de sa compagnie.

« Dennis (« je ne peux quand même pas l'appeler Chéri... et puis pourquoi pas, après tout?), Dennis je vais vous remplacer par Jessie. Ne boudez pas, je vous prie. Elle est inégalable pour tout ce qui touche à l'administration et vous avez d'autres talents. Je vous offre deux postes : ou bien vous prenez en main, sous les ordres directs de Josuah, tout ce qui concerne l'accueil des clientes, la formation du personnel sur ce plan-là, et l'augmentation par tous les moyens du nombre de ces mêmes clientes; ou bien vous travaillez directement avec moi, en qualité de... disons ministre des affaires étrangères. Vous voyagerez alors beaucoup, je vous en préviens... »

A la surprise d'Hannah, qui ne le croyait pas capable de quitter ses admiratrices, il opte pour la seconde solution et elle découvre qu'il a de l'ambition, le bougre, tout inverti qu'il soit. Les premières semaines, elle s'inquiète un peu, craignant de s'être laissé emporter, ne serait-ce qu'en raison de l'amitié qu'elle avait pour Henry-Beatrice (« moi aussi j'apprécie les gâteaux à la crème qui ne font pas grossir! Même si je n'ai jamais eu de problème de poids... »).

Mais non. Elle ne tarde pas à constater qu'il est,

à bien des égards, un autre elle-même, en particulier dès qu'il s'agit de pressentir ce que la clientèle veut, avant qu'elle ne sache le vouloir. C'est presque immanquable : que n'importe où le chiffre d'affaires d'un institut ou d'une boutique vienne à baisser et il part aussitôt, se rend sur place, émet un diagnostic qui dans la quasi-totalité des cas se révèle fondé.

Très souvent, par plaisir ou besoin réel, il se travestit en femme, ce qui favorise ses descentes de police.

Elle finira par le surnommer Mata-Hari. Il remplace, avec des qualités bien supérieures, les Furets qu'elle n'a plus, car il est simultanément capable d'émettre une opinion intelligente sur une nouvelle crème, d'apaiser telle cliente, importante qui à tort ou à raison estime avoir des raisons de se plaindre, d'organiser enfin toute manifestation qui leur paraisse à tous deux de nature à promouvoir la chaîne des établissements ou à recruter de nouvelles clientes.

En somme, il complète parfaitement le travail plus obscur et plus ingrat d'un Wynn, dont les problèmes administratifs et juridiques sont la préoccupation majeure.

Mais tout cela s'étale sur des mois, sinon des années. Le temps des triomphes n'est pas encore venu, il ne s'agit que de survivre à une conjoncture difficile. L'Amérique entière vit en effet au rythme de la dépression, dont le krach d'octobre 29 a si spectaculairement sonné le début. Toute une partie de la nouvelle clientèle des années 20 semble s'être volatilisée : « J'avais vendu trop tôt il y a onze ans et voilà à présent que j'ai trouvé le moyen de racheter quand tout s'effondre. Je suis vraiment hors concours, comme femme d'affaires !... Il est vrai que sans la dépression je n'aurais jamais pu racheter, ou bien il m'aurait fallu dix ans... »

Elle remise ses projets d'expansion, les circonstances ne sont vraiment pas favorables.

... Mais au moins peut-elle enfin refermer le dossier de M. A.B.C. Dwyer...

28

Je sais maintenant ce qu'éprouve un cochon devant une charcuterie...

En mars de cette même année 1930, Dale Fitzpatrick lui apporte un jour la somme de ses très exhaustives recherches :

« Hannah, s'il est votre ami, le moment est venu d'aller le consoler. S'il est votre ennemi, vous pouvez sabler le champagne...

– Il est si mal loti que ça ?

– Pis encore. »

Il apparaît que monsieur A.B.C.D. n'a pas eu trop de chance. Quoique. Tout se passe comme si le destin avait voulu que la période la plus prospère de sa vie dût coïncider avec sa rencontre d'Hannah. Il a connu le premier apogée de sa carrière dans les trois années qui ont suivi la bataille de la Carrington-Fox...

– Forcément, dit Hannah en grinçant des dents, il a fait fortune grâce à moi, cette ordure ! »

Fitzpatrick, qui n'a pas la moindre idée de ce qu'il y a, de ce qu'il a pu y avoir entre Dwyer et elle, la dévisage sans comprendre.

« Continuez, Dale, dit-elle.

– Il a racheté coup sur coup deux affaires, l'une de construction de wagons de chemin de fer, l'autre spécialisée dans le matériel ferroviaire...

– Il n'avait pas assez d'argent pour ça.

– Il ne l'avait pas. Il a emprunté aux banques et pendant trois ans c'est allé à peu près. C'est un bluffeur, très malin, un peu trop malin, le genre d'homme…

– Ou de femme. Ne soyez pas misogyne, s'il vous plaît.

– … Le genre d'être humain qui croit qu'il s'en sortira toujours et que la terre est peuplée d'imbéciles à leur service exclusif. Il a fini par sauter, après bien des péripéties mais par des artifices dont je vous passe le détail… L'une des sociétés était par exemple au nom de sa femme…

– C'est important ?

– Je n'en sais fichtre rien… Excusez-moi d'avoir juré. Je n'en sais rien, Hannah, j'ignore ce que vous cherchez au juste.

– D'accord. Parlons de sa femme. Nous devons avoir des tas de points communs, elle et moi. »

(Elle se revoit lisant Sade – « en plus c'était Sade ! » – allongée comme une odalisque, guère habillée au vrai, ne portant sur elle que sa culotte, sous laquelle elle avait glissé le plus tranchant des rasoirs… et n'étant pas trop sûre de ce qu'elle allait faire, à l'entrée de monsieur A.B.C.D. : fermer les yeux et ouvrir le reste, ou lui couper… enfin, disons le nez. « Et je garderais toute ma vie ce souvenir sur l'estomac ? Plutôt crever ! »)

Elle croise le regard effaré de Fitzpatrick et dit :

« Ne faites donc pas cette mine, Dale : je n'ai pas été sa maîtresse si c'est bien l'idée que vous venez d'avoir en tête.

– Je vous jure que…

– Je vous excuse d'avoir juré. Poursuivez.

« Dwyer a réussi à sauver suffisamment d'argent

de son double naufrage pour s'acheter une petite banque.

– Le bougre est éclectique.

– Si vous m'interrompez tout le temps...

– Entendu : je me tais.

– Moyennant quoi il a divorcé, après avoir évidemment repris à son épouse l'argent mis à son nom à elle. Il s'est remarié en 1911, avec la fille d'un industriel de Baltimore. Un an après, son beau-père est mort... Non, non, il n'existe aucune raison de croire que notre homme ait quelque chose à voir dans cette mort. Mais le décès l'a arrangé : il s'est retrouvé président de l'aciérie... qui en peu de temps a fait faillite.

– Mais pas Dwyer. J'oubliais : je me tais.

– Pas Dwyer, qui a disparu pendant deux ans. Nous avons fini par retrouver sa trace à Seattle. Il s'y était marié pour la troisième fois et sa troisième femme a toujours ignoré que deux autres l'avaient précédée. Elle a néanmoins connu le même sort qu'elles, elle s'est retrouvée ruinée après cinq ans de mariage. Les usines de produits alimentaires de sa famille étaient passées en d'autres mains...

– Celles d'A.B.C. Dwyer, sous un autre nom.

– Exactement. Jusqu'à ce qu'il les revende. Dwyer n'est pas vraiment un escroc, semble-t-il. Chaque fois, quel que soit le type de l'entreprise, il fait de son mieux pour gérer la société acquise par mariage, mais il veut aller trop vite et trop haut, il ne sait pas attendre. Résultat : l'affaire périclite et au lieu de couler avec elle, ou de tenter de sauver ce qui peut l'être, il préfère filer, en emportant tout ce qu'il a pu ramasser. Et il le fait adroitement, grâce à toute une batterie de sociétés-écrans... »

Elle lève le doigt comme à l'école – où d'ailleurs elle n'est jamais allée :

« Est-ce que quelqu'un le recherche ?

– Le F.B.I. a constitué vers 1912 un dossier sur

lui, suite à une action intentée par ses victimes de Baltimore, mais l'affaire a été classée, sur intervention d'un sénateur et après le retrait de la plainte. Les enfants ont joué le rôle de flotteurs qu'il leur avait destiné...

– Les enfants? Quels enfants?

– Je crains de n'avoir pas eu le temps de vous en parler. Il a dix-neuf enfants. »

Elle est bouche bée :

« Vous plaisantez, Dale?

– Six de sa première femme, trois de la deuxième, quatre de la quatrième, deux de la cinquième. Mais il vit toujours avec la cinquième, en sorte qu'il peut espérer améliorer son score. Selon mon enquêteur en chef, Dwyer fait ses enfants à la façon dont on prend une police d'assurance : en cas d'ennuis avec son épouse du moment ou la famille de celle-ci, le fait qu'il soit le père de cette marmaille le protège. Au pis, son charme aidant, on considère qu'il a été maladroit ou mal inspiré, ou malchanceux en affaires, mais pas malhonnête. On ne peut croire qu'il ait tenté de ruiner ses propres enfants. Bien entendu, on ignore à chaque fois qu'il a fondé d'autres familles, ailleurs.

– Dix-neuf enfants! Nom d'une pipe! » dit Hannah.

Qui demande :

« Vous avez parlé de deux autres mariages...

– Qui ne sont pas plus valables que celui de Seattle, puisqu'il n'a jamais divorcé de sa femme de Baltimore. En 1920, il a convolé avec une riche héritière de Toronto, au Canada...

– Laquelle est ruinée, crac!

– Crac. Et puis voici cinq ans, il a épousé, si j'ose dire, une jeune veuve de Chicago. Ce qui explique qu'il détienne aujourd'hui la majorité des parts d'une charge de *broker* à la Bourse des matières premières, le Chicago Mercantile Exchange, deuxième place boursière au monde.

– Mais vous m'avez dit qu'il était dans une situation désespérée, vous me l'avez dit au début...

– Désespérée pour tout autre que lui, sûrement. Hannah, il a dû gagner vingt ou vingt-cinq millions de dollars dans sa vie. Il a tout reperdu, un vrai gâchis qui ne s'explique que par l'invraisemblable confiance qu'il a en lui-même, je dirais même son arrogance, et par le fait qu'il tient le reste du monde pour une armée de crétins. J'ai le détail de toutes les mauvaises spéculations qu'il a faites, il y en a plus de six douzaines. Il aurait consacré le dixième de son intelligence et de son imagination à une seule de ces entreprises, il aurait fatalement fait fortune. »

Silence. Elle, Hannah, marche sur le toit-terrasse de son immeuble de la 5e Avenue.

« En quoi sa situation actuelle est-elle désespérée ? Vous n'avez toujours pas répondu à ma question.

– A Chicago, il a spéculé avec l'argent de ses clients ; le krach et la dépression lui sont tombés dessus comme la foudre. Même s'il n'est pas le seul dans ce cas, il semble à bout d'expédients.

– Dale, j'en veux à cet homme, j'ai un compte à régler avec lui depuis des siècles. Je veux le coincer et le prendre dans un piège dont il ne pourra plus se sortir, si malin qu'il soit. Dans toute cette documentation que vous avez accumulée sur lui, vous voyez quelque chose dont je puisse me servir comme d'un levier ?

– Pour l'envoyer en prison ?

– Je ne suis pas la police, ni un juge. Je veux juste sa peau. Au figuré. Et je l'aurai. Vous avez une idée ? »

Il croit. Il en est même sûr.

... Ceci se passait donc en mars. Deux mois plus tard, elle est à Chicago, sous le nom de Sarah H. Kirby, veuve, australienne, et à la tête d'une très coquette fortune de dix millions de dollars, plus douze ou treize momentanément bloqués à la Bourse par la Grande Dépression américaine.

Le 24 mai, elle sirote le *high tea* en bavardant avec sa dame de compagnie, une plantureuse Française de cinquante et quelques années répondant au nom d'Adélaïde Mounicot. (« Pourquoi diable Adélaïde ? a demandé Hannah. – Vous changez bien de nom, vous, pourquoi pas moi ? Et puis d'ailleurs, j'ai toujours eu envie de m'appeler Adélaïde », a répondu Yvonne.)

« Madame Kirby ? Madame Sarah Kirby ? »

Il est là, très élégant, son canotier à la main, coiffé à la Bakerine, autant dire très gominé, selon la mode. Le regard attachant et le sourire charmeur, il ne fait pas du tout son âge (il a cinquante-sept ans et en paraît bien quinze de moins).

« Je me nomme Andrew Dwyer, dit-il de sa superbe voix grave et mélodieuse. Je suis l'associé principal de la firme à laquelle vous avez fait l'honneur de rendre visite, voici trois jours, afin d'y exposer vos petits problèmes d'investissements. Je me trouvais hélas absent, ce qui m'a privé de la joie de vous accueillir. Et sans ce hasard miraculeux qui m'a permis d'entendre votre nom, à l'instant, quand vous parliez au maître d'hôtel... »

Trois quarts d'heure plus tard, assis à leur table et les ayant tour à tour fait mourir de rire avec ses anecdotes sur le Mercantile Exchange, puis émues aux larmes lorsqu'il a raconté le drame affreux qui a failli briser sa vie (sa pauvre femme et ses quatre pauvres petits enfants ont péri dans le naufrage du *Titanic*), il les invite à dîner.

« Pas ici. Pour être franc, je m'étonne de vous

trouver à l'hôtel Lexington. Ignoriez-vous que c'est le quartier général d'Al Capone ? »

Sarah Kirby confesse alors que la célébrité de ce M. Capone n'a pas encore atteint Sydney ni Brisbane, où elle vit.

... Et sur ces entrefaites, justement, voici qu'Al Capone en personne pénètre dans l'établissement, traverse le hall, flanqué de quatre ou cinq individus vraiment très terrifiants. Elle, Sarah Kirby, en tout cas, est vraiment terrifiée : elle ouvre de grands yeux gris de la façon la plus touchante...

« Heureusement que vous êtes là, monsieur Dwyer...

– Je commence à haïr Chicago, dit Dwyer. Comment pourrais-je vivre encore dans une ville qui fait peur à ce point à une jolie femme ? Et où l'on peut rencontrer n'importe qui ?

– Heureusement vous êtes là, monsieur Dwyer, répète Yvonne. Nous étions si seules, madame Sarah et moi... »

Le lendemain, ils déjeunent ensemble. Puis le soir ils vont écouter le concert de l'Orchestra Hall. Le jour suivant et ceux qui viennent après, il les emmène visiter l'Art Institute et le musée d'Histoire naturelle et les deux millions de meubles du Merchandise Mart et la Water Tower de Michigan Avenue et la nouvelle tour du *Chicago Tribune*...

... Et il les emmène aussi en croisière sur le lac Michigan... (« Hannah, le yacht qu'il prétend posséder appartient en réalité à l'un de ses plus gros clients, à qui il doit un bon demi-million de dollars... Hannah, la situation de notre homme devient chaque jour plus critique. Il est aux abois... »)

« Un petit bateau que j'ai acheté voici trois ans, dit Dwyer. Mais je ne vais pas le garder. Je compte m'en débarrasser – peut-être en l'offrant à quelque mouvement de jeunesse –, tout comme je me suis débarrassé de mon hôtel particulier de Woodlawn Avenue. Trop tôt hélas! puisque je ne peux même plus vous inviter chez moi, quelle pitié! Mais vous savez ce qu'est un pauvre célibataire... Et puis il y a une autre raison : j'ai lutté de toutes mes forces depuis des années mais le poids de mes souvenirs m'écrase, mes chers disparus me hantent, en ces lieux où j'ai connu le bonheur avec eux... Non, je dois partir, quitter cette ville qui m'a fait trop de mal. Je ne sais où aller. En Europe, peut-être, ou bien en Amérique du Sud... Que puis-je attendre de la vie? De l'argent? Encore plus d'argent, toujours et encore? Je suis déjà riche, à quoi bon? »

Sarah Kirby pleure à chaudes larmes, bouleversée (elle a fini par se libérer de son chaperon, Adélaïde Mounicot, en l'expédiant prétendument à New York pour y finir les malles; Yvonne est devenue verte de rage, d'être ainsi expulsée de la première ligne des combats).

... Elle pleure et, sous le coup de cette émotion si violente, se laisse voler un baiser :

« Mon Dieu, que faites-vous, Andrew? Auriez-vous perdu la tête? »

Il dit que c'est le cas. Qu'il est fou d'elle et de ses grands yeux, de sa taille si merveilleusement prise, de sa bouche petite à la lèvre inférieure un peu rectangulaire, de ses mains...

(« Je sais maintenant ce qu'éprouve un cochon passant devant une charcuterie », pense Hannah.)

... de ses mains si minuscules et si ravissantes, de son délicieux accent australien.

Il l'embrasse une deuxième fois.

« ... Et cet enfant de salaud sait y faire! Ne te raconte pas d'histoires, Hannah : tu t'attendais à ça en expédiant Yvonne à l'arrière des lignes. Tu t'y attendais et tu l'espérais, avoue-le donc. Depuis que je te connais, tu as toujours eu le goût des hommes. Et à presque trente années de distance, celui-là te fait toujours le même effet... A ton âge ! Tu es vraiment vicieuse. Quand on est aussi vieille que toi, on fait de la tapisserie... Mais qu'est-ce qu'il fabrique donc, ce monstre ? Le voilà fourrageant sous mes jupes ! Nom d'un chien, et ça ne me déplaît pas, en plus ! »

« Respectez-moi, Andrew, dit-elle d'une voix mourante. Respectez-moi, je vous en supplie... »

La main s'immobilise, contre sa cuisse (tout en haut) : « Et c'est qu'il m'obéit, cet imbécile ! »

La main se retire.

« Je vous aime, Sarah. J'ai lutté, depuis dix-huit ans. Mais je ne peux plus... »

(« Qu'est-ce qu'il me chante, avec ses dix-huit ans ? Ah ! oui, le naufrage du *Titanic*, où il a soi-disant perdu sa femme et ses quatre enfants ! Quel foutu menteur ! Quelle foutue paire de menteurs nous faisons ! »).

« ... Mais je ne peux plus, Sarah. A vous voir là, dans mes bras, avec ce regard qui filtre sous vos paupières semi-closes, avec ce petit pincement de vos narines et votre poitrine qui se soulève, je suis devenu fou. Pardonnez-moi, dites que vous me pardonnez... »

« Là, il en fait trop ! Quoique. Il n'a pas épousé ces cinq idiotes par hasard. C'est vrai qu'il a un charme fou... »

« ... Vous avez trente-cinq ans, au plus, dit-il encore. Vous ne les paraissez pas. J'en ai quarante-six. Pour moi, ces choses-là ne comptent guère mais ma situation de fortune... Enfin, je veux dire que j'ai plus qu'il ne faut pour vous offrir une vie digne de vous... Même si vous étiez pauvre... »

Elle ferme les yeux – « ce n'est pas le moment de rigoler, espèce d'abrutie ! »

... Les rouvre et découvre qu'il est plus proche d'elle qu'il ne l'était la seconde précédente. Au vrai leurs visages se touchent presque. « Ma parole, il se déplace comme les nuages, je ne l'ai pas senti bouger ! »

Elle creuse un peu plus ses reins, sous lesquels il a glissé son bras, afin qu'il profite au maximum de la rondeur de ceux-ci et de leur fermeté, et de ce très charmant sillon qu'elle a, au-dessus de la taille, jusqu'entre les épaules...

... Et elle l'embrasse.

Avec toute la timidité et l'émoi de circonstance.

... Mais avec, tout de même, un petit coup de langue au passage, pour lui prouver qu'elle est déniaisée et lui promettre monts et merveilles, le jour où...

« Ceci pour célébrer nos fiançailles, mon chéri. Et aussi pour vous donner le courage d'attendre que nous soyons mariés. »

« C'est fait », annonce Dale Fitzpatrick sur un ton pas mal morose, le 1er juillet suivant.

(Quatre jours plus tôt, elle, Hannah, par un câble venu d'Australie, a appris que des renseignements ont été pris, à Sydney et Brisbane, sur une dame Kirby Sarah Helena. Ces renseignements ont dû être, pour M. A.B.C. Dwyer, *via* son intermédiaire, comme un fleuve de miel pour un grizzly : dame Sarah Helena Kirby existe vraiment, elle est vraiment millionnaire et vraiment veuve, elle a soixante et un ans et voyage vraiment outre-Pacifique. Elle existe d'autant plus qu'elle est la nièce de Clayton Pike, le grand milliardaire australien, lequel – avant sa mort, il est décédé depuis des lunes – se trouvait être (mais nul ne l'a dit à l'émissaire de Dwyer) un ami personnel d'Hannah.

... Qui est tout à fait contente de la façon dont les choses se passent : elle avait prévu que Dwyer pourrait vérifier, et avait pris son nom de guerre en conséquence – « j'ai foutument bien fait, il est malin. Quoique ça m'embête qu'il pense que j'ai soixante et un ans... »

Dale Fitzpatrick, lui, en ce premier jour de juillet, fait indubitablement la gueule. Il boude, tout en s'efforçant beaucoup de n'avoir pas l'air de bouder. D'évidence, l'évolution de l'affaire Dwyer ne lui sied guère. « Il serait jaloux que je n'en serais pas autrement surprise. Pauvre Dale... »

Avec Jessie, Dennis LaSalle et Josuah Wynn, Hannah est en train d'étudier les plans du nouveau laboratoire. Storer l'a en effet convaincue que le bâtiment initialement prévu ne serait pas assez vaste. Décision a été prise de faire agrandir... sitôt que les bénéfices des instituts permettront de financer les travaux. Ce qui n'est pas le cas – « je ne perds pas d'argent mais c'est tout juste » : la Grande Dépression opère ses ravages, des milliers d'entreprises ferment et les soins de beauté ne figurent pas parmi les besoins de première nécessité. Certes, Hannah aurait dû et devrait fermer elle aussi quelques-uns de ses établissements. Elle ne l'a pas fait et ne le fera pas. Parce que cela ferait trop plaisir à un Javitts et parce que ce serait mettre dans une situation impossible toutes ces femmes qui plus que jamais comptent sur elle pour survivre, dans la mesure où elle les paie.

« Jessie et Dennis, laissez-moi, je vous prie. Vous aussi, Jos. »

La porte se referme sur le trio.

« Oui, Dale ?

– C'est fait, il a quitté Chicago avec armes et bagages. Cet après-midi même, il a vidé les trois comptes de la First National. Le sien, celui de son cabinet et celui de sa femme. Pour le troisième, il avait une procuration. Les femmes sont vraiment folles. »

Un temps :

« Excusez-moi, Hannah.

— Dans ce domaine comme dans les autres, les hommes nous surpassent. Il dispose de combien ?

— Un million deux cent mille. Comme vous l'aviez prévu, il s'est présenté à la banque un quart d'heure à peine avant la fermeture des guichets. Il a raconté qu'il se rendait à San Francisco pour une grosse affaire et qu'il avait besoin de liquide pour la traiter. Il avait sur lui une lettre de son associé. Un faux... Je vous avais dit qu'il était aux abois. Nous sommes aujourd'hui vendredi et lundi est jour férié[1], en sorte qu'il dispose de quatre jours avant que quelqu'un commence à se poser des questions. Et son associé est en vacances en Floride.

— Il a fait des achats ?

— Mes enquêteurs ne l'ont pas lâché une seconde. Selon eux, il ne s'est pas rendu compte qu'il était suivi. Il a acheté un très beau bracelet en or et diamants pour 80 000 dollars...

— Le prix exact, Dale.

— 83 678 dollars et 43 *cents*, avec les taxes. Chez un fleuriste, il a demandé la livraison de deux cent une roses rouges à Mme Sarah Kirby, hôtel *Netherland* ici à New York, et enfin il s'est offert pour 12 000 dollars de vêtements tropicaux, d'affaires de toilette et de valises. Peu avant huit heures, il a téléphoné au siège de la compagnie maritime pour s'assurer que, ainsi que vous lui en aviez fait la promesse, les cabines de première classe avaient bien été retenues pour Mme Sarah Kirby, Mlle Adélaïde Mounicot et lui-même, à bord du paquebot en partance après-demain dimanche pour Sydney. Dans l'intervalle, on lui avait livré dans sa chambre la documentation sur l'Australie

---

1. Le 4 juillet : fête de l'Indépendance américaine.

qu'il avait demandée. Hannah, puis-je me permettre une remarque ?

– Non, Dale. S'il vous plaît, non. »

Silence.

« Après-demain au plus tard, tout sera fini », dit Hannah.

Le samedi 2 au matin peu avant neuf heures, la fille aînée de Lizzie, Colleen, passe à l'appartement de la 5ᵉ Avenue avec son mari Norman Lincoln et leurs trois enfants. Ils emmènent Abigail pour tout le week-end à Great Kills, sur Staten Island. Les Lincoln y ont une fort jolie propriété en bord de mer, et un yacht... Et surtout sera présent l'un des jeunes frères de Norman, Craig, qui a deux ans de plus qu'Abigail et aux yeux de celle-ci la séduction de John Gilbert quand il tient Greta Garbo dans ses bras (avec Abigail dans le rôle de Greta Garbo, bien sûr) : « Craig est vraiment extraordinaire, maman. – C'est tout à fait l'impression qu'il m'a faite, ma chérie », a répondu Hannah à sa fille, bien qu'elle n'ait pas la moindre idée de ce à quoi ressemble ledit Craig.

Yvonne part à son tour, toute frétillante :

« Tâchez de ne pas être en retard...

– Je ne suis jamais en retard et tu le sais. Pourquoi as-tu fait mettre « mademoiselle » sur les billets de bateau ?

– J'ai toujours rêvé d'être vierge. »

Les domestiques s'en vont aussi, elle leur a donné congé jusqu'au lundi soir.

Restée seule, elle refait ses comptes. Ils ne sont pas exaltants : plusieurs instituts travaillent à perte et les bénéfices des autres sont à peine suffisants pour combler leur déficit.

« Nom d'un chien, je leur avais demandé une petite pluie, aux saints de Wall Street, et ces crétins m'ont flanqué le déluge sur la tête! »

Téléphone vers 11 h 50. C'est encore Yvonne :

« Je m'assure simplement que vous n'avez pas oublié. Dans 39 minutes et 35 secondes, vous serez en retard.

– Va te pendre. »

Elle est en train de sortir de son bain quand le téléphone retentit encore.

Voix de Fitzpatrick :

« Il est arrivé de Chicago ce matin par le train de neuf heures. Il a voyagé sous le nom de George Barrett, de New York City. Beaucoup de bagages, mais il a gardé avec lui dans le single et le taxi une valise en cuir fauve, celle-là même dans laquelle il a déposé les douze cent mille dollars, hier. Le taxi l'a conduit au port, où il a une fois de plus vérifié les réservations des cabines pour demain matin et où il a confié presque toutes ses valises à la compagnie; il n'en a gardé que deux, dont celle en cuir fauve, avec lesquelles, il est arrivé au *Netherland* voici une demi-heure. Comme prévu il a demandé à la réception si Mme Kirby se trouvait bien dans l'hôtel et, sur la réponse affirmative, il a voulu la joindre au téléphone, mais il n'a eu en ligne que la dame de compagnie française, qui lui a dit que Mme Kirby dormait encore. Actuellement, il est dans sa propre chambre. Hannah?...

– Je dois partir, Dale, excusez-moi », dit-elle rapidement, de façon à couper court aux commentaires que Fitzpatrick s'apprête à faire.

L'hôtel Netherland n'est qu'à trois blocs de son appartement. Normalement, elle s'y serait rendue à pied mais pour ne prendre aucun risque, Gaffouil la transporte dans une Chevrolet assez banale. Il la dépose à l'entrée du personnel sur la 59e Rue, de préférence à la façade sur la 5e Avenue. A l'intérieur de l'établissement un employé l'attend et, sans un mot, lui fait gagner la suite réservée au nom de Sarah H. Kirby.

Elle y entre à quelques secondes de midi trente, ponctuelle comme toujours.

« Votre faux bain est prêt, annonce Yvonne hilare.

— Quand tu ris aussi bêtement que tu le fais en ce moment, tu ressembles à un cheval qui a mal aux dents. »

Elle se met nue et, réflexion faite, entre réellement dans l'eau du bain toute moussante des sels dont elle a elle-même établi la composition : camomille matricaire, millepertuis, concombre et un zeste de petite centaurée pour donner du corps.

Elle entend Yvonne téléphoner, dans l'un des deux salons de la suite.

La Française revient :

« Il sera ici dans trois à quatre minutes, au plus.

— Tu as prévenu Dale Fitzpatrick ?

— Evidemment, pour qui me prenez-vous ? »

Hannah se laisse couler dans sa baignoire, n'ayant plus que la tête au-dessus de l'eau, pour garder ses cheveux au sec. Les globes si laiteux de ses seins affleurent à la surface bleu-vert et s'arrondissent un tantinet : « c'est vrai qu'ils tiennent tout seuls, quelle foutument grande chance, d'avoir un corps dru et ferme. Je ne serais pas si vieille dans ma tête, je pourrais presque croire que j'ai encore trente ans... »

« C'est que je ne suis pas très convenable, et même je ne le suis pas du tout, dit-elle.

— Nous sommes fiancés, mon amour. »

Elle compte lentement jusqu'à cinq, ce qui lui semble un délai fort suffisant pour exprimer sa pudeur (elle s'efforce même de rougir, mais alors là, rien à faire, elle voudrait devenir chinoise qu'elle n'aurait pas davantage de difficultés), et enfin elle lui dit qu'il peut entrer dans la salle de bain.

Il entre.

« Que me faites-vous faire ? dit-elle en minaudant. Faut-il que je sois folle de vous... »

Il entre, il est entré et s'appuie au chambranle ainsi que font les hommes, les deux mains derrière le dos. Il la fixe, un peu déconcerté et en somme pris par surprise; se trahit durant quelques secondes, par cette lueur aiguë qui passe dans ses yeux lorsqu'il la découvre nue, et toujours dans son bain. « Je veux qu'il ait envie de moi, qu'il en ait vraiment envie. Je veux qu'il se dise, qu'il se persuade tout à fait qu'en épousant Sarah Kirby de Brisbane, Australie, il n'épouse pas seulement vingt ou vingt-cinq millions de dollars, qui seront tout à lui. Il faut absolument qu'il pense à moi en tant que femme... Oh! bien sûr, je n'attends pas de lui qu'il soit amoureux, il ne faut quand même pas demander l'impossible... Mais qu'il me désire, au moins. Qu'il me désire vraiment... Et comme, avec mon visage, je ne peux guère espérer déclencher des passions, que mon corps au moins me serve à quelque chose, puisqu'il n'est pas trop décati... »

Elle le fixe aussi, tout à coup ravie de ne pas rencontrer son regard : il est bel et bien en train de lorgner sur ses seins. Et elle pense : « Ça marche. Il s'attendait à trouver une mémé plissée et racornie, un peu rancie pour tout dire, et il est en train de découvrir que séjourner dans un lit avec moi vaut peut-être le voyage... Et tu n'es pas au bout de tes surprises, mon bon, Hannah a de beaux restes, tu vas voir... »

« Sarah ?

— Oui, mon très cher Andrew ? »

Sur le visage de Dwyer vient de passer une expression curieuse. Et elle pense encore que si vraiment il lui joue la comédie, alors il mérite l'un de ces Oscars qu'on vient de créer à Hollywood.

« Sarah, dit-il, je ne vous toucherai pas, vous avez ma parole... Mais quand vous sortirez de l'eau, ne me demandez pas de sortir, ou de me retourner. »

Silence.

« Nom d'un chien, pourquoi est-ce que je ne sais pas rougir ? Ce serait pourtant fichtrement le moment idoine ! »

... Faute de mieux, elle se contente de fermer les yeux puis de les ouvrir en écarquillant les prunelles grises, que toute cette vapeur qui monte rend encore plus claires : l'effet est en général garanti.

« Aucun autre homme que mon cher et regretté Mortimer ne m'a jamais vue nue, finit-elle par dire.

– Je ne vous toucherai pas. »

Elle compte encore jusqu'à cinq et, sans grande surprise, constate que son propre corps commence à émettre les signaux habituels (pas si habituels que cela, il y a neuf ans qu'elle était morte, de ce point de vue-là). Eh bien, tant mieux ! elle n'aura pas à faire semblant. Elle se lève et sort de l'eau...

... Lentement. Tantôt braquant sur lui son regard gris, tantôt au contraire baissant chastement les yeux – ce qui lui fait courber la tête, sous l'angle exact qui convient –, très consciente de l'effet produit par un tel mouvement, qui souligne gracieusement le modelé de sa nuque, de ses épaules, de l'étranglement de sa taille si mince, du sillon de son dos avant l'épanouissement de sa croupe.

Elle s'essuie avec une première serviette, sans hâte, frottant un tout petit peu plus que nécessaire les pointes dressées de ses seins, au point qu'à chaque passage ceux-ci vibrent, tant ils sont drus. Elle s'enveloppe dans une autre serviette, une sortie de bain rouge andrinople justement – la couleur qui va le mieux à son teint et à ses yeux –, sans oublier d'apprécier le contraste que font le tissu sombre et le blanc laiteux de sa peau ivoire.

« J'ai honte, Andrew », a-t-elle l'infernal culot de dire.

Il ne répond pas et au dernier coup d'œil qu'elle lui lance en tapinois, au travers de l'écran de ses cheveux défaits, elle comprend pourquoi : il est là, figé, et même pas mal stupéfié : « Il ne s'attendait pas à ça, pas de doute. Pas chez une femme de mon âge, et moins encore de l'âge de la vraie Sarah Kirby. Je te l'ai foudroyé en plein cœur. Il a envie de moi, et foutument, et les vingt-cinq millions de dollars n'ont rien à voir à l'affaire... »

Les pas d'Yvonne au-dehors.

« Sortez vite, souffle-t-elle. Je ne veux pas qu'Adélaïde sache à quel point vous m'avez rendue folle... »

Ils ont déjeuné dans la suite, en compagnie de la dame du même nom, Adélaïde Mounicot. Laquelle – Yvonne s'est fait une joie d'exécuter les consignes –, laquelle ne les a pas quittés une seconde, les assommant par le récit de ses démêlés avec les bonnes sœurs de son pensionnat, à Lourdes en France, au temps presque immémorial où elle était adolescente.

... Tactique concertée qui avait pour but de prévenir des effusions, pour le cas assez vraisemblable où M. A.B.C.D., échauffé à la fois par la scène du bain et par la chaleur communicative des banquets, se fût montré entreprenant. « Ce que visiblement il a envie d'être. Seule avec lui, je passais à la casserole!... Et le pire est que je me serais peut-être laissé faire... Enfin, peut-être. Je ne le saurai jamais... Je préfère d'ailleurs ne pas le savoir... Mais c'est vrai qu'il est séduisant, le bougre... »

Le déjeuner terminé, ils jouent au *gin-rummy*. Elle, Hannah, perd 7 dollars et 91 *cents*. Quelque habitude qu'elle ait de perdre – elle est nulle à tous les jeux de cartes – elle n'a pas eu à se forcer pour paraître de mauvaise humeur :

« J'ai horreur de perdre. Et Adélaïde triche, j'en suis sûre! »

A.B.C.D. la console.

Il est alors quatre heures de l'après-midi, le samedi 2 juillet, on n'est plus qu'à dix-neuf heures de l'embarquement.

... Et le moment est venu.

« Laissez-nous, Adélaïde. »

A peine la porte s'est-elle refermée sur la Française, que Sarah Kirby prend un air grave et se place dans un fauteuil où elle est sûre au moins que l'Andrew-Très-Cher ne tentera pas de l'assiéger.

« J'ai à vous parler, mon chéri. Et de choses sérieuses. »

... Et qu'il la comprenne, elle le supplie de la comprendre : elle sait mieux que quiconque au monde qu'il n'est pas un coureur de dot, moins encore l'un de ces aventuriers ignobles qui abusent de la crédulité des pauvres veuves solitaires et sans défense; elle mourrait plutôt que de croire une seule seconde de semblables horreurs...

Mais...

– Mais dans mon pays, à Brisbane et Sydney surtout, ainsi qu'à Melbourne où mon cher Mortimer et aussi l'oncle Clayton Pike avaient acheté quelques rues, j'ai des amis et également de la famille.

... Qui tous ne vont pas manquer de se poser des questions sur ce remariage. Après tout elle est la veuve la plus riche de tout l'hémisphère austral, à l'exception peut-être de Glynis Caledon-Jones et encore... « D'ailleurs cette vieille bique a trois ans et demi de plus que moi, et si elle possède trois ou quatre malheureuses centaines de milliers de *pounds* en plus, elle sent de la bouche, une horreur. Où en étais-je? Ah! oui! »

« Mais je m'égare, mon Andrew adoré. C'est que je suis un peu gênée, j'ai un peu honte... Seulement Clarence Campbell a tant insisté... Enfin, je me lance. Clarence Campbell – c'est mon notaire et je n'ai confiance qu'en lui – pense que cela vaudrait mieux pour tout le monde qu'avant de nous embarquer nous... comment dire, je ne me rappelle plus les mots qu'il a employés..., nous mettions sur le papier ce que nous possédons l'un et l'autre, ce que nous déposerons dans notre corbeille de mariage... Mon Dieu, mon chéri, je dis si mal ces choses, est-ce que vous me comprenez?

– Je crois », dit Dwyer.

... Et l'œil de Sarah-Hannah, mine de rien, note la crispation subite des mains. « Il est en alerte, pense-t-elle, il avait compris à mes premiers mots. J'ai foutument bien fait de partir de loin, ce n'est pas un imbécile... »

Dwyer se lève, se met à marcher de long en large. Impassible mais avec un petit pincement très dur de ses lèvres. Tandis qu'elle observe la montée dans ses prunelles d'une expression de désolation complète. « C'est sûr qu'il n'est pas content du tout, il est même en rage. A peine vingt heures avant de filer d'Amérique où l'on commence à l'avoir un peu trop vu, et à trois jours du moment où l'on pourra découvrir qu'il a levé le pied à Chicago en raclant les tiroirs, cette péripétie a de quoi lui mettre les nerfs en pelote... Mais il va se calmer. Il n'a pas le choix. »

Il revient. Secoue la tête et dit :

« Nous sommes un samedi, Sarah, les banques sont fermées, à cette heure-ci.

– C'est vrai que j'aurais dû vous en parler plus tôt, mon chéri. J'aurais dû vous écrire. Mais, comme vous le savez, j'ai passé ces dernières semaines en Europe, dans la famille de mon cher Mortimer défunt, au fin fond de l'Ecosse où ils n'avaient même pas le téléphone, quelle épouvante, et les jours ont passé... Mon Andrew adoré, vous ne pouvez vraiment rien faire ? »

L'œil de Dwyer est sur elle. Fichtrement froid et acéré. Il la jauge, toute sa méfiance éveillée.

« Je vois mal ce que je pourrais faire, dit-il. J'ai réalisé tous les intérêts que j'avais en Amérique et j'ai donné ordre à ma banque de tout transférer à Sydney, dans cette banque que vous m'aviez indiquée vous-même.

– Oh! est-ce bête! Et vous ne pouvez pas le prouver, bien entendu!

– Pas aujourd'hui. Je ne m'attendais pas à une demande pareille, à quelques heures de notre départ... »

(A ce moment-là, il cède à son irritation, dont elle voit bien qu'elle est en partie jouée – en partie seulement.)

« Peut-être aurais-je dû prévoir un certificat de mon concierge et un autre de mon laitier, prouvant que je leur avais payé ce que je leur devais!

– Mon pauvre chéri, vous voilà tout fâché!... Et cela... Et cela fait beaucoup, ce que vous avez transféré ?

– Neuf ou dix millions de dollars », dit-il en

haussant les épaules, avec une indifférence admirablement jouée.

Silence.

« C'est bien, dit-elle. Ce n'est pas énorme, neuf millions de dollars, mais c'est bien. Cela calmera en tout cas les mauvaises langues. Et puis je ne serai jamais qu'une fois et demie plus riche que vous, la différence n'est pas si grande... »

« N'en fais pas trop, Hannah! Il est en train de te guetter... »

« Évidemment, reprend-elle aussitôt, il y aurait bien une solution, qui serait de partir ensemble demain... en espérant que votre argent sera à Sydney quand nous y arriverons nous-mêmes... mais je me refuse à vous faire courir ce risque, mon grand chéri : imaginez que les neuf millions ne soient plus là, ce serait horrible! »

... Et elle décide alors de prendre le risque de le fixer droit dans les yeux, disant cela. En fait, elle joue sa dernière carte : s'il a pu croire jusque-là avoir affaire à une veuve presque arrivée à force d'être sur le retour, une veuve qui ne demandait pas mieux que de retrouver enfin un homme dans son lit...

... Elle ne voit aucun inconvénient à ce qu'il découvre une autre facette de Sarah Kirby (de Brisbane, Australie) : une milliardaire certes amoureuse, certes démangée par le démon de la chair... mais pas au point de perdre tout à fait la tête, qu'elle a solidement fixée sur les épaules, et qui exige – le mot n'est pas trop fort – avant de s'engager à jamais de savoir si le postulant à son mignon petit corps blanc et surtout à son compte en banque n'est pas un coureur de dot et s'il a du répondant financier.

Silence.

« D'accord, dit enfin Dwyer. D'accord. »

Il s'écarte d'elle à nouveau. – *Ça s'est joué à*

cette seconde-là, Lizzie. C'est alors que la décision s'est faite...

Il demande, dos tourné :

« Vous iriez jusqu'à partir seule demain, Sarah ?

— Comment faire autrement, mon trésor ? Moi qui me faisais une telle joie d'être à votre bras... peut-être aussi (elle produit un petit rire mouillé supposé exprimer l'effarouchement de sa pudeur)... peut-être aussi *dans* vos bras, durant le si long voyage jusqu'à Sydney... »

Vingt, peut-être trente secondes d'un silence total.

Il dit, à regret, c'est visible :

« Juste avant de prendre mon train pour New York, j'ai vendu quelques petits immeubles que j'avais à Chicago... »

... Mais l'affaire s'est conclue si tard qu'il n'a pas eu le temps de déposer l'argent dans une banque, afin qu'il fût transféré en Australie comme le reste. Et puis, quand on voyage, il est toujours bon d'avoir un peu de monnaie sur soi...

« Et cela fait combien, cette monnaie ? demande Sarah Kirby.

— Douze cent mille dollars.

— C'est un peu mieux que de la simple monnaie, mon chéri. Je sais bien que vous êtes un homme à ne pas vous soucier d'argent, mais il me semble que vous en parlez avec de la légèreté... »

Tu as remarqué, Lizzie ? Ce sont toujours les milliardaires qui sont les plus âpres, en parlant d'argent, ce sont eux les moins généreux, en matière de pourboires notamment. Sarah Kirby ne faisait pas exception à la règle et c'est pour cela que je lui ai fait faire cette réflexion...

« Ceci dit, mon Andrew, dit Sarah Kirby, ce n'est pas grand-chose, un million deux cent mille dollars... »

Nouveau silence. « Qu'est-ce que je rigole! » pense Hannah, qui n'en a pas moins le cœur entre les dents.

Elle demande :

« Il y a autre chose, mon chéri, n'est-ce pas? »

Il acquiesce finalement. Il y a autre chose. Un peu plus de trois millions de dollars, en fait. Lui, Dwyer, les avait presque oubliés... Ils constituent l'actif d'une société dont la propriétaire unique et très officielle est une certaine Mary Meagher. (Hannah reconnaît le nom pour l'avoir lu dans le dossier que Fitzpatrick a constitué pour elle : c'est celui d'une des femmes de Dwyer, la première, celle à laquelle il a fait six enfants... « j'ai presque failli oublier que M. A.B.C.D. est un tueur de dames, et une ordure... »)

« Pour certaines raisons, dit Dwyer, j'ai préféré ne pas apparaître dans cette société. Ne soyez surtout pas jalouse, Sarah chérie : cette Mary Meagher est une brave idiote qui m'a fait pitié, quoiqu'il n'y ait jamais rien eu entre nous. Elle a longtemps travaillé pour moi et me sert de prête-nom, vous savez ce que sont les affaires. Mais en réalité, la société m'appartient. J'ai un acte de trust pour le prouver. »

Sarah Kirby bat des mains, toute joyeuse :

« Ah! je respire! Quatre millions deux cent mille dollars, c'est tout de même une bonne aisance, on ne pourra pas dire que j'ai épousé un coureur de dot. Glynis Caledon-Jones va en crever de jalousie... Parce que, bien sûr, vous pouvez présenter cet acte de trust? Ainsi que les douze cent mille dollars en liquide?

— Tout se trouve dans une valise que j'ai placée dans le coffre de l'hôtel. Sarah, à qui diable voulez-vous que je présente ces choses?

— Ne jurez pas, mon trésor, j'ai horreur de ça...

— Excusez-moi... Sarah, je ne vous en ai parlé

que parce que nous sommes fiancés et n'avons aucun secret l'un pour l'autre. Mais de là à tout déballer devant un étranger...

– Voyons, Clarence Campbell n'est pas un étranger, mon chéri. Et en plus, il est muet comme une tombe... Oh! Andrew aimé, quel merveilleux voyage nous allons faire dès demain, je suis folle de joie. Vous verrez, vous adorerez l'Australie... Bien sûr, ces petits détails étaient un peu désagréables mais tout est réglé à présent, Dieu merci. Vous n'êtes qu'à moitié aussi riche que moi, en comptant bien sûr les neuf millions de dollars que vous avez fait transférer, mais qu'est-ce que cela peut faire? L'argent ne compte pas, quand on s'aime... »

« Hannah, tu es vraiment culottée, c'est le moins qu'on puisse dire!... Mais ce petit grincement que tu perçois, c'est celui du piège qui se referme sur M. A.B.C. Dwyer... »

« Clarence Campbell » est venu, il est reparti, après avoir scrupuleusement scruté – il a même compté les douze cent mille dollars billet par billet! – tout le contenu de la valise en cuir fauve. Il a tout à fait l'air d'un notaire, c'est à s'y méprendre : gai comme un pensum et doté d'un regard de considérable suspicion à chaque document qu'il examine, l'air d'être convaincu par avance que tout est faux.

Il n'a rien trouvé de suspect, pourtant. Pas plus dans les documents de Mme Sarah Kirby, en l'espèce un document de la Manhattan Bank certifiant que la susdite dispose, toutes études et vérifications faites, d'une fortune de 25 millions 654 000 dollars...

... que dans le fameux acte de trust présenté par Dwyer, Andrew Barton Cole de ses prénoms.

Il est reparti, donc. Yvonne n'est pas revenue. Pas encore.

La valise est toujours là, fermée à clef.

... Et Sarah Kirby bat à nouveau des mains, s'extasie, minaude – assez gracieusement au reste – et s'irradie quand Dwyer se décide enfin à lui offrir le bracelet en or et diamants...

... Tandis qu'elle, Hannah, pense : « Ce n'est pas passé loin, il a failli m'échapper. J'ai vu le moment où il était très tenté d'envoyer la foutue Sarah Kirby au diable, et de partir en quête d'un autre moyen de se tirer du guêpier où il est. Mais les vingt-cinq millions de dollars sont arrivés à temps, ça lui a rendu tous ses esprits, même s'il se demande encore si ça en vaut la peine, avec cette Australienne qui lui a dévoilé tant de rapacité. Pourtant il a dû en voir d'autres, à chasser les femmes comme il le fait depuis son jeune âge... Et puis, d'ailleurs, il vient de révéler qu'il cède et ira jusqu'au bout : il m'a offert le bracelet, c'est un signe – très joli, soit dit en passant, il a du goût, ce vilain bonhomme. Il a cédé parce qu'il a confiance en lui, et qu'il se dit qu'il trouvera bien un moyen de lui prendre ses sous, à l'Australienne, quand il sera avec elle au pays des kangourous... Je crois même savoir comment il compte procéder, et sur quelle corde il va tirer : le lit, et les câlins qu'on peut s'y faire. La scène du bain l'a convaincu que la Sarah est folle de son corps et qu'en peu de temps elle lui mangera dans la main. Je parierais bien trois kopecks qu'il est un amant tout à fait délicieux; il a une tête à ça... et le reste... »

Elle ouvre de grands yeux devant le bracelet :

« Oh! Andrew, mon trésor adoré, fou que vous êtes! Vous m'avez trop gâtée, je ne m'y attendais pas du tout... »

Elle se jette à son cou et l'embrasse. Longuement et vraiment, « en mettant le tout-qu'est-ce-qu'y-faut, c'est la dernière fois, autant que j'en profite ! »...

S'étant enfin écartée de Dwyer, qui commençait d'ailleurs à la tripoter, elle passe le bracelet à son poignet gauche et va se poster devant le grand miroir de sa chambre, laissant toutes les portes ouvertes derrière elle :

« Vous avez dû payer cette petite chose une somme énorme !

– Rien n'est trop beau pour vous. »

Le ton est encore un peu sec. Malgré ce moment d'émotion vraie qu'il a éprouvée, à l'instant, quand elle est venue dans ses bras, il en est encore à remâcher sa rancœur, à propos du notaire. « Il est temps d'en finir, Hannah... »

Elle demande :

« Combien, Andrew ?

– Quelle importance, mon amour ?

– Combien ? »

Un temps.

« Cent quarante mille », dit-il.

Elle sourit à son propre reflet dans le miroir :

« 83 678 dollars et 43 *cents*, taxes comprises, serait plus juste », dit-elle.

Elle revient dans le salon. Les mains dans les poches de son veston superbement coupé, il la regarde et une espèce de voile commence à descendre sur ses yeux.

« Ne cherchez pas, dit-elle. Vingt-neuf, presque trente ans ont passé, mais j'aurais pensé que vous me reconnaîtriez plus vite. Il est vrai que vous avez croisé la route de tant de femmes... à leur grand malheur. Mon vrai nom est Hannah, bien entendu. »

Elle surveille ses mains.

... Et les voilà qui lentement se retirent des poches...

« Attention, Hannah... »

« Avant de tenter quoi que ce soit de stupide, Dwyer, vous devriez aller regarder ce qu'il y a derrière la porte palière. »

Il bouge enfin.

Va ouvrir le battant. Et même elle – pourtant à plusieurs mètres en retrait – ne peut manquer de voir les trois hommes en attente, dont Dale Fitzpatrick qui a réussi cette performance de trouver des acolytes encore plus grands et plus larges que lui.

« Vous pouvez refermer, Dwyer. Ils n'entreront que si j'appelle. »

Il repousse le battant, regagne le centre du salon, allume un cigare. Ses mains ne tremblent absolument pas. « Beau contrôle de soi. Dale avait cent fois raison : il aurait consacré à une seule entreprise l'énergie, l'imagination, l'audace et l'intelligence dont il a fait preuve dans ses escroqueries, il serait aujourd'hui l'un des hommes les plus riches et les plus considérés d'Amérique. L'imbécillité des hommes est sans limites et n'a d'égale que celle des femmes... »

« Je me souviens à présent, dit-il : l'affaire de la Carrington-Fox. Comment ai-je pu oublier vos yeux ? »

Il sourit, se remettant déjà à jouer de son charme.

« L'argent d'abord, dit-elle. Ces douze cent mille dollars que vous avez dans la valise se répartissent, d'après mon enquête, de la façon suivante : 418 000 appartiennent à votre prétendue épouse de Chicago, 764 158 sont à votre associé *broker* – officiellement ils appartiennent à votre cabinet mais vous devez pas mal d'argent... Ces sommes seront restituées par mes soins, intégralement. Vous pouvez conserver la différence, soit 17 842 dollars... Diminués toutefois de mes frais dans cette affaire. Il vous reste 906 dollars. »

Il ne bronche pas. « Ça doit travailler dur, dans sa tête ! »

« ... Les 3 238 000 dollars de la société, ensuite. J'en connaissais l'existence, sans d'ailleurs la moindre idée qu'elle pût avoir un actif pareil. Autre chose était de la relier à vous. C'est chose faite avec cet acte de trust... A propos, ne le cherchez pas dans la valise : il n'y est plus. Ce Clarence Campbell n'était pas plus notaire que vous ou moi, c'est un prestidigitateur de foire, il a opéré la substitution à la seconde où je vous ai embrassé, rappelez-vous...

— Mary Meagher est ma femme. Nous avons des enfants.

— Vous avez divorcé d'elle le 23 avril 1906, j'ai une copie du jugement. Mais pour les six enfants de Mary, vous avez raison. Je regrette simplement que vous ayez négligé vos devoirs de père, s'agissant des treize autres... »

« Voici ce que nous allons faire : ce capital sera placé par mes soins, Mary Meagher et ses enfants recevront quinze mille dollars par an sur les intérêts, aussi longtemps qu'ils vivront. En ce qui vous concerne, vous ne recevrez rien mais, mieux encore, si votre présence m'est signalée auprès de votre femme, ou si seulement je la soupçonne, les versements seront immédiatement interrompus, et ne reprendront qu'après votre départ. Vous aurez droit toutefois à quatre visites par an... Le reste des intérêts sera partagé en quinze parts; une à chacun de vos treize autres enfants et deux destinées à vos créanciers. Qui ne rentreront sûrement pas dans leur dû mais on ne peut pas tout faire. D'ailleurs, c'est bien fait pour eux, ils n'avaient qu'à ne pas prêter d'argent à un individu de votre espèce.

Elle ôte le bracelet de son poignet gauche :

« Quant à ceci, Dwyer, c'est votre cadeau à Mary Meagher. Votre cadeau d'adieu. Vous avez le choix, Dwyer : vous attendez jusqu'à mardi, en compagnie du capitaine de police Fitzpatrick et de ses hommes – derrière la porte palière, ce sont eux –, vous attendez que Chicago entreprenne de vous rechercher... Ce que Chicago fera à la lecture de quelques documents fournis par un informateur anonyme... et je suis sûre que New York, Baltimore, Seattle et Toronto suivront rapidement l'exemple des gens du Michigan...

– Ou bien ?

– J'ai réellement connu un Australien qui s'appelait Clayton Pike. C'était un ami très cher. Il est mort mais il avait une nièce un peu plus âgée que moi, Sarah Kirby – je sais d'ailleurs que vous avez fait prendre des renseignements sur elle; il avait aussi un fils qui entre autres choses est propriétaire de quelques millions d'acres et d'une ligne de chemin de fer. J'ai écrit à Terry Pike. Il a un travail pour vous, comme chef de gare. L'endroit s'appelle Alice Springs. Vous cherchez le centre exact de l'Australie, vous trouvez un point minuscule, vous y êtes. Ce n'est encore qu'une bourgade, mais il compte sur vous pour y mettre de l'animation. Il m'avertira de votre arrivée, et de votre départ éventuel – surtout s'il vous prenait la fantaisie de revenir en Amérique... »

Il relève soudain les yeux et, comédie prodigieusement bien jouée ou émotion sincère, semble troublé :

« Je tiens beaucoup aux enfants que j'ai eus de Mary, dit-il.

– C'est une hypothèse que j'avais retenue, dit-elle. Je vous offre donc une variante de ma deuxième solution. J'ai parlé à Mary Meagher hier soir. Elle accepterait de reprendre la vie commune si vous vous assagissiez vraiment. Dans ce cas, et dans ce cas seulement, mes dispositions relatives au versement de la pension de quinze mille dollars seraient annulées, ou plus justement reconsidérées. Mary recevrait seule l'argent mais vous pourriez en bénéficier aussi, sous condition de ne pas la quitter ou la tromper...

– Vous êtes une sacrée garce », dit-il.

Elle lui sourit :

« Ça dépend des moments. Mary serait également d'accord pour partir. Avec vos deux plus jeunes enfants, Thomas et Lisbeth, les autres sont d'âge à se débrouiller seuls et, curieusement, je dois admettre que vous vous êtes occupé d'eux. Ce qui m'a rendue un peu moins intransigeante à votre encontre. Dwyer, je mesure un mètre quarante-huit et pèse quarante-deux kilos, mais j'ai attendu vingt-neuf ans pour vous river votre clou. Et j'attendrai encore autant si nécessaire pour vous régler votre compte, définitivement et sans pitié cette fois, si vous faites encore du mal à cette femme. Qui est idiote, pour être de la sorte amoureuse de vous, mais on ne discute pas ces choses.

– Elle partirait avec moi?

– Par un heureux hasard, la cabine de première classe retenue pour une Mme Sarah Kirby et celle au nom d'Adélaïde Mounicot se trouvent libres à bord du bateau qui part demain pour l'Australie. Ces dames ont renoncé à leur voyage. Et puis il y a la cabine à votre nom. Vous ne manquerez pas de place, avec votre famille. »

Silence.

Il la fixe, secoue la tête, incrédule, la fixe encore :

« Hannah?... Je peux vous appeler Hannah?

– Pourquoi pas. Puisque vous allez partir.

– Hannah, vous avez un corps admirable. Et je suis sincère, je ne vois vraiment aucun intérêt à mentir. J'en suis resté bouche bée, tout à l'heure. J'envie l'homme qui peut vous prendre dans ses bras et vous y garder... Et je m'en voudrai toute ma vie d'avoir pu oublier vos yeux. Quand dois-je donner une réponse à votre ultimatum ?

– Rien ne presse, dit-elle. Il suffit que vous me disiez oui dans les dix secondes qui viennent. »

29

N'empêche que tu es chouette...

« Il paraît que c'est un vin de très grande qualité, dit Dale Fitzpatrick.
— Je le crois volontiers. C'est un Saint-Emilion Balestard-les-Tourrelles. Où l'avez-vous acheté, Dale?
— On m'en a fait cadeau il y a deux ans à Paris. Mais il n'est plus très frais. D'après la date qu'il y a sur l'étiquette, il a au moins trois ans. Vous croyez qu'il sera encore bon?
— A condition que vous cessiez de l'agiter. On pourrait croire que vous essayez d'attirer l'attention d'un bateau au large. Débouchez-le doucement, je vous prie. Un peu comme si vous aidiez une dame à ôter ses jupons. Abie, tu m'aides à mettre le couvert? »

Ce 4 juillet est des plus ensoleillés. La plage est en léger contrebas, derrière un quarteron de rochers noirs dominés par un pin immense. Elle, Hannah, a consenti à enfiler un maillot de bain et aller faire trempette dans l'Atlantique, pour la seule raison qu'Abigail voulait qu'on l'accompagne. « Etre mère implique des sacrifices »... Mais elle ne s'est guère aventurée plus haut que les mollets et encore, suivant avec une réelle anxiété les évolutions de sa fille qui a nagé comme un poisson, elle.

Cette courte exposition au soleil lui a suffi. Elle a filé ventre à terre retrouver le couvert des arbres, où est rangée la Bugatti.

« Maman?

(Abigail chuchote.)

— Oui, ma chérie?

— Tu es drôlement chouette, en maillot. Dale n'arrêtait pas de loucher.

— La ferme, morveuse. Il pourrait t'entendre.

— Nous parlons français et il ne comprend pas.

— Raison de plus. Ce n'est pas poli.

— Mme Hannah m'apprenant à bien parler, on aura tout vu.

— Je suis capable de très bien parler, quand je veux.

— Ça n'arrive pas souvent, alors.

— Je suis une vieille dame très polie.

— N'empêche que tu es chouette. »

Leurs mains se touchent tandis qu'elles étalent la nappe à carreaux rouge andrinople et noirs du pique-nique. On est au bord d'Oyster Bay, à Long Island, pas très loin de l'endroit où Dale Fitzpatrick a une maison de campagne. Le même Dale s'est éloigné, transportant la bouteille de Saint-Émilion comme il transporterait de la nitroglycérine. Il fourrage dans le coffre de la Bugatti, à la recherche de ce qui pourrait ressembler à un tire-bouchon.

Les regards d'Hannah et d'Abie se croisent.

Un temps.

« Oh! Abie!... » s'exclame Hannah, d'un coup bouleversée par la tendresse.

Elle prend sa fille dans ses bras — l'une et l'autre sont à genoux.

« Merci d'être venue avec nous, chérie, alors que le si merveilleux Craig nous faisait pourtant concurrence...

— Craig? C'est de l'histoire ancienne. C'est Les, maintenant.

— Les ?
— Lester Forbes. Il est à Yale.
— Je suis sûre qu'il est fantastique.
— Il l'était la semaine dernière. Il commence à perdre du terrain. Si tu connaissais Jimmie !
— Ma fille est une mangeuse d'hommes. »

« Et tu ne savais pas que ça pouvait être aussi merveilleux, Hannah, d'avoir avec soi un enfant qu'on aime et qui vous aime... »

« Jimmie est absolument prodigieux, dit Abigail. Une vraie merveille de la nature... Sauf que tu ne te montreras jamais à lui en maillot, s'il te plaît. Je perdrais toutes mes chances. »

Dale revient, l'air dépité. Il n'a rien trouvé, il va essayer avec le poignard scout de son fils...

« Il y a un très joli tire-bouchon dans le panier à vos pieds », lui dit alors Hannah.

Et Abie et elle partent d'un fou rire.

« Hannah !
— Je sais ce que vous allez dire, Dale.
— Vous en êtes tout à fait capable. Je vais quand même vous le dire : je ne connais rien aux vins...
— Autant pour moi, dit Hannah en riant. Je pensais à tout autre chose.
— ... ni aux vins, ni à la peinture. Ni à l'art en général, ni à ces choses que vous vendez aux dames. Je n'ai pas bien compris pourquoi vous en vouliez tant à cet homme qui est parti hier pour l'Australie, avec sa femme et ses deux enfants. Je ne suis même pas sûr d'avoir compris ce que je faisais derrière cette porte, avec les deux joueurs de football. J'imaginais Dieu sait quoi...
— Il ne m'a pas touchée, Dale.
— Je l'aurais tué s'il l'avait fait... Contre votre gré, je veux dire... Je ne prétends pas vous empêcher de... C'est-à-dire... Oh ! bon dieu, je ne sais

plus où j'en suis... Excusez-moi d'avoir juré... Et ne me regardez pas ainsi...

— Qui était le type qui faisait le notaire ? demande-t-elle, dans l'espoir de détourner le cours de la conversation. Dale, on aurait vraiment dit un vrai notaire ! Je n'en croyais pas mes yeux...

— C'en est un, de notaire. C'est même le mien. Je lui avais demandé de ne s'intéresser qu'aux documents de Dwyer, et de faire semblant, pour les autres... »

Elle éclate de rire :

« Nom d'un chien ! Et moi qui ai raconté à Dwyer que c'était un prestidigitateur de foire, capable de subtiliser un acte de trust sans être vu !

— Mais je ne comprends pas : l'acte de trust était dans la valise, avant et après, dit Dale Fitzpatrick complètement perdu.

— Evidemment qu'il y était ! Puisque votre notaire était un vrai notaire et que Dwyer a remis lui-même l'acte de trust dans la valise, après le départ du vrai faux notaire... ou est-ce un faux vrai notaire ? je m'interroge... Bref, j'ai bluffé Dwyer et il m'a crue, il n'y a rien de plus facile à tromper qu'un renard, surtout quand il est très fier d'être un renard pour les autres... Dale ? Je préférerais que vous ne me posiez pas la question que vous avez en tête... »

Il la lui pose.

Elle ralentit. La nuit est tombée. Abigail dort, allongée sur la banquette arrière, une main sous la joue, très rose et très tendre, à vous faire fondre de tendresse. Hannah conduit, ayant pris prétexte de la disposition spéciale du siège de la Bugatti pour conserver le volant. Ils regagnent New York.

« La réponse est non, Dale. Et je suis très triste de devoir vous la faire. Mais je vous avais prévenu.

— Je ne renoncerai jamais à vous épouser. »

La voiture n'avance plus qu'au pas. On vient d'arriver en vue de Manhattan : devant la Bugatti, et derrière elle, un fleuve immense de véhicules s'allonge à perte de vue, dans un sinueux scintillement de lumières. Elle, Hannah, se souvient de la New York d'il y a trente ans — qu'ils traversaient elle et Taddeuz dans la Panhard et Levassor — lorsqu'une rencontre avec une autre voiture sans cheval se traduisait immanquablement par des signes joyeux, tels qu'en eussent échangés les membres initiés d'une organisation très exclusive :

« Je suis vieille, Dale. Je me sens très vieille... »

... Et voici que les souvenirs s'enchaînent, l'un tirant l'autre; ils se dévident à n'en plus finir, comme toujours depuis neuf ans. A côté d'elle Dale Fitzpatrick parle mais elle ne l'écoute guère; en fait elle ne l'entend pas : *Je suis comme un homme qui bâille à un bal et qui ne rentre pas chez lui uniquement parce que sa calèche n'est pas encore arrivée...*

« Qu'est-ce qui te prend, Hannah ? Voilà que tu meurs encore... Et tu en reviens aux pires moments de Morcote... »

Presque sans le vouloir, elle appuie brutalement sur l'accélérateur, et les douze cylindres et les trois cents chevaux de la Bugatti réagissent dans la seconde. Toute une colonne de Ford T est avalée en un éclair. Eveillée par le brusque changement d'allure, Abigail s'est dressée et ses deux mains se posent sur les épaules de sa mère.

Elle sourit à Hannah, par rétroviseur interposé.

30

Je choisis la prison...

GROUCHO MARX a voulu inscrire ses enfants dans un club de natation. On lui a refusé l'inscription parce qu'il est juif et que ses enfants le sont aussi, par voie de conséquence. Groucho a adressé à la directrice une lettre fort courtoise dans laquelle il fait valoir que, sa femme étant chrétienne, les enfants qu'il a eus d'elle ne sont juifs qu'à moitié : ne pourrait-on les autoriser à entrer dans le club, et à se baigner jusqu'au nombril seulement ?

Hannah rit. Elle adore l'humour dément des Marx. Elle va assister au tournage de *La Soupe au canard* et trouve ce tournage encore plus drôle que le film qui finira par en sortir : chaque matin les frères diaboliques arrivent avec un nouveau scénario – quand ils ne décident pas de le changer devant la caméra – en sorte que leurs partenaires, et bien sûr le metteur en scène sont tous au bord de l'effondrement nerveux.

Il ne lui a pas fallu moins de deux ans pour restructurer complètement son réseau américain, ce n'est que dans les dernières semaines de 1932 qu'elle estime en avoir terminé. Pour les points de contact avec la clientèle du moins : à cette date elle a porté à dix-neuf le nombre de ses instituts nord-américains. Cathy Montblanc – qui a repris son nom de jeune fille pour travailler avec Hannah –

est en train d'étudier l'ouverture du vingtième établissement, à Mexico, suite au voyage d'études qu'Hannah a elle-même fait au Mexique en 1931.

En ce qui concerne les boutiques, elles sont au nombre de soixante-quatorze.

... Et des mois de discussions forcenées ont permis de renégocier les contrats avec les grands magasins; Javitts avait donné à cette partie de son ancien empire une extension considérable, allant au plus immédiatement rentable. Hannah est d'un tout autre avis :

« Jos, je veux que cesse sur-le-champ cette assimilation entre ce que je vends dans mes propres instituts et mes boutiques et ce qui est vendu sous mon nom « recommandé par Hannah » – dans les grands magasins.

– Il y a des contrats en cours, Hannah.

– C'est que nous n'avons pas tellement d'armes pour leur tirer dessus...

– Pas d'importance.

– Qu'est-ce que vous me chantez ? Vous avez, nous avons, un canon énorme : s'ils n'acceptent pas la renégociation, les grands magasins ne recevront plus un pot de crème, ou alors juste assez pour leur femme – je veux dire la femme de leur directeur. S'ils n'en ont qu'un.

– Vous ne feriez pas ça ?

– Je vais me gêner !

– Vous perdriez des revenus considérables. Même s'ils ont baissé avec la dépression.

– Je suis prête à perdre cet argent, Jos. A long terme, dans cinquante ans d'ici, vous constaterez que j'avais raison : on ne vend pas, dans un magasin de luxe plein de ravissantes esthéticiennes spécialement formées par moi, les mêmes foutues crèmes que l'on propose au milieu de casseroles dans un drugstore du North Dakota.

– Dans cinquante ans, je serai mort.

– Pas moi. Sauf si j'ai changé d'ici là. Rompez Josuah Robert Wynn, et à cheval. »

A peine sept mois plus tard, Wynn lui a donné satisfaction. Reconnaissant d'ailleurs que sa tâche avait été facilitée – autrement il lui aurait fallu quinze ans, sans doute – par l'omniprésente Dépression. Touchés eux aussi par la crise, les grands magasins n'ont pu se résoudre à perdre l'un des postes les plus rentables de leurs rayons.

« Ils se sont tournés vers la concurrence mais, dans le meilleur des cas, on leur a demandé un an de délai pour les approvisionner. Ça ne sera pas toujours pareil, remarquez bien : la prochaine fois, nos concurrents seront prêts à répondre. Cette fois, ils ont été pris par surprise.

– La prochaine fois, nous trouverons un autre canon. »

Aux élections présidentielles, elle a voté Roosevelt. D'abord parce qu'elle ne supportait plus la vue de Hoover, ensuite et surtout parce qu'elle s'est souvenue de ce charmant vice-ministre qui, à Beverly Hills chez les Kaden, assurait confectionner les Martini comme personne au monde :

« C'est bien le même Franklin Roosevelt, Maryan? Je ne me trompe pas?

– Le même.

– Sa femme est épouvantable.

– Ce n'est pas elle qui sera Président, de toute façon. »

Elle apprend que Maryan s'est vigoureusement engagé dans la campagne aux côtés du candidat démocrate... et qu'il a même largement financé sa campagne.

« Nom d'une pipe, Maryan, tu veux dire que tu as payé pour que ce type soit élu?

– Exactement.

– Et qui va te rembourser? »

Il est allé jusqu'à sourire : les choses ne s'expriment pas ainsi, a-t-il expliqué, il ne s'agit pas d'un prêt et moins encore de prévarication; il pense simplement que Roosevelt est le plus apte à remettre de l'ordre dans un pays qui en a bien besoin. A part cela, il espère qu'une fois à la Maison-Blanche le même Roosevelt lui fichera la paix :

« Hannah, moi et pas mal d'autres dans ce pays n'attendons d'un gouvernement qu'une chose : qu'il nous laisse travailler tranquilles. »

Tout un discours, surprenant pour lui qui est à l'ordinaire si peu prolixe. Elle le regarde assez déconcertée, elle ne le savait pas tant féru de politique...

... Néanmoins, parce qu'elle déteste vraiment la tête d'Hoover d'un côté, et parce que Roosevelt a un joli sourire d'autre part, elle se retrouve un beau jour à répondre à un appel de fonds du comité de soutien à la campagne démocrate. Elle verse dix mille dollars en se traitant de folle : l'argent, ça s'investit ou ça se donne, qu'est-ce que c'est que cette transaction idiote entre les deux ? Mais enfin, un Président assez raffiné qui aime les cocktails et le champagne Dom Pérignon français, quoi de mieux ?

Elle a rouvert les écoles d'esthéticiennes et de vendeuses. Un peu contre son gré. Il ne lui semble pas raisonnable d'investir trop et trop vite, aussi longtemps que la situation restera ce qu'elle est. D'après Maryan et d'autres, même Roosevelt (il a été élu, finalement, et elle considère que d'une façon ou d'une autre il lui doit dix mille dollars), même lui ne pourra relancer la machine avant l'année à venir, c'est-à-dire 1934. « J'attendrai jusque-là, mais après je vais lui écrire une de ces lettres, au buveur de Dom Pérignon, si ça ne s'arrange pas!... »

Elle a rouvert les écoles parce qu'elle n'en pouvait plus de refuser du travail aux centaines, aux milliers de jeunes filles qui la suppliaient pareillement. Malgré son horreur de la charité (non pas par avarice, mais parce qu'elle est convaincue que c'est un mauvais service à rendre aux gens, que de leur donner des sous). Du travail, ou bien une chance d'en trouver, ça oui. Mais distribuer des piécettes en se donnant bonne conscience pour deux dollars ? « Ou même mille, d'ailleurs, puisque mille dollars pour moi ça en fait deux pour le concierge... »

« Cathy, on va rouvrir ces foutues écoles. Occupe-t'en.

— Nous avons autant besoin d'esthéticiennes et de vendeuses que de la fièvre jaune.

— Tu rouvres ces écoles et tu fermes ta grande bouche, s'il te plaît. Tu prends les meilleures, comme d'habitude.

— Nous ne pourrons pas les faire travailler, ensuite.

— On verra bien. Et puis au moins elles auront une chance de se trouver un emploi. Quitte à se lancer seules.

— Pratiquement aucune d'entre elles n'a de quoi payer les cours.

— Elles nous rembourseront quand elles travailleront. Tant par mois. Tu as fini de discuter, oui ? Tu veux que je te fasse un dessin ?

— Je te préviens : Rome ne te canonisera jamais, tu es juive...

— Ça me fera une peine terrible, quand je serai morte. »

Elle va elle-même donner les premiers cours...

... Constate que la quasi-totalité de ses élèves a les joues plutôt creuses et le teint hâve :

« Cathy, tu vas ouvrir une cantine. Débrouille-toi.

– Que ces filles paieront quand elles auront trouvé du travail, c'est ça?

– Ne m'énerve pas, Montblanc. Et moi aussi je te préviens : s'il y en a une seule pour venir me remercier, ou prendre part à une manifestation en l'honneur d'Hannah, je la fous à la porte. Et je ne plaisante pas. »

Avec une timidité peu ordinaire chez elle, elle va de temps à autre travailler avec les chimistes du laboratoire, sis à côté des écoles, à New Rochelle. Storer vient d'y engager un blondinet à lunettes – mais à part ça fort joli garçon – qui répond au nom de Paul Travers. Il vient de Cleveland, témoigne d'une vraie passion pour ce travail de recherche, et de beaucoup d'imagination. Storer et lui font une équipe hors du commun; ils se complètent. Au début, elle se contente de les regarder travailler...

... Puis elle ne tarde pas à constater – avec quelles délices! – qu'en matière de plantes elle en sait bien plus qu'eux, même si leur terminologie et la sienne ne coïncident pas toujours. (A force de parler une dizaine de langues, elle en est arrivée à employer, à son propre usage il est vrai, un sabir très étrange où se mêlent des mots anglais, français, polonais, yiddish, allemands, russes, espagnols ou italiens... lorsqu'elle ne fait pas d'emprunt au dialecte de l'Engadine ou à celui des aborigènes d'Australie!)

En sorte que quand elle suggère (avec toute la prudence du monde, Ladislas Storer a un caractère difficile) d'ajouter du *dibo-watou*, il la regarde interloqué, – et Paul Travers de même. Elle explique que le *dibo-watou* – ça s'écrit comme ça se prononce – est une plante qu'on ne trouve qu'en Nouvelles-Galles du Sud, en Australie, sur les bords de la rivière Darling, il y en a peut-être ailleurs mais elle n'en a jamais vu, et que ça ressemble assez à du *mushroom* ou, mais vraiment à la rigueur, c'est juste pour leur faire comprendre, à ce que l'on nomme en Savoie française *l'herbe à Eustache*...

Storer, en général, ne semble pas convaincu par ces explications pourtant lumineuses. C'est Paul Travers qui cherche le plus à comprendre. Il l'étourdit sous des noms latins (elle comprendrait mieux l'hébreu) et souvent, deux ou trois heures plus tard, le même Paul saisi d'une illumination demande si par hasard ce ne pourrait pas être une espèce de *saponaire caryophyllée*...

On essaie de la saponine dont on a des extraits et, en effet, le résultat vainement poursuivi depuis trois semaines est obtenu : la crème devient légère et presque moussante.

« Tu connais vraiment toutes les plantes du monde, maman ?

– A peu près autant que je connais personnellement tous les habitants de New York, ne sois pas bécasse, ma chérie. »

Abigail a eu dix-huit ans le 4 juillet précédent. « S'il y a plus jolie qu'elle entre ici et la Mongolie, je serais curieuse de connaître cette merveille. Ce n'est pas parce que c'est ma fille – ou alors juste un peu – mais elle est belle à pleurer. Elle ne tient pas de moi... »

Abigail est calme et, mieux que cela, sereine; elle est plus grande que sa mère. (Sur ce plan-là, pas de surprise : à part les nains de chez Barnum, tout le monde est plus grand qu'elle.) Ce qui en revanche est une surprise, c'est qu'à l'université la jeune fille ait choisi d'étudier la botanique, la biologie végétale et la chimie, sans qu'Hannah ait fait quoi que ce soit pour l'y inciter :

« Si tu as voulu me faire plaisir, Abie, c'est

réussi. Je suis heureuse. Mais je ne voudrais pas que...

— Je n'entreprends pas ces études pour t'imiter, maman. Mais parce que j'aime ça. C'est ce que tu voulais savoir ? »

... Il a fallu à Hannah bien plus d'un an pour parvenir à se convaincre que sa fille l'aimait, l'aimait vraiment, indépendamment de l'admiration ou de l'orgueil qu'elle pouvait éprouver à être la fille de cette Hannah dont tous les journaux parlent. C'est l'un des paradoxes de sa nature – Hannah en a conscience – que d'être à ce point confiante et déterminée s'agissant de conduire ses affaires et, en même temps, de manquer si singulièrement de confiance en l'amour qu'elle peut inspirer à ceux qu'elle aime...

Abigail a suivi toutes les étapes de la construction et de la mise en route du laboratoire de New Rochelle. Au cours de l'été 32, elle va même travailler trois semaines comme aide-laborantine, gagnant 62 *cents* 50 de l'heure, soit pour quarante-neuf heures par semaine 30,60 dollars. Elle n'a pas effectué un mois complet parce que Hannah lui a fait remarquer qu'il était anormal qu'elle occupât un emploi, elle qui n'en avait pas besoin, alors que tant de gens se trouvaient au chômage.

A l'occasion de son dix-huitième anniversaire, Hannah lui a acheté sa première voiture, une modeste petite Ford. Non sans réticence : « si tu dois conduire comme moi, autant que tu prennes le train ou l'autobus... » Mais non, la jeune fille pilote comme elle fait toutes choses : sans nervosité aucune, sereine.

En fin de compte, Hannah s'inquiète plus des aventures amoureuses de sa fille, qui collectionne les boy-friends avec une régularité troublante. « Certains n'étaient pas mal du tout... Nom d'un chien, et je serais grand-mère ? »

Lizzie à qui elle a fait part de ses inquiétudes est partie d'un éclat de rire assez exaspérant :

« Tu m'as bien raconté qu'à quinze ans, tu te promenais seule la nuit dans Varsovie avec des loups à tes trousses ?

— Pas *des* loups : un seul. Et c'était un surnom. Et puis ce n'était pas la même époque...

« Dans cent ans d'ici, des mères, ou des pères, diront encore : de mon temps, ce n'était pas la même époque. Et puis c'est bien toi qui as traversé le monde entier à l'âge d'Abie, non ?

— Ce n'était pas le même continent.

— Je ricane. Ta fille est sûrement plus sensée que tu ne l'as jamais été. Ce qui n'est d'ailleurs pas très difficile. »

Hannah a pensé : « Lizzie a raison : j'ai vraiment l'air fin, à veiller jalousement sur la virginité de ma fille ! »

On est au printemps de 1933. Un mois plus tôt, en mars comme il est encore d'usage en ce temps-là, Franklin Delano Roosevelt a pris ses fonctions de président. Pour autant qu'elle, Hannah, le sache, il ne s'en sort pas trop mal; le 12 mars, dans la première de ses « causeries au coin du feu » qui vont devenir célèbres, il a lancé un appel pour une plus grande confiance dans les banques et l'effet ne s'est pas fait attendre : les dépôts ont pour la première fois depuis longtemps excédé les retraits...

« Ça vaut bien 25 dollars. Il ne m'en doit plus que 9 975.

— De qui parles-tu ?

— Roosevelt.

— Roosevelt te doit de l'argent ?

— En quelque sorte. »

Hannah ne se sert plus de sa Bugatti qu'en de

rares occasions. (Elle a décidé de ne pas la vendre, elle l'aime trop). Ce jour-là elle l'a laissée dans le garage de Yonkers, à côté la Rolls-Royce *Phantom I* fabriquée à Springfield dans le Massachusetts, d'une Pierce-Arrow, d'une Aston-Martin, d'une Napier qu'elle n'aime guère et qu'elle a achetée sur un coup de tête, juste pour faire plaisir à Gaffouil, et enfin d'une Hispano-Suiza à la monstrueuse cylindrée de neuf litres et demi, qu'elle a failli sortir ce matin, mais Gaffouil – encore lui – l'en a dissuadée : il prétend avoir capté un bruit bizarre dans la direction :

« Si vous n'étiez pas passée à plus de 180 kilomètres à l'heure sur ce nid-de-poule de trois mètres de large, ça aurait été mieux... »

Elle a pris la Duesenberg SJ.

Elle en est très contente. Malgré le poids de l'engin (deux tonnes un tiers), le moteur de 320 chevaux met au plus dix-sept secondes pour aller de zéro à 160 et la vitesse de pointe frôle le 210. « Je vais enfin pouvoir flanquer la pâtée à Groucho! » (Groucho Marx, qui est un fervent de Mercedes, l'a battue à plate couture deux mois plus tôt, alors qu'elle pilotait l'Aston-Martin. Mais elle veut sa revanche – « je vais lui faire avaler son foutu cigare! »)

« Maman? dit très placidement Abigail, il y a une... »

Trois secondes.

« Une quoi? demande Hannah.

« Une charrette à cheval. Celle qui est à présent un kilomètre en arrière. Nous sommes passées si près du cheval que j'ai senti son haleine. Tu ne crois pas que tu roules un peu vite?

– Quand je traîne, je perds ma concentration. »

Le compteur indique exactement 200 kilomètres à l'heure.

... Et bien entendu, cela arrive. Voilà près de trois heures qu'elles traversent comme la foudre diverses agglomérations de cette région du Connecticut, au nord-est d'Hartford, sur la route de Boston. Hannah heureusement les aperçoit à temps et stoppe son monstre quelques mètres avant le barrage constitué d'une voiture de police et d'un char à banc.

Les policiers qui s'approchent sont très blonds, très roses et très mignons.

« C'est à quel sujet? demande Hannah. C'est dangereux, ce que vous faites, de jouer à barrer les routes. J'aurais roulé plus vite, je vous écrabouillais. »

Les policiers expliquent que leurs collègues de ce comté-ci et de quelques autres leur ont signalé un bolide noir qui...

« Ma voiture est rouge et noir, dit Hannah. Rouge andrinople exactement. Elle n'est pas noire. »

Il paraît que le détail est de très petite importance et que le juge serait très heureux de voir ces dames. On les fait descendre toutes deux de voiture et on les emmène dans une maison particulière dont le salon se transforme en tribunal. Il y a là un petit homme à lunettes qui, très visiblement, exècre l'automobile et tout ce qui s'y rapporte.

« Cinq cents dollars d'amende ou cinq jours de prison.

– Je choisis la prison », dit Hannah avec énergie.

Grand silence. Le juge et les policiers se concertent du regard. Elle, Hannah, ricane intérieurement : « Non mais, qu'est-ce qu'ils croient? M'impressionner? Je n'ai tué personne, après tout. Et d'ailleurs, je suis sûre qu'ils n'ont pas de prison pour dames seules... »

« Quatre cents dollars, dit le juge à regret.

– Ou quatre jours de prison, c'est ça ? Je choisis la prison. »

« Ce petit juge craque. »... Mais elle décide néanmoins de l'aider un peu :

« Venez donc voir, monsieur le juge. »

Elle sort, suivie des deux policiers et du juge, et également d'Abigail plus quatre ou cinq curieux, et va se placer à côté de la Duesenberg dont les tubulures d'échappement chromées, côté droit, étincellent dans le soleil de cette fin d'avril.

« Est-ce bien raisonnable, dit-elle en élargissant ses grands yeux gris, est-ce bien raisonnable de penser que moi, vieille dame si petite et si menue, j'aie jamais pu conduire cette chose à... combien avez-vous dit ?

– Cent miles à l'heure pour le moins. Probablement davantage.

– Cent miles à l'heure ? Je vous donne ma parole que je n'ai jamais roulé à cent miles à l'heure avec cette voiture. Ou alors en passant, pendant une seconde ou deux, mais pas davantage. »

Elle foudroie du regard une Abigail au bord du fou rire nerveux.

« C'est pour elle, surtout, que tu te livres à cette comédie, Hannah. Tu as envie de lui montrer ta mère faisant le clown... »

« D'accord, dit le petit juge, si nous transigions à deux cent cinquante ?

– Deux jours et demi de prison. Où est-elle, cette prison ? »

Trois minutes plus tard, la mère et la fille se retrouvent en compagnie d'un épouvantail très efflanqué à qui on n'a malheureusement pas ôté sa guitare, et d'un ivrogne qui ronfle.

« Tu ne crois pas que tu aurais pu dire oui, à deux cent cinquante ? demande Abigail en français.

— Tu ne vas quand même pas m'apprendre à négocier, non ? Je l'aurai à moitié prix.

— Oh ! maman ! »

Les voilà presque reparties à rire, toutes les deux. Mais l'on bouge, dans le bureau du shérif. Celui-ci d'ailleurs réapparaît, avec sa tête de brave homme.

« Je ne peux pas vous laisser ici pendant la nuit, ce ne serait pas correct. Vous ne voudriez pas venir jusqu'à l'hôtel Abbott ? Le juge est d'accord pour que vous fassiez votre temps dans les chambres d'hôtel.

— Je connais mes droits, répond Hannah. Et je ne veux pas que ma fille et moi nous nous trouvions embarquées dans un trafic de traite des blanches. Je ne sortirai d'ici sous aucun prétexte. N'est-ce pas, chérie ?

— Absolument », dit Abigail.

Le shérif repart, très abattu.

« Ils vont t'attendre, tes amis de Boston, remarque Abigail, revenue au français.

— Ils m'attendront. Et toi, tes amis ? »

Dans les yeux d'Abigail passe une lueur bizarre qu'Hannah note : « La même qu'à New York, quand elle a tant insisté pour m'accompagner. Je jurerais qu'elle a un amoureux, à Boston. Et pourtant, il me semble qu'il y a autre chose... »

« Ils m'attendront aussi, je suppose », dit la jeune fille.

Le guitariste leur sourit de toutes ses dents cariées et entreprend de leur jouer ce qui est soit une chanson de Roy Rogers, soit du Beethoven – on distingue mal la mélodie.

Dix minutes plus tard, le shérif est de retour.

Il ouvre la grille de la cellule.

« Voudriez-vous sortir, mesdames ? »

Il les ramène devant le petit juge.

« Voyons, dit celui-ci, j'ai pu joindre New York

et il ne semble pas que vous ayez volé la voiture... Toutefois...

— Tout est découvert, Franck James, dit gaiement Hannah à sa fille. Sautons à cheval et fuyons.

— ... Toutefois, dit le petit juge, les policiers de New York vous connaissent, madame Newman. Je dirais même que vous êtes extrêmement populaire, parmi eux, vous et vos voitures. »

(Et pour cause : ils la rançonnent chaque année de dix ou quinze mille dollars pour leurs diverses œuvres de bienfaisance...)

« Et pour cause, reprend le juge, il paraît que vous en êtes à votre cent vingt-troisième contravention pour excès de vitesse. Ceci dit, ils m'ont prié de vous relâcher. Vous leur manqueriez, en quelque sorte, si je vous envoyais au bagne. Cent cinquante dollars d'amende et vous repartez tout de suite, votre fille et vous.

— Cent dollars et je suis votre homme, dit Hannah. Plus cinq cents pour l'école de votre si joli petit village. »

Vingt minutes plus tard et trente kilomètres plus loin, elle demande :

« Et parmi ces amis que tu vas voir à Boston, y en a-t-il un en particulier ?

— Oui, maman.
— Beau ?
— Très.
— Et c'est sérieux, lui et toi ?
— Je crois.
— Si je t'ennuie, avec mes questions, n'hésite pas à me le dire.
— Non.
— Ça veut dire quoi, non ?
— Tu ne m'ennuies pas avec tes questions. »

Elles se sourient. Hannah se met à chanter à tue-tête, et faux, comme toujours. Abigail se joint au refrain, et chante encore moins juste qu'elle; cela semble impossible, mais elle le fait.

Elles entrent dans Boston le 23 avril 1933. Hannah, elle, passe les quatre heures suivantes à l'institut de School Street, à régler une irritante affaire de concurrence et de baux commerciaux puis, à l'heure du déjeuner, repart vers Louisburg Square, où elle a rendez-vous avec Abigail.

Elle repère celle-ci de loin, au travers de la vitre du restaurant, remarque bien qu'elle n'est pas seule et qu'un homme se trouve avec elle. Sur le seuil même de l'établissement, à l'instant où elle le franchit, un couple de ses clientes bostoniennes l'intercepte et entame une conversation qui n'en finit plus. Face à sa fille assise à une table, il se trouve effectivement un homme, également assis, à la silhouette vaguement familière, impossible à identifier pourtant, de dos.

... Enfin libre, elle avance et note soudain l'extraordinaire gravité, la tension du visage d'Abigail :

« Qu'est-ce qu'il se passe ? »

Elle est à présent près de la table et l'homme se dresse, gigantesque, se retourne. Dans le dixième de seconde qui suit, Hannah reçoit un choc qui lui arrête presque le cœur. Elle ferme les yeux et peut croire que, pour l'unique fois de sa vie, elle va s'évanouir.

Elle relève enfin ses paupières.

Ce n'est évidemment pas lui.

C'est Adam, son fils aîné.

« Je t'ai apporté des photos », dit-il.

Et il étale les clichés sur le siège du banc, entre elle et lui :

« Voici Jacqueline, ma femme. Elle est niçoise, je l'ai connue à Paris il y a douze ans... Et voici les enfants, Marianne qui est l'aînée, puis Tadd, Ewan, Beth et Debbie les jumelles, et enfin Tim...

– Quel âge ont-ils ? »

(Elle connaît les réponses, par Lizzie, mais en est encore à s'accrocher à des questions banales...)

« Marianne a onze ans, Tadd en a dix, Ewan huit, les jumelles trois, et Tim aura un an en septembre prochain. »

Durant tout le temps du déjeuner, au restaurant, lui et Abigail ont beaucoup parlé. Elle, Hannah, très peu. La ressemblance d'Adam avec son père la faisait trembler à chaque regard mais plus elle se reprochait son mutisme, craignant qu'il ne fût interprété comme de la colère, d'avoir été mise ainsi devant le fait accompli, moins elle trouvait de choses à dire, vide et comme hébétée – « pourquoi suis-je si épouvantablement maladroite, paralysée, alors qu'il me suffirait simplement de dire que je suis écrasée de bonheur et d'émotion en retrouvant mon fils ? »

Le repas terminé, au cours duquel il a expliqué par le menu son travail d'architecte (avec deux de ses associés, il est en train de terminer la construction d'un immeuble de quarante étages, à Detroit dans Griswold Street; et il va peut-être obtenir la commande d'un autre gratte-ciel, sur Michigan avenue, toujours à Detroit), ils sont montés tous trois dans la Duesenberg, se serrant sur le siège avant du coupé.

Hannah a conduit au hasard, empêtrée dans son silence, roulant très lentement. Seule Abigail tentait d'animer la conversation.

Elle a fini par immobiliser la voiture au bord d'un étang, celui de Jamaïca.

Ils sont descendus.

« Maman, je serais heureux que tu viennes à Detroit nous voir. Quand tu voudras. »

Abigail s'est éloignée, sans nul doute volontairement. Fine et gracieuse dans son ensemble de Nina Ricci, elle marche seule à une cinquantaine de mètres.

« Je vais venir, Adam. Dieu sait si j'ai rêvé de voir mes petits-enfants... »

Elle a les photographies sur les genoux et les bat machinalement, comme elle le ferait de cartes à jouer. Elle pense : « Et qu'est-ce que je peux faire ? Le prendre dans mes bras, lui mon fils, qui doit bien faire dans les cent quatre-vingt-quinze ou deux cents centimètres ? Oh ! mon Dieu, c'est tellement bête, d'être si petite ! »

« Ils te connaissent, tu sais, dit Adam. Marianne collectionne toutes les réclames qui paraissent dans les journaux, et également les articles qui te sont consacrés ; elle a notamment dans sa chambre cette photo où tu es avec Charlie Chaplin et Groucho Marx. Ses frères et elle sont très fiers de leur grand-mère.

– Et toi, Adam ? »

« J'ai tout de même fini par réussir à poser une question intelligente... »

« Je suis ici, maman. Et j'aurais dû revenir vers toi il y a des années, c'est Abie qui a raison. Pardonne-moi. »

Elle se penche, le paquet de photographies serré à deux mains contre sa poitrine ; elle se penche, luttant contre ses larmes de la seule façon qu'elle connaisse : la bouche à demi ouverte, comme au bord de l'étouffement, elle écarquille les prunelles.

« Oh ! mon Dieu, il a même Sa voix. Et pourtant ce n'est pas Lui. C'est mon fils et le Sien, et plus encore qu'Abie, il est tout ce qui me reste de lui... »

... C'est à peine si elle sent la grande main d'Adam lui enserrer le poignet mais, remontant le long du bras, lui entourer l'épaule, la tirer très doucement contre lui, dans un geste qu'Il aurait pu faire, que d'ailleurs Il a fait des milliers de fois...

Elle s'abandonne, pour la première fois depuis une éternité; elle pose sa joue contre l'épaule d'Adam et glisse sa main dans celle de son fils.

« Oh! maman! répète Adam à voix basse, oh! maman, pardonne-moi, je t'en prie, pardonne-moi... »

31

Il est fou de toi, tu le sais ?

Elle se rend à Detroit le mois suivant, en mai, et y séjourne cinq semaines. Les deux premiers jours sont très pénibles, douloureux. Sûrement pas en raison de l'attitude de Jacqueline, sa belle-fille, qui se montre parfaitement adorable; pas davantage à cause des enfants, qui l'accueillent comme ils recevraient une légende vivante... mais de son fait à elle, qui n'a pas ou n'a plus l'expérience de telles réunions familiales et continue d'éprouver cette timidité qui n'est vraiment pas d'elle.

Tout se dénoue néanmoins à partir du moment où, à la prière d'Adam, elle se met à raconter des épisodes de son passé – et cela non plus n'est guère dans ses habitudes, d'ordinaire elle se refuse à évoquer pour quiconque, hors Lizzie, ses souvenirs de la Pologne, de l'Australie et de l'Europe du siècle dernier. La seule et unique fois qu'elle s'y est hasardée, c'était ce jour où elle a emmené ses deux fils sur la tombe de Mendel...

Naturellement, elle édulcore un peu, et par exemple ne s'étend pas beaucoup sur ce que voulait lui faire Pelte le Loup, une nuit dans les rues de Varsovie. Mais elle qui croit qu'elle ne sait pas raconter les histoires, trouve, pour dire celles-là, des mots qui chantent :... *Pelte le Loup avait des yeux de tsigane et une veste à sequins d'ar-*

gent, sa démarche était dansante et narquoise, il avait travaillé dans un cirque à lancer des couteaux... et Mendel le Cocher l'a tué une nuit d'hiver, au son des tambours battants de la citadelle, en lui serrant très fort le cou...

Marianne et Tadd et Ewan, et même les jumelles à qui tout cela reste probablement hermétique, écoutent fascinés... et sans doute aussi Adam et son épouse, assis côte à côte et main dans la main sur un canapé face à elle, qui parfois échangent, tandis qu'elle parle, un regard où passe de la fierté...

Jacqueline est donc française. C'est une ravissante brune aux yeux noirs, vive et très gaie, dont la famille cultive des fleurs qui vont se vendre jusqu'à la cour d'Angleterre. Il ne faut pas trois jours aux deux femmes pour s'habituer l'une à l'autre, surtout qu'Hannah est redevenue elle-même. Elles vont ensemble à l'institut de Detroit (où comme toujours l'entrée d'Hannah déclenche la plus fiévreuse des effervescences), vont lécher les vitrines, parlent de Monte Carlo et du marché aux fleurs de Nice.

« Vous parlez un français remarquable, lui dit un jour la jeune femme. Où l'avez-vous appris ?

– En Pologne, en lisant *Les Liaisons dangereuses*, tout comme j'ai appris l'anglais en lisant Dickens. »

... Il se dégage une telle douceur et un tel bonheur de vivre de son séjour à Detroit qu'elle a déjà par deux fois retardé son départ pour l'Europe. Mais elle arrache enfin à Adam son accord pour un voyage en groupe. Elle, Hannah, et Jacqueline et les enfants embarqueront au début de juillet à bord du paquebot italien *Rex* – détenteur du ruban bleu pour avoir relié la côte américaine à Gibraltar en un tout petit peu moins de quatre jours et quatorze heures. Adam partira plus tard, dans les premiers jours d'août, et ramènera sa famille qui aura pu ainsi passer presque un mois et demi à Nice.

Une seule fois, à Detroit, il a été question de Jonathan. Au vrai, Adam n'en sait guère plus sur son frère que les Kaden, c'est-à-dire qu'il ne l'a pas vu depuis plus de quatre ans :

« A l'époque, il rentrait d'un vagabondage dans le Pacifique, il m'a dit avoir séjourné dans une île de l'archipel des Salomon, mais il ne m'a rien dit de ce qu'il y faisait; j'ai cru comprendre qu'il avait travaillé dans une plantation... »

Depuis, Jonathan lui a écrit deux fois – deux fois seulement. D'abord en 1930, quelques mots pour annoncer que tout allait bien, sans commentaire, et puis une autre lettre à peine plus longue que la précédente, dans laquelle il indiquait qu'il comptait se rendre en Chine :

« Il parlait vaguement d'articles à écrire, sur la guerre entre Tchang Kaï-Chek et les communistes, mais sans dire pour quel journal il travaillait, s'il travaillait pour quelqu'un. J'ai fait quelques recherches, sans résultat. Aucun rédacteur en chef de quelque importance ne le connaît. »

Elle pose alors cette question dont elle a tellement honte, venant d'une mère :

« A quoi ressemble-t-il, Adam ?

– Il est un peu moins grand que moi, dans les un mètre quatre-vingt-dix peut-être. Mais il est plus mince, plus noueux. »

... Et il a les yeux d'Hannah, bien sûr.

De Gênes où les laisse le paquebot de l'Italia Flotte Riunite récemment créée par Mussolini, Hannah et Jacqueline, plus les six enfants et les deux bonnes d'enfants, gagnent Nice par le train, escortées d'un détective italo-américain dont oncle Maryan les a flanquées, par prudence...

Le même Maryan a acheté trois ans plus tôt, en même temps que « quelques petits terrains par-ci, par-là dans le coin », une grosse propriété à Saint-Jean-Cap-Ferrat, presque à la pointe de la presqu'île, après le sémaphore; la maison comporte douze chambres, une grande piscine, un terrain de tennis et un très amusant funiculaire privé pour accéder à la mer. Des idées viennent à Hannah : elle pourrait elle aussi acheter quelque chose aux environs; il viendra bien un jour où elle sera tout à fait vieille et croulante, elle commencera à voir des moutons partout et il faudra bien la tenir à l'œil tant elle sera gâteuse. Pourquoi ne pas choisir cet endroit qui est bien joli?

Et puis il serait temps que ses petits-enfants aient leur maison à eux. « Nom d'un chien, c'est vrai que je suis grand-mère, et six fois d'un coup, ce qui n'est pas donné à tout le monde... »

D'un appel téléphonique, elle fait accourir de Paris un avocat de l'équipe dont elle a demandé la constitution au Genevois Pierre Poncetti, quatre mois plus tôt. Le juriste descend du train le lendemain, il s'appelle Jean-Claude Brana. Elle le traîne à pied à travers toute la presqu'île, sous un soleil de plomb au travers des arbousiers et des cytises, deux heures durant. Elle-même fait gaiement tournoyer son ombrelle et demeure fort fraîche alors que le pauvre diable semble émerger d'un bain de vapeur tout habillé.

« ... Et il y a encore ce terrain-ci, jeune Jean-Claude. Comme pour les autres que je vous ai montrés, trouvez-moi le prix, les possibilités de traiter rapidement, les possibilités de construire, et tout ce qui concerne une viabilisation complète. Si parmi les propriétaires que vous affronterez, il y en a un qui se nomme Kaden, prévenez-moi, mais ne lui dites surtout pas qui vous représentez, cet escroc serait capable de me faire des prix ou de me donner le terrain pour rien... Non, ne cherchez pas à comprendre, c'est une histoire de quarante ans d'âge... Ce terrain-ci où nous sommes ne fait que deux hectares. Ce n'est pas très grand mais je saurais m'en contenter. Il a ma préférence, surtout parce qu'il domine tous les autres, et en particulier cette grande baraque en dessous. Je construirais ma maison ici, de sorte que de ma chambre, je pourrais enfin savoir comment ils se câlinent, Lizzie et lui... Non, là non plus, ne cherchez pas à comprendre. C'est ce que l'on appelle en anglais une *private joke*...

– Je parle anglais, réussit à dire Brana. Et espagnol.

– Excellent, jeune Jean-Claude, excellent. Et vous avez aussi de ravissantes moustaches... » « Et il rougit, est-il mignon ! »

La « baraque en dessous » est évidemment la villa de Maryan et Lizzie, sur qui elle n'est pas mécontente de prendre le pas. Avec de bonnes jumelles, elle ne doute pas de surprendre les ébats de Maryan avec sa femme, puisque cette entêtée ne veut décidément rien lui confier...

« Jeune Jean-Claude, ne traînez pas, s'il vous plaît. Sitôt que j'aurai acheté, je veux faire construire, en sorte que ma maison soit prête pour l'été prochain. »

Trois jours plus tard, elle part pour Paris.

Toute prête à la deuxième phase de sa reconquête.

L'équipe d'avocats dont elle a donc confié la direction à Pierre Poncetti, à l'œuvre depuis cent trente jours, lui a adressé son rapport une semaine seulement avant qu'elle s'embarque pour l'Europe.

L'heure des décisions est venue, a conclu Poncetti dans un rajout manuscrit. Et bien sûr, il fait allusion au rachat de toute la partie européenne de son ancien empire.

Après quoi il ne lui restera plus qu'à traiter avec les Fournac quitte à se rendre elle-même une nouvelle fois à Melbourne, pour remettre la main sur l'Australie et la Nouvelle-Zélande.

L'énorme et dramatique interruption d'une dizaine d'années ne sera plus dès lors qu'un souvenir...

... « Et je pourrai vraiment m'occuper d'expansion... » Quant aux conquêtes à entreprendre, elle a des idées très précises.

Elle s'endort dans son sleeping du Train Bleu, bercée par les hoquets et les saccades du convoi se ruant dans la nuit.

Elle a toujours adoré les trains.

« Il était temps, remarque avec aigreur Jeanne Fougaril. Je me demandais quand tu allais te décider.

– Il a bien fallu que je resserre les boulons en Amérique, avant de m'occuper du reste du monde.

– Tu as pris ton temps. Presque cinq ans à serrer les boulons, c'est du fignolage.

– On se tait, Fougaril. Tu es toujours aussi acariâtre, sinon plus. Ce doit être la ménopause. A retardement, ce sont les pires. Alors ? »

Elles déjeunent toutes les deux avenue Montaigne, à Paris. Jeanne d'un œuf à la coque et de thé, plus une pomme, Hannah de deux parts de foie gras en croûte, d'un turbot, d'une selle d'agneau, d'une pêche Melba et d'un soufflé. Jeanne est pas mal enveloppée, Hannah est mince comme un fil – elle porte une robe dessinée par un ancien élève de Paul Poiret, Robert Piguet, qui vient d'ouvrir des salons rue du Cirque.

« Je te hais, dit Jeanne.

— Tu as trouvé une nouvelle raison ou ce sont toujours les mêmes ?

— Tu ne vieillis pas. Et te regarder manger me donne la nausée... Oh ! Hannah, ça me fait une joie folle de te revoir, j'en suis au bord des larmes. J'ai compté les jours depuis ta lettre où tu m'annonçais ton grand retour.

— *Hannah rides again*, alléluia, dit Hannah avant de tremper ses lèvres dans le Corton-Charlemagne qui accompagne son foie gras. Où en sont les avocats, Fougaril ?

— Ils te le diront eux-mêmes.

— Mais c'est à toi que je le demande. Eux, je les verrai ensuite.

... En 1919, en mars de 1919, quand elle, Hannah, a vendu l'Europe, Jeanne avait acquis pour son compte 12 pour cent des parts :

— Restaient 88. Le groupe français d'Auriol en a pris 40, les Anglais de Bishop le reste. Auriol fils a assez rapidement accepté de revendre, à la condition expresse que ce soit toi et toi seule qui lui rachètes – c'est l'un de mes amis personnels, en plus. Il te cède 25 pour cent et garde 15, mais s'engage à te soutenir en toutes circonstances. Je n'ai eu aucun mal à le persuader qu'avec toi revenue aux commandes, il gagnerait trois fois plus qu'en restant seul avec les Anglais.

— Il ne s'entend pas avec eux ?

— C'est l'Entente cordiale : ils se haïssent. Et ça dure depuis des années. Je ne voudrais pas me vanter mais si je n'avais pas été là avec mes 12 pour cent afin de mettre un peu d'ordre, en soutenant tantôt l'un tantôt l'autre, on en serait depuis longtemps à s'envoyer des pots de crème à la figure, par-dessus la Manche.

– Ça explique les difficultés actuelles?

– Oui et non. Oui parce que ça a ralenti ou annulé tous les projets de réorganisation – ils n'étaient jamais d'accord sur le moindre investissement – et non parce qu'il y a d'autres raisons. La crise qui a éclaté en Amérique voici quatre ans est en train, paraît-il – je ne suis pas économiste –, de toucher l'Europe, la Grande-Bretagne surtout, la France un peu moins. Hannah, les affaires sont sacrément mauvaises, en ce moment...

– Tu perds de l'argent?

– Tout de même pas. Mais presque. Tu n'as donc pas vu les comptes d'exploitation?

– Bishop tarde à me les faire parvenir.

– Je peux te donner ce que j'ai. C'est à peu près complet sauf pour le Royaume-Uni, les Pays-Bas, le Danemark et l'Espagne, que Londres a toujours voulu gérer directement, comme le Portugal d'ailleurs. Mais j'ai des approximations. Dieu merci, la quasi-totalité des femmes et des filles qui travaillent dans les instituts sortent des écoles que tu as fondées, elles ont l'esprit de famille et n'hésitent jamais à me renseigner quand je le leur demande. Hannah, Bishop ne voudra jamais vendre. Il m'a offert cent fois de me racheter mes propres parts.

– A un problème, il y a toujours des tas de solutions. »

Hannah vient d'attaquer son agneau, plus la macédoine de légumes et la salade d'épinards qui accompagnent la viande.

Elle prend deux jours plus tard l'avion d'Imperial Airways pour Londres.

Arthur E. Bishop est un homme corpulent et rougeaud d'environ quarante-cinq ans. D'après le dossier qu'elle a fait préparer sur lui, il est marié, père de deux filles; c'est le fils d'un quincaillier de Leeds qui en quatre années de guerre dans la Royal Air Force est passé du grade de caporal à celui de capitaine pilote; il a fait fortune en vendant des casseroles dans tout l'empire britannique. Il est donné pour très intelligent et très tenace...

« Vous nous aviez demandé ses faiblesses », explique à Hannah l'un de ses avocats de Londres, et qui n'est autre que Nigel Twhaites, neveu du cher Polly : « Tout ce que nous avons pu trouver est l'ambition assez naïve d'être introduit dans les cercles les plus huppés. Il a déposé plusieurs demandes de cartes mais chaque fois il a été rejeté.

– Vous-même, Nigel, vous êtes membre de ces clubs où il veut entrer ?

– Certains d'entre eux, oui. Mais les choses... » Il s'interrompt et sourit : « Je suis peut-être un peu snob, c'est cela ?

– Et à vous, il vous a suffi de naître. Je ne vous reproche rien, remarquez.

– Oncle Polly disait souvent que vous étiez plus anarchiste que Bakounine.

– Je n'ai pas connu Bakounine. Et M. Arthur Bishop ne veut pas vendre ?

– Il nous a reçus à deux reprises, lorsque nous lui avons transmis vos offres. C'est surtout la seconde fois qu'il a été catégorique. »

« A un problème, il y a toujours des tas de solutions... » Elle est en présence de Bishop le lendemain de son arrivée à Londres. La veille, elle s'est rendue à l'institut de Saint-James Place, qui est le premier qu'elle a créé en Europe – « cela fait trente-sept ans, comme le temps passe ! » Elle s'était attendue au pire et en somme la surprise a été relativement agréable : on n'a pas trop saccagé, peu de chose a changé, elle en viendrait à penser qu'on a été trop conservateur, « mais nous sommes en Angleterre... » Personne ne l'a reconnue, de prime abord, ce qui l'a agacée mais lui a donné au moins l'occasion de tout examiner, personnel et installations, sans qu'on s'affole sous son regard – elle a même scruté les toilettes, qui selon elle auraient bien besoin d'être refaites – *C'est important les toilettes, Lizzie... C'est ça, rigole !... C'est important, te dis-je. D'abord pour y faire son pipi, ça tombe sous le sens – c'est toi qui vas faire dans tes culottes si tu continues à rigoler aussi bêtement – ensuite pour une autre raison : que crois-tu que fait une femme quand on a fini de la peinturlurer dans un institut ? Elle va aux toilettes. Parfaitement, madame. C'est là qu'elle va. Pas pour faire pipi. Pour se regarder. Et ceci même si les esthéticiennes lui ont présenté tous les miroirs du monde. Elle veut se regarder seule, sans témoins, de cet œil qu'on n'a que lorsqu'on est en tête-à-tête avec soi-même, sans pitié... Et c'est là qu'on gagne ou perd une cliente, Lizzie : dans cet examen solitaire au fin fond des toilettes... Il faut le savoir, ma chère... C'est ça, le métier.* A l'institut de Saint-James, Cecily Barton n'est plus directrice; à soixante-quinze ans, elle a pris sa retraite depuis six ans et, aux dernières nouvelles, vit chez l'un de ses fils au Canada. Une autre femme l'a remplacée, Harriett Morris :

« Elle n'est pas trop mal, dit Hannah à Bishop. Sauf qu'elle ne sait pas un seul mot de français, ni d'allemand, ni d'espagnol, ni d'italien ni d'aucune langue étrangère. Qui plus est, elle se coiffe comme un balai et n'aurait jamais dû installer son bureau au deuxième étage : une employée en bas pourrait égorger une cliente sans qu'elle en sache rien. »

Bishop sourit :

« Ce genre d'accident arrive très peu souvent, par bonheur. Ainsi, vous voudriez me racheter mes parts ? Je pensais pourtant avoir été assez clair, avec vos avocats.

– J'ai une autre proposition à vous faire, différente.

... Et d'expliquer en quoi elle est différente : elle n'offre plus le rachat de la totalité des 48 pour cent. Seulement de 15. Elle ne voit aucun inconvénient à ce que lui, Bishop, en conserve 33. (Pour elle, le calcul est des plus simples : avec les 25 rachetés à Auriol fils, plus les 12 détenus par Jeanne Fougaril, plus les 15 encore en possession du même Auriol fils – mais celui-ci s'est engagé officiellement à la soutenir en toutes circonstances –, plus encore ces quinze-ci rachetés à Bishop, elle aura ou contrôlera 67 pour cent, soit la majorité des deux tiers...)

– Pour l'instant, je n'en veux pas davantage, dit-elle.

– A ceci près que je ne veux toujours pas vous vendre, madame. Au vrai, je m'offre à vous racheter vos propres parts. »

Elle lui sourit :

« Vous ne voulez pas parce que vous ne savez pas tout. Je ne vous reproche rien, je vous suggère de relire les actes que j'ai signés à Lugano voici quatorze ans et un peu plus de quatre mois. Je m'étais engagée à ne jamais concurrencer, de n'importe quelle façon, les entreprises que je venais de céder. Je tiendrai cet engagement, bien entendu. Je ne créerai rien. Il se trouve simplement que je viens d'être embauchée comme directrice pour l'Europe par des actionnaires de la société dont vous détenez vous-même 48 pour cent des parts. Ces gens en possèdent 52, c'est une majorité qui – clause 39 paragraphe 6 du contrat du 23 mars 1919 – les autorise à ouvrir tout institut qui leur paraîtra indispensable à l'expansion de l'affaire. Je cite de mémoire, je ne suis pas juriste. »

Bishop la fixe, l'œil aigu. Elle pense : « Il me regarde comme il devait regarder cet aviateur allemand dont j'ai oublié le nom, celui qui avait un visage d'ange et qui a abattu tant d'avions britanniques et français. Von Quelque Chose... Il a une bonne tête, au fond... »

Il demande :

« Et vous iriez jusqu'à ouvrir un autre institut à Londres ? »

« Attention, Hannah, le moment du knock-out est venu, comme dit Dempsey. Il va te falloir tout lui débiter sans te tromper. Courage, petite ! »

Elle prend son souffle :

« A Londres, Lisbonne, Madrid, Barcelone, Copenhague, Rotterdam, Amsterdam et La Haye. Et ailleurs, si nécessaire. Voulez-vous parier avec moi qu'ils seront tous ouverts dès la fin de cette année?... Non, ne répondez pas, je n'ai pas terminé : la clause 66 paragraphe 3 prévoit la possibilité de contracter toute association, pourvu que cette association soit approuvée à la majorité simple des actionnaires – la moitié des voix plus une –, toute association susceptible d'apporter une aide à l'implantation d'un ou plusieurs instituts, dans un ou plusieurs pays. Là encore, je cite de mémoire, je ne suis pas devenue juriste, entre-temps. Il y a une restriction à cette possibilité d'association : le nouveau venu ne pourra détenir plus d'un tiers des actions – clause 67 paragraphe 1 – et toute société créée de la sorte devra être conforme au paragraphe 3 de la clause 61. Vous me suivez, monsieur Bishop? On m'a dit que vous étiez un héros de la guerre, je trouve personnellement scandaleux qu'on vous refuse l'entrée de ce club de Jermyn street, alors que tant de petits crétins y sont, qui n'ont pas le centième de votre valeur. Nous avons, je crois, un point en commun, monsieur : nous détestons les héritiers, car nous sommes nous-mêmes nos propres ancêtres. Quant à ce club, il se trouve que l'un de mes plus vieux et de mes plus chers amis, Winnie Churchill que vous connaissez peut-être, y est je ne sais trop quoi d'important. Mais c'est une affaire d'hommes, dont je me garderai bien de me mêler. Revenons-en à notre affaire... En tant que directrice pour l'Europe de votre société – désignée avant-hier par 52 pour cent des actionnaires – j'envisage donc d'ouvrir ces nouveaux instituts. La clause 61, paragraphes 1, 2 et 3 va jouer : pour ces nouvelles installations, un nouveau partenaire entrera en jeu. Il est américain, c'est une société ayant son siège dans l'état du Delaware, avec laquelle je ne vous cacherai pas que je suis liée. Elle aura donc 33 pour cent de toutes les créations. Et je vais vous dire ce qui va se passer, monsieur Bishop : dans un an, les actuels instituts de Londres, Lisbonne, Madrid, Barcelone, Copenhague, Rotterdam, Amsterdam et La Haye seront gravement déficitaires. Je prévois que dans dix-huit mois ils auront fermé leurs portes. Les actionnaires majoritaires qui m'ont choisie comme directrice n'y perdront rien, puisqu'ils auront 66 pour cent de ce qui aura été créé, alors qu'ils n'avaient que 52 pour cent des anciennes installations. Vous, évidemment, vous serez moins chanceux : votre participation sur les instituts neufs sera ramenée à 33 pour cent, au moment même où vous devrez subir le déficit des anciens, à concurrence de vos 48 pour cent. »

Silence.

« Ces choses-là se plaident », dit enfin Bishop.

Elle bat joyeusement des mains :

« Merveilleux ! Quand commençons-nous ? J'adore les procès ! Surtout des procès comme celui-ci, qui durera bien trois ou quatre ans. Ou plus. Les nouveaux instituts auront au moins trois ans d'âge, quand on prononcera le jugement final. »

Elle lui sourit plus que jamais, jouant de la prunelle...

... « Et de deux choses l'une, comme disait cette fois mon merveilleux Mendel : ou bien il me sourit en m'offrant du thé, ou bien il me flanque à la porte... »

Il ne fait ni l'un ni l'autre. S'il se lève, c'est pour marcher dans le bureau et elle sent son regard sur sa nuque, et sur la ligne, très charmante croit-elle, de son dos si largement dénudé par la mode. Quant à elle, elle contemple les photographies encadrées qui montrent Bishop, plus jeune de quinze ans, aux commandes d'un Sopwith Camel de la Royal Air Force. « Si Winnie ne me rend pas le petit service que je lui demande, je raconte partout qu'il a tenté de me violer, dans les rosiers de son château de Marlborough. Ce n'est pas vrai mais comme il était trop soûl pour se souvenir de ce qu'il a fait... »

Bishop vient se rasseoir. Il la dévisage, pensif.

« Quand vous êtes entrée, dit-il, j'ai cru que vous étiez votre fille. On m'avait annoncé une vieille dame.

— Voilà bien l'un des plus gentils compliments qu'on m'ait jamais faits », dit-elle avec le plus éblouissant de ses sourires.

« Bishop, ce n'est pas un combat pour vous. Je ne suis pas Manfred von Richthofen, et nous ne nous battrons pas à coups d'aéroplanes. Le jury de notre combat sera uniquement composé de femmes, songez-y. Et il se trouve que j'en suis une. »

Silence.

« Aimeriez-vous un peu de thé ? » demande Bishop.

« Je croyais que tu ne devais jamais t'associer avec quelqu'un ? remarque Jeanne. Ce Bishop ne t'a jamais vendu que 15 pour cent...

— Dix-sept. Il a été charmant tout plein, ces avocats sont vraiment nuls. Et puis 15, ça ne faisait pas un compte rond. Auriol fils m'a donc vendu 25... plus 17, ça fait 42. Plus tes 12, 54...

— Je ne t'ai pas encore vendu mes 12 pour cent. Si ça se trouve, je refuserai.

— Ne m'éverve pas, Fougaril. Tu me les revendras, tu veux parier ?

— A un problème, il y a toujours... Je sais. Non, je ne parie pas. Je te connais trop. Tu es capable de tout.

— Tout comme Bishop me lâchera le reste. Et Auriol fils itou. Ce n'est qu'une question de temps. »

Elle en est absolument sûre. Et au vrai ce sera chose faite trois ans plus tard pour Auriol, et en avril 39 pour Bishop, quelques jours avant qu'il ne soit anobli par George VI. (Le même Bishop fera parvenir à Hannah un très beau nu de Whistler et une photographie de von Richthofen, celle-ci accompagnée d'un commentaire : *Il était moins redoutable que vous...*)

Cela dit, Jeanne n'a pas tort : hormis en Australie et en Nouvelle-Zélande – et encore son association avec les Fournac ne portait-elle pas uniquement sur le cosmétique – elle avait toujours refusé jusque-là l'idée d'avoir un associé, *a fortiori* plusieurs. Cela lui faisait horreur au moins autant que d'emprunter aux banques.

... Mais elle n'a pas eu le choix : elle n'a plus tellement de capitaux disponibles...

... De plus, le fait l'agace mais elle le reconnaît, elle est un peu moins intransigeante que par le passé.

Elle rachète ses parts à Jeanne. D'autant plus aisément que cette dernière n'a pas payé, en 1919, le prix total des 12 pour cent qu'elle contrôle. En fait, elle n'a réellement acquis que 10 pour cent, soit 1,2. Le reste a été investi par un consortium suisse réuni par Pierre Poncetti. Et cette vente de 1919 était assortie d'une clause donnant à Hannah, et à elle seule (qui l'ignorait et le découvre), la possibilité de racheter quand l'envie lui en viendrait :

« Pierre, tout comme moi, était persuadé que tu rachèterais un jour.

– En somme, tout le monde le savait sauf moi ! Jeanne, en ce qui te concerne, tu choisis : ou bien tu gardes ce un virgule deux que tu as payé de ta poche, ou bien je te le rachète.

– Ce qui t'arrange.

– Je n'ai plus trop de sous, pour l'instant.

– Je te fais une promesse de vente et tu me rachètes ces trucs quand tu veux.

– Fougaril, je t'aime.

– Il est temps que tu t'en aperçoives. Je préfère vendre – autant t'en parler maintenant – parce que je vais prendre ma retraite.

– Ta *QUOI*? Tu es folle.

– Je n'ai pas ta santé de cheval. Et puis je suis quand même un peu plus vieille que toi. Hier, en te voyant danser avec ce bel Italien, je me suis fait l'effet d'être ta vieille tante. C'est qui, l'Italien?

– Un ami, que j'ai connu autrefois à Rome. Nous nous sommes retrouvés par hasard.

– Par hasard, mon œil. Il est fou de toi, tu le sais?

– Nous parlions de ta foutue retraite.
– On a fini d'en parler, ma grosse. J'arrête à la fin de l'année prochaine. Je le trouve très beau, très distingué, j'adore ses tempes argentées. Et quel joli sourire !
– De qui parles-tu ?
– Tu le sais très bien. »

32

Un certain Niccolo Machiavelli...

Je l'ai donc connu à Rome, Lizzie. A l'époque, il m'avait invitée à dîner chez sa mère, dans leur palazzo. Je croyais l'avoir oublié, mais c'est à croire qu'il m'attendait, depuis tant d'années. Il n'était pas à Gênes, quand nous y avons débarqué du Rex, tout de même pas...

... Mais à Nice, si. Ça se produit le lendemain de notre arrivée : je marche avec Jacqueline sur la Promenade des Anglais et à un moment, il est là, face à nous, avec son petit sourire si charmant, avec sa canne à pommeau d'ivoire, son panama, ses guêtres blanches et son amusante moustache. Nous parlons... quoi ? peut-être cinq ou six minutes et nous ne nous sommes pas plus tôt éloignées que ma crétine de belle-fille s'esclaffe : « Ce Cavaliere est tout à fait fou de vous, maman », dit-elle, ou quelque chose de ce genre. Et ensuite, les jours d'après, où que j'aille, il y est, panama à la main, avec cette petite lueur dans l'œil que tu connais, gentille et un peu coquine, l'air de dire : « Eh oui, c'est encore moi... »

Je pars pour Paris et il est assis dans le restaurant où je déjeune avec Fougaril. J'ai beau lui faire les gros yeux, va te faire fiche, il est toujours là...

Et naturellement, il est à Londres. Monsieur est

descendu au Dorchester, *tout comme moi, et passe le plus clair de son temps – celui où moi je dors ou quand je suis à discutailler avec le foutu Bishop – chez les fleuristes, à me faire envoyer pivoines sur pivoines. J'ai dans ma suite jusqu'à cent soixante bouquets de pivoines en même temps...*

... Je reviens à Paris et il est là encore. Je vais à cette soirée costumée – après m'être frayé un chemin dans mon appartement du Ritz *envahi par une jungle de pivoines – et qui je trouve, déguisé quant à lui en pivoine?...*

J'oubliais de te dire qu'il avait loué quatre places autour de la mienne dans l'avion Londres-Paris, non pas pour lui-même – je me demande d'ailleurs comment il fait pour traverser aussi rapidement la Manche – mais pour m'ensevelir sous les pivoines, en altitude...

Bref, il m'invite à dîner et parce que je commence à avoir le fou rire – tu es bien placée pour savoir que j'y suis souvent sujette –, j'accepte. Je lui demande pourquoi des pivoines et il me répond : « Parce que c'est moins cher que les roses... »

« Ma mère m'a fait le grand chagrin de me quitter, dit-il, répondant à la question qu'Hannah vient de lui faire. Elle est morte voici cinq ans, très calmement, dans son sommeil. Nous ne sommes pas d'une famille à goûter les événements spectaculaires et les gesticulations. Quant à mes enfants, mille fois merci de vous souvenir d'eux, ma fille vient de se marier avec un Français et mon fils est parti pour l'Argentine où nous nous trouvons avoir quelques terres; il s'en occupera.

Ainsi qu'à l'ordinaire, ce matin-là, Hannah s'est levée aux aurores. Elle a quitté le Ritz vers six heures et sur la place Vendôme, à l'entrée de la rue de Castiglione, elle l'a trouvé qui l'attendait, tout près de son Alfa Romeo 1750. Pas trop surprise au demeurant, elle est passée à un mètre de lui et il s'est aussitôt porté à son côté gauche, marchant du même pas rapide. Ils ont traversé la rue de Rivoli puis le jardin des Tuileries et, par le pont Royal, la Seine. Ensuite, ils ont pris par les quais de la rive gauche jusqu'aux grands pieds de la tour Eiffel, ont à nouveau enjambé la Seine...

Elle a toujours adoré marcher ainsi, dans les petits matins des grandes villes, plongées dans le sommeil et le silence.

Ils sont revenus place Vendôme.

« J'ai très faim », dit-elle.

Il la regarde, ses deux mains gantées de cuir crème et croisées sur le pommeau de sa canne, aussi net que s'il venait d'être créé et mis au monde. Il est vraiment d'assez petite taille, pour un homme; à peine atteint-il le mètre soixante-cinq. Elle ne l'a jamais vu que merveilleusement mis, avec un surcroît de raffinement qui chez d'autres sentirait la recherche; mais pas chez lui, on ne pourrait l'imaginer autrement.

Ils roulent dans l'Alfa Romeo. Il l'emmène sur l'une de ces avenues qui bordent le bois de Boulogne. L'appartement est admirablement meublé, à base d'œuvres de Robert Adam, en citronnier, auxquelles de merveilleuses porcelaines chinoises apportent une nuance d'exotisme :

« Il se trouve simplement que j'ai été ambassadeur à Pékin. »

Le domestique est d'ailleurs chinois, qui vient servir le thé, tous les thés possibles, et leur prépare un petit déjeuner de rêve. Elle dévore, regardant passer des cavaliers dans les allées du bois.

« J'adore une femme qui mange », dit-il.

Il la regarde constamment et, peu à peu, voici

que naît chez elle une timidité – presque de l'émoi – bizarre, dont il faudrait remonter des années en arrière pour retrouver l'équivalent, si tant est qu'elle l'ait jamais connue.

Il lui demande de l'épouser sur le ton qu'il a eu, quelques secondes auparavant, pour savoir si elle voulait ou non davantage de mousse au chocolat.

Elle le fixe à son tour, incompréhensiblement affolée, et il sourit sans plus attendre sa réponse, enchaîne à la seconde en se mettant à parler d'André Malraux, qui vient de publier *La Condition humaine*, un mois plus tôt.

« S'il vous plaisait de le connaître, Hannah... »

Il la ramène au Ritz et à l'entrée de l'hôtel lui baise les doigts :

« Je vous attends depuis quatorze ans, Hannah. Je peux attendre encore. »

« Je suis trop vieille, ma vie est achevée. Et d'ailleurs, je n'ai pas d'amour pour lui, je n'en aurai jamais, pour lui ni pour aucun autre, dussé-je vivre mille ans. »

Elle lui dit ces choses quelques jours plus tard. Elle vient de conclure ses transactions avec Auriol, avec Bishop et également avec les Suisses et Jeanne Fougaril; désormais elle a repris à 54 pour cent ce qu'elle avait créé en Europe, contrôle partie du reste, et prépare une longue tournée en Europe, de Lisbonne à Stockholm, un institut après l'autre, permettant d'estimer au passage chacune des boutiques et de revoir tout l'ensemble du réseau, pour une très ferme reprise en main...

« Je sais, dit-il. Mais je n'ai jamais espéré que vous puissiez avoir de l'amour pour moi. Hannah, je vous en prie, n'allez pas me parler de votre âge... »

Elle a quelques années de plus que lui, pourquoi feindre de l'ignorer ?

Pour toute réponse, il la considère, de son air si tranquille et si implacablement doux, avec tant d'intensité dans l'œil toutefois que pour un peu elle rougirait, sous réserve qu'elle en fût capable. En pareil cas, elle passe sans bien comprendre comment de la colère contre elle-même à cet émoi bizarre qu'elle a déjà ressenti face à lui, et qui l'exaspère tant ; il faut dire qu'on lit très clairement le grand désir qu'il a d'elle, sous toutes les apparences de la bonne éducation. « Me revoilà avec des pudeurs de jeune fille... Oh ! Hannah, qu'est-ce qui t'arrive ? Tu verserais presque dans la panique, ça ne tient vraiment pas debout. Bien entendu, il est exclu que tu sois amoureuse de lui, la chose est impossible... Outre que tu as cinquante-huit ans. Ce serait foutument grotesque d'éprouver quoi que soit à un âge pareil. On en rirait jusqu'en Australie. Alors vite, s'il te plaît, fais quelque chose, prends un amant ou même quatre, si ça te chante...

« ... Sauf que ce n'est pas d'un amant que tu as envie. Quoique. Alors, c'est quoi, imbécile ? Un compagnon ? Que tu prendrais comme on embauche une cuisinière ? »

Elle part pour sa tournée en Europe sans avoir dit ni oui ni non. Elle s'en veut de cette indécision. Surtout quand elle constate sa propre déception de ce qu'il ne soit ni à Lisbonne, ni à Madrid ou Barcelone, ni même à Rome, où elle se retrouve sous la pluie de septembre.

Le bon et bourru Gaffouil est mort, lui qui depuis trente-trois ans travaillait pour elle – victime d'une crise cardiaque. D'Italie elle revient dans le sud-ouest de la France, à Pau, où Yvonne a choisi d'enterrer son mari. Hannah a tenu à assister aux funérailles et s'étonne de ce qu'on puisse s'étonner de sa présence, elle qui toute sa vie a été et sera d'une fidélité farouche envers ceux qu'elle aime, et envers ceux qu'elle déteste – elle a pu attendre plus d'un quart de siècle pour se venger d'un Dwyer mais à l'opposé elle met, à consoler Yvonne, à aider les enfants qu'Yvonne a eus de Gaffouil, un identique acharnement et la même patience.

Elle repart seule pour sa tournée, ayant refusé qu'Yvonne la suive « je veux d'abord que tu soignes cette toux ».

... Et voilà que sa solitude, à elle Hannah, lui pèse, pour la première fois en quarante-cinq ans. Elle en est à guetter les lettres signées de Niki – Pier-Paolo d'Arcangheli – qui lui parviennent régulièrement à chacune de ses étapes. De même que, dans tous les hôtels où elle descend, l'attendent des fleurs, des pivoines bien entendu mais à présent en quantités raisonnables – comme s'il avait renoncé à sa fantaisie première.

En novembre elle est à Berlin, sous une pluie froide et glacée. Elle sait alors très peu de chose du nazisme. Suffisamment toutefois pour s'être fait une opinion : elle avait déjà en tête de fermer l'institut de la capitale allemande, de même que ceux de Hambourg et Munich. Mais sa véritable décision est du 19 novembre. Moins de trois heures après avoir débarqué de l'avion de Zurich.

Son directeur pour l'Allemagne est un certain Fred Hauptman, vaguement apparenté à l'auteur dramatique du même nom. Il apprend à Hannah qu'il a en effet reçu, six mois plus tôt, la visite de trois représentants de l'administration...

« Mais il n'y a pas eu de suites.

– Il y en a une : je ferme. Dans l'heure, je vous prie, Fred.

– Nous avons ici une quarantaine de clientes, au moins !

– Vous avez surtout trente minutes pour les faire sortir ! »

Elle s'assoit dans le hall d'entrée et veille à l'application de ses propres consignes. Elle a pris place dans l'un de ces fauteuils doubles qu'on appelle un confident pour assister aux premiers départs de clientes; et c'est de là qu'elle voit arriver, accompagnée d'un Fred Hauptman fort mal à l'aise, une grande et belle jeune femme, à l'expression altière :

« Je suis Magda Goebbels et mon mari...
– Je suis juive et je vous emmerde », répond Hannah, le menton posé sur les extrémités de ses doigts, mains jointes.

Elle prend l'après-midi même l'avion pour Amsterdam. Plus tard seulement, elle apprendra que des policiers, après l'avoir recherchée dans tous les hôtels de Berlin, ont forcé Hauptman à rouvrir les trois instituts. En pure perte, et d'ailleurs Hauptman lui-même est arrêté pour avoir exécuté les ordres d'Hannah : il a licencié et dispersé toutes les esthéticiennes (trois d'entre elles ont reçu une affectation à l'établissement de Vienne, deux ont accepté de partir pour Prague, d'autres ont été réembauchées à Zurich et à Amsterdam – celles du moins qui ont pu ou voulu quitter l'Allemagne.

Hannah mettra huit mois à faire sortir de prison son directeur, puis à lui faire quitter l'Allemagne, ayant obtenu par l'intermédiaire de son avocat Pierre Poncetti une intervention du directeur de la Reichbank, le docteur Schacht.

Sa tournée prend fin en février. Le 21 du mois, elle rentre à Paris (Abigail est venue passer avec elle, à Stockholm, les fêtes de fin d'année).

Des pivoines l'attendent au Ritz. Il s'en trouvait déjà dans la Rolls-Royce qui est venue la chercher à la gare du Nord – la voiture est pilotée par Laurent Gaffouil, neveu d'Yvonne.

... Et à l'intérieur de la suite ouvrant sur la place Vendôme, il n'y a pas seulement des fleurs. Se trouve aussi un Chirico que le peintre lui a dédié, et qui a été livré une heure plus tôt.

Quand vous voudrez, si vous voulez, dit le laconique message de Niki.

« Même ma propre fille qui s'en mêle, dit-elle. Je suppose que vous avez fait exprès de la rencontrer et de la séduire !

– Un certain Niccolo Machiavelli est parmi mes ancêtres, du côté de ma mère. »

Il dit que sa rencontre avec Abigail ne fut que pure coïncidence. Il s'est simplement trouvé là, lors de l'arrivée d'Abie à Paris (elle se rendait à Stockholm, donc), avec sa voiture et son chauffeur... Hasard qui lui a permis d'accueillir la jeune fille et ses bagages, lesquels auraient été sans lui bien encombrants, puisqu'un mauvais plaisant avait décommandé par téléphone le comité de réception prévu par Jeanne Fougaril.

« Machiavel, hein ? dit Hannah.

– Nul n'est responsable de sa famille.

– Mais vous n'étiez pas obligé d'inviter Abie le lendemain, ni surtout de l'ensorceler par votre charme irrésistible de *latin lover*. Pauvre et innocente jeune fille débarquant de son Amérique natale...

– C'est vrai », dit-il.

Il penche la tête d'un air contrit, avec gentillesse, pour se faire pardonner. Elle fond, et par-dessus la table, pose sa main sur la sienne :

« Niki, ça ne va pas trop fort. L'Europe a la gangrène. »

Au vrai, elle est encore, malgré l'intermède suédois pendant lequel Abigail n'a cessé de lui parler du merveilleux Niki, sous le coup de ce qu'elle a vu, lu, entendu à Berlin et même à Amsterdam, à Bruxelles et Anvers, même à Paris.

« Je suis là, dit Niki. Ne riez pas mais je crois bien avoir été créé pour vous seule.

– Je ne ris pas.

– Je vous aime. »

Elle ferme les yeux, encore une fois reprise par cette petite douleur si amère et si agréable. Ce soir-là, après le dîner à la *Tour d'Argent* où il a ses habitudes, Niki l'emmène rue de l'Odéon chez Adrienne Monnier où se tient une réunion littéraire. Paul Valéry, Cocteau, Gide, Valéry Larbaud et autres André Breton sont là. Hannah a la surprise de découvrir que tous ces gens qu'elle connaît, il les connaît mieux qu'elle et avec bien plus de constance.

... C'est encore par Niki qu'elle fait connaissance d'un Irlandais quinquagénaire du nom de O'Driscoll. Il a été l'un des compagnons de route de Lénine, avant et après la révolution, et a conservé de son passé de terroriste antibritannique des airs d'espion qui enchantent Hannah : il ne s'assoit jamais à une table, serait-ce à *La Coupole* ou à *La Closerie*, sans vérifier sous les banquettes s'il ne s'y trouverait pas une bombe.

Un soir, O'Driscoll lui demande pourquoi elle n'a jamais créé d'instituts chez les Soviets, ni même, avant, chez les tsars.

« Un, parce que je suis polonaise et que je me passe fort bien de voir des Russes, et deux, parce que je vois mal comment mes crèmes pourraient améliorer de quelque façon leurs bobines de moujiks.

– Elle plaisante, dit Niki.

– Je ne plaisante pas du tout, dit Hannah. Et en plus, je doute fort que votre cher Staline soit tellement passionné par les laits de beauté. »

C'est vrai qu'elle n'est guère intéressée par une

implantation chez Joseph Staline. Elle imagine mal qu'un tel établissement puisse être rentable, et même simplement autorisé. Mais en revanche elle discerne fort bien la réclame que cela lui ferait... à condition qu'elle obtienne des journaux d'Occident un écho de sa campagne moscovite. Ce qui ne devrait pas trop poser de problèmes, les journalistes peuvent être très gentils avec elle, sitôt qu'elle prend la peine de s'intéresser à eux.

Pactiser avec les Rouges ne la ferait pas rougir; après tout quelques mois plus tôt, le 16 novembre 1933 à la Maison-Blanche, le président Roosevelt et Litvinov ont bien signé un accord marquant la reconnaissance diplomatique américaine, et le rétablissement des relations entre les deux pays...

... Mais de là à l'imaginer, elle Hannah, en représentante du grand capitalisme américain chez les Soviets, il y a un pas.

Elle a donc pris O'Driscoll pour un fou sympathique.

Elle se trompe : un mois et quelque plus tard, le même O'Driscoll reparaît. Connaîtrait-elle Gorki? Elle répond qu'elle connaît un Maxime Gorki, écrivain, dont elle a lu *Les Bas-Fonds* et *La Mère*.

« Celui-là même, dit l'Irlandais. Iriez-vous à Moscou si Gorki vous y invitait?

– Pourquoi pas? Mais je le croyais mort.

– Il était encore bien vivant voici dix jours quand nous avons dîné ensemble. Vous parlez russe, n'est-ce pas?

– Sûrement mieux que vous. »

Le printemps de 1934 est venu. En quelques mois, Hannah a opéré sa reprise en main de toutes ses affaires d'Europe, il n'est aucun des instituts ni aucune des boutiques qui n'ait reçu sa visite, et dont elle n'ait passé les comptes au crible; elle connaît désormais les noms, les visages, les qualités et les défauts, l'ancienneté de tous ceux et celles qui travaillent pour elle.

Tous les mois, soit Jessie soit Dennis LaSalle, plus rarement Wynn qui a cet inconvénient de ne parler aucune autre langue que l'anglais, effectuent le voyage depuis New York et lui apportent, outre les chiffres qu'elle reçoit au jour le jour ou peu s'en faut, des nouvelles fort satisfaisantes : l'Amérique de Roosevelt semble bel et bien se redresser, presque cinq ans après le krach de 29 – « Franklin ne me doit plus que 7 500 dollars et s'il continue de la sorte, je le tiendrai quitte dans, disons trois ans... » Partout les courbes remontent; elle calcule que cette année 34, au train où vont les choses, lui laissera un bénéfice net d'un million et demi de dollars, pour le seul réseau américain.

Et selon Maryan, la bourse de Wall Street aussi se porte mieux :

« Hannah, si tu veux sortir de tes investissements, tu vas bientôt pouvoir le faire. On peut envisager de retrouver des niveaux raisonnables de cotation... »

Dans l'île de la Cité, elle a fini par acheter cet appartement qu'elle avait voulu acquérir en 1913 déjà. A l'époque la propriétaire avait opposé un refus des plus catégoriques; la mort seule a eu raison de son entêtement. En fait, il s'agit de deux étages, et même trois en comptant les combles; les lieux sont d'une indescriptible saleté, la défunte vivait avec, paraît-il, cent trois chats, les tapisseries du XVIIe sont souvent en lambeaux, les parquets menacent de s'effondrer, autant que les lambris et on ne saurait s'asseoir sur la moindre chaise tant les meubles sont vermoulus.

« Tout est à refaire, décrète Adam qu'elle a tout

spécialement fait venir de Detroit. Sauf les murs et encore... »

Ils escaladent les toits, son fils et elle. Si la vue est par ailleurs d'une splendeur à couper le souffle, le petit immeuble voisin arrête un peu le regard; et outre cela il est trop près, cinq ou six mètres à peine.

« Maman, à tant que faire, tu devrais aussi acheter le dernier étage de cette maison-ci. Et je te dessinerai une passerelle de verre pour aller de l'un à l'autre... »

... Il pense également à un jardin, qui prendrait tous les toits de l'un et l'autre immeuble. Avec une fontaine, ou mieux encore une petite cascade, et des arbres nains japonais. Plus, au milieu des fleurs et de toute la végétation, une ou deux, voire trois pièces, qui constitueraient une espèce d'appartement-refuge, presque entièrement vitré, afin de conserver la vue panoramique somptueuse qu'on peut avoir sur tout Paris.

Adam séjourne huit jours à Paris. Il a trente-trois ans, et, presque à contrecœur, elle doit reconnaître qu'il est un peu moins chaque année le portrait de son père. Même si la ressemblance physique, du visage et des mains surtout, demeure saisissante, il est plus grand que Lui, plus athlétique aussi, et surtout il témoigne d'une sûreté de lui-même tranquille et calme. Sa Jacqueline a fait énormément en ce sens. D'ailleurs, il parle très volontiers de sa femme, de ses enfants, de son travail d'architecte, de sa vie américaine à laquelle il s'est si bien fait – n'est-il pas déjà capitaine de la Garde nationale, autant dire officier de réserve? Et ne lui a-t-on pas proposé de rejoindre le parti démocrate, pour les élections municipales de Detroit?

« Mais je ne peux pas accepter, maman. Tes chances de voir un jour ton fils à la Maison-Blanche sont proches du zéro absolu. »

... Elle devine ce qu'il va dire avant même qu'il n'ait ouvert la bouche.

« Est-ce que tu vas épouser Niki, maman ?
– Je ne sais pas.
– Abie le trouve absolument merveilleux. J'ignore s'il est merveilleux, mais je le trouve plus que sympathique.

« Et ça y est : me revoilà tout affolée ! »

– Tu serais d'accord, Adam ?
– Je n'ai pas à être d'accord. Mais j'en serais heureux. Je crois que tu as besoin de lui... »

Elle le regarde stupéfaite, sinon abasourdie : *besoin de Niki*? L'idée ne lui en était même pas venue. Toute sa vie, elle a vécu indépendante, n'attendant rien des autres hors de ce qu'elle pouvait leur donner. Qu'elle puisse avoir besoin de quelqu'un...

Il lui faut toute une nuit pour se convaincre qu'Adam n'a peut-être pas tort, et cela seulement après être passée par l'agacement et presque la colère – de quoi Adam se mêle-t-il ? Au matin pourtant, elle retrouve suffisamment de recul pour se moquer d'elle-même, preuve de ce qu'elle a recouvré toute sa lucidité ordinaire : « Tu as vraiment le plus insupportable caractère qu'on puisse imaginer, Hannah ! Tu serais ma fille, je te rouerais de coups. Il n'est même pas exclu que tu sois folle, avec ta façon de te parler à toi-même, comme si vous étiez deux Hannah – alors qu'une seule suffit amplement à emmerder tout le monde ! Pourquoi obliges-tu de la sorte le gentil Niki à faire le pied de grue ?

« ... Ne me dis pas que tu l'ignores, s'il te plaît. Tu le sais fort bien : te remarier et être jour après jour dans les bras d'un autre homme t'apparaîtrait comme une trahison horrible...

« ... Et tu continuerais de penser à Lui jusque dans les moments extrêmes...

« Ou du moins tu le crois... A moins que tu aies peur du contraire, et de découvrir qu'Il n'est plus aussi présent qu'autrefois.

« C'est ce qui te fait le plus peur, Hannah... »

Adam est reparti pour les Etats-Unis. Niki n'est pas à Paris mais à Saint-Tropez (un petit village inconnu), où sa fille est sur le point de mettre au monde son deuxième enfant.

... Elle est donc seule quand la lettre lui parvient, très officielle puisque acheminée par un fonctionnaire de l'ambassade soviétique : elle est invitée à Moscou, et avec elle aussi, si la chose est possible, cinq ou six de ses mannequins esthéticiennes. Quand peut-elle partir ?

Dès le lundi suivant.

Cela lui laisse à peine quatre jours pour tout régler, choisir ses accompagnatrices, s'assurer qu'elles ont un passeport et que les visas y seront apposés, et aussi les habiller, les coiffer, les ganter, leur répéter deux cents fois par jour ce qu'elles devront faire et dire (« jamais *niet* et toujours *da*, c'est simple, non ? ») et encore constituer un stock, un plein wagon, de tous les produits à emporter, voire de quelques meubles et matériels indispensables (que peut-être on ne trouvera pas sur place), et prévenir la presse, toute la presse, non seulement française mais aussi européenne et américaine, faire de cette expédition dans les steppes un événement colossal, au point qu'ils seront cinquante photographes et douze radio-reporters à l'encercler quand elle montera dans son train pour Moscou, emmitouflée dans son manteau de zibeline, répondant en français, en anglais, en italien, en espagnol, en polonais et en russe à toutes les questions qui fusent, ravie et très allègre, mettant en valeur l'exceptionnelle beauté des six jeunes femmes qui l'accompagnent et dont la plus petite la dépasse d'une tête...

... Cherchant constamment à se rappeler ce qu'elle a bien pu oublier dans toute cette fièvre, convaincue d'avoir oublié quelque chose, et d'important, que pourtant elle aurait dû faire ou dire (« mais qu'est-ce que ça peut être, nom d'un chien! »)...

... inspectant elle-même le wagon de produits dont Jeanne Fougaril lui a juré sur sa tête qu'il n'y manquait pas un bouton de culotte, s'assurant qu'elle a bien emporté les éditions originales du *Père Goriot* de Balzac et de *L'Education Sentimentale* de Gustave Flaubert, qu'elle destine en cadeau à Maxime Gorki...

... Et même quand le train démarre, puis bien après qu'il a démarré, lorsqu'il traverse l'Europe et cette plaine immense où elle est née, tandis qu'elle endoctrine encore un peu ses esthéticiennes au point de les rendre presque hagards, elle se demande ce qui a bien pu lui échapper du fait de toute cette hâte, elle qui n'oublie jamais rien.

Elle collationne et compile, mais ne trouve rien.

« C'est foutument agaçant! »

Crâne rasé et moustaches de moujik mais l'œil brûlant d'intelligence, Gorki l'accueille comme s'ils s'étaient toujours connus. Il ne lui fera pas de confidences, bien sûr, mais en dira assez, par ses silences, pour qu'elle comprenne qu'il n'est plus le chantre enthousiaste du stalinisme dont O'Driscoll lui avait tracé le portrait. Il a des réticences et des nostalgies. Par ses questions, il la fait davantage évoquer Paris et Montparnasse, Londres et New York, qu'il ne parle lui-même de la Russie – ou bien la Russie qu'il montre et dont il s'enorgueillit est-elle la sienne propre, avec ses senteurs de samovars et ses étendues aussi immenses que les cœurs, et non celle des hommes rouges. Durant tout le séjour moscovite, il ne quitte pas Hannah. Il assiste en souriant aux démonstrations quotidiennes, où l'on se bat pour entrer, malgré la soumission de la foule (Hannah en organise trois par jour, de ces démonstrations, au lieu de l'unique séance mise au programme; et en dépit de cela, elle ne parvient pas à satisfaire l'énorme soif de connaissance des femmes de Moscou). Il lui fait rencontrer des peintres, dont quantité ont du talent, et aussi des écrivains et des musiciens, et se fait un devoir de la raccompagner chaque soir à son hôtel de la Perspective Marksa. Un soir, alors qu'il vient justement de la quitter – il est neuf heures trente et elle a choisi de se retirer tôt pour revoir ses notes –, il la rappelle et lui demande si elle accepterait de ressortir pour rencontrer quelqu'un. Elle hésite puis dit oui, uniquement parce que la voix de l'écrivain sonnait bizarrement.

Une demi-heure plus tard, elle est au Kremlin.

... Et stupéfaite. S'il n'y avait pas le sourire amical du vieux Gorki, elle s'inquiéterait presque...

... Mais il y a ce sourire et les mots qu'il répète :

« Il a voulu vous voir, Hannah. »

Comme si l'événement le surprenait plus qu'elle.

On passe d'un garde à l'autre, on s'infiltre au cœur d'un incroyable réseau de surveillance. Enfin, on parvient à la salle Saint-Georges du Grand Palais, où ils s'assoient, Maxime Gorki et elle, pareillement perdus dans cette immensité sonore de soixante mètres sur vingt. Le parquet est une pure merveille, ses lames proviennent de vingt essences différentes. Une heure au moins s'écoule. Seule, Hannah repartirait : « Je n'ai rien à foutre de ce bonhomme qui non seulement me tire du lit, mais encore me fait attendre ! » On vient cependant les chercher, pour les conduire par un dédale de corridors et d'escaliers. A un moment, incrédule au terme d'une si longue attente, Hannah se retrouve dans un petit salon assez lourdement meublé. Un homme est là, écrivant à une petite table. Il est de taille à peine moyenne, il a des moustaches épaisses. Il repose enfin la plume et se lève. Gorki fait les présentations et voici Joseph Staline qui a un léger froncement de sourcils, tel celui qui ne retrouve rien dans sa mémoire. Gorki intervient à nouveau, avec diplomatie – Staline et lui se tutoient. Bientôt s'engage une conversation qui, n'étaient le lieu et la personne, serait bien banale.

Staline fait remarquer à Hannah qu'en somme elle est née russe. Elle en convient, mais réplique qu'elle est américaine, et depuis trente-quatre ans.

Il l'interroge sur sa fortune, et comment elle a pu la faire, étant femme, et de combien elle est.

« J'ai fabriqué de la crème, un pot et puis un autre et puis encore quelques-uns, répond-elle. J'en vends aujourd'hui dans vingt et un pays et je possède aujourd'hui environ vingt-neuf millions de dollars. Ce n'est pas une histoire très compliquée. »

Une espèce de sourire passe dans les yeux un peu fendus du Géorgien. D'un coup, s'étant assis près d'elle, il lui raconte qu'il est allé à Londres, en 1907, et que c'est là le seul voyage qu'il ait jamais fait, avec un court séjour à Vienne. Sans le moindre enchaînement, le voici qui cite Walt Whitman, qui est son poète préféré, avec Gorki bien entendu. Et enfin, il demande à Hannah si elle va ouvrir l'un de ses instituts à Moscou.

« Si le gouvernement m'en donne l'autorisation, oui », dit-elle.

Il sourit tout à fait. Il croit savoir que le gouvernement l'y autorisera. Et il a même entendu parler d'instituts de beauté dans toute l'Union soviétique. Pourrait-elle créer une école d'esthéticiennes, comme elle l'a fait en France et aux Etats-Unis?

« Nom d'un moujik, Hannah, tu rêves! Ce plouc aux affreuses mains d'étrangleur se mêlant de beauté, on aura tout vu! »

L'entretien a pris fin très vite. Son ahurissement n'est même pas dissipé qu'elle se retrouve sur la place Rouge.

« Il m'a vraiment autorisée à ouvrir un institut? Il m'a vraiment demandé d'ouvrir une école d'esthéticiennes, je n'ai pas rêvé, Alekseï Maksimovitch?

– Tu n'as pas rêvé », dit Gorki.

De la porte de la tour du Sauveur débouchent le sous-officier et les deux soldats qui marchent vers le mausolée de Lénine, achevé quatre ans plus tôt. Il est minuit moins deux minutes : « Moscou ne sera pas assez, il me faudra aller à Leningrad, et dans d'autres villes... » Déjà, elle en est à échafauder des plans, pour cette expansion si inattendue... « Et puis ensuite la Chine, et le Japon... Les Indes également, bien sûr... Et Istanbul, Le Caire... Et Bucarest, que j'aurais déjà dû ouvrir... Après quoi je pourrais aller voir tout au bout de l'Afrique, au Cap, s'il y a quelque chose à faire... Il ne restera plus que l'Amérique latine, au départ de Mexico... En Argentine par exemple, où le fils de Niki... *Oh! nom d'un chien!* »

Elle a juré à voix haute. Elle s'immobilise à l'instant de pénétrer dans son hôtel.

« Quelque chose ne va pas? demande Maxime Gorki.

– Cela fait plusieurs jours que j'avais l'impression d'avoir oublié quelque chose, en partant de Paris. Je viens de trouver : j'ai oublié de me marier! »

33

Je suis heureuse
et ne vieillirai jamais...

Ils se marient à Rome, le 6 juin 1934. Devenue princesse d'Arcangheli, elle restera surtout Hannah.

Assistent au mariage Maryan et Lizzie Kaden et huit de leurs enfants, eux-mêmes accompagnés de leurs conjoints respectifs et de leurs rejetons; il y a aussi Adam et Jacqueline, plus les six petits-enfants qu'elle a eus d'eux; et encore Abigail, venue au bras de Paul Travers, l'ingénieur-chimiste du laboratoire de New Rochelle, avec qui elle vient de se fiancer : « Tu ne crois pas que tu aurais pu m'en parler, Abie ? – Je voulais t'en faire la surprise, Maman. Ne m'en veux pas et surtout n'en veux pas à Paul : j'ai eu un mal fou pour le convaincre de venir... »

Elle, Hannah, a toujours eu de l'estime pour Paul Travers, elle ne l'aurait pas engagé sans cela, mais il lui semble que c'est tout autre chose de l'avoir pour gendre, « et ce binoclard s'imagine qu'épouser ma fille est le meilleur moyen d'obtenir une meilleure situation ? »... Sa colère tombe aussi vite qu'elle était montée : le jeune Paul est visiblement frappé d'épouvante en face de sa future belle-mère et présente patronne, mais Abigail et lui sont d'une détermination extrême, et non moins sereine :

« Maman, Paul et moi, nous voulons créer notre propre laboratoire. Il a un peu d'argent, j'ai quelques économies moi-même et...

– Plus crétin, je ne me rappelle pas avoir entendu, dit Hannah. Non seulement je perdrais mon meilleur chimiste, mais en plus ma propre fille irait travailler pour la concurrence! Non mais je rêve! »

Elle finit par éclater de rire...

... mais demande à Paul combien, au juste, il a de sous. Il le lui dit. Elle hoche la tête : elle ne le croyait pas si riche. Il dit qu'il économise depuis six ans, *cent* après *cent*.

« Après un emprunt à une banque... »

Elle bondit : emprunter à ces voleurs de banquiers? (La scène se passe à quinze heures de son mariage avec Niki.)

« Paul, on se tait et voici ce que nous allons faire : vous mettez votre argent et je vous vends la moitié du laboratoire de New Rochelle. Il n'y a pas assez, mais vous me paierez le reste en petits-enfants. Dix pour cent par petit-enfant. Quinze s'ils sont vraiment mignons et ne me ressemblent pas... Mais si, vous pouvez faire en sorte qu'ils ne me ressemblent pas, il suffit de vouloir, dans la vie... »

Jeanne Fougaril est également venue à Rome, et Estelle Twhaites, la veuve de Polly, et Jessie de New York et Cathy Montblanc et bien d'autres. Winnie Churchill, qu'Hannah n'avait pas osé inviter, envoie deux cadeaux : l'un est un Pissarro superbe, l'autre un corset de femme des années 1890, dans lequel dix Hannah tiendraient à l'aise.

... Tant et si bien que ce mariage prévu dans l'intimité se trouve rassembler plus de trois cents personnes. Beaucoup d'entre elles venues sans invitation, quitte à n'assister qu'à la cérémonie.

Niki possède, outre le *palazzo* de Rome et la propriété rurale en Lombardie, une maison de campagne en Toscane et la villa d'Anacapri, à Santa Maria Cetrella. C'est dans cette dernière que le couple passe quatre jours. Quatre jours seulement. Niki ne proteste pas au matin du cinquième quand elle lui annonce qu'ils ne feront pas tout de suite ce voyage en Amérique du Sud dont ils avaient formé le projet : elle veut d'abord s'occuper de son implantation chez les Soviets, veut aussi ouvrir Istanbul et Bucarest, voire Sofia...

« C'est l'affaire de deux ou trois mois. Tu m'en veux beaucoup ? »

Il secoue la tête en souriant, avec cette invraisemblable tendresse douce qu'il lui manifestera toujours, cette patience et cette compréhension dont, jusqu'à sa propre mort, il ne cessera jamais de lui fournir des preuves renouvelées.

« Pas si je peux venir avec toi, Hannah.
– Tu vas t'ennuyer...
– Je ne crois pas. »

Il va avec elle, ils voyageront désormais ensemble.

C'est un amant qui à bien des égards lui rappelle André Labadie – « à ceci près que lorsque j'ai connu André, je n'étais pas libre, personne ne pouvait être plus qu'un pis-aller. Tandis qu'à présent, et à mon âge... » En toute sincérité, elle juge qu'elle a pour Niki une immense tendresse, de l'affection, et une amitié non moins fervente. Au fil des mois qui passent, elle constate qu'elle s'est tant habituée à lui, à sa présence souvent silencieuse et à ses attentions, qu'elle ne supporterait même plus l'idée d'une séparation.

Niki endure même ses colères. Avec un flegme déconcertant. A vous décourager de vous mettre en rage. Quand elle devient par trop exaspérante, et elle peut l'être fichtrement, il se contente en général de changer de pièce; il prend un livre et, comme si de rien n'était, se plonge dans la lecture. Elle peut hurler, il n'entend pas, ou fait mine de ne pas entendre – la différence est mince. Aux pires moments d'orage, il va carrément faire un tour, sans un mot, et à son retour elle chuchote presque, au lieu de vociférer, domptée et finalement amusée de l'être. Ce petit homme toujours tiré à quatre épingles et d'une courtoisie immuable sait à merveille comment la prendre. « Je crois que j'ai été créé pour m'occuper de vous », lui a-t-il dit un jour...

Il le prouve.

Il ne se mêle en rien de ses affaires. Sauf quand elle lui demande son opinion, ce qu'elle va faire de plus en plus souvent, mais jamais devant une tierce personne. C'est lui notamment qui suggère pour le remplacement si difficile de Jeanne Fougaril (Jeanne n'a pas voulu revenir sur sa décision de retraite) une jeune femme d'à peine plus de trente ans, Maud Derry; elle est de mère française et de père américain, elle a été directrice chez Paul Poiret, puis a dirigé l'institut de Monte-Carlo, avant de prendre la direction de l'Espagne et enfin de coordonner les relations du secteur Europe, sitôt qu'Hannah en a repris le contrôle, et du réseau américain.

Hannah hésitait entre elle et un Milanais bourré de qualités, formé en partie à New York chez Manbocher.

« Pourquoi pas Luigi, Niki? Il est italien comme toi, après tout...

– Tu me demandes mon avis, je te le donne. Il me semble que Maud ferait mieux ton affaire.

– Et elle est ravissante en plus, satyre.

— Et elle est ravissante en plus. Je ne sache pas que cela nuise. »

Niki s'est mis à la peinture, avec pas mal de nonchalance. « Comme une femme fait du crochet en attendant que son mari en ait terminé avec ses réunions d'affaires », a-t-elle pensé une ou deux secondes... avant de s'en vouloir beaucoup de cette méchanceté très gratuite. Et pleine de contrition, elle s'est extasiée sur les tableaux de son mari :

« Ne te fatigue pas, Hannah, je ne suis qu'un barbouilleur, comme ton ami Churchill. Et je m'en moque. »

Pour les fêtes de cette fin d'année, ils sont à New York. (Les magazines américains consacrent à Hannah leurs couvertures, où on la voit souvent photographiée sur la place Rouge, ayant été celle qui a planté le premier drapeau capitaliste dans l'univers stalinien; et la presse féminine ne se lasse pas de lui accorder des pages et des pages; de plus en plus souvent, on la reconnaît dans la rue...)

Elle cherche à acheter ou à louer une maison de campagne, aux environs de New York, elle est même prête à s'éloigner un peu, mais ne trouve rien qui convienne.

Retour en Europe en janvier. Pierre Poncetti de Genève, Nigel Twhaites et Henry Christie de Londres, Joachim Hueberschmidt de Zurich, Jos Wynn de New York lui ont depuis des mois préparé le terrain, se rendant même à l'autre bout du monde.

Elle rachète l'Australie et la Nouvelle-Zélande.

C'est à Londres qu'elle reçoit la délégation australienne, composée de Régis Fournac et de deux de ses neveux, fils de Jean-François mort deux ans plus tôt. Malgré leurs noms gaulois, ces hommes sont des *Aussies* bon teint, et d'ailleurs leur français est hésitant, surtout chez les représentants de la deuxième génération.

Elle ne s'est jamais départie de son amour pour l'Australie, et son amitié avec Régis Fournac est à l'épreuve du feu. On parvient à un accord, et on le paraphe dans les derniers jours de mars. Elle, Hannah, reprend 70 pour cent de toute la partie cosmétique, et 15 pour cent seulement de l'énorme chaîne de restaurants, d'hôtels, de salons de thé, de boutiques de toutes sortes, créée en quarante années par les anciens émigrants français et elle-même, au temps somme toute si heureux où elle vivait à Sydney et Melbourne. (« Nous y retournerons, Niki? J'ai un peu de nostalgie. – Quand tu voudras, ma chérie... »)

C'est sur son insistance, fort discrète, qu'elle a racheté ces 15 pour cent, rompant avec la règle sacro-sainte qui lui interdisait de sortir de son domaine, celui des seuls produits de beauté. Mais elle a découvert non sans surprise, après presque un an de mariage et le connaissant depuis des années, qu'il a été pendant quinze ans l'un des conseillers juridiques et financiers du Vatican :

« Bon sang, tu as failli être cardinal, alors?

– J'aurais pu l'être.

– Qu'est-ce que tu me chantes? Tu n'es même pas prêtre!

– Il n'est pas nécessaire d'être prêtre pour être cardinal. »

En somme, elle a failli être la femme d'un cardinal! Cette idée-là la fait rire à en tomber par terre.

Elle est « foutument » joyeuse et pleine d'entrain. Quand, à peu près à cette époque, elle recompte une nouvelle fois ses sous et ses biens terrestres, elle découvre avec allégresse qu'elle approche du chiffre de cent instituts et que, s'agissant des boutiques, le total frôle les trois cent cinquante...

« Un véritable empire », dit Niki.

Elle ne cesse de perfectionner ses réseaux, de courir de l'un à l'autre de ses établissements. Pendant un temps, pour créer un effet de surprise, elle se déguise... jusqu'à ce jour à Barcelone où, débouchant de la rambla de Canaletas avec un camouflage proprement ébouriffant, elle s'entend dire par l'esthéticienne qui l'a prise en charge et qui ne bronche absolument pas devant ses exigences les plus imbéciles : « ... A propos, madame Hannah, nous sommes toutes très contentes de vous avoir parmi nous. Nous avons pensé que ces quelques fleurs... » et il se révèle qu'elle a été reconnue à la seconde où elle a franchi le seuil, malgré sa perruque blonde, ses grosses lunettes de myope, ses faux seins de walkyrie et ses talons de vingt-cinq centimètres de haut.

« Pour avoir l'air stupide, j'ai l'air stupide », pense-t-elle très mortifiée.

Et cette fois, c'est Niki qui tombe par terre, toujours de rire.

Abigail a épousé Paul Travers, avec cette paisible obstination qu'elle met en toutes choses. Le premier des cinq enfants qu'elle aura naît en septembre 1935. C'est un garçon, et le septième des petits-enfants d'Hannah. Abie voulait le prénommer Nicholas, mais Niki s'y est opposé avec presque de la sécheresse, chose rarissime chez lui. Elle, Hannah, est heureuse, il lui faut remonter à vingt-cinq ans en arrière pour retrouver dans ses souvenirs celui d'un pareil bien-être et d'un tel épanouissement. (Pas au-delà, bien entendu, ce serait sacrilège, et remettrait en question cette période de sa vie où elle suffoquait de bonheur). Ce qu'elle vit à présent, avec Niki à ses côtés, n'a rien de comparable, c'est un bonheur différent, plus calme et moins exacerbé, moins susceptible de renversements dramatiques, à l'abri des bouleversements, en fait ; elle s'est désormais forgé la certitude qu'elle n'a rien à craindre de Niki ; il vit avec une égalité d'humeur, une équanimité sans pareilles sa situation de prince consort. Parfois même, elle le sait, certains en viendront à murmurer qu'il joue un rôle de conseiller secret, à qui elle devrait tous ses succès...

... Dans tous les cas, c'est bien lui qui, avec infiniment de précautions, lui annonce un jour la nouvelle : il a retrouvé Jonathan et lui a parlé.

« Longuement, Hannah. La taille mise à part, il te ressemble d'une façon très troublante... »

D'un seul coup, elle si gaie l'instant d'avant, s'est sentie envahie par un chagrin incommensurable dont elle avait presque fini par oublier l'existence, et surtout dont elle ne mesurait pas l'ampleur.

Ils sont à San Francisco, hôtel Fairmont sur Nob Hill, depuis trois jours.

... Niki l'attire contre lui et elle fait ce geste dont jamais elle ne se serait crue capable : se blottir contre un homme et attendre de lui le réconfort et la consolation. Niki se met à parler, à voix basse, dans le silence de la chambre : il n'a pas rencontré Jonathan par hasard, il savait, comme tous, que le frère cadet d'Adam se trouvait sans doute en Extrême-Orient ; il a donc écrit à des amis, à Hong-Kong et à Singapour, également à Shanghai...

« Ils ont fini par retrouver la trace d'un Jonathan Nenski, propriétaire d'une petit *cargo tramp* qui cabote en mer de Chine du Sud...

– Tu...

– Laisse-moi parler, Hannah. Je lui ai écrit, il y a environ cinq mois...

– Sans rien me dire.

– Sans rien te dire. Je doutais fort de recevoir une réponse. Mais j'en ai reçu une.

– Dont tu ne m'as rien dit.

– En effet. Elle disait en tout et pour tout : *Qui diable êtes-vous?* J'ai répondu par une longue lettre dans laquelle je me suis efforcé d'être... aussi convaincant que possible...

– Comprends pas.

– Hannah, j'ai essayé du mieux que je pouvais d'expliquer que si j'avais eu le bonheur fou de t'épouser, j'avais eu à lutter contre l'amour irrémédiable que ma femme éprouvait pour son premier mari, sans doute le seul à compter à ses yeux, infiniment plus que je compterai jamais. Et j'ai tenté d'expliquer aussi à Jonathan que sa mère était tout à fait merveilleuse, quoi qu'il pût en penser lui-même... que jamais je n'avais pu prendre la place que toi, Hannah, tu donnes encore au seul homme de ta vie, et que j'étais extraordinairement heureux de ce que tu voulais bien m'offrir, malgré tout... »

Elle se met à pleurer, incapable de retenir ses sanglots :

« Oh! Niki! Niki!

– Ce fut une lettre très facile à écrire, Hannah. Tout était très clair, dans mon esprit, toute l'histoire est très simple, au fond. »

Il la berce tendrement.

« Et là-dessus, dit-il, il s'est écoulé trois mois de silence, au point que j'ai cru n'avoir pas été aussi... convaincant que j'aurais dû l'être. Mais non. Il m'a écrit encore, à peine moins succinct que la première fois : il me donnait rendez-vous ici à San Francisco...

— Je comprends pourquoi tu insistais tant pour y venir.

— Je rêvais surtout de te faire la surprise. Ne m'en veux pas.

— Je ne t'en veux pas.

— Le rendez-vous convenu était dans un bar de l'Embarcadero... J'ai attendu plus de trois heures et j'ai fini par croire qu'il ne viendrait plus. Je lui ai laissé un message et je suis sorti. Il m'attendait dehors.

— Comment va-t-il?

— Bien, autant que j'ai pu en juger.

— Décris-le-moi.

— Il est très grand, et très maigre. Très beau aussi, à sa façon.

— Comment sont ses mains?

— Un peu comme celles d'Adam mais bien plus fortes. Il semble homme à vous briser un bras entre ses doigts. Il était habillé en marin, avec une casquette, il... »

La description est très minutieuse. Et bien sûr, elle finit par demander, dans un souffle :

« Il va me revenir, Niki?

— Il est déjà reparti. Il a embarqué le jour même – c'était hier – sur un cargo en partance pour le Japon. Il m'a dit qu'il avait vendu son propre bateau, mais qu'il allait sans doute en racheter un autre. Je n'ai pas osé lui offrir de l'argent. Il n'est pas homme à accepter... Ni même à en avoir besoin.

— Tu ne m'as rien dit, hier soir.

— J'espérais pouvoir le retrouver ce matin, et lui parler encore, avec l'espoir que la nuit l'aurait fait réfléchir. Il m'avait dit qu'il ne tenait pas à rétablir le moindre lien avec sa famille.

— Il est pourtant venu à ton rendez-vous.

— En s'assurant que je m'y trouvais seul, je pense que c'est pour en être sûr qu'il m'a attendu à l'extérieur du bar... Oui, Hannah, oui bien sûr, je lui ai dit que tu étais à San Francisco... »

Silence.

« Je veux la vérité, Niki.

— Il m'a dit mot pour mot : « J'ai accepté de vous rencontrer parce que vous êtes un parfait étranger, pour moi... et aussi parce que j'étais curieux de connaître l'homme qui a... qui a été assez fou pour épouser ma mère. »

— Il a dit « ma mère », Niki, tu es sûr?

— Non. Il a dit « pour l'épouser », sans préciser de qui il parlait. Je suis horriblement désolé, Hannah. Je suis triste. J'aurais tant aimé vous réconcilier...

— Tu es ce qui pouvait m'arriver de mieux, Niki. »

Ils partent pour l'Amérique du Sud. Le fils de Niki, Pier-Francesco, possède en Argentine une propriété immense dont partie lui vient de sa mère et partie a été apportée par son mariage avec la fille d'autres *fazenderos* également d'origine italienne. Elle est située dans la région de Bahia Blanca, au sud de Buenos Aires. Hannah et Niki y passent environ deux mois. A l'aller, ils ont fait escale à San Salvador de Bahia et à Rio, où elle a choisi deux emplacements pour ses instituts, l'un sur le front de mer de l'avenida Atlantica, à Copacabana, l'autre dans le centre-ville, à côté de l'opéra...

Institut aussi à São Paulo, où un ami des Arcangheli dirige des usines et a réussi à la convaincre du dynamisme *paulista* et, avec quelque exagération, du fait que cette ville est à Rio ce que New York est à Washington...

Institut aussi à Montevideo, puisqu'il paraît que c'est une capitale et bien entendu à Buenos Aires, tandis qu'elle ouvre des boutiques à Rosario et à Mar del Plata – d'après Pier-Francesco, c'est le futur Cannes argentin.

Pourquoi pas?

Elle fait venir Xesca Vidal de Barcelone et lui confie le nouveau réseau, en équipe avec Luigi Cabrini le Milanais, qui sait l'espagnol et le portugais à merveille, et qu'elle destine à la direction générale de toute l'Amérique latine.

Directement de Bahia Blanca, ils gagnent Santiago du Chili, par la mer – institut dirigé par Philippe Zaval –, puis Lima – institut – toujours par la mer. On est à Panama – institut – le 26 octobre. L'institut de Cararas est créé neuf jours plus tard sous la direction de Jaime Aguiló fraîchement débarqué de Madrid à la demande d'Hannah. Aguiló est venu avec sa femme Carmen et précède un petit escadron de quatre esthéticiennes espagnoles qu'il a persuadées d'émigrer (Carmen prendra en charge l'école d'esthéticiennes pour le continent).

Cet interminable voyage et surtout les fortes chaleurs endurées ont légèrement fatigué Niki, de surcroît victime d'un peu de malaria. Pas elle, qui aurait bien voulu compléter son périple par Mexico. Mais elle reporte son voyage pour la capitale mexicaine et en définitive, malgré les protestations de Niki qui se déclare prêt à poursuivre, après les deux semaines de repos à la Jamaïque, ils regagnent les Etats-Unis, à New York.

... C'est cette année-là qu'elle se décide pour sa maison de campagne américaine : en Virginie, dans la vallée de la Shenandoah. New York est évidemment assez loin mais ça ne fait rien, elle pense que très prochainement elle pourra aller de son bureau à sa résidence virginienne en aéroplane. Adam a choisi le site, en bordure du parc national que l'on vient de créer; il lui a dessiné les plans d'une demeure qu'elle trouve sublime : la construction s'intègre admirablement au paysage au point de n'en presque pas rompre l'harmonie, elle jouxte une cascade qui alimente deux piscines (l'une de celles-ci, entièrement couverte et fermée par des baies vitrées) et surtout elle autorise, depuis deux grandes terrasses superposées, une vue saisissante sur les boucles de la rivière Shenandoah, sur les Montagnes Bleues et des kilomètres de la chaîne des Appalaches, sur des forêts à l'infini où vivent des ours, des lynx, et des oiseaux par millions.

Le tout à un peu plus d'une heure de voiture de Washington.

Cette maison est la cinquième, en comptant l'appartement parisien dans l'île de la Cité, celui de la 5e Avenue à New York, la maison de Saint-Tropez sur la plage de Pampelonne et celle de Saint-Jean-Cap-Ferrat.

... La cinquième sans compter la maison-château de Morcote. Où les domestiques suisses continuent de monter la garde, alors qu'elle, Hannah, ne s'y est pas rendue depuis six ans (elle n'y reviendra sans doute jamais mais se ferait brûler vive plutôt que de la vendre...).

Elle voudrait également acquérir quelque chose à Londres, peut-être aussi en Suisse, dans la montagne, et puis également – son séjour à la Jamaïque lui en a donné l'idée – elle pense à un petit pied-à-terre dans les Caraïbes. Nigel Twhaites lui a parlé des îles Vierges ou alors, pour être encore plus près des Etats-Unis, pourquoi pas aux Bahamas ?

« Hannah, dit Niki, cela te ferait huit, voire neuf maisons différentes, d'autant que si tu avais un problème de logement – je me demande bien comment, d'ailleurs – tu pourrais toujours t'installer à Anacapri, dans le palazzo de Rome, la maison de Toscane ou même dans la ferme lombarde. Et je ne parle pas de la *fazenda* d'Argentine...

– Celles-là sont à toi. Ou à tes enfants. Et puis il me faut bien accrocher mes tableaux quelque part. D'ailleurs, je commence à en avoir assez des hôtels! »

Parlant de tableaux, sa collection entamée quarante ans plus tôt comprend environ trente douzaines de toiles, parmi lesquelles sept Renoir, neuf Claude Monet, cinq Modigliani, deux Cézanne, quatre Gauguin... et aussi des Pissarro, des Manet, des Whistler, Mary Cassatt, Kandinsky, Klee, Klimt, Kokoschka, Matisse, Degas, Chirico, Staël... et encore Picasso (sept toiles de l'ami Pablo, dont une qui est son portrait à elle), Van Gogh (huit), Derain, Miró, Juan Gris, et quantité d'autres.

Les fêtes de fin d'année les trouvent en Californie. Maryan y a acheté une deuxième maison, sur les hauteurs de Palm Springs. Immense (on avait pensé à en faire un hôtel avant qu'il ne l'acquière). C'est que, si grande qu'elle puisse être, la maison de Beverly Hills ne suffisait plus à réunir toute la famille Kaden. A eux seuls Maryan et Lizzie, avec leurs douze enfants tous mariés et leurs petits-enfants, constituent un contingent en augmentation numérique constante – « affolante serait plus juste, on dirait des cochons d'Inde! » – de plus de soixante-dix personnes. Et quand on y adjoint les frères et sœurs Kaden, avec leurs propres conjoints, leur descendance sur deux générations, et quelques MacKenna fourvoyés dans cette mer américano-polonaise, on croirait voir une armée en marche dans un film de Cecil B. De Mille.

« Abigail et Paul avec leurs deux enfants, Adam et Jacqueline avec seulement six, plus Niki, Yvonne et moi, nous faisons vraiment pâle figure.

C'est l'armée du Liechtenstein comparée à celle de M. Hitler.

– Plus on est de fous, plus on rit. Et il y a tout de même quarante-neuf chambres, sans compter les écuries et les niches des chiens... »

A cinquante-trois ans, Lizzie a encore pris un peu d'embonpoint, elle est majestueuse. Elle raconte qu'ils ont été reçus à la Maison-Blanche, Maryan et elle, et qu'elle a eu un succès fou en racontant des histoires cochonnes.

Même Hannah en est un peu troublée. Pas Lizzie :

« C'est toi qui me les avais racontées la première, Hannah! A propos, tu as eu ta revanche avec Groucho? »

Oui. La Duesenberg SSJ (il n'en existe que deux modèles et c'est Gary Cooper qui possède l'autre) a battu la Mercedes de Groucho d'une demi-longueur.

« Nous avons fait la belle dans les escaliers du nouvel Empire State Building et je l'ai encore battu, mais plus largement : je l'ai écrasé de cinq étages. »

(Ce qu'elle ne dit pas, c'est qu'il a fallu des sels pour la ranimer, une fois en haut. Mais il est vrai que Groucho a quinze ans de moins qu'elle.)

« Roosevelt te doit toujours de l'argent, Hannah?

– Plus grand-chose. A peine 1 725 dollars, d'après mes calculs. Je ne pense pas lui envoyer d'huissier. J'en ai presque eu pour mes dix mille dollars. »

C'est vrai, ou du moins Hannah en est-elle convaincue. A chacun de ses retours aux Etats-Unis, elle est frappée par l'opulence et le bonheur de vivre de son pays, en ces dernières années 30. Le contraste est spectaculaire avec l'Europe, où l'Allemagne d'Adolf Hitler lui donne envie de pleurer, où même l'Italie de Mussolini n'a rien pour les enthousiasmer, Niki et elle. L'Amérique qu'elle ne cesse de parcourir, le plus souvent en voiture (elle au volant, Niki n'aime guère conduire), lui a une fois encore touché le cœur et ravivé l'amour qu'elle avait conçu en février de 1900 pour ce pays.

... Dont elle ne sortira plus guère, durant les presque dix ans qui vont suivre.

Sinon en 1937, pour cet autre voyage au long cours qu'elle accomplit avec Niki et qui les conduit aux Indes, en Birmanie, au Siam, en Cochinchine et au Tonkin, en Malaisie, à Hong-Kong, à Canton, Shanghai et Pékin, en Corée, à Manille et au Japon enfin. Maryan lui a trouvé un premier couple d'Autrichiens établis à Singapour, Niki de son côté s'est souvenu de ses ambassades chinoises et lui a recommandé des Anglais nés et vivant à Shanghai. Elle leur partage tout le réseau asiatique qu'elle met alors en place, et qui sera approvisionné à la fois par l'usine américaine, et par celle de Melbourne.

Dès lors, elle a bel et bien encerclé la planète ; 141 instituts, 512 boutiques, et près de 6 000 personnes travaillant directement sous ses ordres, dont elle connaît pour les neuf dixièmes les noms et les visages.

Entre autres comptes qu'elle fait, il y a celui de sa fortune :

« Trente-huit millions de dollars à peu près. Il y a quarante-trois ans jour pour jour, j'errais dans les rues de Melbourne sans un penny en poche... Je n'avais même pas de poche, d'ailleurs... »

Plus un fils et une fille mariés...

Plus dix petits-enfants et un onzième à naître...

Plus Niki.

« Nom d'un chien, je vais finir par croire que je suis heureuse ! »

... Une chose l'étonne, la satisfait, la conforte dans l'opinion qu'elle a toujours eue d'elle-même : les années ont beau passer, l'élan qui la porte depuis cinquante ans n'est pas retombé et rien n'en signale l'affaiblissement. Son rythme de vie demeure identique; chaque aube qui naît la trouve levée, où qu'elle soit... (de plus en plus, dans sa maison de Virginie, qu'elle et Niki ont emplie de livres); le déroulement de ses petits matins est immuable : elle se glisse au-dehors dans les premières lueurs du jour, elle marche une heure durant, sur les sentiers en corniche des Montagnes Bleues appalachiennes, qu'il pleuve, vente ou neige, ou que le temps bourdonne des chaleurs de l'été; ensuite elle rentre, trouve Niki levé aussi; ils déjeunent en se souriant, lui d'un peu de thé et de biscottes, elle de ses trois œufs et de tartines, voire de façon plus consistante encore; tout cela dans la lumière montante, tandis que le fond des vallées s'éclaire au fil des minutes, sortant des ombres de la nuit et révélant les huit ou dix boucles successives de la Shenandoah...

« Je suis heureuse et ne vieillirai jamais. »

LIVRE IV

34

Vieillir n'est rien, Lizzie...

Vers huit heures, la brume commence à se lever. Le Rhin apparaît d'abord puis, dans les minutes suivantes, les montagnes de l'Appenzel et du Vorarlberg se dévoilent à leur tour, fantomatiques. Le froid est glacial et, assis à côté d'elle, Niki ajuste un peu mieux sur ses jambes la couverture à grands carreaux rouges et noirs.

Il la regarde, une interrogation au fond des yeux, mais elle secoue la tête :

« Je n'ai toujours pas froid. »

Il y a peut-être une demi-heure qu'elle n'a absolument pas bougé, pourtant. Ses mains gantées sont posées sur le volant gainé de cuir de la Bentley *Streamline* de 1939, dont le totaliseur annonce à peine 2 600 et quelques kilomètres. En presque six ans, c'est peu mais elle ne s'est guère servie de la voiture, confiée à un garage de la Gotthardstrasse à Zurich; tout juste l'a-t-elle pilotée pour ses déplacements à l'intérieur de la Suisse, les huit ou dix fois qu'elle s'y est rendue, entre 1939 et 1945.

Ce 8 février 1945, Niki et elle ont quitté à cinq heures trente du matin l'hôtel *Baur-au-Lac* à Zurich; il leur a fallu un peu plus d'une heure pour atteindre Saint-Gall, dix minutes de plus pour dépasser Rorschach...

... à peu près autant de temps pour parvenir au terme de leur voyage : Sankt-Margrethen.

... Où la Bentley est maintenant à l'arrêt depuis un temps interminable. A sa droite un vignoble à flanc de colline, que le soleil vient d'éclairer à l'instant même, à sa gauche le lac de Constance, et dans le prolongement de son capot rond et fuyant, le Rhin, la frontière avec l'Autriche, la route de Bregenz. Le poste frontière se trouve à deux cents mètres; on distingue au travers du pare-brise non seulement les gardes suisses, mais aussi, de l'autre côté du pont, les soldats casqués des armées hitlériennes.

« Encore un peu de café? »

Niki dévisse une bouteille Thermos.

« S'il te plaît, oui. »

Elle croque également un biscuit. Au même moment, derrière eux, deux voitures surgissent, leurs phares encore allumés malgré la lumière constamment grandissante. Elles viennent se ranger à côté de la Bentley. De l'une descend l'avocat de Genève Pierre Poncetti, avec ses cheveux blancs qui tranchent sur son visage hâlé qu'il doit au ski; il est accompagné de l'un de ses confrères Peter Erlenbach. Chacun des deux juristes porte une épaisse serviette de cuir gonflée de documents.

« Tout est en ordre, Hannah », dit Poncetti en allemand.

Elle acquiesce, le nez dans le gobelet de la Thermos. La seconde voiture est une lourde et somptueuse Horch 853 A. Ils sont quatre hommes à son bord, dont un chauffeur. Les trois passagers descendent, s'inclinent avec raideur. Toujours installée à son volant, Hannah les fixe mais ne leur répond pas autrement que par un simple mouvement de tête glacial. L'un des hommes de la Horch se nomme Jean-Pierre Mary; ancien président de la Confédération Helvétique, ancien chef du département des finances et des douanes, c'est un homme à la calvitie très prononcée, portant moustaches, au visage très vite rougi par le froid; il n'a jamais cessé de déclarer sa sympathie pour le nazisme, mais c'est précisément en raison de son amitié personnelle avec le Reichsführer Heinrich Himmler, chef suprême de la S.S., qu'il est intervenu.

Ses deux compagnons sont allemands. Le premier est un diplomate en poste à Berne, le deuxième, bien qu'en civil, est un Gruppenführer S.S. – général de division – à qui, grâce à Mary, un visa d'entrée exceptionnel a été accordé par les autorités suisses.

« Hannah, il fait horriblement froid et rien ne se produira avant au moins trente minutes, vous devriez vous mettre à l'abri.

– J'attendrai ici. »

Elle fixe le S.S. avec une haine qui la fait trembler.

Cela fait presque huit mois qu'elle travaille et fait travailler Pierre Poncetti et Peter Erlenbach sur l'affaire de Sankt-Margrethen. En fait, il a fallu toute la patience de Poncetti et de Niki associés pour qu'elle ne se mêle pas personnellement de la diabolique négociation : « Hannah, la seule façon de parvenir à un résultat est de conduire les discussions comme s'il s'agissait d'un achat ordinaire, de matériaux de construction ou de produits pharmaceutiques. Excusez-moi d'être aussi brutal mais votre seule présence représenterait un risque supplémentaire d'échec, dans une affaire où les risques sont déjà légion... »

... A quelques jours seulement de Noël 44, on s'est mis d'accord sur le prix : dix millions de francs suisses – soit un peu moins de sept cent mille dollars – et sur le nombre de têtes, deux mille. Le seul énoncé de ces chiffres a jeté Hannah dans une fureur désespérée. Via Lisbonne et Madrid, elle a volé jusqu'à Genève à bord d'un appareil espagnol, survolant la France ravagée par les combats (elle y est venue pour la dernière fois trois ans plus tôt, protégée par son passeport américain). Dans les bureaux de Poncetti, elle a laissé exploser sa rage et son chagrin : « Deux mille ? Il était question de dix mille ! Et ce prix, mon Dieu ! Vous ne leur avez donc pas dit que j'étais prête à payer dix fois plus ! Pierre, j'avais mis trente millions de dollars à votre disposition ! »

Deux mille et pas un réfugié de plus, Poncetti a fini par la convaincre qu'ils avaient, Erlenbach et lui, monté la barre aussi haut qu'il était possible de le faire :

« Hannah, c'est déjà un pur miracle que Himmler ait accepté... »

« Les voilà », dit Pierre Poncetti.

Quelque chose vient en effet de bouger de l'autre côté du pont, en territoire nazi. Une voiture grise est apparue. Elle parcourt une trentaine de mètres puis stoppe.

... Mais derrière elle, en retrait sur la route, un premier camion pointe son capot.

Hannah ouvre la portière de la Bentley et met pied à terre. Moins de trente secondes plus tard, elle capte sur sa droite des grondements de moteurs : l'énorme convoi des autocars, des ambulances et des camions qu'elle a loués arrive, exact à la seconde près. Dans le véhicule de tête, elle reconnaît Suzanne Dubois, sa directrice de Genève, qui lui adresse un signe de la main.

... Cela aussi l'a jetée dans une rage amère : ni Poncetti ni Erlenbach malgré tous leurs efforts n'ont pu obtenir la moindre aide du gouvernement fédéral helvétique. Et pas non plus l'autorisation, pour les rescapés – s'ils parviennent jusqu'à elle –, de séjourner en Suisse; à la rigueur une exception pouvait être faite pour ceux ayant de la famille déjà installée sur le sol de la Confédération, et comme il avait été évidemment impossible de savoir quoi que ce fût sur ces gens miraculeusement libérés, la portée de l'autorisation était réduite à rien.

Des jours durant, elle a fait antichambre. Même le Comité International de la Croix-Rouge s'est dérobé, lui faisant la même réponse que celle donnée à l'un de ses compatriotes, le représentant du Joint Distribution Committee, six mois plus tôt : *Nous ne pouvons en aucun cas nous associer à des gens ayant recours à des moyens illégaux pour secourir des Juifs.*

A l'ambassade des Etats-Unis à Berne, on l'a mise en garde : il est impossible que Washington accepte d'entrer dans un programme d'achat de Juifs aux nazis... qui permettrait à l'ennemi de prolonger la guerre...

Elle a finalement loué elle-même vingt-huit autocars, trente-quatre camions et seulement neuf ambulances – elle n'a pas pu en trouver davantage, et encore a-t-elle dû en acheter ferme trois, au prix fort. De même elle s'est procuré vêtements chauds, chaussures et couvertures pour deux mille deux cents personnes, au cas où il y aurait plus de rescapés qu'elle n'en attend, et avec Niki, elle a organisé le ravitaillement, l'hospitalisation dans six cliniques privées, l'acheminement du convoi à travers la Suisse jusqu'en France récemment libérée, l'accueil en Savoie française, dans des hôtels qu'elle a loués étage par étage, jusqu'à Annecy.

« Tu vas prendre froid, ma chérie. »

Niki est à son tour sorti de la Bentley, elle sent son bras lui entourer les épaules et ce geste pourtant affectueux lui est presque insupportable, tant elle est tendue. Elle maintient son regard sur la voiture grise, à quatre ou cinq cents mètres de distance, qui ne bouge plus, depuis de mortelles minutes.

Vingt minutes.

Les deux accompagnateurs de Mary et Mary lui-même sont revenus s'emmitoufler dans leur Horch. Même Poncetti et Erlenbach sont bleus de froid. Elle ne bouge toujours pas, prenant un plaisir très amer et très sauvage à narguer le climat, et ces hommes qui ne lui résistent pas.

Elle fixe toujours la voiture grise, lentement envahie de désespérance :

« Je vais échouer à la dernière minute ! Je vais échouer ! »

... Mais non. Et Pierre Poncetti qui s'est muni de jumelles malgré les interdictions est le premier à annoncer la nouvelle :

« Ils repartent, Hannah. Et je crois bien qu'ils viennent, mon Dieu... »

Une demi-heure plus tard, le soleil a disparu, le ciel s'est à nouveau couvert, avec une rapidité inconcevable. Une grosse formation de nuages grisâtres et boursouflés est arrivée du nord-est, elle a assombri l'air et peu de temps après les premiers flocons de neige sont tombés. Si bien que tous les visages, déjà livides et effroyablement émaciés, ont pris une épouvantable couleur de mort.

Le défilé sur le pont est en cours. Au début les plus valides sont passés ; ils sont descendus des camions par leurs propres moyens, ont avancé en chancelant sur toute la longueur qu'il fallait couvrir, d'une frontière à l'autre. Le flot s'est ralenti ensuite, à mesure qu'apparaissaient les plus atteints de ces cadavres vivants, et lentement le no man's land entre les gardes frontières suisses et allemands s'est réduit, sous la poussée des infirmiers marchant à la rencontre de leurs patients.

Hannah bouge enfin. A moins de trente mètres d'elle, un autocar achève de s'emplir, de femmes surtout mais également de cinq ou six enfants, dont une petite fille de peut-être sept ans. Hannah s'approche :

« Comment t'appelles-tu ? »

Elle a posé la question en allemand. La répète en polonais, en russe et en yiddish, sans obtenir non plus de réponse.

« Sale putain ! »

L'interpellation a été lancée sur la gauche. Hannah pivote et au même instant reçoit un coup en plein visage. Aussitôt après, on lui crache à la figure. Niki et Erlenbach surgissent et l'entraînent, l'arrachant aux coups dérisoires tant ils sont faibles de deux rescapées pareillement tondues et hagardes, les traits déformés par la haine.

« Viens, Hannah, pour l'amour de Dieu... »

Mais elle se dégage calmement et d'un signe appelle Suzanne : elle veut les noms, la nationalité, tous les renseignements qu'on pourra obtenir de ces femmes près de mourir mais encore capables de se dresser et de se battre.

« Qu'as-tu en tête ? » demande Niki.

Elle revient sans répondre à la voiture et y reprend sa place au volant. Ce qu'elle a en tête ? Du chagrin, de la pitié, de la fureur, de la haine. Et de la honte aussi, à avoir de la sorte paradé en vison tourmaline et Bentley devant les survivants de l'enfer. Et encore de l'admiration pour ces deux femmes qui viennent de l'agresser.

... Trois minutes plus tard, quelque chose l'alerte, dans l'attitude de Poncetti et d'Erlenbach. Elle les rejoint. Poncetti secoue la tête, en réponse à la question qu'elle vient de lui poser :

« C'est à vomir de colère, Hannah. Ils ont bien libéré mille personnes et puis, après le paiement convenu de la deuxième partie, nous ont adressé le second contingent. Nous venons de compter : ils ne sont que 186, au lieu de 1 000. Et les derniers arrivés disent qu'il n'y a plus personne derrière eux. Oh! nom de dieu, les putains de salauds! »

Le 10 février, le convoi qu'elle a formé franchit la frontière française et se disloque. Winnie Churchill tout occupé qu'il fût est intervenu en personne auprès du général de Gaulle pour qu'on leur laisse le passage libre, à elle et à ses protégés. Les trois jours suivants, ne dormant qu'une heure ou deux dans la Bentley, elle va inlassablement d'un groupe de réfugiés à un autre, ceux-ci répartis dans une zone qui va d'Evian à Annecy et Saint-Julien-en-Genevois. Dix-neuf personnes n'ont pu prendre la route, leur état sanitaire le leur interdisait; elle les a fait hospitaliser dans une clinique mais après quelques jours, un avion sanitaire en ramène les deux tiers, qui sont confiés à un hôpital lyonnais. Trois autres sont morts. Seulement. En raison peut-être de la rapidité des soins qui leur ont été prodigués, peut-être aussi parce que les nazis n'ont mis en vente que les moins faibles.

« Mis en vente, Hannah? Le mot me gêne, dit Niki.

– Je n'en vois aucun autre. Et il fait foutument plus que me gêner, moi. »

Outre l'administration française, elle a fait appel à deux hommes qui se sont multipliés pour l'aider. L'un est Dougal Kaden, le deuxième fils de Maryan et Lizzie; il a quarante-deux ans et, après avoir été blessé lors du débarquement à Omaha Beach en Normandie, a été affecté comme lieutenant-colonel à l'état-major du général Hodges, qui commande le

XIIᵉ corps d'armée américain dans les Ardennes. L'autre est le général Shelby, apparenté aux Mac-Kenna; il arrive d'Italie et vient de prendre le commandement du centre des communications militaires dans la capitale française. Tous les deux font le maximum, Shelby parvenant même à expédier à Lyon deux C 47 de ravitaillement.

Il y avait une soixantaine d'enfants, parmi les 1 186 rescapés de Sankt-Margrethen. Le 8 mars, Hannah est parvenue à retrouver un embryon de famille pour trente-neuf d'entre eux. Il en reste dix-neuf, dont la petite de sept ans qu'elle avait remarquée à la frontière. Elle se révèle hongroise et l'une de ses anciennes co-détenues croit se souvenir qu'elle était depuis à peu près deux ans au camp de concentration de Theresienstadt.

« Sa mère est morte, Niki. Elle s'appelle Charlotte.

– Sans nom de famille?

– Aucun. Soit qu'elle l'ait oublié, soit qu'elle ne l'ait jamais su. Niki?... »

... Huit mois plut tôt, Niki est tombé de l'échelle coulissante au long des rayons de la bibliothèque, dans la maison de la Shenandoah, et s'est fait une vilaine fracture du fémur. Il boitille encore. Et il paraît bien vieux, quoiqu'il soit un peu moins âgé qu'elle. Cependant, toutes les semaines précédentes, il a effectué plus que sa part dans l'opération de sauvetage...

... Et il a compris. « Même s'il pense que nous sommes un peu trop vieux, lui et moi – et surtout moi qui aurai soixante-dix ans le mois prochain, et qui n'ai jamais été tellement maternelle –, pour prendre à notre charge une petite fille dont nous ne savons même pas la langue. »

« Tout ce que tu feras sera bien fait, Hannah. C'est un joli prénom, Charlotte. »

Charlotte, entre-temps devenue Charlotte Travers – Paul et Abigail l'ayant adoptée en lieu et place d'Hannah – épousera dix-sept ans plus tard Pier-Paolo d'Arcangheli, l'aîné des petits-fils de Niki. Aucune recherche ne permettra jamais de découvrir ses origines.

Hannah et Niki sont à Paris dans les premiers jours de mars, vers le 2 ou le 3. Elle, Hannah, a confié à Suzanne Dubois et Pierre Poncetti le soin de suivre chacun des autres 1 182 rescapés de Theresienstadt. Poncetti y consacrera deux ans de sa vie, avec l'un de ses collaborateurs, Thierry Masselon, un Français vivant à Genève.

A Paris, le merveilleux appartement dans l'île de la Cité a été dévasté : des soldats y ont cantonné durant des semaines entières et, avant la Libération, y ont tout fracassé, jusqu'à la passerelle de verre imaginée par Adam. Les marbres des fontaines du toit, les marqueteries et les moulures des plafonds ont été déchiquetés par des rafales de pistolets-mitrailleurs, apparemment pour le seul plaisir de détruire. Les vingt-deux pièces sont néanmoins à peu près habitables, à condition de les fournir en meubles et en literie.

Elle fait encore une fois appel à Shelby, qui parvient à lui faire expédier d'Angleterre de quoi équiper trois chambres et deux salons. Par l'un de ses anciens condisciples de West Point, Dougal Kaden obtient de même assez de literie pour transformer en dortoir, à l'usage d'une quinzaine de rescapés du camp de concentration, le grand salon autrefois décoré par Paul Iribe; et elle arrive à transformer en cantine – cent vingt repas par jour – ce qui était cinq ans plus tôt la bibliothèque.

Elle a écrit à Jeanne Fougaril, dont elle est sans nouvelles depuis trois ans, pour lui demander de venir la rejoindre. Mais un matin de mars, c'est Maud Derry qui se présente, elle qui précisément a succédé à Jeanne comme directrice générale pour l'Europe. Maud a appris le retour d'Hannah par hasard, en rencontrant l'une de ses esthéticiennes, qui lui a annoncé que toutes les anciennes de la rue de Rivoli et des autres établissements dans Paris avaient accès à la cantine de l'île de la Cité. Maud est terriblement amaigrie et blafarde, elle se remet à peine du cauchemar qu'elle a enduré : arrêtée en novembre 43 pour sa participation à un réseau de résistance, elle a été incarcérée à la prison de Fresnes, puis au fort de Breendonk en Belgique, et n'a dû qu'à un concours de circonstances, son train ayant été bombardé, d'échapper à la déportation à Ravensbrück. Sa propre sœur a eu moins de chance et a été décapitée. Mais cette jeune femme grande et mince, aux yeux violets et à la voix un peu voilée, pleine de charme, a une volonté de fer. Elle baisse la tête :

« Votre lettre à Jeanne restera sans réponse, Hannah. Elle est morte pendant l'été 43. Deux de ses petits-fils ont été fusillés et elle s'est laissée mourir. Elle m'avait écrit une lettre pour vous, mais on m'a tout pris. »

Vieillir n'est rien, Lizzie, le pire est de survivre...

« Hannah, dit Maud, il faut rouvrir. Le plus tôt sera le mieux. »

Conformément aux ordres qu'elle avait reçus, Maud avait fermé en juin 40 tous les instituts et boutiques du territoire français, belge, néerlandais ; puis, en septembre de la même année, tous ceux d'Europe, à l'exception des établissements espagnols, portugais, suisses, suédois et britanniques...

... Et soviétiques. Pour autant qu'Hannah le sache, non seulement l'institut de Moscou mais même celui de Leningrad assiégée sont demeurés ouverts et le sont encore.

Maud :

« J'avais à l'époque constitué le fichier dont nous étions convenues, avec la liste et les adresses de tous les gens qui travaillent pour nous. Je l'avais confié à Harriett Morris à Londres et je suppose qu'elle l'a toujours. »

... Oui, elle va tenter de retrouver un maximum de ces centaines – en fait deux milliers et demi – de personnes. Déjà, elle a pu reprendre le contact avec deux ou trois membres de son ancienne équipe de direction, dont la Bruxelloise Nicole de Wulf, le Danois Willy Clausen, les Français Jacques de Pinsun et Pascale Dufresne. Et elle a également eu des nouvelles du réseau italien, qui a moins souffert puisque Rome, Milan, Turin, Florence, Venise et Naples ont pu garder leurs portes ouvertes sans discontinuité...

« Sans compter évidemment les équipes britanniques et autres, qui n'ont pas interrompu leurs activités. Hannah, vous m'accordez quarante-cinq jours et je serai en mesure de vous dire quand je pourrai rédémarrer. »

... Non, elle ne pense pas avoir besoin de renforts venus d'outre-Atlantique.

Ce soir du 6 mars 1945, Yvonne est parvenue à improviser un dîner à peu près convenable dans l'une des pièces du dernier étage sous les toits, là où Hannah avait son bureau avant la guerre. Ils sont huit à table. Outre Hannah et Niki, il y a Maud et Pascale Dufresne, ainsi que Biff MacKenna, venu de sa lointaine Australie pour se battre dans la Royal Air Force, le général Shelby, le journaliste-écrivain Ernest Hemingway et une jeune lieutenante-infirmière invitée par lui.

Le téléphone sonne peu avant dix heures. On demande le général Shelby, annonce Yvonne. Shelby descend d'un étage – les lignes téléphoniques ont été en grande partie arrachées et n'ont pu être rétablies complètement.

Après deux minutes, Shelby remonte :

« Voulez-vous venir, Hannah, s'il vous plaît. »

Elle descend à son tour. Quelques instants plus tard, Niki alerté la rejoint. Récepteur raccroché, il la trouve assise sur un matelas replié dans une des chambres, adossée à ce qui reste de la toile de Jouy qui servait de tapisserie.

Elle est livide mais ne pleure pas, avec sur le visage cette expression que lui, Niki, ne lui a jamais encore vue, qui pourtant chez elle traduit le paroxysme de la souffrance : yeux gris écarquillés jusqu'à l'impossible, bouche ouverte dans un appel d'air désespéré.

« C'est Adam, Niki, dit-elle. Ils me l'ont tué. »

Il est mort déjà depuis deux jours. Sur un îlot absurde d'à peine dix kilomètres de long perdu au fin fond du Pacifique. L'endroit s'appelle Iwo-Jima.

Le lendemain de Pearl Harbor, il a été intégré sur sa demande dans l'armée active, avec le grade de capitaine – il était major dans la Garde nationale. Hannah l'a conjuré d'accepter un poste à Washington, qu'elle pouvait aisément lui obtenir. Dans un premier temps, il a accepté. Mais quelques mois plus tard, après la chute de Corregidor aux Philippines, il s'est fait affecter à une unité combattante. Ce n'est qu'en octobre 43 qu'il a obtenu d'être versé dans les Marines. Il a pris part en novembre aux opérations dans les îles Gilbert, sur l'atoll de Tarawa, puis à la reconquête des archipels des Marshall et des Mariannes. Dans la dernière lettre qu'il a écrite à Hannah, en date du 26 février, quatre jours avant sa mort, il lui disait tout à la fois son orgueil et son inquiétude : il venait d'apprendre qu'Ewan, le deuxième de ses fils, venait à dix-huit ans de s'enrôler à son tour, suivant l'exemple de son frère aîné Tadd, et dans la marine également. *Aux dernières nouvelles, il serait à bord du croiseur* Indianapolis[1] *comme enseigne. Tadd quant à lui est lieutenant sur un destroyer, le* Cecil-Doyle. *Mais je te rassure, maman, ils sont l'un et l'autre en sûreté, il n'y a plus un bateau japonais sur la mer et la fin de cette guerre est proche...*

Adam venait tout juste d'avoir quarante-deux ans.

---

1. Le 30 juillet 45, le croiseur *USS Indianapolis* fut coulé par un sous-marin japonais en plein Pacifique. Il y eut 316 survivants sur 1 196 membres d'équipage. Ewan Nenski fut parmi ces survivants. Le *Cecil-Doyle* à bord duquel se trouvait son frère fut parmi les premiers navires à se porter au secours des naufragés. Par pur hasard.

35

Lizzie, je me demande
si c'est bien de notre âge...

La veille, Niki a eu un accident cardiaque. Dans l'immense maison de Shenandoah, il s'est aménagé tout à côté de la bibliothèque aux trente-cinq mille volumes un petit ensemble de trois pièces, où il a installé son atelier de peinture.

Sa défaillance aurait pu ne pas être remarquée – pas plus que les précédentes, Hannah est sûre qu'il y en a eu d'autres avant – mais on était à deux jours de Noël et les voitures ne cessaient d'affluer : la horde des Kaden au grand complet, Jacqueline, ses enfants et ses deux petits-enfants, Abigail et son Paul Travers de mari plus leurs cinq rejetons, et encore des invités, une douzaine pas plus. Ewan Kaden est évidemment là; il a cessé de raconter comment, accroché à un radeau en plein Pacifique, plusieurs fois attaqué par des requins et flottant quatre jours durant dans une nappe de mazout, il a eu la stupéfiante surprise d'être secouru par son propre frère; en cette année 1947, il rentre de Paris où il a appris le français et sans doute aussi les mœurs des Françaises...

C'est lui qui donne l'alerte. Il est allé saluer celui qu'il nomme « oncle Niki », tout comme il appelle

Hannah sa tante, bien qu'il n'y ait entre eux aucun lien de parenté réel.

Niki s'est effondré sous ses yeux, au moment où il tendait le bras pour se saisir d'un livre sur Mantegna. Hannah est accourue, a aussitôt organisé un transfert vers un hôpital de Washington, sans écouter les protestations de son mari déjà sur pied. Mais les médecins ont seulement constaté une petite arythmie et après l'avoir gardé une trentaine d'heures en observation, ont fini par céder à son obstination tranquille :

« Je veux rentrer à la maison, Hannah. »

Il a soixante-neuf ans.

« Tu as déjà eu ce genre de malaises, n'est-ce pas ?

– A chaque fois que je te vois », répond-il avec son gentil sourire.

Pour elle, il a renoncé à tout, ou presque tout ce qui avait fait sa vie avant leur mariage. La guerre certes, et les circonstances politiques, ont un peu forcé sa décision : définitivement fâché avec le régime de Mussolini, il s'est jusqu'en 45 refusé à mettre les pieds en Italie; l'occupation de la France lui a de même interdit Paris et avant cela, depuis des années, il ne voulait plus aller en Allemagne, que pourtant il adore. Il a eu beaucoup de mal à se faire à la vie américaine, quoique parlant l'anglais sans effort particulier, mais jamais on ne l'a entendu émettre la plus innocente remarque. Il l'a toujours suivie, dans tous ses voyages, faisant d'innombrables fois le pied de grue durant des heures, tandis qu'elle inspectait tel ou tel de ses domaines, discutait affaires. Ensemble, ils ont peut-être fait sept ou huit fois le tour du monde. Dès la fin de la guerre en effet, en mai pour l'Europe, en novembre pour le Pacifique, elle a recommencé ses interminables tournées. Jamais il ne s'est plaint et au contraire s'est toujours montré le plus agréable, le plus apaisant des compagnons; parfois il reste des demi-journées entières sans ouvrir la bouche – il est vrai qu'elle parle pour deux... « et pourtant il devine, à la seconde près, quand il doit parler et ce qu'il faut dire... comme il a si bien su le faire à la mort d'Adam... »

Lorsque sa propre fille est morte, des suites d'un accident de voiture, il a presque prié Hannah de l'excuser, pour ce chagrin qu'il l'obligeait à partager.

Ils ont été, Niki et elle, du premier vol inaugurant la liaison aérienne commerciale entre Amérique et Europe, au début de décembre 45. Partis de Washington à bord d'un Constellation baptisé *Paris Big Chief*, en compagnie de l'un des amis personnels de Maryan, ministre américain des Postes, et de vingt-sept autres passagers, ils ont mis moins de seize heures pour rallier l'aéroport parisien d'Orly, avec une escale en Irlande. Depuis, ils ont effectué un voyage tous les deux mois environ, sauf au printemps 46, quand ils se sont rendus en Australie, en Nouvelle-Zélande et au Japon.

Fin 47 et durant toute l'année 48, elle achève la restauration de son empire – ce que Niki appelle son empire, elle dit simplement « mes boutiques ». Les instituts de Berlin, Munich et Hambourg ont été rouverts, et elle a énormément développé ses implantations allemandes, sous la haute direction de Fred Hauptman revenu dans son pays après plus de dix ans d'exil et qui lui fait rencontrer Konrad Adenauer, le futur chancelier, qui s'étonne de ce qu'en plein blocus de Berlin, elle puisse tenir ouvert son institut. Elle s'explique volontiers : pour une raison qui lui échappe totalement, elle a obtenu l'autorisation d'approvisionner son établissement berlinois à partir de ses antennes soviétiques; qu'on ne lui demande pas pourquoi elle bénéficie de tant de prévenances et cela depuis 1934 :

« Je suppose que Staline a donné ordre de me ficher la paix, à l'époque, et comme il a dû oublier de rapporter son ordre et que personne ne s'est hasardé à lui poser une question à ce sujet... »

En 49, juste pour voir, elle dépose une demande de visa. On lui dit *da*. Et pour Niki de même. Pour son mari tout de même, la bienveillance de la redoutable administration soviétique ne va pas loin : tout juste est-il autorisé à l'attendre. En revanche, on la laisse, elle, se rendre à Leningrad Elle y a beaucoup de difficultés à y retrouver ses souvenirs de jeunesse, d'un bon demi-siècle plus tôt : l'hôtel où on l'a logée est au bord de la Neva, avec à sa droite le croiseur-musée *Aurore*; chaque jour elle se rend à pied, suivie à distance par deux ou trois policiers affectant de ne pas la connaître, jusqu'à son institut qui est tout près de la Perspective Nevski, sur les bords du quai Griboyedov. A deux reprises, elle s'est fait un malin plaisir de perdre ses suiveurs : une fois en se glissant dans les toilettes pour dames du théâtre Maly, et une autre au musée de l'Ermitage, dont elle est ressortie en s'affublant d'un fichu sur la tête et d'une blouse achetée pour cent roubles à une femme de ménage ahurie. Elle est à chaque fois passée, ravie, à deux pas des agents de la police secrète, sans qu'ils tournent seulement la tête. L'expérience l'a positivement enchantée, elle aurait dû se faire espionne, et elle s'est encore plus amusée quand, revenue à son hôtel et aussitôt cernée par une meute de collègues de ses suiveurs dépités, elle s'est contentée d'ouvrir tout grand ses yeux pleins d'innocence candide, et de leur demander (elle s'était débarrassée de son déguisement) s'il leur paraissait plausible que des policiers entraînés perdissent ainsi la piste d'une vieille dame de presque soixante-quinze ans allant à pied...

« De toute façon, Niki, je me fous pas mal qu'ils me ferment mes instituts, dans leur pays de sauvages : je ne peux pas sortir l'argent que j'y gagne, et comme ce n'est pas ici que nous viendrons passer nos vacances ! »

Reste qu'elle ramène presque une tonne de caviar et six superbes pelisses de zibeline. Elle n'a rien trouvé d'autre à acheter.

... Reste aussi cette étrange immunité dont elle bénéficie :

« Si le bon Maxime Gorki n'était pas mort, je comprendrais encore...

– Peut-être que Joseph Staline va dans ton institut déguisé en babouchka pour se faire faire un masque de beauté ?

– C'est malin. »

Elle prend de nouvelles habitudes. Comme elle l'a toujours fait, elle continue de se lever tôt, à l'aube ou même avant selon les saisons et, qu'elle soit en Virginie, à New York, à Londres, à Paris, à Saint-Tropez ou dans cette nouvelle maison qu'elle vient de faire construire à Fex, en Suisse, près de Saint-Moritz, elle commence toujours sa journée par une marche d'une heure – ou un peu moins si le terrain est très pentu mais de toute façon elle progresse d'un pas très rapide (elle a interdit à Niki de la suivre, à cause de son cœur, « le mien va très bien, merci »)...

Elle continue également, dès son retour d'exercice, à passer une heure ou deux sur ses comptes...

« Je me demande bien pourquoi tu fais tous ces calculs. Tu as assez de comptables à travers le monde pour former trois compagnies avec leur intendance.

– Mes calculs sont comme la marche, ça me permet de te fasciner encore, par mon ravissant corps d'albâtre et ma prodigieuse vivacité intellectuelle – fermez le ban. Et en plus, le comptable à qui je ferais confiance n'est pas encore né. Niki, si tu arrêtais de faire le zouave sur cette échelle ? tu vas encore te casser une jambe. »

... Et ses comptes terminés, elle mange. Le grand changement tient à ce qu'elle a découvert que prendre le petit déjeuner au lit était « foutument agréable ». Ce n'est pas, bien sûr, l'avis de Niki, (« tu mettrais un costume et une cravate pour aller faire pipi la nuit, mon chéri »).

Si bien que la coutume s'instaure : ses exercices physiques terminés, ses petits calculs faits et refaits, son bain de mousse pris, elle se remet au lit. Pas n'importe quel lit : elle en a par décret – « par rescrit impérial », dit Niki – spécifié les dimensions dans toutes ses demeures : deux mètres quarante sur deux – deux étant la longueur, contrairement aux apparences; les draps sont nécessairement en soie noire, à liséré rouge andrinople, les oreillers (il en faut impérativement huit) sont rouge andrinople à dentelle noire. Et au cœur de cette immensité où ses yeux gris et son teint pâle font le plus impressionnant effet, impériale, elle reçoit son état-major.

... Mangeant ses trois œufs à la coque assaisonnés, selon son humeur du moment d'un brin de basilic ou de chile mexicain, puis deux pommes et un bretzel (un croissant en France)...

Buvant du thé sans sucre.

Quelquefois, ils sont bien quinze ou vingt assis en cercle autour de sa couche, certains accourus parfois de l'autre bout du monde, à seule fin de recevoir ses consignes, ou de s'entendre expliquer qu'ils n'ont pas exactement fait ce qu'elle attendait d'eux. Et gare à celui ou à celle qui, ayant un peu moins de mémoire qu'elle, commettra la moindre erreur à propos de l'institut, des boutiques ou du groupe d'établissements qu'il ou elle dirige. En pareil cas, croquant sa pomme ou son bretzel, elle braque l'étincelant regard gris :

« Etes-vous absolument certain des chiffres que vous lancez avec tant d'assurance ? »

... Souvent, elle s'étouffe de rire, au départ de ses maréchaux :

« Niki, tu as vu la tête d'Ota Schinichi ? J'ai cru qu'il allait se faire hara-kiri ! Surtout qu'il avait raison, avec ses foutus chiffres, j'ai juste dit ça pour rire... Ça m'ennuierait qu'il se suicide, il est bien gentil quand même... »

A partir des années 50, la valeur totale des bijoux qu'elle possède dépasse les quatre millions de dollars, sa fortune passant sur ces entrefaites la barre des cent millions.

Le rangement de ces bijoux lui pose un gros problème : par un paradoxe incompréhensible, elle se révèle incapable de retenir les numéros d'ouverture du coffre dans lequel on enferme ses trésors :
« Rien à faire, je n'arrive pas à me rappeler ces foutus chiffres ! »

... Et là-dessus elle s'énerve et hurle :

« Niki, j'en ai marre ! Cette fois, j'en suis sûre : j'ai fait le bon numéro et ça ne s'ouvre pas ! Je veux qu'on me change cette saloperie de coffre ! Il ne marche pas ! »

... Sur quoi Niki, très flegmatique, arrive à pas comptés, forme nonchalamment le 12345 ou le 67890 et bien entendu la mécanique s'ouvre sans le moindre problème.

Elle a même tenté de noter les chiffres maudits

sur un morceau de papier qu'elle colle, pour ne pas le perdre, sur la porte du coffre :

« Excellente idée, remarque Niki. Tu devrais écrire les chiffres en rouge, pour que les voleurs les voient mieux. Avec, depuis l'ascenseur au rez-de-chaussée, des flèches pour indiquer la direction à suivre jusqu'à ta chambre... »

En fin de compte, c'est Lizzie qui trouve la solution : elle débarque avec un classeur tout ce qu'il y a de banal, acheté chez Macy's. Le meuble contient une vingtaine de tiroirs sur glissières et sur chacun de ces tiroirs, Lizzie a collé des étiquettes portant de simples lettres : A, D, E, O, PE, PL, R, S...

« Et c'est quoi, ces lettres imbéciles ? demande Hannah soupçonneuse.

– A pour Améthystes, D pour diamants, E pour Emeraudes, O pour Or, PE pour perles, PL pour Platine, R pour Rubis, S pour Saphirs. Et cetera. Rien ne t'empêche d'ajouter d'autres étiquettes. »

Lizzie est obligée de s'asseoir, tant elle rigole.

Trois secondes plus tard, Hannah la rejoint, les voilà toutes deux parties dans un fou rire qui les laisse pantelantes.

« Lizzie, je me demande si c'est bien de notre âge, de prendre de tels fous rires... »

Elles sont toutes les deux à Londres. Lizzie y est venue rendre visite à Sandy, l'une de ses filles, numéro neuf de sa série de douze, Sandy a épousé un metteur en scène de cinéma, un Anglais qui vit surtout en Irlande. Hannah quant à elle...

« Qu'est-ce qui te prend, Hannah ? Cela fait cinquante ans que nous rions... »

Hannah quant à elle est là, avec Niki bien entendu, pour superviser les travaux de l'appartement qu'elle vient d'acheter – c'est la septième de ses maisons, depuis qu'elle a acquis, dans l'archipel des Vierges près de Porto Rico, une île pour elle seule, où se trouvaient à peine mieux qu'une cabane, et les ruines d'un vieux fortin construit par des boucaniers français. Peut-être bien la huitième, finalement... Elle oubliait l'appartement de Paris, rue de Varenne, qu'elle a acheté parce qu'il donnait sur les jardins du Premier ministre...

A Londres, il s'agit de trois étages, en bordure de Saint James Park. Chaque niveau est assez petit, en fait, l'ensemble compte à peine dix pièces dont quatre chambres. Aucune communication n'existait, hors l'escalier extérieur, en sorte qu'elle a fait installer un mignon petit ascenseur très amusant, qui tout le temps de la montée et de la descente égrène *Le Temps des cerises* dans un sens et *Waltzing Mathilda* dans l'autre. Et justement, l'appareil a provoqué leur hilarité : elles cherchaient quelle autre musique pourrait éventuellement remplacer les deux vieilles chansons, tout en s'amusant comme des folles à monter et descendre, assises sur les deux fauteuils Louis XV disposés sur la plate-forme de l'engin. Lizzie a tout déclenché en remarquant qu'elles devaient ressembler, dans cet ascenseur sans porte, à deux vieilles dames en train de poser culotte tout en montant au septième ciel. Le fou rire a éclaté, sous l'œil bien étonné des ouvriers anglais (peut-être sont-ils écossais ou gallois, d'ailleurs).

Il a redoublé quand elles ont pensé à leur différence de taille, l'une à un mètre quarante-huit et l'autre à cent soixante-seize centimètres.

Silence.

« Lizzie, je suis très inquiète pour Niki.
– Ses malaises cardiaques? Ce n'est rien.
– Je ne sais pas. Il vieillit beaucoup.
– Mais pas toi.
– Pas moi et c'est injuste. Il t'a parlé?

— Niki ? Pas un mot.
— Tu ne me raconterais pas d'histoire, par hasard ? »

La Rolls-Royce roule très lentement dans Regent Street. Hannah qui adore toujours conduire trouve en revanche sans intérêt de piloter une voiture dans la circulation urbaine. Elle a donc abandonné le volant à Laurent Gaffouil, qui est toujours le neveu d'Yvonne.

« Mais non, dit Lizzie. Qu'est-ce que tu vas imaginer ?
— Il t'a parlé. Je suis sûre qu'il a quelque chose, une maladie qu'il me cache.
— Tu te fais des idées. »

Lizzie, c'était la seconde fois que tu prononçais cette phrase. La première, c'était en 1921, quelques temps avant sa mort. Et je ne me faisais pas d'idées. J'y ai pensé, ce jour-là à Londres, mais je n'ai pas osé t'en faire la remarque...

« Il a horriblement maigri », dit Hannah.

Elle surveille les mains de Lizzie et note la crispation légère. Tous ses soupçons s'en trouvent du coup confirmés. Les premiers remontent à l'automne de 1948, quand ils sont rentrés de cet autre tour du monde qu'ils ont effectué ensemble, au départ de New York puis vers l'ouest, par San Francisco, Honolulu, Tokyo, Manille, Hong-Kong, Hanoï, Bangkok, Calcutta, Katmandou, Kaboul, Téhéran, Le Caire, Rome et Paris. Sa passion si dévorante des voyages, que rien, ni leur répétition ni la venue de l'âge, ne semble pouvoir assouvir, l'a rendue presque aveugle : il lui a fallu des semaines pour s'apercevoir que Niki devait souffrir le martyre, à la suivre à tout prix. Certaines fois, il a pris prétexte de ce qu'elle était retenue en conférence pour demeurer à l'attendre — et à se reposer — dans sa chambre d'hôtel, lui ordinairement si curieux de tout et de tous... « C'est vrai qu'il a des amis partout mais j'ai été d'un égoïsme affreux, j'aurais dû voir qu'il n'en pouvait plus... » Elle s'en veut et comme souvent, par l'un de ces grands basculements de cœur dont elle est coutumière, elle se hait presque : « Amoureuse de lui, vraiment amoureuse, l'aimant autant qu'il le mérite, j'aurais noté son épuisement dès les premiers signes. Mais je ne l'ai jamais trop regardé, il n'était qu'un petit compagnon qui m'évitait d'être seule. Oh! Hannah, quelle foutue salope tu es! »

« Lizzie, son cœur ne va pas trop mal, les médecins me l'ont dit. Il a autre chose. A Paris, je suis sûre qu'il est allé consulter, j'ignore qui; il m'a menti en me disant qu'il s'était attardé à bavarder avec un libraire. Niki me mentant, c'est invraisemblable. J'ai failli le faire suivre, ou le suivre moi-même. J'ai eu honte.

— On fait demi-tour et l'on va à Kensington, Laurent, ordonne Lizzie par l'interphone la reliant au chauffeur.

— Il a quelque chose de grave, dont il refuse de me parler, dit Hannah, les yeux soudain pleins de larmes. J'ai été incroyablement dure, avec lui. Pas une fois je ne lui ai dit que je l'aimais. Pas une fois...

— Il n'accepterait pas que tu lui mentes, et tu le sais.

— J'aurais dû au moins essayer. »

La Rolls débouche dans Piccadilly et roule au long de Green Park, passant à quelques centaines de pas de Saint James Park.

« J'aurais dû essayer. Je me suis laissé aimer sans rien lui donner en échange, qu'un peu d'affection et d'amitié. Je suis vraiment une foutue salope.

— Absolument, dit Lizzie très calme. Tu es la pire salope que j'aie jamais connue, c'est d'ailleurs pour cela que nous te haïssons tous, lui Niki, Maryan et moi, et Abigail et Jacqueline et tes petits-enfants et quelques centaines d'autres un peu partout dans le monde. Tu as atteint un tel degré d'ignominie qu'il ne reste plus qu'à te jeter dans la Tamise avec une pierre au cou. »

Elle décroche à nouveau le téléphone intérieur :

« Laurent, roulez très doucement, je vous prie... »

Elle raccroche.

« A mon avis, tu as suffisamment dit de bêtises pour aujourd'hui, Hannah.

— Qu'est-ce que Niki t'a dit, Lizzie? Qu'il va mourir? »

La Rolls avance dans un extraordinaire silence, au pas d'un promeneur paisible perdu dans ses pensées, sur Rotten Row dans Hyde Park. A droite la Serpentine et devant, parmi les arbres au feuillage printanier, l'Albert Memorial et les jardins de Kensington.

« Nous allons tous mourir, Hannah. Même toi. Ce n'est pas ce que j'appellerais une nouvelle fraîche. Laisse Niki vivre sa vie comme il l'entend. Je crois qu'il t'a rendue heureuse, ces quinze dernières années, autant que cela lui était possible, et toi, de ton côté, tu lui as donné tout le bonheur qu'il attendait. Cela, il me l'a dit. Ne cherche pas plus loin, la vie est plus simple qu'il y paraît. Idiote, mais simple. »

Niki meurt le 29 juin 1949. Etant presque parvenu, sauf les trois dernières semaines, à cacher qu'il était atteint d'un cancer. S'étant jusqu'à la dernière extrémité, et jusqu'au bout de ses forces, refusé d'imposer à quiconque, surtout pas à Hannah, le fardeau de ses souffrances.

Les vingt jours qui précèdent sa mort sont néanmoins atroces. En dépit de l'extraordinaire courage de ce petit homme qui demandera d'être rasé et coiffé tant qu'il pourra encore parler, il lui arrivera parfois de laisser échapper une plainte sourde, aussitôt réprimée d'ailleurs.

... Mais il réussit ensuite à sourire et à chaque fois qu'il reconnaît son visage à elle penché sur lui, il souffle :

« J'ai toujours eu de ces malaises de cœur, Hannah, en te voyant. »

Elle le veille jour et nuit, dans la grande chambre toute blanche de la villa d'Anacapri où, très timidement, et si gêné par tous ces embarras qu'il occasionne, il a voulu être transporté.

Un nombre incroyable d'amis du monde entier ont téléphoné et ne cessent de le faire; beaucoup, par dizaines font exprès le voyage à seule fin de lui dire leur amitié.

Elle se demande alors, si, mourante elle-même, elle recevrait le dixième des marques d'affection prodiguées à cet homme qui a toujours cultivé sa discrétion comme une vertu...

« La vie, c'est tantôt la vie, tantôt simplement du théâtre; prière de ne pas confondre... »

Il cite l'un de ses auteurs préférés – ils sont nés tous deux en 1879, l'écrivain britannique Edward Morgan Forster.

« Je t'aime, Hannah, tu m'as donné tout le bonheur que j'attendais et au-delà. Pardonne-moi de te quitter... »

Lui ayant fermé les yeux, elle pleure à n'en plus finir dans les bras de Lizzie :

« C'est la première fois qu'il me cause du chagrin. Oh! mon Dieu, je n'aurais pas cru que je l'aimais tant. Et je n'ai pas su le lui dire... »

36

Je suis immortelle, Maryan...

Et presque aussitôt après, Maryan.
En janvier 1950, il refuse le poste d'ambassadeur des Etats-Unis à Moscou que lui offrait Harry Truman, sur les conseils d'Averell Harriman qui est l'un de ses plus anciens amis. La proposition l'a pourtant troublé. Pas le moins du monde tenté par la fonction et le prestige attaché à celle-ci, il n'était pas sûr d'être en droit de refuser quoi que ce fût à son pays. Il a néanmoins fini par dire non : à soixante-treize ans, il se juge trop vieux; dans ses propres affaires il a amorcé un repli, trois ans plus tôt, vendant ou transmettant à ceux de ses fils qui en veulent ses parts dans des entreprises d'immobilier, de banque, de construction aéronautique; il n'a conservé que ses participations à l'industrie cinématographique, à la radio et surtout à l'exploitation commerciale de l'invention, en 1923, du Russe naturalisé américain Vladimir Kosma Zworykin, père de la télévision.

Maryan croit énormément à l'avenir de ce nouveau moyen de communication :

« Hannah, un jour viendra où de n'importe quel point de la planète à un autre, on pourra s'envoyer des images. Dans ton fauteuil, tu pourras capter en direct ce qui se passe aux antipodes... »

Il est venu voir Hannah à Anacapri, mettant à

profit un voyage d'affaires à Paris, Zurich et Milan. Même quand il s'exalte, comme il le fait en parlant de la télévision, son œil bleu un peu dilaté, il demeure paisible; c'est un rêveur froid, ses passions ne sont qu'intérieures mais n'en sont pas moins ardentes. Ses cheveux blonds ont blanchi, couleur de neige; l'action du soleil de Californie, à la longue, a fini par donner à son visage lisse un hâle doré; il se tient très droit. Sa discrétion a pris, en Amérique et dans tous les milieux financiers, dimension de légende; on ne l'a jamais vu s'ouvrir, sourire et moins encore rire, sinon avec ses enfants d'abord, ses petits-enfants ensuite...

... Et elle continue d'être la seule au monde devant qui, se dandinant d'un pied sur l'autre, il manifeste une étrange timidité.

« C'est incroyable, Hannah, les années passent et tu restes inchangée.

– Je me teins, figure-toi.

– Ce n'est pas seulement ça. »

Il l'a trouvée dans le jardin d'hiver, dont les grandes baies vitrées offrent une vue dégagée sur le golfe, la mer, le vert plateau d'Anacapri, le Monte Solaro et même, pointant entre les cyprès, la villa San Michele d'Axel Munthe. Elle écrivait une longue lettre à Abigail mais près d'elle, dans l'un des fameux dossiers de cuir rouge et noir, il y avait ses comptes, sur lesquels elle venait de passer deux heures.

« Je suis immortelle, Maryan. »

A son entrée, elle a marché et presque couru vers lui, s'est glissée dans ses bras. Un domestique est venu lui apporter le café qu'il avait demandé. Ils ont parlé de choses et d'autres, de leurs enfants et petits-enfants, des amis, de la vie ordinaire. Un silence ensuite est descendu. Et elle sait maintenant qu'il a, pour lui rendre visite, une autre raison que l'affection si fraternelle qu'ils se portent l'un à l'autre.

« De quoi voulais-tu me parler, Maryan ? »

Il se contente de la fixer et, dans un éclair, elle comprend :

« Jonathan ?

— Je me trouvais à Hong-Kong la semaine dernière. Je l'ai vu. Je ne lui ai pas parlé. Il traversait à pied une rue et le temps que je fasse arrêter ma voiture, il avait disparu dans la foule.

— Mais tu l'as retrouvé.

— Le lendemain, par un ami chinois. Hannah, il est possible que cet ami se soit attendu à ma question...

— Tu veux dire que Jonathan t'avait vu aussi ?

— Et qu'il aurait peut-être fait exprès d'être aperçu de moi. Ce n'est qu'une impression. Hannah, Jonathan a une maison dans l'île de Hong-Kong, pas à Victoria mais un peu en retrait, dans le quartier de Stanley. Il n'y était pas quand je m'y suis présenté. En revanche, il s'y trouvait une très belle jeune femme...

— Sa femme ?

— Sa fille. C'est une métisse.

— De mère chinoise, donc.

— Oui. Mais très belle. Mieux que belle. Je lui ai dit mon nom et elle m'a répondu qu'elle le connaissait ; son père lui avait parlé de moi et l'avait prévenue que je pourrais lui rendre visite un jour. »

Elle pense, assez incertaine : « J'ai une petite-fille aux yeux bridés ! »

« Et où était Jonathan ?

— Je lui ai posé la question, elle a souri en secouant la tête. Pas d'autre réponse.

— Elle t'a dit si elle avait une mère, des frères et sœurs ?

— Pas de réponse. »

Il se met à parler de la maison de Stanley, qui est simple.

Elle demande :

« Comment s'appelle ma petite-fille ? »

Elle surveille les mains de Maryan, par habitude. Petit mouvement infime, mais réel.

« Hannah, dit-il. Elle se prénomme Hannah. »

Maryan déjeune avec elle puis, dans l'après-midi de ce 11 février, il regagne Naples et le continent italien. Son avion personnel doit le ramener à Londres, mais il ne doit rester que quelques jours dans la capitale britannique, le temps d'y conclure la vente des derniers intérêts qui lui restent en Europe. Ensuite, il rentrera aux Etats-Unis. Lizzie et lui projettent de se rendre en Australie, où ils resteront six ou huit mois. (« A présent que tous nos enfants sont partis, la maison semble bien vide, Hannah, même celle de Palm Springs où il n'y a guère que Mélanie et sa petite famille. Peut-être rentrerons-nous au moment des vacances scolaires, ne serait-ce que pour voir nos petits-enfants. On verra. Lizzie décidera, comme d'habitude... »)

Elle l'accompagne à l'embarcadère au volant de l'Alfa Romeo flambant neuve qu'elle vient d'acheter – en septembre de l'année précédente, elle a bien failli se tuer par la faute d'une carriole qui lui a brusquement coupé la route, en Ombrie; sa Ferrari a terminé dans les vignes et a pris feu; mais elle s'en est sortie avec une légère foulure du poignet.

« Pourquoi ne viendrais-tu pas nous rejoindre en Australie ?

– Je le ferai peut-être. Embrasse Lizzie. »

« Il est le seul témoin encore vivant de ma jeunesse », pense-t-elle en regardant s'éloigner le *vaporetto* sur une mer d'un bleu cobalt. Mais elle repousse farouchement cette nostalgie si douloureuse qui ne la mènera nulle part. A petite allure, les chemins d'Anacapri ne lui permettant pas de rouler beaucoup plus vite, elle rentre à la villa. Yvonne est en France, chez ses enfants, « la pauvre commence à se faire bien vieille, elle aussi... »

Hannah passe le reste de l'après-midi dans la bibliothèque de Niki, à feuilleter l'admirable collection de livres d'art qu'il a réunie. Au hasard des pages, elle retrouve des lettres, ici quelques mots de Pablo Picasso, là le graphisme tourmenté de Malraux, ou encore un dessin exécuté sur une feuille de cahier d'écolier par Giorgio Morandi, un soir où ils avaient dîné avec le peintre dans ce restaurant du Trastevere, à Rome. « Tant de villes et tant de visages, Hannah... »

Vers six heures, le ciel s'étant couvert, le vent se lève à l'heure où d'ordinaire il s'apaise; bientôt, c'est une vraie tempête qui déferle, du nord-est roulant des masses nuageuses d'un violacé sanglant. Elle sort sur la terrasse battue par les rafales et s'accoude à la balustrade en marbre entrelacée de bougainvillées. « Avec un peu de chance, ce foutu vent m'emportera, grosse comme je suis... »

A un moment, le téléphone sonne, l'un des domestiques décroche, mais il n'y a personne en ligne.

« Ce doit être le vent, *signora*. »

Elle en est à ne plus dormir que quatre ou cinq heures, les nuits. Dans son lit gigantesque, il lui arrive de jouer seule aux échecs, maintes fois obligée de s'interrompre et d'écarter le jeu, devant l'irruption des souvenirs. Certains soirs, cela tourne à l'hallucination : déplaçant une pièce, elle *voit* Sa main immense glisser lentement sur l'échiquier et pour un peu elle sentirait le contact de cette main sur la sienne et le parfum de Son corps,

Lui dont elle ne prononce même plus le nom depuis vingt-quatre ans, même dans ses étranges monologues avec elle-même...

A l'aube, elle sort et marche dans l'île, coiffée d'un grand chapeau de paille qui lui tient le visage à l'ombre. Toute la nuit la tempête a soufflé, faisant grincer la girouette.

Elle descend jusqu'à Damecuta, où sont les ruines de la villa de l'empereur Tibère...

Le télégramme est arrivé en son absence. Et sitôt qu'elle en prend connaissance, les deux morts se mêlent, se rejoignent et se multiplient à l'infini, *la mort de Niki et celle-ci*, survenues à huit mois d'intervalle – mais que sont huit mois dans une vie ?

Maryan s'est effondré à sa descente d'avion à l'aéroport de Londres, foudroyé par une congestion cérébrale. Il n'a pas survécu deux minutes et, lui dira-t-on plus tard, à elle Hannah, il est entré dans l'autre monde le visage impassible, ses yeux bleus de Pologne à jamais fixés dans leur immobilité rêveuse.

Désormais les voilà seules, survivantes Lizzie et elle. *Vieillir n'est rien, Lizzie, le pire est de survivre : au temps qui passe, au monde qui change, à tous ceux qu'on a aimés... A se sentir comme immortelle, ce n'est pas tant la lassitude de vivre qui vous prend, mais bien une haine de soi-même, de voir qu'on est encore de ce monde alors que les vôtres n'y sont plus...*

Ne pleure pas, ma sœur...

37

Je n'étais jamais venue en Malaisie, de toute façon...

LAURENT GAFFOUIL revient et reprend sa place au côté du chauffeur chinois de la Rolls :

« Elle ne va pas tarder, madame Hannah. »

La Chine grouille, tout autour de la voiture. Des enfants s'approchent, l'un d'eux picorant avec des baguettes – et une adresse impressionnante – dans un bol de riz, debout, un peu morveux peut-être mais très proprement mis d'une culotte noire qui lui vient aux genoux et d'une chemisette blanche superbement repassée. Au second plan, on aperçoit un petit port de pêche avec des jonques et des sampans. A perte de vue s'étend la mer de Chine du Sud. Flotte dans l'air cette odeur très chinoise de poisson et d'épices, de fange et de sang, senteur qui devrait être écœurante et que néanmoins elle a toujours aimée, au premier jour de son premier voyage en Chine et en Asie, du temps de Sun Yat-Sen et des concessions internationales de Shanghai, des siècles et des siècles plus tôt...

Laurent Gaffouil gesticule et vocifère, en français et en anglais, et également dans son dialecte de l'Ariège, avec l'espoir bien vain d'éloigner cette foule qui s'agglutine peu à peu aux portières de la Rolls.

« Laissez-les », dit Hannah.

Elle sourit à son morveux mangeur de soupe, demande au chauffeur comment on dit « c'est bon », en chinois. Le chauffeur traduit. Le gosse aussitôt fend les rangs et vient lui offrir entre ses baguettes un morceau de ce qui est en principe – elle l'espère – du poisson accompagné de quelques grains de riz.

Elle ferme les yeux et avale. Grimace : c'est horriblement épicé.

« C'est bon », dit-elle, la voix cassée par le piment rouge.

Fou rire général « J'ai un succès bête, pense Hannah, je monterais sur scène, je remplirais la salle tous les soirs... » Les autres gamins sont à présent collés à la portière. Hannah leur adresse ses plus épouvantables grimaces, touchant avec la pointe de sa langue l'extrémité de son nez et, dans le même temps, louchant effroyablement. Les rires redoublent : « Il faut convenir que j'ai la langue foutument longue. Pour un peu, je pourrais m'essuyer les yeux avec, quand je pleure ! » Successivement, elle fait le Dragon, le Golem, l'Ours des Carpathes, la Belette Amoureuse, toutes pitreries qu'ordinairement elle réserve à ses arrière-petits-enfants... Et puis, comme le temps passe, elle va jusqu'à leur faire chanter, en français, cette chanson de corps de garde apprise au siècle précédent, qui les fait mourir de rire, Lizzie et elle, mais qui en revanche plonge dans la fureur les adultes de la génération d'après : *Les filles de Camaret se disent toutes vierges, mais quand elles sont dans mon lit, elles préfèrent tenir mon bout, qu'un cierge...*

Hannah Deux la regarde. De haut en bas.

« Il m'avait prévenue que vous viendriez, dit-elle.
– Votre père ?

– Oui.
– Qui est mon fils. Ce qui fait de vous ma petite-fille, et de moi votre grand-mère. »

Hannah est d'une beauté stupéfiante. Elle doit avoir vingt ans, au plus. La finesse du grain de sa peau et ses yeux noirs très joliment fendus rappellent seuls son ascendance semi-asiatique. Elle est presque aussi grande que Lizzie.

« Je sais très bien qui vous êtes, madame.
– Tu parles français ? »

Hésitation. « Elle le parle mais n'a aucune envie que je la tutoie. »

« J'ai fait mes études à Hanoï, chez les religieuses. »

La maison est simple, très conforme à la description que Maryan en avait faite. Trois pièces seulement, avec une petite cuisine et une salle de bain, plus justement une salle de douche où une haute jarre de terre cuite enferme l'eau dont on s'asperge pour faire toilette. Toutefois une grande véranda, sur la façade arrière, allonge son toit de latanier et ouvre la vue sur une crique ravissante.

« Il vient parfois ici ?
– Quelquefois.
– Il t'a parlé de moi ? »

Nouvelle hésitation :

« Non.
– Ce n'est pas beau de mentir, les bonnes sœurs de Hanoï ont sûrement dû te l'apprendre. Est-ce qu'il t'a dit comment tu devais te comporter avec moi ? »

Silence.

« Il t'a dit de me flanquer dehors, petite ? Tu y réussirais sans peine. Quoique... »

Elle parcourt les trois pièces et leurs annexes. Il y a deux chambres, l'une qui est celle de la jeune fille et dont les murs sont décorés de photographies de Rome, de Paris, de Londres, de New York...

... L'autre qui est sans conteste celle d'un homme. « Qui n'est pas là souvent. Et il laisse cette adorable gamine seule à Hong Kong? »

« Allez-vous-en, je vous en prie, dit Hannah Deux.

— Flanque-moi à la porte, petite. Es-tu jamais allée en Europe ou aux Etats-Unis? Jamais, hein? Jonathan est mon fils, petite, le seul qui me reste. J'ai eu un autre fils, Adam, mais on me l'a tué. J'ai aussi une fille, Abigail. Je te dis ces choses parce que j'ignore jusqu'à quel point tu les connais. Adam a eu six enfants, Abigail cinq. Ce qui me fait, sans te compter, onze petits-enfants, qui sont tes cousins et cousines, soit dit en passant. Et puis j'ai aussi seize arrière-petits-enfants, je ne serais pas surprise d'en avoir deux douzaines... »

Elle revient dans la troisième pièce, où la jeune fille se tient.

« J'ai été une mère catastrophique, petite. Il paraît que, comme grand-mère, je vaux un tout petit peu mieux, à peine. Comme arrière-grand-mère, je crois être déjà meilleure. Je vivrais cinq cents ans que je deviendrais une aïeule presque acceptable. Je crois que Jonathan t'a parlé de moi, petite et pas qu'un peu. J'aurais juré qu'il était parti pour me haïr sa vie entière, seulement voilà, il t'a donné mon prénom. Je n'arrive pas à comprendre. A moins que ton père ne te haïsse aussi? »

Hannah Deux secoue la tête.

« Nom d'un chien! dit Hannah, tu es vraiment obligée de rester muette?

— Je ne sais que vous dire.

— Tu pourrais m'offrir de m'asseoir, par exemple. Et me proposer du thé. Sans sucre ni poison, par préférence. Je ne supporte pas le sucre. »

« Et allez donc, tu ne pourras jamais t'empêcher d'en faire un peu trop. Tu avais besoin de cette plaisanterie idiote à propos du poison ?... D'accord, tu en avais besoin. Tu as foutument peur de cette gamine, hein, Hannah ? »

La lumière change, avec une rapidité saisissante. Par-delà le pic d'Aguilar, le soleil s'apprête à disparaître; une brume turquoise s'étend sur le village de pêcheurs, sur les bateaux à l'attache et les filets étendus, dans un mol étouffement des bruits. C'est presque le silence, bien que scandé par le lamento des bonzes d'une pagode. « Il me manquait l'émotion, dans mon ambassade, et le décor fait de son mieux... »

« Je ne vais pas chercher à t'apitoyer, petite. Je pourrais te dire que je suis vieille et près de mourir, et qu'avant de mourir je voudrais revoir le seul fils qui me reste, que je n'ai pas revu depuis trente ans... Mais ce serait un foutu mensonge : je ne crois pas du tout être sur le point de mourir, vraiment pas. Je n'ai pris aucune décision... Mais ça commence à bien faire, trente ans. »

... Et c'est presque un sanglot qui lui vient, à ce moment où elle ne l'attendait plus et désespérait de le voir survenir. Elle respire un grand coup, affolée par sa propre émotion :

« Je veux revoir mon fils, petite. Il n'y a rien au monde à quoi je tienne davantage. Je veux qu'on fasse la paix, tous les deux. Même si je dois m'humilier. Il est très entêté mais il tient à moi. Et moi je ne bougerai pas d'ici, d'Asie, tant que je ne l'aurai pas revu, c'est clair, non ? »

Elle se retourne.

« Je suis seule, petite. Tu ne veux pas dîner avec moi ? Je t'en prie... »

Le premier institut qu'elle a ouvert à Hong-Kong se trouve sur l'île même, et sur Des Vœux Road. A l'époque, et donc dans les années 30, elle avait loué cinq de ce que l'on appelle des compartiments chinois, sortes de longs rectangles dont seul l'un des côtés étroits s'ouvre sur la rue. Elle en avait fait modifier tout l'intérieur et, pour l'ameublement, avait ordonné le transport par voie maritime de trois des salons de Saint James Park, y compris les lambris et les parquets. Si bien que l'atmosphère y est des plus anglaises.

« Et vous prétendriez ne pas me renouveler mon bail ? »

Une fois n'est pas coutume, son interlocuteur n'est pas beaucoup plus grand qu'elle. Il se présente sous la forme d'un Chinois de cinquante ans d'âge, que l'on dirait constitué de deux ballons de taille inégale posés l'un sur l'autre, le plus petit figurant la tête. Son anglais est parfait et marqué par l'accent d'Oxford.

« C'est que je ne sais pas du tout qui vous êtes, madame...

– Hannah, dit Hannah. Je suis Hannah. Vous n'êtes pas obligé de vous mettre au garde-à-vous mais je ne vous en voudrais pas si vous le faisiez. »

Elle cligne de l'œil à l'intention d'Hannah Deux.

« Vous seriez... dit le Chinois.

– Je suis.

– Je vous supplie d'accepter mes excuses.

– J'accepterai surtout un nouveau bail. Ma directrice prétend que vous ne voulez pas le renouveler. Elle aura mal compris.

– J'ai peur que non », dit le Chinois.

Il explique que dans la fièvre de construction qui s'est abattue sur Hong-Kong, il a reçu une offre d'achat pour ces locaux loués depuis quinze ans. A la place des petits immeubles existants, on construira une tour de trente étages.

« Et vous voudriez vendre.

— *I am afraid so*, dit le Chinois (il dit que c'est malheureusement la triste vérité).

— Combien ? demande Hannah.

— Cinq cent mille dollars.

— Mon œil, dit Hannah.

— *I beg your pardon ?* dit le Chinois (il dit qu'il n'a pas compris).

— A deux cent mille, ce serait déjà hors de prix. »

« Hannah, en réalité tu te fiches de ces locaux comme de ta première culotte. Ce que tu cherches à faire, c'est impressionner et surtout séduire ta petite-fille ici présente... »

« Trois cent mille, dit le Chinois.

— Ha ! Ha ! Ha ! » dit Hannah.

Elle coule un regard rapide sur Hannah Deux et constate avec satisfaction que, d'abord étonnée, la jeune fille commence à s'amuser. « Je la fais rire, c'est déjà ça, elle n'est plus loin de m'aimer un petit peu. Et puis elle est venue avec moi, c'est un signe. Me voilà avec douze petits-enfants au lieu de onze... Nom d'un chien, qu'elle est jolie, une vraie merveille ! »

« Deux cent cinquante-cinq, dit le Chinois.

— A ton avis, petite ?

— C'est cher, dit Hannah Deux.

— Dis-le-lui en chinois, ma chérie. »

Hannah Deux s'exécute. Sa conversation avec l'homme se prolonge. Elle finit par dire :

« Il est d'accord pour deux cent trente.

— J'adore t'entendre parler chinois, dit Hannah. Allez, viens. »

Elle prend le bras de la jeune fille et l'entraîne.

« On s'amuse, non ?

— Oui, dit Hannah Deux. »

... Qui dans sa robe-fourreau fendue sur la cuisse a le plus grand air du monde. Elle ne marche pas, elle glisse, tête haute. Le corps moulé par la soie est superbe, bien que menu.

« Tu es fichtrement jolie, tu sais, petite. Et soit dit en passant, j'avais fait expertiser les immeubles de ce type que nous venons de voir. D'après mes spécialistes, acheter entre deux cent soixante et deux cent quatre-vingts était déjà une affaire. Tu tiens vraiment à cet emploi de vendeuse chez Lane Crawford? Non, ne me réponds pas tout de suite. J'ai des amis couturiers à Paris, tu choisiras toi-même. *Hannah?*... Ne me mens pas : c'est toi qui as provoqué notre rencontre, n'est-ce pas? Ton père ne voulait rien entendre mais tu l'as tellement pressé qu'il a fini par dire oui. C'est ça? »

Silence.

« Tu rêvais d'aller en Europe et aux Etats-Unis et tu t'es dit que ta grand-mère était la mieux placée au monde pour t'aider. »

La jeune fille acquiesce, tête baissée. Hannah sourit :

« Tu n'as pas à avoir honte, petite. J'ai fait pire. Ça m'enchanterait plutôt que tu sois déterminée, avec une idée si précise de ce que la vie doit te donner. Je n'ai pas été autrement. J'étais foutument déterminée moi-même. Parlons de ton père, à présent. Où est-il? Où est mon fils?

— Il n'est pas à Hong-Kong.

— J'irai le voir où qu'il se trouve. Vous en avez sûrement parlé, lui et toi, et vous avez dû vous mettre d'accord sur ce que tu allais faire, m'amener à lui ou non. Je me trompe, petite?

— C'est moi qui devais décider, dit Hannah Deux.

— Selon l'effet que je te ferais. Je vois. Et tu as pris ta décision?

— Oui. »

« Je n'étais jamais venue en Malaisie, de toute façon », dit-elle. Sauf à Singapour.

Leurs deux ombres s'allongent sur le sable d'une petite plage très blanche, sertie dans une demi-lune d'arbres très touffus. Elles sont tellement disproportionnées, ces ombres, que c'en est presque grotesque : celle de Jonathan fait quasiment le double de la sienne. Il est à peine cinq heures, le jour vient de se lever, la forêt est encore silencieuse. Deux jours plus tôt, elle est arrivée à Kuala-Lumpur en compagnie de sa petite-fille; elle a fini par trouver à louer une Bentley auprès d'une espèce de sultan. Elles ont pris la route puis des pistes et après quatre bonnes heures, le détroit de Malacca a surgi dans toute sa splendeur par un brusque déchirement du rideau de verdure; un jardin luxuriant s'est révélé, rompant par sa régularité avec la sauvage anarchie de la jungle. La maison est alors apparue, d'une beauté à serrer le cœur, élégante construction rectangulaire, hissée par des pilotis à deux bons mètres en l'air et ceinturée par une véranda profonde que décoraient d'innombrables cages à oiseaux, uniformément blanches, toutes portes ouvertes aux oiseaux qui y entraient et en sortaient librement.

Le ronflement du moteur à peine éteint, des enfants sont apparus, sous la conduite d'une *ama* chinoise – le plus âgé d'entre eux peut avoir dix ans. Ensuite, une jeune femme est sortie, blonde et calme. « Ma belle-mère, la deuxième femme de Papa, a dit Hannah Deux; et mes demi-frères et sœurs, vos autres petits-enfants par conséquent... »

« Combien de pays avez-vous visités? demande Jonathan.

– Une centaine. Plus de cent, probablement. Je dirai cent vingt ou cent trente.

– Dans combien d'entre eux avez-vous un institut ?

– Soixante-seize.

– Vous devez être très riche.

– Je le suis. »

Elle se retourne et regarde en arrière : ses pas et ceux de son fils sont inscrits dans le sable sur à peu près six cents mètres ; la maison-paillote est tout au bout et seule une fumée qui monte rectiligne dans l'air calme indique qu'elle est habitée, et que la cuisinière malaise vient de mettre en route son fourneau à charbon de bois : « J'ai sept ou huit maisons dans le monde, je suis sûrement la femme la plus riche de la planète – parmi celles qui ont gagné leurs sous toutes seules – et mon fils unique vit dans une paillote éclairée par des lampes à pétrole... »

« Tu serais venu me voir, si je n'avais pas fait le premier pas ?

– Je ne crois pas.

– Merci de ne pas m'avoir flanquée dehors... »

... Et dès la seconde qui suit, elle s'en veut de cette ironie. Mais la remarque lui a échappé, la patience et moins encore la résignation n'ont jamais été dans son caractère ; qui plus est, elle est sous le coup, non seulement de ses retrouvailles avec Jonathan, mais encore des conditions de celles-ci : elle a été accueillie par sa belle-fille qui se prénomme Honor avec une simplicité et un naturel qui l'ont tout à la fois séduite et exaspérée (« à croire que j'étais partie la veille ! »). Pour les enfants – quatre et tous blonds – ils sont venus à la file indienne lui déposer un baiser sur la joue en l'appelant « madame » ; très clairement, ils n'avaient jamais entendu parler d'elle, et cette indifférence polie lui a presque donné envie de repartir.

« Il y a vingt-huit ans que je ne suis pas allé en Europe, ni même aux Etats-Unis, dit Jonathan.
– Sauf la fois où tu as vu Niki.
– Sauf cette fois-là. J'avais un bateau à acheter. Mais je ne suis resté que deux jours en Amérique. »

Aucun commentaire à propos de Niki. Il marche vers un alignement de rochers qui semble fermer la plage, sur le côté de celle-ci opposé à la maison. A la dernière seconde toutefois, une galerie se dévoile, large d'un mètre à peine et ouverte de main d'homme. Il s'y engage le premier après avoir, tout de même, prié qu'elle l'excuse de la précéder ainsi.

Ils débouchent sur une deuxième crique, plus étroite et plus rocheuse que la précédente. Il y a là quatre ou cinq paillotes, un petit hangar et surtout, à l'amarre sur l'eau calme de ce port minuscule, deux canots automobiles et un hydravion, entre des pirogues et des barques.

« A toi, Jonathan ?
– L'hydravion et les canots, oui.
– Tu es riche ?
– J'ai deux cargos et des intérêts dans une plantation d'hévéas. Je suis bien assez riche pour donner à mes enfants ce dont ils ont besoin. »

Le ton est comme indifférent.

« Tout bébé, dit-elle, tu avais déjà mon sale caractère et surtout un entêtement incroyable. »

Si elle avait, par ce rappel de son enfance, l'espoir de l'amadouer un peu, elle en est pour ses frais. Il ne bronche pas. Il parle dans une langue inconnue à l'un des Malais. Elle l'examine : il est immense et maigre mais noueux, avec des épaules larges et des mains très fortes. A cinquante-trois ans, quelques fils argentés pointent dans ses cheveux noirs. Les rares fois où leurs regards se sont croisés, Hannah a été saisie : leurs yeux sont à ce point identiques qu'elle a cru se regarder dans un miroir. Et sans doute a-t-il la même impression qu'elle.

« Quand as-tu su, pour Adam ?
— Des mois plus tard. Je me trouvais dans les îles Salomon.
— Tu t'es battu contre les Japonais ?
— Pas dans l'armée. J'avais une plantation sur l'île de Bougainville et la marine américaine m'avait confié un poste de radio pour que je signale les passages de navires. Je n'ai rien fait d'autre. »

... Elle, Hannah, en sait un peu plus qu'il ne vient de lui en dire. Elles ont beaucoup bavardé, sa petite-fille et elle : selon Hannah Deux, Jonathan a été pendant des mois pourchassé d'une île à l'autre, par les Japonais rendus fous furieux par cette radio dont ils entendaient les émissions sans jamais pouvoir en capturer l'auteur. Jusqu'au jour où, au terme d'une traque acharnée, les soldats du Mikado l'ont pris et l'ont laissé pour mort.

« Où as-tu connu Honor ?
— Son père était médecin à Port-Moresby, en Nouvelle-Guinée.
— Et la mère d'Hannah ?
— A Shanghai. Elle est morte deux ans après la naissance de notre fille. »

« Pose-lui la question maintenant, Hannah, demande-lui pourquoi il a donné à sa fille le prénom d'une mère qu'il haïssait... »

Mais au lieu de cela, elle dit :

« Faisons la paix, Jonathan. Toi et moi.
— Elle est faite. »

Il la fixe et à nouveau elle est troublée par ce reflet d'elle-même qu'elle découvre.

« Cela saute aux yeux, dit-elle avec une immense amertume.

– Ma vie est ici. Vous pouvez venir aussi souvent qu'il vous plaira.

– Est-ce qu'elle pourra venir à Paris avec moi?

– Votre petite-fille est assez grande pour décider elle-même. Elle a *toujours* eu la tête sur les épaules.

– Et mes autres petits-enfants?

– L'année prochaine, Honor se rendra en Angleterre avec Jimmy et Clare. Elle viendra vous voir, si vous le souhaitez.

– J'en serai heureuse. »

Il parle à nouveau aux Malais. « Et il me faudra me contenter de ça... pense-t-elle. Mais qu'est-ce que je pouvais attendre d'autre? Il n'y a que dans les romans que des retrouvailles comme les nôtres s'achèvent sur des embrassades, la vraie vie est autrement plus logique et plus impitoyable : je n'ai pas vu mon fils depuis trente ans et davantage, et avant nous n'étions pas trop proches, lui et moi. Ces raisons qui nous ont empêchés de nous comprendre et de nous aimer existent encore, quelles qu'elles puissent être. »

« Je voudrais rentrer, dit-elle. Je n'ai jamais supporté le soleil sur mon visage. »

Il acquiesce. A nouveau ils marchent sur la plage, la maison si aérienne est en vue par-dessus la haie des flamboyants, où la moire du teck noir et le brun violacé du méranti composent une harmonie délicate.

« Maman? »

Elle s'immobilise, figée et presque tremblante.

« Je n'ai pas posté les lettres mais je vous ai écrit deux fois. Surtout quand j'ai appris la mort d'Adam. Il était venu me voir à deux reprises dans les années 30, vous le saviez?

– Il ne m'a rien dit.

– Il m'a parlé de vous mais il n'avait pas à me convaincre. Vous êtes ce que vous êtes et je n'ai rien à vous reprocher. J'ai fait ma vie ici et je mourrai ici. Je ne méprise pas le monde où vous vivez mais ce n'est pas le mien. Il n'y a rien d'autre.

– A ma façon, je t'aime, dit-elle en fixant la maison qui se rapproche d'eux.

– Je le crois. Mais ces choses sont très lointaines, pour moi.

– Je comprends. »

« Tu ne comprends rien. Et ça te fait un mal de chien. Tu lui es indifférente, c'est cent fois pire que s'il te détestait. »

« L'idée de l'appeler Hannah était d'Adam. Maman, j'aime infiniment mes autres enfants, ceux que j'ai eus d'Honor mais je l'adore, elle Hannah, ma fille. Elle est l'être au monde qui me comprend le mieux. Je me fie à son jugement depuis qu'elle est toute petite. C'est elle qui a voulu que nous nous rencontrions.

– Elle me l'a dit.

– Et ce n'était pas seulement parce qu'elle attend de vous que vous l'aidiez dans sa carrière, quoi que cette carrière puisse être. Elle tenait à ce que nous fassions la paix, vous et moi. Si vous n'étiez pas venue, je crois bien qu'elle m'aurait tiré par la peau du cou jusqu'en Europe.

– C'est une jeune fille très remarquable, Jonathan.

– Je sais. Et je sais aussi qu'elle ressemble à ma mère, à bien des égards.

– Et pourtant tu l'aimes.

– Et pourtant je l'aime. Je suis heureux que tu sois venue, maman. »

Pour la première fois depuis plus de quarante ans, il revient au tutoiement du français pour s'adresser à elle.

De la maison, les enfants sortent, nus comme au

jour de leur naissance, et bronzés sur tout le corps.

« J'ai foutument faim », dit Hannah.

Elle accroche son bras à celui de son fils et fait semblant d'avoir un peu de mal à marcher dans le sable.

38

J'ai tout mon temps...

A PARIS, elle possède deux ou trois immeubles rue Beethoven, l'appartement rue de Varenne avec vue sur Matignon, et également une vingtaine d'appartements dans le seizième arrondissement de la capitale, notamment avenue du Maréchal-Fayolle, près de la porte Dauphine. Hannah Deux choisit la vue sur le Bois; elle occupera le cinq-pièces avec une amie anglaise, qu'elle a connue à Hong-Kong.

Elle s'y installe au printemps de 1951 :
« Mais je veux travailler, grand-mère.
– J'y compte bien! Tu ne croyais tout de même pas que j'allais t'entretenir à ne rien faire? »

(En réalité, deux mois plus tôt à Genève, elle a ouvert un compte au nom de sa petite-fille, en y versant un million de dollars.)

Mais, même si elle a déjà son idée en tête, elle a vu juste en prévoyant dans l'immédiat un emploi comme mannequin : Jacques Fath engage la jeune fille moins de cinq semaines après son arrivée à Paris :
« Pourquoi diable ont-ils changé ton nom?
– Ils voulaient de l'exotisme.
– Bande d'abrutis! C'est très joli, Hannah! »

... Elle a son idée en tête. Les dizaines d'heures passées à discuter avec sa petite-fille l'ont convaincue : la gamine est de l'étoffe dont on fait les grandes directrices. Et en admettant – en admettant seulement, ce n'est qu'une hypothèse de travail – qu'elle, Hannah Un, vienne à mourir un jour, la succession sera assurée. Ce qui n'était pas le cas avec les enfants d'Adam ou d'Abigail, il faut voir les choses comme elles sont. – *Je ne me trompe jamais pour ces choses, Lizzie. Mes âneries, je les réserve à ma vie privée... Il est vrai que je me rattrape, alors!*

Elle ne s'ouvre absolument pas de son projet à Hannah Deux. La petite comprendra seule ou pas du tout, et si elle comprend, elle fera le nécessaire.

... Elle le fait.

Dans un premier temps, elle va travailler deux ans comme mannequin, et gagner très bien sa vie. Et puis, un jour où elle se trouve avec ses cousines – les enfants d'Abigail et d'Adam – dans la maison des Kaden à Beverly Hills, on lui propose de faire du cinéma. Elle tourne trois films mais, au moment même où l'on pourrait croire qu'elle a définitivement choisi sa voie, elle abandonne.

« Aucun intérêt, grand-mère. Cela en aurait à la rigueur si je pouvais réaliser les films moi-même, mais ça ne me tente pas d'essayer. Vous le saviez depuis le départ, n'est-ce pas, que je vous poserais un jour cette question? D'accord, je vous la pose : comment dois-je faire pour travailler avec vous? »

Elle débute en bas de l'échelle, dans l'institut d'Atlanta. Ensuite, Hannah la place au côté d'Eulalia Jones, la Cherokee, qui a pris trois ans plus tôt la succession de Jessie, à la tête des établissements d'Amérique. Les cinq années suivantes, elle continuera de faire ses classes, apprenant l'allemand et l'espagnol, plus le droit et la gestion des entreprises.

« Je ne me trompe jamais pour ces choses. J'ai su qu'elle prendrait ma suite le jour où elle a discuté avec ce Chinois de Hong-Kong. Et elle s'appelle Hannah, en plus ! »

Lizzie est venue vivre avec Hannah au début de 1951. Elle ne supportait plus la solitude, que ce fût en Californie ou à New York, et ne voulait pas davantage s'installer chez l'un de ses enfants.

« Si tu veux bien de moi, bien sûr...
— J'ai toujours eu un faible pour les autruches... Mais à une condition : tu ne feras pas la moindre remarque sur ma façon de conduire ! »

En septembre de l'année précédente, Hannah a eu en effet de nouveaux démêlés avec la police routière. Elle revenait de son pèlerinage annuel sur la tombe de Santa Barbara et descendait, à un tout petit peu plus de 200 kilomètres à l'heure, vers Palm Springs, précisément pour y rejoindre Lizzie. Les policiers de plusieurs comtés ont dû s'allier pour la stopper. Ils ont finalement dressé des barrages et, tout cliquetants de leurs multiples insignes, de leurs armes et de leurs menottes, ils se sont présentés à six devant la Ferrari.

« Où est le conducteur ? »

Cette question l'a agacée.

« Je sais bien que je ne suis pas très grande, mais d'habitude on me voit, bande de crétins. Vous devriez faire examiner vos yeux. »

Une fois de plus, on l'a traînée devant un juge. Lequel a dû se coucher en travers de son estrade pour la distinguer :

« Et vous prétendez que cette charmante vieille dame conduisait à plus de 140 miles à l'heure, qu'elle a fracassé trois voitures de police et manqué de tuer six personnes ?
— Je ne suis pas très sûre d'être charmante, a

répondu Hannah, et je suis encore moins sûre d'être une dame. Mais quiconque prétend que je roulais à 200 est un foutu menteur. Cette voiture est censée rouler à 243, et j'étais à fond. Ou alors, c'est qu'elle marche moins vite que ne l'a prétendu mon vendeur, et dans ce cas je me plaindrai à M. Enzo Ferrari lui-même. C'est un ami. »

Il a fallu l'intervention de ses avocats pour lui éviter la prison, et elle s'en est tirée avec douze mille dollars d'amende.

... Qu'au reste, elle a réussi à faire figurer dans ses frais professionnels.

Lizzie et elle partagent désormais leur temps entre la Côte d'Azur (Saint-Tropez), New York, Paris (la rue de Varenne, toujours...) et la Californie. Pour l'essentiel. Lizzie se laisse parfois convaincre de partir au loin. En 1953, elles passent deux mois en Australie avec Abigail et trois des enfants Kaden, et sur le chemin du retour, elles séjournent plusieurs semaines en Malaisie, chez Jonathan.

L'année suivante, à la tête d'un gros peloton de quatorze de leurs petits-enfants, elles remontent l'Amazone au départ de Belem, jusqu'à Iquitos puis, tandis que Lizzie abattue par la chaleur moite refuse avec énergie d'aller plus loin, elle, Hannah, pousse jusqu'à Cuzco, et entraîne joyeusement sa bande à Machupicchu, où elle fête, champagne en main, son soixante-dix-huitième anniversaire.

Pour ce qui est des petits-enfants, Lizzie mène par 73 à 16.

« On dirait un score de basket-ball », dit Hannah.

Depuis un an ou deux, Hannah s'est prise de passion pour le sport. Elle lit à chacune de leurs parutions le journal français *l'Equipe*, *la Gazetta dello Sport* italienne et *Sports Illustrated*, l'américain. Il n'y a guère que le cricket auquel elle ne comprend goutte (mais qui aurait saisi quelque chose aux explications de Winnie Churchill qui, elle en est sûre, a fait exprès d'être incompréhensible?) En revanche, elle suit le rugby, le football américain, le football-soccer, l'athlétisme, le basket-ball et le cyclisme avec l'attention minutieuse qu'elle continue de porter à la comptabilité de ses affaires. Elle est allée à Wembley assister à la finale de la *Cup* et s'est rendue à Helsinki où elle a suivi les trois dernières journées des Jeux Olympiques, s'enthousiasmant pour le coureur de fond Emil Zatopek.

... Quant aux arrière-petits-enfants, l'avantage de Lizzie est net également, si la marque est moins imposante : 39 à 13. Et encore Marianne, l'aînée d'Adam et Jacqueline, en a-t-elle fait cinq à elle seule; son frère Tadd, né en 1923, en a à peine deux; son frère Ewan, le rescapé de l'*Indianapolis*, deux seulement aussi (il est vrai qu'il vient tout juste de se marier, épousant la fille d'un industriel de Portland dans l'Oregon)...

... Plus quatre à mettre à l'actif d'Abigail et de son chimiste, et le compte est bon. « Bandes de fainéants! »

... Il est vrai que Beth et Debbie, et Tim, les trois autres enfants d'Adam, nés en 1930 et 1932, ne sont pas encore opérationnels...

« Et puis il me reste Hannah Deux, et les quatre mignons blondinets de Jonathan et Honor. Ce serait bien le diable s'ils ne m'en faisaient pas une vingtaine... »

Elle ne relâche pas un seul jour la dure pression exercée sur le moindre de ses établissements. En ces années 50, elle a reconstitué le corps des Furets inventé par Maryan; au total, elle en a vingt-quatre et ce sont presque uniquement des femmes; leur mission est de pénétrer dans les instituts et les boutiques en s'y présentant comme des clientes ordinaires et de tout y noter – elle a d'ailleurs mis au point un formulaire type, où rien vraiment n'est oublié : la présentation des produits, la façon dont on en propose l'utilisation, l'accueil fait à la clientèle, et jusqu'à l'état des toilettes et la mauvaise haleine éventuelle de telle ou telle employée.

Elle a établi un système de fiches, qui permet à une cliente en voyage, par la simple présentation de sa carte personnelle, de recevoir les mêmes soins qu'on lui prodiguait à son domicile habituel, et ceci n'importe où dans le monde. C'est un travail de titan et elle a pensé à le faire exécuter par des machines. En 1946, les ingénieurs Eckert et Manchly ont mis au point un *computer* (le mot français ordinateur n'existe pas encore) à mémoire. Elle est allée les voir, tout comme elle a rendu visite aux spécialistes de Radio Corporation of America qui viennent de créer le *Bizmac*, le premier au monde à contenir une base de données; et enfin elle a rencontré les gens d'I.B.M.

Elle voulait des réponses simples à des questions simples : peut-on mettre en fiches toutes ses clientes dans le monde entier, et peut-on faire que ces fiches soient accessibles depuis n'importe lequel de ses établissements sur la planète ? Et à tout moment ?

Non. Pas encore. On lui jure que ce sera bientôt possible. Dans quelques années, dix ans peut-être.

« Le matin ou l'après-midi ? » demande-t-elle sarcastique.

Mais elle sourit, ayant tout de même trouvé, grâce à ces visites, de quoi accélérer et rendre plus fiable son système de fiches et le contrôle de ses antennes.

« J'attendrai. J'ai tout mon temps. »

Elle a soixante-dix-huit et presque soixante-dix neuf ans. Et ses seuls ennuis de santé ont été des ampoules aux pieds – uniquement dues à ce qu'elle se ferait hacher menu plutôt que de renoncer à ses Charles Jourdan à hauts talons, qu'elle enfile même pour ses promenades matinales.

Quand elles sont en Europe, Lizzie et elle, c'est d'abord Cannes qui a leur préférence. Quoique les villas de Saint-Jean-Cap-Ferrat et Saint-Tropez leur plaisent bien, aussi. Au moins la place n'y manque-t-elle pas : en tout on dénombre trente-quatre chambres et Lizzie a fait ajouter une espèce de dortoir géant, également salle de jeux, en partie souterrain et équipé de couchettes. C'est là que dorment les plus jeunes, dans une joyeuse promiscuité, lors des étés où tout le monde se réunit en France.

Elle, Hannah, a songé à s'acheter un aéroplane. Elle y a renoncé. D'abord parce qu'elle adore couvrir en voiture le plus grand nombre de kilomètres possible...

... Ensuite parce qu'elle aurait voulu piloter elle-même :

« J'ai mon brevet de pilote, non? C'est Louis Blériot qui me l'a donné! Il ne savait pas piloter, peut-être, Louis Blériot? »

Elle a abandonné son projet à regret :

« Ça m'aurait pourtant bien plu, un aéroplane tout noir avec des lisérés rouge andrinople. Avec mes grosses lunettes et mon casque de cuir, j'aurais survolé mes instituts et rien qu'à entendre vrombir mon moteur, mes esthéticiennes en auraient fait pipi dans leur culotte de dentelle, de peur... »

Entre autres objecteurs, il y a eu Lizzie, qui a menacé de se retirer dans un couvent. Et puis surtout, quand elle s'est retrouvée devant le tableau de bord du boeing 707, en novembre de 1954, elle a été forcée de convenir que les choses avaient un peu changé, depuis Blériot.

« Quoique. Je suis sûre qu'il y a plein de ces saloperies de boutons qui ne servent à rien. Ils les ont juste mis pour faire scientifique! »

L'épouvantable litanie des morts se poursuit. Même Yvonne s'y est mise, en 53, et cela a été un autre déchirement. La Française ne pouvait plus marcher, privée de l'usage de ses jambes, et les derniers mois de sa vie, elle gardait le lit dans sa maison de Bandol près de Toulon, veillée par les deux infirmières qu'Hannah avait recrutées. Elle s'est éteinte dans son sommeil, paisiblement, et Hannah aussitôt prévenue a volé de Stockholm à Marseille dans un avion-taxi, avec l'espoir déçu d'embrasser une dernière fois celle qui lui avait été pendant un demi-siècle plus qu'une domestique : une amie et presque une sœur.

Mortes également Cecily Barton de Londres, Jessie de New York et Cathy Montblanc... Morts André Labadie, les Fournac d'Australie, Jos Wynn, la plupart des MacKenna de Sydney, ceux du moins appartenant à sa génération...

Lorsqu'elle pénètre dans l'un de ses instituts, y déclenchant toujours les mêmes paniques, le plus souvent, elle ne s'adresse même pas aux filles, mais aux petites-filles de celles qu'elle a autrefois choisies, des siècles plus tôt.

« Je commence à faire fantôme d'Elseneur. »

Lizzie meurt en 1962.

39

Aussi simple que cela...

LES hippies de San Francisco les entourent. Depuis quelque temps, Lizzie se sent fatiguée, sans raison particulière; ses jambes s'alourdissent et parfois il lui arrive de s'immobiliser en pleine ascension d'un escalier, hors d'haleine. Elle a maigri pourtant : des soixante-dix kilos qu'elle pesait au plus fort de son poids, elle est redescendue à soixante : « J'arrive de nouveau à distinguer mes orteils, entre les deux pastèques qui me servent de seins... Ne ricane pas, petite juive, avec ce que tu as sur la poitrine, il n'y a jamais eu de quoi remplir un bol à saké... »

Elles sont arrivées à San Francisco la veille, à la mi-novembre de 1961. Hannah s'est rendue à son pèlerinage annuel sur la tombe, et Lizzie en l'attendant est allée passer trois semaines à Palm Springs où vivent sa fille Melanie et son gendre. Elles se sont retrouvées à l'hôtel Fairmont, sont allées au cinéma voir *Guns in the Afternoon* (Coups de feu dans la Sierra) de Sam Peckinpah, avec Randolph Scott et Joël MacCrea. Hannah a adoré et elle qui est une passionnée de westerns range le film (qu'elle voyait pour la troisième fois) au même niveau que *Johnny Guitar* de Nicholas Ray ou *L'Appât* d'Anthony Mann...

« Mais quand même un peu au-dessous de *Big*

Sky de Hawks, de *The Last Hunt* de Richard Brooks et bien sûr des trois ou quatre meilleurs John Ford... Oh! nom d'un chien, Lizzie, les toutes premières images de *The Searchers*[1]! C'est génial! Je l'ai vu sept fois, ce film... On rentre à pied? »

Lizzie a préféré un taxi. (« Je ne prends sans doute pas assez d'exercice. A Palm Springs, je n'ai pas décollé du bord de la piscine... »)

Elles ont fini par décider que, pour une fois, Lizzie accompagnerait Hannah dans son exercice matinal. L'itinéraire a été établi : d'abord descendre California Street jusqu'à l'immeuble de la Wells Fargo puis, par Montgomery et Jackson Square, gagner Fisherman's Wharf et la Cannery où se dresse encore, à l'époque, la vieille usine de conserves Del Monte.

« Ensuite, si tes jambes ne sont pas usées jusqu'aux genoux, nous pourrions vraiment marcher et, pourquoi pas, pousser jusqu'à la Golden Gate. Il y a un temps fou que je n'y suis pas allée.
– Pourquoi pas Seattle et le Yukon? a dit simplement Lizzie un rien sarcastique.
– A cause des ours. Tu leur ferais peur, à ces pauvres bêtes. Tais-toi et marche. »

Lizzie a coincé en vue d'Alcatraz.

« Je n'en peux plus. »

Hannah l'examine, soudain inquiète. Quelques instants plus tôt, elle était en train d'évoquer le tremblement de terre de 1906, dont elle n'a vu que les effets (« j'ai raté ça de quelques jours ») puis, par l'effet d'une association d'idées puisque le célébrissime chanteur était présent lors du cataclysme, elle s'était mise à parler de Caruso, qui un jour lui a chanté une chanson yiddish ou plus justement polonaise mais en yiddish, et de la can-

---

1. Respectivement : *La Captive aux yeux clairs*, *La Dernière Chasse* et *La Prisonnière du Désert*.

tatrice Melba, qu'elle a donc connue à Sydney...
« Comment ça, tu n'en peux plus? Si on a parcouru deux miles, c'est bien le bout du monde! »
... Mais son regard scrute le visage de la grande Australo-Américaine. Et l'intuition la foudroie : « Oh! mon Dieu, pas Lizzie, pas elle! »
« Assieds-toi, l'Autruche. »
Elle traîne Lizzie vers un banc, tout à côté de l'embarcadère des vedettes promenant les touristes dans la baie de San Francisco. Il y a là, sur le siège, sur le dossier du banc et tout à l'entour, toute une compagnie de hippies chevelus et barbus qui chantent l'amour universel.
« Du vent, les mômes, ordonne Hannah. Mon amie a besoin de s'asseoir. »
On leur fait une place. Mais on ne s'écarte pas pour autant et on continue de chanter.
« Ça va mieux, Lizzie?
– Mais oui. »
Lizzie ferme les yeux. Les traits sont creusés.
« Tu as mal quelque part? »
Mouvement de tête : non. Puis :
« Je veux juste souffler un peu, Hannah. »
Hannah avise un grand garçon qui peut avoir vingt-deux ans et dont les longs cheveux blonds sont maintenus sur les tempes par un bandeau à la mode indienne :
« Allez m'appeler une ambulance, je vous prie.
– Si tu fais ça, je ne te parle plus de vingt ans, dit Lizzie dont les paupières sont toujours closes.
– Je n'aurai pas cette chance », dit Hannah.
Elle tend des pièces de monnaie au garçon :
« Dépêchez-vous, je vous prie. »
Le hippie hésite encore une demi-seconde puis part en courant.
« Touristes, les mémés? demande une adolescente blonde et fadasse qui, avec les fleurs piquetées dans ses cheveux, ressemble assez à ces têtes

de porc environnées de persil qu'on voit dans les devantures des charcuteries françaises.

« Depuis soixante et un ans, morveuse, répond Hannah. On commence à connaître le pays. Ta mère sait que tu es là ? »

La douceâtre odeur de la marijuana, la senteur plus âcre de l'océan Pacifique, les cris grinçants des mouettes que la guitare voisine tente, non sans y réussir, d'incorporer à sa cadence... Montent en même temps une brume bleue sur la Golden Gate et le flot des souvenirs : Mendel Visoker avec eux en Panhard et Levassor, voici tout juste soixante ans, Mendel en partance pour l'Alaska, sur un bateau à voile et en bois, en un temps où les bateaux sentaient encore bon; et une autre Amérique, incomparablement plus claire, encore vierge...

Les hippies ont baissé la voix, avec gentillesse, ils chantent très doucement et leur groupe bigarré forme autour des deux vieilles dames un cercle amical, qui ne s'ouvre qu'en direction de la mer...

... Et ne se rompt qu'avec l'arrivée de l'ambulance.

« Quel âge a-t-elle ? demande le médecin du Mark Hopkins Hospital.

— Presque sept ans de moins que moi : soixante-dix-neuf », répond Hannah.

Elle peut presque voir les petits rouages du cerveau de son interlocuteur opérant le calcul : 79 et 7 font 86...

« Vous ne paraissez vraiment pas votre âge, madame.

— Ce n'est pas moi qui suis malade, je me porte sûrement mieux que vous. Qu'est-ce qu'elle a ?

— Vous a-t-elle jamais parlé de ces ganglions ? »

Non. Non, évidemment ! Comme si Lizzie avait

jamais été femme à évoquer ses problèmes intimes! (« Je ne l'ai pas vue nue une fois... Elle n'a jamais voulu non plus me donner le moindre détail sur ce qui se passait au lit, entre Maryan et elle... »)

« Quels ganglions?

— Ceux qu'elle a au cou, qui sont d'ailleurs peu visibles, et surtout ceux des aisselles et de l'aine.

— Qui sont les signes de?...

— Leucémie lymphoïde chronique.

— Je ne sais même pas ce que c'est.

— La leucémie est une maladie du sang. Et elle est lymphoïde chronique quand se produit une prolifération anormale des lymphocytes, cellules de l'organisme dont on croit qu'elles jouent un rôle dans la défense contre les agressions des bacilles, virus et...

— Comment ça, « on croit »? Vous voulez dire que vous n'en êtes pas sûr, que vous n'en savez rien, autrement dit?

— Nous n'en savons encore rien, c'est vrai. Il y a des hypothèses, les travaux de Gesner et Ginsburg, de Gowan et MacGregor, d'Halphern... »

Elle s'irrite :

« Nom de dieu, répondez-moi simplement! C'est mortel, cette leucémie?

— Le plus souvent. Quoique chez les personnes âgées, la maladie soit souvent bien tolérée...

— Ça veut dire quoi, souvent? Quelles sont les chances de Mme Kaden? »

« Tu n'as rien, Lizzie. A part, peut-être, cinquante-neuf ans de trop.

— Parlons-en. Tu pourrais être ma mère. »

Elles sont revenues à l'hôtel Fairmont. En tout et pour tout, Lizzie n'a passé que cinq heures à l'hôpital. Les médecins n'étaient pas tout à fait d'accord entre eux, certains pensaient qu'une hospitalisation n'était pas absolument indispensable, d'autres tenaient pour cette dernière, l'un d'entre eux préconisait même l'installation dans une chambre stérile. Lizzie a refusé d'en entendre parler et Hannah s'est rangée à ses désirs.

« Je crois que je vais dormir un peu », dit Lizzie déjà somnolente.

Elle s'endort presque aussitôt. Le visage est encore un peu pâle, malgré les fines traces bleuâtres sous les yeux, mais le sommeil est profond et calme.

« Quittez-la une seule seconde des yeux et je vous jure que je vous arrache la peau », dit Hannah à la femme de chambre de Lizzie, une Portoricaine qui répond au doux prénom de Maria de Los Angeles.

Pour plus de sûreté, elle place également en faction sa propre secrétaire, qui a pris auprès d'elle la succession d'Yvonne, sans évidemment la remplacer tout à fait. C'est une Corse, Marie-Claire Piani, dont le père est pharmacien. Hannah l'a engagée six ans plus tôt et n'a eu depuis qu'à se louer de son efficacité.

Elle regagne sa suite et téléphone toute l'heure suivante. Elle joint d'abord Jimmy, l'aîné des fils de Lizzie, qui a pris à Los Angeles la succession de son père. Elle lui apprend la nouvelle :

« Non, je ne lui ai encore rien dit, Jimmy. Je vais faire venir le professeur Levin de New York. C'est le meilleur spécialiste actuel et c'est un ami. Il y a encore une petite chance que les médecins de San Francisco se soient trompés. De ton côté, s'il y a quelqu'un en qui tu aies confiance et à qui tu veuilles également faire appel... »

Elle appelle également Colleen, l'aînée des filles, qui porte le même prénom et le même diminutif irlandais que sa grand-mère (Colleen pour Kathlyn) et dont le mari Norman Lincoln travaille à Seattle dans l'industrie aéronautique.

Elle apprend également la nouvelle à Melanie, chez qui Lizzie vient de passer trois semaines...

... Et pour finir a en ligne Sol Levin, du Mount Sinai Hospital de New York. Il se trouvait en vacances à la Martinique et ne pourra être à San Francisco avant deux jours, faute d'avion qui...

« J'ai fait le nécessaire, dit Hannah. Un avion est déjà parti de Miami pour venir vous prendre. Merci, Sol. »

Il arrive au matin suivant :

« Je suis navré, Hannah. Elle est perdue. »

De toute une longue, interminable minute, elle ne parvient pas à prononcer un mot. Si bien que c'est lui qui remarque :

« Je suis toujours partisan de dire la vérité au malade. Je peux m'en charger, si vous le voulez... »

Elle secoue la tête :

« Non, c'est moi qui le ferai, Sol. Elle préférera que ce soit moi. »

« Je vais mourir aujourd'hui, Hannah ?
– Pas si tu n'en as pas envie. On ne meurt que lorsqu'on accepte de mourir.
– C'est très simple, hein ?
– Aussi simple que ça. »

Cinq mois ont passé depuis San Francisco. Tous les diagnostics ont été confirmés; au vrai, les médecins ne croyaient pas possible que Lizzie pût survivre aux dernières semaines de l'année 1961. Sol Levin lui-même a avoué son pessimisme : « L'effet premier de la leucémie est de priver l'organisme de ses défenses naturelles, Hannah. Je n'irai pas me cacher derrière un charabia de savant : cette infection dont elle est atteinte et qui se généralise aurait peut-être pu être vaincue si son corps nous avait un peu aidés. Ce n'est pas le cas... Depuis quand la connaissez-vous?... Seigneur, c'est toute une vie... »

Lizzie a rejeté avec une calme obstination toutes les propositions qui lui ont été faites d'un placement dans une clinique. Malgré l'acharnement mis par ses enfants et petits-enfants pour la convaincre. Suppliée d'intervenir, Hannah s'est enfermée dans une attitude immuable : c'était à Lizzie, et à elle seule, de décider.

... Et quand la malade a demandé d'être transportée à Palm Springs, elle ne s'y est pas opposée davantage : « Je l'emmènerais en Australie si elle en exprimait le désir. Elle mourra à son heure, et où elle voudra. »

La maison de Palm Springs est de style hispanique. Deux grosses constructions disposées face à face et reliées par des galeries et un patio la referment sur elle-même, sur la longue piscine de cinquante mètres et un jardin. La chambre de Lizzie occupe tout un côté, c'est une vaste pièce de douze mètres sur huit, ouverte par des baies vitrées sur deux côtés et offrant le décor du mont San Jacinto, du Palm Canyon avec ses palmeraies, du désert...

« J'avais choisi cette maison moi-même, et bien sûr cette chambre. Maryan n'y tenait pas trop, il aurait préféré la vallée de San Fernando, à côté du ranch de Clark Gable. »

Silence.

« Tu crois à une autre vie, Hannah?
— Tu sais bien que non.
— J'espère que tu te trompes.
— Je l'espère aussi. »

Il n'y a dans la chambre, à part l'écho de leurs voix, que l'égouttement presque imperceptible des transfusions. Une infirmière se tient discrètement en retrait, toute blanche, muette. « Le jour où je mourrai, pense Hannah, si je me décide un jour à mourir, je veux être seule, totalement... »

« Le passé, est en train de dire Lizzie, je m'en souviens avec une clarté incroyable. On a sonné, maman était dans la cuisine, je suis allée ouvrir au 173 de Glenmore Road à Sydney, en septembre 1893...

– 1892, corrige machinalement Hannah.

– Cela fait soixante-dix ans moins quelques mois. J'avais une poupée dans les bras. Je t'ai vue et plouf! tu es tombée par terre...

– Ça n'a pas été aussi rapide.

– Tu n'avais pas mangé depuis huit jours.

– Trois, seulement. »

Silence.

« J'ai un peu envie de mourir, Hannah. Un tout petit peu. Je suis bien fatiguée.

– Tu peux tenir encore. Tu le peux. »

Litanie : il y a des jours et des jours qu'elle, Hannah, répète ces mêmes mots. Plusieurs minutes s'écoulent encore. Les yeux de Lizzie se sont de nouveau fermés mais la respiration soulève le drap.

« Tu le peux, répète Hannah. Ne me laisse pas, Lizzie, s'il te plaît. *Je t'en prie.* »

Lizzie acquiesce d'un simple frémissement de ses paupières toujours closes. Et même, elle esquisse un sourire :

« C'est bien pour te faire plaisir, tu sais.

– Merci, réussit à dire Hannah.

– « Et je n'arrive pas à pleurer... Il est vrai que je n'ai pas pleuré non plus, quand Il est mort... »

Une heure passe.

« Il va falloir que tu m'excuses, dit Lizzie très faiblement.

– Ne me laisse pas.

– Je fais ce que je peux... mais c'est difficile... Tu as une force incroyable, Hannah. Maryan... »

Interruption.

« Maryan me le disait toujours... Oh! Hannah, c'est toi qui m'as donné Maryan, ma chérie... »

Interruption. La respiration se fait halètement.

Hannah sent sur elle le regard interrogateur de l'infirmière et, secouée par la rage, le désespoir et le chagrin, elle acquiesce. La femme se lève, ne faisant pas le moindre bruit sur ses sandales de toile blanche; elle sort et une minute plus tard, dans l'immense maison jusque-là absolument silencieuse, une rumeur sourde monte.

Ils entrent un à un, tous les enfants et les petits-enfants nés de Maryan et de Lizzie. Ils envahissent la chambre.

Hannah se lève et s'éloigne du lit et, tandis qu'on s'écarte sur son passage, elle quitte la pièce et gagne la terrasse attenante. Le soleil californien est à son paroxysme, il est à peu près deux heures de l'après-midi, le 4 avril 1962.

Après peut-être une trentaine de minutes, on vient derrière elle.

Elle demande sans se retourner :

« C'est fini?

– Oui. »

Quelqu'un la touche à l'épaule et tente de la prendre dans ses bras. Elle se dégage, au bord de la haine. Revenant dans la chambre, elle la traverse sans à aucun moment tourner la tête en direction du lit.

Dans le grand garage en sous-sol où sont une quarantaine de voitures, elle choisit la Duesenberg SSJ des années 30.

Dix minutes plus tard, elle roule accélérateur au plancher en libérant toute la puissance mons-

trueuse des 400 chevaux. Elle file plein est. Sans l'avoir prémédité, c'est la première direction qui s'est offerte à elle. Elle traverse sans même s'en rendre compte l'autoroute et la petite ville de Thousand Palms. Le désert la reçoit aussitôt après et soulève au passage de la décapotable noir et rouge andrinople une colonne de poussière s'allongeant sur plus de deux kilomètres.
... Elle stoppe en vue de l'aqueduc du Colorado. Coupe le moteur.
Le silence s'écrase à la seconde suivante. Elle met pied à terre et s'avance dans sa robe Nina Ricci, pour la première fois de sa vie indifférente au soleil qui lui brûle le visage.
Elle s'allonge sur le sol et ne bouge plus.

Le lendemain vers midi, deux Indiens de la réserve Torreo Martinez partis chasser la ramassent. Ils ont d'abord repéré la Duesenberg, avec son capot ouvert. Puis ils ont suivi les traces, assez incrédules. Ce n'est qu'à une douzaine de kilomètres de là qu'ils la retrouvent. Elle est étendue sur le côté, les mains, le visage et la nuque brûlés par le soleil. Les pieds sont en sang et ses ongles pleins de terre et de sable : il est clair qu'elle a dû ramper sur les dernières centaines de mètres. Après avoir abandonné sa voiture, elle aura suivi la piste qui traverse les montagnes de Chuckwalla et tenté ainsi de rejoindre Hopkins Wells.

Ils pensent d'abord à une petite fille, en raison de sa taille. Et surtout ils la croient morte. Mais non. A peine l'ont-ils retournée et lui ont-ils donné à boire qu'elle ouvre ses formidables yeux gris.
Elle vit encore.

40

Et ce grand machin rose, c'est quoi ?

PATRICK FOWLES est l'aîné de ses arrière-petits-enfants, il est le fils de Marianne, elle-même née d'Adam et de Jacqueline. En ce mois de mai 1964, il vient d'avoir vingt-deux ans. Sa taille est celle de son grand-père maternel, environ un mètre quatre-vingt-quinze.

Il éprouve toutes les difficultés du monde à se replier sur lui-même dans le siège de première classe, à bord du Boeing 707-320 B Intercontinental.

« E 9, annonce-t-il avec mûre réflexion.
– Coulé, dit Hannah. Mais il me reste encore un porte-avions, un croiseur et trois sous-marins. »

En revanche, pour elle, se recroqueviller en montant quasiment les genoux sous le menton, rentrer au maximum la tête dans les épaules, tout cela afin de cacher la disposition de ses pièces, est des plus faciles.

... Elle mouille son crayon d'un coup de sa petite langue rose et annonce à son tour :

« C 6.
– Sous-marin coulé, dit Patrick.
– Hé! Hé! Hé! ricane Hannah. Tu es cuit aux patates, mon pote. Il ne te reste plus qu'un seul torpilleur. On dirait la marine suisse. Pas de chance pour toi, j'ai appris à jouer à ce jeu avec un

certain Vuille, un Suisse justement. Et producteur de cinéma, en plus...

– Je suis sûr que vous avez encore triché...

– Moi? Quelle idée? »

Une hôtesse passe et leur demande s'ils souhaitent boire quelque chose.

« Champagne, dit Hannah. Dom Pérignon rosé 1957, j'ai fait demander qu'on en mette à bord. Si vous ne les avez pas bues, vos copains et vous, les deux bouteilles y sont encore. Et vous m'apporterez également une couronne de lauriers et un crêpe noir. La couronne pour moi, le crêpe pour ce jeune homme.

– Je me rends, dit Patrick. A une condition : j'aimerais beaucoup jeter un coup d'œil sur votre grille. Quelques soupçons me traversent. »

Elle se redresse aussitôt et se hâte de froisser en boule sa feuille de papier que, pour plus de sûreté, elle place sur son siège avant de se rasseoir dessus.

« Et si tu me parlais de cette Suédoise? Celle à qui tu as fait l'amour dans un ascenseur?

– Je vous ai déjà tout dit.

– Tu ne m'as pas donné beaucoup de détails. Est-ce qu'au moment du grand frisson, elle criait « Maman » – en suédois, bien sûr – ou est-ce qu'elle faisait simplement « Oui-oui-oui-oui-encore »?

– Bonté divine! » s'exclame Patrick.

Elle éclate de rire, enchantée : « J'ai réussi à le faire rougir! »

Ils rentrent de Sydney. Elle y a tenu assemblée plénière de tous ses directeurs et directrices pour la zone Pacifique. A l'aller, elle a fait escale à Panama, où elle a le siège de plusieurs de ses sociétés, et à Caracas, où Jaime Aguiló avait réuni pour elle tous les représentants de l'Amérique latine. Au retour, elle aurait bien fait un petit crochet par Rio, mais Patrick doit rentrer à Boston, pour y remettre sa thèse de doctorat en économie – qu'il a consacrée à l'entreprise de son aïeule.

Deux ans plus tôt, au lendemain de la mort de Lizzie, elle a bien failli tout arrêter. Tout. Y compris sa propre vie. Mais la petite mécanique...

« Je me serais cloîtrée, enfermée, repliée, je serais devenue un légume... »

Ce n'était pas d'elle. Au fil des jours, tandis qu'elle guérissait de ses brûlures – dont elle ne conservera aucun stigmate – la petite mécanique s'est remise en route dans sa tête. Moins de trois mois après le départ de Lizzie, elle a resurgi dans le grand hall de l'institut de New York un matin, et un silence à donner le frisson s'est à la seconde abattu sur les centaines de femmes présentes, un fantôme n'eût pas été reçu autrement. Plus que n'importe quelle flambée de sa vitalité si exceptionnelle, cette révérence muette et comme stupéfiée l'a rendue à elle-même. Dès lors, elle a recommencé de parcourir son empire, ses 318 instituts de par le vaste monde, et ses 743 boutiques. On l'a revue dans les quatre usines, les trois laboratoires, tous les points du réseau de distribution, dans les bureaux de toutes les chaînes de grands magasins et supermarchés où elle a placé ses produits... et les esthéticiennes et vendeuses sorties de ses six écoles; il n'est pas un seul de ses établissements sur la planète qui n'ait, durant les vingt-six derniers mois, reçu sa visite. D'innombrables magazines dans le monde entier lui ont consacré leurs couvertures et des reportages, s'attachant à souligner ce qu'ils nomment sa prodigieuse longévité (ça, ça l'agace et pas qu'un peu : « je n'ai même pas quatre-vingt-dix ans! »), ou bien sa richesse – en général estimée, par le magazine *Fortune* notamment, à près de deux cents millions de dollars – ou bien alors, plus intimistes, décrivant ses neuf maisons, ses fabuleuses collections de tableaux, de bijoux et de voitures, ses non moins célèbres colères et ses très fameuses reparties pimentées d'un humour au vitriol.

Jonathan est mort. D'un cancer comme Niki. Il est resté fidèle à l'annonce qu'il lui avait faite : jamais il n'est revenu en Europe ou aux Etats-Unis. Et comme Niki, il lui a caché jusqu'au bout sa maladie, refusant de suivre toute espèce de traitement, auquel d'ailleurs il ne croyait pas. Il est mort en Malaisie, dans la merveilleuse maison en vue du détroit de Malacca.

Il lui a écrit, à elle Hannah, pour la seule fois de son existence : ... *Je t'ai haïe et aimée, maman. Sans doute les deux à la fois. Tu m'as un peu trop fait à ton image. Ce n'est pas un reproche, d'autant que je crois n'avoir pris de toi que les faces noires. Je n'ai jamais eu ton courage, ton féroce amour de la vie, ta force. Et tout est clair, depuis longtemps : je t'ai fuie, tout comme mon père l'a fait. Nous avons eu tort, lui comme moi, lui plus encore que moi. Je me souviens de ce que tu m'as dit, cette fois où je t'ai ramenée à Singapour pour que tu y prennes ton avion. Tu parlais de Papa, tu disais : « Il aurait été une femme, j'aurais été un homme, et tout en eût été changé... » C'est vrai. Ça l'est pour lui, dont je mesure combien il t'a fait souffrir. Ça l'est un peu moins pour moi : avec un père possédant ta personnalité, j'aurais probablement eu les mêmes relations d'amour et de haine mêlés. La faute m'en incombe, pas à toi. C'est Adam qui avait raison, en t'aimant aveuglément, autant que tu le méritais... Et c'est ce que je voudrais dire, par cette lettre : je suis extraordinairement fier de ma mère, mais ma fierté est surpassée encore par l'amour que je lui porte, et que je me décide à avouer trop tard, au moment où je vais mourir. Pardonne-moi.*

Trois autres de ses arrière-petits-enfants naissent l'année suivante, en 65. Et quatre l'année d'après. Pablo Picasso refait son portrait – le premier, c'était en 1904, l'année où il est arrivé à Paris. Ils ont l'un pour l'autre une amitié quasi fraternelle, depuis soixante ans, c'est à qui racontera à l'autre l'histoire la plus grivoise, voire carrément cochonne.

... Mais quand elle découvre ce qu'il a fait d'elle, sur sa toile, elle manque de mourir de rire : on ne distingue guère qu'un œil (et bleu-noir, en plus!) entre deux oreilles d'une taille à rendre jaloux un éléphant. Elle demande :

« Et c'est quoi, ce grand machin rose?

– Ta langue, répond Pablo. Et encore, je ne l'ai pas faite aussi grande que je l'entends! »

Un autre peintre (mais en fait ils ont bien été deux douzaines à s'y hasarder, à commencer par Klimt à Vienne au siècle dernier) a également fait un portrait d'elle. Mais pour celui-là, elle s'est mise en rage, insultant l'artiste en huit ou dix langues, de sa voix tonnante qui surprend toujours par rapport à sa taille : elle est représentée debout, main droite posée sur le dossier d'un fauteuil, dans une merveilleuse robe de Dior, en son appartement de Londres, et toute son attitude, son port de tête, le mouvement de son menton, les yeux surtout, qui flamboient littéralement, expriment la plus formidable et la plus impérieuse des volontés.

Elle a failli sauter à pieds joints sur la toile, de fureur : « Moi, je serais cette femme? »

... Le pire, ce qui l'a plus encore enragée, c'est

que tous ceux qu'elle a pris à témoin ont eu l'air de penser que, en effet, c'était très ressemblant...

« Je vais finir par en mordre un! »

... Mais comme toujours, l'humour a repris le dessus. Dans un premier temps, elle a accroché la toile aux toilettes – « mais ça ne va pas, ça me constipe. » Pour finir, elle l'a bel et bien suspendue dans un des salons de l'appartement sur la 5e Avenue, à New York... Sauf qu'elle l'a mise la tête en bas, menaçant de mort quiconque voudrait la remettre dans le sens ordinaire.

... Et elle donne l'exemple à ses invités : elle s'allonge sur le canapé qui fait face au tableau, mais en posant son dos sur le siège, ses jambes en l'air sur le dossier. La tête en bas et à l'envers, elle énonce :

« C'est comme ça que je la préfère. »

Le premier de ses arrière-arrière-petits-enfants naît au tout début de 1968. « Voyons un peu que je m'y retrouve (j'aurais dû faire un graphique) : Adam et Jacqueline, comme Jonathan et sa femme chinoise et sa deuxième femme Honor, comme Abie et Paul Travers, sont la première génération – après moi. Bon. Prenons Adam et Jacqueline; ils ont eu six enfants, ça c'est la deuxième génération. La troisième, ce sont mes arrière-petits-enfants; par exemple Patrick, fils de Marianne qui est la fille d'Adam qui est... qui était mon fils. Bon, jusque-là, ça va. Patrick a notamment une sœur qui s'appelle Cindy – tu me suis, Hannah? – et Cindy vient de pondre son premier œuf, une fille, venue en éclaireur de la quatrième génération – la cinquième en me comptant – pour s'assurer qu'on pouvait sortir sans danger... Eh bien, tout est clair, non? »

« Nous voudrions l'appeler Hannah, dit Cindy. Si vous êtes d'accord, bien entendu.

– Il y en a déjà sept dans la famille, tu ne trouves pas que ça commence à faire beaucoup ? Et d'abord, qui est ce type, cet Anthony dont tu me parles sans arrêt ?

– Mon mari », dit Cindy.

Au vrai, sans aller jusqu'à s'en ficher complètement, Hannah doit se forcer un peu pour trouver grand intérêt aux naissances en masse de tous ces enfants dont on lui dit qu'ils descendent d'elle. D'autant que si sa mémoire continue de lui restituer avec une louable fidélité le nom de chacun ou chacune de ses responsables du Japon à l'Irlande, si elle peut se rappeler sans le moindre effort les bilans de tous ses établissements, elle éprouve davantage de difficultés à se souvenir de qui est la fille de la fille de la fille de qui.

Elle ouvre un calepin, comme elle faisait jadis, et reprend le système des moutons qui ne lui a jamais fait défaut. Un mouton bleu pour un garçon, un rose pour une fille. Reliés entre eux par des flèches quand ils se marient, et se voyant adjoindre une patte chaque fois qu'ils procréent...

On voit des moutons à huit pattes.

Et elle est ravie : « Au moins, je m'y retrouve ! Et puis, c'est joli, tous ces moutons... Sauf que je n'aime pas trop le rose. »

En 1965, elle a fêté son quatre-vingt-dixième anniversaire à contrecœur et par surprise, avec le ban et l'arrière-ban – et même l'arrière-arrière-ban – de sa descendance, pour l'occasion réunie à Saint-Jean-Cap-Ferrat. Tout à fait contre son gré, car ces allusions à son âge l'exaspèrent. Mais la horde a débarqué avec la virulence d'un raz de marée sur les côtes japonaises, de trois avions spéciaux. Et, passé les deux premières heures où elle a un peu fait la tête, elle a réussi à paraître très contente de voir sa maison envahie par cent quarante-neuf personnes.

Trois ans plus tard, en 1968 donc, rentrant du Japon, le hasard a voulu qu'elle se trouve à Paris au mois de mai. « Il y a longtemps que je n'avais pas autant rigolé », pense-t-elle quatre jours plus tard, ayant suivi pas à pas les émeutes du Quartier latin, manquant de très peu d'être laminée par une déferlante policière, au carrefour de l'Odéon. A son grand regret, on ne l'a pas appréhendée et moins encore jetée en prison, bien qu'elle ait crié de toutes ses forces, entre deux étudiants barbus, les slogans hurlés par la foule, et quoiqu'elle ait porté au moins quatre pavés pour aider à la confection d'une barricade.

« ... En d'autres temps, je les aurais lancés, ces foutus pavés, à la tête de ces abrutis de flics. Je me demande si je ne vieillis pas un peu ? »

Elle marche dans la rue d'Antibes, à Cannes. Elle est seule. Pour s'esquiver de la villa de Saint-Jean-Cap-Ferrat, elle a dû prendre des précautions d'agent secret; Marie-Claire Piani, sa secrétaire particulière, et les deux assistantes de celle-ci, l'une américaine, l'autre allemande, la surveillent de près. Sous ce prétexte imbécile qu'elle a quatre-vingt-quinze ans, on prétend lui interdire de conduire, et même de sortir sans être accompagnée. Ordre de Mme Abigail... « Je t'en foutrai, moi, des Mme Abigail! Elle n'était pas encore née que je... D'accord, c'est vrai que je suis sa mère et que forcément, elle n'était-pas-encore-née-que-je. D'accord... Mais je n'ai encore jamais tué personne avec une voiture, que je sache... Je reconnais que je n'aurais pas dû entrer dans cette boulangerie, à Nice. Surtout en passant par la vitrine (qu'est-ce que je leur ai mis, aux pets-de-nonne!)... Mais c'était ça ou la sortie de l'école.

Sans leur foutue boulangerie, je faisais un carnage. J'ai les réflexes trop rapides, voilà la vérité... »

Pour parvenir à Cannes, elle a fait de l'auto-stop – « moi qui ai soixante-dix-huit voitures ! » Un jeune homme très charmant s'est aussitôt arrêté, en la voyant pouce dressé sur le bord de la route. « Il avait l'œil perçant, soit dit en passant, j'avais commis l'erreur de me placer derrière une borne kilométrique qui me dissimulait presque aux regards...

« ... En tout cas, il était charmant. Propre. Avec de jolies mains. Et sensible, avec ça : j'ai vu le moment où ses yeux allaient se mouiller de larmes quand je lui ai raconté ma triste histoire, comme quoi ma belle-fille me haïssait et ne me gardait en vie qu'à cause de ma retraite, qu'elle me vole... Déjà, ça l'avait beaucoup touché quand je lui ai révélé qu'elle m'obligeait à prendre l'autobus pour aller sur la tombe de mon cher et regretté Alphonse, alors qu'elle-même se sert de la Citroën pour se rendre au tennis... Mais c'est surtout lorsque je lui ai expliqué comment elle avait empoisonné mon caniche parce qu'il mangeait trop, la pauvre bête, qu'il a failli craquer. Rien à dire, je mens encore drôlement bien, pour mon âge... »

Elle marche à tout petits pas dans la rue d'Antibes, son joli canotier de Chanel sur la tête. Il est un peu passé de mode, mais elle aussi, alors...

Elle ne s'est pas attardée sur la Croisette. « D'abord, c'est plein de vieilles, et puis la Diabolique Piani a sans aucun doute déclenché les recherches, elle aura lancé le plan ORSEC... » Et c'est le premier endroit où l'on ira voir, on sait bien qu'elle adore le bar du Carlton.

« ... Décidément très charmant, ce jeune homme qui m'a prise dans son automobile. J'aurais eu soixante-quinze ans de moins, je te l'aurais foudroyé et réduit en cendres, d'un seul regard. Il avait un faux air de Clark Gable, les grandes oreilles en moins – pour le reste, je n'ai pas pu voir. Mais qu'est-ce qu'il voulait que j'aille faire, à son cimetière ? Surtout celui de Nice. C'est l'un des rares dans le monde où je ne connais personne...

« ... Ça va, Hannah, laisse tomber. Ne commence pas à t'apitoyer sur toi-même. Si tu es encore survivante, c'est que tu l'as bien voulu... »

Elle a mal aux pieds, comme d'habitude – « je ne peux quand même pas porter des chaussures à la Zatopek ! Avec un canotier de Coco, j'aurais l'air fin ! »

... La boutique attire son œil toujours aussi fantastiquement professionnel, non pas particulièrement par sa beauté mais tout au contraire en raison du goût assez épouvantable dont on a fait preuve dans la disposition de la vitrine.

Elle entre.

« Est-ce que je peux m'asseoir un petit moment ? »

La jeune femme est elle-même assise derrière sa caisse enregistreuse, et elle était en train de lire *Paris-Match*. A regret, visiblement, elle se lève et abandonne sa chaise, la seule du magasin. Hannah s'assoit. Ce jour-là, elle porte pour seul bijou le collier de perles noires dont Il lui a offert les perles une à une, et encore est-il dissimulé sous les dentelles de son chemisier noir à boutons rouge andrinople.

La boutique fait peut-être quatre mètres sur trois ; elle est positivement affreuse, avec sa bimbeloterie ridicule et sa pacotille bon marché. S'y trouvent même, « nom d'une pipe ! », des tours

Eiffel en miniature et d'horribles petits chiens de porcelaine fabriqués à Hong-Kong.

La propriétaire des lieux peut avoir vingt-cinq ans; elle ne serait pas trop vilaine, n'étaient ce maquillage trop dur, ces cheveux pas trop propres, ce jean qui la moule trop et révèle son fessier débordant et ses jambes un peu courtes.

... Elle dit que son mari est métreur, qu'ils ont acheté ensemble le fonds de commerce voici deux ans, avec quelque argent laissé par une tante. Mais les affaires ne vont pas...

« C'est quoi, un métreur ? » demande Hannah.

Quelqu'un qui mesure des machins et des trucs dans certains endroits, dans des buts inconnus, pour le compte d'entrepreneurs des travaux publics, explique la jeune femme dont il paraît qu'elle se nomme Marie-Pierre Gonzalo.

... Oui elle a un enfant, un petit garçon de deux ans et demi :

« C'est Maman qui me le garde. Mais pour ce qui est du magasin, c'est fichu... »

Elle attend la fin de l'été à venir pour le fermer tout à fait, en espérant trouver alors quelqu'un pour racheter le fonds. Au moins récupéreront-ils, son métreur et elle, partie de l'argent qu'ils avaient investi avec tant d'espoir et de stupidité.

« En octobre, on m'a promis une place de caissière dans un supermarché à Nice.

– Et ça vous plairait tant, d'être caissière ?

– J'aurai la Sécurité sociale et la retraite, dit la jeune femme.

– Vous m'en direz tant, dit Hannah.

– Et puis j'aurai des heures régulières.

– Il n'y a rien de tel, dit Hannah.

– Plus des congés payés.

– Le rêve », dit Hannah.

... Qui demande à la jeune femme comment

l'idée lui est venue de se lancer dans le commerce.

« Parce que je ne savais pas taper à la machine, et il faut, pour pouvoir être secrétaire. Le mieux, ç'aurait été d'être secrétaire dans une administration... Fonctionnaire, quoi. Avec les primes, on gagne souvent plus que dans le privé et on travaille trois fois moins, sans parler qu'on ne peut pas vous mettre dehors, même si vous n'en fichez pas une rame... J'ai une amie qui est fonctionnaire, eh bien, elle s'est acheté une machine à tricoter et rien que pendant les heures de bureau, elle fait des poulovers qu'elle revend à ses collègues. Elle double son mois... »

De fil en aiguille, toute l'heure suivante, Hannah et sa jeune amie bavardent, de tout et de rien – ce ne sont pas les clients qui les dérangent.

Vient un moment où Hannah dit :

« Il se trouve que j'ai tenu un petit magasin, moi aussi, dans le temps... »

... Et c'est ainsi que la chose commence.

41

Oh! mon amour, mon amour...

ELLE, Hannah, signe un traité de paix avec la Diabolique Piani. Qui n'est d'ailleurs pas trop diabolique, elle était folle d'anxiété, la pauvre, persuadée qu'on lui avait kidnappé sa patronne – rien que cela (« madame Hannah, ne me faites plus des peurs pareilles, je vous en supplie! » et de pleurer vraiment, avec un chagrin sincère).

Le traité stipule qu'Hannah ne s'évadera plus, c'est promis, mais qu'en échange, on la laissera tranquille, chaque mercredi matin quand elle se rendra à Cannes... D'accord, d'accord, elle acceptera que le chauffeur conduise la Rolls, mais il la déposera devant le Carlton ou le Majestic, ou tout autre endroit du centre-ville, et on ne la suivra pas, on ne la surveillera pas pendant quatre heures pleines.

Tout a débuté en mars de 1970 et à compter de cette date, elle se rend quatre heures par semaine rue d'Antibes.

... Elle fait d'abord flanquer à la cave la caisse enregistreuse, elle en a horreur, « pourquoi pas une guillotine, tant que vous y êtes... » Puis elle fait fermer la boutique, la dissimulant aux regards par un panneau énorme : *Fermé pour transformations*.

« Il n'est donc pas bricoleur, votre mari? Qu'il fasse le panneau lui-même. Ça doit bien savoir tirer des traits droits un métreur, non? »

Fermeture de dix jours : le temps d'arracher la tapisserie d'un jaune à grincer des dents, et toutes les fanfreluches qui datent pour le moins du Second Empire et qui étaient déjà hideuses en ce temps-là...

« Ce n'est pas parce que c'est vieux que c'est beau, petite, il suffit de me regarder pour s'en convaincre... Ce que nous allons mettre à la place? De la peinture blanche, rien d'autre. Vous trouvez que ça fait nu? Et alors? Vous vendez quoi? Les murs ou ce qu'il y aura sur les étagères? Quand on n'a pas de sous, il faut aller au plus simple. Vous avez des sous? Non. Eh bien, moi non plus; je n'ai que ma retraite... Allez courage, plus qu'un panneau de tapisserie à arracher, vous avez presque fini... »

(Assise sur sa chaise, Hannah dirige les opérations mais ne fait strictement rien d'autre.)

« Bon. La devanture, à présent. Moi, je la verrais noire... Mais oui, noire. A la rigueur avec un petit filet d'une autre couleur, sinon ça ferait pompes funèbres... Non, pas de rouge, s'il vous plaît, c'est déjà pris... Le bleu non plus, non, c'est froid... D'accord pour le jaune, mais ça dépend du jaune... Ah! oui, de l'orange serait encore mieux. Très bien, Marie-Pierre, vous commencez à comprendre. »

... Et pour l'amour du Ciel, qu'elle enlève cette saloperie... je veux dire, cette saleté de jean. Qu'elle mette donc une robe et laisse les hommes deviner, ils ont de l'imagination, les bougres... Et un bon shampooing deux fois par semaine... Comment ça, ça coûte cher, le shampooing? Prenez du savon de Marseille, ça fait exactement le même effet, à condition d'ajouter un filet de vinaigre pour le lustrage et une décoction de bardane pour le soyeux. Essayez et vous verrez...

... Ah! c'est mieux!... Et les ongles? Du vernis?

Pour quoi faire ? Ils sont très jolis, vos ongles, pourquoi les camoufler ?

... Si vous pouviez vous laver les dents au moins trois fois par jour, en frottant dans le bon sens, ce serait parfait... Pour la peau ? Mélangez du cresson, des carottes, du persil, des concombres et avalez le jus chaque matin, vous trouverez tout ça au marché, et ça vous fera moins de mal que le café, qui est plus cher... Et un cataplasme de bardane, un ! Vous avez la peau un peu sèche : flanquez-y du lait de vache et de la crème fraîche... Mais non je ne rigole pas, je suis une vieille dame respectable, il se trouve simplement que l'une de mes tantes était herboriste – elle n'aurait pas été écrasée par un tramway à Saint-Etienne, à cent quatre ans, elle vous confirmerait tout ça elle-même... Votre père était de Saint-Etienne ? Ce n'est qu'une coïncidence. Et d'ailleurs ma tante était de Goondiwindi en Australie, et ne me dites pas que vous y avez de la famille...

... Oui bien sûr, je plaisante : ai-je une tête à être allée en Australie ?

« Dites-moi, Marie, vous n'êtes pas mal du tout, vous savez ? J'aurais été aussi jolie que vous... Si vous marchiez plus et mangiez moins, vous perdriez peut-être un peu de graisse au popotin... Je ne vous demande pas d'avoir la fesse en goutte d'huile, petite, mais quand même... »

Reste à savoir ce qu'on va vendre...

« Ces machins-là, dans le coin. Ils sont débiles mais rigolos... Mais si, rappelez-vous, on en parlait dans le *Paris-Match* que vous lisiez le premier jour où je suis entrée chez vous. Comment dit-on, en français ?... Ah ! oui, des gadgets... A Londres ? Qu'est-ce que vous me chantez là ? Pourquoi les acheter à Londres quand on les fabrique à Hong-

Kong et à Formose ? vous allez payer deux ou trois fois le prix. Non, commandez-les directement aux Chinetoques... Moi non plus je ne parle pas chinois, figurez-vous ! Mais faites écrire votre lettre par le portier du Palm Beach, par quelqu'un de la chambre de commerce, par le consulat de Grande-Bretagne ou des Etats-Unis... A qui écrire ? Et les chambres de commerce, ça sert à quoi, à votre avis, espèce de crêpe ? Vous adressez votre lettre à la chambre de commerce de Hong-Kong, sans autre explication; ils comprendront, à Hong-Kong, les Chinois sont très intelligents... Non, je ne suis pas plus allée à Hong-Kong qu'en Australie, et puis quoi encore... Et un conseil, mettez dans l'enveloppe une photocopie de votre bail commercial, une carte postale de la Croisette, une photo de votre magasin... Et une de vous... Non, pas toute nue, même pas en bikini, mais dans cette jolie robe blanche qui fait ressortir votre bronzage et dont le décolleté permet de voir vos genoux... A propos, il vous fait bien l'amour, votre métreur ? Allez, allez, nous sommes entre femmes... C'est que ça compte, dans un mariage... Ah ! oui ? Sans blague ? *Dans un hamac ?* Oh ! le voyou ! C'est qu'il est déluré, dites-moi ! Mais vous me raconterez les détails une autre fois, maintenant finissons-en. Il vous faudra payer la première expédition que les Chinois vont vous faire. A vous de voir : vous empruntez aux banques – personnellement je suis contre – ou bien vous vendez quelque chose, votre voiture ou votre mari, ce qui vous sert le moins. Qu'est-ce que vous croyez ? Que vous allez gagner des sous et surtout créer quelque chose rien qu'avec votre tête sans prendre aucun risque ? Parce que c'est ça l'essentiel, petite, un milliard de fois plus que les sous : créer, avoir une idée et se battre, avec les dents, les ongles et le cœur jusqu'à ce que ça marche. C'est foutument essentiel. Les sous viennent tout seuls, comme une médaille à un brave soldat; et on ne fait pas l'amour avec une médaille, on la range dans un placard...

Elle dit aussi, plus tard :
« Il se trouve que j'ai fait un peu de calcul, dans ma vie. Je peux vous tenir vos comptes, au début, en attendant que vous ayez un comptable. Vous me trouvez trop vieille? Dites un nombre, n'importe lequel, de quatre chiffres, et puis un autre de cinq... 4687 et 58999? Pourquoi pas? Vous savez combien ça fait, si on les multiplie? Ne cherchez pas, ça fait 276 528 313. Vous pouvez vérifier... Non, j'ai connu quelqu'un qui comptait quatre fois plus vite que moi... »

La première expédition de Hong-Kong, effectuée par avion, est payée comptant à la livraison, grâce à la vente de la voiture et à une hypothèque prise à la fois sur le fonds de commerce et le petit appartement du couple; c'est le 24 mai. Vingt-sept jours plus tard, Marie-Pierre Gonzalo doit câbler d'urgence à l'usine de Kowloon : elle est presque en rupture de stock.

– ... Vous avez fait un bénéfice de 47 853,85 francs, annonce Hannah. Tous vos frais déduits, y compris les impôts que vous aurez à acquitter l'année prochaine. L'argent des impôts n'est pas à vous, faites comme s'il n'existait pas. A une différence près : rien ne vous empêche de le placer, en attendant qu'on vous le réclame, il vous rapportera de quoi vous acheter une robe ou deux, c'est toujours ça de pris... Des conseils de placement, moi? Ma pauvre petite, je n'y entends rien, en finance, moi... Demander à une banque? Pourquoi pas?

Début août :

« Des vacances à Saint-Tropez ou aux Seychelles ? Les deux ? Dites donc, Marie, il faut choisir : réussir ou se dorer les fesses au soleil, ce qui d'ailleurs n'est pas du tout bon pour la peau... Et puisqu'on parle de Saint-Tropez, vous n'auriez pas remarqué, entre Pampelonne et la statue du Bailli, un petit coin où vous pourriez ouvrir une succursale ? Si ? Courez-y, je vous garde la boutique... Avec quel argent ? Mais avec celui que vous venez de gagner, pardi !... C'est ça, c'est ça, attendez et quelqu'un vous prendra la place...

... Et Monte-Carlo, elle y a pensé ? Près de l'hôtel Hermitage, par exemple...

– ... Vous n'avez pas besoin d'un fonds de commerce en plus, petite !... Pas cette année, en tout cas. L'année prochaine, vous verrez. Pour l'instant, contentez-vous de vous accorder avec un commerçant bien placé et pas trop idiot : vous faites moitié-moitié à la chinoise (quatre-vingt-dix pour cent pour vous, le reste pour lui) et il vendra vos gadgets à votre place... »

Et l'Italie ? Qu'est-ce qu'elle attend pour s'en occuper ?... Si elle veut prendre un associé, qu'elle le prenne, mais alors quelqu'un de Milan. Pas de Naples. Sauf si elle veut monter une affaire de pizzas, et encore...

... Et puis il faudrait tout de même penser à la reconversion, non ? Les gadgets, c'est une mode, et la mode c'est ce qui se démode, comme disait un certain Cocteau...

En septembre :

« Fatiguée, Marie ? Ça ne compte pas, la fatigue ; c'est comme la sueur dans l'amour, ça fait partie du plaisir... Un magasin de sports que tiendra votre mari?... Moi, je vous l'avais suggéré? Je ne m'en souviens pas, c'est sûrement une idée à vous. Mais elle est bonne, petite : regardez-les tous courir le matin sur la Croisette, c'est une autre mode qui vient, et elle est partie pour durer, le créneau est bon... Un deuxième magasin à Nice, plus un à Saint-Raphaël? On dirait que l'ambition vous vient... Attention quand même, vous devez diriger votre réussite, et pas être dirigée par elle... »

En novembre :
« Je comprends, Marie, ne vous excusez pas... Mais non, mais non, c'est normal, c'est vrai que je suis un peu vieille et que ces jeunes filles que vous avez engagées sont très mignonnes et bien travailleuses. Elles auraient des mains nettes, ce serait parfait... Vous avoir aidée? Moi? Je ne vous ai pas aidée, petite, nous avons juste un peu bavardé ensemble, c'est tout. Non, vous avez simplement eu des idées formidables, et du courage, et de la ténacité, et de la patience, et de l'imagination, et suffisamment de personnalité pour ne pas vous contenter du sort des autres, sans croire pour autant que les autres sont des imbéciles. Rien de plus. Il n'en faut pas davantage pour réussir, dans la vie, c'est tout simple. Adieu, petite. Non, je ne reviendrai pas, c'est ma dernière visite, je n'encombrerai plus votre magasin... qui s'est pas mal agrandi depuis que j'y suis entrée. Ces dernières semaines? J'étais sur la tombe de quelqu'un. A mon âge, c'est dans les cimetières qu'on a le plus d'amis... »

Et elle, Hannah, est partie dans la rue d'Antibes, à tout petits pas, triste et, en même temps, assez contente d'elle-même.

Cet hiver-là, elle le passe en Californie – elle s'y trouvait fin septembre et début octobre pour son pèlerinage à Santa Barbara, et y revient à la mi-novembre.

On a été incroyablement gentil avec elle, dans l'avion, à croire qu'on n'y avait jamais vu de dame un peu âgée. L'équipage a poussé la gentillesse jusqu'à faire semblant de croire qu'elle avait vraiment connu, dans sa jeunesse, Wilbur et Orville Wright, et Santos-Dumont et Louis Blériot. Il est vrai qu'elle-même, en débitant tous ces gros mensonges, élargissait ses yeux gris avec une expression très amusée...

Elle passe à New York deux mois du printemps de 1971, et s'arrange pour être seule, le 18 avril, jour de ses quatre-vingt-seize ans. Au vrai, elle loue sous un faux nom une suite à l'hôtel Pierre, faisant injonction à Marie-Claire Piani de répondre qu'elle est partie en Alaska. Elle s'y enferme, tous rideaux tirés, et reste allongée sur le lit, des heures et des heures durant, mais dans l'impossibilité de fermer un seul instant les yeux...

En juin, elle regagne la France, passe quelques jours à Paris. Xan Zaval, la fille de l'ancienne directrice de son institut du Chili, l'emmène s'habiller chez Franck Namani. Puis, ayant tenté en vain de convaincre Piani la Démoniaque qu'elle eût pu prendre encore le volant, elle descend sur la Côte d'Azur. Elle est à Saint-Jean-Cap-Ferrat le 16. Et au lendemain de son arrivée, dans son lit de géante, elle tient sa conférence de travail ordinaire avec ses directeurs et ses directrices pour l'Europe. Un Furet lui a signalé un incident à Venise, un autre rapporte du laisser-aller à Lisbonne...

« Et j'ai appris par hasard le mariage de la fille de Xesca Vidal, notre ancienne directrice pour l'Espagne, avec un architecte. On ne m'a pas mise officiellement au courant de ce mariage, en sorte que je n'ai pas pu faire le cadeau habituel. Pourquoi? Vous avez une explication, Tomas Oliver? »

... Quant à Margret Overtah, directrice pour l'Allemagne, Hannah aimerait bien qu'elle lui donne les raisons qui ont provoqué une baisse de trois virgule quatre pour cent des ventes du HH 331...

« Et encore mes chiffres remontent-ils à cinq jours. J'attends, Margret. Et arrêtez de vous éponger le front, vous m'agacez! *Il ne fait pas chaud!* »

... Mais on l'a connue plus dure encore. Elle s'en rend compte : elle doit réellement prendre sur elle-même pour se concentrer sur ce qu'elle dit et sur ces visages d'un autre temps qui lui font face : « Je suis un très très petit dinosaure qui aurait survécu à toutes les glaciations... »

L'après-midi du même jour arrivent les détachements précurseurs de sa descendance. Les jours suivants la maison s'emplit, d'Abigail et Paul Travers qui ont respectivement cinquante-huit et soixante-trois ans, au plus jeune de ses arrière-arrière-petits-enfants qui a tout juste trois mois. Dans cette immense maison par ailleurs bourdonnante, une zone de silence miraculeuse se maintient toutefois aux abords de ses appartements privés. Chaque matin, elle continue de se lever vers quatre heures trente; elle sort et marche, dans l'admirable lumière qui vient; elle descend jusqu'au phare puis prend à droite la corniche, suivie à dix mètres par Marie-Claire qui a supplié pour être autorisée à l'accompagner; elle va jusqu'au chemin du Roy, tourne sur le boulevard Edouard-VII, puis gagne le petit port et l'amorce de la pointe Saint-Hospice...

... Dans la pleine lumière de l'été, alors, à ce point de sa marche, les souvenirs reviennent, sans qu'elle ne fasse plus rien pour en endiguer le flot;

au contraire elle les laisse couler, avec cette sereine certitude qu'ils vont bientôt se tarir et s'effacer, avec elle :

L'été vient sur la plaine immense qui court de la Vistule jusqu'aux monts de l'Oural... L'été vient et il est exceptionnellement sec et chaud... Le monde d'Hannah est minuscule : elle n'a pas fait dix pas sur la route de Lublin... n'a pas davantage osé s'aventurer dans le grand bois de pins... dont on lui a révélé qu'il est hanté par les dybbuks, *les démons, et surtout par Shibtah, la diablesse attirant les petits enfants par ses gâteaux pétris de graisse de sorcier et de chien noir...*

... Depuis la pointe Saint-Hospice, elle revient à la maison. Un jour de juillet, on lui dit que Pablo Picasso a téléphoné, et demandé s'il peut venir lui rendre visite. Il y a soixante-sept ans qu'ils se connaissent mais il est plus jeune qu'elle, il n'a que quatre-vingt-dix ans. Il vient et on les laisse seuls en tête-à-tête. A un moment, il dit :

« Hannah, nous avons eu l'un et l'autre une vie merveilleuse, je me demande si je ne vais pas réclamer un *bis*, au baisser de rideau...

– Pas moi. Pour moi, je crois que je dirai simplement « Ouf! »...

Elle poursuit ses promenades, de plus en plus lentes :

... Un jour est venu où Hannah a dépassé les bouleaux, là où le sentier se fait charmille... Au fil des tentatives, elle est allée de plus en plus loin, jusqu'à ce que s'éteignent derrière elle tous les bruits du shtetl, s'immergeant dans ce silence absolu, cette solitude mais aussi ces senteurs et cette lumière dorée...

... Cela s'est passé dans les débuts de cet été caniculaire et sanglant de 1882. C'est ainsi qu'elle a rencontré Taddeuz.

Le 11 juillet, à l'entrée du chemin du Roy, ses jambes se font soudain très lourdes...
Elle s'immobilise... et tout recommence, exactement comme la première fois : Taddeuz est à quinze mètres d'elle...

Marie-Claire la rejoint et Hannah doit s'accrocher à elle :
« Ça ne va pas trop bien, Piani. »
La Rolls aussitôt surgit, sur un simple signe de la Corse.
« Je te hais, Piani, dit Hannah.
— Je sais. Vous pouvez monter seule ?
— Non, dit Hannah. Non, je ne peux pas. »
Et une immense stupéfaction lui vient, d'être à ce point dépendante.
« On finit la promenade, dit-elle. Ce n'est pas parce que j'ai un peu mal à mes foutues jambes que je vais m'en passer.
— Il vaudrait mieux...
— On finit la promenade. J'aime finir ce que j'ai commencé. »
Des quantités de médecins viennent et lui débitent leurs sornettes ordinaires. Elle ne les écoute pas, ils sont sans intérêt.
On lui demande si elle veut voir les enfants.
« Pourquoi pas ? dit-elle. Envoyez-les par paquets de douze. »
Ils entrent en vagues successives.
« Mon calepin, Piani. »
Elle feuillette les pages et à grand renfort de moutons parvient à s'y retrouver à peu près, dans toute cette marmaille.
« Piani, je veux qu'on leur achète à tous un tambour et des clairons, pour ceux qui savent en jouer. Le jour où j'aurai décidé de mourir, je veux

qu'ils fassent le plus grand boucan possible. Ça m'empêchera d'entendre les pleurnicheries. Exécution. Piani?...

– Je suis là.

– Je m'en doutais, figure-toi, ça m'aurait étonnée que tu sois en Australie. Piani, je ne te hais pas tant que ça.

– Je sais.

– Tu vaux presque Yvonne. Tu as touché tes sous?

– Oui.

– Si tu me dis merci, je te fous à la porte.

– Je n'ai rien dit.

– Fiche-moi le camp, à présent. »

Le lendemain matin, elle réussit à aller jusqu'au phare.

Le jour suivant, elle atteint le portail.

Le jour d'après, elle ne peut même pas traverser le jardin.

On la ramène dans son lit.

« Je crois que ça suffit », pense-t-elle.

Elle est couchée sur le lit de deux mètres quarante aux draps de soie noir et rouge andrinople. Ses yeux sont ouverts :

Ils marchent au soleil, Taddeuz et elle. Le jour plein n'est pas encore complètement levé, lumière rasante. Après avoir franchi la levée de terre, ils ont traversé un grand champ de blé en légère pente descendante. Ainsi, au premier chemin qu'ils croisent, ils se trouvent dans un creux à peine sensible; face à eux se dessine un vallonnement, qui barre l'est et tout l'horizon. Main dans la main, Taddeuz parlant encore de Varsovie, ils gravissent la faible déclivité, foulant maintenant du seigle. Le mugissement désormais ininter-

rompu de la corne de bélier s'affaiblit avec la distance...

En haut, ils découvrent les cavaliers.

Ils sont une cinquantaine, peut-être plus. Derrière eux marche toute une troupe. Mais elle ne compte guère : Hannah et Taddeuz ne voient que les cavaliers, s'extasient. Le soleil rouge orangé agrandit jusqu'à l'irréel les silhouettes déjà hautes de leurs montures géantes; les cavaliers vont au petit trot, leur puissance paraît implacable, le silence est ponctué, de temps à autre, par le bref ébrouement d'un cheval... C'est une apparition de légende, surgie de nulle part. Taddeuz s'est figé, fasciné et, par la seule crispation de la main qui tient la sienne, Hannah, à son tour éprouve une fascination identique...

Elle tient le scarabée dans son autre main libre, la droite.

« Oh! mon amour, mon amour, mon amour, mon amour... »

Abigail, sa petite-fille Hannah Deux et Marie-Claire Piani entrent les premières, dans la si vaste chambre dont les rideaux flottent légèrement, agités par la brise marine, au cœur de cet été.

Ils la trouvent allongée à plat dos, souriante et les yeux ouverts, écarquillés pour la dernière fois.

Dans sa main droite dont il faudra desserrer les doigts un à un pour découvrir ce qu'elle enferme, elle tient un petit morceau de ce qui semble être un caillou vert, fort maladroitement sculpté, qui rappelle d'assez loin un scarabée et dont les arêtes ont été incroyablement polies par le temps; celui-là même qu'Il lui avait offert, à elle, Hannah, quatre-vingt-neuf ans plus tôt.

DU MÊME AUTEUR

MONEY, Denoël.
CASH, Denoël, *prix du Livre de l'été 1981.*
FORTUNE, Denoël.
LE ROI VERT, Edition°1/Stock.
POPOV, Edition°1/Olivier Orban.
CIMBALLI, DUEL À DALLAS, Edition°1.
HANNAH, Edition°1/Stock.

IMPRIMÉ EN FRANCE PAR BRODARD ET TAUPIN
Usine de La Flèche (Sarthe).
LIBRAIRIE GÉNÉRALE FRANÇAISE - 6, rue Pierre-Sarrazin - 75006 Paris.

ISBN : 2 - 253 - 04513 - 6   ◈ 30/6447/4